XX – My heaven, my hell (Teil vier)
Von Don Both und Maria O'Hara
Deutsche Erstausgabe Juni 2020

Kontakt: https://www.facebook.com/DonBothMariaOHara/
Trailer zum Buch: https://youtu.be/_1u_k-59lA8
Mit besonderem Dank an Kerstin Patze und Nicole Zdroiek
Cover: Marie Grasshoff
Erschienen in der A.P.P.-Verlags GmbH
St. Gallerstrasse 49
9100 Herisau
Schweiz
Mobi: 978-3-96115-659-7
E-Pub: 978-3-96115-660-3
Print: 978-3-96115-661-0

Dieser Roman wurde unter Berücksichtigung der neuen deutschen Rechtschreibung verfasst, lektoriert und korrigiert.

Don Both & Maria O'Hara

XX

My Heaven, My Hell

A.P.P.
Romance

Vorwort

Seht das hier bitte, wie eine Fernseh-Serie.

Die Hauptcharaktere sind nach wie vor Sergio & Rosalie und Zayden & Irina.

Alle anderen – wie zum Beispiel Ilian und Catalina, die wir nun auch kennen lernen werden – werden um sie herum spielen. Sie werden in diesem Teil mehr und in den anderen Teilen weniger Auftritte haben.

Also viel Spaß beim lieben, hassen, verzweifeln, ausrasten, weinen und lachen.

Viel Spaß – bei der totalen Eskalation.

Und sagt nicht, wir hätten euch nicht gewarnt!

Denn das haben wir – und ab jetzt fallen wir ...

Eure Ober-Bros ;)

Maria & Don

XX – My Heaven, My Hell

Damals wie heute …
... bist du meine Königin, Tesoro.
Damals wie heute bist du mein Licht.
Heute bis in alle Ewigkeit …
... bist du meine Frau.
Mein Zuhause.
Mein Alles.
Damals wie heute und für immer.
Sempre.

1. Frodo oder Simba, Sergio

XX

Rosalie

Dieser verdammte Brei kocht die ganze Zeit über. Egal, wie viel ich rühre. Ein kleiner, weißer, total puscheliger Hund rennt wie irre durch die Küche und bellt. Der Kochlöffel bricht in der Mitte, also ziehe ich einen neuen aus der Schublade hervor. Es ist der fünfte. Schweiß rinnt meinen Rücken herab. Es ist so heiß hier und der Brei ist dermaßen dickflüssig, dass er sich kaum rühren lässt.

Dazu dringt auch noch die ganze Zeit dieses ohrenbetäubende Geschrei aus dem Nebenzimmer in die winzige Küche. Babygebrüll. So lautes Babygebrüll, dass mir gleich der Kopf platzt.

»ICH KOMME GLEICH!«, rufe ich ins Wohnzimmer der kleinen Wohnung. Der Brei blubbert wieder bedrohlich hoch, während es jetzt auch noch an der Tür klingelt.

»Ach, scheiße«, murmle ich und wische mir mit dem Handrücken fahrig über die schweißnasse Stirn.

Ich kann das nicht, Sergio.

Ich kann keinen Haushalt führen.

Ich kann keinen Brei kochen!

Ich kann keine Mutter sein!

Und wieso springt mich dieser Hund jetzt an und rammelt mein Bein? Wem gehört der überhaupt? Etwa uns?

Das Babygebrüll wird immer lauter und es kommt ein weiteres grelles Stimmchen dazu. Dann noch eins und noch eins und noch eins. Bald schreien fünf Babys ohrenbetäubend laut und es dröhnt in meinem Kopf. Der Brei kocht immer höher. Das Klingeln wird immer penetranter, weil derjenige, der vor der Tür steht, wohl nicht daran denkt, seinen Daumen wieder von dem entsprechenden Knopf zu nehmen.

Du sollst doch keine Waffen ins Haus bestellen, Sergio.

Ich schwitze noch mehr. Das dunkelblaue Kleid mit der hässlichen kanariengelben Schürze klebt an meinem Körper und ich kriege gleich einen Schreikrampf epischen Ausmaßes.

Plötzlich verstummt das Babygeschrei und es wird still.

Totenstill.

Mein Herzschlag stolpert …

Ich schrecke hoch und finde mich in meinem Bett vor.

In meinem Zimmer.

Zu Hause.

Ohne Schürze.

Aber verschwitzt in meinem Pyjama.

Dabei starre ich keuchend auf das blinkende Standby-Licht des Monitors auf meinem Schreibtisch.

Es war nur ein Traum.

Ein Traum, der mich seit drei Nächten verfolgt.

Denn ich bin schwanger, Sergio.

Und ich habe nicht nur einen Test gemacht. Nicht zwei, drei oder vier ... sondern sieben, und jeder einzelne war positiv. Da waren diese zwei Striche auf dem Plastikstreifen, die unser Leben verändern werden. Einfach so!

Ich meine, irgendwie ist es ja logisch, dass man schwanger wird, wenn man ungeschützten Geschlechtsverkehr hat. Schon klar. Ich habe das erste Mal, als du bei mir warst und über mich hergefallen bist wie ein Tornado, einfach nicht an Verhütung gedacht. Auf diesem Fensterbrett. In diesem Zimmer. Vor vier Wochen. Ich bin schwanger von dir und habe keine Ahnung, wie ich dir das sagen soll. Allerdings habe ich es bis jetzt noch niemandem verraten, schon allein, weil ich es selbst erst vor drei Tagen bemerkt habe. Da konnte ich nicht mehr leugnen, dass meine Periode, auf die ich bis dato zwei Wochen gewartet habe, wohl nicht mehr kommt. Am Anfang war ich noch entspannt und dachte mir, dass sie sich wahrscheinlich nur wieder etwas verschiebt, wie das manchmal der Fall ist. Aber als sie nach zehn Tagen immer noch nicht da war, wurde ich leicht nervös. Deshalb habe ich, als ich für meinen Vater was erledigt habe, einen kleinen Umweg gemacht, um mir den ersten Test zu besorgen. Er war positiv. Ich bin fast durchgedreht und saß dreißig Minuten starr auf dem Wannenrand, den Teststreifen in der Hand.

Du warst an dem Tag, Gott sei Dank, nicht bei mir.

Wir haben uns die letzten drei Tage nicht gesehen und das ist auch gut so. Du würdest sofort bemerken, dass was nicht stimmt.

Und es stimmt so einiges nicht.

Ich bin schwanger.

Da ist ein Baby in mir drin.

Okay, Embryo, würde mein Vater jetzt sagen.

Aber was sollen wir denn jetzt machen, Sergio?

Du hast mir zwar gesagt, dass du dein Leben mit mir verbringen willst. Dass du mit mir zusammen sein willst und all das. Aber da ist immer noch dein Vater. Außerdem können wir doch nicht einfach so Kinder in diese Welt setzen. Das geht so nicht. Man setzt nicht einfach so Kinder in die Welt, wenn wir wir sind, SERGIO!

Nicht, dass ich mir das nicht wünsche, seit ich vier bin und Zayden und dich gezwungen habe, *Vater, Mutter, Bruder* zu spielen. Aber jetzt auf einmal *wirklich* schwanger zu sein und dieses kleine Ding in mir zu haben, ist unvorstellbar. Auch nach sieben Tests. Du bist zweiundzwanzig. Ich bin einundzwanzig. Du bist der Sohn des Obermafiabosses und ich bin die Tochter von Caden Rush, die von deinem Vater gehasst wird.

Wir sind so jung.

Wir wissen noch gar nichts!

Wir dürften eigentlich nicht mal zusammen sein!

Und ich habe keine Ahnung, was du sagen wirst. Insbesondere, da du dich gerade erst dazu entschieden hast, mit mir zusammen sein zu wollen. Und dann komme ich locker flockig daher und erzähle dir: »Hey, Sergio, übrigens … Ich kriege ein Baby von dir, aber reg dich nicht auf. Es wird schon alles irgendwie werden. Dein Vater wird uns zwar jagen, vielleicht wird er mich steinigen, aber irgendwie machen wir das schon. Alles. Ist. SUPER.«

Nein, das geht so nicht!

Ich drehe langsam durch. Die Gedanken in meinem Kopf kreisen unentwegt, wie in einem Karussell.

Ich muss mit irgendwem darüber reden. Mit irgendjemandem, der mich runterbringt, nicht in den Psychomodus verfällt und es auf keinen Fall meinem Vater verrät, selbst wenn der es darauf anlegt. Deswegen scheidet fast jeder aus. Außer Zayden. Der hält dicht, wenn es sein muss. Und er bewahrt einen klaren Kopf, wenn ich es nicht kann. Schon immer. Sicher, in letzter Zeit ist er nicht so gut drauf, aber ich weiß ganz genau, dass er sich zusammenreißen wird, wenn ich mit einem Problem zu ihm komme. Und das ist ein Problem. Ein riesengroßes Problem. Oder eben ein winzig Kleines, wie man es nimmt.

Ich weiß doch nicht mal, wie man Windeln wechselt!

Was, wenn ich irgendwas falsch mache? So ein Baby ist zerbrechlich. Und ich bin sicher nicht die geborene Mutter, wie Irina. Aber die fuckt ja gerade auch ab. Wenn es sogar Irina zu viel wird, was wird dann mit mir? Ich bin nicht so der quietschende Kindermensch, der sich nicht mehr einkriegt, sobald er ein Baby sieht. Ich habe ewig gebraucht, bis ich mich getraut habe, Rayen und Rowan mal auf den Arm zu nehmen.

ICH WERDE DAS BABY KAPUTT MACHEN, SERGIO!

Und außerdem: was, wenn wir auch so abfucken werden?

Was, wenn es uns wie Zayden und Irina gehen wird? Hast du schon mal daran gedacht, Sergio?

Sie waren so perfekt, das perfekteste Paar, das ich je gesehen habe. Sie haben sich so unglaublich geliebt und jetzt sind sie zerbrochen. Am Ende. Und ihr Abstieg hat mit der Geburt der Zwillinge angefangen, oh ja!

Kinder sind nicht immer ein Segen!

Aber das Problem wird sich auch nicht lösen, wenn ich hier einfach in diesem Bett liege und apathisch vor mich hinstarre. Ich werde jetzt Zayden anrufen und schauen, ob er schon oder noch wach ist.

Das ist ein erster Schritt.

Also stehe ich auf und öffne die Vorhänge, wobei ich fast erblinde, weil wieder neuer Schnee gefallen ist und es draußen so verdammt hell ist. Ich stöhne, bevor ich die Augen etwas zusammenkneife und das Fenster ankippe, damit frische Luft reinkommt. Dann schlurfe ich ins Bad und mache einigermaßen einen Menschen aus mir. Meine türkisfarbenen Augen sind etwas panisch geweitet, während ich mich im Spiegel betrachte. Meine matschbraunen Haare sind ein einziges Chaos und ich habe Schatten unter den Augen, weil ich die letzten Tage nicht sehr viel geschlafen habe. Ich hatte diese Albträume von mir als grauenhafte Mutter mit diesem Hund. Zumindest, wenn ich mal zur Ruhe kam, was gar nicht so leicht war, denn in meinem Kopf waren so viele Gedanken, die sich einfach nicht abschalten ließen. Allein gestern lag ich bis fünf Uhr wach.

Ich schäle mich aus der verschwitzten Ekelkleidung und steige unter die Dusche, aber mein Körper will sich einfach nicht entspannen, egal, wie lange ich das warme Wasser darüber laufen lasse. Kritisch mustere ich meinen Bauch. Natürlich weiß ich, dass man jetzt noch nichts sieht, aber trotzdem … Da ist ein Baby in meinem Bauch, Sergio und ich weiß wirklich nicht, wie ich das finden soll.

Mein Kopf kämpft in dieser Hinsicht unentwegt gegen mein Herz.

Er sagt: *Oh du meine Güte, jetzt sind wir im Arsch. Jetzt wird alles total eskalieren. Wie konntest du nur so dumm sein?*

Während mein Herz verliebt umhertänzelt, weil sich sein größter, geheimster Traum erfüllt hat und es spürt, dass irgendwie alles gut wird. Weil du perfekt bist. Weil wir perfekt sind und alles schaffen.

Nach der Dusche schrubbe ich mir zehn Minuten in ein weißes Handtuch gewickelt genervt meine Zähne. Dabei stoße ich mit der Bürste an meinen Rachen, weswegen ich sofort würgen muss und sich mein Magen verkrampft. Gerade so schaffe ich es, mich vorzubeugen und die Zahnbürste aus meinem Mund zu ziehen, bevor ich mich ins Waschbecken übergebe.

So. Eklig. Sergio.

Mit einer Hand kralle ich mich an den Rand, mit der anderen halte ich mir das Haar im Nacken zusammen. Mir wird die letzten Tage ständig übel, immer aus anderen Gründen. Zum Beispiel, wenn ich etwas rieche, was mich sonst nicht stört, aber jetzt dafür sorgt, dass sich mir der Magen umdreht. Allerdings ist es heute das erste Mal, dass ich mich übergebe, und ich frage mich, ob das jetzt die nächsten Monate so gehen wird. Und da sagt man, Schwangerschaften seien schön. Von wegen. Was soll daran bitte schön sein? Ich entspanne mich erst nach ein paar quälenden Minuten. Meine Augen tränen und ich löse die verkrampften Finger, bevor ich das Wasser einschalte und mir den Mund ausspüle. Dann reinige ich das Waschbecken und stecke mir wieder sehr, sehr langsam die Zahnbürste in den Mund. Ich putze mir die Zähne sehr vorsichtig und schaffe es diesmal, ohne mich nochmal zu übergeben. Dann kämme ich mir die wirren Locken und verlasse das Bad kurz darauf, um mich anzuziehen.

Während ich zum Kleiderschrank gehe, nehme ich mir mein Handy vom Nachttisch. Du hast mir geschrieben. Ich öffne die Nachricht und sehe mir das Bild an, was du mir geschickt hast. Links ist dein Vater, der an seinem Schreibtisch sitzt und angepisst zu dir schaut. Rechts ist Scar, aus *Der König der Löwen*, der ebenfalls angepisst nach vorn schaut. Darunter steht ein Fragezeichen. Ich muss lachen. Nur du schaffst das, obwohl ich gerade echt mies drauf bin.

Die Ähnlichkeit ist frappierend, antworte ich dir.

Gut, schreibst du zufrieden.

Dann bist du Simba und ich Nala, erwidere ich.

Und dein Vater ist fucking Mufasa.

Ich liebe das!

Du schickst ein schwarzes Herz und ich suche mir währenddessen ein paar Sachen zum Anziehen raus. Natürlich kriegst du drei schwarze Herzen zurück, ein lustiges GIF und eine Ziege.

Die Ziege ist unser Insider. Als wir sieben waren, sind wir nach Kentucky zu meinem Opa mütterlicherseits gefahren und haben an einer Raststätte gehalten. Es war Sommer und sehr heiß. Wir haben an unserem Eis geleckt. Während alle anderen drin waren, sind wir draußen geblieben und haben uns die Ziegen in dem Gehege daneben angesehen. Und da war diese eine irre, schielende, braunweiße, sabbernde Ziege, die dich unentwegt angestarrt hat. Egal, wo du hingegangen bist. Ihr Blick ist dir gefolgt. Sie wollte dich. Diese Ziege. Wir haben uns kaputtgelacht. Bis heute fragen wir uns, was aus ihr geworden ist und ob sie eingegangen ist, weil sie dich nie bekommen hat. Immer, wenn du mies drauf warst, habe ich dir einfach von dieser Ziege erzählt und was sie wohl gerade tut, und du musstest lachen. Ich konnte dich mit dem Gedanken an sie immer irgendwie aufmuntern. Deswegen ist diese irre, sabbernde Ziege jetzt unser Symbol. Und ich liebe das, Sergio.

Wie jeden Tag stalke ich dich, während ich mein Handtuch öffne und es über die Sessellehne schmeiße. Etwas abgelenkt streife ich einen schwarzen BH sowie einen gleichfarbigen, breit geschnittenen Pullover über den Kopf. Dann ziehe ich die Haare aus meinem Kragen und klicke auf dein Profilbild. Du bist darauf mit Ramon zu sehen, hast einen Arm um seine Schultern geschmissen, weshalb dein Siegelring in der Kamera blitzt, und lachst. Ramon de Luca grinst dich an. Ihr seid so niedlich zusammen. Ich bin froh, dass du da drüben wenigstens einen hast, der dich zum Lachen bringt und wirklich versteht. Ramon ist gar kein so schlechter Mensch, obwohl ihn alle, einschließlich meiner Familie, dafür halten. Er ist ein getarnter Engel zwischen all den Teufeln, was man nie erwarten würde. Und er hat das Herz am rechten Fleck. Er würde für dich sterben, deswegen kann ich ihn nur lieben. Das geht gar nicht anders.

Ich ziehe mir meine schwarze Jeans über die Beine und kämpfe den Knopf zu, wie immer, wenn ich Jeans trage. Blödes Fett! Dann stülpe ich mir noch Socken über und setze mich auf die Armlehne des Sessels in meiner Couchecke, bevor ich Zaydens Nummer wähle und mit dem Handy am Ohr warte. Es schneit schon wieder und ich frage mich, ob das jemals aufhört. Alles ist weiß. Der Garten, das Poolhaus, der See, das Haus auf der anderen Seite des Sees, wo du bist …

Es klingelt sechs Mal, dann klackt die Leitung.

»Scheiße, kannst du ihn nicht endlich ruhigstellen«, murmelt Zayden und im Hintergrund hört man ohrenbetäubendes Gebrüll. »Mach die Tür zu!«, ruft er dann lauter und genervter. Mein Magen zieht sich zusammen. Das ist momentan der normale Tonfall zwischen Irina und ihm.

»JA?«, fragt er dann gereizt und schnieft. Ich rede nicht um den heißen Brei herum, das würde ihn nur noch mehr reizen.

»Ich bin es. Ich bin in meinem Zimmer und ich brauche deine Hilfe«, rattere ich einfach runter und ein paar Sekunden ist es still. »Aber kümmer dich erstmal um Rayen.« Ich habe gehört, dass er es ist, der einen Aufstand macht.

»Sie macht das schon. Ich komme. Brauch ich eine Waffe?«, erkundigt sich mein schießwütiger Cousin und ich schaue auf meinen Bauch. Ich glaube nicht, dass sich das Problem so lösen lässt.

»Nein.«

»Gut. Fünf Minuten.« Er legt auf. Er ist so herzallerliebst, mein Cousin. Ich beschließe, dass ich nach dem Gespräch zu ihnen rübergehe und einen der Jungs oder sogar beide mitnehme. In den letzten Wochen habe ich mich immer wieder mal um die Jungs gekümmert. Mittlerweile ist Irina froh, wenn sie etwas Zeit für sich hat, was am Anfang gar nicht so war. Sie konnte die beiden einfach nicht abgeben, sie nicht loslassen. Sie wollte alles selbst machen. Wenn es um ihre Kinder ging, war sie ein Kontrollfreak, allerdings gleichzeitig überfordert. Inzwischen sieht sie ein, dass sie ruhiger ist, wenn sie sich auch mal eine Pause gönnt. Wobei sie diese Zeit dann meistens dazu nutzt, um mit Zayden zu streiten.

Es ist schlimm, von außen zuzusehen, wie so etwas Richtiges auseinanderbricht, ohne etwas tun zu können. Aber von außen wirkt immer alles ganz anders, als wenn man selbst in die Sache involviert und von seinen Gefühlen mitgerissen wird. Ich weiß schon …

Mein Handy vibriert und ich öffne die nächste eingegangene Nachricht.

Was machst du?, hast du geschrieben. Nun, ich warte auf deinen Bruder und werde ihm gleich erzählen, dass ich schwanger bin. Von dir. Natürlich antworte ich das nicht! Aber ich weiß, dass ich heute mit dir reden muss. Definitiv. Also tippe ich schnell.

Bin zu Hause. Hast du heute Zeit? Simbaaaa?

Ich bin aber gerade Frodo, nicht Simba, kommt von dir.

Hast du eklige Füße?, schreibe ich angewidert. Du schickst Lachsmileys und dann ein Bild von dem Juwelier in der Fünften Straße. Sofort stockt mein Herz und die Welt bleibt ein paar Sekunden stehen.

Ich suche einen Ring. Dahinter folgt ein Zwinkersmiley.

Ich lasse mich rückwärts auf das Sofa sinken.

OH.

MEIN.

GOTT.

EIN RING!

Wie eine Irre strample ich mit den Füßen und spüre, wie mein Gesicht ganz heiß wird. Jetzt werde ich hysterisch!

Für mich?

Nein, Rosalie, für deine Schwester. Der Smiley, den du nun schickst, hat nur Augen und ich muss lachen.

Oh mein Gott!

Wenn du einen Ring aussuchst, dann willst du mich also wirklich heiraten. Du hast zu mir gesagt, dass du dein Leben mit mir verbringen willst und dass du bereit bist, wirklich zu kämpfen, bereit bist für mich, für uns. Aber dass du jetzt sofort einen Ring kaufst, hätte ich nicht gedacht. Vor allem, da man in unseren Kreisen keine neuen Ringe kauft, sondern jene nutzt, die über Generationen in Familienbesitz sind. Das ist Tradition. Allerdings heiratet man in unseren Kreisen normalerweise auch nicht aus Liebe. Deswegen sind wir in einigen Aspekten eine Ausnahme.

Natürlich muss ich erst noch mit Mufasa reden und Scar außer Gefecht setzen. Er ist immer so bösartig. Es kann also etwas dauern.

Brauchst du Timon und Pumba?, frage ich und meine damit Zayden und Ilian, wobei ich nicht weiß, wer welcher ist.

Nein, nicht wirklich. Die machen alles noch schlimmer.

Okay, aber zur Not weißt du ja, wo du sie findest.

Klar, im Schlamm bei den Würmern (Stripclub) oder in

meiner Schwester. Kotzssmiley. Ich verziehe mein Gesicht.

Momentan sind beide weder da noch dort. Keine Sorge, beruhige ich dich.

Gott sei Dank. Ich kann förmlich deinen trockenen Tonfall hören. *Ich muss jetzt weiter, der Weg nach Mordor ist lang.*

Lass dich nicht vom Ring verführen.

Zu spät. Du schickst ein Herzchen und ich muss kichern.

Wieso bist du denn so perfekt?

Du bist nicht nur sexy, hübsch und schlau, sondern auch noch witzig. Das ist fies. Da hat man als Frau keine Chance, sich zu wehren, und muss dir verfallen. Denn du bist wirklich der absolute Traummann, von dem man sonst nur in Büchern liest. Du bist unglaublich. Und ich …

Meine Tür geht auf, mein Cousin hält nicht viel von Klopfen. Ich liege immer noch rücklings auf der Couch, die Beine über die Lehne geschwungen und sehe zu ihm hoch. Zayden steht, obwohl es draußen eiskalt ist, in einem schwarzen Muskelshirt und einer schwarzen Jogginghose mit Rowan auf seinen Schultern vor mir. In den Haaren der beiden glitzern Schneeflocken. Rowan trägt wenigstens eine Jacke, die genauso rot ist wie seine Nase, und Stiefel. Ich gerate wie immer kurz in Verzückung, als ich ihn betrachte. Diese Kinder sind die Ausnahme. Zayden hält mit seiner großen Hand eines von Rowan Beinen fest und schließt mit der anderen die Tür hinter sich. Seine türkisen Augen wirken verschlafen und seine Haare wirr. Ich richte mich auf und er kommt auf mich zu und überblickt mich prüfend.

»Es ist alles okay.« Ich strecke ihm meine Hände entgegen, damit er mir dieses Kind gibt. Er hebt Rowan von seinen Schultern und setzt ihn mir breitbeinig auf den Schoß.

Der hat noch eine Schlaffalte im Gesicht und ist so süß. Als ich die Jacke aufmache, bemerke ich, dass er noch seine Schlafsachen trägt.

»Morgen, Baby«, murmle ich ihm verliebt zu und er lächelt mich müde an, weswegen mir noch wärmer wird als sonst. Das sind wohl die Hormone, die schon in mir wüten – total klar. Erst küsse ich seine Stirn und rieche tief an ihm, während er verschlafen plappert und mir von seinem Traum erzählt. Das tun wir immer. Ich berichte ihm auch immer von meinen Träumen. Heute nicht. In Rowans Traum war ein Panzer, wahrscheinlich sein Vater, der das Haus platt gewalzt hat. Ja, eindeutig Zayden. Ich ziehe ihm die Stiefel aus und sehe zu meinem Cousin hoch, der genervt meine Schubladen inspiziert. Ganz normal.

»Zayden?«

»Hmm?«, knurrt er und ich hoffe, dass er nicht meine Nachttischschublade öffnet, denn dort sind die ganzen Tests drin.

»Warte!«

»WAS?« Er wühlt in meinem Schreibtisch.

»Komm her und setz dich!« Er dreht sich zu mir um und betrachtet mich lauernd, bewegt sich aber keinen Zentimeter.

»Was ist los? Sag es einfach, ich hab keine Zeit!« Er tippt auf seine nicht vorhandene Uhr.

»Keine Seit!«, plappert Rowan erklärend, damit ich es doch bitte verstehen möge.

Ich streiche ihm durch die Haare.

»Zayden bitte, setz dich kurz!«, verlange ich jetzt nachdrücklich. Rowan macht eine einladende

Handbewegung zu dem Sessel und sieht auffordernd/müde zu seinem Vater hoch.

»Papa, setz dich kurz!«, plappert er auch mir nach und wir beide sehen ihn auffordernd an.

Zayden schnaubt genervt und lässt sich schwer auf den Sessel mir gegenüber fallen, bevor er sich durch die wirren Haare streicht. »Ich meine, man kann ja mal die Tür zumachen, wenn man weiß, dass der andere bis sieben Uhr unterwegs war«, murmelt er in sich hinein und greift nach der Wasserflasche von meinem Tisch. »Nein, man lässt die Tür auf, damit Zayden bloß nicht schläft. Wieso sollte er auch schlafen? Ich will ihn ja quälen. Ich will ja, dass er genervt ist. Also staubsauge ich und ignoriere, dass mein Kind seit einer gefühlten Stunde schreit.«

»Mama laut!«, erklärt Rowan empört. »Und Ayen …« Er überlegt kurz. »Auch laut.«

»Alle sind fucking laut!« Zayden schraubt die Flasche auf.

»Mama putzt. Da darf sie laut sein«, sage ich zu Rowan.

»Also was ist los?«, fragt Zayden ungeduldig und lehnt sich zurück, während er trinkt. Fast den gesamten Inhalt der Flasche. Ich atme tief durch und werde jetzt nicht mit ihm über das Irina-Thema sprechen. Das habe ich schon ein paarmal gemacht, aber bei beiden gibt es gerade kein Durchkommen. Weder bei ihr noch bei ihm. Also konzentriere ich mich auf mein eigenes Problem. Äh, unser Problem. Ich räuspere mich. Zayden setzt die Flasche erneut an. Ich betrachte ihn leicht zweifelnd und warte, weil ich nicht will, dass er sich verschluckt. Aber er hört einfach nicht auf zu trinken und sieht mich auffordernd an. Seine türkisfarbigen Augen blitzen.

Okay, wie der Herr will.

»Ich bin schwanger«, lasse ich die Bombe platzen. Es dauert drei Sekunden, bis er das ganze Wasser über den Tisch spuckt.

Nett.

»UHHHHH!«, macht Rowan erschrocken und zuckt hoch, während ich keine Miene verziehe und nach der Box mit den Tüchern greife. Das war klar. »IHHH PAPA!«, beschwert er sich angewidert und versucht, die wenigen Tropfen von seinem Ärmel zu wischen. Ich reiche ihm ein Tuch, dann ist er wenigstens beschäftigt. Und er tupft los, auf sich selbst und mir. Dabei runzelt er bekümmert die Stirn. Er ist so ein Bubu. Bubu ist mein Synonym für süß.

Zayden hustet währenddessen lautstark und Tränen treten in seine Augen, weil er sich verschluckt hat. Ich überlege währenddessen, was zu tun ist, wenn jemand erstickt. Der letzte Erste Hilfe Kurs ist eindeutig zu lange her. Ich habe keine Ahnung, deswegen werde ich es machen wie *Mrs. Doubtfire* in einem meiner Lieblingsfilme.

»Was is schwanga?«, fragt Rowan, während er sich weiter abtupft. Zayden keucht.

»Das, das, das ist, wenn …«

»Wenn man einen Hund will«, erkläre ich. Rowan betrachtet mich ein paar Sekunden nachdenklich, wobei seine Hand mit dem Tuch stockt. Dann nickt er und tupft weiter. Ich atme erleichtert aus und sehe wieder zu Zayden.

»Ich denke seit vier Wochen.« Er starrt mich immer noch an. Die Flasche in der einen, den Deckel in der anderen Hand. Seine Lippen sind feucht.

»Von Sergio?«, erkundigt er sich fassungslos und jede Regung weicht aus meinem Gesicht. Darauf antworte ich nicht, rein aus Prinzip, weil das die dümmste Frage ist, die ich je gehört habe. Zayden stöhnt und lässt sich zurück in den Sitz fallen, wobei er die Flasche auf dem Boden abstellt und sich mit der Hand über das Gesicht reibt. »Oh fuck.«

»Ich weiß.«

»DADDY, das solls nich sagen!«, schimpft Rowan.

»OH FUCK!«, keucht Zayden nochmal und ich nicke Rowan beruhigend zu. Ab und zu darf man das.

»Okay …« Zayden massiert sich die Schläfen, während er an die Decke sieht und offensichtlich nachdenkt.

»Ja … also …«, beginne ich, aber er hebt einen Finger, damit ich ihn nicht beim Denken störe. Ich verstumme und tupfe nun selbst rum.

»ABER Papa!«, meint Rowan aufgeregt und der Finger wird wieder gehoben.

Ich schweige nervös und lasse meinen Cousin denken. Genau wie sein Sohn. Also warten wir nun beide, bis wir wieder sprechen dürfen.

»Scheiße«, sagt Zayden letztendlich und lässt seine Hände sinken, bevor er den Blick auf mich richtet.

»Ich weiß«, gebe ich ihm recht, weil das wirklich ein denkbar schlechter Zeitpunkt ist.

»Okay …« Er atmet tief durch. »Weiß er es?« Ich schüttle langsam den Kopf.

»Ich konnte es ihm noch nicht sagen.«

Zayden nickt verstehend.

»Er wird mich töten.«

Zayden nickt verstehend.

»Er wird einfach seine Waffe ziehen, die Waffe, die ich ihm geschenkt habe, und mich erschießen.«

Zayden nickt verstehend.

»Und vorbei ist unsere Liebesgeschichte.«

Zayden nickt verstehend.

»Okay«, wiederholt er schließlich und richtet sich auf, bevor er die Unterarme auf die Oberschenkel stützt und die Finger zwischen den Knien verschränkt. Jetzt ist er voll da und im Denkermodus. So brauche ich ihn auch.

»Sag es ihm noch nicht«, meint er schließlich.

»Echt?« Er nickt knapp.

»Lass mich erstmal ein paar Dinge regeln.« Er wirkt hochkonzentriert und sieht an mir vorbei aus dem Fenster. »Mir schuldet da noch jemand einen Gefallen«, murmelt er nachdenklich. Solange es nicht Donovan de Luca höchstpersönlich ist, weiß ich zwar nicht, wie uns das jetzt helfen soll, aber ich vertraue Zayden zu hundert Prozent und hinterfrage auch nicht, wenn er mich um so was bittet.

»Okay.«

»Das Einzige, was euch im Weg steht, ist sein Vater. Sergio wird damit klarkommen. Er wird dich nicht umbringen.«

»Obwohl ich schuld bin?«

»Soweit ich mich erinnere, gehören zwei dazu, schwanger zu werden.« Sein Blick schweift kurz zu Rowan, der jetzt auf dem Boden sitzt und da tupft.

»Ja, ich weiß.« Ich seufze schwer und kann mir gar nicht wirklich vorstellen, dass da ein BABY in mir drin sein soll, auch wenn es momentan eher ein winzig kleiner Klumpen ist.

»Du solltest aber dringend mit deinem Vater darüber sprechen, denn er wird es rauskriegen, wenn er dich die nächsten Wochen beobachtet. Und du weißt, wie er wird, wenn er so was selber erfahren muss und man es ihm nicht direkt erzählt.«

»Ich wollte es erst Sergio sagen.«

»Damit wartest du noch. Denn wenn Sergio das weiß, wird er völlig durchdrehen und ganz unüberlegte, dumme Dinge tun. Zum Beispiel seinen Vater erschießen, damit ihr zusammen sein könnt. Deshalb musst du warten.«

»Okay, ich werde warten. Aber nicht zu lang. Ich kann so was nicht vor ihm geheim halten.«

»Ich sage dir dann Bescheid!«, ruft Zayden genervt. »Setz mich nicht unter Druck!« Er steht auf und sieht zu meinem Bett. »Was dagegen, wenn ich hier schlafe. Ist nicht so laut.« Ich deute ihm, dass er sich keinen Zwang antun soll, und er winkt Rowan mit sich ins Bett. Der lässt die Tücher fallen und tapst zu ihm rüber. Zayden hebt zuerst ihn aufs Bett, dann lässt er sich selbst darauf fallen und stöhnt genüsslich, bevor er die Decke über sich und Rowan zieht.

»Okay, weck mich in vier Stunden.«

»Mach ich.« Sie sind echt ein bisschen süß, wie sie da so liegen und Rowan sich seufzend an seine Brust kuschelt. Wirst du auch so mit deinem Sohn oder deiner Tochter daliegen? Bei dem Gedanken daran flutet eine wohlige Wärme das erste Mal, seit ich von der Schwangerschaft erfahren habe, meinen Bauch. Ich sehe es fast vor mir.

Fast.

Du mit unserem Baby.

Wer hätte das gedacht, Sergio?

Ich lächle doch tatsächlich. Dann wird mir klar, was ich tue und dass es fürs Freuen noch viel zu früh ist, straffe mich und verlasse eilig das Zimmer. Ich werde jetzt zu Irina gehen, Rayen nehmen und sie auch ins Bett stecken. Dann mache ich bei ihr sauber.

So bin ich wenigstens beschäftigt und kann schon mal üben, wie es ist, ein Kind zu haben.

Denn wir sind schwanger, Sergio.

Und ich bin etwas panisch.

Ganz, ganz leicht. Aber gleichzeitig weiß ich, dass wir alles schaffen können. Wenn dein Vater uns keinen Strich durch die Rechnung macht – wie so oft.

2. Der perfekte Ring, Rosalie

XX

Sergio

Dieser Ring ist zu groß.

Dieser Ring ist zu klein.

Dieser Ring hat keine Persönlichkeit.

Dieser Ring schreit: geldgeile Hure.

Dieser Ring schreit: Ich musste dich endlich fragen, du machst mir Druck.

Dieser Ring schreit: Jetzt habe ich sie geschwängert, jetzt muss ich sie heiraten.

Die warme, trockene Heizungsluft beim Juwelier strömt mir in die Nase und ich streife meinen Mantel ab, während ich die Ringe im Schaukasten betrachte und den Kopf schief lege. Hier funkelt alles. Alles ist so exklusiv und teuer.

»Kauf doch einfach den hier«, rät mir Camillo, der halb hinter mir steht, und deutet auf einen Ring mit einem

Diamanten in Form eines X. Der gefällt mir zwar, aber das ist nichts für dich, Rosalie.

Ich seufze schwer und lege meinen Mantel über den blauen Samtsessel, der in der Sitzgruppe am Schaufenster steht. Auf dem niedrigen Tisch in dessen Mitte befinden sich Prospekte. Diamanten funkeln in der hereinfallenden Sonne und brechen sich darin, sodass sie ihre Reflexionen an die mit Ornamenten geschmückte Tapete werfen.

Ich kaufe dir einen Verlobungsring, Rosalie. Das tut niemand in unseren Kreisen, denn eigentlich sind die Ehen vorversprochen und die Ringe der Eltern werden über Generationen weitergegeben. Eigentlich müsste ich dir den Verlobungsring an den Finger streifen, den zuletzt Selina Sanchez getragen hat. Natürlich habe ich ihn ihr abgenommen, bevor ich sie außer Landes geschickt und den Ring feinsäuberlich zurück in die Schachtel im Safe gelegt habe. Davor gehörte er meiner Mutter, als sie Dorian de Luca geheiratet hat, und davor höchstwahrscheinlich meiner verstorbenen Oma, die in ihrem Bett im Schlaf erschossen wurde. Ganz am Anfang trug ihn wahrscheinlich Amalia de Luca, die vom Balkon sprang und sich umbrachte.

Bei allem Respekt meiner Familie gegenüber – ich habe nicht vor, dich umzubringen oder unglücklich zu machen. Deshalb bekommst du nicht den de Luca-Ring. Deshalb, und weil mein Vater das alles absegnen müsste, damit ich ihn kriege. Und der wird gar nichts absegnen. Das ist mir natürlich klar.

Dass ich ihm in der Stadthalle kurzerhand verkündet habe, dass ich dich heiraten werde, ist jetzt zwei Wochen her. Ich habe das nicht im Affekt getan, ich will und ich werde dich heiraten. Mein Vater weiß, dass ich nichts einfach so daher sage. Ich bin sein Sohn. Also weiß er auch, dass ich Nägel mit Köpfen machen werde. Ich habe keine Ahnung, wie, Rosalie. In den letzten zweieinhalb Jahren hätte ich noch tun können, was ich wollte. Aber da konnte ich dich auch nicht haben und jetzt muss ich eben kämpfen. Allerdings weiß ich, dass ich mich beeilen und einen Plan aushecken muss, weil mein Vater dich oder mich sonst an jemand anderen verheiratet.

Das darf natürlich nicht passieren.

Aber erstmal, damit alle sehen, dass du nicht zu haben bist, muss dieser Ring her.

»Kann ich Ihnen weiterhelfen?«, fragt eine Verkäuferin, die durch den Samtvorhang hinter die Theke tritt, und ich schaue von den vielen Ringen, die mich blenden, auf.

Vor mir steht eine kleine Blondine in einem schwarzen, perfekt sitzenden Kostüm. Ihr Namensschild verrät, dass sie Tanja heißt.

Ich stütze einen Ellbogen auf das Glas vor mir. »Japp. Ich suche einen Verlobungsring«, antworte ich geistreich. Klar, was denn sonst, wenn ich hier vor den Ringen stehe.

Tanja nickt. Ihr Blick schweift kurz über mich, dann über Camillo.

»Der Preis ist egal, er sollte funkeln und besonders sein.« Stirnrunzelnd sehe ich auf die vielen, immer so gleichen Ringe. Die sind so was von nicht besonders.

»Was ist Ihre Freundin denn für ein Typ?«

Freundin, Rosalie. Fast muss ich lachen. Ich wünschte, wir wären irgendwann mal Freund und Freundin gewesen, aber das gibt es in unserer Welt nicht. Camillo schnaubt mir in den Nacken und ich streiche ein paar imaginäre Fussel von der Theke, wobei mein Siegelring in der Sonne blitzt und Tanjas Blick daran hängen bleibt.

Sie weitet erschrocken die blauen Augen und ich hebe einen Mundwinkel.

Jetzt räuspert sie sich.

»Das kann ich bei aller Liebe nicht beschreiben«, meine ich schließlich. »Sie hat dunkle Haare.« Mit einer Hand deute ich wallendes, langes Haar an.

Tanja nickt. »Weiter?«

»Sie hat türkisfarbige Augen.« Was soll ich denn sagen, Rosalie? Ich weiß schon. Ich zeige ihr einfach ein Bild von dir. Ich hebe einen Finger in ihre Richtung und ziehe mein Handy aus der Hosentasche, bevor ich unseren Chat und dann dein Profilbild öffne. Darauf liegst du auf dem Bett und hast das Kinn auf deine Handfläche gestützt. Ich zeige es Tanja und sie nickt langsam.

»Mag sie es eher ausgefallener oder klassisch?«

Camillo lacht und tarnt es dann als Husten. Ich muss auch ein bisschen lächeln.

»Kommt drauf an, in welcher Stimmung sie ist.«

Tanja ist etwas vor den Kopf gestoßen. Ich liebe es, sie vor den Kopf zu stoßen. »Ich meinte in Bezug auf ihre … Kleidung, Sir.«

»A ja.« Ich nicke verstehend – ganz in meinem Spielmodus. »Das kommt auch drauf an, in welcher Stimmung sie ist.«

»Oh fuck«, murmelt Camillo hinter mir belustigt.

Tanja wirkt leicht überfordert.

»Machen wir es doch einfach so. Zeigen Sie mir Ihre teuersten und exklusivsten Ringe«, schlage ich lässig vor.

»Gern!«, stößt sie aus und ist Feuer und Flamme. »Folgen Sie mir bitte.«

Ich folge ihr, Rosalie. Und Camillo folgt mir mit den Händen hinter dem Rücken. Wir gehen in die hintere Ecke des Ladens und Tanja zieht eine Schublade aus einem der Fächer, aus der es mir entgegenfunkelt. Mit ihrer perfekt manikürten Hand deutet sie über die Reihen. Ich falte die Hände hinter dem Rücken und beuge mich interessiert vor. Camillo tut es mir nach.

»Hier hätten wir einen sehr schönen Ring aus Weißgold mit einem einzelnen 1,3 Karat schweren Diamanten.« Ich hasse einzelne Dinge, Rosalie, weshalb ich den Kopf schüttle. Tanja deutet weiter. »Hier hätten wir einen Smaragd…«

»Keinen Smaragd«, unterbreche ich sie.

»Keinen Smaragd«, murmelt sie.

»Keinen Smaragd«, bestätigt Camillo.

»Dann hätten wir hier einen sehr hochwertigen Ring aus Silber und einem Diamanten in ovaler Schliffform. Der ist dieses Jahr voll im Trend.«

»Nichts, was dieses Jahr voll im Trend ist«, murmle ich düster. Du bist doch keine Massenware, Rosalie.

»Bloß nicht«, bestätigt Camillo.

Tanja seufzt und deutet weiter. »Dann hätten wir hier eines unserer teuersten Modelle aus der Lavelle-Kollektion. Er besteht aus 14-karätigem Weißgold und einer rundum Diamantfassung. Der Hauptstein hat vier Karat.«

Ich mag das, Rosalie.

Dieser Ring ist hübsch.

Der Diamant in der Mitte ist rund und zwei Striemen, die mit kleineren Diamanten besetzt sind, umrunden den Finger.

»Er kostet 42.453 Dollar.«

Ich nicke langsam und versuche, mir diesen Ring an deinem Finger vorzustellen. Ich liebe den Gedanken. Er würde gut zu dir passen und auch, wenn er echt funkelt, ist er nicht zu aufdringlich und wird deiner Eleganz gerecht.

»Ich nehme ihn«, meine ich und sehe nochmal fragend über die Schulter zu Camillo. Er nickt langsam und bedeutungsvoll mit erhobenen Brauen.

»Willst du nicht mich heiraten?«, murmelt er mir zu und ich muss lachen.

»Kennen Sie die Ringgröße Ihrer Freundin?« Wenn sie dich noch einmal meine Freundin nennt, erschieße ich sie. Meine Waffe steckt in meinem Hosenbund.

Natürlich kenne ich deine Ringgröße, Rosalie. Ich gehe ja nicht einen Verlobungsring kaufen und kenne deine Größe nicht. »5,5.« Du hast echt kleine Finger, Rosalie.

Tanja ist offensichtlich überrascht. »Perfekt«, murmelt sie. »Bis wann bräuchten Sie den Ring denn?«

»Bis wann kriege ich ihn denn?«, stelle ich die Gegenfrage.

»Ich kann ihn innerhalb von zwei Tagen nachbestellen«, meint sie.

»Gut.« Ich bin zufrieden. Camillo ist zufrieden. Tanja ist noch zufriedener.

»Sehr schön. Möchten Sie eine Schatulle aussuchen?«

»Haben Sie eine schwarze?«, frage ich.

»Selbstverständlich.«

»Dann nehmen Sie die schwarze.« Ich bin ja nicht kompliziert, Rosalie. Die Schatulle wird dir sowieso egal sein. »Und ich möchte auch gleich zahlen.« Ich war gerade eben noch mit Camillo im Casino und habe einen Teil von meinem Geld abgeholt. In meinem Auto liegen in einem Koffer gerade hundertzwanzigtausend Dollar in bar. Fünfzigtausend davon habe ich mit hier reingenommen.

»Natürlich.« Das kommt etwas rau. Sie geht zur Kasse und ich folge ihr. »Scheck, Kreditkarte oder …«

»Bar«, meine ich und unterbreche sie somit. Sie dürfte eigentlich nicht überrascht sein, wenn sie das Siegel meines Ringes kennt.

»Sicher.« Ihr Lächeln ist sehr angespannt. Ich beuge mich rüber und greife nach meinem Mantel auf der Sessellehne, bevor ich ihn überstreife und aus der Innentasche die Scheine ziehe. Sie sind gebündelt und ich rolle sie auseinander, während Tanja wie eine Eins hinter ihrer Kasse steht und versucht, professionell zu wirken. Camillo lehnt sich wie in einem Club an den Tresen neben mich und zwinkert ihr zu. Okay, er wird sie heute Abend wahrscheinlich von der Arbeit abholen und dann flachlegen. Camillo legt alles flach, was ihn länger als drei Sekunden ansieht.

Ich schiebe ihr dreiundvierzigtausend Dollar über den Tresen.

Etwas ungelenk nimmt Tanja das Geld entgegen und fängt an, nachzuzählen. Das dauert etwas, aber schließlich bekomme ich mein Rückgeld in sehr kleinen Scheinen und überlasse ihr fünfzig Dollar, die ich in ihr Gläschen stecke, während sie mir die Quittung ausdruckt, unterschreibt und sie mir mit dem Garantieschein über den Tresen schiebt. Ich stecke alles ein und gebe ihr Camillos Nummer, damit sie anrufen kann, wenn der Ring da ist, schließlich ist meine nicht für jeden bestimmt. Aber Camillo freut sich sicher, dass ich ihn benutze.

»Dann wünsche ich Ihnen noch einen wunderschönen Tag.« Tanja strahlt mich an. »Ihre Freundin kann sich wirklich glücklich schätzen.«

»Das ist Ansichtssache«, meine ich, während ich zur Tür gehe und Camillo mir folgt.

»Ruf mich an, wenn du Schluss hast«, säuselt er ihr noch zu und Tanja kichert. Augenverdrehend verlasse ich den Juwelier und trete hinaus in die Eiseskälte, aber die Sonne scheint warm auf uns herab.

»Gut!«, meine ich und strecke mich.

Camillo schüttelt ungläubig den Kopf. »Ich kann nicht glauben, dass du das gerade getan hast.«

Ich nehme den Autoschlüssel aus meiner Manteltasche. »Das war noch zu wenig.« Denn einen Ring kaufen, der in der Sonne reflektiert, kann jeder. Ob ich wirklich einen Weg finden werde, mit dir zusammen zu sein und dich dann bis an das Ende unseres Lebens glücklich machen kann, wird sich noch zeigen, denn das ist die wahre Kunst, Rosalie.

Aber erstmal der Ring.

3. Für ihn, Irina

XX

Zayden

Ich stehe unter der Dusche und das warme Wasser prasselt auf meinen Kopf, der im Nacken liegt. Langsam werde ich wach. Es ist jetzt zwei Uhr nachmittags und ich konnte in Rosalies Bett endlich mal wieder richtig schlafen, wenn auch nur vier Stunden. Als ich aufgewacht bin, war Rowan weg und ich habe recht schnell bemerkt, dass meine Mom ihn geholt hat. Wahrscheinlich wurde er vor mir wach. Rowan ist meist leise und hat sich wahrscheinlich davongeschlichen, ohne mich zu wecken.

Ich bin bei uns im Bad und du bist unten in der Küche. Als ich nach Hause kam, habe ich dich gesehen und bin gleich weiter nach oben gegangen. Rayen ist bei Rosalie, die im Salon mit ihm gepuzzelt hat, als ich das Haus verlassen habe.

Ich versuche, meine Gedanken zu sortieren, während langsam mein Körper erwacht und mein Gehirn zu arbeiten beginnt.

Das Erste, woran ich denke, ist Rosalie.

Sie hat mir erzählt, dass sie schwanger ist – von meinem Bruder, natürlich. Das wusste ich, aber ich stand erstmal unter Schock, sodass erstmal alles aus mir geplatzt ist, was mir einfiel. Es gibt Frauen, bei denen muss man einfach nichts hinterfragen. Rosalie ist eine davon.

Mir ist klar, dass das jetzt ein wahrer Kampf für die beiden wird, weil Donovan meine Cousine niemals als Schwiegertochter akzeptieren wird. Aber ich habe schon einen Plan und werde mich heute noch mit ihm unterhalten. Ich muss sowieso mit ihm über die Spaniensache sprechen. Außer dir weiß es noch immer niemand und Donovan hat mich auch nicht weiter gedrängt. Er wartet geduldig, dass ich mich bei ihm melde. Denn wahrscheinlich ahnt er bereits, wie ich mich entscheiden werde.

Es ist natürlich klar, dass ich sein Angebot annehme. Dass ich nach Spanien gehe und tue, was auch immer er von mir will, wenn er dafür niemandem von Selina und mir erzählt und meine Cousine in Ruhe lässt. Denn nach neusten Erkenntnissen ist sie Santos Estebans Enkelin, der natürlich seine Erbinnen Sophia und Rosalie wollen wird. Vor allem, wenn er jetzt vorhat, sich in Chicago breitzumachen. Das würde Donovan selbstverständlich zum Anlass nehmen, Rosalie loszuwerden, damit sie nicht weiter mit Sergio anbandelt. Er weiß ja noch nichts von seinem Glück.

Ich schon.

Und das werde ich jetzt benutzen.

Denn Donovan will noch weniger, als dass Rosalie in seinem Haus lebt, dass Sergio ihn für immer hasst und geht. Doch das wird er, wenn rauskommt, was Donovan de Luca vorhat. Und vor allem will Donovan sicher nicht, dass sein zukünftiger Enkel bei den Spaniern landet. *Oh Sergio, du hast ja keine Ahnung, wie gut du das getimt hast, ohne es zu planen.* Dieses Kind ist jetzt schon ein kleiner Lebensretter.

Ich werde mit Donovan reden. Eine gute Unterhaltung hat noch niemandem geschadet.

Seufzend greife ich nach dem Duschgel und verteile etwas davon in meiner Handfläche, bevor ich meinen Körper einseife und der Geruch in meine Nase steigt. Das Wasser prasselt laut gegen die Duschwand und dampft, weil es so warm eingestellt ist. Ich drehe mich, um den Schaum von meinem Körper zu waschen. Mit beiden Händen fahre ich mir durch die nassen Haare und streiche mir über die Augen, bevor ich den Kopf rolle.

Heute werde ich Donovan auch sagen, dass ich auf jeden Fall gehe.

Ich hasse das, ich will es nicht. Aber ich werde es tun. Ich weiß noch nicht, welche Folgen das für dich und mich haben wird. Wir schwanken seit Wochen. Wir tigern umeinander herum. In einem Moment versichern wir uns, dass alles gut wird und wir alles überstehen, im nächsten Moment schubse ich dich gegen den Türrahmen und du nennst mich einen Bastard. An einem Tag rufe ich dich aus dem Auto an, weil ich deine Stimme hören will, am nächsten Tag gehe ich ins Haus meiner Eltern, um dort im Gästezimmer zu schlafen, weil ich deine Stimme nicht mehr hören kann.

Wir schwanken.

Seit mittlerweile wieder vier Wochen hatten wir auch keinen Sex mehr. Außer dem einen Mal, als wir im Streit übereinander hergefallen sind, herrscht Funkstille. Diesmal geht sie von mir aus. Denn seit ich SIE angefasst habe, schaffe ich es nicht mehr, dich zu berühren. Ich versuche, zu verdrängen, was ich getan habe, aber wenn du dich auch nur in der Nacht an mich schmiegst, blitzen die Bilder von ihr auf und ich drehe mich weg.

Das hat nichts mit dir zu tun, sondern nur mit mir. Schuld ist kein Gefühl, mit dem ich zurechtkomme.

Ich lasse meinen Nacken knacken. Ich hasse es, dass ich immer noch so viel über sie nachdenke. Nicht, weil Selina mir so sehr fehlt, sondern, weil es ihr wieder gelungen ist, sich in mein Hirn zu nisten wie ein Parasit.

Ich habe nicht mit ihr gesprochen, seit ich erfahren habe, dass Donovan sie auf mich angesetzt hat. Dass sie von alldem wusste. Ich kann nicht. Ich weiß nicht, was ich tun werde, wenn sie wirklich allein vor mir steht. Und ich will sie nicht killen. Nicht jetzt. Nicht so.

Ich blocke alle Anrufe von ihr ab, antworte auf keine Nachrichten. Sie ist immer noch mit Sancho in Chicago. Die Geschäfte mit Donovan scheinen sich zu ziehen und es regt mich auf, dass sie da ist. Der Gedanke, dass sie dich abfangen und dir alles erzählen könnte, macht mich nervös. Ich hoffe einfach, dass sie bald geht und ich so tun kann, als wäre sie nie passiert.

Tief atme ich durch, dann stelle ich das Wasser ab, streiche mir über das nasse Gesicht und ziehe die Duschtür auf. Der Wasserdampf verwehrt mir die Sicht, als ich blind nach dem Handtuch auf dem Waschbecken greife und damit meinen Körper fahrig abtrockne, bevor ich es um meine Hüften wickle.

Als ich wieder aufblicke, bemerke ich dich und stocke, als ich gerade die Dusche verlassen wollte. Du lehnst im Türrahmen, hast mit einer Hand den anderen Arm umfangen und die Schläfe an das Holz gestützt. Deine dunkelgrünen Augen betrachten mich und du bist nicht geschminkt. Deine blonden, schulterlangen Haare sind etwas chaotisch und über eine Seite geschmissen. Der weiße Pullover ist an einer Schulter nach unten gerutscht und deine schwarzen Leggins sitzen eng.

Ich kann nicht einschätzen, in welcher Stimmung du bist. Du kannst nicht einschätzen, in welcher ich bin. Alles wie immer.

Ich steige aus der Dusche und greife nach dem Deo. Der beschlagene Spiegel lichtet sich langsam, sodass ich dich durch ihn hindurch ansehen kann, also betrachte ich dich, während ich mir etwas davon unter die Arme sprühe.

Du lässt nicht den Blick von mir. Ich stelle die Flasche wieder ab, bevor ich den Zipfel des Handtuches rausziehe und es fallen lasse. Dann schnappe ich mir die bereitgelegten schwarzen Boxershorts. Du betrachtest mich weiterhin ungeniert. Ich streife mir den Stoff über die Hüften, nehme die Bürste und kämme meine Haare nach hinten, ohne dich aus den Augen zu lassen. Dein Blick wird etwas dunkler und ich hebe meinen Kopf leicht.

Willst du jetzt vögeln?

Die letzten Tage hast du es immer wieder vorsichtig versucht und ich habe immer wieder irgendwas getan, um nicht mit dir schlafen zu müssen. Sicher nicht, weil ich dich nicht verdammt heiß finde, ganz im Gegenteil. Ich befürchte nur, dass ich es gerade nicht kann. Und das wäre der Overkill.

Ich nehme den Föhn aus der Halterung neben dem Spiegel und stecke ihn an der Steckdose darunter an, bevor ich ihn einschalte und ein paar Minuten über meinen Kopf halte, bis meine Haare nach hinten anliegen und trocken sind. Unsere Blicke sind die ganze Zeit über ineinander verwoben und das nicht aus Liebe.

Meine Augen fragen:

Was denkst du?

Was willst du?

Weißt du es?

Was wirst du jetzt tun?

Willst du mich verlassen?

Vergiss es.

Deine sagen:

Was denkst du?

Was willst du?

Betrügst du mich oder nicht?

Soll ich kämpfen oder aufgeben?

Warum fasst du mich nicht mehr an?

Willst du mich noch?

Ich schalte den Föhn ab und stecke ihn wieder in die Halterung, bevor ich mich zu dir umdrehe. »Ich muss nochmal los.«

»Sicher musst du das«, bemerkst du ohne jegliche Emotion in der Stimme. Ich bin diese Art von Antworten mittlerweile von dir gewohnt und kommentiere sie nicht weiter. Stattdessen schiebe ich mich an dir vorbei und durchquere das Schlafzimmer. Vor dem Schrank bleibe ich stehen und öffne beide Türen.

Ich streife mir ein Muskelshirt über und greife nach meiner schwarzen Jeans, in die ich steige. Während ich sie schließe, sehe ich über die Schulter zu dir. Du hast dich zu mir umgedreht.

»Weißt du, wie lange du heute brauchst?«

Jetzt kann ich ja ehrlich sein. »Ich muss zu Donovan, das wird etwas dauern. Danach muss ich noch mit Jaxon nach Downtown. Ich schätze, ich bin gegen acht wieder da. Sei dann fertig, um neun müssen wir im Casa del Nero sein.«

»Okay«, sagst du etwas unzufrieden. »Sprichst du mit ihm wegen Spanien?«

Ich habe dir nur das Nötigste erzählt und nicht, wer die Estebans wirklich sind. Es ist einfach sicherer für dich, so wenig wie möglich zu wissen. »Ja«, seufze ich und sehe von dir weg, um nach dem beige-braunen Pullover im oberen Fach zu angeln, bevor ich ihn mir über den Kopf ziehe und den dunkelbraunen Gürtel aus der Schublade nehme. Während ich ihn durch die Schlaufen schiebe, drehe ich mich zu dir um. »Ich werde die Einzelheiten mit ihm besprechen.«

Du nickst. Ich weiß, was es dir abverlangt, mich gehen zu lassen. In das Haus, in dem Selina lebt. In die Familie, in die sie geheiratet hat. Zu wissen, dass ich jeden Tag und jede Nacht dort bin.

Ich schließe den Gürtel langsam und greife nach meinem Geldbeutel vom Nachttisch, bevor ich ihn in die hintere Hosentasche stecke.

Du atmest tief durch. In deinen Augen stehen so viele Fragen, aber du stellst keine davon, und ich beantworte sie nicht, obwohl ich sie sehe.

»Also bis später.« Ich beuge mich vor und küsse dich flüchtig auf die Schläfe. Dann ziehe ich mich zurück und sprühe mir noch im Vorbeigehen etwas Parfüm auf und schnappe mir meine Uhr.

»Bis später«, höre ich dich noch murmeln und schließe kurz die Augen, was du nicht siehst. Nein, ich hasse das, dich jedes Mal hier mit diesen Fragen in deinem Kopf zurückzulassen. Ein Teil von mir will sich umdrehen, dich packen, dir alles sagen und dann von vorn beginnen. Dir beteuern, wie leid es mir tut und wie sehr ich dich liebe.

Aber diese Seite ist gerade zu schwach. Ich habe gerade kein Licht, an dem ich mich festhalten kann.

Also gehe ich und schließe leise die Schlafzimmertür hinter mir, bevor ich alles von mir schiebe, wie ich es seit Wochen tue. Mich völlig abkapsele und nur funktioniere.

* * *

Natürlich habe ich Donovan erstmal angerufen und mich vergewissert, dass Sergio nicht bei ihm ist. Mein Bruder ist anscheinend mit Camillo unterwegs, daher ist die Luft rein. Donovan hat gesagt, er werde noch ein paar Stunden brauchen. Also parke ich jetzt auf der bekiesten Einfahrt und stelle den Motor ab. Heute scheint die Sonne, aber der Wind ist eisig und heftig. In der Nacht ist frischer Schnee gefallen, genau wie heute Vormittag. Einer der Männer schippt immer noch den Weg frei, der um den Garten herum führt. Die Schaufel scharrt über die Erde, als ich aussteige und meine

Wagentür schließe. Ich vergrabe meine Hände in den Manteltaschen und meine Boots knirschen auf dem vereisten Kies, als ich zum Eingang gehe und die Stufen nach oben nehme. Die Bodyguards öffnen mir die Flügeltüren, damit ich ins Foyer treten kann. Hier fällt kein Licht herein, so wie bei uns. Ich rolle meine Schultern. Die Dunkelheit kommt mir gerade recht und ich entspanne mich etwas. Im Licht erkennt man so viel. Zu viel. Mittlerweile hängt gegenüber an der Wand nur noch Dorian de Lucas Porträt und nicht mehr Donovans. Dorian sieht echt kurios auf dem Gemälde aus, wie er so überheblich auf jeden herabstarrt, der eintritt. Dabei ähnelt er sehr meinem Bruder. Wahrscheinlich war er etwas jünger, als es gemalt wurde.

Ich durchquere das Foyer und nicke Giovanni zu, der vor der Tür steht und zur Begrüßung den Kopf neigt. Dann klopfe ich dreimal.

»Ja«, seufzt Donovan de Luca etwas angepisst. Er ist zurzeit öfter angepisst, wie ich bemerkt habe. Aber er weiß nichts von Rosalie und Sergio, deshalb hoffe ich, dass es aus einem anderen Grund ist.

Ich trete ein. Wie immer riecht es hier drin nach Espresso, Holzpolitur und seinem speziellen Parfüm. Ich schließe hinter mir leise die Tür, bevor ich die drei Schritte zum Tisch mache und meinen Mantel abstreife, den ich über die Stuhllehne hänge. Dann setze ich mich ihm gegenüber, während er auf seine Maus klickt.

Donovan de Luca ist wie immer perfekt und aalglatt. Er ist natürlich rasiert und der royalblaue Pullover sitzt wie angegossen.

Er lehnt sich zurück und nimmt mich mit seinem klaren Blick ins Visier. Mein Gesicht ist völlig ausdruckslos. Ich werde das hier jetzt ganz sachlich angehen. Als mein Handy vibriert, ziehe ich es kurz raus und stelle es auf stumm. Natürlich anonym. Wahrscheinlich Selinas täglicher Versuch, mich zu erreichen. Ich glaube, ich brauche schon wieder eine neue Nummer.

Dann hebe ich meinen Blick wieder zu Donovan, wobei ich mein Handy in die Jeans zurückschiebe.

»Und, kann ich jetzt endlich alles planen?«, fragt er ohne Umschweife. Er hat einen Ellbogen auf die Armlehne gestützt. Seine silberne Uhr blitzt, als er die Fingerspitzen aneinander reibt.

»Vorher muss ich nochmal mit dir reden«, meine ich ruhig und beuge mich vor, bevor ich die Hände auf dem Tisch falte.

»Sprich«, fordert er ungerührt und seine Fingerspitzen reiben weiter langsam aneinander.

»Ich werde dir jetzt etwas sagen, was noch niemand weiß«, kündige ich sanft an.

»Ich bin ganz Ohr.« Das kommt immer noch ziemlich unbeeindruckt.

Ich habe mir natürlich Gedanken darüber gemacht, wie ich die Sache angehe, deshalb spreche ich ebenfalls ohne Umschweife und so, dass es direkt bei ihm ankommt.

»Sergio schläft seit ein paar Wochen mit Rosalie.«

Seine Finger stocken, sein Gesicht wird völlig ausdruckslos und sein Blick ungefähr fünf Grad kühler.

»Ich weiß, dass du ein Problem mit meiner Cousine hast. Aber sehr bald wird Sergio seinen Plan in die Tat umsetzen wollen, sie zu heiraten. Er liebt sie, er wird nicht lockerlassen.« Ich lege eine kurze Pause ein, während er mich nur anstarrt, ohne zu blinzeln. Seine Augen sind wie zwei Gletscher. »Wie ich dich kenne, wirst du alles tun, um das zu sabotieren.«

»Ja, deine Cousine wird heiraten, und zwar nicht Sergio«, verkündet er gefährlich leise und diese Information haut mich jetzt nicht aus den Socken. Natürlich plant er etwas Derartiges.

»Der Punkt ist der …« Ich nehme mir einen seiner Kugelschreiber aus der Halterung und er sieht nicht einmal von meinen Augen weg. Wie schwer muss ihm das wohl fallen, in Carter Rushs Augen zu sehen. »Sie ist schwanger von ihm.« Ich lasse den Stift klacken. »Aber er weiß noch nichts davon.«

Es passiert etwas sehr Seltenes. Für ein paar Sekunden verliert Donovan de Luca seine Maske. Für ein paar Sekunden tritt Fassungslosigkeit in sein Gesicht und ich beobachte ihn fasziniert. Für ein paar Sekunden hat er sich nicht unter Kontrolle.

»Was?«, fragt er dann tonlos und sehr angespannt. Man sieht, dass er versucht, sich wieder zusammenzureißen.

»Sie ist schwanger und es ist hundertprozentig Sergios Kind. Das bedeutet, dass du eine Enkelin oder einen Enkel bekommst.« Ich weiß, dass diese zwei Worte in ihm jetzt alles erschüttern werden. Die Männer in dieser Welt sind versessen auf Erben. Vor allem Donovan de Luca.

Er schließt kurz die Augen und lässt seine Hand sinken, bevor er sie zur Faust ballt und langsam pumpt. »Weiter.« Das kommt etwas gepresst.

»Du wirst sicher nicht wollen, dass dein Enkel oder deine Enkelin bei den Spaniern, denen du Rosalie gerne ausliefern würdest, oder in einer anderen Familie aufwächst. Oder, dass er hier ohne seine Mutter aufwächst. Wir wissen alle, wie fatal das wäre. Und weil du das nicht willst, wirst du einfach, wenn Sergio mit seinem Hochzeitsanliegen noch einmal zu dir kommt, Ja sagen. Du wirst die beiden heiraten und in Ruhe lassen. Dafür gehe ich bedingungslos nach Spanien. Ich verzichte darauf, irgendwelche Anteile mit dir auszuhandeln, und tue, was auch immer du willst. Aber du wirst darauf achten, dass die Spanier meiner Familie nicht zu nahe kommen. Dafür ist dein Geheimnis, dass du über die Esteban-Sache Bescheid wusstest und Rosalie, Sophia sowie Alayna willentlich gefährdet hast, absolut sicher bei mir. Ich nehme es mit ins Grab.«

»Du kleiner Scheißer«, entkommt es ihm fassungslos und ich hebe einen Mundwinkel. Ungläubig schüttelt er den Kopf und reibt sich über den Nasenrücken.

»Es wird sicher mal eine wahre Abwechslung für dich sein, nicht von Sergio gehasst zu werden. Denn wenn du Ja sagst und die beiden heiraten lässt, wird er vielleicht wieder an das Gute in dir glauben.« Auch, wenn es nicht vorhanden ist. Aber ich wünsche meinem Bruder trotzdem, dass er seinen Vater nicht ganz aufgibt. Das würde ihn nur auffressen.

»Ich werde darüber nachdenken«, murmelt er unwillig und ich nicke.

»Je nachdem, wie du dich entscheidest, kannst du planen.« Ich klopfe dreimal auf den Tisch und schiebe meinen Stuhl zurück. Er schüttelt wieder ungläubig den Kopf, als ich aufstehe und meinen Mantel von der Stuhllehne nehme. »Vielleicht hat dein erster Enkel ja deine Augen«, helfe ich ihm auf die Sprünge. Dann sehe ich hoch zu Vito de Lucas Porträt. »Oder die deines Vaters.«

»Vielleicht«, murmelt er. Seine Stimme ist weicher geworden.

»Schau doch nicht so«, meine ich noch, während ich in meinen Mantel schlüpfe. »Du hast gerade etwas echt Schönes erfahren.« Ich salutiere mit zwei Fingern und er schnaubt, als ich mich abwende und zur Tür gehe.

»Du bist wirklich wie deine Mutter«, sagt er.

»Das ist mein Glück«, rufe ich über die Schulter und schließe die Tür. Ich höre ihn noch irgendwas murmeln, was ich nicht verstehe.

Dann atme ich tief ein und aus und fahre mir durch das Haar. Ich bin tiefer in der Dunkelheit als je zuvor und doch habe ich es irgendwie geschafft, das Licht für meinen Bruder zu retten. Und wenn das bedeutet, dass ich noch tiefer sinken muss, dann sinke ich, Irina. Aber dich nehme ich mit.

Denn allein schaffe ich das nicht.

4. Das letzte bisschen, Rosalie

XX

Sergio

Ich schließe meine Uhr und sehe nochmal in den Spiegel.

Es ist dunkel draußen und das grelle Deckenlicht flutet den Raum. Eine Motte, die sich hierher verirrt hat, wo auch immer sie mitten im Winter herkommt, schwirrt durch das Zimmer. Ihr Schatten gleitet über die Wände, während sie völlig konfus umherfliegt. Ich betrachte sie stirnrunzelnd durch den Spiegel und streiche meine Haare nach hinten.

»Willkommen in meiner Welt, Bro«, murmle ich trocken, bevor ich den Nacken knacken lasse und den Kragen des dunkelblauen Hemdes richte.

Heute Abend findet das Weihnachtsessen im Casa del Nero statt. Heute ist der 22. Dezember. Es ist das erste Weihnachtsessen, das mein Vater wieder geben wird. Das erste Mal, dass er wieder vorn sitzen wird. Ich würde nicht behaupten, dass ich es vermisse, an seiner Stelle zu sein. Nur manchmal ist es schwierig, wenn er Entscheidungen trifft, die ich so niemals befürwortet hätte. Er sagte, wir würden die Entscheidungen zusammen treffen, aber ich wusste von Anfang an, dass das nicht passieren wird. Mein Vater ist einfach ein Alphatier und kann sich nicht gut absprechen oder unterordnen. Das gelingt mir mittlerweile auch nicht mehr so gut. Aber ich versuche, mich zurückzuhalten und einfach auf andere Dinge zu fokussieren. Zum Beispiel auf alles, was außerhalb des Hauses stattfindet, und darauf, dass ich dich will und noch nicht weiß, wie ich dich kriege. Ich habe diesen Ring gekauft. Ich habe Pläne, aber letztendlich entscheidet mein Vater, ob sie aufgehen. Und ich habe immer noch Angst, dass er dich mit irgendwem verheiratet und mir das dann einfach so hinknallt, wie er mir alles einfach so hinknallt. Ohne Rücksicht auf Gefühle oder sonst was. Ich weiß nicht, was ich dann tun werde. Ich verliere immer den Verstand, wenn es um dich geht. Aber mir wird was einfallen. Mir fällt immer was ein. In der Hinsicht vertraue ich mir.

Ich checke nochmal mein Handy, dann wende ich mich ab und verlasse mein Schlafzimmer. Ich lasse den Blick über den langen Flur schweifen und bleibe an der geschlossenen Tür des leeren Zimmers neben mir hängen. Das würde meiner Schwester gehören, wenn sie hier einzieht. Noch schafft sie es irgendwie, meinen Vater bei Laune zu halten. Sie verbringt viel Zeit mit ihm und war auch schon hier. Ein paarmal saß sie bei ihm im Büro, als ich kam, und hat mit uns gegessen. Sie taut ihm gegenüber immer mehr auf. Ich hoffe nur, dass sie sich ihm nicht zu sehr öffnet. Denn das bedeutet nur Enttäuschung. Außerdem hoffe ich, dass er weiterhin Geduld beweist und sie nicht zwingt, hier einzuziehen, wie er allen anderen seinen Willen aufdrängt.

Ich gehe die Stufen hinab und schreite durch das Foyer Richtung Büro, vor dessen Tür Giovanni steht, wie immer. Seit vier Wochen ignoriere ich ihn. Seit er mir gesagt hat, dass mein Vater noch lebt und er davon wusste. Also tue ich so, als würde ich ihn nicht sehen, und klopfe.

»Ja«, höre ich meinen Vater sagen und trete ein. Hinter mir schließe ich die Tür. Er telefoniert gerade und ich positioniere meine Waffe neu in meinem Hosenbund, während ich ihn betrachte. Ich habe ihn heute, nachdem ich mit Camillo nach Hause gekommen war, noch nicht gesehen, da ich selbst noch einiges zu tun hatte. Er hat sich bereits zum Ausgehen fertig gemacht und sieht wie immer perfekt aus.

»Gut, wir besprechen alles Weitere später«, sagt er gerade in den Hörer und legt dann auf. Ich überlege zu fragen, wer das war, aber ich lasse es. Denn ich zeige weder Interesse noch beteilige ich mich in letzter Zeit an den Geschäften. Nur noch, wenn ich muss oder er ausdrücklich danach verlangt. Ansonsten bin ich unterwegs, bei dir oder in meinem Schlafzimmer am Schreibtisch. Ja, ich gehe ihm aus dem Weg. Ich gebe es ja zu.

Nun trete ich an sein Regal und überblicke kurz die Ordner, weil ich einen davon brauche, um einen Namen rauszusuchen, und ziehe den schwarzen raus, sobald ich ihn gefunden habe.

»Hat Camillo etwas rausgefunden?«, spricht er mich jetzt an und blättert in seinem Notizbuch, während er neben dem Schreibtisch steht.

Abgelenkt richte ich den Blick von dem Ordner zu ihm. Camillo ist mir absolut treu ergeben und kommuniziert ausschließlich über mich. Er hat das mit meinem Vater aus Loyalität mir gegenüber nicht ganz akzeptiert, aber mein Vater kann trotzdem nicht auf ihn verzichten, weil er einer der besten Männer geworden ist. Einer meiner besten. Er sollte sich umhören, weil ein paar de Luzios in letzter Zeit in Chicago gesehen wurden. Die de Luzios sind eine verfeindete Familie, die ihren Sitz in Baton Rouge hat und von uns vor Jahren aus Chicago vertrieben wurde. Sie haben Dorian de Luca sowie meine Mom angegriffen und meine Großeltern erschossen. Danach gab es Krieg. Bei einem FBI-Einsatz in Baton Rouge wurden sie vor kurzem fast komplett zerschlagen, aber wie immer konnten sich ein paar Ratten retten und schnüffeln nun hier herum.

»Adrian de Luzio wurde gestern im Rush-Viertel gesehen«, antworte ich knapp, weil es ihn doch sowieso nicht interessiert, was mit den Rushs ist.

Er nickt und ich blicke wieder auf den Ordner, lege ihn auf den Tisch und blättere ihn durch. Ich überfliege kurz, was ich wissen muss, und merke es mir, bevor ich ihn wieder zuklappe und zurück ins Regal schiebe.

»Wann willst du fahren?«, frage ich meinen Vater.

»Jetzt«, sagt er und mustert mich mit einem Blick, den ich nicht zuordnen kann. Ich will ihn gerade fragen, was los ist, als mein Handy klingelt. Noch ein paar Sekunden betrachte ich meinen Vater leicht irritiert, dann ziehe ich das schwarze

Gerät aus meiner Hosentasche und nehme ab. Die Nummer ist wie immer unterdrückt.

»Japp.«

»Wie ist die Luft in Chicago, Amore?«, fragt Ramon in den Hörer und mein Mundwinkel zuckt. Ich liebe diesen kranken Scheißer ein bisschen. Und er ist schon wieder im Süden unterwegs.

»Schwul mich nicht an, Ramon«, säusle ich liebevoll. »Und die Luft ist stickig, wie du weißt.« Mein Vater sieht kurz zu mir und klappt sein Notizbuch lautstark zu. »Und kalt. So kalt.«

»Ach, hier ist es noch schlimmer«, erwidert er und ich frage mich, was bei ihm los ist. Er weicht mir immer aus, wenn ich frage, und macht kryptische Andeutungen.

»Wann kommst du zurück?«, erkundige ich mich sanft und streiche mit dem Finger über den glatten Mahagonitisch.

»Das weiß ich noch nicht. Vermisst du mich schon?«

»Immer«, gebe ich zu und grinse, während ich den Buchhalternamen auf den Notizblock vor mir kritzle, den ich aus dem Ordner habe und mir merken muss.

»So ist es richtig. Wie ist das Leben zurzeit so mit Daddy?«

»Komm und find es raus«, sage ich, denn wahrscheinlich ist er nur wieder abgerauscht, weil er die Nase voll von meinem Vater hat. Das passiert in regelmäßigen Abständen, seit er wieder da ist. Sie geraten immer wieder aneinander.

»Ja. Ja, ich brauche noch etwas.« Er räuspert sich und ich runzle die Stirn. »Ich hab auch gerade ganz schlechten Empfang!«

Ich muss lachen. »Weichst du aus, Ramon?«, stichele ich.

»Ich fahr in einen TUNNEL, ich muss jetzt aufhören.«

»Okay, ciao!«, meine ich grinsend.

»Ciao, Amore.« Ich verdrehe die Augen und lege auf, bevor ich den Zettel mit dem Namen abreiße und ihn gemeinsam mit meinem Handy in die Hosentasche schiebe.

»Fertig?«, fragt mein Vater.

»Japp.« Ich schlendere vor und öffne die Tür. Er folgt mir und schließt sie ab. Dann ziehen wir unsere Mäntel an der Garderobe an.

»Na, dann fahren wir«, sagt mein Vater und verlässt das Haus. Die Bodyguards stehen bereit. Es ist eisig, weshalb wir beide unsere Hände in den Manteltaschen vergraben und zu seinem Auto gehen. Mittlerweile fahre ich wieder mit ihm mit. Ich will ja nicht so sein.

Immer wieder spüre ich seinen Blick auf mir, was mich echt irritiert. Er scheint, über irgendwas sehr angestrengt nachzudenken. Ich hoffe nur, es geht nicht darum, dich oder mich zu verheiraten. Er entriegelt seinen Wagen und ich öffne die Beifahrertür, bevor ich mich in den kalten Ledersitz sinken lasse und er hinter dem Steuer Platz nimmt. Gleichzeitig ziehen wir unsere Türen zu.

In dem Moment klingelt wieder mein Handy und ich nehme es aus meiner Hosentasche, während ich mich anschalle, und gehe ran, weil die Nummer sowieso unterdrückt ist. So mysteriös, die Menschen in unseren Kreisen.

»Japp?«

»Hi.« Oh, welch Ehre. Das ist mein Bruder. Und untypischerweise hat er mich anonym angerufen.

Normalerweise ist er einer der wenigen, dessen Nummer man sieht, weil er einen Scheiß auf alle gibt.

Mein Vater fährt los und ich streiche mir über die Stirn. Zayden geht mir seit einer Ewigkeit aus dem Weg und er soll nicht denken, dass ich blind bin. Ich habe sehr wohl bemerkt, dass es bei ihm kriselt. Ich habe sehr wohl bemerkt, wie abgefuckt Irina aussieht. Ich weiß sehr wohl, dass Selina in der Stadt ist. Ich weiß sehr wohl, dass er mir was verheimlicht. Und ich weiß auch, dass er heute Mittag bei uns war und mit meinem Vater gesprochen hat. Das hat Camillo zufällig von Savio erfahren. Und Camillo erzählt mir alles. Natürlich habe ich meinen Vater nicht darauf angesprochen, denn ich bin ja nicht dumm. Ich wette, ich darf nicht wissen, worum es geht. Dieser kleine Scheißer hat Geheimnisse vor mir. Mit meinem Vater. Wer hätte das gedacht.

»Hi«, antworte ich sanft, aber verzögert, während wir durch das schwarze Tor fahren und die Bodyguards uns in zwei Autos folgen. »Ist dir wieder eingefallen, dass du einen Bruder hast, *Babygirl*?«

»Ja. Ha. Ha. Sehr witzig.« Mein Bruder ist zurzeit nicht witzig. »Ich hab im Moment viel zu tun.«

»Hmhm«, meine ich verstehend und nicke, während wir den Waldweg entlangfahren. Es ist dunkel und die Laternen, die in regelmäßigen Abständen aufgereiht sind, spenden gelbliches Licht, das auf dem Schnee glitzert. Das Schlagloch, dem alle jahrelang ausweichen mussten, existiert nicht mehr. Ich habe es ausbessern lassen, wie so viele andere Schlaglöcher in Chicago auch. »Wie kann ich dir helfen, mein Freund? Denn Bruder kann ich dich ja nicht mehr nennen. Sogar meine Schwester meldet sich öfter bei mir als du.« Ja, das kommt alles sehr vorwurfsvoll. Ich bin bei so was eben echt nachtragend. Das habe ich wohl von meiner Mom. Obwohl Zayden da ähnlich tickt, genau wie Catalina. Wir sind alle sehr nachtragend. Danke, Mom.

Er seufzt unbeeindruckt. »Ich wollte nur fragen, ob alles klar ist.«

»Du rufst mich seit vier Wochen nicht mehr an und jetzt willst du von mir wissen, ob alles klar ist? Was brauchst du? Sag es einfach.« Ausdruckslos sehe ich durch die Windschutzscheibe.

»Ich brauche nichts. Zumindest nichts, was du mir geben kannst«, murmelt er in sich hinein und ich verdrehe die Augen. Wahrscheinlich braucht er Sex und ist mal wieder untervögelt. »Ich wollte nur hören, wie es dir geht.«

»Ach, halt die Klappe, Zayden. Das ist doch Bullshit.« Ich verdrehe die Augen und mein Vater gibt Gas, als wir etwas Platz vor uns auf der Straße haben.

»Also, wie ich höre, geht es dir noch gut. Das ist sehr schön«, sagt er kryptisch und ich ziehe die Brauen zusammen. Haben seine Bemerkungen etwas damit zu tun, dass er bei meinem Vater war? Was wollte er da überhaupt? Und was meint er mit noch?

»Es geht mir gut, danke der Nachfrage. Und dir?«, frage ich irritiert.

»Ach …«, meint er unbestimmt und ich nicke verstehend. Mehr muss er nicht sagen. *Ach* ist alles, was ich wissen muss. Also scheiße.

»Wir reden später nochmal«, entgegne ich, weil mir klar wird, dass hier irgendwas zum Himmel stinkt.

Er lacht dunkel. »Schauen wir mal, ob du nachher noch mit mir reden willst. Ciao!«, säuselt er und legt auf. Ich starre verwirrt mein Handy an, bevor ich leicht den Kopf schüttle und es dann wieder einstecke. Ich werde diesen kryptischen Bemerkungen auf den Grund gehen, aber nicht jetzt.

Jetzt lehne ich meinen Kopf an und strecke meine Beine aus. Ich frage mich, ob ihr schon losgefahren seid. Mein Vater wollte eigentlich Catalina abholen, damit sie mit uns ins Casa del Nero kommt, aber Carter-Dad war dagegen. Das hat meinem Vater nicht gefallen. Ich frage mich, wie lange er das noch mitmacht. Wie lange er die Zügel noch dem Carter-Dad überlässt, was meine Schwester betrifft. Das passt so gar nicht zu ihm.

»Und, was wollte dein Bruder?«, fragt er mich unverfänglich und sieht nach vorn.

Ich lasse meinen Blick zu ihm schweifen. Vielleicht denkt er ja, dass ich mit Zayden was hinter seinem Rücken plane, weil er immer von sich auf andere schließt. »Wissen, wie es mir geht«, informiere ich ihn und er runzelt die Stirn. »Ja, ich bin genauso verwirrt darüber«, meine ich und sehe wieder nach vorn. Ich frage meinen Vater jetzt nicht, was er mit meinem Bruder zu tun hat. Das werde ich noch früh genug herausfinden. Ich weiß, dass Zayden niemals irgendwas machen würde, was mir schadet, also sorge ich mich nur mäßig.

»Aha«, murmelt er und biegt rechts in eine Seitenstraße ab, um den Stau in der Innenstadt zu umfahren.

Ich atme tief durch und beschließe, noch einmal das Hochzeitsthema anzusprechen. Das habe ich die letzten zwei Wochen gemieden. Ich habe es ihm gesagt und das hat gereicht. Mir ist bewusst, dass ich das sanft angehen muss. Mir ist auch bewusst, dass er Nein sagen wird und ich dann eine andere Idee brauche, trotzdem will ich es nochmal versuchen. Denn mit seinem Segen wäre alles so viel einfacher, als wenn ich es hinter seinem Rücken tun müsste. Aber das würde ich für dich. Wenn ich auch sonst selten was hinter seinem Rücken mache.

Also sehe ich ihn wieder an und er wirft mir ebenfalls einen kurzen Seitenblick zu. »Was?« Er wirkt etwas angespannt.

»Ich frage das jetzt ein Mal und dann nie wieder, weil ich nicht bettle«, beginne ich. »Was ist mit Rosalie und mir?«

Er seufzt schwer, als wäre das hier total anstrengend für ihn. *Entschuldigung, Sir.* Dann rutscht er tiefer in den Sitz und hält das Lenkrad am unteren Rand mit zwei Fingern. Die Scheibenwischer bewegen sich träge und entfernen die einzelnen Flocken, die wieder herabfallen. Mein Vater sieht starr nach vorn und ich mustere sein Gesicht. Ich bin angespannt und wappne mich innerlich gegen alles, was er jetzt sagen könnte.

»Und du bist dir wirklich sicher, dass du dein Leben mit dieser Frau verbringen willst?«, fragt er monoton, ohne mich anzusehen. Okay, *damit* habe ich jetzt nicht gerechnet, weshalb ich kurz unsicher bin und den Kopf etwas zurückziehe. Ich habe eher angenommen, dass er gleich auf hundertachtzig hochschießen und NEIN brüllen würde. Aber das ist eine Basis zum Reden. Das ist gut, Rosalie.

»Ja«, antworte ich leise und lauernd.

Er schweigt wieder ein paar Sekunden, während ich ihn nur gebannt anstarren kann. »Und wann wolltest du es mir sagen?«, fragt er nun. Ich runzle meine Stirn, nichtwissend, was er meint. Hat er vielleicht rausgefunden, dass was zwischen uns läuft?

»Dir was sagen?«, hake ich irritiert nach.

»Dass sie schwanger ist«, antwortet er locker und mir fällt sofort alles aus dem Gesicht. Kurz verstehe ich gar nichts. Es ist, als würde er eine andere Sprache sprechen. Ich spüre, wie mein Puls sich erhöht und jede Farbe aus meinem Gesicht weicht.

Was redet er da? Wieso sagt er das?

»Was?«, flüstere ich heiser.

»Du weißt gar nichts davon?«, fragt er mich zweifelnd und mustert mich auch genauso, während das Blut in meinen Ohren zu rauschen beginnt. Was sagt er da? Wieso? Wie kommt er darauf? Woher will er das wissen? »Sie hat nichts gesagt?«, bohrt er weiter.

Du bist schwanger, Rosalie?

Ich verstehe das nicht. Die Information rastet einfach nicht bei mir ein, und mein Atem beschleunigt sich. In mir prickelt jede einzelne gottverdammte Zelle und ich bemerke, wie ich langsam erstarre. Was heißt das, du bist schwanger? Was heißt das, du hast mir nichts gesagt?

Völlig steif drücke ich den Knopf des Fensters und lasse es ganz herunterfahren, um die eisige Luft einzuatmen. Ich begreife das nicht, obwohl ich es so sehr versuche.

»Du wusstest das wirklich nicht, oder?«, höre ich ihn wie durch einen Schleier fragen. Meine Augen haften draußen an den vorbeirauschenden Straßenlaternen, ohne sie wirklich zu sehen. Sämtliche Geräusche nehme ich nur gedämpft wahr. Ich bin total vor den Kopf gestoßen. Wie kann das sein? Woher weiß er das? Wieso bist du schwanger, Rosalie?

Lügt er mich an?

Ich schließe meine Augen und atme tief. Ich muss mich jetzt entspannen und fokussieren. Ich muss meine Gedanken sortieren. Ich atme. Ich atme langsam ein und langsam wieder aus. Du bist schwanger. Okay. Du kriegst ein Baby. Okay. Zumindest sagt er das. Das muss nicht stimmen. *Vielleicht* stimmt es nicht. Vielleicht ist das eines seiner Spiele. Vielleicht will er mich wieder ficken. Testen, ob was zwischen uns läuft. Vielleicht will er mich manipulieren. Bei ihm weiß man nie.

Und wenn doch? Wenn du schwanger bist, was dann? Fuck.

Er lässt mich nicht mit dir zusammen sein und dann soll da noch ein Baby dazwischenstehen? Fuck, ein Baby in *dieser* Welt? Mit diesem Nachnamen? Noch ein unschuldiges Kind, das zu einer Maschine gemacht wird?

Mir wird schlecht.

Und wenn du wirklich schwanger bist, was heißt das dann?

Ich kann mir das überhaupt nicht vorstellen. Es ergibt keinen Sinn. Wie soll ich jetzt auf ein Kind aufpassen? Ich bin zweiundzwanzig fucking Jahre alt und habe keinen blassen Schimmer, wie ich mich die letzten Jahre am Leben gehalten habe. Irgendwie habe ich einfach weitergeatmet.

Warte mal.

Nein, ich darf jetzt keinen Stress machen. Ich bin einfach nur vor den Kopf gestoßen. Ich muss nur mit dir reden. Dich sehen. Dich fragen. Alles andere kommt später. Ich muss dir in die Augen sehen, dann wird alles gut.

Ich nicke hart, dann lasse ich das Fenster hochfahren und öffne erst dann die Lider wieder. »Woher weißt du das?«, frage ich, ohne ihn anzusehen. Meine Stimme ist belegt und mein Herz rast, während ich ein ganz komisches, undefinierbares Gefühl in meinem Bauch habe.

»Ich hab einen Informanten«, erklärt er ungerührt.

Ich glaube ihm immer noch nicht. Erst muss ich mit dir sprechen, erfahren, ob es stimmt, und wenn es so ist, rausfinden, warum du denkst, es mir nicht sagen zu können. Ich weiß, dass du deine Gründe hast.

Hart schlucke ich und streiche mir über das Gesicht.

»Wie kommt das überhaupt, Sergio?«, säuselt mein Vater nun. Ich weiß erstmal gar nicht, was er meint, weil ich immer noch ganz woanders mit dem Kopf bin. Mein Herz rast und ich werde ungeduldig. Ich muss dich jetzt sehen und mit dir sprechen, damit ich einen klaren Kopf kriege. In dieser Situation schaffst das nur du.

»Was?«, frage ich zerstreut. Normalerweise habe ich mich besser im Griff, aber ich erfahre auch nicht jeden Tag, dass du von mir schwanger bist. Schwanger, Rosalie. Von mir. Du. Fuck.

»Wie kann es sein, dass sie schwanger ist?«, hakt er genauer nach. »Gut, vielleicht ist es nicht von dir, aber … irgendwie denke ich, dass es schon so ist.« Wenn du wirklich schwanger bist, Rosalie, dann stellt sich diese Frage für mich gar nicht. Ich weiß, dass es für dich nur mich gibt und ich keinen Test oder sonst was brauche. Du gehörst mir und ich gehöre dir. So war es immer und so wird es immer sein.

»Vielleicht lügst du mich auch an, um mich zu testen«, sage ich forschend.

»Wenn ich das tun würde, hättest du nicht bestanden«, bemerkt er und hat völlig recht. Momentan kann ich meine Maske nicht aufrechterhalten, was sehr lange nicht mehr der Fall war, und man kann mir alles vom Gesicht ablesen.

Ich stöhne und lasse meinen Kopf gegen den Sitz sinken. Fuck! Fuck! Fuck! Was machen wir jetzt? Fuck.

Ich glaube allerdings nicht, dass er mit so was Witze machen würde. Ausgerechnet er, der so wenig auf dich gibt. Oh fuck, wie soll das funktionieren, Rosalie? Bist du wirklich schwanger? Schwanger-schwanger? Mit einem Baby in dir und so? Oh mein Gott.

»Ich war in den letzten Wochen bei ihr«, erkläre ich atemlos, weil das jetzt auch egal ist, und winke ab. Mein Herz rast immer noch.

»Tja, sie hat die Wochen wohl genutzt«, stichelt er fast spöttisch. Ich spüre, wie eine Welle der Wut mich plötzlich erfasst, die mich heiß überrollt und völlig mitreißt. Will er dir etwa unterstellen, dass du mir ein Baby unterjubelst, um mich an dich zu binden? Begreift er nicht, dass du nicht wie die anderen Frauen in diesen Kreisen bist? Er sollte es besser wissen, denn er kennt deine Eltern selbst seit einer Ewigkeit und weiß, welche Gene du in dir trägst. Und egal, was für Probleme er mit den Rushs hat, ich weiß, dass er ihnen insgeheim vertraut. Er hat uns da aufwachsen lassen. Also was soll diese Scheiße?

Ich kann das nicht mehr hören. Ich kann nicht mehr hören, wie er dich kleinmacht und schlecht über dich redet. Ich kann seine gehässige Art nicht mehr ertragen. Ich kann es nicht mehr hinnehmen, was er sagt. Ich kann nicht mehr mit ansehen, wie er alles, was ich liebe, kaputt macht. Ich kann das nicht mehr.

»Halt an«, stoße ich heiser aus und verkrampfe die Hände in meinem Schoß.

»Was?«, fragt er irritiert.

»Halt. Das. Verfickte. Auto. An«, knurre ich genauer und die Wut pulsiert heißer durch meine Venen. Was glaubt er eigentlich, wer er ist? Nur, weil er auf diesem Stuhl sitzt, hat er nicht das Recht, über andere zu urteilen. Er sollte besser sein eigener Richter sein und sich im Spiegel mal in die Augen sehen. Das passiert sicherlich selten. Ein Mensch wie er kann seinen eigenen Anblick nicht ertragen.

Er seufzt. »Jetzt dreh nicht durch, Sergio.«

In mir kocht es über.

»ICH SOLL NICHT DURCHDREHEN!?«, schreie ich ihn ungläubig an. »DU VERPISST DICH AUS MEINEM LEBEN WIE EIN FUCKING GEIST, KOMMST ZURÜCK, FICKST MEIN LEBEN UND SAGST, *ICH SOLL NICHT DURCHDREHEN?!*«, platzt es aus mir heraus, während das Adrenalin durch meinen Körper pumpt und mir immer heißer wird.

»Ja, und jetzt beruhige dich«, knurrt er, während wir den Berg zum Casa del Nero hochfahren. Die Wut pumpt heißer, immer heißer. Wie er da so arrogant neben mir sitzt und sich anmaßt, mir zu sagen, *ich solle mich beruhigen.* Ich war lange genug ruhig. Ich habe mir lange genug seine Sticheleien angehört. Ich habe mich lange genug zurückgehalten. Ich habe mir lange genug verboten, glücklich zu sein.

Ich bin kurz davor, meine Waffe zu ziehen, doch das darf ich jetzt nicht. »Halt an«, hauche ich atemlos.

Er stöhnt und tritt mit einem Ruck auf die Bremse, sodass wir nach vorn rucken. »Bitte!«, blafft er mich an. Oh, es tut mir leid, wenn ich den großen Don nerve.

Ich reiße die Tür auf und zerre den Gurt von meinem Körper. Die Bodyguards haben hinter uns gehalten. Die Scheinwerfer ihrer Autos erhellen den Weg vor mir, als ich den Wagen umrunde. Ich bin so sauer. Ich bin so fucking sauer. Ich habe so die Schnauze voll von ihm und seinem scheißüberheblichen Snob-Getue.

Seine Tür knallt. »WOHIN RENNST DU *JETZT*?«, ruft er über die Straße und ich bleibe mit einem Ruck stehen und wirble zu ihm herum.

»WEG VON DIR, WEIL ICH DICH SONST *KILLE*!«, speie ich aus und sehe, wie Giovanni aus seinem Wagen steigt, genau wie Camillo. Mein Vater gibt Giovanni ein Zeichen, dass er zurückbleiben soll, und ich schnaube. Sein kleines Hündchen gehorcht natürlich. Er würde auch Sitz machen, wenn mein Vater das wollte.

»Wieso willst du mich jetzt killen? Was habe ich getan? Ich habe dir lediglich gesagt, was sie dir anscheinend nicht gesagt hat«, dreht er wieder alles zu seinen Gunsten, um bloß nicht als Bastard dazustehen, aber das zieht bei mir nicht mehr. Ich sehe sein wahres Gesicht.

»ICH. HABE. DIE. SCHNAUZE. VOLL. VON. DIR!«, rufe ich zur anderen Straßenseite, wo er neben seinem Auto wartet.

»TJA, DA HAST DU ABER PECH GEHABT, WEIL ICH JETZT HIER BIN!«, erwidert er ebenso laut und breitet die

Arme aus. Camillo schiebt sich in meine Nähe, aber ich deute ihm unwirsch, zurückzubleiben, und visiere nur funkelnd meinen Vater an.

»JA, SO IST DAS, NICHT WAHR? WIR HABEN ALLE PECH GEHABT! WEIL DU JA JETZT WIEDER DA BIST UND ALLES AN DICH REISST! DENKST, DU KÖNNTEST ÜBER ANDERE URTEILEN! DAS SOLLTEST DU MAL BEI DIR SELBER PROBIEREN. DU WÜRDEST *DURCHFALLEN!*«

»Oh, erzähl mir nichts darüber, über sich selber zu urteilen!«, meint er abfällig und ich beiße hart die Zähne aufeinander. Wir stehen mitten in der Vorstadt auf der menschenleeren Straße und die Flocken fallen friedlich um uns herum zu Boden, während in mir der heiße Vulkan immer weiter brodelt.

»DU KNALLST MIR HIN, DASS SIE SCHWANGER IST …«

»ICH DACHTE, DU WEISST DAS!«, unterbricht er mich laut.

»UND DANN SCHMETTERST DU AUCH NOCH DIESE VERFICKTEN SCHEISSSTICHELEIEN HINTERHER. WANN WARST DU ZULETZT EIN GUTER VATER, KANNST DU MIR DAS SAGEN? ALS DU BEMERKT HAST, DASS ICH ES NICHT WUSSTE, HÄTTEST DU DANN NICHT EINFACH DEINE VERFICKTE KLAPPE HALTEN ODER EINFACH FÜR MICH DA SEIN UND MIR SAGEN KÖNNEN, DASS ALLES GUT WIRD, WIE EIN VATER ES TUN WÜRDE?!« Du erbärmlicher Loser.

»ES WIRD ALLES GUT, ABER NICHT MIT DIESER FRAU! ICH WILL NICHT, DASS DU DEIN LEBEN

WEGSCHMEISST!«, schreit er und ich schalte komplett um. Es reicht mir. Es reicht mir einfach, wie er über dich spricht. Es reicht mir, dass er glaubt, darüber urteilen zu können, ob du richtig für mich bist oder nicht. Es reicht mir, dass er dich runterbuttern muss. Du bist das einzig Richtige in meinem Leben, und wenn ihm was daran liegen würde, dass es mir gut geht, würde er das auch sehen.

»Sergio, nein!«, ruft Camillo über die Straße. Erst da bemerke ich, dass ich mit geballten Fäusten auf meinen Vater zumarschiere. Aber ich kann jetzt auch nicht stehen bleiben. Die Wut rauscht durch meine Adern und die Hitze wallt durch meinen Körper. Es reicht mir, ich ertrage es nicht länger.

Mein Vater hebt die Brauen. »Und jetzt?«

Ich bleibe vor ihm stehen, hole mit meiner geballten Faust aus und verpasse ihm eine direkt ins Gesicht. *Das* und jetzt!

»FUUUUUUUCK!«, ruft Camillo entsetzt, als meine Faust auf den Wangenknochen meines Vaters prallt und dessen Kopf nach hinten ruckt.

Oh mein Gott. Das hat gerade so gutgetan.

Am liebsten würde ich ihn auf den Boden schubsen und ihm immer wieder ins Gesicht schlagen. Ich bin so wütend. Gerade scheint es, als würden die ganzen letzten Jahre hochkommen. Die ganze Enttäuschung und die unterdrückte Wut.

Seine hellblauen Augen schwenken zu mir und ich senke meine geballte Faust unter meinem gepressten, schweren Atem und hebe den Kopf. Wir starren uns an. Die pure Wut lodert mir aus seinem Blick entgegen und ich bemerke, dass Giovanni sich näher schiebt.

»Sir …«, sagt er vorsichtig und ich lege meinen Kopf schief. Soll er doch. Ich warte nur darauf, dass er seine fucking Beherrschung verliert, der beherrschte Meister der Beherrschung.

Seine Kiefermuskeln mahlen und ich mache noch den letzten Schritt zu ihm, sodass unsere Oberkörper sich fast berühren, während das Adrenalin durch meine Venen rauscht wie nie zuvor.

»Willst du sterben?«, fragt er mich leise mit blitzenden Augen. So hat er mich noch nie angesehen.

»Willst du mich umbringen?«, kontere ich ebenso leise und schaue ihm direkt in die Augen.

Er starrt mit diesem irren Lodern zurück in meine, während seine Wange sich langsam rötet. »Nein. Also verpiss dich jetzt aus meinem Blickfeld«, presst er zwischen zusammengebissenen Zähnen hervor.

»Sonst. Was?«, speie ich ihm entgegen. »Sagst du Giovanni, er soll mich erschießen?« Der pure Spott trieft aus jeder Silbe.

Mein Vater greift mit einem Mal nach hinten an seinen Hosenbund und im nächsten Moment presst sich der Lauf seiner Waffe an meine Brust. »Vielleicht mache ich es selber.«

Ich hebe langsam und fassungslos meine Augenbrauen und sehe runter auf den Lauf seiner Waffe, der auf mich gerichtet ist. Bei allem, was er mir angetan hat, habe ich nicht mal eine Sekunde darüber nachgedacht, meine Waffe gegen ihn zu ziehen. Zumindest nicht ernsthaft. Aber da zeigt sich nur wieder, wie wenig von seinem verrotteten Herzchen noch übrig ist. Nämlich nichts mehr. Ich spüre, wie das letzte bisschen, was noch an ihm gehangen hat, das letzte bisschen, das noch an ihn geglaubt hat, erfriert, und hebe langsam wieder den Blick in seine blauen Augen. Im Augenwinkel bemerke ich, dass Camillo auch seine Waffe gezogen hat und auf meinen Vater zielt. Giovanni schiebt sich näher an Letzteren und holt langsam seine Waffe aus dem Hosenbund.

»Drück doch ab«, fordere ich meinen Dad hart auf, ohne den Blick von seinen Augen zu nehmen. »Willst du jetzt deinen eigenen Sohn erschießen, willst du den letzten Schritt zur absoluten Ehrlosigkeit machen? Nicht, dass noch viel davon übrig wäre.« Seine Augen blitzen wieder auf und er bläht die Nasenflügel.

Er schnaubt hart. Die Luft entweicht ihm in einer Wolke. Seine Kiefer mahlen, bevor er mit einem Ruck den Arm senkt und wieder näher an mich herantritt. »Bitte. Heirate sie. Steck ihr deinen Scheißring an den Finger. Mach, was du willst. Aber wenn sie dich fickt, wie alle Frauen einen irgendwann ficken, dann komm nicht zu mir.«

»Mach dir da mal keine Sorgen, du bist immer mein letzter Ansprechpartner«, knurre ich und ziehe mich mit einem Ruck zurück, bevor ich Camillo mit zwei Fingern heranwinke und einfach zu seinem Audi nach hinten gehe.

Mein Vater wendet sich auch ab und stapft davon.

Ich setze mich einfach hinter das Steuer von Camillos Wagen und warte auf ihn. Ich muss hier erstmal weg, bevor ich all diese Leute im Casa del Nero sehe. Ich muss erstmal zu mir kommen. Aber ich weiß nicht, ob ich das je wieder werde, Rosalie.

5. Ich will das, Rosalie

XX

Sergio

Eineinhalb Stunden und eine Dreiviertelflasche Whisky mit Camillo. So viel brauche ich, um runterzukommen. Einigermaßen. Aber nicht ganz. Niemals ganz.

Camillo fährt gerade wieder den Berg zum Casa del Nero hoch und ich glaube, ich war in meinem ganzen Leben noch nie so abgefuckt wie jetzt gerade. Mein Kopf dreht sich und mir ist ein bisschen schlecht. Vielleicht muss ich kotzen. Ich weiß es noch nicht. Jedenfalls konnte Camillo mich etwas runterbringen. Wir saßen in seinem Auto, haben getrunken und über unsere Väter gesprochen. Camillo hat gesagt, dass seiner eigentlich total toll ist und ich ihn lieben würde. Also habe ich ihn gefragt, ob wir nicht zusammen zurück in seine Heimatstadt Lugano zu seinem Vater wollen. Denn eigentlich ist Camillo der Sohn von Pablo Cattaneo, einem anderen sehr hohen Boss in Europa. Camillo ist vor Jahren weggelaufen, weil er die Verpflichtung, ein Mafiasohn zu sein, nicht eingehen wollte, ganz zu schweigen davon später alles zu übernehmen. Dann habe ich ihn in einer Bar in Chicago aufgegabelt. Was ihn hierhergetrieben hat, weiß ich bis heute nicht, aber er kam zum richtigen Zeitpunkt. Er wollte nicht ganz auf das Leben im Untergrund verzichten, also ist er jetzt mein Bodyguard. Allerdings auf eine andere Art als Giovanni und Co. Camillo macht, was er will, missachtet meine Befehle, kommt zu spät, spricht mich beim Vornamen an … Doch das ist mir egal, er ist mehr Freund als Untergebener. Und wenn ich ihn wirklich brauche, kann ich mich zu hundert Prozent auf ihn verlassen. Ich weiß nicht, was mich hier noch hält. Camillo meinte allerdings, dass er für diese Scheiße zu Hause noch nicht bereit ist, weshalb wir leider nicht nach Lugano können. Davon abgesehen gäbe es wohl einige, die mich brauchen würden.

Er hat ja recht.

Deshalb sind wir erneut auf dem Weg ins Casa del Nero, obwohl ich immer noch etwas konfus bin. Bevor ich da reingehe, muss ich mit Ramon sprechen, denn er schafft es immer, mich auf den Boden der Tatsachen zurückzubringen. Mir ist ganz schlecht davon, die vorbeirauschenden Straßenlaternen zu betrachten. Ich ziehe mein Handy unkoordiniert aus meiner Hosentasche und versuche, den PIN einzugeben. Das dauert ein paar Sekunden und mein Kopf schwankt. Ich stelle fest, dass dein Vater mich ein paarmal angerufen hat, bevor ich das Telefon an mein Ohr hebe und die Lider zugleiten lasse. Das ist besser. Ich werde

Onkel Caden ja gleich sehen, also melde ich mich nicht bei ihm.

»Ja?«, geht Ramon nach dem achten Klingeln ran. Man hört, dass er im Auto sitzt. Ich weiß nicht, ob er allein ist, und es ist mir egal. Eigentlich ist er nie allein. Ist mir auch egal.

»Ich hab meinem Vater eine verpasst«, informiere ich ihn total betrunken und streiche mir über das Gesicht.

»Du hast dich lange gehalten«, antwortet er anerkennend. »Wie hat er es denn jetzt geschafft?«

»*Sie* ist schwanger.« Oh scheiße, Rosalie, das habe ich echt noch nicht begriffen. Es klingt noch so fremd in meinen Ohren. Komplett ungewohnt. Gleichzeitig regt sich etwas in mir, was ich noch gar nicht kannte. Ein Außenstehender würde jetzt kein Wort verstehen, im Gegensatz zu Ramon.

»Sie ist schwanger?«, fragt er teils ungläubig, teils mit einem seltsamen Unterton in der Stimme. Ich kann seltsame Untertöne und Blicke heute sowieso nicht zuordnen, weshalb ich nicht weiter darauf achte.

»Japp, und das hat *er* mir erzählt. Ich wusste nichts davon. Dann wurde er ekelhaft, also habe ich ihm eine reingehauen.«

»Gut gemacht! Ich bin stolz auf dich. Das hat er mal verdient.«

Ich runzle unwillig meine Stirn. »Das geht nicht. Man kann nicht einfach seinen Vater schlagen.« Das wurde mir sehr früh beigebracht. Lustigerweise weder von meinem Vater noch von meiner Mutter. Sondern vom Carter-Dad. Er hat es mir förmlich eingebläut, weil er wahrscheinlich schon geahnt hat, was auf mich zukommen würde.

»Ich wünschte, man könnte noch so vieles mehr mit seinem Vater machen. Manche Väter haben es verdient. Aber okay. Jetzt passiert etwas, was in einer Million Jahren nur ein Mal passiert. Ich werde jetzt ein gutes Wort für deinen Vater einlegen.«

Das kommt sehr feierlich, schockiert mich fast, aber ich bin zu betrunken, um es zu zeigen.

»Dein Dad ist gefickt. Er wurde ein Mal zu oft richtig gefickt. Und er will nicht, dass dir das auch passiert. Deswegen ist er manchmal ekelhaft. Er kann nicht einfach sagen: *Ich will nicht, dass du das durchmachen musst, was ich durchmachen musste. Ich will was Besseres für dich. Mach nicht die gleichen Fehler wie ich*. Er denkt, er kommt damit weiter, indem er dir einfach was verbietet. Er ist ein Trottel, dein Vater.« Das klingt jetzt fast weich.

Ich reibe mir die Stirn, die so verdammt pocht, und verziehe das Gesicht. Bei seinen Worten bekomme ich fast ein schlechtes Gewissen. »Ich habe ihn aber nie gefickt. Ich stand immer an seiner Seite, egal, was er gemacht hat, und er kriegt offenbar nicht genug davon, mir das Leben schwer zu machen. Mir Steine in den Weg zu legen und mich im Stich zu lassen. Ich kann das nicht mehr. Wenn es danach gehen würde, wie oft man gefickt wurde, hätte ich ihm schon lange den Rücken zukehren müssen.«

»Tja, es ist immer was anderes, ob man die Leute, die man liebt, selber fickt oder ob man zusehen soll, wie jemand anderes das bei ihnen tut«, erklärt er geduldig und etwas nachdenklich. »Bei anderen sieht man die Dinge immer klarer. Oder zumindest das, was man sehen will. Was man kennt.«

»Sie würde mir das nie antun, was zwischen Mom und meinem Vater war«, murmle ich, denn das würdest du nicht. Wir sind anders. Wir sind nicht Donovan und Isabelle. Bei uns gibt es keinen Zwang. Keine Erpressung. Bei uns herrscht kein Groll. Wir sind pur und haben uns das hart erarbeitet. Wenn er und Mom das nicht sind, dann, weil er es sich mit ihr damals viel zu leicht gemacht hat. Das habe ich nie.

»Das weißt du, das weiß ich. Das wissen wahrscheinlich noch einige andere Leute, aber er weiß es nicht. Weil jeder Mensch von dem ausgeht, was er selbst erlebt hat.«

Ich atme tief durch und Camillo hält vor dem Casa del Nero. Niemand steht draußen zum Rauchen wie sonst, weil das Essen schon begonnen hat. Der Schnee rieselt auf die parkenden Autos und der Motor verstummt. Es wird still.

»Ich hasse ihn«, murmle ich, während ich sein Auto betrachte. »Er ist kein guter Vater.«

»Aber auch kein schlechter. Bis auf die Tatsache, dass er gegangen ist und dich alleine gelassen hat«, bemerkt Ramon.

»Und alles, was vorher war, hast du nicht mitbekommen«, erwidere ich spöttisch. »Ich habe ihm so viele Chancen gegeben. Ich habe immer wieder gedacht, dass er sich ändern wird oder noch irgendwas in ihm ist. Aber das ist es nicht. Er ist kalt und gefühllos.«

»Das sind wir alle, wenn wir niemanden haben, der uns ab und zu zwingt, zu fühlen. Uns zeigt, was richtig und falsch ist.«

Ich schlucke und streiche mir durch die Haare. Mein Vater könnte auch jemanden haben, der ihm den richtigen Weg weist, aber er hat sich vor allem und jedem verschlossen. Daran ist er selbst schuld.

»Ich weiß, dass er dir das Leben teilweise zur Hölle macht. Ich weiß, dass du es nicht leicht mit ihm hast. Aber ihn zu hassen, bringt nichts. Es wird ihn nicht ändern und du wirst ihn nicht los. Manchmal ist es leichter, wenn man sich in die anderen hineinversetzt und versucht, irgendwie mit ihren Unzulänglichkeiten klarzukommen, ohne sich weiter darüber Gedanken zu machen.«

»Oder ich haue einfach ab«, meine ich schulterzuckend. »Ich kann mich ja auch mal tot stellen und mir eine kleine Auszeit gönnen.«

»Klar, würde dir sicher guttun. So eine kleine Auszeit tut jedem mal gut.« Ich höre ein Lächeln in seiner Stimme und stöhne.

»Ich bin aber niemand, der wegrennt«, antworte ich unzufrieden.

»Dann stell dich der Scheiße«, meint er. Ich sehe zur Eingangstür und mahle mit den Zähnen. Dabei denke ich daran, wieder neben ihm zu sitzen und sein perfekter Sohn zu sein. Zu sein, was auch immer er von mir will. Aber dann fällt mir ein, dass du da unten und schwanger bist. Dass ich mit dir reden muss.

»Okay«, flüstere ich erschöpft.

»Okay. Und vergiss nicht, einen Bastard-Vater können fünf Menschen ausgleichen, die einen lieben.« Ich weiß, dass er aus Erfahrung spricht. Zwar habe ich keine Ahnung, was mit seinem Vater abgelaufen ist, aber ich kenne Andrej de Luca. Er ist ein Monster.

»Okay«, wiederhole ich gefasster und richte mich etwas auf. Camillo sitzt noch neben mir und raucht eine bei geöffnetem Fenster. Der Rauch und die kalte Luft strömen in meine Nase. Er hat den Hinterkopf angelehnt und die Augen geschlossen. Seine Hand hängt aus dem Fenster.

»Okay, Amore, und wenn alles nichts hilft, werfen wir eine kleine Bombe in alles hinein und dann ist es vorbei! Finito!«, säuselt er leichthin und ich muss lachen.

»Bring mich nicht auf Ideen.«

»Wenn dann sowieso nur, wenn ich dabei bin.«

»Natürlich, Boss«, meine ich sanft lächelnd.

»Gut!« Das kommt zynisch und ich seufze tief.

»Gut. Dann bis … wann auch immer du zurückkommst. Was machst du überhaupt schon wieder da unten?«

»Ich kümmere mich um einen von diesen fünf«, murmelt er. »Bin bald wieder zurück.«

»Sag diesem einen von diesen fünf, dass er echt Glück hat, dich zu haben.«

»Ich sage es ihm. Von dir«, antwortet er weich und ich seufze erneut.

»Okay, also ich gehe jetzt da rein und mache Sachen.«

»Sehr schön. Ich liebe es, wenn du Sachen machst. Ruf mich dann an.«

»Mache ich. Ciao.«

»Ciao«, erwidert er gleichzeitig. Ich lege auf und stecke mein Handy weg, bevor ich nochmal tief durchatme.

»Okay«, murmle ich und Camillo dreht mir träge seinen Kopf zu.

»Auf in den Kampf.«

»Auf in den Kampf.«

Der Weg nach unten erweist sich als wahre Herausforderung und Camillo ist mir auch keine Hilfe, denn er ist selbst angetrunken. Nicht so sehr wie ich, aber trotzdem. Meine Waffe abzugeben, kostet mich acht Minuten, weil ich diskutiere. Pierre an der Tür erklärt mir geduldig, dass es nun einmal hier Pflicht ist, was ich natürlich weiß, aber ich bin doch der *Sohn* der Obrigkeit, weshalb für mich normalerweise andere Regeln gelten. Hat mein Vater das angeordnet, damit ich nicht durchdrehe?

Ich gebe sie ihm.

Egal, wer braucht hier schon eine Waffe? Wir sind ja nur in einem Raum mit an die tausend Mafiosi.

Anschließend lasse ich noch meinen Mantel da. Mein Blick ist total verschwommen, als ich mit den Händen in den Hosentaschen das schummrige, typische Mafia-Gewölbe betrete, als wäre es einem 50er-Jahre-Film entsprungen.

Die flackernden Kerzen sind vor meinen Augen nur ein verschwommener Schein, der orangefarben über die hölzerne Theke der Bar schimmert. Die leisen Klänge, die von der Pianistin auf der Erhöhung gegenüber ertönen, vermischen sich mit dem Stimmengemurmel, das abrupt stoppt, als ich den Raum betrete. Wow, ich bin wie ein Special Guest, Rosalie. Alle starren mich an. Ich bin geneigt, mich zu verbeugen und auf den Applaus zu warten.

Kurz bleibe ich stehen und überblicke das Desaster hier unten. Der lange, dunkle Tisch ist prunkvoll gedeckt. Die meisten sind schon fertig mit dem Essen und der Alkohol wird ausgeschenkt. Mein Vater hat sicher schon seine epische Weihnachtsrede gehalten, mit vielen versteckten Botschaften und Drohungen, damit sich auch ja niemand wohlfühlt. Die Kerzen sind teilweise heruntergebrannt und das Wachs tropft auf die Tischdecke.

Alle sind da und tragen Abendkleidung. Sogar Sancho Esteban, mein alter Freund, den ich echt mal zur Rede stellen muss. Diese Selina hat hier nichts zu suchen. Nie hält sich hier jemand an sein Wort. Ts, ts, ts.

Diese kleine Schlange sitzt neben ihm wie ein braves, überhaupt nicht verhurtes Hurenmädchen. Mein Vater thront am Kopf des Tisches und ich schlendere auf ihn zu. Seine Wange ist gerötet. Dunkel gerötet. Seine kühlen, hellblauen Augen folgen mir unheilvoll. Das schwarze Hemd spannt über seiner Brust. Ist da etwa jemand beunruhigt? *Na, na, na, wir wollen doch hier keine Gefühle zeigen, Daddy.*

Seufzend ziehe ich den Stuhl neben ihm zurück. Vor Kurzem war sein Platz noch meiner. Jetzt gehört er wieder ihm. So schnell kann es gehen. Heute sitzt du da, morgen dort. Rosalie. Wo bist *du* eigentlich?

Ich lasse mich erstmal auf meinen Stuhl sinken, weil ich nicht so gut stehen kann. Camillo positioniert sich hinter mir, neben Giovanni, diesem Verräter – nur ganz leicht schwankend und mit starrer Miene. Überall sind Verräter.

Aber wo bist du?

Ich überschaue den Tisch und die besorgten Rushs. Der Carter-Dad mustert mich etwas irritiert aus seinen türkisfarbigen Augen. Sein Blick fragt mich, ob er wen erschießen soll. Ich überlege, was er machen würde, wenn ich Ja sagen würde. Ich lache kurz über meine Gedanken, während mein Vater mich aus dem Augenwinkel skeptisch betrachtet.

Oh, oh, jetzt werden gleich alle sehen, wie betrunken ich bin und wie wenig perfekt. *Buhu, Daddy.*

»Alles in Ordnung?«, fragt er mich und ich wende ihm den trägen Blick zu.

»Fragst du mich das jetzt wirklich?«, will ich mit erhobenen Brauen wissen. So lustig, dieser Vater.

»Offensichtlich.«

Ich beuge mich näher zu ihm und flüstere: »Nein!« Dann lehne ich mich wieder zurück.

»Wir reden später darüber, behalt das jetzt für dich.«

Oh, hat er etwa Angst, dass ich hier eine Show mache? Ich mustere ihn ein paar Sekunden nachdenklich und sein Blick wird kälter und warnender. Ich könnte jetzt so viele lustige Dinge hier tun, über die jeder ein Jahr lang sprechen würde. Ich könnte ihn so blamieren. Ich könnte einfach frei Schnauze reden und ihn vor allen Leuten bloßstellen. Ich könnte so lustig sein … Ich könnte …

»Sergio?«, fragst du hinter mir, Rosalie. Du bist so ein Stimmungskiller. Aber da bist du ja endlich!

Dabei wollte ich gerade loslegen. Ich lasse den Kopf nach hinten in den Nacken fallen und sehe dich kopfüber an. Oh, du bist schwanger, das habe ich fast vergessen! Aber du hast noch keinen Bauch. Wo ist denn dieser Bauch?

Als ich daran denke, zieht sich mein Magen zusammen. Ich starre von unten hoch in dein perfektes Gesicht und erwidere deinen weichen, leicht zweifelnden Blick. Du hast echt lange, dichte Wimpern, Rosalie, hat dir das mal jemand gesagt? Und dein Lippenstift ist ganz einladend rot. So rot wie dein Kleid. Ich liebe die Farbe an dir, wie ich entzückt feststelle.

»Hallo«, begrüße ich dich unbekümmert und dein Blick wird noch ein bisschen weicher, während dein Mundwinkel zuckt.

»Können wir kurz reden?«, fragst du belustigt und sanft.

Oh, jetzt wirst du mir sagen wollen, dass du schwanger bist, aber ich weiß es schon.

Oh. Oh.

»Natürlich, Tesoro«, säusele ich und dein Stirnrunzeln vertieft sich.

»Okay, dann komm«, wisperst du etwas angespannt und mit einem Seitenblick zu meinem Vater. Ach der, der macht schon nichts, keine Sorge, Rosalie.

»Ach so. Ich dachte, du willst hier reden«, murmle ich und richte meinen Kopf wieder auf, wobei ich direkt auf Onkel Cadens Blick treffe. Er versucht, herauszufinden, was in mir vorgeht. Er sollte mal lieber herausfinden, was in *dir* vorgeht.

Ich erhebe mich. Das ist nicht so leicht. Aber ich schaffe es. Rosalie, ich stehe. Dann schwinge ich einen Arm um deine Schultern. Hast du schon immer so gut gerochen? Irgendwie weich. Kann jemand weich riechen? Also dieser Duft *ist* weich. Ist das ein Schwangerschaftsduft?

Du keuchst leise, aber legst mir einen Arm um den Rücken und spielst einfach mein Spiel mit. Ich liebe das. Vielleicht versuchst du auch nur unauffällig, mich zu stützen. Ich weiß es nicht.

Wir schlendern mit ein paar verwirrten Blicken in unseren Rücken zur Treppe. Ich brauche etwas, um sie zu erklimmen. Du bist so geduldig mit mir und lachst immer wieder. Ich weiß ja nicht, was so lustig ist, Rosalie. Ich jedenfalls nicht.

Als wir endlich oben sind, hältst du dir den Bauch vor Lachen und bettelst mich an, dass ich aufhören soll, so witzig zu sein.

Das bin ich gar nicht, aber ich gebe mir Mühe, es nicht zu sein. Irritiert sehe ich von links nach rechts, wobei ich etwas starr werde.

Du lachst noch mehr, was mich noch mehr irritiert. »Was ist denn?«, frage ich und hebe die Hände.

»Es ist alles gut«, antwortest du lachend.

»Wirklich?« Wir stehen im Vorraum und ich öffne dir die Tür, durch die du dich nach draußen schiebst. Ich folge dir in die eisige Kälte und betrachte kurz dein Kleid. Es hat lange Ärmel, aber ist nur knielang. Das ist nicht gut, Rosalie. Du solltest dich echt wärmer einpacken.

»Okay, nicht wirklich«, gibst du zu und räusperst dich, während du dir die Lachtränen unter den Augen fortwischst und versuchst, dich zu sammeln.

Oh mein Gott, jetzt wirst du es mir sagen. Ich bin so aufgeregt.

Ich ziehe langsam den Kopf zurück und betrachte dich lauernd. Du nimmst deinen auch zurück, als du bemerkst, in welchem Modus ich bin.

»Okay, was ist los?«, fragst du mich. Ich halte das nicht mehr aus. Ich bin zu betrunken für so was.

»Ich weiß, dass du schwanger bist!«, platzt es aus mir raus und dein Mund klappt auf, während du die Augen aufreißt. Oh fuck, es ist wahr, er hat nicht gelogen. Ich sehe es an dem Schock in deinem Gesicht und mein Herz verkrampft sich. Oh mein Gott, oh mein Gott, oh mein Gott.

Du bist schwanger. Von mir. Da ist ein Baby in dir, Rosalie. Ich weiß nicht, was ich davon halten soll.

»Woher weißt du das?«, fragst du fassungslos.

»Das ist kompliziert!« Ich fuchtele mit meinen Händen in der Luft herum.

»Hat er es dir etwa gesagt?«, willst du es jetzt völlig ungläubig wissen.

»JA, und dann habe ich ihm eine reingehauen!«, rufe ich verwirrt aus.

»Wieso das denn?« Du bist verwirrt und fasst dir schockiert an die Brust.

»Weil er eklig wurde. Er wird immer so ekelhaft, wenn es um dich geht!«, erkläre ich hektisch.

»Aber wieso … ist er denn eklig geworden?«, fragst du jetzt total entrüstet und auch verletzt, als würdest du meinen Vater nicht kennen.

»Er hat gestichelt und gebohrt und gesagt: *Oh, da hat sie die Zeit ja genutzt, Sergio!*«, erzähle ich konfus, wobei ich ihn nachäffe. Was mir echt gut gelingt. Aber vielleicht denke ich das auch nur, weil ich betrunken bin.

»WAS? Ich dachte, er liebt uns.« Du bist ehrlich entsetzt und ich verstehe das einfach nicht, Rosalie. Es ist, als würden wir über zwei verschiedene Menschen reden. »Er stichelt und bohrt?«

»Immer«, meine ich jetzt ebenfalls verwirrt. Mein Vater liebt niemanden, was redest du da? Du bist total durcheinander, Rosalie. Du solltest dich sammeln.

»Was? Aber wieso tut er das?« Du begreifst das alles nicht und siehst mich an, als würdest du die Welt nicht mehr verstehen. »Zuerst sagt er mir, ich soll es dir nicht sagen, und dann posaunt er es selbst heraus?«

»WOHER SOLL ICH WISSEN, WIESO MEIN VATER IRGENDWAS TUT?«, rufe ich verzweifelt aus und deine Augenbrauen fahren zusammen. Es wäre ja schön, wenn ich seine Beweggründe nachvollziehen könnte, dann wüsste ich auch, wieso er mir eine Waffe an die Brust gedrückt hat. Und wieso sagt er dir, dass du es mir nicht erzählen sollst? Wieso redest du überhaupt mit ihm darüber – und wann?

»Dein Vater?«, fragst du nun noch verwirrter.

Ich blinzle. »Wer denn sonst? Über wen sprichst du denn?« Denn offensichtlich ist es nicht mein Vater.

»Zayden, ich habe es Zayden erzählt! Zayden! Deinem Bruder!« Du fuchtelst wild in der Luft herum und deutest in Richtung Eingang.

Mir fällt kurz alles aus dem Gesicht. Zayden wusste es also? Dieser kleine Scheißer. Jetzt weiß ich, wieso er angerufen hat, um sich zu erkundigen, wie es mir geht. Und ob es mir noch gut geht. Fuck.

Okay.

Ich atme tief. »Okay, nein, es war nicht Zayden. Du …« Ich streiche mir durch das Haar und hole tief Luft. »Bist du dir sicher, dass es so ist?«, frage ich jetzt so sachlich, wie ich kann, weil ich Klarheit in meinem betrunkenen Kopf brauche.

Du atmest ebenfalls tief durch und versuchst, dich zu sammeln. »Ja. Ich habe sieben Tests gemacht.«

Sieben. Sieben Tests lügen nicht, oder, Rosalie? Ich bemerke, wie meine Schultern sich anspannen. Okay, wir sind jetzt in dieser Situation. Du bist schwanger. Ich bin betrunken. Mein Vater ist ein Bastard. Mehr weiß ich gerade nicht. Aber der Gedanke, dass du ein Baby von mir in dir hast, vertreibt kurz alles Negative. Deine Bestätigung darüber, dass es wirklich wahr ist, lässt keinen Zweifel daran zu, dass wir das irgendwie hinkriegen. Ich liebe dich und du bist die Einzige, mit der ich so was wollen würde. Auch, wenn die Vorstellung mich etwas aus dem Konzept bringt und ich noch nicht wirklich realisiert habe, was das bedeutet.

»Ich habe gedacht, du nimmst die Pille«, fällt mir dann ein, bis mir in den Sinn kommt, dass ich nicht eine Sekunde über Verhütung nachgedacht habe. Nicht ein einziges Mal in den letzten vier Wochen, in denen ich bei dir ein und aus gehe. Wortwörtlich.

»Ich nehme sie auch, zumindest habe ich damit angefangen, nachdem wir öfter was hatten«, erklärst du. »Davor habe ich sie abgesetzt und ganz ehrlich nicht einen einzigen Gedanken daran verschwendet.« Du wirkst schuldbewusst und etwas unsicher.

»Ich auch nicht«, meine ich bedeutungsvoll, weil unser Sex echt grandios ist und keinerlei Gedanken zulässt. Ich denke doch nicht an fucking Verhütung bei dir. Darauf habe ich bei allen anderen geachtet und keine angefasst, ohne mich zu vergewissern, dass sie die Pille nimmt oder sich anderweitig schützt und zusätzlich noch einen Gummi benutzt. Aber bei dir war es mir einfach egal.

Du nickst und ich atme wieder durch, bevor ich ebenfalls langsam nicke. Okay. So weit. So gut. Du bist schwanger. Ich bin betrunken. Mein Vater ist ein Bastard. Immer noch alles gleich.

»Kommst du damit klar?«, frage ich jetzt leicht unsicher und rau.

Das überdenkst du kurz. »Wenn du damit klarkommst.«

Super, jetzt habe ich diese fucking Verantwortung. Ist das immer so mit Babys? Denn ich weiß nicht, ob ich das schaffe. Immer aufzupassen. Immer in Alarmbereitschaft zu sein. Immer Entscheidungen zu treffen, die ein Leben beeinflussen …

»Okay, okay, ich komme damit klar! Wir kommen damit klar, wir kommen mit allem klar!«, versicherst du mir schnell, als du meinen Blick richtig deutest, während du mir beschwörend in die Augen siehst. Heute kann ich meine Maske echt nicht aufrechterhalten. Ich bin zu konfus.

Ich starre zurück in dein Türkis. Du hast recht. Wir schaffen das. Ich bin nicht mein Vater. Ich werde nicht alles falsch machen. Wir werden es besser machen. Irgendwie.

Du nickst langsam, als du bemerkst, dass ich mich beruhige, was ich erwidere.

»Wieso hast du es mir nicht gesagt?«, will ich jetzt wissen und beobachte dich forschend.

»Ich musste erst selber diese Information verarbeiten und ich weiß es auch erst seit vier Tagen.«

Okay, ich dachte mir so was schon und es ist in Ordnung. Viel wichtiger ist, dass es jetzt so ist und … Fuck, damit hätte ich nie gerechnet. Ich kann es mir immer noch nicht vorstellen. Aber ich will dich, ich will dieses Baby und ich will ein Leben mit dir. Egal, ob in Dunkelheit oder Sonne, weil du meine Sonne bist.

»Wir schaffen das«, sagst du überzeugt.

»Ich heirate dich«, informiere ich dich völlig zusammenhanglos, denn als ich in deine Augen sehe, weiß ich, dass das bald passieren wird. Ich werde dich heiraten. Du wirst ein Baby von mir kriegen. Alles wird gut. Auch, wenn es ein de Luca ist. Auch, wenn mein Vater dich hasst. Ich kriege das hin.

Irgendwie.

Wenn es um dich geht, finde ich immer eine Lösung.

Du siehst mich wieder fassungslos an. »Ehrlich?«

»Klar«, meine ich, denn das ist doch offensichtlich, Rosalie. »Ich liebe dich.« Eindringlich sehe ich dich an. »Und ich will dich. Immer. Für immer. Und das.« Mit einem Finger will ich auf deinen Bauch deuten, zeige aber unkoordiniert auf deine Brüste, weshalb ich etwas grinsen muss.

Du siehst stirnrunzelnd auf sie herab und ich zwinge meinen Finger weiter runter zu deinem Bauch, der noch flach ist. Wird er dann rund? Werde ich dann spüren, wie sie oder er sich darin bewegt? Der Gedanke verursacht ein warmes Prickeln in meiner Brust.

»Das. Und das.« Jetzt zeige ich zwischen Brüsten und Bauch hin und her und nicke zufrieden. Ein Leben damit ist genau richtig. Genau, was ich will. Du bist genau, was ich will.

Du nimmst meinen Finger und ziehst meine Hand an deine Wange, woraufhin ich einen Schritt auf dich zumache und einen Arm um deine Taille lege. »Ich will auch das.« Du streichst über meine Lippen. »Und das …« Deine Finger gleiten über mein Kinn und ich schließe meine Augen. Wie immer, wenn du da bist, verblasst der Ärger und die Ereignisse zuvor werden so unwichtig. Ich spüre einfach nur, was dein Finger auf meiner Haut mit mir macht, und ich liebe es.

»Ich will das alles.« Du streichst an meinem Hals herab bis zu meiner Brust, worunter mein Herz schlägt, und schmiegst deinen Körper an meinen.

Ich lasse meine Stirn an deine sinken und ziehe deinen Duft tief ein, speichere ihn in mir und lasse ihn mich fluten, mich beruhigen. Ich liebe das, ich liebe dich. »Dummes Mädchen«, murmle ich. »Das gehört dir doch schon.«

»Und ich werde es nie wieder hergeben. Bereite dich darauf vor.«

Ich lächle. »Ich liebe das«, informiere ich dich sanft.

»Ich liebe dich.«

»Gut so«, wispere ich, bevor ich meine Lippen auf deine lege. Ich habe dich noch nie so geschmeckt wie jetzt. Obwohl meine Sinne benebelt sind, bist du klar. Du bist immer klar. Du bist alles, was ich brauche, und wer das nicht sieht, ist blind. Blind für das Offensichtliche. Und das will ich nicht mehr sein, Rosalie.

6. Komplexe Menschen, Ilian

Catalina

Alles ist etwas verrückt, Ilian.

Ich sehe immer noch kritisch in die Richtung, in die Sergio gerade mit Rosalie verschwunden ist, einen Arm um ihre Schultern geschwungen, als wäre es das Normalste der Welt. Dabei weiß doch jeder, dass mein Vater die beiden nicht zusammen sehen will. Was ich gar nicht verstehe. Rosalie ist toll. Und niemand wird meinen Bruder je so lieben, wie sie es tut, das steht fest. Er ist kompliziert und launisch und sie ist so stark.

Darüber habe ich mit meinem Vater in den letzten Wochen nicht gesprochen. Auch nicht darüber, dass Sergio sich ständig zu Rosalie schleicht. Ich hasse es, wenn er das tut. Dann wird es immer echt laut. Nicht schön. Sollen sie doch ins Poolhaus gehen. Dahin ziehe ich mich dann zurück.

Meistens treffe ich da auf Sophia, die auch fluchtartig verschwindet, sobald sie bemerkt, dass Sergio das Haus betritt.

Jetzt lasse ich meinen Blick langsam von der Treppe zu der anderen Seite des Tisches schweifen, wo unser Vater sitzt und echt angepisst ist. Ich habe ihn noch nicht so richtig angepisst erlebt. Seine hellblauen Augen sehen funkelnd zur Treppe. Giovanni beugt sich gerade an sein Ohr und murmelt ihm was zu. Mein Vater schnaubt hart, weshalb ich meine Stirn runzle. Seine linke Wange ist dunkelrot verfärbt. Irgendwie werde ich das Gefühl nicht los, dass mein total betrunkener Bruder etwas damit zu tun hat.

Es ist komisch, meinen Vater so zu sehen. Er ist immer makellos, seit ich mich zurückerinnern kann. Sein Gesicht ist immer rasiert und glatt, die Augen immer klar, das dunkelbraune Haar immer perfekt. Und jetzt sitzt er da mit dieser verfärbten Wange. Ich weiß nicht, wie ich das finde. Überhaupt weiß ich nicht, immer noch nicht, was ich von ihm halten soll. Wir verbringen so viel Zeit miteinander und ich fange langsam an, mich ihm zu öffnen. Er verdient sich das auch hart. Mir ist klar, dass er normalerweise nicht viel Zeit hat, aber er schaufelt sich immer was für mich frei und setzt mich nicht unter Druck, zu ihm zu ziehen, obwohl der Monat, den wir ausgehandelt haben, um zu sehen, ob ich bei ihm leben kann, mittlerweile vorbei ist. Ich war jetzt schon öfter drüben. Es ist nicht so schlimm, wie ich es mir als Kind immer vorgestellt habe. Überhaupt nicht so dunkel. In den Garten scheint die Sonne, was wirklich wunderschön ist. Das Labyrinth glitzert, wenn das Licht auf die vereisten Zweige und Rosenranken fällt, genau wie der See.

Mein Vater hat mir gezeigt, welches Zimmer meines wäre. Es ist groß und hell, im Gegensatz zu Sergios Zimmer, wo ich natürlich auch drin war. Der wohnt in dem alten Schlafzimmer, das einmal Dorian de Luca gehört hat. Es ist geradezu klinisch sauber. Gar nicht so wie das Zimmer, das er bei uns hatte. Es ist ordentlich und man hat Angst, etwas anzufassen.

Mein Vater hat mich auch durch seine Räumlichkeiten geführt und mir die de Luca-Geschichte erzählt. Die ist dunkel, aber interessant und ich kenne jetzt alle Namen. Er hat mir auch Fotoalben gezeigt und mir von meinem Uropa und meiner Uroma berichtet. Wie er aufgewachsen ist, wie er meine Mutter kennengelernt hat. Wie das Verhältnis zwischen ihm und seinem Bruder war. Den Vätern in diesen Kreisen ist es immer wichtig, dass ihre Kinder die Geschichte kennen und wissen, woher sie kommen. Moms Dad, mein Opa, hat mir auch schon alles über die Marinos erzählt, weshalb ich ebenfalls jedes Gesicht zuordnen kann.

Ein paarmal war ich bei meinem Vater im Büro und habe ein Buch nach dem anderen aus dem Regal genommen und gelesen. Ein paar italienische, ein paar englische. Manche Seiten sind so alt, dass ich aufpassen musste, sie umzublättern. So sind manchmal Stunden vergangen, die ich auf seiner Couch vertieft in einem Roman lag. Er konnte mir aus jedem einzelnen Zitate aufsagen, auf Italienisch natürlich.

Er hat mir ein paar Männer vorgestellt und sie erzählen lassen, wie es im Haus so läuft.

Salva war echt lustig und hat mich heftig zum Lachen gebracht. Er hat gesagt, er wüsste gar nicht, wieso er hier ist. Wahrscheinlich wegen der hübschen Hausmädchen. Mein Vater hat mir zugeflüstert, dass es für Salva eigentlich nur ein hübsches Hausmädchen gibt. Ein paarmal musste ich wirklich lachen, zum Beispiel an diesem einen Tag, als er mit mir auf dem Jahrmarkt war. Ich weiß mittlerweile, dass er so was im Grunde nicht tut. Er verabscheut das normale Leben. Aber er ist mit mir hingegangen und war höchst irritiert von all den glücklichen Menschen. Ein bisschen Ekel war auch dabei. Ich habe ihm gesagt, dass er ein Snob ist, und meine Zuckerwatte gegessen. Dann hat er mich gefragt, ob es hier eigentlich irgendwas Italienisches gäbe, und hat sich dabei zweifelnd umgesehen. Am Ende sind wir bei einem der Italiener in seinem Viertel gelandet und ich habe Spaghetti gegessen. Dabei hat er mir zugeschaut und war zufrieden.

Es war nicht schlecht. Es war nicht so schlimm, wie ich es dachte. Ganz im Gegenteil. Aber ich kann mir immer noch nicht vorstellen, da drüben zu wohnen, auch wenn ich langsam anfange, eine gewisse Wärme für ihn zu empfinden. Deshalb spreche ich das Thema so selten wie möglich an und versuche, auch auf ihn zuzugehen. Ich rufe ihn an und erkundige mich, was er gerade macht. Die ersten zwei Male war er total skeptisch und äußerst vorsichtig. Weil er das nicht kennt. Aber jetzt hat er sich daran gewöhnt. Ich frage ihn immer, was er gegessen hat, ob er mich abholen will oder ob ich vorbeikommen kann. Zum einen, weil ich nicht will, dass er denkt, ich würde mich nicht bemühen, ihn kennenzulernen. Zum anderen, weil ich wirklich Interesse an ihm habe und ihn das spüren lassen will. Manchmal schicke ich ihm Fotos von meiner aktuellen Lage und er sendet mir mittlerweile welche zurück. Sie sehen alle gleich aus, denn sie zeigen ihn immer an seinem Schreibtisch. Deshalb versuche ich, ihn immer mal wieder aus dem Haus zu locken. Er mag es zwar nicht, lässt sich aber mir zuliebe darauf ein. Vorgestern saßen wir zwei Stunden bei ihm im Garten auf der Bank, obwohl es kalt war. Mit einer Decke um meine Schultern haben wir uns über alles Mögliche unterhalten, während wir auf den See sowie den Steg geschaut haben und zu unserer Rechten der Kerzenschimmer aus der Kapelle nach draußen gedrungen ist.

Mein Vater ist so interessant und komplex. Ich mag komplexe Menschen, deshalb habe ich wahrscheinlich auch niemand Unkomplizierten in meinem Leben. Außer meinem Rush-Dad, der mein einziger Dad ist. Der de Luca-Vater ist der Vater.

Letzterer versteckt sich hinter vielen Schichten, das habe ich gleich bemerkt. Aber mit jedem Mal, wenn wir zusammen sind, legt er eine weitere ab. Ich liebe es, das zu beobachten. Mir ist klar, dass er schwierig ist und mein Bruder seine Probleme mit ihm hat, doch ich schaffe es tatsächlich, ihn aus einer anderen Perspektive zu sehen. Aus meiner eigenen.

Dad legt gerade einen Arm um meine Stuhllehne. In dem Moment wird mir bewusst, dass ich total abgedriftet bin und mein Blick verschwommen ist. Ich schaue zu ihm, während er mich aus dem Augenwinkel ansieht. Ein paar schwarze Strähnen fallen ihm in die Stirn.

»Alles okay da unten?«, erkundigt er sich. Er zieht mich immer wegen meiner Größe auf. So lustig, haha.

»Japp«, antworte ich und schmiege mich an ihn. Das tue ich immer. Er ist vertraut und riecht so gut. Ich glaube, ich werde nie aufhören, bei ihm zum kleinen Mädchen zu mutieren.

»Schön. Ich mag es, wenn bei dir alles okay ist«, murmelt er und streicht mir das Haar über den Rücken. Diese Treffen im Casa del Nero ziehen sich immer so. Mein Vater hat eine Weihnachtsrede gehalten, die etwas harsch ausgefallen ist. Wahrscheinlich hat er üblen Stress mit Sergio.

Es ist alles etwas verrückt, Ilian.

Du sitzt bei deinem Vater und hast deine Schläfe auf die Faust gestützt, während du mit deinem Messer spielst. Deine Augen sind heute braun und grün. Das sind sie in letzter Zeit öfter mal und ich hasse das. Wenn sie grünlich funkeln, hast du dich innerlich abgekapselt. Schimmern sie bläulich, bist du ganz da und mein Ilian.

Du trägst ein dunkelrotes Hemd, das sich über deine trainierten Arme spannt, und bist glattrasiert. Deine dunkelblonden Haare sind nach hinten gekämmt, nur ein paar Strähnen fallen dir in die Stirn. Du bist heute wieder total fokussiert, gar nicht verspielt, gar nicht locker. Ich überlege, was los sein könnte. Ob es immer noch an deiner Mom liegt? Denn seit die mit dir geredet hat, bist du etwas abwesend. Der Kerzenschein flackert über dein ebenmäßiges Gesicht und du siehst über den Tisch hinweg zu mir.

Träge hebst du einen Mundwinkel und ich verziehe das Gesicht, weil dieses Lächeln unecht ist und nicht deine Augen erreicht. Du willst gerade etwas sagen, als von hinten Natalia Wolkov an dich herantritt, und ich muss wieder daran denken, dass du sie heiraten sollst. Ich mag das nicht. Allein, dass sie glaubt, so selbstverständlich an dich herantreten zu können, macht mich echt sauer. Wie immer sieht sie makellos aus. Ihre hellblonden, glatten Haare liegen auf einer Schulter und den langen Ärmel ihres schwarzen Kleides. Sie zieht einfach den Stuhl neben dir heraus und lässt sich darauf sinken. Sie sucht schon die ganze Zeit Gelegenheiten, um sich mit dir zu unterhalten, doch du weichst ihr aus. Als du diesmal aufstehen willst, legt dein Vater dir seine Hand fest auf die Schulter und bedenkt dich mit einem echt angepissten Blick. Er will, dass du ihr näherkommst. Wegen ihm müsst ihr heiraten. Ich spüre, wie mein Magen sich verkrampft und die Wut in mir aufsteigt. Ich hasse deinen Vater. Ich hasse deine Mutter.

Du schnaubst hart und wendest ihr deinen kalten Blick zu. Ich kann es nicht ausstehen, dass du sie anschaust, und spanne mich an. Mein Knie beginnt, automatisch zu wippen. Ich kann mir das kaum mit ansehen.

»Catalina, setz dich doch ein bisschen zu mir«, sagt mein Vater mit einem Seufzen von der anderen Seite des Tisches.

»Catalina, setz dich doch ein bisschen zu ihm«, murmelt mein Dad spöttisch in mein Ohr und äfft dabei den Tonfall meines Vaters nach, bevor er an meinem Haar zieht und den Arm zurücknimmt.

»Carter«, mahnt ihn Mom streng.

»Isabelle.« Dad ist verspielt.

Ich reiße meinen Blick von Natalia und dir los, während ich noch sehe, wie sie dich anlächelt und was sagt. Was glaubt sie eigentlich, wer sie ist, dass sie dich anlächeln darf? Alles in mir ist bereit, über den Tisch zu springen und ihr die Kehle zuzudrücken, bis sie erstickt.

Ich hasse sie.

ICH HASSE SIE!

Schnaubend rücke ich mit meinem Stuhl nach hinten und stehe auf, wobei ich mir die heute auch glatten Haare hinter die Ohren klemme und mich an Dad vorbeischiebe.

Du musterst mich, während sie weiter mit dir redet, weshalb ich auch wieder zu dir sehe. Ich hebe meine Brauen, beobachte dich und gehe zu meinem Vater. Jetzt funkeln deine Augen und etwas Lauerndes tritt in deinen Blick, was mich kurz irritiert. Das ist nie gut. Was wirst du jetzt tun?

Kurz stolpere ich fast, weil du mich so ablenkst, und halte mich an einem Stuhl fest.

Du legst einen Arm über ihre Lehne und lässt mich dabei nicht aus den Augen.

Ich stocke, als ich schon fast bei dem Stuhl angekommen bin, auf dem vorhin Sergio saß, und mein Mund klappt auf. Ich kann es nicht verhindern. Was wird das? Willst du mich reizen? Findest du das lustig? Ich nämlich nicht. Ist sie jetzt deine kleine Bitch und du legst den Arm um ihre Lehne? Willst du sie vielleicht gleich hier auf diesem Tisch ficken?

Du lässt mich immer noch nicht aus den Augen.

Du spielst mit mir.

Spiel nicht mit mir, wenn es um andere Frauen geht.

Hart lasse ich mich auf den Stuhl neben meinem Vater sinken und ziehe den Träger meines dunkelblauen Kleides wieder hoch, der über meine Schulter gerutscht ist.

Dann reiße ich den Blick von dir los. Du willst wohl, dass ich das sehe, hä? Dann schaue ich eben nicht hin. Fick sie doch, Ilian. Mach nur.

Mein Vater mustert dich und seine Finger trommeln hart auf den Tisch. »Ignorier ihn, wenn er so was tut«, rät er mir und betrachtet nun mich. Das ist leichter gesagt als getan. Ich ahne zwar, was du beabsichtigst, aber es macht mich noch verrückter, nicht hinzusehen und es nicht genau mitzubekommen. Andererseits kann ich ihren selbstgefälligen Blick nicht ertragen. Schön. Danke, Ilian, dass du mich so vor ihr auflaufen lässt.

»Und?«, will ich härter als beabsichtigt von meinem Vater wissen, weil ich so sauer bin.

»Ich habe mich gerade gefragt, wie ich so was Schönes zustande bekommen habe«, erklärt er nachdenklich und deutet auf mich.

Ich grinse ein bisschen. »Jetzt übertreib nicht«, murmle ich und winke ab.

»Gut, wenn du das willst.« Er lehnt sich zurück, genau wie ich, und ich muss lachen, bevor ich mir einen Latte Macchiato bestelle, als die Kellnerin vorbeischwirrt.

Dann mustere ich wieder meinen Vater. »Ärger mit Sergio?«

»Ein bisschen.« Er wirkt leicht apathisch, als er das sagt, und ich betrachte seine Wange.

»War er das?« Ich nicke in die Richtung der Verfärbung.

»Hatte es verdient«, meint er ungerührt und trinkt einen Schluck Wein. Oh mein Gott. Mein Bruder hat unseren Vater geschlagen. Ich würde so gern mit dir darüber reden, weil ich deshalb aufgeregt bin, aber ich bin zu sauer auf dich, um dich auch nur anzusehen.

»Was hast du denn gemacht?«, frage ich lauernd und schaue in seine hellblauen Augen und sein ebenmäßiges

Gesicht. Er ist echt perfekt. Beruhigend symmetrisch und akkurat.

Er sieht in die Kerzen. »Ich habe ihm gesagt, dass Rosalie schwanger ist, und impliziert, dass sie ihm ein Kind unterjubelt, um ihn an sich zu binden. Noch einen bitte.« Er hebt zwei Finger in die Richtung der Kellnerin, die mir meinen Latte hinstellt. Mein Mund klappt auf. Kurz vergesse ich alles andere. Auch, wenn du jetzt nackt mit Natalia über den Tisch rollen würdest, wäre ich zu abgelenkt, um hinzusehen.

»Rosalie ist was?«, keuche ich und blicke zur Treppe und wieder zurück zu meinem Vater.

»Schwanger von deinem Bruder.« Er ist nicht sehr glücklich, ich dafür schon.

»Ich werde Tante«, stelle ich entzückt fest und er verzieht sein Gesicht.

»Ja, das wirst du«, knurrt er.

Oh mein Gott, ich liebe das. Nach allem, was die beiden durchgemacht haben, ist ein Baby genau das richtige Symbol für das, was sie verbindet. Bei allen um mich herum waren sie immer die Richtigsten, die Ehrlichsten, die Perfektesten, die, an denen wir uns immer orientiert haben. Du und ich, Zayden, auch wenn er es nie zugeben würde. Ich habe gesehen, wie oft er seine Stirn gerunzelt hat, wenn er beobachtete, wie Sergio mit Rosalie umgeht, weil ihm klar wurde, dass er gar nicht so ist.

Ich liebe das.

Keine Ahnung, wie es für die beiden weitergehen soll, aber ich liebe das.

»Ich liebe das«, spreche ich laut aus. Mom visiert mich jetzt an, weil sie die Fährte aufgenommen hat. Sie hat mein Oh-mein-Gott-dein-Ernst?-Gesicht bemerkt und mustert mich jetzt forschend sowie lauernd aus ihren so wissenden, grünen Augen.

Fragend hebt sie eine Braue und mein Vater legt den Kopf schief. »Ja, bitte, Isabelle?«

»Was tuschelt ihr da?«, will sie wissen. Ich habe keine Ahnung, ob sie das wissen darf. Also richte ich meine Aufmerksamkeit auf Zayden, der gerade genervt und laut seufzt, bevor er uns einen Blick zu wirft. Ich weiß nicht, ob ich mir das einbilde, aber es wirkt fast, als hätte er kurz den Kopf geschüttelt.

Mein Vater seufzt ebenfalls schwer und theatralisch. »Nichts, Tesoro, alles gut. Es ist ein Geheimnis.«

Ich muss kichern und Dad sieht mich düster an. Jetzt habe ich schon ein Geheimnis mit ihm. Schnell höre ich auf zu kichern und fühle mich, als hätte ich ihn betrogen. Mein Gesicht wird ausdruckslos und er nickt, als würde er sagen: *Gut so.*

Mom schnaubt und überschlägt die Beine sichtbar unter dem Tisch.

»Also ich liebe das nicht wirklich«, sagt mein Vater jetzt und nimmt den Wein entgegen, der gebracht wird.

»Wieso nicht?«, frage ich ehrlich interessiert, wobei ich meinen Macchiato umrühre.

»Wieso nicht?«, wiederholt er, als hätte ich gar nichts verstanden. »Das ändert alles. Sie … muss dann … bei uns einziehen. Sie müssen heiraten. Mein erster Enkel wird zur Hälfte ein Rush. Und es gibt nichts, was ich dagegen tun kann.« Kurz scheint er zu überlegen, aber seufzt dann. »Nein, gar nichts.«

Ich kann nur an eines denken. »Oh mein Gott, dieses Baby wird so hübsch.«

Er mustert mich kritisch aus dem Augenwinkel. »Es wird vielleicht nicht hässlich«, gibt er unwillig zu.

»Oh nein, gar nicht. Es wird dick sein und Locken haben und sabbern.« Ich mache ein entzücktes Geräusch, als ich es mir vorstelle, und sein Mundwinkel zuckt.

»Aber es wird *diese* Gene haben …«

»Du magst diese Gene. Du hast riskiert, dass sie Sergio und mich beeinflussen und uns da leben lassen«, erinnere ich ihn. »Und Sergio und ich sind verdammt toll.« Mein Blick duldet keine Widerrede.

»Ja, ihr seid auch verdammt toll«, sagt er, als wäre es klar, und das ist es auch. Wir sind toll, Sergio und ich.

»Ja, also. Und dafür ist dieser Mann verantwortlich.« Ich nicke zu Dad. »Und dieser da.« Jetzt nicke ich zu Onkel Caden, der gerade lacht und Alayna etwas ins Ohr murmelt.

»Ja, was ist das nur mit diesen Männern?« Mein Vater klingt gereizt.

»Sie sind toll. Und sie haben uns gut erzogen. Was glaubst du dann, wie Rosalie erzogen wurde? Sie ist die stärkste Person, die ich kenne. Sie ist immer ehrlich und würde niemals jemandem schaden. Sie liebt Sergio und hängt an ihm, seit ich mich erinnern kann. Sie lügt für ihn, sie stiehlt für ihn, sie ist für ihn da und sie lässt alles für ihn stehen und liegen. Sie liebt ihn wirklich und ich könnte mir für meinen Bruder keine bessere Frau vorstellen. In all den Jahren, in denen sie nichts mehr miteinander hatten, hatte sie nur ein einziges Date, und das hat sie mittendrin unterbrochen. Sie ist unglaublich treu. Und sie tut ihm gut.« Ich trinke einen Schluck Latte. »Ein Baby aus diesem Gengemisch kann nicht böse oder schlecht sein.«

»Chaos«, stößt er aus. »Ein Baby aus diesen Genen bedeutet Chaos. Keine Disziplin, Catalina.«

»Wieso nicht? Rosalie und Sophia sind die diszipliniertesten Frauen, die ich kenne«, entgegne ich.

»Trotzdem macht sie meinen Sohn chaotisch.«

»Ich hatte immer das Gefühl, dass sie ihn aufräumt. Die letzten Jahre war er mehr damit beschäftigt, was mit dir ist, als mit ihr. Am chaotischsten war er, wenn er wieder einen Hinweis über dich gekriegt hat und bei uns am Tisch saß und versucht hat, ihn zu entschlüsseln. Aber wenn er mit Rosalie zusammen ist, wird er ganz ruhig. Warte ab, wenn er nach unten kommt.«

»Das glaube ich eher nicht«, schnaubt er. Ich seufze und trinke noch etwas, bevor mein Blick wie von selbst zu dir zurückschweift. Du hast wieder die Schläfe auf die Faust gestützt, deine Finger trommeln auf der Armlehne und Natalia redet mit dir. Was will sie von dir? Du siehst sofort zu mir. Du bist angepisst, aber ich weiß nicht, wieso.

Ich straffe mich etwas, als ein Schatten über die Treppe huscht und mein Vater und ich aufsehen. Rosalie tritt als Erste wieder ein und wirkt wie immer, als wäre nichts Besonderes im Gange. Ich muss grinsen, als ich sie bemerke. Sie ist schwanger, Ilian. Ich sterbe.

Sie stockt kurz, als sie mich sieht. Ich winke mit den Fingerspitzen und bin ganz aufgeregt. Ihr Blick verdüstert sich und gleitet zu meinem Vater. Der lächelt sie an. Ist doch egal, bald weiß es sowieso jeder. Kurz sehe ich es in ihren Augen blitzen, aber sie vergisst sich nicht, sondern schnaubt nur und setzt sich.

Sergio folgt ihr und murmelt gerade noch was zu dem Typen am Empfang, der die Waffen einsammelt. Der nickt, was Sergio bedeutungsvoll erwidert, bevor er weitergeht. Wie ich es mir gedacht habe, ist er viel entspannter. Seine dunkelbraunen Haare sind etwas chaotisch und die Wangen wahrscheinlich von der Kälte gerötet. Aber seine dunkelblauen Augen sind viel klarer, die Schultern unter dem gleichfarbigen Hemd wieder straff und sein Gang – trotz immer noch leichter Trunkenheit – sicher. Er hat eine Hand in der Hosentasche und umrundet mich, ohne zu kommentieren, dass ich auf seinem Platz sitze, wobei sein Duft, gemischt mit Kälte und Zigarettengeruch, in meine Nase dringt. Dann lässt er sich einfach auf die andere Seite unseres Vaters sinken und rückt an den Tisch. Er reibt seine Hände aneinander und greift in meine Richtung, um an das leere Glas vor mir zu kommen, was er vor sich stellt, bevor er sich Whisky einschenkt.

Unser Vater mustert ihn kritisch, doch Sergio ist ganz entspannt und lehnt sich jetzt mit seinem Glas zurück, was Ersteren irritiert. Ich grinse selbstgefällig. Er runzelt die Stirn.

Mein Mundwinkel zuckt. Ich liebe es, recht zu haben. Mein Vater hasst es wohl, unrecht zu haben, und wirkt etwas unzufrieden.

Früher schon, wenn Sergio auf mich sauer war oder rausgefunden hat, dass ich was aus seinem Zimmer genommen habe, habe ich Rosalie zu ihm geschickt, damit sie ihn beschwichtigt. Das hat immer funktioniert.

Mein Vater wendet sich mir zu und ich hebe interessiert die Augenbrauen. »Ja?«, frage ich jetzt verspielt.

»Das bedeutet nicht, dass es immer so ist.«

»Gib ihr eine Chance«, murmle ich.

»Nein.«

»Sie hat deinen Enkel in sich«, erinnere ich ihn nun.

»Ja, nur deswegen darf sie auch …« Er verstummt.

»Also ich weiß nicht, wie Sergio je mit dir klarkommen soll, wenn du die Person, die er am meisten liebt, so sehr hasst«, flüstere ich. Ich kenne meinen Bruder, er ist zu loyal.

»Das hat die ersten zwanzig Jahre seines Lebens auch geklappt, mach dir keine Sorgen, Tesoro.«

Ich glaube ja, dass er damit absolut und total gegen eine Wand rennen wird. Aber das sage ich ihm jetzt nicht, stattdessen seufze ich und leere mein Glas.

»Okay«, murmle ich ihm zu und bemerke, wie du aufstehst. Ich folge dir sofort mit meinem Blick, wie immer, und du nickst mir zu, dass ich mitkommen soll. Dann nimmst du unsere Mäntel an der Garderobe und verschwindest nach oben.

Ich schaue dir ein paar Sekunden nach, anschließend zu Natalia. Die sieht mich gelangweilt über den Tisch hinweg an, und ich weiß, es ist scheiße, aber ich lächle sie an, bevor ich mich auch erhebe. Ich kann nicht anders, Ilian. Sie soll sehen, wem du gehörst.

Ich höre sie noch schnauben und schlendere selbstgefällig den Tisch entlang zur Treppe, die ich hochsteige. Ich hasse diese Schlampe so sehr.

Du wartest draußen neben der Tür an die Wand gelehnt, wie James Dean. In einer Hand hältst du eine Zigarette, mit der anderen streckst du mir meinen Mantel hin, ohne hinzusehen. Du bist so hübsch.

Ich nehme meinen Mantel und schlüpfe hinein, bevor ich die Arme fröstelnd vor der Brust verschränke und mich vor dich stelle. Meine Haare wehen im eisigen Wind nach hinten.

»Und?«, fragst du etwas härter als sonst und ziehst an deiner Zigarette, bevor du den Rauch zur Seite ausstößt.

»Und? Wie war es mit Natalia?«, entgegne ich genauso und hebe eine Braue.

Etwas zuckt durch deine Augen. »Super«, meinst du spöttisch. Ich verstehe ja, dass du nichts dagegen tun kannst, wenn dein Vater dir vorschreibt, Zeit mit ihr zu verbringen oder neben ihr zu sitzen. Wirklich, das verstehe ich, trotzdem ist es nicht leicht.

»Und, wie ist es eigentlich so mit deinem Vater?«, erkundigst du dich jetzt. Nach wie vor hasst du ihn und wie oft ich ihn sehe.

»Super«, antworte ich, strecke die Hand aus und nehme die Zigarette aus deiner, bevor ich selbst daran ziehe. Ich rauche nicht oft, aber ab und zu habe ich einfach Lust oder brauche eine. So wie jetzt. Du machst mich echt wütend.

»Und, wann hat er dich endlich so weit?«, fragst du seufzend, als ich den Rauch ausstoße.

»Okay, das ist echt unfair«, sage ich jetzt. »Er hat mich nicht mehr darauf angesprochen und versucht, einfach nur Zeit mit mir zu verbringen.«

»Sicher«, spottest du und ich blähe meine Nasenflügel auf. Ich werde mich jetzt nicht mit dir streiten.

»Ich verbringe Zeit mit ihm und lerne ihn kennen. Was ist schon dabei?«

»Du meinst, du lernst das von ihm kennen, was er dich kennenlernen lässt«, korrigierst du mich sanft und ich schnaube auf. Vielleicht ist das so. Sicher zeigt er mir jetzt nicht seine schlechten Seiten, aber das heißt ja nicht, dass die guten alle gespielt sind und nicht existieren. Dafür sind sie zu echt.

»Was willst du jetzt von mir? Dass ich keine Zeit mehr mit ihm verbringe?«

»Ich will von dir, dass du dich nicht von ihm einlullen lässt. Natürlich kannst du Zeit mit ihm verbringen!«, antwortest du harsch und ich ziehe nochmal, bevor ich dir die Zigarette zurückgebe.

»Ich lasse mich nicht einlullen, okay? Lass du dich nicht einlullen!«

»Wieso? Nur, weil sie Titten und einen Arsch hat?« Du ziehst auch und schnippst dann die Zigarette abfällig weg.

»Keine Ahnung. Wieso hast du denn vorhin so vertraut deinen Arm um sie gelegt?«, frage ich mit hochgezogenen Brauen.

»Ich wollte dich reizen.«

»DU BIST EIN ARSCHLOCH!«, fahre ich dich an.

»Und du liebst das«, stellst du fest.

»ICH MAG ES NICHT, WENN DU MIR WEHTUST!«, rufe ich frustriert. »Hör auf damit, ein Arschloch zu sein!« Man bemerkt manchmal echt, wessen Neffe du bist. Dann bist du Onkel Caden so ähnlich, dass es mich fast ein bisschen einschüchtert. Ich kann zwar gut damit umgehen, aber an einigen Tagen fühle ich mich nicht dazu in der Lage.

»Tja, News Flash, Babygirl: Ich bin ein Arschloch und ich werde es auch öfter zu dir sein«, informierst du mich und streichst mir durch die Haare. Hältst du das hier für einen fucking Witz?

»Fick dich.« Ich schlage deine Hand weg. Ich mag es nicht, wenn du so zu mir bist.

Du packst mein Handgelenk, drehst mich um und presst mich mit dem Rücken an die Wand, weshalb ich keuche. Einen Unterarm stützt du neben meinem Kopf ab und ich sehe schwer ausatmend zu dir hoch. Du bist so perfekt. Das wird irgendwann mein Tod sein.

»Schlag nie wieder meine Finger weg, Catalina«, warnst du mich mit leiser, rauer Stimme.

»Dann leg sie nie wieder an eine andere, Ilian«, antworte ich genauso leise, während du meine Hand an deine Schulter ziehst und es wieder in deinen Augen aufblitzt.

Du beugst dich vor und lehnst deine Stirn an meine. Dein Duft strömt in meine Nase und lässt mein Herz wie immer schneller schlagen. »Ich liebe dich«, murmelst du und ich seufze ergeben. Wenn du das sagst und mir so nahe bist, kann ich gar nicht mehr wütend sein. Ich gleite mit meinen Fingern an deinen Nacken.

»Ich liebe dich auch«, wispere ich, weil ich es tue. So sehr.

»Das solltest du nicht«, murmelst du direkt an meinen Lippen, sodass deine meine berühren und ich meine Lider schließe.

»Ich tue es aber!« Damit überbrücke ich den letzten Abstand und küsse dich. Du drängst sofort deinen Körper an mich und intensivierst den Kuss. Kurz knicken fast meine Beine weg. Wann immer du mir so nahe bist, ist es wie bei einer Achterbahnfahrt. Ich liebe das und will darauf nicht verzichten oder daran denken, was noch auf uns zukommt. Vielleicht hast du recht und ich sollte dich nicht lieben, weil du nicht einfach bist.

Aber Ilian, begreifst du denn nicht, dass ich das Komplizierte an dir am meisten liebe? Du bist die schwierigste Matheaufgabe in meinem Leben und ich liebe es, dich zu entschlüsseln, immer weiter zu lösen, auszurechnen, zu analysieren, zu erforschen … Und vor allem liebe ich es, dich zu lieben. Das ist nicht falsch. Wir sind nicht falsch. Und wir kommen irgendwie immer auf das richtige Ergebnis. Weil wir zusammengehören, und das wird sich niemals ändern.

7. Hinterzimmergespräche, Rosalie

XX

Sergio

Wir sind im Hinterzimmer, wo wir immer sind, wenn das offizielle Essen und die offizielle Rede vorbei sind. Die Frauen und Jugendlichen bleiben an der Bar und die Männer ziehen sich zurück. Hier sitzen wir nun und ich bin wieder entspannt, Rosalie. Du hast recht, wir kriegen das schon hin. Ich bin jetzt viel zuversichtlicher und ruhiger, ohne weiter darüber nachzudenken, dass Dad seine Waffe auf mich gerichtet hat, nachdem ich ihm eine reingehauen hatte. Seine Wange sieht echt übel aus. Aber Ramon hat recht, er hat es verdient. Jetzt ist es vorbei und wir können weitermachen, nicht wahr?

Ich sitze neben ihm. Der Rest hat sich um den runden Tisch herum versammelt. Die Bodyguards stehen hinter den jeweiligen Männern und die Zigarren qualmen. Das Licht ist schummrig, es gibt keine Fenster. Der Raum ist schallisoliert. Das muss er auch sein, bei dem, was hier manchmal passiert.

Diego Sanchez, Selinas Vater und Boss der Kolumbianer, befindet sich ebenfalls am Tisch und wippt mit seinem Knie, hat sich nach hinten gelehnt und die Arme verschränkt. Er ist wütend. Denn er hat heute erst gesehen, dass seine verschwundene Tochter wieder da ist, und zwar mit dem spanischen Mafiasohn Sancho Esteban, der ebenfalls anwesend ist. Er ist ja jetzt ein Bro von meinem Vater. Darüber muss ich mich mal genauer informieren, Rosalie. Das stinkt doch zum Himmel.

Sancho raucht gemächlich seine Zigarre und stößt den Rauch in Kringeln aus. Dieser arrogante Ficker. Nach diesem Gespräch werde ich ihn definitiv zur Seite ziehen, denn ich würde gern wissen, wieso er hier einfach mit Selina aufgetaucht ist. Wir hatten einen Deal. Der war, dass sie fernbleibt. Fern ist fern. Fern ist nicht in Chicago. Aber ich lasse mir davon jetzt nichts anmerken.

Zayden wirkt äußerlich gefasst, trommelt aber mit seinen beringten Fingern langsam auf dem Tisch. Er ist mal wieder angepisst und ich weiß mal wieder nicht genau, wieso. Vielleicht wegen Selina. Ich hoffe, er hat die Finger von ihr gelassen. Diese harschen Finger, die nicht aufhören wollen, zu trommeln. Vielleicht ist er auch nervös, weil Selina sowie Irina da draußen in einem Raum sind, und er befürchtet, dass Selina Irina wie früher in der Schule unterbuttert. Das kann sie ja besonders gut, diese Hure.

Carter-Dad hat sich zurückgelehnt und gähnt gerade ausschweifend und laut. Das hier lässt ihn völlig kalt. Onkel Caden starrt ausdruckslos, völlig ausdruckslos, Sancho Esteban an. Ich weiß nicht, wieso. Aber vielleicht liegt es daran, dass er einen so gefährlichen Mann nicht gern in einem Lokal mit seiner Familie sieht. Nun, ich auch nicht. Mein Vater schon.

Sancho lächelt meinen Onkel an, der wird noch ausdrucksloser und steif wie ein Brett. Seine türkisen Augen erfrieren und verschließen sich, wie die Türen eines Aufzuges.

Ilian scheint gelangweilt und hat seine Schläfe auf eine Faust gestützt. Wie immer. Er sitzt neben seinem Vater, der auf einem Zahnstocher kaut. Das macht er grundsätzlich bei solchen Treffen.

Ich ziehe mir die Flasche Whisky auf dem Tisch heran und schenke mir ein. Es gluckert. Ich brauche das. Ja, ich weiß, ich werde gerade erst wieder nüchtern. Genau deshalb brauche ich Nachschub. Du kriegst ein Baby von mir, Rosalie. Kein Whisky der Welt reicht aus, um das zu begreifen. Und es weiß niemand außer dir, mir, meinem Vater und Zayden. Was für eine Konstellation.

»Erst einmal«, setzt mein Vater an. »Ein paar Worte über unseren Gast.« Er sieht zu Sancho, der lässig salutiert. Carter-Dad gähnt wieder und streicht sich über die Augen. Da ist wohl jemand müde. Jetzt greift er leise murmelnd nach seinen Zigaretten und nimmt sich eine aus der zerknüllten Packung. »Ihr kennt sicher Sancho Esteban, den jüngsten

Sohn der Esteban-Familie aus Barcelona. Die Estebans werden mit mir zusammenarbeiten. Einer von ihnen wird öfter in Chicago sein.« Und einer von uns in Spanien. Wird er mich jetzt nach Spanien schicken? »Und einer von uns in Spanien«, spricht er meine Gedanken laut aus und ich trinke einen kräftigen Schluck.

Amoklauf in drei, zwei, eins …

»Wir haben uns dazu entschieden, dass Zayden Rush nach Spanien gehen wird, um dort als meine rechte Hand zu fungieren.«

Hä?

Carter-Dad erstarrt mit der nicht angezündeten Zigarette zwischen seinen Lippen, dem Zippo in seiner Hand, das er gerade öffnen wollte, und schaut erschrocken auf. Er kann es kaum verbergen. Genauso wenig wie ich. Erstens will mein Vater die Partnerschaft, die ich zu den Rushs aufgebaut habe, beenden. So viel weiß ich. Wie kann er dann einen der Rushs nach Spanien als rechte Hand schicken? Das geht doch überhaupt nicht, wenn er kein Bündnis mit ihnen hat.

Zweitens: hä?

Und drittens: hä, was?

Ich lasse meinen verwirrten Blick zu meinem Bruder schweifen, genauso wie ein paar weitere Männer am Tisch. Zayden hat sich zurückgelehnt und schnieft gerade, während er sich zweifelnd umsieht und eine Braue hebt. Er wirkt nicht überrascht. Hat er das etwa hinter unserer aller Rücken mit meinem Vater geplant?

Er salutiert mit zwei Fingern, weil ihn alle ansehen, und ich ziehe den Kopf zurück. Ich werde jetzt nicht vor allen

Leuten alles hinterfragen, was ich gerade gehört habe. Das mache ich später. Ich muss sowieso erstmal den zweiten Schock für heute verdauen. Zayden in Spanien? Was ist mit seinen Kindern? Seiner Frau? In Spanien bei Selina? Im Haus der Estebans, wo er sie jeden Tag sieht, damit sie seine Sucht wieder füttern kann? Oh nein, das geht nicht. Das geht so was von nicht.

Aarik Wolkov lehnt sich genüsslich seufzend zurück und lässt seine Finger knacken. Was will der denn jetzt? Will er vielleicht auch mit, um Selina nochmal mit meinem Bruder zusammen zu ficken?

Carter-Dad sieht meinen Vater tödlich an, der hebt abwehrend die Hände. »Er wollte es auch. Ich habe ihn nicht gezwungen.«

»Wir reden später«, murmelt Zayden dem Carter-Dad zu.

Dieser nickt hart und lehnt sich zurück. Onkel Caden bricht gleich auseinander, wenn er noch ein bisschen mehr erstarrt.

»Gut«, meint mein Vater. »Dann sind wir uns ja einig. Da du schon mal da bist, Sancho, können wir gleich ein paar Dinge klären, bevor Mr. Sanchez noch einen Herzinfarkt bekommt.« Mein Vater grinst und lehnt sich zurück, bevor er sich eine Zigarre anzündet und eine ausladende Handbewegung in Diego Sanchez' Richtung macht.

Der haut sofort mit seiner schweren, beringten Hand auf den Tisch, sodass die Gläser alle klirren. Carter-Dad hebt seinen Whisky schnell an, weil er gerade frisch nachgeschenkt wurde und sonst überschwappt.

»DU!«, blafft Diego Sancho an und deutet anklagend mit einem Finger auf ihn. »Hast meine Tochter geklaut!«

Sancho hebt eine Braue.

»Niemand klaut meine Scheißtochter«, knurrt Diego jetzt mit verengten, dunkel blitzenden Augen.

Sancho hebt auch seine zweite Braue.

»Ich habe damals einen großen Verlust deswegen gemacht. Und ich will, dass du mir den ersetzt.« Diego funkelt Sancho hart über den Tisch hinweg an. Sein Kopf wird ganz rot und seine Halsschlagader pulsiert. Schweiß rinnt ihm über die Schläfen und sein Augenlid zuckt, genau wie seine schmale Oberlippe.

Onkel Caden betrachtet ihn leicht zweifelnd und überlegt wohl, ob er jetzt umfällt. Mir kommt derselbe Gedanke. Außerdem denke ich darüber nach, dass ganz Chicago schon in, auf und hinter seiner Tochter war. Somit hat sie doch eigentlich gar keinen Wert mehr, um es in seiner Sprache auszudrücken.

Sancho sieht völlig unbeeindruckt und gelangweilt aus und klopft die Asche von seiner Zigarre. Mein Vater trinkt einen Schluck Wein.

»Deine Tochter ist weggelaufen. Ich habe sie nicht geklaut, ich habe sie nur gefunden und mich um sie gekümmert«, beginnt Sancho mit rauer und leiser Stimme. So lustig, wie er lügt. Gut so. Immerhin habe ich Selina damals geradewegs in den Jet zu ihm gesetzt und er hat sie einfach in sein Haus verschleppt. Gegen ihren Willen. Selbst schuld.

»Und sie ist dir direkt in deine Arme gerannt oder was?«, will Diego höhnisch wissen und verschränkt seine muskulösen Arme vor der Brust.

Sancho hebt einen Mundwinkel. »Das nennt man dann wohl Schicksal«, säuselt er unbeeindruckt und stützt sein Kinn auf eine Faust.

»ICH FICKE AUF DAS SCHICKSAL!« Ich glaube, Diego schmeißt gleich den Tisch um. Dabei ist der echt schwer. »Du hast eine Tochter mit ihr!«

Uuuuuuh. Das ist mir jetzt neu. Selina Sanchez hat also ein Kind gekriegt. Heilige Scheiße, wir sollten es mit Feuer … nein, das denke ich jetzt nicht zu Ende. Aber wir könnten es mit Weihwasser überschütten, wenn das was bringt. Fuck, wieso hat sie denn jetzt ein Kind? Gott, nervt mich diese Scheiße. Zayden wirkt genauso überrascht und schüttelt leicht seinen Kopf, wobei er in sein Glas schnaubt. Sehr viel mehr Reaktion kommt da nicht.

»Gib sie mir oder ich ficke euch in eure kleinen, engen, spanischen Arschlöcher!«, zischt Diego jetzt ganz geistreich.

Jetzt blitzen Sanchos Augen gefährlich.

Onkel Caden zieht die Brauen hoch und ich sehe aus dem Augenwinkel zu meinem Vater. Er beobachtet das Ganze lächelnd. Es hat sowieso keiner von uns eine Waffe, also wird es wohl kaum ein Blutbad geben. Aber er genießt die Show. Er liebt so was. Nach wie vor, wie ich feststelle.

Sancho faltet seine Hände auf dem Tisch. Sein Siegelring blitzt und die Sehnen unter dem Kreuztattoo auf seinem Handrücken treten hervor.

»Meine Tochter steht nicht zum Tausch zur Verfügung«, zischt er mit schneidender, eiskalter Stimme und seine Finger trommeln gegen seinen anderen Handrücken. Ich frage mich, ob mein Vater davon wusste. Mir ist das nämlich neu. Onkel Caden wirkt auch nicht so, als hätte er was davon geahnt.

»Sie ist auch meine Enkelin, mein eigen Fleisch und Blut!«, zischt Diego zurück.

»Du bist herzlich eingeladen, sie bei uns in Spanien zu besuchen, wenn du das möchtest«, antwortet Sancho ruhig und völlig emotionslos. Nur sein Blick ist unendlich hart geworden und das Grün im dunklen Braun seiner Augen ist stechend.

Diego schnaubt. »Komm mit ihr vorbei, zeig deinen guten Willen«, fordert Diego seinen Schwiegersohn auf.

Sancho beugt sich ihm entgegen, ohne sich großartig zu regen. »Ich habe keinen guten Willen, hast du das noch nicht gehört?«, fragt er gefährlich leise. »Meine Tochter gehört mir. Meine Frau gehört mir. Und wenn du weißt, was gut für dich ist, Diego Sanchez, dann solltest du jetzt besser schweigen.« Er sieht ihn geduldig an und wieder blitzen seine braungrünen Augen. Er fügt noch etwas an Diego gerichtet auf Spanisch hinzu, was er so leise sagt, dass ich es nicht hören kann.

Diego knallt seine Hände auf den Tisch und steht auf, sodass er darauf gestützt ist. »Ich habe hier zwanzig Männer dabei. Und wenn ich meine Tochter oder Enkelin will, dann nehme ich sie gleich mit. Oder hole sie mir.«

Sancho macht eine ausladende Handbewegung zur Tür. »Nimm deine zwanzig Männer und versuche es.« Herausfordernd sieht er ihn an, während Sanchos beiden Bodyguards sich vor die Tür schieben. »Der Schwache braucht zwanzig Männer, der Starke braucht nur seinen Kopf.« Sancho tippt sich an die Schläfe.

Mein Vater seufzt. »Nein«, sagt er zu Diego, der zu meinem Vater schaut und schnaubt. Hasserfüllt funkelt er ihn an. Mein Vater hebt warnend eine Augenbraue. Jetzt ist seine Geduld fast aufgebraucht.

»Du darfst dieses Gebäude jetzt verlassen«, fordert Dad Diego sanft zum Gehen auf. Sancho nickt seinen Männern zu, die aus dem Zimmer verschwinden – wahrscheinlich zu Selina, um sie zu beschützen. Dieses arme, kleine Reh. Sie kann sich gut selbst wehren, das wissen wir alle.

»Das bedeutet Krieg«, meint Diego zu Sancho.

»Ich erwarte dich und deine zwanzig Männer«, antwortet Sancho gelangweilt. Diego spuckt auf den Boden und geht. Sancho sieht ihm mit einem Schmunzeln nach. Die anderen Kolumbianer folgen Diego und ich wende meinen Blick Zayden zu, weil ich wissen will, was all das mit ihm macht. Er wirkt ungerührt und seine Augen sagen: *Gott sei Dank ist sie nicht mein Problem.* Das ist gut, Rosalie.

»Gut!« Mein Vater stellt sein Weinglas auf den Tisch. »Dann ist der erste Punkt jetzt abgearbeitet und der wütende Kolumbianer weg.«

Ich streiche mir über das Gesicht.

»Kommen wir zum nächsten Punkt. Der Auflösung der Partnerschaft zwischen den Rushs und den de Lucas.« Er sieht zu Onkel Caden und ich massiere mir die Schläfe. Das ist nicht gut. Das ist sogar äußerst dumm. Mit den Rushs verliert er viel Macht und Kontrolle, ganz zu schweigen von den Kontakten und den Vorteilen, die er durch deinen Vater hat.

»Hiermit bestätige ich, dass beide Seiten sich darauf geeinigt haben, ihre Geschäfte getrennt voneinander zu führen. Ab jetzt gibt es keine Vorteile mehr, keine Vereinbarungen, keine internen Gespräche. Jeder, der dagegen verstößt, ist ein Verräter und wird auch dementsprechend bestraft. Mit Ausnahme von meinen Geschäften mit Zayden Rush. Ihr müsst weiterhin bei den Treffen dabei sein, wenn ich es verlange, und jede eurer Entscheidungen muss ab sofort von mir abgesegnet werden, wie es bei jeder anderen Familie der Fall ist.«

Ich unterdrücke den Drang, meinen Kopf zu schütteln. Das ist keine geschäftliche Angelegenheit, sondern eine private. Genau das, was er mir geraten hat, niemals zu vermischen. Außerdem frage ich mich, seit wann mein Bruder, der meinen Vater immer noch hasst, Geschäfte mit selbigem macht. Hat er jetzt völlig den Verstand verloren?

Onkel Caden winkt ab und Carter-Dad schmunzelt kalt in sein Glas, bevor er einen Schluck trinkt. Die letzten Jahre hat es so gut mit der de Luca-und-Rush-Verbindung geklappt. Beide Seiten hatten dadurch viele Vorteile und haben gewinnbringend zusammengearbeitet. Es tut mir fast ein bisschen weh – geschäftlich sowie privat –, weil es nun der Vergangenheit angehört.

»Des Weiteren werdet *ihr,* Sergej, ab jetzt trotz Partnerschaft …« Er sieht zu den Terekovs. »Jedes Treffen mit anderen Familien bei mir anmelden.«

Das ist gut, denn ich traue den Russen zurzeit auch nicht über den Weg. Ivan ist zu versessen auf die Verbindung mit den Wolkovs, der ich zugestimmt habe. Zuerst dachte ich, es geht wirklich darum, einfach nur den Krieg zwischen den beiden Familien zu beenden, aber irgendwie fühlt es sich mittlerweile nach mehr an. Und was ich am wenigstens mag, ist, dass Ilian da mit reingezogen werden wird.

»Natürlich«, meint Ivan glatt und sieht meinen Vater an. »Ich möchte auch noch einmal eine Nachverhandlung bezüglich der Wolkov-Terekov-Verträge. Jetzt, da du wieder das Sagen hast.« Er meint die Verträge, die ich zu Gunsten von Ilian ausgehandelt habe, weil er mir wichtig ist. Meinem Vater ist er nicht wichtig. Ganz im Gegenteil. Er ist ihm wegen Catalina ein Dorn im Auge. Ich habe die Ehe der beiden auf fünf Jahre festgelegt, ohne eheliche Verpflichtungen und ohne Erben. Das Einzige, was ich widerstrebend akzeptiert habe, ist, dass Ilian mit Natalia bei Ivan leben wird.

Ilian wendet seinem Vater langsam den Blick zu. Seine Augen schimmern kalt, aber er erwidert nichts. Ich verstehe ihn so gut. Er ist so widerlich, von seinem Vater als Marionette benutzt zu werden.

Mein Vater nickt auch noch, statt zu sagen, dass meine Verträge nach wie vor ihre Gültigkeit haben. Jetzt würde ich ihm am liebsten noch eine reinhauen. »Wir können uns gerne unterhalten«, meint er zu Ivan und ich schnaube.

»Schön!« Ivan lehnt sich zurück und kaut auf seinem Zahnstocher, wobei er die Arme vor der breiten Brust verschränkt.

»Gut«, sagt mein Vater. »Gibt es sonst noch etwas, was ihr gerne besprechen wollt, jetzt, wo wir schon mal alle zusammen sind?«

»Ramirez hat schon wieder meine Frau gefickt!«, blafft der Mexikaner, der immer dasselbe Anliegen hat, und ein paar Männer stöhnen genervt. Denn Ramirez fickt ständig seine Frau. Jeder fickt ständig seine Frau. Nur er macht kein Geheimnis daraus.

»Vier Mal«, säuselt Ramirez. »Und ein Blowjob war auch dabei.« Er zeigt mit seinen Fingern, wie gut dieser Blowjob war.

Der Mexikaner springt mal wieder fast über den Tisch und ein paar Männer müssen ihn zurückhalten. Die anderen fangen an, Wetten abzuschließen. Es geht zum üblichen Wahnsinn über.

Der dauert eine Stunde.

Ramirez liegt am Ende wieder grinsend und blutig am Boden und nuschelt was von »Dieser Mund«. Ein paar Männer strecken sich und ein paar Gelenke knacken, während Gelder ausgeteilt werden.

Als alle sich etwas beruhigt haben und es wieder stiller wird, wende ich mich an Onkel Caden. »Camillo hat Adrian de Luzio in eurem Viertel gesehen. Weißt du was darüber?«, frage ich ihn, während ich mit meinem Glas spiele.

»Ja, er ist da rumgeschlichen und hat versucht, meine Männer zu bestechen«, erwidert dein Vater seufzend und ich runzle meine Stirn, weil ich echt nicht weiß, was sie vorhaben. Seit Jahren treiben die de Luzios in Chicago ihr Unwesen, obwohl ich bereits ein paar habe ausschalten oder verjagen lassen. In letzter Zeit vermehren sie sich wieder, diese Ratten.

»Interessant«, murmle ich nachdenklich.

»Ich denke, von den de Luzios werden wir in Zukunft noch einiges hören.« Onkel Caden hebt fast schon genüsslich einen Mundwinkel in Richtung meines Vaters. Für einen Moment weiß ich nicht, wovon er spricht.

»Weißt du was, was ich nicht weiß, Caden Rush?«, fragt mein Vater.

»Ich doch nicht, Donovan de Luca. Wir sind ja keine Partner mehr. Keine internen Gespräche! Keine Informationen! Keine kleinen Tipps und keine kryptischen Bemerkungen«, antwortet Onkel Caden und beugt sich dabei vertraulich vor. Ich halte mein Gesicht starr und versuche, nicht zu schmunzeln. Ilian grinst und sieht weg. Sein Vater bedenkt ihn mit einem warnenden Blick, den ich von meinem auch kenne, also zwingt er das Grinsen aus seinem Gesicht, wie ich es immer getan habe. Bloß nicht lachen, bloß immer böse aussehen. Keine Emotionen.

»Was genau wollten die de Luzio-Männer von deinen?« Mein Vater übergeht den Kommentar einfach und mustert Onkel Caden abwartend.

Carter-Dad stößt Onkel Caden mit dem Bein an, weil der sicherlich im Begriff ist, was Provokantes zu kontern. Onkel Caden seufzt theatralisch.

»Meine Männer sollten für die de Luzios spitzeln. Natürlich haben alle Nein gesagt. Im Gegensatz zu deinen Männern.« Bedauernd verzieht er das Gesicht. »Zwei haben Ja gesagt. Ist es erstens …?« Mein Vater hebt warnend seine Brauen und ich stoße Onkel Caden ebenfalls unter dem Tisch mit dem Bein an. Er ist echt geladen heute und fast im Psychomodus. Das sollte er aber nicht sein.

Er schnaubt. »Luciano und Theo«, gibt er genervt zu, weil er sein Spiel nicht beenden darf. Seufzend streiche ich mir über das Gesicht. Wieder zwei Männer, die ich ersetzen muss, da sie sterben werden.

»Ich möchte ja nichts sagen, aber du solltest deine Männer wirklich …«, setzt Onkel Caden erneut an und Carter-Dad bewegt hart seinen Fuß. Onkel Caden ruckt leicht nach vorn und schweigt stoisch mit zusammengebissenen Zähnen.

Ich sehe zu meinem Vater. »Ich kümmere mich drum«, meine ich leise, bevor er es mir befehlen kann. Sancho betrachtet derweil Onkel Caden äußerst interessiert, weshalb er einen Todesblick mit erhobener Braue von Zayden erntet. Er lässt seine Finger knacken und lehnt sich hart zurück. Sancho mustert nun Zayden genauer und ich spanne mich an. Das ist einfach nicht gut. Fuck. Mein Bruder neigt den Kopf in dieselbe Richtung wie Sancho und hält seinem Blick stand.

Zwischen den beiden baut sich eine kleine Spannung auf, wie bei zwei Hunden, die sich anvisieren und versteifen. Carter-Dad lässt seine Faust auf den Tisch krachen, um den Kontakt zu unterbrechen. Einige zucken zusammen, nur Zayden nicht, weil er das schon kennt, aber er sieht langsam von Sancho weg.

»Haben wir es jetzt? Ich muss pissen«, blafft der Carter-Dad.

Mein Vater schaut noch einmal zwischen Sancho und Zayden hin und her und dann zu Carter-Dad. »Ah ja, ich glaube, wir haben es jetzt. Alle dürfen gehen.« Die Männer erheben sich und stürmen aus dem Raum. Einer schneller als der andere. Wie früher, wenn die Klingel in der Schule zur Pause geläutet hat. Zayden rauscht als einer der Ersten ab, und wieder einmal kann ich ihn nicht aufhalten, um mit ihm zu reden. Das ist echt beschissen, denn ich muss noch bleiben. Ebenfalls wie früher. Mein Vater und ich unterhalten uns immer noch etwas, wenn diese Treffen vorbei sind.

Die Luft ist aufgeheizt und von Zigarrenrauch und Testosteron geladen. Ramirez Blut haftet noch auf dem Boden.

Der Raum leert sich. Der Letzte schließt leise die Tür hinter sich, sodass nur noch Giovanni, Camillo mein Vater und ich da sind.

Mein Vater starrt mich an.

»Was ist?«, frage ich ihn locker, als wäre nichts passiert, und leere mein Glas.

Er mustert mich etwas irritiert, wahrscheinlich, weil ich mich so schnell beruhigt habe. »Wir sollten darüber reden, was vorhin war«, meint er und ich trommle langsam mit meinen Fingern auf der Armlehne.

»Sicher«, antworte ich leise und wende mich ihm mehr zu.

»Das Gespräch ist nicht sehr optimal verlaufen.« Ich frage mich, was genau er nicht optimal fand. Dass er mir durch die Blume mitgeteilt hat, du hättest mir ein Kind untergejubelt oder dass er versucht hat, mir weiszumachen, es könnte ja von wem anders sein? Dass er es mir einfach so hingeknallt hat? Ich überlege wirklich, was er meint.

»Wie stellst du dir das weiter vor?« Wie ich mir das vorstelle? Du hast unser Baby in dir und ich werde alles platt walzen, was sich uns in den Weg stellt.

Ich lege den Kopf schief. »Zwei Möglichkeiten«, lasse ich ihn wissen, wie er es sonst immer tut, und er atmet tief und gepresst aus.

»Ich bin ganz Ohr.« Er wischt hart ein paar Krümel vom Tisch.

»Entweder du arrangierst dich damit. Ich heirate sie. Sie zieht bei mir ein. Wir kriegen dieses Baby und bleiben bei dir im Haus. Du wirst sie gut behandeln und als Familienmitglied sehen. Oder ich verschwinde mir ihr und du siehst keinen von uns je wieder. Ich werde mein Erbe nicht antreten. Du wirst deinen Enkel nie kennenlernen. Und ich werde einfach alles hinter mir lassen. Und glaub mir, das geht.« Dabei denke ich an Camillo, der hinter mir steht. »Es ist mir egal, wen ich dafür hier zurücklassen muss. Sie trägt mein Baby in sich und du kannst mir nicht damit drohen, den Rushs etwas anzutun. Wenn du das doch versuchen solltest, sagt es mehr über dich aus, als über wen anders. Immerhin verscherzt du es dir dann bei der letzten Person, die gerade erst anfängt, an dich zu glauben. Deiner eigenen Tochter.« Ich finde, das sind zwei sehr gute Möglichkeiten.

»Das alles würdest du für sie tun?«, fragt er erschöpft.

»Das alles und noch viel mehr.« Ich sehe ihm direkt in die Augen, damit er dich und mich endlich ernst nimmt. Das hat er nämlich nie getan.

Ich bemerke die Zweifel in seinem Blick, den Widerstand. Diese unüberbrückbare Abneigung. »Dann soll es wohl so sein. Dann …« Er zögert sichtlich, aber ich weiß diesmal sicher, dass er einknicken wird. Endlich. »Dann müsst ihr wohl eine Hochzeit planen.« Er klingt so unzufrieden, so geschlagen, und ich denke an Ramons Worte und daran, wie mein Vater mir lautstark versichert hat, dass alle Frauen einen irgendwann im Stich lassen.

»Jede Frau, die dich im Stich lässt, hast du vorher sicher mindestens einmal auch im Stich gelassen«, informiere ich ihn leise, bevor ich aufstehe und zu ihm runterschaue. »Danke. Ich weiß das zu schätzen«, sage ich, stelle mein Glas ab und gehe.

Hinter mir höre ich ihn noch murmeln: »Dann solltest du das lieber nicht tun.«

Und das werde ich nicht, Rosalie. Niemals.

8. Überraschungen, Irina

Zayden

Ich flüchte, bevor irgendwer aus meiner Familie mich abfangen kann.

Die Bombe ist geplatzt. Zwar habe ich damit gerechnet, dass Donovan sie unerwartet hochgehen lassen wird, aber nicht so schnell, was nun auch egal ist. Jetzt ist es wenigstens raus. Ich gehe nach Spanien. Und meine Familie weiß es jetzt auch. Eine Last weniger. Außerdem flüchte ich vor allem vor meinem Bruder, der diese Fragen in den Augen hat. So viele Fragen, die ich allesamt nicht beantworten will. *Nein, ich will dir nicht sagen, was mit Selina und mir gelaufen ist, Sergio. Nein, ich will dir nicht sagen, was zwischen Irina und mir läuft, Sergio. Nein, ich will dir nicht sagen, wieso ich diesen Deal mit deinem Vater eingegangen bin, Sergio.*

Ich verlasse das Hinterzimmer. Zu meinem Glück bleibt Sergio mit seinem Vater sitzen. Das tun sie immer, um noch ein paar Nachbesprechungen zu führen.

Sofort überblicke ich das Lokal, denn ich habe kein gutes Gefühl dabei, dich mit Selina irgendwo zurückgelassen zu haben. Sie ist gefährlich. Ich bin die letzten Wochen sehr kühl zu ihr gewesen und habe sie gemieden, sodass sie jetzt brodelt, und ich will nicht, dass sie dir irgendwas erzählt. Auch heute Abend habe ich sie ignoriert, während du neben mir gekocht hast. Ununterbrochen, Irina. Dabei habe ich nicht mal in ihre Richtung gesehen, bis auf das eine Mal, als sie reinkam. Ich kann es nicht erwarten, dass sie endlich wieder mit ihrem Mann nach Spanien geht.

Wo sie eine Tochter hat! Wer hätte das gedacht. Sie hat also ein Kind mit Sancho Esteban in die Welt gesetzt. So interessant. Und trotzdem ist sie schon seit Wochen hier. Meinen Berechnungen nach kann dieses Kind nicht älter als Rayen und Rowan sein. Bestenfalls ein halbes Jahr jünger. So eine Rabenmutter.

Ich finde dich neben Rosalie an der Bar auf einem der dunklen Hocker, die Beine unter dem kirschroten Kleid überschlagen. Du siehst sofort zu mir. Dein Blick ist forschend und verschlossen. Was erforschst du denn schon wieder, Irina, hm? Kurz blitzt unbändiger Zorn in deinen Augen auf, der sofort wieder verschwindet.

Ich hebe eine Braue. Denkst du, ich habe da drin mit ihr gefickt? Sie war doch hier.

Du ziehst ebenfalls eine Braue hoch und nimmst den Martinispieß aus deinem Glas, bevor du eine Olive isst.

Deine blonden Haare sind etwas gewachsen. Du hast sie zu Wellen frisiert, die über deine Schultern fallen.

Ich frage mich, ob Selina dich abgefangen hat, und sehe mich als Nächstes nach ihr um. Sie sitzt in einer Lounge. Sanchos Bodyguards links und rechts hinter ihr. Ihre dunklen Augen funkeln mich sofort an, während ihr schwarzes Haar im schummrigen Schein der Kerzen glänzt.

Ich wende den Blick wieder ab und gehe auf dich zu. Es macht nicht den Eindruck, als hätte sie mit dir gesprochen, sonst wärst du jetzt noch mehr im Kampfmodus. Hinter dir bleibe ich stehen und bestelle mir über deinen Kopf hinweg einen Whisky auf Eis.

Rosalie zieht sich sofort zurück, als ich bei euch ankomme, und steuert den Tisch an, wo unsere Mütter sitzen.

»Und?«, fragst du sehr sanft. Ich lehne einen Ellbogen an und sehe zu dir runter.

»Was und?«

»Wie war es hinten?«, willst du nun säuselnd wissen. Du bist schon wieder dein provokantestes Ich, Irina und deine Augen sind eiskalt.

»Super«, antworte ich trocken und bedanke mich bei der Kellnerin, als sie mir den Drink hinstellt.

»Hier vorne war es auch sehr interessant«, stichelst du los. Na klasse.

Ich seufze genervt. »Was war denn hier vorne?«, frage ich mit erhobener Braue, ohne dich aus dem Blick zu lassen.

»Was denkst du denn, was hier vorne war?«

»Was weiß ich«, fahre ich dich an. »Du hast gesagt, es war interessant. Dann fragt man natürlich nach.« Oh, du pisst mich schon wieder so an, Irina.

»Ach«, meinst du unbestimmt und isst noch eine Olive. »Mrs. Von und Zu – hier bin ich, wer will mich, hat gemeint, sie kann mir damit drohen, dich wieder an sich zu binden, wenn du bei ihr in Spanien bist. Und dass wir beide nur verheiratet sind, weil sie es erlaubt.«

Ich muss lachen. Es fällt etwas hart aus. Was maßt sich denn dieses kleine Miststück an?

»Sie ist ein bisschen angepisst, Zayden.«

Oh fuck, wenn sie angepisst ist, könnte sie Scheiße erzählt haben, die wahr ist. Ich lasse den Blick aus dem Augenwinkel von meinem Drink zurück zu dir schweifen.

»Aha.« Prüfend mustere ich dich.

»Ja!«, meinst du und richtest meinen Kragen, während du die endlosen Beine andersherum überschlägst.

»Und sonst? Was hat sie noch so gesagt?«, erkundige ich mich.

»Das Übliche. Du würdest dich bei der erstbesten Gelegenheit auf sie stürzen. Dass ich es dir sowieso nicht richtig besorgen kann. Dass ich nicht weiß, was du brauchst. Dass ich zu brav für dich bin. So was eben …« Du schließt meinen oberen Knopf. Ich kriege keine Luft mehr, weshalb ich ihn wieder aufreiße und tief durchatme. Gott, ich hasse sie. Wieso habe ich sie gefickt?

»Sie ist echt nicht die Einzige, die angepisst ist«, sprichst du weiter.

»Ach so?«, frage ich und hebe wieder eine Braue. Ich bin so sauer, dass dieses Flittchen dich überhaupt anspricht.

Dass sie dir so eine Scheiße in den Kopf pflanzt, die absolut nicht wahr ist.

»Ja.« Du ziehst dich mit einem Ruck zurück und ich atme nochmal durch. Deine dunkelgrünen Augen blitzen unheilvoll.

»Wieso bist du denn angepisst? Du glaubst ihr diese Scheiße doch nicht, oder?«

»Na ja, du fasst mich nicht mehr an. Ich muss mich mit diesem Abschaum herumschlagen. Ich weiß nicht, was ich davon halten soll, Zayden.« Nun, ich auch nicht, Irina. Ich weiß nicht, was ich von deiner Art, die du gerade an den Tag legst, halten soll. Ich weiß nicht, ob du noch mehr weißt und einfach alles aus mir herausquetschen willst. Ich weiß nicht, was das hier wird.

Ich bleibe cool.

»Weißt du, ich habe jetzt zwei Möglichkeiten. Entweder ich drehe total durch und setze mich heulend in eine Ecke, wie früher immer, oder ich zeige dieser widerlichen Schlampe, wem du gehörst.«

»Ach so?«, frage ich wieder lauernd und runzle die Stirn, während ich dich vorsichtig aus dem Augenwinkel betrachte.

»Ja.« Du nickst, was ich erwidere, bevor ich einen Schluck trinke. Ja, ich habe dich immer noch nicht angefasst. Und wenn sie in der Nähe ist und mich daran erinnert, dass ich vor zwei Wochen diesen Ausrutscher mit ihr hatte, vergeht mir auch wieder jede Lust, weil ich mich dir gegenüber scheiße fühle. Aber wie soll ich dir das erklären?

»Tja«, seufze ich. »Vielleicht sollte ich mal ein paar Takte mit ihr reden.« Ich schaue erneut zu Selina. Die lächelt mich an und ich hebe eine Braue, bevor ich meinen Blick wieder auf dich richte.

»Vielleicht solltest du das«, knurrst du. Ich weiß, was du da tust, Irina. Du willst sehen, wie ich mit ihr umgehe. Du willst sehen, ob da was war. Aber ich habe meine Maske besser denn je aufgesetzt, also wirst du gar nichts sehen.

Ich leere mein Glas und stelle es auf die Theke, bevor ich mich suchend nach Sancho umschaue. Er ist nochmal ins Hinterzimmer verschwunden, wo Donovan nun allein ist. Im Augenwinkel bemerke ich, wie mein Bruder die Treppen hochschlendert, das Handy am Ohr und Camillo ihm folgt.

»Okay«, murmle ich und stoße mich von der Bar ab. »Zehn Minuten«, wende ich mich dann an dich und du nickst.

»Ich erschieße dich, wenn du sie anfasst.«

Das gefällt mir. Mein Mundwinkel zuckt seit Wochen mal wieder. »Schön, dann bis gleich.«

»Arrivederci«, verabschiedest du mich bitter. Ich schiebe meine Hände in die Hosentaschen und schlendere in Richtung Lounge, in der Selina sitzt. Sie hat die nackten, gebräunten Arme über die schwarze Lehne gestreckt und schlägt die Beine unter dem schwarzen, bodenlangen Kleid gerade andersherum.

Ich lasse meinen Blick träge über sie gleiten. Kein Interesse.

Sie legt den Kopf schief, als ich mich vor den Sessel ihr gegenüber schiebe und mich darauf setze, während sie die Bodyguards wegwinkt. »Geht eine rauchen.« Sie verschwinden wortlos. Genau wie sie lehne ich mich zurück, strecke die Beine von mir und schwinge einen Arm über die schwarze Rückenlehne. Die Lounge, in der wir uns befinden, ist etwas abseits in einer Ecke. Von der Bar aus, wo du stehst, kann man uns sehen, aber nicht vom Tisch und den Hinterzimmern aus.

»Ich wusste doch, dass ich dich so dazu bringe, mit mir zu reden.«

»Du bist so intelligent«, säusle ich gelangweilt.

»Hat Bambi gepetzt?«, fragt Selina mit Hohn in den dunklen Augen und ich betrachte sie ein paar Sekunden.

»Hast du ihr einen Grund zum Petzen gegeben?«

»Hast du Angst?«, will sie fasziniert wissen.

»Und du? Hast du nichts Besseres zu tun, als hier zu sein und Chaos zu stiften? Was ist denn mit deiner Tochter zu Hause?« Interessiert mustere ich sie. Die Finger, mit denen sie über die Lehne strich, stocken kurz.

»Das ist nicht dein Problem.«

»Was glaubst du … «, überlege ich laut und sehe an die Decke. »Wie Sancho es finden würde, wenn ich ihm mal erzähle, was wir zwei gemacht haben?« Herausfordernd sehe ich sie an, weil ich den Spieß nun umgedreht habe.

»Mach doch. Wenn du ertragen kannst, dass ich ihr alles erzähle. Jedes kleine Detail!«, zischt sie.

»Ich denke, sie würde sich trennen. Ich denke aber auch, wir würden das wieder hinkriegen. Immerhin bedeutest du mir ja nichts. Ich denke außerdem, dass du sterben würdest, wenn er das rausfindet. Also wer kommt hier besser weg? Du oder ich?«

Sie schnaubt abfällig. »Ihr würdet das nicht hinbekommen und ich würde nicht sterben. Mach dir da keine Sorgen, Babyboy.«

Ich stütze meine Unterarme auf die Oberschenkel und verschränke die Finger. »Wenn ich in Spanien bin, werde ich dir das Leben zur Hölle machen. Ich werde nicht aufhören, bis er sieht, wer du wirklich bist. Bis die ganze Familie es sieht.«

Sie beugt sich ebenfalls vor, weshalb man tiefer in ihren Ausschnitt sehen kann, aber ich schaue nur in ihre Augen. »Wenn ich alles verliere, verlierst du auch alles.«

Ich lasse meinen Blick über ihr Gesicht schweifen. »Kurz, ganz kurz, dachte ich wirklich, du hättest dich geändert. Aber du bist immer noch dieselbe berechnende Schlampe, die du warst, oder?«

»Du liebst das«, informiert sie mich nüchtern.

»Nein, ich liebe das nicht. Ich liebe auch dich nicht. Denn wenn wir ganz ehrlich sind, ist nichts liebenswertes an dir, außer deiner Pussy«, speie ich aus und betrachte sie abfällig.

Ihre dunklen Augen blitzen und funkeln aufgebracht. »Wenn ich mit ihr fertig bin, wird es genauso sein. Dann wird das kleine sonnige Mädchen verschwunden sein und sie wird genauso dunkel sein wie ich. Mal sehen, ob du sie dann noch willst.«

Ich hebe einen Mundwinkel. »Ich werde sie immer wollen. Egal, in welcher Stimmung sie ist. Egal, ob sie abfuckt. Egal, mit wie vielen Männern sie schläft.« Natürlich, Irina, wirst du das nicht tun, sonst muss ich dich umbringen. Aber ich lüge nicht, ich werde dich immer wollen.

Der Hass steigt in Selinas Blick.

»Und weißt du was? Ihre Pussy ist um Welten besser als deine. Wenigstens war da nur ich drin.«

»Und Victor«, lässt sie mich schneidend wissen. Als sie das sagt, brennt eine Sicherung bei mir durch. Sie sollte niemals darüber sprechen, was in dieser Hütte vorgefallen ist und was du da erlebt hast. Das darf niemand.

Ich bemerke, wie es rot vor meinen Augen wird, bevor ich nach vorn zucke, meine Hand an ihren Hals lege, den ich fest umschließe, und sie dann mit einem Ruck zu mir ziehe, sodass ihr Gesicht meinem näher ist.

Ihre Augen weiten sich vor Schock und sie keucht. Ihre Hand schießt an meinen Unterarm und ich bin ihr sehr nahe, als ich spreche.

»Rede niemals über diesen Bastard, wenn es um sie geht. Hast du mich verstanden?«, zische ich direkt an ihrem Gesicht und spüre, wie sie unter meiner Handfläche zu schlucken versucht.

Ich sehe in ihre dunklen Augen. Wenn es um diese eine Nacht und diesen Bastard geht, verstehe ich keinen Spaß.

»Ja!«, haucht sie widerwillig. Noch ein paar Sekunden halte ich ihren Blick, bevor ich sie mit einem Ruck loslasse und sie sich an den Hals fasst. Ihr Duft hängt noch in meiner Nase. Ich kotze gleich. Ich bringe noch mehr Abstand zwischen uns, indem ich mich nach hinten fallen lasse, und streiche über mein Gesicht.

Okay. Beruhige dich, Zayden. Sonst werdet ihr alle erschossen.

»So hast du mich beim Ficken auch festgehalten«, stellt sie fest und gleitet mit dem Daumen über ihre Kehle.

Unbeeindruckt hebe ich eine Braue. »Merk es dir, es wird nämlich nicht wieder passieren.«

Sie lacht auf. »Sicher«, meint sie belustigt und ich schnaube, bevor ich aufstehe und zu ihr runterschaue.

»Hat Donovan dich auf mich angesetzt?«, stelle ich noch die eine Frage, die mich beschäftigt, seit Donovan mir davon erzählt hat.

»Macht dich das traurig?«

Ich bin nur mäßig überrascht. »Macht es dich traurig, dir im Spiegel in die Augen zu sehen?«, kontere ich gelangweilt.

»Nicht mehr als dich«, erwidert sie trocken. Ich streiche mir das Haar zurück und versuche wirklich, mich zu beherrschen.

»Wusstest du davon? Von der ganzen Esteban-Alayna-Scheiße?«

»Sicher«, antwortet sie fast pikiert und ich würde sie gerade gern einfach erschießen. Gut, dass ich meine verdammte Waffe abgeben musste. »Ich habe auch Donovan darum gebeten, dass er dich nach Spanien schickt.«

Okay, ich werde sie definitiv umbringen. Nur nicht jetzt.

»Und ich habe noch viele andere Überraschungen geplant.«

Ich sehe nur zu ihr runter und frage mich, wie ich je denken konnte, sie zu lieben. Sie ist kein bisschen liebenswert. Es ist wahr. Das Einzige, was sie zu bieten hat, ist Sex und ich hasse sie.

»Ich habe auch noch viele andere Überraschungen für dich geplant«, verkünde ich nachdenklich.

»Ich liebe deine Überraschungen«, säuselt sie sanft.

»Sehen wir mal, wie du diese finden wirst.« Ich stelle mir vor, wie ich ihr in die Augen sehe, während sie begreift, dass ich sie umbringen werde, und ich denke nicht, dass mich irgendwer aufhalten kann. »Halt dich fern von meiner Frau oder das nächste Mal lasse ich dich nicht los und deine Bodyguards können deine Leiche entsorgen. Verstanden?«

»Von *ihr* halte ich mich fern«, schnurrt sie beruhigend und lächelt mich an.

Ich lasse meinen Nacken knacken.

»Du bist so heiß, wenn du wütend wirst«, säuselt sie. »Mehr davon in Spanien.«

Ich will sie am Haar packen und ihr eine knallen. Ganz ehrlich, das will ich. Aber das tue ich jetzt nicht. Ich balle meine Hände zu Fäusten.

»Machen wir es dann vor deiner Tochter?«, frage ich trocken. »Vor deinem Mann, deinem Schwager oder deinem Schwiegervater?«

»Oder mit ihnen«, bietet sie genauso trocken an und ich verziehe das Gesicht.

»Du widerst mich an, Selina.«

»Was sagt es über dich aus, dass du mich trotzdem wolltest?«

»Dass ich auf billige Pussys stehe«, antworte ich bitter.

»Sicher«, sagt sie nachsichtig.

»Ach, fahr doch zur Hölle, Selina!« Ich seufze erschöpft, wende mich ab und schlängle mir einen Weg zur Bar zurück, wo du immer noch sitzt.

Ich bin echt angepisst und packe dich am Arm, bevor ich dich vom Hocker ziehe. »Wir gehen!«, informiere ich dich.

»Okay!« Das kommt äußerst gepresst. Schön, Irina, bist du jetzt genauso angepisst wie ich? Dann können wir ja wieder eskalieren.

Ich zerre dich hinter mir her durch den Raum. Wieder einmal.

»Scheiße, du kannst mich loslassen. Ich komme auch so mit!«, rufst du aus, aber ich denke nicht daran, ich brauche das gerade.

Ich schiebe mich mit dir an den anderen vorbei, ohne irgendwen genauer anzusehen.

»Ich ruf dich an!«, sagst du zu Ilja, der warnend hinter uns hersieht. Hoffentlich hält er seine fucking Klappe, sonst kann ich für nichts garantieren. Du bist meine Frau, also sollte er sich besser nicht einmischen.

An der Garderobe nehme ich unsere Mäntel und reiche dir deinen, bevor ich meine Waffe zurückbekomme und sie in meinen Hosenbund schiebe. Dann umfasse ich wieder deinen Arm. Du beißt die Zähne aufeinander, als ich dich hinter mir her die Treppe hochziehe, geradewegs nach draußen in die Kälte.

Sergio ist zum Glück nicht in Sichtweite, aber ich höre seine Stimme, weil er irgendwo telefoniert. Ich wirbele zu dir rum, während frische Schneeflocken dick vom Himmel rieseln und auf unseren Schultern landen.

»UND?«, blaffst du mich an, was nicht gut ist, weil ich bereits auf hundertachtzig bin, Irina. Ich funkele zu dir runter. Mein Atem geht gepresst. Ich kann gerade nur an diese Schlampe denken. Daran, dass sie schuld ist, dass ich nach Spanien gehe. Ich bin zwar froh, dass ich die Lage bisher so gut kontrollieren kann, aber es freut mich nicht gerade, dass ich hier wegmuss, und dass Donovan und diese Schlampe mich in der Hand haben.

»WAS UND?«, knurre ich dir entgegen. Was denkst du denn, worüber wir gesprochen haben?

»Was habt ihr geredet?«, wirst du genervt genauer.

Ich reiße den Mantel über meine Arme, bevor ich mir hart durch die Haare streiche. »Ich habe ihr gesagt, dass sie sich verdammt nochmal von dir fernhalten soll!«

Du schnaubst. »Okay, was noch?« Tja, das meiste davon kann ich dir nicht sagen.

»Nichts, sinnloses Blabla eben!«, zische ich gereizt und rolle mit den Schultern, um die Wut abzuschütteln.

»Ja, für dich ist es sinnloses Blabla, aber für mich vielleicht nicht, Zayden!«, erwiderst du und rammst deine Arme in die Ärmel des Mantels, als du fröstelst.

»WAS WILLST DU JETZT HÖREN? SIE HAT SCHEISSE ERZÄHLT, SIE HAT MICH GEREIZT, NICHTS WEITER! SIE WIRD SICH VON DIR FERNHALTEN!«, brülle ich.

»Wieso kann sie dich noch reizen?«, fragst du mit einem wissenden Funkeln in den grünen Augen.

»Weil sie ein manipulatives, berechnendes Miststück ist – deswegen«, knurre ich dir entgegen.

»Oder vielleicht, weil du Sex mit ihr hattest?«, hakst du jetzt mit bebender Stimme nach. Deine Augen blitzen wieder und deine kleinen Hände sind zu Fäusten geballt, als ein kühler Wind dein Haar erfasst. Ich habe alle Mühe, jetzt nicht zu auffällig zu sein. »Im Hotel? Hilton? Zwei Tage lang? Während ich zu Hause saß, auf dich gewartet habe und verrückt geworden bin! VIELLEICHT DESWEGEN, ZAYDEN?« Die letzten Worte brüllst du verzweifelt und schubst mich hart gegen die Brust.

Ich bin völlig starr und kann gar nicht reagieren. Alles in mir ist wie erfroren. Weil ich so überrumpelt bin, stolpere ich einen halben Schritt zurück und sehe nur völlig perplex zu dir runter, während du vor mir stehst. So verletzt, so zerbrochen, während mein Herz zu rasen beginnt und die Panik in mir hochkocht und ich nicht verstehe, was du da sagst. Ich würde dir gern entgegen brüllen, dass das nicht stimmt und von welchen verdammten zwei Tagen du sprichst, aber das einzige, was in mir aufblinkt, ist der Gedanke, dass du es weißt. Du weißt, dass ich dich betrogen habe. Fuck!

Jetzt gibt es kein Zurück mehr, Irina. Das letzte bisschen Verstand verabschiedet sich von mir.

Du darfst nicht gehen.

Du darfst mich nicht verlassen.

Und ich werde alles dafür tun.

9. Zerbrochen, Irina

XX

Zayden

Immer noch kann ich dich nur anstarren. Die Gedanken sausen wild durch meinen Kopf, während dein ganzer Körper bebt. Tränen schimmern in deinen grünen Tiefen, als du weitersprichst. Mit rauer Stimme, die unsicher vor Wut und Enttäuschung ist.

»VIELLEICHT DESWEGEN, WEIL DU MICH BETROGEN UND ALLES, WAS WIR HABEN, MIT FÜSSEN GETRETEN HAST?« Tränen laufen über dein Gesicht und du wirst wieder lauter, verzweifelter. Es zerreißt mich. »VIELLEICHT, WEIL ICH DIR SCHEISSEGAL BIN?! WEIL DIR UNSERE FAMILIE SCHEISSEGAL IST? UNSERE KINDER? ALLES, WAS WIR UNS AUFGEBAUT HABEN! WIESO HAST DU DAS GEMACHT? ICH HASSE DICH! ICH HASSE DICH, ICH HASSE DICH, ICH HASSE DICH!« Mit jedem Satz schubst du mich etwas mehr, sodass ich immer weiter zurücktaumle. Ich halte dich nicht auf, denn alles, was mir durch den Kopf geht, ist, dass du mich verlassen wirst. Meine Panik nimmt zu.

Ich kann dich nur anstarren. Sehe deine Verzweiflung, den Schmerz, der in deinen Augen tobt, die Enttäuschung und die Zerrissenheit, sowie das Zittern deines Körpers, während du vor meinen Augen auseinanderfällst.

»GERADE MIT IHR! WARUM?«, brüllst du mich wieder an. Beim letzten Wort überschlägt sich deine Stimme und mir wird total schlecht. »SAG. MIR. WARUM. DU. MIR. DAS. ANGETAN. HAST! WIESO HAST DU MIR NICHT EINFACH GESAGT, DASS DU MICH NICHT MEHR WILLST? WIESO HAST DU MICH NICHT FORTGESCHICKT? WIESO HAST DU DICH NICHT DAVOR GETRENNT? WIESO HAST DU NICHT MIT MIR GEREDET?«, rufst du jetzt noch verzweifelter. Immer neue Tränen kommen, aber du machst dir nicht einmal die Mühe, sie wegzuwischen.

»ICH HABE MIT DIR GEREDET!«, speie ich jetzt aus, ohne dass ich es mir bewusst vorgenommen hätte. Alles in mir randaliert. Ich bin total konfus und vor den Kopf gestoßen. Ich kann nicht glauben, dass sie es dir erzählt hat. Ich kann nicht glauben, dass alles jetzt vor mir auseinanderfällt und ich es nicht festhalten kann.

FUCK!

»DU HAST MIR NICHT GESAGT, DASS SIE WIEDER DA IST! DU HAST MIR NICHT GESAGT, DASS DU EINE ANDERE FICKST ... wenn ich dich nicht mehr anfasse.« Zum Ende hin bricht deine Stimme und wird wieder leiser.

»Ich dachte wirklich, du liebst mich. Scheiße, ich dachte, du liebst mich.«

Wir stehen mittlerweile mitten auf dem Parkplatz. Der Schnee rieselt nur so auf uns nieder, verfängt sich in deinen blonden Haaren. Du keuchst und stützt dich mit einer Hand an der Motorhaube neben dir ab. Es ist, als hätte dich sämtliche Kraft verlassen, als könnten dich deine Beine nicht mehr tragen. Als würdest du fallen. Also packe ich dich an den Oberarmen.

»Ich liebe dich!«, stoße ich eindringlich aus und starre in deine verweinten Augen.

»Wieso hast du das dann gemacht?«, fragst du so gebrochen, so zerstört.

»Ich weiß es nicht«, antworte ich leise.

»Du hast sie angefasst. Du hast sie … Scheiße, lass mich los.« Mit verzogenem Gesicht versuchst du, dich loszureißen.

»NEIN!«, knurre ich und halte dich noch fester. Ich kann nicht. Ich kann dich nicht loslassen. Du darfst jetzt nicht gehen.

»WIESO HAST DU DAS GETAN?«, brüllst du wieder in mein Gesicht und weitere Tränen laufen über.

»ICH WEISS ES NICHT, OKAY?! WEIL SIE DA UND ICH SCHWACH WAR!«, erwidere ich ebenso laut, während ich meine Finger in deine Oberarme grabe, was wehtun muss, aber du reagierst gar nicht darauf.

»Du hast alles kaputtgemacht«, murmelst du brüchig.

»Ich weiß«, flüstere ich heiser und schlucke hart.

»Du hast uns kaputtgemacht.« Das kommt auch leise und heiser.

»Ich weiß«, wiederhole ich. »Ich weiß und es tut mir leid.«

Du schließt die Augen und schüttelst den Kopf. »Du hast sie angefasst«, murmelst du wieder und klingst so gebrochen.

»Es hat nichts bedeutet. Es war einmalig. Ich habe es mittendrin unterbrochen«, antworte ich erschöpft und ein wenig hoffnungslos. Wenn du gehst, weiß ich nicht, was ich mache. Ich kann nicht ohne dich.

»Aber mir bedeutet es was. Ich hab dir vertraut«, stellst du fest, und als du die Augen wieder öffnest, ist dein Blick so leer. Als hätte ich dich völlig ausgesaugt.

»Nein, das hast du nicht«, meine ich leise.

»Weil ich es geahnt habe«, sagst du schwach.

»Sie bedeutet mir nichts. Ich war dumm. Ich habe nicht nachgedacht und den leichten Weg gewählt. Seitdem war nichts mehr und es wird nicht wieder passieren. Ich will sie nicht, ich will dich. Ich liebe dich.«

»Ich hab dich angefleht, mir die Wahrheit zu sagen. Ich dachte, ich werde verrückt.« Du blinzelst und scheinst wie paralysiert.

Ich blähe die Nasenflügel und atme gepresst aus. Immer noch halte ich dich fest und mein Herz rast. Die Hitze in mir steigt höher.

Du hasst mich jetzt. Aber das macht nichts. Hauptsache, du bleibst.

»Ich weiß«, erwidere ich leise.

»Du hast mich die ganze Zeit … Hast du an sie gedacht?«, springst du dann total wirr zum nächsten Punkt und ich runzle meine Stirn. »Wenn du bei mir im Bett lagst, hast du daran gedacht, was du mit ihr gemacht hast?« Du wirst erschreckend blass und verkrampfst dich etwas, eine Hand an deinem Bauch.

»Nein!«, antworte ich sofort. »Habe ich nicht! Scheiße …« Ich nehme meine Hände von deinen Armen, kralle sie in meine Haare und lasse den Kopf nach hinten fallen. Der Schnee rieselt kühl in mein überhitztes Gesicht. Ich versuche, klar zu denken. Ich versuche, rational zu bleiben. Mich abzukapseln. Aber langsam wallt immer mehr an die Oberfläche und mir wird immer schlechter.

»Während ich zu Hause saß und auf dich gewartet habe, warst du in ihr …«, murmelst du ungläubig und etwas wahnsinnig, als würde dir all das erst jetzt wirklich klar werden, weshalb ich den Blick wieder zu dir senke.

»Es wird nicht wieder passieren! ES WAR NUR DIESES EINE MAL!«, rufe ich und starre zu dir runter.

Wenn du jetzt versuchst, mich zu verlassen, bringe ich uns beide um.

Du schüttelst langsam den Kopf, ohne mich aus den Augen zu lassen. Erkenntnis sickert in deinen Blick und in mir wird alles eisig kalt. Ich spanne mich an. Wieso schüttelst du jetzt den Kopf? »Ich dachte, du liebst mich«, murmelst du, als eine beunruhigende Klarheit durch deine Augen flackert.

»Das tue ich«, sage ich flehend und in mir verkrampft sich alles.

Du machst einen Schritt nach hinten, von mir weg. Dabei gefriert alles in mir. »Du hast mich angelogen. Ich kann dir nicht mehr glauben«, stellst du völlig erschüttert und irgendwie hohl fest.

»Tu das nicht«, stoße ich aus und mache einen Schritt auf dich zu.

»*DU* HAST DAS GETAN!«, rufst du wieder verzweifelt und die Tränen laufen wieder über. »Du hast mich hintergangen! Mit dieser Hure! Du hast … *alles kaputtgemacht.*« Die letzten zwei Worte kommen leiser, als würde es dir erst in diesem Moment so wirklich klar werden. Als würdest du erst jetzt so wirklich bemerken, wie zerbrochen wir sind.

»Ich mache es wieder gut!«, verspreche ich, während ich dich lauernd betrachte.

Du siehst mich schwer atmend an und Wind streicht durch dein Haar. Du wirkst so weit weg, als würdest du mit mir abschließen. In mir verkrampft sich alles noch heftiger.

»Fahren wir nach Hause. Reden wir darüber«, sage ich jetzt leiser und sehe dir abwechselnd in die Augen.

Sofort laufen mehr Tränen über dein Gesicht und ich balle meine Hände zu Fäusten.

Du schüttelst deinen Kopf, Irina. »Ich kann nicht.«

»Du kannst!«, knurre ich, weil ich dich nicht gehen lassen werde. Ich kann nicht.

»ICH KANN NICHT!«, rufst du noch verzweifelter und die Wut packt mich. Die Wut über meine Machtlosigkeit. Ich kann dich nicht einfach loslassen. Wie stellst du dir das vor? Mit einem Ruck packe ich deinen Unterarm und ziehe dich fest an mich, presse ihn an meine Brust, worauf du keuchst.

»Du kannst«, wiederhole ich eindringlicher und meine Stimme ist rau. Du musst können, sonst zerfalle ich.

Nun siehst du abwechselnd in meine Augen und ich umklammere fest deinen Arm. Dein Blick, der immer noch so abwesend ist, als wäre etwas in dir gestorben, zuckt zu meiner Hand. Dann wieder hoch in meine Augen und deine sind so verdammt entschlossen. Noch mehr Blut verlässt deine Wangen. »Lass mich los.« Das kommt atemlos und schnell.

»Nein.« Ich ziehe dich näher, sodass dein Körper direkt an meinem ist.

»Zayden, lass mich los«, keuchst du eindringlicher, fast warnend und ich fühle wie du bebst.

»Nein. Du liebst mich. Ich liebe dich. Und wir gehen jetzt nach Hause«, beschließe ich durch zusammengebissene Zähne.

Deine Brust hebt und senkt sich schneller und die Emotionen rasen nur so durch deinen Blick, während ich dich gebannt anstarre. Ich kann nichts tun, als dich zu zwingen, bei mir zu sein. Ich bin zu egoistisch, um dich gehen zu lassen.

Das letzte bisschen in dir scheint vor meinen Augen zu sterben. Dein Grün wird langsam zu Gletschern, bis es ganz erfroren scheint, und du mich ansiehst, wie du es noch nie getan hast. »Wir fahren nach Hause. Aber nimm deine Finger von mir. *Jetzt*!« Das kommt sehr klar, deutlich und langsam. Eiskalt.

Ich denke nicht mal daran. Ich mag es nicht, wenn du mir sagst, ich soll dich nicht anfassen. Ich fasse dich fucking an, wann ich will. Du bist meine Frau und du hast mir nicht zu sagen, dass ich dich loslassen soll.

»Nein«, knurre ich.

»Lass mich los!« Du versuchst, deine Hand wegzuziehen, aber ich packe dich noch fester und dränge dich mit meinem Körper hart an das nächste Auto, sodass du mit dem Rücken keuchend dagegenkrachst. »LASS

MICH LOS, VERDAMMT NOCHMAL!« Du holst aus und gibst mir eine schallende Ohrfeige.

Mit einem Ruck umfasse ich dein Handgelenk und drücke deinen Arm fest gegen das Blech des Autos. Ich spüre den Schlag nicht mal, weil ich so fixiert auf dich bin.

»Nein!«

»ICH HASSE DICH!«, brüllst du in mein Gesicht und versuchst mit verbissenen Zähnen, gegen mich anzukommen und dich aus meinem Griff zu winden, hast aber keine Chance.

»Das ist mir egal!«, speie ich aus. »Du bleibst!«

»NEIN!«, stößt du aus.

»Was wird das, Zayden?«, fragt mein Bruder hinter mir seufzend und ich erstarre völlig. Fuck, seine Stimme wühlt alles in mir noch weiter auf und ich drehe langsam den Kopf über die Schulter.

Er steht halb hinter uns, die Hände in den Hosentaschen, und zieht seine Brauen hoch. Seine dunkelblauen Augen sind hart und kalt.

»Geh weg«, zische ich ihm zu, die Zähne immer noch aufeinandergebissen.

Sein Blick schweift zu dir und ich bemerke, wie du versuchst, dich sofort zu beherrschen, aber ich lasse dich trotzdem nicht los. Wenn er dich mir jetzt wegnimmt, bringe ich ihn um. Ich erschieße ihn.

»Sergio, es ist okay«, sagst du mit zitternder Stimme, ohne den Blick von mir zu nehmen. »Wirklich.« Richtige Antwort, Irina. Ich mahle mit den Kiefern und sehe meinen Bruder auffordernd an.

Er richtet seine Aufmerksamkeit auf meine Hände an dir. »Sieht nicht so aus«, kontert er kalt. »Hast du nicht gerade geschrien, er soll dich loslassen?«, fragt er dich, sieht aber nur mich dabei an. Seine Augen fragen mich, ob ich den Verstand verloren habe.

Fast muss ich lachen, weil FUCK, JA, DAS HABE ICH!

»Scheiße«, flüstert er.

»Zayden, komm, fahren wir nach Hause«, murmelst du jetzt vorsichtig, während ich Sergio anvisiere und meine Brust sich immer schneller hebt und senkt. »ZAYDEN! Schau mich an!«

Er starrt mich an, Irina. Will mir wohl zeigen, wie toll er ist und wie wenig toll ich bin.

»WAS?!«, knurre ich ihn an.

Sergios Augen blitzen. »Fick mich jetzt nicht ab«, zischt er bitter und seine Faust pumpt. »Lass sie los!«

Will dieser kleine Bastard mir jetzt sagen, wann ich meine Frau anfassen darf? »Oh, verpiss dich nach unten zu deinem Daddy«, speie ich aus. »Dann könnt ihr Wein trinken und darüber sprechen, wie toll ihr seid und was für ein Abschaum …«

»ZAYDEN, HÖR AUF JETZT!«, rufst du aus. »FAHREN WIR NACH HAUSE, REDEN WIR!«

»Wenigstens ficke ich keine dreckigen Schlampen, während ich eine Frau und Kinder zu Hause habe«, meint er abfällig und sieht mich auch so an. Natürlich tut er das nicht. Er ist ja auch der Goldjunge!

Mit einem Ruck lasse ich dich los, weil er jetzt meine volle Aufmerksamkeit auf sich gelenkt hat. Ich schnaufe hart und gepresst durch die Nase. Adrenalin schießt durch meine Venen, dann marschiere ich einfach auf ihn los.

»Oh, hab ich einen wunden Punkt getroffen?«, provoziert er mich weiter.

»Halt die Fresse«, zische ich schwer atmend und der kalte Wind peitscht um meine Wangen.

»Sonst was?« Er breitet die Arme gelangweilt aus. Er ist so ein arroganter Bastard. Er glaubt wohl, er wäre was Besseres als ich, weil sein fucking Vater Donovan de Luca ist. Das wird ihm auch nicht mehr helfen, wenn ich mit ihm fertig bin.

Sobald ich in seiner Nähe bin, beschleunige ich meine Schritte, hole aus und lasse meine Faust in sein Gesicht krachen, wobei ich dein »ZAYDEN, NEIN!« ignoriere.

Er taumelt rückwärts und fängt sich mit einer Hand am Kofferraum des Camaros hinter ihm ab. Ich packe ihn am Kragen, hole wieder aus, aber er duckt sich unter meinem nächsten Hieb weg, also stoße ich ihn hart gegen das Auto.

Seine Augen blitzen zu mir hoch. Sergio ist geladen, so voller Wut. Genau wie ich. Er schubst mich hart, sodass ich heftig stolpere.

»UND WAS JETZT?«, brüllt er mich an, während ich erneut wie ein wütender Stier auf ihn zustürme, er mich aber ins Leere laufen lässt.

»ZAYDEN, HÖR AUF, VERDAMMT NOCHMAL!«, höre ich dich rufen, aber ich sehe nicht zu dir, bin zu fixiert auf Sergio, der mich langsam umrundet. Ich drehe mich mit einem Ruck um.

»ICH FICKE DICH!«, brülle ich ihn an. »DENKST DU, DU KANNST AUF MICH RUNTERSCHAUEN? WEIL DU JA

ACH SO SCHLAU BIST, UND FÜR ALLES DIE PERFEKTE LÖSUNG HAST. DER SERGIO, DER NIE FREMDGEHT? DER SERGIO, DER IMMER ALLES MACHT, WAS MAN IHM SAGT, WEIL ER SO EIN KLEINER, BRAVER, VERWÖHNTER JUNGE IST? DER SERGIO, DER IMMER ALLES KRIEGT, WAS ER WILL, WEIL ER EIN DE LUCA IST? DER SERGIO, DER JA ACH SO TOLL IST, ACH SO DISZIPLINIERT, ACH SO EHRGEIZIG. BILDE DIR NICHTS DARAUF EIN!«

Ich schubse ihn wieder hart. Er knallt gegen eine Laterne und zischt, bevor er auf mich zumarschiert. Jetzt ist auch er richtig, richtig angepisst.

»UND DU? BIST DU JETZT EIN FRAUENSCHLÄGER?« Er holt aus, bewegt sich zu schnell und ich kann seinem Hieb nicht ausweichen, der in mein Gesicht kracht, aber ich lasse sofort einen gegen seinen Kiefer folgen.

Noch während sein Kopf zurückschießt, schubst er mich wieder. Diesmal kann ich mich nicht halten, rutsche auf dem glatten Parkplatz aus und lande hart und keuchend auf dem vereisten Boden.

»FUUUUUUUCK!«, brülle ich in den schwarzen Himmel und im nächsten Moment sitzt mein Bruder auf meinem Bauch. »Fuck, geh runter von mir!«

»Hättest du das mal zu Selina gesagt!«, säuselt er in mein Gesicht. »Hast du an deine Familie gedacht, als du in ihr warst?« Er holt aus und verpasst mir eine. Ich verziehe das Gesicht, weil der Schlag echt saß, und unter meinem Kopf knackt das Eis leicht, als er nach hinten geschleudert wird.

Ich hebe meine Knie und meine linke Schulter, sodass ich uns mit einigem Kraftaufwand herumrollen kann und er unter mir landet. Sergio keucht.

Sobald ich über ihm bin, schmettere ich meine Faust in sein Gesicht, weshalb sein Hinterkopf noch heftiger auf das Eis kracht und es darunter bricht, was ein knarzendes Geräusch erzeugt. Sergio stöhnt auf. Bevor ich erneut ausholen kann, packt mich jemand von hinten am Kragen.

»FUCK!«, ruft mein Vater und zieht mich mit einem Ruck von Sergio runter. Ich lande mit dem Rücken hart an seiner Brust und ein Arm schlingt sich fest wie ein Stahlträger um mich. »Schluss jetzt!«, knurrt Dad mich an. Ich bemerke erst jetzt, dass ein paar Leute rausgekommen sind. Sergio liegt schwer atmend auf dem Rücken, alle Glieder von sich gestreckt, und Blut läuft aus seiner Nase.

»Scheiße, Zayden!«, ruft Rosalie und hastet auf ihn zu.

Ich schnaube verachtend. Jaja, der arme Sergio liegt auf dem Boden, rennt alle zu ihm.

»Oh, lass mich los!«, speie ich aus und winde mich in Dads Arm.

»Keine fucking Angriffe!«, knurrt er mir ins Ohr. Mom stöckelt auf Sergio zu und sieht besorgt zu ihm runter.

»Heuchlerscheiße«, zische und wehre mich gegen seinen Griff. »LASS MICH LOS!«

Mein Dad wirbelt uns herum und knallt mich mit der Gesichtshälfte, die Sergio getroffen hat, gegen ein Auto, weshalb ich schmerzerfüllt stöhne. »Beruhige dich. JETZT!«, knurrt er wieder. Ich atme gepresst durch die Nase ein und aus.

»Ich bin ruhig. Wo ist sie?«, frage ich durch zusammengebissene Zähne, während ich nur Sträucher sehe.

»Ich lasse dich jetzt nicht zu ihr!«, informiert er mich.

Oh, das sollte er jetzt nicht mit mir tun. Eine Adrenalinwelle durchrauscht mich und ich winde mich härter. »Mach das jetzt nicht!«, knurre ich.

»Dann beruhige dich!«, zischt er. »ATME! Verfickte Scheiße noch eins! UND KOMM RUNTER!«, blafft er mich an und presst mich mit einem Ruck noch härter gegen das Auto.

Ich atme gepresst, ich würde jetzt alles tun, damit er mich loslässt. Ich atme und atme, aber ich beruhige mich nicht. Ich muss dich jetzt sehen. Ich muss zu dir. *Wo bist du?*

Mein Vater atmet ebenfalls gepresst durch. Er sieht über seine Schulter.

»Es ist schon okay«, höre ich dich sagen und Erleichterung flutet mich heftig, als ich deine Stimme vernehme.

Okay, du bist noch da.

Alles ist fucking gut.

Mein Vater mustert dich noch ein paar Sekunden und ich habe keine Ahnung, was du ihm weismachst, aber dann lässt er mich mit einem Ruck los. Sofort richte ich mich auf und fahre zu dir herum. Ich schmecke Blut auf meiner Zunge und wische mir über den Mund und unter der Nase entlang.

Vorsichtig und völlig abgeklärt musterst du mich.

Ich nicke dich zu meinem Auto, ohne zu den anderen zu sehen. Ich höre nur die Stimmen. Donovans Stimme. Buhu.

Du schluckst hart, straffst die Schultern und gehst schnurstracks zum Auto. Ich folge dir mit harschen Schritten. Das Eis knirscht unter meinen Boots.

Es bricht, so wie wir zerbrochen sind.

Aber keine Sorge, Baby. Ich mache das schon wieder gut. Ich baue dich wieder auf.

Schritt. Für. Fucking. Schritt.

10. Brüder, Rosalie

Sergio

Ich sitze auf dem Beifahrersitz und mein Vater startet gerade den Motor.

Meine Augen sind geschlossen, weil ich meine Mutter nicht sehen will. Sie ist überbesorgt. Dich habe ich auch fast nicht von mir losbekommen, erst, als ich dir tausendmal versichert habe, dass es mir gut geht und ich dich später anrufe. Ich konnte noch nicht mal mit dir darüber reden, dass mein Vater nachgegeben hat und ich dich heiraten werde. Dass du bei mir einziehen wirst und wir endlich unser perfektes, wenn auch nicht wirklich perfektes Ende bekommen. Irgendwie. Unser irgendwann.

Mein Kopf pocht, weil er hart mit dem Eis Bekanntschaft gemacht hat. Ich fasse mir an die Stelle am Hinterkopf, die ein wenig blutet. An meiner Wange und an meinem Kiefer schmerzt es ebenfalls heftig. Ich öffne sein Handschuhfach und nehme mir ein Tempo heraus, das ich mir auf die Wunde drücke. Mein Vater sieht immer wieder prüfend zu mir.

Eigentlich sind wir beide noch gut davongekommen, denn ich habe in Zaydens Augen gesehen, dass er ernsthaft überlegt hat, mich zu killen, weil ich mich dazwischen drängen wollte. Ich wusste gar nicht, wie viel Groll er gegen mich hegt und wie wütend er ist. Wie benachteiligt er sich fühlt. Was er mir da alles entgegengebrüllt hat, hat mich echt sauer gemacht. Er weiß genau, dass ich es nicht so leicht hatte, wie er es hinstellt. Also sage ich mir immer wieder, dass er wütend war – wütend auf sich selbst – und es nicht so gemeint hat.

Ich habe gehört, was er und Irina sich zugebrüllt haben, als ich telefoniert habe. Sie waren wirklich laut genug. Ich stand um die Ecke und wollte erst nicht eingreifen, ganz zu schweigen davon, dass ich viel zu schockiert darüber war, dass Zayden Irina wirklich betrogen hat. Aber dann, als er sie nicht losgelassen hat, konnte ich mir das nicht mehr mit ansehen.

Tja, und jetzt sind wir, wo wir sind.

Ich nehme das Taschentuch von meinem Kopf, wo etwas Blut dran haftet, falte es und drücke es erneut auf die Stelle.

»Ist dir übel?«, fragt mein Vater knapp.

»Nein«, antworte ich und schniefe das Blut in meine Nase zurück. Dann presse ich das Tempo darunter. Das fuckt mich alles so ab.

Ich verstehe nicht, wie mein Bruder so eine Frau betrügen kann. Eine, die ihn so sehr liebt und so viel für ihn auf sich nehmen würde. Die ein Leben lang auf ihn gewartet hat, für die es nur ihn gibt. So, wie es für dich nur mich gibt. Ich kann nicht mal genießen, wie es sich anfühlt, endlich mit dir zusammen sein zu dürfen. Ich bin viel zu abgelenkt von Zayden. Heute Abend sind ein paar irre Dinge passiert. Erst drückt mein Vater mir eine Waffe an die Brust und ich verpasse ihm eine, dann killt mein Bruder mich fast.

Ich habe mich noch zusammengerissen. Auch wenn ich echt außer mir war, und alles versucht habe, um es nicht zu übertreiben. Zayden musste Dampf ablassen und ich wollte ihn von Irina weglocken, weil ich befürchtet habe, dass er sie gleich umbringt.

Nun, das habe ich geschafft.

Mein Vater öffnet das Fenster etwas und zündet sich mit etwas abgehackten Bewegungen eine Zigarette an, bevor er mir auch das Etui hinhält. Mit der linken Hand nehme ich mir eine raus, lasse mir Feuer geben und ziehe tief, dann lehne ich mich wieder zurück.

Wenigstens bin ich jetzt nicht mehr so wütend auf alles.

»Was war los?«, fragt er schließlich nach ein paar Sekunden, in denen man nichts weiter hört als den Motor und die Reifen auf der nassen Straße.

»Er hatte Streit mit Irina und ich bin dazwischen gegangen«, fasse ich knapp zusammen. Mein Vater beißt hart die Zähne aufeinander, während ich immer noch zu verstehen versuche, wie mein Bruder sich dazu hinreißen lassen konnte, Selina zu vögeln. Es ist gut, dass ich nicht nochmal ins Casa del Nero gegangen bin, wo ich dieses berechnende Stück Scheiße gesehen hätte.

»Es ist halb so schlimm, wir haben uns schon oft geprügelt«, winke ich ab.

»Aber diesmal sah er so aus, als würde er dich totschlagen«, bemerkt mein Vater, während ich nochmal an der Kippe ziehe. Seine Worte stechen in meinem Bauch.

»Das würde er nie tun. Er ist zurzeit nicht er selbst.« Ich fühle mich schlecht, weil ich das nicht früher erkannt habe. Weil ich so abgelenkt von anderen Dingen war. Ich wünschte, ich hätte ihn früher aufgefangen.

»Na, dann hoffen wir, dass er wieder er selbst wird.«

Ich tupfe mir unter der Nase entlang und schaue träge zu meinem Vater. »Du weißt doch, wie das ist, wenn man sich verliert.«

»Oh ja«, antwortet er etwas bitter und sieht nach draußen, wo die Laternen auf der Straße schimmern. »Er ist mir in vielen Dingen ähnlich.«

»Nicht, dass du jemals nach außen hin so ausflippen würdest«, murmele ich.

»Jetzt nicht. Als ich achtzehn war schon.« Das kann ich mir nur schwer vorstellen. Ich kann mir nicht vorstellen, dass er jemals ein Mensch mit Fehlern war. »Ich habe mich früher ständig mit meinem Bruder geprügelt.«

»Ach ja?«, frage ich rau. »Weswegen?«

»Wegen allem Möglichen. Dorian hat es oft gebraucht, Dampf abzulassen, und mir hat das auch ab und zu gutgetan. Er war so leicht reizbar und ich habe schon immer gerne Leute provoziert. Aber ein paarmal war es auch wegen anderer Dinge. Wegen deiner Mutter, wegen Ramon, wegen unseres Vaters, unserer Mutter, wegen Dingen, die ich in der Schule gemacht habe. Damals konnte ich mich auch nicht kontrollieren«, erinnert er sich und ich nehme das

Taschentuch, das ich mir bis eben auf die Kopfwunde gedrückt habe, und zerknülle es.

»Klingt, als wäre Dorian wie Zayden gewesen«, murmle ich und taste an meiner Nase, ob ich noch blute, aber es hat aufgehört.

»Das war er«, meint er scheinbar leichthin. »Wir haben uns gehasst und geliebt. Und ich denke jeden Tag an ihn.«

»Wer hat ihn erschossen?«, frage ich leise. Ich weiß nur, dass er auf dem Steg umgebracht wurde, aber bis heute nicht, von wem.

»Das werde ich mit in mein Grab nehmen«, antwortet er mit einem ironischen Lächeln und ich runzle meine Stirn.

»Warst du es?«, tippe ich und er wirft mir einen zweifelnden Blick zu.

»Würdest du deinen Bruder erschießen?«

»Nein, aber ich würde auch nicht …« Ich stocke und klappe meinen Mund wieder zu.

»Auf deinen Sohn mit einer Waffe zielen?«, vervollständigt er.

»Oder mit seiner Frau anbandeln«, erkläre ich etwas heiser.

»Auch nicht, wenn sie die Eine wäre und dich liebt?«, fragt er mich zweifelnd.

»Auch dann nicht«, antworte ich sofort. »Mein Bruder geht über alles.« Auch wenn es umgekehrt nicht der Fall wäre. So hat es dein Vater mir beigebracht, Rosalie.

»Tja, dann bist du viel stärker als ich. Aber vielleicht würdest du es doch tun. Wir wissen immer erst, ob wir etwas tun würden oder nicht, wenn wir selber in der Situation stecken.«

»Bereust du es?«, frage ich ihn jetzt und lehne meine Schläfe an den Sitz, bevor ich die Zigarette aus dem Fenster schnippe, es aber offen lasse, weil mir schwindelig ist.

»Ja«, erwidert er sofort. Er zieht nochmal hart an seiner Zigarette und wirft sie ebenfalls hinaus. »Ich bereue, dass ich ihm nie wirklich gezeigt habe, wie wichtig er mir war. Seit sie in mein Leben getreten ist.«

»Tja, jeder hat andere Prioritäten.«

»Und jeder begeht andere Sünden. Eine meiner größten Sünden ist mein Bruder.«

Ich schlucke und schließe meine Augen.

»Augen auf«, fordert er, weshalb ich die Lider wieder öffne.

»Es geht mir gut«, winke ich ab. »Ich bin nur fucking erschöpft.«

Er schnaubt und schüttelt leicht den Kopf. »Ich glaube, wir fahren doch kurz ins Krankenhaus.«

»Ich bin nur müde«, erkläre ich, um ihn davon abzuhalten.

»Ja, sicher.« Er biegt nach rechts ab. Ich verdrehe meine Augen und sehe wieder nach vorn. Die Laternen ziehen an uns vorbei und ich denke darüber nach, was meine größte Sünde ist.

»Ich habe keine«, flüstere ich.

»Weil du ein einzigartiger Mensch bist«, entgegnet er. Seine Worte überraschen mich, weil er so was eigentlich nicht zu mir sagt. Ich weiß, dass er mich für zu weich hält und zu impulsiv, immer noch. Wobei ich das gut unter Kontrolle bekommen habe. Aber in letzter Zeit gelingt es mir nicht mehr. Seit er zurück ist, lassen sich meine Emotionen nicht mehr verdrängen, sind immer präsent, sodass ich oft wirr und unfokussiert bin.

»Was würdest du ihm sagen, wenn er noch leben würde?«, frage ich meinen Vater jetzt.

Er denkt kurz darüber nach. »Ich würde ihm gerne sagen, dass meine letzten Worte eine Lüge waren.«

»Was waren deine letzten Worte an ihn?«, hake ich nach und er lächelt humorlos.

»Es wird immer sie sein.« Er seufzt. »Und vielleicht ist das meine allergrößte Sünde.« Ich verziehe das Gesicht, wenn ich mir vorstelle, dass Zayden so was zu mir sagen würde. Es ist okay, wenn er so empfindet, aber ich glaube nicht, dass ich das hören und irgendwie wieder vergessen könnte. »Ich habe ihm in die Augen geschaut, hab gesehen, was diese Worte mit ihm machen, und dann, wie das Leben seine Augen verlassen hat.« Seine Stimme ist heiser und rau. »Und das war's. Ende der Geschichte.«

Ich betrachte sein Profil, das immer noch so perfekt ist. »Dann hat Mom gelogen«, murmle ich. »Dann ist am Ende nicht alles gut.«

»Nicht bei ihm und mir. Niemals.«

»Er würde dir sicher verzeihen, wenn er sehen würde, dass du es bereust«, meine ich nachdenklich.

»Dorian war nicht so gut darin, zu verzeihen. Und ich weiß auch nicht, ob ich ihn darum bitten könnte oder ob es mir zusteht. Denn das glaube ich nicht.«

»Brüder verzeihen sich alles«, sage ich leise. »Immer.«

»Vielleicht in der Welt, in der du aufgewachsen bist, und das ist gut.« Ja, in dieser Welt gibt es immer zweite Chancen. Keine Lügen, kein Verrat, kein Betrug, keine

Angst, keine Kälte, keine Erwartungen, kein Hass, kein Groll. In dieser Welt gibt es nur Sonnenschein und Wärme.

Wenn ich darüber nachdenke, wird mir schlecht, und ich verziehe das Gesicht. Wird es bei mir zu dunkel für dich? In diesem Haus? In diesem Schlafzimmer? Wirst du da verwelken, wie Irina bei Zayden, weil er zu dunkel für sie war?

»Hast du sie zerstört? Mom?«, frage ich nun weiter und sinke tiefer in den warmen Sitz, der mich einhüllt und ermüdet.

»Ich hätte«, antwortet er. »Ich war kurz davor.« Er öffnet mein Fenster etwas weiter, sodass die kalte Luft mich streift. Ich atme sie tief ein.

»Wieso?«

»Weil ich aus ihr etwas gemacht habe, was sie nicht ist. Weil sie sich für mich verstellen musste, und jemand, der sich immer für den anderen verstellen muss, geht zwangsläufig kaputt, wenn er nicht er selber sein kann«, erklärt er und ich runzle meine Stirn.

»Denkst du, ich werde das auch tun?«, frage ich fast ängstlich. Ich will dir das nämlich nicht antun. Ich will nicht, dass du dich wegen mir verstellen musst.

»Ja«, antwortet er, weshalb ich meinen Blick zu ihm schweifen lasse. »Sie wird an deiner Seite nun mal gewissen Ansprüchen und Anforderungen gerecht werden müssen. Du wirst sehen, ob sie stark genug dafür ist.«

Kurz spüre ich den Widerstand in mir. Du bist stark, ich weiß, dass du das schaffst. Ich weiß, dass du alles schaffst, was du dir vornimmst. Und doch ist da diese kleine Angst, dass es nicht der Fall ist.

»Und du bist gegangen, weil du Mom nicht wieder verletzen wolltest«, schlussfolgere ich nun.

»Ja, ich bin gegangen, weil ich wieder kurz davor war, wegen ihr meinen Verstand zu verlieren, sie einfach an mich zu binden, alles niederzuwalzen und sie zur Not mit nach Italien zu nehmen. Ich habe mich dabei erwischt, wie ich im Bett lag und alles geplant habe. Da habe ich gewusst, dass ich jetzt endgültig die Bremse ziehen muss.«

Nicht Grund genug. Diese Erklärung reicht mir nicht, um all das, uns, hinter sich zu lassen und zu gehen. Ich sehe aus dem Fenster und konzentriere mich auf die vorbeirauschenden Ampeln und die Lichter der Autos. Meine Lider sind so schwer und ich werde immer müder.

»Glaubst du, du wirst mir jemals verzeihen?«, fragt er mich nach ein paar Sekunden. Das Krankenhaus kommt in Sicht.

Wieder schaue ich zu ihm und denke darüber nach, ob ich das jemals vergessen und verzeihen könnte. »Ich glaube nicht«, murmle ich ehrlich und sehe wieder nach vorn.

»Also doch wie Dorian«, sagt er leise in sich hinein und ich hebe schleppend einen Mundwinkel.

»Ich würde gerne«, sage ich. »Aber ich schaffe es nicht. Für manche Dinge ist nicht mal der stärkste Mann stark genug. Ich muss immer wieder daran denken, auch wenn ich es nicht will.«

»Na ja, ich habe ja noch ein Leben lang Zeit.« Er seufzt. »Vielleicht werde ich irgendwann der Vater, den du verdient hast.« Das wirft mich jetzt etwas aus der Bahn, weil es so gar nicht nach ihm klingt. Ich runzle angestrengt meine Stirn, weil ich ihm nicht folgen kann.

»Wenn du es nicht jeden Tag ein bisschen schlimmer machen würdest, wäre es vielleicht leichter für mich«, wispere ich. »Aber du liebst die Macht und das Adrenalin zu sehr. Du bist zu festgefahren.«

»Ja, vielleicht ist das in Wahrheit meine größte Schwäche.« Er parkt vor dem Krankenhaus. »Oder vielleicht ist es das, was uns am Ende in Wahrheit bleibt.«

»Die Macht und der Rausch vergehen. Du musst es dir immer wieder neu erkämpfen«, erwidere ich, was mich echt viel Anstrengung kostet. Ich bin total matschig im Kopf.

»Genau das Gleiche ist es mit der Liebe.«

»Nicht, wenn du schlau genug bist, sie festzuhalten«, meine ich und schnalle mich träge ab. So langsam sehe ich ein, dass ein Arzt mich anschauen sollte, weil sich alles dreht.

»Oder sie gehen zu lassen«, sagt er und steigt aus. Ich lasse mir seine Worte durch den Kopf gehen, aber sie vermischen sich mit ganz anderem Zeug, als ich meine Tür ebenfalls schwer öffne und mein Vater bereits neben mir steht. »Na, dann wollen wir mal sehen«, murmelt er, packt mich und zieht mich aus dem Auto. Er schwingt einen meiner Arme um seine Schultern und schließt die Tür mit dem Fuß. Ich lasse ihn. Ich kann gerade nicht allein laufen. Zumindest nicht sehr gut. Ich lasse ihn mich führen, was ich sonst nicht zulassen würde. Er hat einen Arm um meine Seite gelegt und ich versuche, ihm zu vertrauen. Noch einmal. Daran zu glauben, was Ramon und mein Vater gesagt hat. Noch einmal.

Noch eine Chance, Rosalie. So habe ich es gelernt.

11. Sag es, Irina

XX

Zayden

Wir haben die ganze Fahrt über kein Wort gesprochen.

Du hast aus dem Fenster geschaut.

Und ich habe apathisch nach vorn gestarrt, ohne was zu sehen. Meine Hände zittern noch. Dabei habe ich drei Zigaretten geraucht, an denen ich mich gefühlt totgezogen habe. Ich versuche, mich zu sammeln, aber das funktioniert nicht, Irina. Ich kann nicht mehr rational denken. Es ist vorbei. Jetzt sehe ich nur noch schwarz. Immer wieder flammen nur diese Gedanken in mir auf.

Du darfst nicht gehen. Ich lasse dich nicht gehen. Du gehörst mir. Wir lieben uns. Der Rest ist mir egal.

Meine Fingerknöchel sind aufgeschürft und meine Gesichtshälfte, wo mein Bruder zugeschlagen hat, pocht.

Mein Rücken, mein Nacken und mein Kopf tun weh, aber die Wut und die Hitze überschatten all das und betäuben mich.

Ich rolle über die Einfahrt und mein Onkel folgt mir in dichtem Abstand. Er war die ganze Zeit über dicht auf meinen Fersen. Ich habe gesehen, wie er allein in sein Auto gestiegen und mir einfach hinterhergefahren ist. Ich denke, dass Rosalie, Alayna und Sophia von meinem Dad mitgenommen werden. Wie auch immer, es ist mir egal.

Nur eins nicht: Du darfst nicht gehen.

Ich parke auf meinem Platz, während Onkel Cadens Scheinwerfer uns fluten. Mein Blick gleitet automatisch an dem Haupthaus hoch. Emilia ist bei uns, um auf Rayen und Rowan aufzupassen. Ich will ihr jetzt nicht über den Weg laufen und mich auch nicht den Jungs nähern. Dafür bin ich gerade zu sehr abgedriftet. Wie abgespalten.

Du schnallst dich ab. Deine Bewegungen sind ganz ruhig, dein Gesicht völlig ausdruckslos. Ich stelle den Motor ab und löse ebenfalls den Gurt, bevor ich meine Tür öffne. Während mein Onkel parkt, steigen wir aus. Nachdem er seinen Wagen verlassen hat, wirft er mir einen prüfenden Blick zu. Ich sehe zu ihm zurück und habe keine Ahnung, was er in meinem Gesicht findet, aber er seufzt.

»Die Kleinen bleiben heute bei uns.«

Ich nicke nur, als du schon durch den Garten gehst und ich dir auf den Fuß folge. Unsere Schritte knirschen auf dem gefrorenen Kies. Du hast die geballten Fäuste in die Manteltaschen gegraben, während ich deinen Hinterkopf betrachte. Was denkst du jetzt? Packst du gedanklich schon deine Koffer? Das wird nicht passieren, Irina. Ich werde dich keinen Schritt aus diesem Haus machen lassen. Ich kann nicht. Ich brauche dich. Du ziehst den Schlüssel aus der Manteltasche und entriegelst die Tür des Anbaus. Dann trittst du ein und die automatischen Lichter gehen an. Ich folge dir hinein und schließe leise die Tür hinter mir, bevor ich dir sanft den Schlüssel abnehme. Ich werde dir sicher keine Möglichkeit geben, abzuhauen.

Kurz streift dein Blick mein Gesicht und Erschütterung zuckt durch deine Augen. Ich erwidere ihn und schließe dabei ab. Es klackt zweimal, dann stecke ich den Schlüssel ein und greife auch nach dem zweiten auf der Kommode, den ich in meine Hosentasche schiebe.

In deinen Augen flackert es kurz. Unglauben, Abscheu und Rebellion vermischen sich darin. Ich schlucke hart und streife den Mantel ab, bevor ich ihn aufhänge, genau wie du deinen.

»Setz dich auf die Couch, ich hole Verbandszeug.« Das ist das Erste, was du zu mir sagst, seit wir eingestiegen sind und es kommt äußerst ruhig. Zu ruhig.

Ich ziehe die Schuhe aus, während du ins untere Bad gehst, immer noch in deinem Abendkleid. Ich höre dich herumkramen, biege ins Wohnzimmer ab und schalte das Licht ein. Durch die durchsichtig-weißen Gardinen kann man zum Haupthaus rübersehen, wo die Lichter ebenfalls brennen. Ich lasse die automatischen Jalousien herunter.

Dann setze ich mich auf das weiße, riesige Sofa, die Ellbogen auf die Knie gestützt, und lasse erschöpft mein Gesicht in die Hände sinken. Ich atme tief ein und aus, spüre den Schmerz in meiner Wange, ignoriere ihn aber. Der typische Duft nach Zuhause streift meine Nase und die Uhr über dem Fernseher tickt regelmäßig. Es ist so still. So still war es hier noch nie.

Deine Schritte ertönen. Ich nehme meine Hände runter und falte sie zwischen den Knien, bevor ich zu dir hochsehe. Du legst gerade ein paar Sachen auf den niedrigen, dunklen Holztisch. Dein blondes Haar ist zerzaust und etwas feucht und dein Kleid verrutscht.

»Lehn dich zurück«, murmelst du. Ich lasse mich zurücksinken und schaue zu dir hoch, beobachte dich. Du konzentrierst dich nur auf die Wunde an meinem Wangenknochen. Deine Finger sind sanft, als du mein Kinn nimmst und es etwas zur Seite drehst. Ich genieße deine Berührung. Ich will, dass du mich jetzt beruhigst. Aber ich komme nicht runter. Ich will, dass du mich weiter so liebst, wie du es getan hast, bevor du von all dem wusstest. Ich will einfach die Zeit zurückdrehen, aber ich kann nicht. Also sitze ich nur hier und starre dich an. Deine schwarzen Wimpern und die Schlieren unter deinen Augen, die von den getrockneten Tränen stammen. Deine vollen, so weichen Lippen, die immer perfekte Dinge gesagt haben. Jetzt schweigst du eisern und tupfst an meiner Wange herum.

Mein Magen verkrampft. »Sag was«, meine ich rau.

»Was soll ich denn sagen, Zayden?«, fragst du erschöpft, immer noch, ohne mir in die Augen zu sehen. Ich beiße hart die Zähne aufeinander und packe dein Handgelenk, womit ich das Tupfen an meiner Wange unterbreche. Du stockst und deine Augen gleiten in meine. Das ist besser. Auch wenn ich Verachtung oder Hass darin entdecke, Hauptsache, du siehst mich an.

»Sag was«, fordere ich eindringlich, während meine Augen abwechselnd in deine sehen, bis du den Blick senkst. »Sieh mich an!«

Du schaust auf und jetzt blitzt es in deinem Dunkelgrün. »Was willst du denn hören?«, fragst du und starrst mich an.

»Sag mir, dass du mich liebst!«, verlange ich, immer noch dein Handgelenk umfangen.

Schmerz zuckt durch deinen Blick. »Ich liebe dich.« Das hört sich an, als würdest du mir sagen, dass du mich hasst oder als würdest du dich selbst dafür hassen, dass du mich liebst. »Sag mir, wie du sie gefickt hast«, forderst du heiser.

»Nein«, knurre ich hart.

»Wieso nicht? Ist es dein kleines Geheimnis?«, fragst du bitter, aber nicht mit der gleichen Energie, mit der du mich vorhin noch angebrüllt hast. Du wirkst so müde.

»Sag mir, dass du mich nicht verlassen wirst«, fordere ich. Ich muss es hören.

Du ziehst deinen Kopf zurück und schweigst eisern.

»SAG ES MIR!«, brülle ich dich jetzt an. »SAG MIR: ZAYDEN, ICH WERDE DICH NICHT VERLASSEN!« Meine Stimme hallt durch das Haus und mein Hals ist kratzig, weil ich schon so viel gebrüllt habe. »SAG MIR, DASS DU MIR VERZEIHST!«

»NEIN!«, rufst du aus. Bevor ich merke, was ich tue, wird alles wieder schwarz. Es rauscht in meinem Kopf. Blitze schlagen tief in mir ein und setzen alles in Brand. Die dunklen Flammen lodern hoch und die Panik nimmt alles in mir ein. Lähmt mich.

Mit einem Ruck stoße ich dich mit der Hand, mit der ich deinen Unterarm halte, hart zurück, sodass du gegen den Couchtisch taumelst.

»DU BIST DOCH TOTAL IRRE!«, rufst du aus und fängst dich ab. Ich stehe auf und umfasse wieder deinen Oberarm.

»SAG ES MIR!«, knurre ich und funkele dich an. Alles in mir steht in Flammen.

»EINEN SCHEISS SAGE ICH DIR!«, brüllst du zurück. »SAG DU MIR, DASS DU SIE NICHT GEFICKT HAST. SAG MIR, DASS DU NICHT DEINE EHRE VERLOREN HAST! SAG DU MIR, DASS DU MICH NICHT BETROGEN HAST, DU WIDERLICHER, DRECKIGER BASTARD!« Du versuchst, dich loszumachen und mein Atem geht schneller.

»HABE ICH ABER. ICH HABE SIE GEFICKT! UND ES HAT NICHTS BEDEUTET!«, schreie ich dich ungehalten an.

»DU HAST ES ABER TROTZDEM GETAN! VERDAMMT NOCH EINS! LASS MICH ENDLICH LOS!« Du trittst gegen mein Schienbein und ich schubse dich hart gegen den Türrahmen, sodass du aufkeuchst.

»NIEMALS!«, fahre ich dich an und balle meine Faust.

»GEH DOCH ZU IHR UND FICK SIE, HALT SIE FEST, ABER LASS MICH IN RUHE! FUCK!«

»Sag mir nie wieder, dass ich dich in Ruhe lassen soll!«, knurre ich dich an. »Du. Gehörst. Mir!«

Wir funkeln uns gegenseitig an und mein Herz rast so verdammt schnell.

»Das hättest du dir davor überlegen sollen«, speist du aus, wendest dich ab und stürmst zur Haustür.

»LÄUFST DU JETZT VOR MIR WEG?«, brülle ich dir nach und folge dir. »DU SOLLST NICHT VOR MIR

WEGRENNEN!« Du ruckelst an der Klinke und schreist frustriert auf, als dir einfällt, dass sie abgeschlossen ist.

»Nein! Nein! Nein! Nein!« Du trittst gegen die Tür. Ich nehme dich am Arm, wirble dich zu mir um, bevor ich dich mit einem Ruck am Hals packe und gegen das Holz donnere.

»NEIN!«, knurre ich und lasse meine Stirn an deine sinken. Gepresst atme ich gegen deine Haut, meine Finger immer noch um deinen Hals geschlungen, und spüre, wie dein Puls rast. »Willst du, dass ich uns beide umbringe?«, zische ich dich an.

»Alles wäre besser als das«, antwortest du leise, heiser. Ich ziehe die Augenbrauen zusammen. »Kill mich, dann tut es nicht so weh! Dann hört es wenigstens auf!«

»Ich liebe dich«, knurre ich eindringlich.

»Ich hasse dich!«, erwiderst du atemlos und ich schlucke hart.

»Hass mich, es ist mir scheißegal, aber du bleibst bei mir.« Ich fahre mit meiner Hand an deinem Hals nach oben zu deinem zarten Kiefer, den ich packe. Du atmest zittrig aus. »Sag es«, flüstere ich an deinen Lippen. »Sag, dass du bleibst.«

Mein Mund kracht auf deinen, noch bevor du irgendwas entgegnen kannst, und mein heftig schlagendes Herz hämmert gegen meine Brust.

Du stürzt dich mit deinen Lippen sofort auf mich. Ich küsse dich voller Verlangen, weil ich dich gerade so sehr will. Weil ich dich brauche. Weil du mir gehörst.

Deine Hände versuchen, mich wegzuschubsen, aber ich stemme mich dagegen, weil ich weiß, dass du mich willst.

Du stöhnst verzweifelt. Ich öffne den Reißverschluss an der Seite deines Kleides und zerre die Träger von deinen Schultern, sodass es zu Boden sinkt. Du beißt mir in die Unterlippe. Ich umfasse deinen Hals fester und dränge mich an dich. Aus deinen schubsenden Händen werden ziehende. Fest krallst du sie in den Stoff meines schwarzen Hemdes.

Ich stöhne und reiße dir mit einer Bewegung den Slip mit einem ratschenden Geräusch von den Hüften, bevor ich meinen Gürtel öffne und mit meiner Zunge hektisch über deine streiche. Ich kann dich nicht verlieren. Du musst bleiben.

Du reißt mein Hemd auf, sodass ein paar Knöpfe durch den Flur fliegen. Ich küsse dich tiefer und lasse meine Jeansknöpfe aufspringen. Zwischen unseren Lippen vermischen sich deine salzigen Tränen, während ich dich mit dem freien Arm hochhebe und gegen die Tür stemme. Deine Beine schlingen sich um meine Hüften und ich schiebe mich zwischen deine Schenkel, bevor ich deinen Hals loslasse und mich mit meiner Faust über dir abstütze. Alles in mir ist so angespannt, als ich mit einem Stoß in dir versinke.

Du lässt mit einem Stöhnen und gleichzeitigem Schluchzen deinen Kopf nach hinten fallen, direkt unterhalb meiner Faust. Du hast die Augen geschlossen und deine Brauen fahren zusammen. Ich senke meine Stirn an deine Schulter und ziehe deinen Duft ein, bevor ich mich in dir bewege. Du fühlst dich so perfekt an. Ich kann dich nicht verlieren.

Meine Stöße sind tief und hart und ich bohre meine Zähne in deine Haut. Du atmest hektisch, genau wie ich. Das fühlt sich so bitter an. So gar nicht, wie es sich anfühlen sollte.

Ich hebe den Kopf. Deine Augen sind immer noch geschlossen. Wieder umfange ich deinen Kiefer mit einer Hand und streiche mit dem Daumen über deine feuchten Lippen. Du verziehst dein Gesicht, genau wie ich. Hart atmest du aus. In mir ist alles verkrampft. Ich will nicht, dass du gehst. Ich will nicht, dass du mich nicht mehr liebst. Ich will dich nicht verlieren. Ich brauche dich. Ich brauche das. Ich brauche uns.

Ich mache es wieder gut.

Ich werde genau der Mann, den du brauchst.

Egal, was du willst, du kriegst es.

Ich kann nicht leben, ohne jeden Tag deine Stimme zu hören. Auch wenn du mich hasst, Hauptsache du bleibst, Irina. Ich kann nicht atmen ohne dich. Ohne das Wissen, dass du da bist. Mit dir verliere ich vielleicht meinen Verstand, aber ohne dich besitze ich gar keinen. Es ist alles dunkel. Ich brauche dich.

Ich stoße fester in dich, tiefer.

Du stöhnst und beißt die Zähne aufeinander, während ich meinen Mund wieder auf deinen krachen lasse und deine Unterlippe zwischen meine Zähne ziehe. Deine Fingernägel bohren sich in meine Kopfhaut und ich stöhne, während ich mich schneller bewege.

Fuck, du fühlst dich so gut an.

Du erschauerst. »Ich hasse dich«, murmelst du in meinen Mund und ich nicke.

»Aber du bleibst«, wispere ich zurück und stoße härter in dich, weswegen du den Kopf wieder nach hinten fallen lässt.

»Aber ich hasse dich!« Du stöhnst und weitere Tränen laufen über deine Wangen.

»Damit kann ich leben. Ohne dich nicht.« Ich packe deine Hand, knalle sie über deinem Kopf an die Tür und verschränke unsere Finger. Deine Augen gleiten nun auf und lodern mir entgegen. Ich sehe den Hass darin, die Wut, den Schmerz, die Verzweiflung.

Noch tiefer treibe ich mich in dich, weshalb ich die Zähne zusammenbeißen muss, weil es sich so gut anfühlt. Keuchend schließt du deine Augen wieder und ich lasse meinen Kopf nach hinten fallen, als ich deine Finger festhalte und deine sich fast schmerzhaft in meinen verkrampfen.

»Du wirst mich nicht verlassen!«, fordere ich. Meine Stimme ist lustgetränkt und gleichzeitig verzweifelt. »Sag es!«

Du keuchst wieder, während ich mich erneut in dich schiebe und du ein Stöhnen unterdrückst. Deine Nasenflügel blähen sich. Du schüttelst den Kopf.

»Sag es«, zische ich schwer atmend. »Du brauchst mich. Du brauchst mich genauso sehr wie ich dich. Du brauchst das hier!« Ich stoße wieder hart in dich und du krümmst dich zusammen und stöhnst laut.

»Du hast es kaputtgemacht!«

»Wir sind kaputt!«, fahre ich dich an, während ich tief in dir verharre. »Und du brauchst das.« Damit schiebe ich mich erneut in dich und deine Augen gleiten auf. »Du brauchst mich! Du willst nicht gehen! Du willst nicht ohne mich sein. Hass mich, aber tu nicht so, als würdest du nur einen Tag ohne mich aushalten, genauso wenig, wie ich ohne dich!«

Ich sehe die Kapitulation in deinen Augen, bevor du brüchig wisperst. »Ich hasse es, dich zu brauchen.«

Ich dränge mich gegen den Punkt in dir, der dich zum Kommen bringt. »Ich weiß«, flüstere ich. »Aber du wirst lernen, damit zu leben!«

Ich lasse los und wir kommen zusammen, während deine Muskeln sich fest um mich herum zusammenziehen und deine Beine sich verkrampfen. Du packst mein Gesicht, drückst deine Lippen auf meine und ich stöhne an deinem Mund.

Okay, vielleicht sind wir beide kaputt. Vielleicht ist unsere Ehe völlig gestört und krank. Vielleicht sind wir zerbrochen, zwei Soziopathen, die sich gegenseitig umbringen werden. Vielleicht werden wir in unseren Flammen verbrennen.

Aber fuck, Irina, ich brauche dich. Ob brennend oder nicht. Ob liebend oder hassend. Ob warm oder kalt. Ob laut oder still. Ob liebevoll oder abweisend.

Ich brauche dich.

Und du brauchst mich.

Das, Baby, ist alles, woran wir festhalten können.

Jetzt und für immer.

12. Rush-Männer, Irina

XX

Zayden

Wir stehen immer noch schwer atmend an der Tür und regen uns nicht, nur unser Atem erfüllt den Raum. Ich lasse meine Stirn an deine sinken und sauge deinen Duft in mich auf, meine Finger sind über deinen, unsere Augen sind geschlossen.

Du bist ganz ruhig, deine Beine sind immer noch um meine Hüften geschlungen. Ich kann nur daran denken, wie richtig du bist und wie falsch sie war. Mir ist klar, dass du mich hasst. Ein Teil von mir hasst dich auch. Aber ich kann dich trotzdem nicht loslassen. Je öfter du es von mir verlangst, desto weniger will ich es. Kann ich es.

Langsam öffne ich meine Augen. Deine sind noch geschlossen und dein heißer Atem bricht sich an meinen

Lippen. Die Tränen auf deinen Wangen sind getrocknet und ich betrachte dein so schönes Gesicht.

»Standest du so auch mit ihr da?«, willst du tonlos wissen und öffnest die Lider.

Erschöpft sehe ich in deine grünen Augen, die genauso erschöpft sind. »Ich liebe dich«, murmle ich hohl, statt deine Frage zu beantworten.

Du verziehst dein Gesicht und ich führe deine Hand an meine Lippen und küsse sie, bevor ich sanft meine Finger von dir löse.

Du beobachtest mich wieder mit dieser Verwirrung in deinem Blick und ich sehe ruhig zu dir zurück. Ruhig und resigniert. Alles ist so kaputt.

»Kann ich jetzt runter?«, fragst du heiser und ich schlucke hart. Eigentlich will ich dich noch nicht loslassen, aber ich tue es.

Ich ziehe mich aus dir zurück, stelle dich vorsichtig auf die Füße und schließe meine Hose. Mein Hemd steht immer noch offen, aber ich lasse es so. Du hebst dein Kleid auf und drückst es dir an die Brust. »Ich gehe duschen«, wisperst du. Ich nicke knapp, während ich meinen Gürtel wieder zuziehe und zur Seite trete.

»Ich hol die Jungs«, antworte ich genauso leise.

Du bewegst deine Schultern etwas und nickst, bevor du an mir vorbei und nach oben gehst. Ich sehe dir noch nach, als du bereits verschwunden bist.

So kaputt, Irina. Aber das kriegen wir schon wieder hin, nicht wahr? Und wenn die Teile, die wir zusammensetzen, für immer wackeln werden.

Ich ziehe den Hausschlüssel aus meiner Hosentasche und entriegle die Tür. Dann schlüpfe ich in meine Schuhe und trete, so wie ich bin, hinaus in die Kälte. Der eisige Wind streift meine überhitzte Brust, als ich die Tür wieder zuziehe. Ein paar Sekunden sehe ich hoch zum Schlafzimmerfenster, wo das Licht angeht.

Und wenn du abhaust?

Ich denke nicht weiter darüber nach und schließe von außen ab, bevor ich den Schlüssel einstecke. Es ist nicht für immer so, Irina. Nur, bis du begreifst, wie sehr du mich liebst, und mir verziehen hast.

Meine Schritte knirschen auf dem gefrorenen Gras, als ich durch den Garten gehe und fahrig die letzten zwei Knöpfe meines Hemdes zumache. Meine Haare fallen mir in die Augen. Ich streiche sie zurück und erklimme die Stufen zur Terrasse, bevor ich die Hintertür öffne und in den Salon trete.

Dad sitzt auf seinem Sessel, wie ich mit einem Blick bemerke. Er sieht auf sein Handy und hat sich umgezogen. Er trägt Trainingshosen und einen schwarzen Pullover. Mom liegt auf der Couch, eine Decke über sich ausgebreitet. Sie ist noch geschminkt und ihre Augen schweifen vom Fernseher zu mir, während ich die Terrassentür hinter mir schließe.

Sie überblickt mich kurz. Ihr Grün schimmert etwas kühler, bevor sie den Blick wieder abwendet.

»Baby, lässt du uns kurz alleine?«, fragt mein Vater, ohne von seinem Handy aufzusehen.

Sie seufzt. Normalerweise würde sie jetzt sagen, dass er es nicht übertreiben soll, aber dieses Mal schweigt sie, steht auf, schaltet den Fernseher aus und schmeißt die

Fernbedienung laut auf den Tisch. Dann schiebt sie sich an meinem Vater vorbei und verlässt wortlos den Salon.

Ich stehe in der Tür und lehne mich an den Rahmen.

Mein Dad legt sein Handy weg. »Komm her«, sagt er. Kurz blähe ich die Nasenflügel und mustere ihn abschätzend. Nach außen hin wirkt er völlig ruhig, was nie gut ist. Ich atme nochmal aus, stoße mich ab und mache die drei Schritte zu ihm. Vor ihm bleibe ich stehen und sehe zu ihm runter.

Er nimmt sein Whiskyglas, streckt den Arm aus und lässt es neben uns auf den Boden fallen, sodass es in tausend Einzelteile zerbricht. Ich betrachte die Scherben. »Kannst du das wieder reparieren?«

Ich sehe wieder in seine Augen und schüttle müde den Kopf.

»Es gibt einfach Dinge, die kann man nicht wieder reparieren. Und wenn, dann braucht es Jahre, sehr viel Geduld und Ausdauer. Dazu gehört auch so ein Vertrauensbruch.«

Ich sehe ihn nur an und bleibe still. Ich weiß das alles, wir sind kaputt. Wir werden lernen, damit zu leben.

»Was hast du jetzt vor?«, fragt er weiter. Ich knöpfe fahrig mein Hemd weiter zu. »Hast du vor, die Scherben aufzusammeln oder liegen zu lassen? Hast du vor zu deinen Taten zu stehen? Und endlich wieder ein Mann zu sein?« Sein Blick ist so ernst und kalt.

»Das weiß ich nicht«, antworte ich ehrlich.

»Du weißt es nicht?«, hakt er nach.

Ich atme durch, dann sinke ich einfach auf den Couchtisch ihm gegenüber und stütze meine Ellbogen auf die Knie. Ich bin so müde. Erschöpft reibe ich mir über das Gesicht, wobei ich meine Wunden spüre, und lasse es schließlich in meinen Händen.

»Hör mir zu«, sagt er leise. »Jeder von uns macht manchmal Fehler. Jeder von uns tut Dinge, die er bereut, in dem Moment, in dem er sie tut. Jeder von uns sagt manchmal Sachen, die er nicht so meint. Jeder zeigt manchmal seine widerlichste Seite und kann sein Monster nicht unterdrücken. Es gibt keinen Menschen dieser Welt, der unfehlbar ist und alles richtig macht. Jeder baut mal Scheiße. Aber wenn man einsieht, dass man Scheiße gebaut hat, wenn man ehrlich zu sich selber ist und versucht, es wiedergutzumachen, an sich zu arbeiten; wenn man es nicht einfach hinnimmt und aufgibt, weil es leichter ist, dann kann man aus etwas Falschem trotzdem was Richtiges machen. Dann kann man trotzdem noch jeden Tag in seine Augen schauen und ist nicht verloren. Ich bin selber ein Mann, der zu oft zu schnell aufgegeben hat. Deswegen habe ich versucht, dich zu einem Kämpfer zu machen, und auch, wenn die Lage für dich aussichtslos erscheint, so ist sie das nicht. Aber du musst endlich wieder deinen Arsch hochbekommen!«

Du hasst mich, Irina. Ich brauche zurzeit wirklich um nichts zu kämpfen, außer darum, dass du bleibst, und das tue ich.

Ich hebe den Blick wieder und nicke langsam, bevor ich meine Hände falte. Die Augen meines Vaters schimmern nicht mehr ganz so kalt.

»Du wirst immer wieder an so einen Scheidepunkt kommen.

Du entscheidest, welchen Weg zu wählst«, sagt er.

Ich habe mich schon entschieden. Ich habe mich entschieden, das nie wieder zu tun und mich nicht mehr der Versuchung hinzugeben. Ich habe mich entschieden, dass wir zusammenbleiben – komme, was wolle.

»Jeder Mensch hat seine Schwachpunkte und die Menschen kriegen ihre persönlichen Lektionen immer wieder vorgelegt, bis sie etwas daraus gelernt haben. Der Schlaue tut das schon beim ersten Mal, der Dumme hat selbst nach der hundertsten Lektion noch nicht gelernt, mit seinen Schwachpunkten umzugehen.« Er lächelt leicht. »Ich habe gelernt, nicht so schnell loszulassen und um das zu kämpfen, was ich wirklich will. Donovan de Luca hat seine Lektion immer noch nicht gelernt. Sei schlau, sei kein Donovan.«

Ich glaube, ich bin viel zu sehr Donovan.

Ich nicke aber trotzdem und reibe meine Hände aneinander.

»Ich weiß, wie leicht es ist, in Versuchung zu geraten. Ich war auch schon ein paarmal in Scheißsituationen. Allein, wenn deine Mutter davon wüsste, würde sie durchdrehen. Aber ich habe es immer wieder geschafft, Nein zu sagen.« Weil er so viel stärker in dieser Hinsicht ist als ich. »Vielleicht ist deine Lektion zu lernen, Nein zu sagen. Und nicht den leichtesten Weg zu nehmen. Man weiß es nicht«, überlegt er.

Ich atme tief durch. »Vielleicht«, murmle ich und schlucke.

»Tja … ich hoffe es für dich, denn wenn du nach Spanien gehst, und sie die ganze Zeit vor der Nase hast, könntest du alles ganz schnell wirklich verlieren.«

»Ich will sie nicht. Das mit ihr war was anderes. Es war der Moment. Ich war wütend. Ich war geladen. Sie war da.« Ich verrate meinem Dad jetzt nicht, dass Donovan sie auf mich angesetzt hat. Er hegt sowieso einen Groll gegen ihn.

»Und denkst du nicht, dass es noch öfter solche Momente geben wird?«

»Sicher«, antworte ich leise. »Wird es.«

»Dann arbeite an deiner Selbstbeherrschung. Arbeite daran, zu widerstehen. Wie ein Süchtiger der Droge. Wenn du in Versuchung gerätst, dann male dir ganz genau aus, was das für Konsequenzen haben könnte. Bis ins kleinste Detail. Denn das ist wie eine Sucht bei dir.«

Ich schweige ein paar Sekunden, reibe nach wie vor meine Hände aneinander und atme tief durch. »Werde ich tun«, antworte ich schließlich leise.

Er atmet ebenfalls tief durch, beugt sich vor und umfasst meine Schulter mit seiner Hand. »Ich weiß, dass du verzweifelt und wütend warst. Aber lass es nicht nochmal an deinem Bruder aus, sonst kriegst du es wirklich mit mir zu tun.« Als ich an Sergio denke, zieht sich alles in mir zusammen.

»Manchmal …«, murmle ich und sehe auf meine Hände. »Ist alles rot. Dann wird alles schwarz und ich weiß nicht mehr, was ich mache, bis der Rausch vorbei ist. Ich weiß nicht, was das ist, aber es kommt immer öfter vor. Es frisst mich auf.« Meine Stimme ist leise und heiser. »Das vorhin auf dem Parkplatz war so ein Moment. Alles war schwarz.

Das mit Selina war so ein Moment und alles war schwarz. Und dann wird alles ganz heiß und am nächsten Tag ist da nichts mehr.« Ich reibe mit dem Daumen hart über meine Handfläche.

»Zehn Gründe«, sagt er. »Denk dir zehn Gründe aus, warum alles nicht schwarz werden darf, und wenn du drohst, die Beherrschung zu verlieren, dich zu verlieren, sage sie dir auf. Immer wieder. Lenk dich damit ab. Halt dich an ihnen fest. Und zu Irina oder Sergio kannst du sagen, dass es schwarz oder rot oder was auch immer wird. Dann müssen sie aufhören.«

Ich sehe in seine Augen, die so geduldig sind und so tief blicken. Er ist auch einer der wenigen, bei denen ich es zulasse. »Okay«, wispere ich.

»Ich liebe dich auch, wenn du lila, blassblau siehst oder sonst was tust. Ich hasse es nur, wenn du leidest.«

»Ich weiß«, antworte ich leise.

»Also bring das auf die Reihe«, fordert er und erneut nicke ich.

»Werde ich.« Ich atme noch einmal tief durch und er drückt ein letztes Mal meine Schulter.

»Was ist jetzt mit ihr?«, fragt er mich. Ich versteife mich wieder etwas und richte mich auf.

»Nichts. Sie ist drüben.« Mein Blick wird lauernd. Er wird dich mir jetzt aber nicht wegnehmen, oder?

Ein paar Sekunden mustert er mich, dann seufzt er. »Okay. Geh deine Jungs holen.« Wird er in der Zwischenzeit zu dir gehen, Irina?

Wird er dich da rausholen und dich laufen lassen?

Ich verenge die Augen und mustere ihn kalkulierend. Ich weiß nicht, ob ich eine Chance gegen ihn hätte. Er ist zweimal so breit wie ich und hat ein paar echt miese Tricks drauf. Wenn er wollte, könnte er mich mit einem gezielten Schlag töten. Ich habe das schon gesehen.

»Ich werde sie dir nicht wegnehmen«, meint er genervt und ich atme gepresst aus. »Ich nehme doch nicht King Kong seine Jane. Das Einzige, was dich gerade noch einigermaßen menschlich macht.«

Meine Schultern sinken wieder erleichtert und ich stehe auf. »Okay«, flüstere ich und räuspere mich.

»Okay«, seufzt er schwer, während ich mir durch die Haare fahre, sodass sie völlig wirr sind, dann den Sessel umrunde, in dem er sitzt, und den Salon durchquere. Ich gehe durch das Foyer und zu der breiten Treppe, als die Haustür geöffnet wird, weshalb ich stocke und mich umdrehe.

Mein Opa Mason kommt, weil er wahrscheinlich meine Oma abholen will, die oben bei den Jungs sein muss. Er spaziert herein, als würde ihm das Haus gehören. Seine schwarzen, an den Schläfen ergrauten Haare sind zurückgekämmt und Schneeflocken glitzern darin. Sein dunkler Mantel steht offen und er trägt einen Dreitagebart, der sich schwarz und grau über seinen markanten Kiefer zieht. Der Blick seiner undefinierbaren Augen ist gelassen und wie immer etwas genervt. Er schwingt seinen Autoschlüssel um den Finger und stockt, als er mich sieht.

»Ouuu«, macht er und überschaut mich kurz, weshalb ich mich etwas straffe. Ich mache keine fucking Scherze mit Mason Rush.

Er tritt ein und schließt die Tür leise hinter sich. Im Salon höre ich, wie Dads Handy klingelt. Die Scherben klirren, als er sie wahrscheinlich auffegt, bevor Tante Alayna ausflippt.

»Was ist los?«, fragt Mason mich und ich starre ihn an. Ich hatte schon immer ziemlich viel Respekt vor ihm und kann ihm das alles nicht erzählen. Es würde sein Bild von mir zerstören. »Sprich«, meint er im FBI-Verhörmodus.

»Es ist nichts«, flüstere ich starr und schiebe langsam mein falsch zugeknöpftes Hemd wieder in die Hose, ohne ihn aus den Augen zu lassen.

»Soll ich jetzt raten?«, fragt er mit hochgezogenen Brauen, die mich zum Sprechen auffordern. »Ich habe keine Lust zu raten. Es ist fucking elf Uhr in der Nacht. Ich will jetzt keine Ratespiele spielen.«

Er sieht mich mit diesem Blick an, der alles aus mir heraussaugt. »Ich habe Irina betrogen und sie hat es rausgefunden, weil diese Selina, mit der ich sie betrogen habe, ihr alles erzählt hat. Weil sie eine Bitch ist. Und vielleicht habe ich ihr eine verpasst. Ich meine Irina, dabei hätte Selina es verdient. Vielleicht habe ich sie auch gegen den Couchtisch geschubst. Und gegen die Tür. Und vielleicht habe ich ihr verboten, mich zu verlassen, und sie im Haus eingesperrt.« Scheiße, wieso erzähle ich ihm das alles? »Ich bin ein Bastard, was soll ich sagen?« Ich hebe langsam meine Schultern.

Er stöhnt ausgiebig und total erschöpft. Dann nickt er mich zur Tür und hält sie für mich auf. Fuck, er wird mich erschießen, oder?

»Baby, komm in zehn Minuten runter!«, brüllt er durch das Haus und stöhnt nochmal genervt.

Ich atme aus und mache die paar Schritte zu ihm, bevor ich eine der Lederjacken meines Dads nehme und sie überstreife. Dann schiebe ich mich an Mason vorbei nach draußen. Er folgt mir und schließt die Tür. Es macht mich echt nervös, dass er hinter mir ist.

»Zigarette?«, fragt er in meinen Nacken, weshalb ich zusammenzucke, und hält mir seine Schachtel hin. Ich drehe mich zu ihm um und nehme eine raus.

»Außerdem habe ich meinen Bruder fast totgeschlagen!«, platzt es noch aus mir raus, dann atme ich erleichtert aus. Jetzt habe ich keine Geheimnisse mehr.

Mason nickt langsam und schiebt sich auch eine Zigarette in den Mund, bevor er mir sein Zippo hinhält und ich tief ziehe. Er zündet seine ebenfalls an und lässt sein Feuerzeug zuklacken. Dann verstaut er es in seiner Jeanstasche. Er inhaliert tief und stößt den Rauch in den Himmel. Gebannt starre ich ihn an.

»Also. Ich hatte da diese kleine, schwarzhaarige Nymphe. Sie hat mich echt um den Verstand gebracht. Ich hab sie wie Scheiße behandelt. Ich habe sie tyrannisiert, sie musste alles tun, was ich ihr gesagt habe. Sie hatte praktisch keinen freien Willen. Ich habe bestimmt, wo sie zu sein hatte. Was sie anzuziehen hatte. Mit wem sie gesprochen hat. Und ganz sicher auch, ob sie mich verlässt oder nicht. Sie hat sich von mir auch eine Ohrfeige gefangen. Ich habe die widerlichsten Dinge getan.« Fast versonnen sieht er in den Himmel und zieht an seiner Zigarette. »Ich hab sie regelrecht gequält. Da war diese Seite in mir, diese alles verzehrende Dunkelheit, und sie hat mich zu einigem getrieben. Sie hat mich völlig verschlungen. Bis ich sie auch betrogen habe. Es war deine Großmutter, die ich betrogen habe. Mit der ich all diese Dinge gemacht habe. Und die mich völlig um den Verstand gebracht hat. Ich konnte gar nicht verstehen, wieso eigentlich. Bis mir klar wurde, dass das nun mal meine Art zu lieben ist. Wir Rushs neigen dazu, etwas extrem zu werden, wenn wir wirklich lieben. Jeder auf seine eigene Art. Dein Onkel Caden, diese Scheißkröte …« Er sieht hoch zu Onkel Cadens Büro, wo noch Licht brennt. »Ist eher wie mein Vater. Carter ist ein wenig wie ich. Aber er hat viele Anteile von seiner Mutter bekommen. Du hingegen bist mein kleines Ebenbild. Also, was soll ich dir jetzt sagen? Ich kann dich nicht verurteilen. Ich ganz sicher nicht.«

Oh fuck, es tut so gut, zu hören, dass irgendjemand genauso irre ist wie ich.

»Ich hatte einfach manchmal diese Aussetzer. Aber … dieses eine Mal, genau in dem Moment, als ich in dieser anderen Frau war, die meine erste große Liebe war … Cherry …« Er zieht erneut und schüttelt den Kopf. »Wurde mir klar, dass deine Großmutter alles ist, was ich wirklich will und die ich liebe.«

Kenne ich sehr gut.

»Und wenn dir das einmal klar geworden ist, wird dir das auch nicht nochmal passieren.«

»Wieso hast du es getan?«, frage ich.

»Weil ich einer Fantasie hinterhergelaufen bin. Der Vorstellung davon, wie ich es unbedingt haben wollte. Sie war in dem Moment so perfekt. Und ich hatte solche Angst vor den Gefühlen, die ich für Emilia empfunden habe. Da ist einfach alles zusammengekommen. Ich habe allerdings sehr schnell bemerkt, dass die Fantasie nur sehr selten der

Realität entspricht und dass man oft schon das hat, was man braucht, ohne es wirklich zu wissen.«

Ich atme nochmal durch, ziehe an der Zigarette und schnippe sie weg, weshalb Tante Alayna ausflippen wird, aber gut. »Ich habe es getan, weil ich sauer war und nicht klar denken konnte. Manchmal bin ich wie im Rausch und tue allen weh. Dann ist es mir egal, wer vor mir steht.«

»Ich weiß«, sagt er. »So warst du schon als kleiner Scheißer. Weißt du, woran du die Leute erkennst, die dich wirklich lieben und verdient haben? Das sind diejenigen, die dir alles vergeben. So einfach ist das.«

»So einfach ist das«, flüstere ich.

»Ich habe Glück mit Emilia. Sie würde mir wirklich alles vergeben.«

Du auch, Irina? Würdest du mir auch alles vergeben? Und wie weit würde ich das ausreizen, wenn ich wieder in diesem Rausch bin?

»Danke«, meine ich leise, weil ich mich nach all den Gesprächen das erste Mal wirklich verstanden fühle.

»Ach, nicht dafür.« Er seufzt. »Was tut man nicht alles für seine Kröten.« Er öffnet die Tür. »EMILIA, KOMMST DU JETZT?«

»JAHAAAAA!«, ruft sie genervt von oben. Er verdreht die Augen und schließt die Tür wieder.

»Wenn sie die Eine für dich ist, wird sie es dir vergeben.«

»Ich werde ihr Tod sein«, stelle ich fest und sehe auf den See.

»Tja, wenn sie dich liebt, wird sie dir auch das vergeben.«

Ich glaube, Irina, das hätte er mir lieber nicht sagen sollen.

Rowan schläft auf meinem Arm. Seine Wange liegt auf meiner Schulter und seine kleinen Lippen sind geöffnet. Er atmet tief und ist nicht aufgewacht, als ich ihn aus dem Bett gehoben habe. Seine schwarzen Haare sind das pure Chaos und seine dichten, dunklen Wimpern liegen aufeinander. Ich habe ihm eine Decke über den Rücken gelegt, während ich ihn unter dem Hintern halte. Seine Arme hängen herab und er ist völlig gegen mich gesackt. Sein warmer Atem streift meinen Hals.

Rayen war noch wach und stand in seinem Bettchen wie ein kleiner Sträfling. Er sitzt auf meiner freien Hüfte, nachdem ich ihm seine Jacke angezogen habe. Seine kleinen Hände liegen auf meiner Brust. Er hält sich an meinem Hemd fest und flüstert mir ins Ohr.

»Dann hat Oma Autobooooom.« Aha, Emilia hat mal wieder Masons Wagen irgendwo gegen gefahren. Nichts Neues.

Ich betrachte Rayen, während ich die Treppe runtergehe. Seine strahlend grün-türkisen Augen sehen mich völlig entrüstet an und ich hebe müde einen Mundwinkel.

»Opa schimpft.« Er nickt eindringlich und bedeutungsvoll. Und ja, eigentlich ist mein Dad sein Opa, aber es kommt meinem Vater gerade recht, dass er Mason so nennt und nicht ihn.

»Opa schimpft viel«, murmle ich, meine Stimme ist heiser vom Schreien. Ich bewege mich vorsichtig durch das Foyer, bevor ich den Salon betrete. Es brennt nur noch das kleine Licht in der Ecke. Mein Dad ist nicht mehr da.

»Opa schimpft viel«, wispert Rayen und lehnt seine Schläfe an meine Schulter. Ihre kleinen Körper sind so warm und ihre Gesichter so unschuldig. Ich wünschte, es könnte immer so sein. Ich wünschte, das Leben würde sie nicht irgendwann ficken, wie es das mit jedem tut. Ich wünschte, sie könnten immer so unschuldig bleiben.

Ich öffne die Tür mit dem Ellbogen und benutze etwas umständlich meine Fingerspitzen, um sie zu schließen. Die Hintertür ist nie abgeschlossen, was nicht nötig ist, denn die Männer patrouillieren überall. Alles hier ist doppelt und dreifach abgesichert durch Onkel Caden.

Ich gehe die Stufen hinab und wieder über den gefrorenen Boden zu unserem Anbau. Oben brennt noch schwaches Licht. Ich atme tief durch, bevor ich vor der Tür stehen bleibe.

»Festhalten«, wispere ich Rayen zu. Er klammert sich mit Armen und Beinen an mir fest, sodass ich den Schlüssel aus der Hosentasche ziehen kann. Dann entriegle ich die Tür und trete ein, bevor ich sie hinter mir zukicke.

Ich zögere. Dann schließe ich wieder ab und stecke den Schlüssel ein. Ich schlinge den Arm um Rayen, als wir durch den Flur nach oben gehen, der automatisch beleuchtet wird, und die Treppe nach oben. Es ist still, die Schlafzimmertür angelehnt. Ein feiner Lichtstrahl fällt in den Flur. Auch, wenn ich dich nicht sehe, wärmt es mich von innen, zu wissen, dass du hier bist. Darauf kann ich nicht verzichten.

Ich kicke sanft die Kinderzimmertür auf. Der Mond scheint herein und das Mobile dreht sich träge über einem der Betten.

Ich setze Rayen kurz auf der Kommode ab, bevor ich Rowan erstmal in sein Bettchen lege. Sie tragen beide bereits ihre Pyjamas unter den Jacken. Ich breite seine flauschige Decke über ihn. Er schmatzt und wuselt sich tiefer in seine Kissen. Ich muss etwas lächeln.

Schließlich drehe ich mich um und packe Rayen unter den Armen, setze ihn gegenüber in sein Bettchen und ziehe ihm die Jacke aus, die ich auf die Kommode schmeiße.

»Papa schimpft?«, fragt er leise und mustert mich bekümmert und prüfend. Wahrscheinlich denkt er, dass ich wütend bin, weil ich nichts sage. Aber jegliche Wut ist verpufft.

Ich streiche ihm durch das Haar, und gehe vor ihm in die Hocke, sodass ich ihn ansehen kann. Er sitzt vor mir und blinzelt müde, bevor er gähnt.

»Nein, Papa schimpft nicht«, beruhige ich ihn sanft, lehne meine Unterarme auf den Rahmen und platziere mein Kinn darauf. »Leg dich hin.«

Er lässt sich auf die Seite fallen und ich ziehe die Decke über ihn. Müde nimmt er seinen Teddy und drückt ihn sich an die Brust. Ich streiche nochmal über sein weiches Haar, während seine Lider wieder zufallen und er sie nochmal aufreißt, als könnte er was verpassen. Ich drehe den Kopf und bette meine Wange auf meinen Arm.

»Mama schimpft?«, versucht er, zu ergründen.

»Nein, Mama schimpft auch nicht«, beruhige ich ihn. »Es ist alles gut.«

Er mustert mich nochmal blinzelnd, weil es so schwer für ihn ist, die Augen aufzuhalten, während ich ihm durch das Haar streiche. Dann atmet er durch und lässt seine Lider zugleiten. Mein Magen zieht sich zusammen. Was passiert mit ihnen, wenn wir kaputtgehen?

»Ich liebe dich«, flüstere ich, beuge mich vor und küsse seine Stirn.

Er runzelt sie leicht und atmet tief durch. Es fällt mir etwas schwer, meine Hand zurückzuziehen, aber schließlich schaffe ich es und stehe auf. Ich lasse meinen Blick zu Rowans Bett schweifen. Er hat sich nicht geregt und schläft tief und fest.

Weil er normalerweise keinen so tiefen Schlaf hat, fasse ich ihn nicht wieder an. Ich betrachte ihn nur ein paar Sekunden, wie er da so friedlich liegt. Am meisten hasse ich uns dafür, dass wir das hier nicht hinkriegen.

Dann wende ich mich ab und bewege mich lautlos durch das Zimmer. Ich mache noch die Nachtlampe an, die ihre Muster an die Decke wirft. Dann schalte ich das Babyfon auf der Kommode ein und verlasse leise ihr Kinderzimmer.

Ich sehe zur Schlafzimmertür und streiche mir nochmal durch das Haar. Es führt kein Weg daran vorbei, ich werde mich damit auseinandersetzen müssen, also öffne ich unsere Tür, bevor ich eintrete. Ich trage noch meine Schuhe und streife sie jetzt ab, wobei ich meinen Blick zum Bett schweifen lasse, worin du liegst. Dein Haar ist nass. Du trägst ein weites, weißes Shirt und tippst auf deinem Handy. Du bist nicht mehr geschminkt, deine Augen sind noch gerötet. Dein Rücken ist ans Bettgestell gelehnt und die Decke über deine Beine gezogen.

Ich schließe die Tür hinter mir und fange an, mein Hemd aufzuknöpfen, während ich dich beobachte. Ich weiß nicht, was jetzt passieren wird, aber ich bin zu allem bereit.

Kurz siehst du zu mir, dann wieder auf dein Handy. Ich streife das Hemd von meinen Schultern und öffne meinen

Gürtel, ohne auch nur einen Schritt von der Tür wegzumachen. Meine Jeans sinkt zu Boden. Ich nehme meine Uhr ab und lege sie auf die Kommode neben mir.

Dann rolle ich mir die Socken ab und bewege mich lautlos durch den Raum. Vor dem Fenster bleibe ich stehen und ziehe die blickdichten Vorhänge zu, bevor ich mich auf meine Seite des Bettes sinken lasse.

Du atmest durch und legst dein Handy auf deinen Nachttisch. »Sperrst du mich jetzt wirklich ein?«, willst du ungläubig wissen. Ich rolle mich auf die Seite und stütze meine Wange in meine Hand.

»Habe ich Grund dazu?«, frage ich tonlos zurück.

»Ich hatte eigentlich erstmal vor zu gehen. Ja«, informierst du mich bemüht emotionslos und wieder wird es kurz heiß in mir.

»Schön, du wirst aber nicht gehen.«

Du reibst dir über das Gesicht und durch das immer noch nasse Haar. Deine Bewegungen sind fahrig, du bist innerlich aufgewühlt. »Also sperrst du mich ein.«

»Willst du *wirklich* gehen?«, frage ich lauernd, aber spüre, wie mein Blick erkaltet.

Du atmest durch und siehst von mir weg. »Ich will nicht, dass du mir nochmal so was antust und mich betrügst.«

»Das werde ich nicht«, antworte ich sofort und jetzt funkelst du mich an.

»Woher willst du das wissen, Zayden?«

»Ich liebe dich und ich werde es dir nicht wieder antun«, erkläre ich sachlich.

»Ich weiß nicht, ob ich mit dieser Ungewissheit leben kann. Ich kann dich nicht mal ansehen, ohne daran zu denken, was du mit ihr getan hast.« Prompt zuckt Schmerz durch deine Augen und du senkst den Blick. Hart schluckst du und ich atme durch.

»Es war nicht das Gleiche wie mit dir«, erwidere ich leise. »Ich liebe sie nicht. Es war eine Impulshandlung. Ich war verzweifelt und habe einfach nicht nachgedacht. Das wird mir nicht wieder passieren.«

»Ich will dir das so gerne glauben«, murmelst du und deine Finger verkrampfen sich ineinander. »Aber ich weiß nicht, ob ich es kann.«

»Also?«, frage ich drängend, während wieder die Hitze in mir hochwallt, doch ich versuche, mich zu beherrschen. Einfach beherrschen. Das kann nicht so schwer sein.

»Lass mich ein paar Tage bei meinen Eltern darüber nachdenken«, meinst du vorsichtig und siehst unter deinen tiefschwarzen Wimpern zu mir hoch.

Ich schnaube. »Damit du dann nicht mehr zurückkommst? Ich bin nicht dumm.« Oh nein. Fuck, ich versuche wirklich, diese Flamme sofort in mir zu löschen, aber sie will nicht. Sie lodert immer höher, wenn ich mir das vorstelle.

»Glaubst du, ich will dich verarschen? Glaubst du, ich *will* dich verlieren? Glaubst du, ich will mein Leben ohne dich verbringen? Du *bist* mein Leben!«, sagst du mit rauer Stimme, die am Schluss bricht.

»Ich weiß es nicht, Irina. Ich weiß es nicht, verdammt nochmal! Aber ich kann dich nicht verlieren!«, entkommt es mir härter als beabsichtigt und ich sehe zu dir hoch. Hektisch überblickst du mein Gesicht, bevor deine feinen Augenbrauen zusammenfahren.

»Was würdest du jetzt tun, wenn ich meine Tasche packe?«

»Willst du das wirklich rausfinden?«, frage ich heiser, weil ganz ehrlich? Dann kann nichts und niemand, auch keine zehn Gründe, meine Schwärze aufhalten. Ich würde mich dann völlig verlieren.

Du musterst mich ein paar Sekunden abwägend, versuchst, in mir zu lesen. »Nein. Will ich nicht«, sagst du schließlich sehr, sehr bedacht. Deine Augen flackern.

»Das ist gut«, entgegne ich ruhiger und die Flamme wird etwas kleiner. »Du kannst auch hier nachdenken. Du kannst drüben im Gästezimmer schlafen und nachdenken.«

Du schluckst und rutschst weiter runter, sodass du gerade liegst. Ich folge jeder deiner Bewegungen. »Ich bleibe hier. Beruhige dich.« Die Worte klingen wieder sehr bedacht und vorsichtig, als hättest du es mit einem wilden Tier zu tun, das dich jeden Moment anspringen und killen kann.

»Super«, antworte ich düster und streiche dir die Haare von der Wange. Du spannst dich etwas an.

»Ich hasse dich trotzdem.«

»Hass mich«, murmle ich, während ich mit einem Finger über deine Kieferlinie streiche.

»Wirst du je mit mir über all das reden?« Werde ich, Irina? Wirst du mir dann verzeihen? Oder wird es das noch schlimmer machen?

»Was willst du denn wissen?«, frage ich völlig emotionslos.

»Alles«, sagst du und ich hebe eine Braue.

»Und was soll das bringen?«

»Vielleicht liebe ich es, wenn du mir wehtust.« Das kommt etwas sarkastisch.

Ich schnaube, während ich mit meinem Finger über deine perfekten, vollen Lippen gleite und die Konturen nachstreiche. »Also willst du es jetzt hören … was genau?« Als wäre das zwischen uns nicht krank genug. Als wären wir nicht irre genug. Aber vielleicht liebst du den Schmerz wirklich, Irina. Und vielleicht liebe ich es, dir wehzutun und dich dann wieder aufzubauen.

So krank.

»Erzähl mir, was du mit ihr gemacht hast«, verlangst du mit kühlen Augen.

Zärtlich streiche ich deinen Hals herab. »Bist du dir sicher, dass du das hören willst?« Ich verstehe es nicht, aber ich verstehe nichts, was wir beide zurzeit tun. »Wirst du dann besser damit klarkommen?«

»Ich weiß es nicht. Aber … wenn ich es nicht genau weiß, sind da diese Bilder. Und ich will einfach nicht mehr nicht wissen, was vor sich geht.«

Ich gleite über die Kuhle zwischen deinen Schlüsselbeinknochen. Du liegst völlig ruhig da, während ich das Shirt von deiner Schulter streife und du sie etwas bewegst. »Siehst du, jetzt frage ich mich, ob du sie auch so berührt hast.«

»Das habe ich natürlich nicht, Irina«, lasse ich dich wissen und sehe wieder in deine schmerzerfüllten grünen Tiefen. »Ich habe sie nicht sanft berührt wie dich.«

Du nickst angespannt und ich streiche über deinen Oberarm, wobei ich den Stoff weiter runterziehe. »Weiter.«

Ich atme tief durch und tue es einfach. Du willst es ja so. »Sie war auf mir«, erkläre ich schließlich völlig nüchtern. Es macht auch nichts mit mir, daran zurückzudenken, außer dass es Reue erzeugt, aber das war es auch schon.

Der Atem in deiner Kehle stockt und ich streiche wieder mit meinem Finger hinauf zu deiner Schulter. Schmerz zuckt durch deine kalten Augen, immer heftiger. »Weiter.«

Ich rufe mir die wenigen Minuten im XX zurück in Erinnerung und fühle mich echt beschissen dabei. Aber wahrscheinlich ist das meine Strafe und ich muss da durch. Wer es tun kann, kann es auch erzählen und dazu stehen. »Ich hatte sie von hinten.«

Du schließt kurz deine Augen und ich atme tief durch. Fuck, das ist echt nicht leicht.

Ein paar Sekunden später öffnest du sie wieder und wirkst entschlossen, das durchzuziehen. Was auch immer. Aber dein Blick erfriert mit jeder Minute mehr. »Weiter.«

Ich streiche mit den Fingerknöcheln über dein Brustbein. »Dann wurde mir klar, dass sie nicht du ist. Dass ich nur dich will. Und ich habe aufgehört.«

Oh fuck, wieso ist das denn jetzt so verdammt schwer?

Du atmest wieder tief durch, genau wie ich und musterst mich prüfend. »Du hast aufgehört? Was hast du zu ihr gesagt und sie zu dir?« Du klingst, als würdest du von den anderen Informationen erstmal nicht mehr ertragen. Deine Stimme ist rau, leise, gebrochen.

Ich denke daran, was Selina mir so im Gesamten während der Telefonate und im XX so zugesäuselt hat. »Ja, ich habe aufgehört. Sie hat gemeint, sie würde mich lieben und mich brauchen. Aber ich habe ihr das nicht geglaubt. Ich habe ihr geantwortet, sie soll die Klappe halten. Sie hat gesagt, ich würde dich nicht lieben. Dass sie und ich zusammengehören und ich das noch merken werde. Dass du mir nicht geben kannst, was ich brauche, und so einen Bullshit. Ich habe ihr sehr klar mitgeteilt, dass ich dich liebe und sie nicht mehr als eine Pussy für mich war. Und dass du alles für mich bist«, fasse ich grob zusammen. Du suchst in meinen Augen nach einer Lüge, einer Unsicherheit, aber die wirst du nicht finden. Denn sie existiert einfach nicht, wenn es um dich geht.

Wieder holst du tief Luft. »Ich … weiß ganz ehrlich nicht, ob ich dir das vergeben kann.«

»Du hast ein Leben lang Zeit, es rauszufinden. An meiner Seite«, murmle ich und streiche über den Stoff bis zu deinem Bauch.

»Hast du sie wirklich nicht so berührt?«, willst du wissen.

»Nein«, antworte ich mit sanftem Nachdruck und schiebe meine Hand unter dein Shirt. »Ich habe sie nicht so berührt. Ich habe niemanden so berührt. Nur dich.«

Mit den Fingerspitzen gleite ich über deinen weichen, flachen Bauch und spüre deine Atemzüge darunter. In deinen Augen spiegelt sich Unsicherheit wider. Du bist hin- und hergerissen, verletzt und verwundbar. Gleichzeitig willst du mir so sehr glauben.

»Ich wollte nicht mit dir schlafen, weil ich mich scheiße gefühlt habe. Ich wollte dich nicht mehr anfassen, weil ich ein schlechtes Gewissen hatte. Nicht, weil ich dich nicht mehr will.«

Wieder siehst du mich so forschend an. »Ich dachte, du weist mich ab, weil du eine Bessere gefunden hast. Eine, die besser zu dir passt. Die nicht so kaputt ist wie ich.« Du senkst den Blick.

»Ich liebe dich. Ob kaputt oder nicht. Es ist mir egal. Niemand passt besser zu mir als du, und ich werde mich nicht nach was Besserem umsehen. Es gibt nichts Besseres. Du bist auch mein Leben, nicht nur ich deins«, lasse ich dich sanft wissen. So sanft, wie ich seit Wochen nicht gesprochen habe, und jedes einzelne Wort ist die Wahrheit.

Als du mich jetzt ansiehst, ist dein Blick nicht mehr ganz so kalt. Du musterst mich nachdenklich. Sehr lange. Und sehr intensiv. Schließlich scheinst du zu einem Entschluss zu kommen und meinst eindringlich: »Wenn du das noch einmal machst, gehe ich. Dann kannst du tun und sagen, was du willst, ohne dass es was ändert. Und ich werde nicht wiederkommen. Egal, was du tust.«

Ich atme tief ein und aus und spüre, wie die Anspannung langsam von mir abfällt, bevor ich mich nach unten beuge und meine Stirn an deine lehne, meine Hand immer noch an deinem Bauch. »Ich werde es nicht wieder tun«, verspreche ich leise und ziehe deinen Duft ein, der jetzt noch intensiver ist, weil du eben geduscht hast.

»Ich hasse es, dass ich dich liebe«, wisperst du heiser, so gebrochen, so kaputt, so mein.

»Ich weiß«, flüstere ich zurück und küsse dich. »Glaub mir, ich weiß.«

13. Es war einmal, Zayden

Irina

Vor zwei Jahren hatte Linda Romanov einen halben Nervenzusammenbruch, weil ihr Verlobter Michael sie eine Woche vor der Hochzeit betrogen hat. Ich weiß noch, wie sie vor mir saß und sich die Augen aus dem Kopf geweint hat. Ich weiß noch, wie wir alle einer Meinung waren – Lindas Mutter, ihre Schwester und ich – und gesagt haben: *Verlass ihn, er hat dich nicht verdient.* Du *hast das nicht verdient.*

Das war klipp und klar für mich.

Einer der wichtigsten Punkte in einer Beziehung war für mich immer die Treue. Schon als kleines Mädchen war ich der festen Überzeugung, dass ich gehe, wenn mein Mann mich betrügt. Denn das lasse ich mir nicht bieten. Treue ist für mich das A und O. Tja, eins habe ich jetzt gelernt: Wenn man nicht selbst in der Situation steckt, kann man so was einfach sagen. Man kann so einfach über all das urteilen und total rational Entscheidungen treffen, wenn das Herz nicht involviert ist und außen vor steht.

Wie kann etwas, was eigentlich immer so klar war, jetzt so verschwommen sein?

Wie kann es sein, dass es mich innerlich zerfetzt, wenn ich mir vorstelle, durch diese Tür zu gehen und nie wiederzukommen?

Dich nie wiederzusehen.

Dich nie wieder im Bett an meinem Rücken zu spüren.

Nie wieder neben dir aufzuwachen und nie wieder neben dir einzuschlafen.

Wie kann es sein, dass ich dich immer noch liebe und immer noch da bin?

Du hast mich betrogen, Zayden. Mit IHR. Mit Selina!

Als sie heute Abend im Casa del Nero zu mir kam, sich neben mich an die Bar lehnte und mir einfach so nebenbei erzählt hat – bis ins kleinste Detail –, wie sich deine Zunge auf ihr angefühlt habe und was du alles mit ihr gemacht hättest, wollte alles in mir einfach nicht daran glauben. Schließlich war es Selina, die vor mir stand. Selina, die nicht anders kann, als zu lügen, zu manipulieren, zu hintergehen. Selina, die ganz genau weiß, was für eine Schwäche ich für dich habe. Dass ihre Worte genau das sind, wovor ich insgeheim schon so lange Angst habe. Seit dem Moment, als du dich für mich entschieden hast. Ich war so fest überzeugt davon, ihr nicht zu glauben, dass meine Welt völlig in sich zusammengefallen ist, als ich dich darauf angesprochen und sofort gesehen habe, dass es die Wahrheit war.

Jetzt weiß ich, was du damit meinst, dass du manchmal schwarz siehst.

Ich habe vor diesem Restaurant auch schwarz gesehen.

Alles, was einmal bunt war, wurde mit einem Mal so matt und glanzlos. In mir wurde alles so dunkel. In mir ist das Feuer erloschen, zusammen mit dem letzten bisschen Vertrauen in dich. Und Gott, ich wollte wirklich gehen. Ich wollte mich umdrehen, gehen und nie wieder zu dir zurückkehren.

Das war mein erster Impuls auf diesem Parkplatz, einfach verschwinden und nie wiederkommen.

Dir nie wieder in die Augen sehen, mit denen du sie betrachtet hast, nie wieder Worte von deinen Lippen hören, mit denen du für sie gestöhnt hast.

Nie wieder deine Hand zu nehmen, mit der du sie angefasst hast.

All diese Bilder, die mich die letzten Wochen so penetrant verfolgt haben, haben sich mit einem Mal als wahr erwiesen. Sie wurden so scharf, waren so präsent, so alles einnehmend.

Mit einem Mal hatte ich das, was ich die ganze Zeit von dir wollte: Gewissheit. Und jetzt wünsche ich mir, ich hätte sie niemals erlangt.

Ich liege neben dir im Bett. Es ist Nacht. Dunkel.

Ich bin immer noch nicht weg, ich habe dich immer noch nicht verlassen. Und ich habe keine Ahnung, wie es weitergeht. Ich habe keine Ahnung, ob ich diese Bilder je wieder loswerde, ob ich dir je wieder vertrauen kann, ob ich je wieder an uns glauben kann. Oder ob von diesem Moment an, an dem es das erste Mal passiert ist, alles so schwarz in mir bleiben wird, wie es jetzt ist. Nichts ist noch bunt, nichts besitzt noch Farbe. In mir ist alles verblasst, ich bin verblasst.

Du schläfst. Aber ich liege wach da und starre an die Decke. Ich glaube, ich werde nie wieder ein Auge zumachen.

Ich weiß, wo der Schlüssel für die Haustür ist. Ich weiß, dass ich einfach aufstehen und es probieren könnte. Aber ich bewege mich nicht. Ich bleibe liegen, weil etwas in mir erstarrt ist. Ich will dir immer noch glauben. Ich will dir immer noch glauben, dass du mich liebst, dass es wirklich nicht mehr passieren wird. Ich will an *uns* glauben. Ich kann das alles nicht einfach wegschmeißen. Auch wenn nach wie vor dieser eine Teil in mir existiert, der mir sagt, dass ich jetzt WIRKLICH endlich meine Sachen packen und gehen sollte. Dass ich mir all das nicht von dir gefallen lassen sollte. Dass es REICHT.

Tja.

Trotzdem bleibe ich liegen und kneife fest die Augen zusammen. Ich kann gerade nicht richtig atmen, wenn du in der Nähe bist. Es fühlt sich an, als hätte ich einen riesigen Betonklotz auf der Brust, der mir die Luft abschnürt. Ich bin nicht in der Lage, klar zu denken. Meine Gefühle sind sowieso ein einziges Chaos und das nicht erst seit heute Abend.

Vorhin wollte ich zwar von dir wissen, was du mit ihr gemacht hast, aber diese Bilder sind so scharf geworden, dass ich es nicht mehr ausgehalten habe und abbrechen musste. Ich bin hin- und hergerissen. Ich weiß nicht, was ich will. Nein, ich weiß eigentlich genau, was ich will. Aber das steht im Widerspruch zu dem, was ich jetzt eigentlich zu wollen habe, nicht wahr?

Eine Frau, die betrogen wird, sollte ihren Mann nicht mehr wollen.

Wo ist meine Würde?

Mein Stolz?

Meine Stärke?

Alles gefickt. So, wie du sie gefickt hast.

Und ich lasse es auch noch zu.

Ich muss aufstehen, ich muss aus diesem Bett raus. Wenigstens kurz raus, weg von dir, um nachzudenken. Denn wenn du da bist, vernebelst du meinen Verstand. Sogar wenn du schläfst.

Das tust du doch, oder?

Angespannt lausche ich deinem Atem. Du liegst auf dem Bauch neben mir, deinen Arm locker um meine Taille geschlungen. Wie sehr habe ich mir die letzten Wochen deinen Arm genau da gewünscht, aber du hast mich nicht angefasst. Es hat mich jedes Mal aufs Neue verletzt, wenn du mir den Rücken zugedreht hast. Jetzt weiß ich, wieso. Du hast gesagt, du hättest dich von mir ferngehalten wegen deines schlechten Gewissens. Ich will dir so sehr glauben. Aber ich zweifle momentan einfach alles an.

Dein Atem geht tief und ruhig. Dein Rücken hebt und senkt sich regelmäßig. Ich glaube, du schläfst wirklich, also beschließe ich, es einfach zu probieren.

Vorsichtig umfange ich dein Handgelenk und hebe deinen Arm ein Stück an, bevor ich mich in Zeitlupe mit der Hüfte Richtung Bettrand schiebe. Dein Arm schlingt sich mit einem Ruck fester um mich. Während du dich auf die Seite drehst, ziehst du mich mit dem Rücken an deine Brust. Deine Muskeln sind angespannt und deine Nase schiebt sich unter mein Haar an meinen Nacken, sodass ich deinen heißen Atem auf meiner Haut spüre.

»Wohin willst du denn?«, fragst du heiser und leise. Ich erschauere aus zwei Gründen. Erstens: weil ich es so vermisst habe, dass du mir wieder so nahe bist. Und zweitens: weil ich mich frage, ob du so auch mit ihr gesprochen hast. Es tobt ein regelrechter Kampf in mir. Ich bin ein einziges Schlachtfeld.

»Ich wollte nur kurz aufstehen«, murmle ich.

»Und dann?« Deine Hand schiebt sich unter mein T-Shirt und mein Bauch zieht sich unter deiner Handfläche zusammen. Ich hasse das Prickeln, das sofort durch meinen Körper rauscht, sobald ich dich so spüre. Ich hasse es, dass ich vorhin einfach zugelassen habe, dass wir Sex hatten. Ich hasse es, dass ich es geliebt habe, dass du wieder in mir warst. Ich hasse es, dass ich so schwach und rückgratlos bin.

Ich bin gar nicht mehr ich.

»Dann wollte ich an die frische Luft.«

»Soll ich ein Fenster aufmachen?«, bietest du mit sinnlicher Stimme an, die mir direkt unter die Haut fährt, während du dich an mich drängst. Das ist unfair, weil du genau weißt, was du mir antust und wie wenig ich mich wehren kann, wenn du mir so nahe bist.

Ich bin völlig verloren, wenn du so unwiderstehlich und überwältigend bist. Das war ich schon immer. Dann verwandle ich mich in einen Trampel, der über Dinge stolpert, die gar nicht da sind, und der weder klar denken noch einen ordentlichen Satz formulieren kann.

Mist!

Ich muss meinen Hintern davon abhalten, sich dir entgegenzustrecken, wie eine rollige Katze. Deine Hand streicht währenddessen weiter hoch und umfängt meine nackte Brust. Mein Körper erwacht kribbelnd zum Leben.

Was tust du denn schon wieder mit mir, Zayden?

Ich hasse das so.

Ich liebe das so.

»Hmmm …«, mache ich und versuche, meine konfusen Gedanken zu ordnen. Du küsst mich in den Nacken und jetzt ruckt dir mein Verräter-Hintern entgegen, weshalb du ein genüssliches Geräusch von dir gibst und meine Brust massierst. Ich würde so gern deine Hand davon abhalten, mich zu berühren. Dir sagen, dass du mich nicht anfassen sollst, denn ich weiß, dass du sie auch an einer anderen Frau hattest. Aber das habe ich vorhin nur mit sehr viel Wut geschafft und momentan bin ich dazu nicht fähig.

»Was machst du, Zayden?«, frage ich gequält. Du küsst dich unter meinem Ohr entlang und richtest dich auf einem Ellbogen auf, während deine Hand sich langsam über meinen Bauch wieder nach unten schiebt und direkt in mein Höschen fährt. Ich hasse es, dass ich so bereit für dich bin und ein paar Fingerstreiche ausgereicht haben.

»Nach was fühlt es sich denn an?«, wisperst du in mein Ohr und deine Finger gleiten über mich.

»Du lenkst mich ab.« Ich stöhne fast und beiße die Zähne aufeinander. Ich will keine Lust empfinden. Ich will mich dir nicht hingeben. Ich will nicht so schwach sein, wie du mich immer machst.

»Das ist doch gut«, raunst du an meiner Haut und lässt deine Finger fest über meinen Lustpunkt kreisen. Ich beiße mir auf die Unterlippe und du fährst an meinem Eingang entlang. Kehlig stöhnst du in mein Ohr und drängst dich fester an meinen Hintern.

Bilder davon, wie du das auch mit ihr gemacht hast, fluten wieder meinen Kopf, und ich kneife die Augen fest zusammen. Nein, ich will das nicht. Ich will jetzt nicht an sie denken. Nicht schon wieder. Ich will ihr die Genugtuung nicht geben. Ich will nicht zulassen, dass sie alles zwischen uns verpestet, so, wie sie es früher immer getan hat. Dass sie sich dazwischen drängt, selbst wenn sie nicht da ist.

Du schiebst zwei Finger in mich, was mich sehr effektiv von ihr ablenkt.

»Es war einmal …«, flüsterst du in mein Ohr. Ich bin total verwirrt, während du deine Finger in mir bewegst und mein Ohrläppchen zwischen deine Zähne ziehst.

»Was war einmal?«, keuche ich.

»Ein blondes Mädchen mit grünen Augen.« Ich höre das Lächeln in deiner Stimme. Dein Daumen streicht über meinen Lustpunkt. Ich stöhne auf. »Dass sich in einen chaotischen Jungen mit schwarzen Haaren verliebt hat, der so viel dunkler war als sie.« Deine Lippen wandern über meine Schulter und setzen alles in Brand. »Sie wusste nicht, wie tief sie fallen könnte, wenn sie die Hand von diesem Jungen nimmt. Aber vielleicht ahnte sie es auch«, murmelst du und deine Zungenspitze gleitet über meinen Nacken. Vielleicht wollte sie das auch. *Fallen.* »Sie hat irgendwas in diesem Jungen mit den schwarzen Haaren gesehen, was sonst niemand gesehen hat, und er war so fasziniert von ihren Sonnenstrahlen, die ihm so viel Wärme gegeben haben, dass er sich ihr nicht entziehen konnte. Er hat sie geheiratet, seine kleine Sonne. Und sich so lange in ihren Strahlen gesonnt, sie in sich aufgenommen, bis es immer weniger und die Sonne immer kleiner wurde. Irgendwann wurden seine Schatten zu groß und haben sie verschlungen.« Du ziehst deine Finger aus mir zurück. Ich bin schon total atemlos und lausche deiner Stimme, die so rau ist. Dann rollst du mir das Höschen bis zu den Knien herunter, wobei deine Knöchel meine Haut streifen und jeder Zentimeter kribbelt, den du berührst.

»Ohne ihre Sonne hat er seinen Verstand verloren. Und in seiner Dunkelheit hat sie ihren verloren. Aber was dieses Mädchen nicht weiß …« Ich spüre, wie du deine Boxershorts runterschiebst. »Ist, dass der Junge auf die Sonne verzichten kann. Aber auf die Wärme nicht. Er braucht es nicht, dass sie ihn so ansieht, wie sie es immer getan hat. Er braucht es nicht, dass sie immer seine Hand hält. Was er braucht, ist, dass sie da ist.« Du schiebst dich langsam in mich und ich stöhne tief. Ich spüre jeden Zentimeter von dir und deine Stirn sinkt an meine Halsbeuge. »Es ist egal, ob sie scheint. Sie muss einfach nur da sein. Egal, ob sie von Wolken verdeckt wird.« Du überbrückst das letzte bisschen und ich biege den Rücken durch. Deine Hand legt sich an meinen Unterbauch und ich höre deinen schneller werdenden Atem in meinem Ohr, zusammen mit meinem Pulsschlag. Ich umfasse deinen Unterarm. Ich kann gerade nicht denken. Ich weiß aber, was du meinst. Mir war es auch immer egal, wie dunkel du bist, was du tust, wer du bist. Ich wollte nur, dass du mich siehst. Wollte alles von dir, was ich kriegen kann, und das hat sich bis jetzt nicht geändert.

»Ich liebe dich«, flüsterst du in meinen Nacken und schiebst dich wieder in mich. Diesmal komme ich dir entgegen und du atmest zittrig aus.

Nein, ich werde dich nicht verlieren.

Nein, ich werde das nicht zulassen.

Nein, ich werde sie sich diesmal nicht zwischen uns drängen lassen. Das habe ich schon zu lange wieder geschehen lassen.

Du. Gehörst. Mir.

Ich beiße die Zähne aufeinander und du krallst dich in meinen Bauch.

»Ich kann das nicht«, flüsterst du weiter. »Ich bringe uns beide um, wenn du gehst.« Ich löse mich mit einem Ruck von dir und drücke dich auf den Rücken, bevor ich ein Bein über dich schwinge und mich hart auf dich senke.

Ich werde sie wegficken, aus deinem Organismus vögeln und aus meinem Kopf.

Du stöhnst und zuckst nach oben.

Deine Hände legen sich auf meine Oberschenkel. Ich packe sie und verschränke unsere Finger miteinander, bevor ich mich über dich beuge und die Hände neben deinen Kopf in die Laken drücke.

»Ich liebe dich auch«, stoße ich an deinen Lippen aus und bewege mich hart und ungezügelt auf dir.

Verpiss dich, Selina!

»Fuck«, flüsterst du und umfängst meine Finger fest mit deinen.

»Ich sterbe lieber, als dich zu verlieren«, wispere ich abgelenkt an deinem Mund. Du löst eine Hand von meiner und legst sie unter dem Shirt an meinen Rücken. Ein Stöhnen entweicht deinen Lippen und deine Finger gleiten über mein Steißbein zu meinem Hintern. Ich küsse dich. Hart und tief.

Ich werde dich nicht verlieren.

Du wirst mich nicht verlieren.

Du gehörst ihr nicht mehr!

Wir gehören zusammen. Wir sind das Chaos und wir sind perfekt.

Ich stöhne in deinen Mund und deine Zähne bohren sich wieder in meine Unterlippe. Ein kurzer Schmerz durchzuckt mich und vermischt sich mit Lust, weswegen ich mich drängender bewege. Du stöhnst wieder lauter.

Dein Körper gehört ihr nicht, er gehört mir. Mir. Mir. Mir. Dein Geist gehört ihr nicht, er gehört mir.

Deine Seele gehört mir.

Dein Herz gehört mir.

Alles an dir. Gehört. Mir!

Ich stütze mich mit einer Hand an deiner Brust ab und ziehe meinen Kopf etwas zurück, um dich anzusehen.

Deine Augen sind geschlossen und deine vollen Lippen einen Spalt geöffnet. Dein Wangenknochen ist gerötet und aufgeplatzt, dein Kiefer verfärbt. Du hast den Kopf nach hinten gelegt, deine schwarzen Strähnen fallen dir wirr in die Stirn. Deine Brust hebt und senkt sich unregelmäßig.

»Ich bringe dich um, wenn du nochmal eine andere anfasst«, entkommt es mir atemlos und ich bewege mich noch härter. Wirklich. Ich werde dich killen, Zayden, mit deiner eigenen Waffe. Ich werde dich einfach erschießen, dir dabei in die Augen sehen und danach bringe ich mich selber um.

Du packst mich am Ellbogen und ziehst mich mit einem Ruck wieder zu dir runter. Meine Lippen knallen auf deine und du küsst mich hart.

Ich halte dem stand. Ich brauche das gerade. Ich brauche es, dich zu spüren, uns zu spüren. Ich brauche ein bisschen Farbe in dieser Dunkelheit, die gerade vor meinen geschlossenen Lidern explodiert. Du stößt nach oben und ich stöhne auf, kralle meine Fingernägel fest in deine angespannte Brust. Ich küsse dich noch tiefer, noch drängender, noch wilder, noch berushter.

Deine Zunge drängt sich zwischen meine Lippen, während deine Finger sich in das Fleisch meines Hinterns bohren, was sich so gut anfühlt. Du steuerst meine Bewegungen. Das Shirt fängt langsam an, an meinem Rücken zu kleben. Du legst auch deine zweite Hand an meinen Arsch, ziehst mich nach oben und hältst mich still, bevor du in mich stößt, immer wieder. Ich lasse den Kopf nach hinten fallen und reiße mir das Shirt vom Körper, weil mir so heiß ist. Sofort legst du eine Hand an meine Brust und packst sie fest. Ich umfange sie mit meiner. Mit einem Ruck wirbelst du uns herum und ich lande in den Kissen. Du drückst mein Knie weit nach oben, schiebst meinen Fuß auf das Bettgestell, und ich halte mich über meinem Kopf fest. Dann legst du eine Hand unter meinen Hintern, den du hebst, bevor du dich zwischen meine Beine kniest und über mir aufragst.

Du kniest da wie ein Gott und mein Unterleib verglüht gleich vor Lust.

Deine Hand sinkt ebenfalls an das Bettgestell. Ich dränge dir mein Becken weiter entgegen und beiße mir hart auf die Unterlippe. Du fängst wieder an, dich zu bewegen, was du so ruckartig tust, dass das Bett gegen die Wand donnert. Hart. Ich keuche auf und presse meinen Hinterkopf in die Kissen. Du stöhnst ebenfalls und lässt den Kopf nach hinten fallen.

»Fuck!«, flüsterst du wieder atemlos und ich kralle mich fest. Spüre, wie der Schweiß über meinen Körper läuft, genau wie über deine angespannten Muskeln und das Tattoo an deinem Arm. Du drückst deinen Daumen zwischen meine Beine auf meinen Lustpunkt und schiebst dich härter in mich. Ich kann es nicht mehr zurückhalten, als du ihn bewegst.

Ich falle einfach über den Abgrund. Falle auf diese eine Art, die wie Fliegen ist. Meine Lider gleiten zu und meine Muskeln zucken heftig und unkontrolliert um dich herum. Du stöhnst auf, greifst in meinen Nacken, bevor du auf die Hacken zurücksinkst und mich auf dich ziehst. Noch während ich komme, bin ich auf einmal auf dir. Deine Hand liegt fest um meinen Nacken. Deine Lippen knallen wieder auf meine und du stößt nach oben. Meine Brust presst sich an deine schweißnasse und ich umfange dich mit beiden Armen. Ich komme immer noch und glaube, ich werde gleich ohnmächtig. Punkte tanzen vor meinem inneren Auge, wie Lichtblitze in der Dunkelheit. Deine Hände legen sich wieder auf meinen Arsch und du drückst mich runter, als du in mich stößt. Ich stöhne auf und lasse meinen Kopf nach hinten fallen. Das tust du ein paarmal, deine Lippen auf meinem Hals. Du beißt hart hinein, als du kommst, und völlig unverhofft explodiere ich nochmal.

Ich zerfalle in tausend Einzelteile, und zwar auf die gute Art.

Du stöhnst rau. Deine Finger krallen sich fest in meine Haut. Dein ganzer Körper ist angespannt, so heiß und schweißnass direkt an meinem. Jeder Muskel von mir zuckt und ich kriege keine Luft mehr. Ich glaube, ich sterbe ein bisschen in deinen Armen, Zayden.

Es dauert einen Moment, bis ich spüre, wie deine Arme sich entspannen, dann deine Schultern, und wie du deine Zähne aus meiner Haut ziehst und du mir einen Kuss darüber hauchst. In mir pocht alles dumpf. Ich fühle mich wie unter Wasser. So komisch losgelöst von allem. So frei wie lange nicht mehr.

Du streichst über meinen Rücken und siehst zu mir hoch. Ich bin etwas neben mir. Dein türkisfarbiger Blick ist immer noch so aufgewühlt und wirr, als du mich mit beiden Armen umfängst und uns herumrollst, sodass ich auf dem Rücken lande, meine Haare überall um mich herum verteilt sind und du über mir bist. Immer noch in mir.

So tief in mir.

Ich hebe eine Hand und lege sie an deinen Kiefer. Du hast gesagt, du hättest sie nicht so angefasst. Du hast gesagt, keine hätte dich so angefasst wie ich. Und das glaube ich dir, weil unsere Berührungen immer etwas Besonderes waren.

Du drehst deinen Kopf und küsst meine Handfläche, ohne deine Augen von mir zu nehmen. Das erste Mal seit so langer Zeit fühlt sich das hier nicht ganz zerbrochen an. So, als hätten wir eine Chance. Jeder einzelne Schritt ist ein Schritt auf Glas, man muss aufpassen, dass es nicht bricht und man sich nicht schneidet.

Langsam ziehst du dich aus mir zurück und verlagerst dein Gewicht, um deine Boxershorts hochzuziehen. Ich liege immer noch völlig nackt unter dir. Du lässt dich neben mich auf die Seite sinken, ziehst mich an deine Brust und ich schließe die Augen, während du die Decke über uns ausbreitest.

Vor dem Fenster dämmert es bereits. Jetzt langsam breitet sich eine träge Schläfrigkeit in mir aus. Jetzt langsam verblassen kurz die Bilder und für ein paar Sekunden ist es friedlich in meinem Kopf wie lange nicht mehr. In diesen paar Sekunden bist du bereits eingeschlafen und atmest tief und regelmäßig in meinen Nacken. Vielleicht hast du gerade auch das erste Mal nach so langer Zeit wieder etwas Frieden gefunden. Das ist eigentlich alles, was ich dir je geben wollte.

Mein Handy vibriert auf dem Nachttisch und leuchtet in der Dunkelheit. Ich überlege, ob es den Aufwand wert ist, meinen Arm auszustrecken, aber schließlich denke ich daran, dass es mein Bruder sein könnte, der sich Sorgen macht und mit dem ich gestern noch geschrieben habe. Also nehme ich mein Handy und entsperre es. Es ist aber eine Nachricht von Sergio. *Bist du wach?,* fragt er und ich runzle die Stirn. Jetzt bin ich alarmiert.

Ja. Was ist los?, will ich sofort wissen.

Wie geht es dir?, antwortet er. *Ist alles okay*? Ich runzle die Stirn und überdenke das.

Nicht wirklich, aber mir geht es gut. Und das sage ich jetzt nicht, um dich zu beruhigen. Wie geht es dir?

Drei Stiche, schreibt er und schickt mir einen Daumen-hoch-Smiley. Ich verziehe mein Gesicht. Du hättest ihn totgeschlagen, wenn ich nicht deinen Vater geholt hätte. Du warst so sehr in Rage wie noch nie und das ist meine Schuld – na ja, zumindest irgendwie.

Es tut mir leid.

Ach, passt schon. Bin auf Schmerzmittel. Wollte nur wissen, ob bei dir alles okay ist. Hab gesehen, dass du nochmal online warst. Dein Arm liegt immer noch um meinen Bauch. Du atmest tief und bemerkst gar nichts, was untypisch ist. Normalerweise wärst du gleich bei der Vibration meines Handys wach geworden.

Irgendwie ist alles okay, schreibe ich und verziehe dabei mein Gesicht, weil eigentlich gar nichts okay sein sollte, aber solange ich alles verdränge, passt es.

Wir sind wirklich irre, Zayden. Wir haben irgendwo auf dem Weg unseren Verstand verloren. Und ich habe keine Ahnung, wo das hinführen wird. Allerdings habe ich schon lange die Zügel aus der Hand gelegt. Ich bin nicht zurechnungsfähig, ich bin verrückt. Verrückt nach dir. Verrückt durch dich.

Okay, melde dich, wenn du irgendwas brauchst. Egal was. Und falls du Probleme mit ihm hast, sag es mir.

Ich habe natürlich gehört, was du alles zu deinem Bruder gesagt hast. Das ist so typisch für dich. Du richtest immer größtmöglichen Schaden an und dann bringt dich dein schlechtes Gewissen um. Es ist, als würdest du es lieben, dich und andere zu verletzen.

Du weißt, dass er das, was er zu dir gesagt hat, nicht so gemeint hat. Ich muss ihm das einfach schreiben, auch wenn mir klar ist, dass es er dich besser kennt als ich.

Ich weiß nicht, Irina. Er ist mir fremd geworden.

Oh, ich weiß, was er meint. So geht es mir in letzter Zeit auch.

Aber mach dir nicht so viele Gedanken. Melde dich einfach, wenn du Hilfe mit ihm brauchst, oder ich mit den Jungs ein paar Stunden wegfahren soll. Falls ihr Zeit für euch braucht.

Mach ich. Ich liebe es, dass deine Familie so unglaublich ist. Das hat man nicht oft.

Okay, gute Nacht, verabschiedet er sich.

Gute Nacht, antworte ich, obwohl es schon morgens ist. Aber so ist das in dieser Welt, da ist die Nacht der Tag.

Ich lege mein Handy wieder weg und lasse mich ins Kissen fallen.

Du atmest durch und verlagerst dein Gewicht etwas. Ich betrachte deine Hand auf meinem Bauch. Nach kurzem Zögern fasse ich nach unten und lege meine darüber.

Okay.

Dann bin ich eben dumm.

Dann bin ich eben schwach.

Dann bin ich eben verrückt.

Und ja, vielleicht wird das hier wirklich meinen Untergang bedeuten.

Vielleicht wird das hier uns beide wirklich umbringen. Oder nur mich.

Aber ich werde deine Hand trotzdem nicht loslassen.

Es ist mir egal, was man über mich denkt. Es ist mir egal, ob man mich versteht. Es ist mir egal, was ich rational betrachtet tun sollte, denn meine Devise war schon immer, auf mein Herz zu hören.

Andere nennen mich vielleicht wahnsinnig, schwach, rückgratlos.

Ich nenne es einfach Liebe, Zayden.

14. Süchtig nach dir, Ilian

XX

Catalina

Ich sitze am Frühstückstisch, obwohl es schon zehn ist.

Wir haben Weihnachtsferien. Morgen ist Weihnachten. So viel zu den Fakten.

Das Haus funkelt voller bunter Lichter. Tante Alayna steht am Fenster des Esszimmers und richtet die glitzernden Eiszapfen aus Plastik. Sie liebt Weihnachtsdekoration und ich liebe Weihnachten in diesem Haus. Allerdings bin ich eine der wenigen. Es gibt immer ein festliches Essen und der Kamin knistert, während wir Plätzchen essen und bis spät nachts vor dem riesigen, deckenhohen Weihnachtsbaum sitzen. Manchmal schlafen wir auch davor ein. Morgen früh wird Dad wieder losziehen und einen Baum mit Onkel Caden besorgen. Und wehe, er gefällt Tante Alayna nicht, dann müssen sie ihn zurückbringen und einen neuen kaufen. Das kam schon zwei Mal vor und Mom hat immer hinter Tante Alayna gestanden, Plätzchen gegessen und bedeutungsvoll genickt. Nur um meinen Dad zu triezen. Manchmal, wenn Tante Alayna zufrieden war, hat Mom irgendwas erfunden, wie zum Beispiel – der ist aber ganz schön kahl da oben, dieser Baum. Nicht etwas schmächtig, Alayna? Somit mussten die Männer wieder los. Dad hat Mom Todesblicke zugeworfen, die mit den Fingerspitzen gewunken hat.

Du wirst über die Feiertage wieder deinen Vater besuchen und später dazustoßen. Momentan sitzt du mir gegenüber, während ich Nutella auf meinem Pancake verteile. Du musterst mich zweifelnd und die Unmengen Schokocreme, die auf dem warmen Teig zergehen. Ich liebe das eben am Morgen. Viel Schokolade und Pancakes mit Blaubeeren.

Du trägst ein weißes Muskelshirt und deine dunkelblonden Haare sind noch chaotisch, weil wir alle erst aufgestanden sind. Außerdem hält sich die gute Laune in Grenzen, aber ich weiß, woran das liegt. An meinem Bruder, der gestern fast meinen anderen Bruder umgebracht hätte.

Zayden sitzt auf seinem üblichen Platz und krempelt gerade gemächlich die Ärmel seines schwarzen Pullovers nach oben. Er wirkt noch müde und seine türkisen Augen sind trüb. Außerdem hat er einen Bartschatten auf den Wangen und Kruste an der aufgeplatzten Stelle über seinem Wangenknochen, der sich zudem auch bläulich verfärbt hat, genau wie sein Kiefer. Er sieht echt übel aus, lässt sich jedoch nicht anmerken, ob er Schmerzen hat.

Er rollt gerade einen Teil seines Pancakes zusammen, um ihn Rowan zu reichen, der neben ihm auf dem Hochstuhl sitzt und mit offenem Mund sowie riesigen Augen auf die Hände seines Vaters schaut. Rowan nimmt die süße Speise mit seinen beiden speckigen Händen und beißt voller Genuss hinein. Irina neben Zayden kriegt kaum die Augen auf und beißt von Rayens Pfannkuchen ab, als er ihn ihr hinhält. Er freut sich und versucht, in die Hände zu klatschen. Ich frage mich, wie Irina hier heute Morgen so einfach sitzen kann, als wäre nichts gewesen. Ich habe gestern mitbekommen, was zwischen ihnen war, zumindest teilweise. Jeder hat das, die halbe Mafiawelt. Alle wissen jetzt, dass Zayden Irina betrogen hat und danach auf seinen Bruder losgegangen ist. Ich kann mir allerdings vorstellen, dass Sergio nicht ganz unschuldig daran war, schließlich kenne ich meine beiden Brüder sehr gut.

Irina jedenfalls sitzt hier, als könnte sie kein Wässerchen trüben. Ihre blonden Haare sind zu einem Zopf zusammengerafft. Ihr Gesicht wirkt zwar müde, aber ist makellos wie immer, und sie ist nicht geschminkt. Noch trägt sie Leggins und einen weiten, roten Pullover, der über eine Schulter rutscht. Sie hat eine kleine, bläuliche Verfärbung am Hals, die aussieht wie von einem Biss. Ich runzle die Stirn. Ich will nicht genau wissen, woher die kommt. Trotz allem muss ich sagen, dass ich es echt stark finde, wie aufrecht sie sich hält und hier sitzt. Wenn ich gerade erfahren hätte, dass du mich betrogen hättest, wenn wir verheiratet wären, zwei Kinder hätten und du den Ausflipper deines Lebens gehabt hättest, genau wie ich einen halben Nervenzusammenbruch, weiß ich nicht, ob ich es neben dir an einem Tisch aushalten könnte. Ich glaube, ich hätte mit einem Mann wie Zayden sowieso schon lange die Nerven verloren, vor allem dann, wenn er fremdgegangen wäre. Ohne Irina wäre Zayden nichts und das weiß er auch. Ich finde, er sollte das zu schätzen wissen. Nicht jede Frau ist stark genug für einen Mann wie ihn und sie macht wirklich einiges mit ihm mit.

Dad isst gerade eine Weinbeere und beobachtet alle skeptisch. Er traut dem Frieden nicht. Ich traue ihm auch nicht. Keiner hier tut das. Mom und Dad haben gestern noch echt lange im Schlafzimmer geredet. Ich habe es gehört, da ich mal wieder gelauscht habe. Beide sind momentan extrem besorgt wegen Zayden und vor allem wegen Rayen und Rowan. Ich kann es verstehen. Die Jungs kriegen alles mit. Kinder sind viel sensibler und aufmerksamer, als viele denken, und man sollte sie nicht für dumm verkaufen.

Mein Onkel tunkt seit ungefähr drei Minuten immer wieder seinen Teebeutel in seine Tasse und betrachtet dabei düster meinen Bruder. Wahrscheinlich wegen Sergio. Onkel Caden kann *etwas* nachtragend sein, wenn es um ihn geht. Sergio ist ihm einfach heilig.

Tante Alayna mustert skeptisch den Teebeutel, der wieder ins Wasser getunkt wird.

»Alles okay?«, fragt sie leise mit einer gehobenen Braue, und ich stocke, weil sie das Wort an ihn richtet. Er befindet sich in einem Modus, in dem ihn normalerweise niemand anspricht, weil er echt ekelhaft werden kann, wenn ihn etwas belastet. Sophia, die halb schlafend neben ihrer Mom sitzt spannt sich sofort an und reißt die Augen auf.

»Alles super, Alayna.« Das kommt äußerst ironisch. Das entsprechende Level ist in diesem Modus auch nicht zu überbieten.

»Gut«, meint sie leichthin wie mein Vater und nimmt sich auch einen Pancake.

Rosalie trommelt mit den Fingern auf ihre Tasse, weshalb sie meine Aufmerksamkeit auf sich zieht. Ihre dunkelbraunen Haare sind ein wirrer Dutt auf ihrem Kopf, die türkisfarbenen Augen relativ klar und aufmerksam. Ich muss wieder daran denken, dass sie schwanger ist, was außer mir an diesem Tisch keiner weiß. Zumindest meiner Kenntnis nach.

Langsam grinse ich in ihre Richtung, während ich in meinen saftigen Pancake beiße und die Schokolade auf meinen Teller tropft. Sie lässt den Blick über den Tisch gleiten und zuckt zurück, als sie auf mein Grinsen trifft, das noch breiter wird, als sie mich ansieht.

Sie verengt die Lider, wobei ihre schwarzen Wimpern durch die Sonne Schatten auf ihre Wangen werfen. »Habe ich wieder was im Gesicht?«, fragt sie kritisch.

»Nicht im Gesicht«, murmle ich entzückt und blinzle übertrieben.

Sie versteht sofort und bedenkt mich mit dem Hör-auf-Blick, also höre ich natürlich auf. Ihr Vater ist sowieso schon schlecht gelaunt und weiß offensichtlich nichts davon, dass er bald zum ersten Mal Opa wird.

»Rosalie, hast du dich heute Morgen übergeben?«, fragt Tante Alayna nun, die unseren Blickwechsel beobachtet hat, und ich hebe die Brauen. Oh-oh …

Tante Alaynas grünbraunen Augen scannen eingehend ihre Tochter.

»Ja«, antwortet der Angesprochene ungerührt. »Du weißt doch, wie das mit der Zahnbürste ist … *Manchmal muss ich kotzen beim Zähneputzen!*« Ich liebe es, dass sie schwanger ist. Wirklich. Am liebsten würde ich es in die Welt hinausbrüllen. Die beiden haben das so sehr verdient, wenn ich auch nicht weiß, wie es für sie enden wird. Aber die Nachricht an sich ist schön.

Du musterst mich nachdenklich mit verengten Augen. Ich achte darauf, jeden Ausdruck in meinem Gesicht verschwinden zu lassen, weil du in mir lesen kannst wie in einem Buch. Jetzt hebst du die Augenbrauen. Oh nein.

»Gib mir mal die Nutella, Catalina«, forderst du mit wissendem Blick. Wissend, weil ich was weiß, was du nicht weißt. Du hast jetzt Blut gewittert. Und du hasst es, wenn ich Geheimnisse vor dir habe. Das kannst du nicht ertragen. Egal, um was es geht, du musst von mir alles wissen.

Ich schiebe dir die Nutella über den Tisch. »Danke«, sagst du, ohne den Blick von mir zu nehmen. »Jetzt verrate mir, wieso du so gegrinst hast, Catalina.«

»Ich bin gut gelaunt!«, weiche ich aus.

»Wieso?«, fragst du zweifelnd.

»Ja, wieso?«, hakt Zayden angepisst nach und blinzelt gegen die einfallende Sonne an, wie ein Dämon, der die Strahlen nicht erträgt.

»Ich darf auch mal gut gelaunt sein am Morgen ...«, weiche ich wieder aus und winde mich in meinem Stuhl. Ich bin keine gute Lügnerin. Das habe ich von Mom.

»Ausgerechnet heute Morgen hast du dir dafür ausgesucht?«, bohrst du weiter und lässt etwas Nutella auf deinen Pfannkuchen laufen.

Okay, ich muss mich irgendwie retten, dir irgendwie entkommen, und da gibt es nur eine Lösung. Ich drehe mich zur Seite. »Daaad!«, quengle ich hilfesuchend.

»Hmmm?«, macht er noch etwas müde. Er hat von der Fragerunde eben nichts mitbekommen. Sein Blick ist auf Zayden fokussiert.

»Sag Ilian, er soll aufhören!« Auffordernd hebe ich die Brauen.

Du grinst mich wissend an. Jetzt bist du dir sicher, dass ich was verheimliche.

»Ilian, hör auf«, brummt mein Dad in deine Richtung, jedoch mit sehr wenig Elan.

»Aber sicher doch, Onkel Carter.« Du nimmst nicht den Blick von mir und rollst deinen Pfannkuchen langsam – fast drohend – zusammen.

»Ilian!« Das kommt jetzt mit etwas mehr Nachdruck von Dad.

»Okay, ich höre auf, versprochen.« Du schaust runter auf deinen Pancake und rutschst tiefer in deinen Stuhl, bevor du dich vorbeugst, ich deine Hand plötzlich an meinem Knie spüre und meine Augen aufreiße. Du ziehst meinen Fuß auf deinen Schoß und mein Herz rast los. Oh mein Gott, was tust du da, Ilian? Bist du lebensmüde?

Ich spüre, dass du hart bist, Ilian. Fuck. Was ist das? Willst du uns umbringen? Mich? Ich ziehe die Brauen hoch, wodurch meine Augen noch größer werden, und verschlucke mich fast. Fast.

»Iss«, forderst du und gleitest mit dem Daumen an meinem Schienbein über der schwarzen Jeans entlang. Ich versteife mich etwas und starre dich total empört an. Du bist so schamlos.

Dann streichst du einmal hart über meine Fußsohle. Ich unterdrücke ein genüssliches Stöhnen, weil das so guttut, und beiße hart die Zähne aufeinander. Du bist so ein Teufel. Und du wirst dafür bluten. Warte ab!

»Iss, Catalina!«, forderst du wieder und wirkst fast genervt.

Ich schnaube und beiße rebellisch von meinem Pancake ab.

»Sehr schön.« Du streichst über meinen Fußballen und ich seufze. Das fühlt sich echt gut an. Du lebst ganz schön am Limit. Denn Onkel Caden lässt nun seinen Blick zu dir gleiten und ich hebe meine Brauen. Oh … oh …

Mit ihm sollte man heute echt nicht scherzen, das sehen wir wohl alle. Nicht lustig.

Er starrt dich an. Du verdrehst die Augen und nimmst deine Hände unter dem Tisch hervor, bevor du sie brav auf die Platte legst. Onkel Caden tunkt wieder weiter und ich ziehe langsam meinen Fuß von deinem Schoß, wobei ich dich sehr absichtlich streife, du nach vorn zuckst und ein Keuchen unterdrückst.

TJA!

Ich grinse dich zuckersüß an und beiße dann in meinen Pancake. Mit deinen Augen drohst du mir Rache an, was ich kaum erwarten kann, denn du rächst dich immer sehr ausgiebig. Ich liebe das.

Meine Aufmerksamkeit wird umgelenkt, als Irina ihren leeren Teller wegschiebt und ihr Handy weglegt. Wahrscheinlich hat sie eine Nachricht beantwortet.

Sie beugt sich zu Zayden, der gerade Rowan noch ein Stück Pancake reicht und ihm stirnrunzelnd beim Schmatzen und Vollstopfen zusieht, sodass seine Wangen ganz aufgeplustert sind. Kurz wird Zaydens zurzeit so harter Blick ganz weich und er hebt einen Mundwinkel.

»Ich muss heute zu meinen Eltern fahren«, murmelt Irina ihm zu. Sofort verhärtet sein Blick sich wieder, bevor er aus dem Augenwinkel zu ihr sieht.

»Wieso?«, will er gefährlich leise wissen und ich runzle verwirrt meine Stirn.

Was, wieso? Wieso fährt man zu seinen Eltern? Wieso stellt er ihr diese Frage?

Irina scheint allerdings schon damit gerechnet zu haben und bleibt ganz entspannt. »Ich muss mein Gesicht zeigen.«

Zaydens Blick verdüstert sich noch mehr. »Wieso musst du dein Gesicht zeigen?«, erkundigt er sich warnend.

»Einfach, damit sie wissen, dass alles okay ist«, erklärt Irina betont locker. Jetzt blitzen die Augen meines Bruders und seine Schultern spannen sich an.

»Echt jetzt?« Zayden schmeißt seinen Pancake fahrig auf den Teller. Rowan versucht verzweifelt, an ihn ranzukommen. Ich beuge mich vor und reiche ihm gnädigerweise ein Stück. Zayden bemerkt das gar nicht, während Rowan sich seines Lebens freut und mit seinen Beinchen wackelt.

»Sie meinen damit nicht …« Irina fuchtelt in ihrem Gesicht herum. »Das war übersetzt aus dem Russischen. Das heißt nur, dass sie mich sehen wollen«, erklärt sie ungeduldig.

»Sie wollen dich sehen. Haben sie das gesagt?« Zayden ist wieder total im Kampfmodus und schiebt gerade Rowans fettige Hand aus seinem Gesicht. Der nuckelt mit einer Hand an seinem Pancake und will mit der anderen seinen Vater betatschen. Sabber läuft über sein Kinn. Rayen währenddessen hat sich nach vorn gebeugt und betrachtet Rowan nachdenklich und sehr konzentriert. Ich wüsste gern, was diesen beiden Jungs gerade durch den Kopf geht.

Rayen brüllt Rowan irgendwas Unartikuliertes zu und der zuckt zusammen, genau wie Rosalie. Sie zieht Rayen zu sich und gibt ihm eine Erdbeere, die er sich ganz in den Mund stopft.

»Ja, das haben sie gesagt«, erklärt Irina nun seufzend und man bemerkt, dass sie auch langsam an den Rand ihrer Geduld kommt.

»Ganz zufällig heute.« Zayden wird immer wütender und ich spanne mich an. Es ist echt nicht schön, dass deine Tante mit meinem Bruder streitet. Wir stecken da beide in einer echt beschissenen Situation, Ilian. Aber bisher haben wir es immer geschafft, uns zu distanzieren und rauszuhalten. Keine Partei zu ergreifen.

»Nicht zufällig, was denkst du denn? Nach gestern wollen sie eben mit mir reden!«, erwidert Irina immer aufbrausender.

Sie haben uns eindeutig vergessen, aber das passiert öfter.

Zayden mahlt mit den Zähnen und seine Faust pumpt auf dem Tisch. »Mit dir reden?«, knurrt er weiter.

»Ja, mit mir reden … Sprechen. Den Mund bewegen. Laute von sich geben«, erklärt Irina mit blitzenden Augen.

»Oh, ich kenne deine Eltern!«, unterbricht er sie blaffend und ihr Blick wird kälter. »Ich weiß, worüber ihr redet!«

»Nein, das weißt du eigentlich nicht! Komm doch einfach mit!«, bietet sie jetzt unbeherrscht an.

»Um mir von deinem beschissenen Bruder …« Irina unterbricht ihn mit einem erschrockenen Lufteinziehen. »Anzuhören, wie sehr er alle hasst und …«

»MEIN BRUDER IST NICHT BESCHISSEN!«, ruft sie aus und Zayden schnaubt.

»Doch, das ist er. Ivan ist ein Arsch«, stellt er leichthin fest und hebt dabei herausfordernd eine Braue.

»Ja, okay, manchmal ist er ein Arsch, aber … was hat das jetzt damit zu tun?« Irina ist frustriert. Total frustriert. Und ich verstehe sie.

»Ich gehe nicht mit. Du hast eine Stunde. Jaxon begleitet dich«, informiert Zayden sie nun.

»Eine Stunde?«, fragt Irina ungläubig. »Ich brauche alleine eine halbe Stunde dahin, Zayden.«

»Tja, Pech gehabt«, zischt er.

»Ich lasse mir von dir doch nicht sagen, wie lange ich irgendwo bleiben kann. Geht's noch?!«, ruft sie lauthals aus. Es knallt, als meine Mutter ihre Tasse abstellt. Alle zucken zusammen.

»Was soll das?«, ruft sie über den Tisch. Zayden und Irina lehnen sich ruckartig zurück. Mom fährt in ihrem Stuhl auf und alle werden ganz starr. Mom ist nicht zu Späßen aufgelegt, wenn sie so ist. Ihre grünen Augen blitzen total wütend und sie schnaubt. »Ehrlich, muss das jetzt sein?« Sie umrundet den Tisch, weiter nach hinten zu den beiden, reißt Rowan aus seinem Hochstuhl und reicht ihn Rosalie.

»Ihr seid das Letzte. Alle beide.« Dann nimmt sie sich Rayen und nickt Rosalie harsch aus dem Esszimmer. Die steht mit Rowan im Arm und ihrem Pancake in ihrer anderen Hand hektisch auf. Sie hat noch gar nicht aufgegessen, aber sie folgt und die beiden verschwinden mit Rayen und Rowan in den Salon.

Irina sieht beschämt auf ihren Teller. Ich kratze mich am Kopf und schaue zu dir. Du hast die Stirn gerunzelt. »Ich fahre einfach mit ihr, okay?«, meinst du zu Zayden, dessen irrer Blick jetzt zu dir schießt. Du bist völlig unbeeindruckt. Er mustert dich forschend und kneift die Augen zusammen. Gleich springt er dich an, Ilian. »Ich bringe sie dir wieder zurück. Versprochen«, versicherst du ihm ungerührt. Ein paar Sekunden mustert er dich noch.

»GUT!«, blafft er dich dann an und erhebt sich auch mit einem Ruck. Sein Atem geht schwer und seine trainierte Brust ist aufgeplustert wie bei einem Gockel. Dieser Kampfgockel. »Scheißirrenhaus!«, zischt er und rauscht ab. Die Hintertür knallt, als er das Haus durch sie verlässt.

»Fünfzehn Minuten, Ilian«, sagt Irina total sanft zu dir. »Danke für das Essen«, wendet sie sich dann noch sanfter an Tante Alayna, stellt die Teller zusammen und bringt sie in die Küche, bevor sie Zayden mit abgehackten Schritten und steifen Schultern folgt. Die Tür knallt laut hinter ihr. Das wird wieder Stress geben.

»O Mann«, murmle ich und beiße wieder in meinen Pancake. Wir sind das hier schon gewohnt. Es ist nichts Besonderes.

Dad stöhnt genervt und Onkel Caden tunkt immer noch seinen Teebeutel in das Wasser. »Willst du vielleicht irgendwas dazu sagen, Bro?«, fragt Dad Onkel Caden jetzt endlich, weil er es wahrscheinlich nicht mehr aushält. »Und hör endlich auf, diesen beschissenen Beutel zu ertränken!«

»Wieso? Irrenhaus trifft es doch gut«, murmelt Onkel Caden monoton und starrt den Durchgang zum Esszimmer an. Gott weiß, worüber er nachdenkt. Vielleicht darüber, zu seinem Opa in die Karibik auszuwandern.

»Okay«, meine ich schließlich, als es mir reicht, und stopfe den letzten Rest meines Pancakes in meinen Mund, bevor ich zu Dad sehe. »Ich gehe rüber zu …«

»Jaja.« Er winkt ab, weil er es nicht hören will. Er will nicht hören, dass ich zu meinem *Vater* fahre. Ich grinse leicht und ziehe mein Handy aus der hinteren Hosentasche, bevor ich vom Tisch aufstehe und zur Terrasse rausgehe. Es ist zwar kalt und alles gefroren, aber die Sonne scheint und glitzert auf den gefallenen Schnee und den vereisten See. Bei Zayden im Anbau kracht etwas, wie jeden Tag, dann werden harsch Vorhänge zugezogen. Irrenhaus trifft es wirklich.

Ich lasse meinen Blick kurz über den abgedeckten Pool und das Poolhaus schweifen, auf dessen Glasdach Schnee liegt, und gähne ausgiebig. Das Haus auf der anderen Seite des Sees ragt dunkel in den blauen Himmel. Auf seinem Dach schimmert der Schnee. Die Sonne spiegelt sich in den Fenstern und ein paar Männer patrouillieren wie gewohnt.

Ich stelle in meinem Handy ein, dass man meine Nummer sehen kann, bevor ich meinen Vater anrufe. Er mag es nicht, wenn man ihn anonym anruft.

Es klingelt dreimal.

»Ja?«, fragt er schließlich etwas träge und ich runzle meine Stirn. Eigentlich klingt er immer fit, vor allem um diese Uhrzeit. Da ist er nämlich schon sechs Stunden wach.

»Hallo«, begrüße ich ihn lauernd wie immer und lehne mich mit einem Ellbogen auf das Geländer.

»Hallo«, antwortet er sachlich und ich muss etwas lächeln.

»Was machst du?«, will ich wissen.

»Das Übliche. Und du?«, erwidert er vage.

»Ich habe fünf Pancakes und fünfzehn Blaubeeren gegessen«, erzähle ich ihm wie jeden Tag, was ich zum Frühstück hatte. Er wird jetzt wieder *Espresso* sagen, auch wenn das kein Essen ist. Darüber werden wir stundenlang diskutieren, weil man in Italien nämlich morgens nichts isst. Aber wir sind nicht in Italien. Worüber wir auch ewig diskutieren werden, weil er der Meinung ist, dass sein Haus italienisches Gebiet gleich einer Botschaft ist. Also gelten laut ihm natürlich auch alle Bräuche.

»Fünf Espresso und einen Cognac. Aber eigentlich habe ich nicht geschlafen. Zählt das dann auch?«, fragt er nun. Ich höre allmählich heraus, dass er etwas betrunken ist. Das ist neu. So kenne ich ihn noch nicht.

Ich runzle meine Stirn und meine Brust zieht sich zusammen. Was ist das denn jetzt? Mitleid? Kummer? Sorge?

»Du hast nicht geschlafen?«, erkundige ich mich unzufrieden.

»Nein.«

»Und nichts gegessen?« Meine Stimme wird immer bekümmerter.

»Nein.« Er ist so ein komischer Mensch, Ilian. Vielleicht ist er auch gar kein Mensch. Ich werde es herausfinden.

»Okay, ich komme jetzt. Oder hast du irgendwas vor?«, will ich wissen.

»Nein, komm nur«, meint er leichthin und ich nicke.

»Okay, bis gleich.«

»Gut«, antwortet er.

»Gut, bis gleich.« Ich muss grinsen. Er ist ein bisschen süß, wenn er so betrunken ist und nicht perfekt und todernst.

»Bis gleich.« Er legt auf und ich schiebe das Handy wieder in meine hintere Hosentasche. Irgendwie mag ich es nicht, wenn er nicht isst und nicht schläft. Ich mag es nicht, wenn es ihm nicht gut geht.

»Was hast du für ein Geheimnis vor mir?«, fragst du plötzlich in meinen Nacken und ich erschauere. Du schleichst dich immer so an mich ran. Aber du darfst das. Auch, wenn ich irgendwann einen Herzinfarkt wegen dir kriege.

Dann drehe ich mich zu dir um und lehne mich mit dem Steißbein ans Geländer. Du stehst mit verschränkten Armen vor mir und musterst mich auffordernd. Deine gebräunte Haut schimmert im Sonnenschein und deine klar definierten Oberarmmuskeln werden immer ausgeprägter, weil du so viel trainierst. Dein weißes Muskelshirt spannt sich über deine Brust und deinen flachen Bauch. Scheiße, warst du schon immer so heiß?

Ich sehe wieder hoch in deine undefinierbaren Augen, die heute braun-bläulich schimmern. Das liebe ich. Das heißt, du bist bei dir. Ich bemerke selbst, wie mein Blick sofort noch weicher wird. Du bist perfekt, wenn du mich so ansiehst, mit deinen weichen Lippen und deinen Armen und dem Kreuz, das an deinem Hals baumelt, und mit deinen großen Fingern und diesen wirren Strähnen, die dir in die Stirn fallen.

»Catalina?«, fragst du, als du mich offensichtlich beim Träumen erwischst.

»Hm?«, erwidere ich heiser und sehe benebelt zu dir hoch.

»Ich hab dich gefragt, was für ein Geheimnis du hast«, meinst du mit Nachdruck und hochgezogenen Brauen. Ich nicke langsam. Mein Geheimnis ist, dass ich dich echt heiß finde.

»Ich weiß nicht, was du meinst«, flüstere ich mit rauer Stimme.

Du schüttelst augenverdrehend den Kopf und schiebst dich an mich ran, weshalb ich deinen Körper spüre und deinen Duft rieche, der mein Gehirn noch mehr benebelt. Ich ziehe ihn tief ein und mache zufrieden: »Hmmmm …« Dein Körper ist so warm und ich schmiege mich an ihn. Wieso fühlst du dich denn so gut an?

Deine weichen Lippen streichen neben meinem Ohr entlang, was meine Haut in Brand setzt.

Du presst deinen Unterkörper gegen meinen Bauch. Ilian. Ich spüre dich da. Ein Summen verlässt meine Lippen, während ich etwas nach vorn sacke.

»Okay, du hast jetzt zehn Sekunden, um es mir zu verraten. Sonst bringe ich uns beide in eine echt lustige Lage«, raunst du lusttrunken an meiner Haut und schiebst deine Hüfte etwas vor. Ich beiße mir auf die Lippe, damit ich nicht stöhne.

Ich will gar nicht wissen, was du damit meinst. Oder will ich es doch?

»Eins …«

»Aber es geht nicht um mich. Dann wäre ich ein Verräter …«, stammle ich total berauscht von dir und deinem Duft.

»Zwei …« Deine Hand streicht meinen Bauch nach unten und ich erschauere. Du solltest mich auf keinen Fall jetzt hier anfassen … aber oh mein Gott, ich liebe es, wenn du mich mit diesen perfekten Händen berührst.

»Drei …« Du schnippst den Knopf meiner Jeans einfach auf. Ich muss dich unbedingt aufhalten. Bist du irre, Ilian? Ich muss dich aufhalten, aber wie? Ich sollte deine Hand wegschlagen, jawohl! Doch ich schlage sie nicht weg.

»Vier …« Du ziehst den Reißverschluss runter und streichst mit den Lippen über meinen Kiefer. Oh mein Gott, wenn uns jetzt jemand sieht … Ich sacke noch etwas mehr gegen dich.

»Warte …«, murmle ich und dränge mich dir mehr entgegen »Nein, warte …« Und noch ein bisschen näher. »Warte …« Ich halte dein Handgelenk fest und will dich stoppen, aber stattdessen schiebe ich deine Finger in meine Jeans und seufze.

»Fünf …« Du ziehst mein Ohrläppchen zwischen die Zähne. »Bei zehn ficke ich dich auf diesem Geländer«, wisperst du in mein Ohr und ich erschauere, während ich spüre, wie mir ganz heiß wird. Oh, ich darf mir das jetzt nicht vorstellen. Ich sollte an was anderes denken. Zum Beispiel, wie Dad rauskommt, um eine zu rauchen, wie er es jeden Morgen nach dem Frühstück tut, und zwar genau dort, wo du gerade stehst.

Okay, das ist der absolute Abturner.

Fuck! Fuck! Fuck!

»Okay, okay, sie ist schwanger!«, flüstere ich atemlos mit halb geschlossenen Lidern. Ich will ja, ich will das so sehr, aber ich will nicht, dass wir beide sterben.

Du stockst. Gerade wolltest du deine Fingerspitzen in mein Höschen schieben, wo ich dich gerade so sehr will, dass ich die Zähne zusammenbeißen muss.

»Rosalie ist schwanger?«, schlussfolgerst du sofort richtig, dass es um deine Cousine geht.

»Aber du darfst es keinem sagen!« Fuck, jetzt bin ich heiß. So heiß. Wieso machst du das nur mit mir? Und verraten habe ich sie auch noch. Alles wegen dir, Ilian! Du bist so böse.

Du ziehst deine Finger zurück, weshalb ich genervt ausatme und meine Hose schließe, bevor Dad wirklich noch rauskommt.

»Ich sage es keinem. Danke für die Info.« Du küsst mich unter mein Ohr und ziehst dich dann mit einem Ruck zurück. Einfach so, Ilian. Als hätte sich keine Spannung zwischen uns aufgebaut. Ich meine, ich sterbe gleich, aber gut. Und bei dir sieht es offenkundig auch nicht anders aus.

Ich hebe die Brauen und deute mit dem Zeigefinger auf dich, während es bei Zayden wieder kracht. »Ich will dich nackt auf meinem Bett, wenn ich nach Hause komme«, informiere ich dich sehr ernst. Der Gedanke daran lässt mich fast sabbern.

»Okay«, antwortest du nonchalant. »Schreib mir dann.«

Ich muss grinsen. »Okay.« Ich stoße mich ab und betrachte dich nochmal. Wieso bist du denn so hübsch und so perfekt? »Okay, ich gehe jetzt, sonst wird das heute nichts mehr.« Ich betrachte dich nachdenklich. Vielleicht kann ich ja kurz, nur kurz …

»Geh. Ich muss jetzt meine Tante da rausholen.« Du deutest auf den Anbau, in dem sie und Zayden leben. Ich streiche nochmal über deine Brust, weil dieses Muskelshirt sich so einladend darüber spannt, und seufze genüsslich. Dann artet es etwas aus, weil ich nicht mehr damit aufhören kann. Du stützt dich links und rechts hinter dir am Geländer ab und lässt es einfach über dich ergehen. Das mache ich öfter mal, dich stundenlang betatschen und murmeln, dass du so heiß bist – wie eine total Wahnsinnige.

Ich summe nochmal anerkennend, als ich deine Bauchmuskeln spüre. »Okay, gleich ficke ich dich«, informierst du mich heiser und siehst dunkel zu mir runter.

Ich grinse noch breiter, beuge mich vor und küsse dich zwischen die Schlüsselbeinknochen, wo du so gut riechst. Kurz vergesse ich mich und streiche mit meinem Lippen überall entlang.

»Oh fuck, Catalina«, murmelst du angespannt in mein Haar und ich muss kichern. Du bist so heiß. So, so heiß … Ich inhaliere nochmal tief deinen Geruch. Die Sehnen an deinen Armen treten hervor, als du das Geländer fester umfängst. Tief und genervt seufze ich, bevor ich zurück auf die Hacken sinke. Okay, okay, ich höre ja schon auf.

»Bis später.« Ich gehe rückwärts Richtung Tür, wobei ich dich noch schmachtend betrachte.

»Bis später, Babygirl«, meinst du sanft und auch etwas rau. Gepresst atme ich aus und verschwinde schnell nach drinnen. Sonst fallen wir übereinander her.

Du, Ilian, bist der Overkill. Mein Overkill. Und ich werde wegen dir sehr früh sterben.

15. Alles auf eine Karte, Ilian

XX

Catalina

Die Sonne scheint auf den dunklen Brunnen, auf dem die Engel und die Teufel sitzen. Ich schultere meine Handtasche und umrunde ihn. Es ist schon total normal für mich geworden, zu meinem Vater zu kommen. Gar nicht mehr befremdlich.

Ich springe die Stufen hoch und die Bodyguards halten mir die Tür auf und begrüßen mich. Ich erwidere ihren Gruß, während ich meinen Autoschlüssel in der Tasche meines schwarzen Mantels verstaue und meine schwarzen Boots abklopfe, weil Schnee an ihnen haftet. Dann fahre ich mir durch die Haare und schreite durch das warme Foyer, in das nie Tageslicht fällt. Mein Blick fällt automatisch auf das Porträt gegenüber, das Dorian de Luca in unserem Alter zeigt. Herablassend lächelt er. Wie immer versuche ich zu analysieren, was er wohl gedacht hat, als er gemalt wurde. Er sieht nicht so aus, als hätte er es genossen.

Giovanni steht vor der Bürotür meines Vaters und nickt mir zu. Die typische Routine. Ich nicke wie immer zurück und sein Mundwinkel zuckt, ebenfalls wie immer. Alles wie immer, Ilian.

Dann klopfe ich an die dunkle Tür. »Ja.« Das kommt sehr träge und ich runzle bekümmert die Stirn, bevor ich mich ins warme Büro schiebe. Hier riecht es wie immer nach Espresso, Holzpolitur und dem Duft meines Vaters.

Der trägt immer noch das Hemd, was er gestern schon im Casa del Nero anhatte. Es ist zerknittert und er hat die Ärmel hochgekrempelt, was mich die Stirn noch tiefer runzeln lässt. Er ist sonst immer so perfekt und jetzt wirkt er echt fertig. Vor ihm steht eine halb volle Flasche Cognac mit einem Glas daneben und drei leere Espressotassen.

Ich betrachte ihn genauer. Seine dunkelbraunen Haare sind etwas zerzaust und seine Wange hat sich bläulich verfärbt. Auf seinem sonst so makellosen Gesicht bildet sich ein dunkler Bartschatten. Seine hellblauen Augen sind trüb und nicht so klar wie sonst. Ich habe ihn noch nie so gesehen. Eigentlich ist er immer perfekt. Mein Magen zieht sich schon wieder zusammen. Ich mag es nicht, wenn es ihm nicht gut geht, stelle ich jetzt fest, und offensichtlich tut es das nicht. Leise schließe ich die Tür hinter mir.

»Stinkt es hier nach Kot?«, fragt er mich irritiert. Ich muss völlig unerwartet lachen und verstehe gar nichts mehr.

»Was?«, will ich belustigt wissen.

»Du siehst so aus«, bemerkt er und deutet auf mein Gesicht.

»Ach das.« Ich winke grinsend ab. »Das ist mein Sorgengesicht.« Mit einem Finger deute ich auf meine Züge.

»Also nicht das Kotgesicht«, stellt er trocken fest und ich muss wieder lachen, während ich auf den Schreibtisch zugehe, auf dem ein überquellender Aschenbecher steht.

Ich streife meinen Mantel ab und lege ihn über die Stuhllehne auf der linken Seite, bevor ich die Ärmel meines dunkelroten Pullovers hochkremple, weil es hier drin so warm ist, und meine Tasche auf den anderen Stuhl stelle.

»Und, wie geht's?«, fragt er mich in seinem Bürosessel zurückgelehnt und sieht interessiert zu mir hoch. Seine Finger sind locker auf seinem Bauch verschränkt und er wippt etwas vor und zurück.

»Was ist los?«, frage ich ihn zurück, während ich den Aschenbecher angewidert vom Tisch nehme und auf den Sofatisch hinter mir stelle.

»Ach, ich habe nur über ein paar verpasste Chancen die Nacht nachgedacht. Und? Was ist bei dir so los? Wie läuft es drüben?«

Ich nehme auch die leeren Tassen beiseite. Genau wie den Cognac. Mein Vater folgt zwar mit dem hellblauen Blick, aber er sagt nichts. Ich fege mit der Hand die Asche vom Tisch, bevor ich das Fenster kippe, weil es hier drin nach Rauch riecht, mich setze und meine schwarze Handtasche öffne. Ich hole die in Alufolie verpackten Pancakes raus und schiebe sie ihm mit zwei Fingern über den Tisch, wie einem hungrigen Löwen.

»Iss«, fordere ich ihn auf und öffne die Folie, ohne ihn aus den Augen zu lassen.

Er wirkt echt irritiert, greift aber nach einem der Pancakes, rollt ihn zusammen und beißt ab. Das überrascht mich kurz, denn ich habe mit Protest gerechnet, aber das ist gut. Ich nicke zufrieden und er nickt ebenfalls. »Und?«, frage ich lauernd, weil Tante Alayna die weltbesten Pancakes macht. Eigentlich macht sie das weltbeste Alles.

»Das ist der beste Pancake, den ich je gegessen habe«, stellt er fest. Ich nicke wieder zufrieden und lehne mich zurück, bevor ich wie er zuvor die Hände auf dem Bauch verschränke und meine Beine überschlage.

»Also drüben ist nicht viel los …«, erzähle ich und denke dabei an Zayden und Irina. Und an das Irrenhaus, in dem ich zurzeit lebe.

Er hebt eine Braue. »Jetzt nochmal die Wahrheit«, fordert er, beißt wieder ab. Ja, okay, ich bin wirklich keine gute Lügnerin, aber das muss ich auch eigentlich nicht sein.

»Mein Bruder hat gerade eine *Phase*.« Ich winke ab. Das muss reichen.

»Das habe ich gestern mitbekommen«, murmelt er.

»Er ist eigentlich nicht so.« Ich greife nach der Schneekugel auf dem Tisch und schüttle sie. Normalerweise ist Zayden zwar aufbrausend, aber nicht so irre wie derzeit. Ich hätte auch nie gedacht, dass er Irina betrügt. Das passt alles nicht zu ihm.

»Tja. Jede Frau hat die Macht, einen Mann zu etwas zu treiben, was eigentlich nicht seinem Wesen entspricht«, murmelt mein Vater mehr für sich und sieht aus dem Fenster.

Ich denke darüber nach und lege den Kopf schief, während ich beobachte, wie die Kunstflocken auf das Kleinformat von Chicago herabrieseln. »Denkst du?«

»Ja«, antwortet er sofort. »Das denke ich.« Er isst das letzte Stück Pancake.

»Ich denke, er fühlt zu viel, und deshalb ist er verrückt geworden«, überlege ich, stelle die Schneekugel wieder ab. Die letzten Flocken rieseln auf die Dächer.

»Ach ja, das passiert bei vielen.« Er seufzt und sieht stirnrunzelnd aus dem Fenster. Ich frage mich, ob ihm das auch schon einmal passiert ist. Ich schaue wieder in sein Gesicht, bevor ich die Flasche Wasser zu ihm rüberschiebe, damit er was trinkt, was keinen Alkohol oder Koffein enthält. »Ich soll jetzt allen Ernstes Wasser trinken?«, fragt er fast angewidert und betrachtet die Flasche, als wäre darin Gift.

»Ja.« Ich nicke bekräftigend.

»Was tust du dafür, damit ich das Wasser trinke?« Seine hellblauen Augen blitzen, als er wieder zu mir sieht.

»Was soll ich denn tun?«, stelle ich neugierig die Gegenfrage.

»Zieh hier ein.« Oh nein, er spricht es an. Das erste Mal seit Wochen. Nein, nein, nein. Ich habe darüber noch nicht nachgedacht.

»Und dann?«, will ich lauernd wissen. Denn eigentlich bin ich doch sowieso jeden Tag mit ihm zusammen. Also kann ich doch eigentlich auch drüben bleiben.

»Dann wirst du merken, dass es hier gar nicht so schlimm ist, wie du denkst. Dass du trotzdem noch Kontakt zu deiner Familie hast und du hier vielleicht sogar echt Spaß haben könntest, während du mit deinem Vater die Nächte in seinem einsamen Büro verbringst.« Der letzte Satz bringt mich fast so weit. Ich mag es nicht, dass er einsam ist. Ich mag es nicht, dass er niemanden hat, der in der Nacht im Bett auf ihn wartet. Keine Frau. Und Sergio lebt sein eigenes Leben.

Gerade öffne ich den Mund, um etwas zu sagen, als es an der Tür klopft und ich den Kopf fast erleichtert über die Schulter drehe.

»Ja?«, fragt mein Vater und das dunkle Holz öffnet sich. Es ist mein Bruder. Er wirkt völlig fertig. Zu ihm passt das genauso wenig wie zu meinem Vater, denn in den letzten Jahren war er immer klar, immer fit, immer präsent und immer gesund. Seine dunkelblauen Augen sind trüb und seine Wange ebenfalls verfärbt. Alle sind so verfärbt heute. Als wären sie gemeinsam unter einen Mähdrescher gekommen. Sergios dunkelbraunes Haar ist leicht zerzaust. Er trägt einen weißen Pullover und dunkelblaue Jeans. Seine Haut ist blasser als sonst und er kommt echt müde rüber. Wahrscheinlich hat er nicht viel geschlafen.

Mir fällt wieder ein, dass Rosalie schwanger ist, und das Grinsen kehrt wie von selbst zurück auf meine Lippen. Aus dem Augenwinkel sieht Sergio mich lauernd und etwas konfus an und dann zu unserem Vater.

»Ich gehe jetzt«, informiert er diesen, aber seine Augen legen sich nochmal kritisch auf mich. Ich grinse immer noch. Er wird Vater, das ist unglaublich. Und schwer für mich zu begreifen.

»Gut«, meint mein Vater.

»Gut«, wiederhole ich immer noch grinsend.

»Was *ist* mit dir?«, wendet Sergio sich jetzt genervt an mich und ich grinse noch ein bisschen breiter. Er mit einem kleinen Baby, ich liebe diesen Gedanken.

»Nichts.« Jetzt muss ich kichern, wie so oft, wenn ich lüge.

Er verdreht die dunkelblauen Augen. »Ich kann das jetzt nicht, Rosalie«, murmelt er in sich hinein und dreht sich um. Mir sticht eine Stelle an seinem Hinterkopf ins Auge. Er hat sein Haar darüber gekämmt, aber ich sehe die Kruste darunter und dass es wahrscheinlich genäht wurde, weshalb mein Magen sich verkrampft. Er geht einfach. Ich liebe es, dass Sergio immer irgendwas von Rosalie murmelt, obwohl sie nicht da ist. Das ist verstörend und leicht gruselig, aber auch echt süß. Wahrscheinlich spricht er in seinem Kopf mit ihr. Wie wir alle es mit unseren jeweiligen Gegenstücken tun. Wir sind eben alle ein bisschen irre.

Ich drehe mich wieder zu meinem Vater. Er sieht meinem Bruder mit gerunzelter Stirn nach, als der schon lange weg ist.

»Was ist los?«, frage ich wieder forschend.

»Dämonen, die einen verfolgen«, meint er abwinkend.

»Welche Dämonen?«, bohre ich weiter.

»Du bist ganz schön neugierig, Signorina«, stellt er zurückgelehnt fest und wippt von rechts nach links.

»Ja, das bin ich. Also, welche?« Ich beuge mich ihm interessiert entgegen.

»Dämonen, über die ich nicht spreche.«

»Deshalb verfolgen sie dich auch«, belehre ich ihn.

»Und eine Klugscheißerin ist sie auch noch, Isabelle«, murmelt er jetzt und ich schüttle meinen Kopf.

Alle sind hier so irre, Ilian.

»Ich bin schlau und teile es mit anderen«, erkläre ich sachlich.

»Gut, ich erzähle es dir, wenn du mir endlich sagst, wann du hier einziehst«, dealt er wieder mit mir, wie er es so oft tut. Ich glaube langsam, das macht ihm Spaß.

Ich denke darüber nach, wobei ich meinen Ellbogen auf den Tisch und mein Kinn in meine Hand stütze. Die Uhr tickt im Hintergrund und von draußen hört man einen Wagen vorfahren. Die Reifen knirschen auf dem Eis.

Ich will es eigentlich wirklich nicht, denn ich fühle mich zu Hause wohl und liebe es, in meinem Zimmer, bei meiner Familie zu sein. Es dauert außerdem noch bis ich achtzehn werde.

Andererseits ist es hier wirklich nicht so schlimm und ich komme gut mit meinem Vater klar. Er ist kein schlechter Mensch. Außerdem habe ich bemerkt, dass er einen kleinen Sonnstrahl in seinem Leben braucht. Das würde vielleicht vieles für ihn ändern. Alles hier ist so dunkel. Er vergräbt sich immer dermaßen tief in sich selbst und in seinem Büro. Ich könnte ihn etwas rausholen und ein bisschen wärmen. Es gibt Menschen, die den Aufwand nicht wert sind, aber ich habe in dem letzten Monat rausgefunden, dass er keiner davon ist. Er ist es wert.

Bald wirst du ausziehen, weil du zu deinem Vater gehst und heiratest, doch darüber will ich jetzt nicht nachdenken. Ich könnte meine Eltern immer noch jeden Tag sehen, und wenn Rosalie Sergio heiratet, wird sie auch hier wohnen. Dann wäre sie nicht allein, genauso wenig wie ich. Zudem ist mein Bruder hier. Es ist nicht fremd und das Haus auf der anderen Seite ist nur sieben Minuten mit dem Auto entfernt.

»Okay, ich ziehe ein«, sage ich schließlich und er stockt, weil er damit nicht gerechnet hat. »Ich ziehe ein, aber wir stellen ein paar Regeln auf.«

Langsam nickt er.

»Ich darf rüber, wann immer ich will.«

Er nickt wieder langsam.

»Ich will nicht verheiratet werden.« Weil ich weiß, wie es läuft. Ich bin ja nicht dumm.

Er nickt, wenn auch widerstrebend. »Aber …«

»Nein!«, unterbreche ich ihn unzufrieden. »Ich will niemanden heiraten, den ich nicht liebe, und du willst mir das nicht antun – glaub mir.« Ich hebe eine Braue. Niemand mag es, wenn ich wütend auf ihn bin, weil ich wirklich nachtragend sein kann.

Sein Mundwinkel zuckt. »Gut«, gibt er sich dann geschlagen.

»Und wir müssen über Ilian sprechen.« Das wird ihm jetzt nicht gefallen. »Ich weiß, dass er heiraten wird. Aber ich bin mit ihm aufgewachsen und brauche ihn um mich herum. Wir sind wie zwei Teilchen, die man nicht trennen darf. Ab und zu muss ich ihn sehen können, sonst verwelke ich.« Weil du meine Sonne bist, Ilian.

Er überdenkt das ausgiebig und nicht sehr erfreut. Offensichtlich. »Solange es das Geschäft nicht gefährdet und unter Vorbehalt«, meint er dann sehr sachlich.

»Was würde denn das Geschäft gefährden?«, will ich genauso sachlich wissen.

»Alles, was seine Ehe gefährdet.« Deine Ehe, Ilian. Als wäre das eine echte. Als würdest du sie lieben. Jeder Mann hier hat drei Frauen an der Hand und gefährdet seine Ehe nicht. Ich werde dich sowieso nicht mehr so oft sehen, weil du bei deinem Vater sein wirst. Auch darüber will ich nicht nachdenken. Obwohl es echt wehtut. Es war mir schon klar, dass sich in dieser Welt irgendwas zwischen uns stellen würde. Aber ich versuche, irgendwie damit umzugehen. Solange du noch da und für mich greifbar bist, kriege ich das irgendwie hin.

»Wenn er sich von Natalia irgendwann trennt …« Und du hast mir versprochen, dass das passieren wird. »Dann will ich mit ihm zusammen sein. Ich muss ihn nicht heiraten oder ausziehen oder sonst was. Ich will nur mit ihm zusammen sein.«

»Das besprechen wir dann nochmal, wenn es so weit ist.«

Ich seufze leise und richte mich etwas auf. Mein Magen fühlt sich wie ein Klumpen an, weil ich jetzt viel zu viel thematisiert habe, was auf uns zukommt.

»Ich ziehe ein, wenn er auszieht«, sage ich dann, weil ich es zu Hause ohne dich sowieso nicht aushalten werde. Dein Platz wäre dann leer, dein Zimmer … mein Bett.

»Gut«, meint er zufrieden.

»Okay«, erwidere ich immer noch etwas unsicher. »Ich vertraue dir und hoffe, dass es sich auszahlt.«

»Du solltest mir nie vertrauen, Tesoro.«

»Man sollte seinem Vater vertrauen können«, kontere ich und denke an mein echt grenzenloses Vertrauen in Dad. Er würde mich niemals hängenlassen. Ich will meinem Vater auch gern so vertrauen und sollte ihm eine Chance geben.

»Ja, das sollte man wohl.«

Ich betrachte ihn noch einmal und seufze dann tief. »Okay. Du wirst mich schon nicht enttäuschen.« Dann ziehe ich die Schublade neben mir auf und hole die Pokerkarten raus, bevor ich anfange, sie zu mischen.

»Aber setz diesmal nicht alles auf eine Karte«, meint er.

»Damit bin ich bisher immer gut gefahren«, entgegne ich, und ja, das bin ich. Bisher habe ich immer alles auf eine Karte gesetzt und es hat sich immer ausgezahlt. Ich brauche kein Pokerface. Ich brauche keine Tricks. Ich brauche nur mein Bauchgefühl, denn in der Regel hat mich das noch nie enttäuscht, Ilian.

16. Scherben, Zayden

XX

Irina

Es hat fünfundvierzig Minuten gedauert, bis ich gehen konnte, aber jetzt bin ich auf dem Weg zu meinen Eltern, Zayden. Ich versuche immer noch, einigermaßen runterzukommen und mich zu ordnen. Ich bin müde, denn ich habe heute Nacht kein Auge zugemacht, was ich mir vor meinen Eltern und vor allem vor Ivan nicht anmerken lassen sollte. Natürlich haben sie mich sofort nach Hause beordert, denn auch sie haben unsere Auseinandersetzung gestern mitbekommen, weshalb ich ihnen Frage und Antwort werde stehen müssen. Ich seufze und gähne in einem, während ich neben Ilian sitze. Ilian ist still, wie immer, wenn es zu seinem Vater geht. Ich betrachte ihn von der Seite, als wir den Berg hochfahren und die Reifen über den Matsch rollen. Er ist angespannt und trägt so viel mit sich herum, was er nicht nach außen dringen lässt. Früher bin ich immer in sein Zimmer gekommen, ob er wollte oder nicht, und habe mich mit ihm unterhalten, egal, wie mies drauf er war. Das habe ich die letzten Wochen vernachlässigt, was ich nicht mag.

»Wie geht's dir eigentlich mit allem?«, frage ich ihn und er wirft mir einen kleinen Seitenblick zu.

»Du meinst damit, dass ich eine miese Schlampe heiraten muss, die ich nicht liebe und die keinen außer sich selbst liebt?«, bringt er es auf den Punkt, wie so oft.

»Ja, genau damit.«

»Scheiße.« Ich nicke verstehend. Natürlich ist uns beiden klar, dass er rein gar nichts dagegen tun kann, denn wenn Ivan sich was in den Kopf gesetzt hat, dann tut er alles, um sein Ziel zu erreichen. Egal, ob es sich dabei um seine Mutter, seine Schwester oder seinen Sohn handelt. Ihm wurde schon früh beigebracht, ganz im Gegensatz zu Ilja und mir, dass er als ältester Sohn immer zuerst an das Wohl der Familie und des Geschäfts denken muss. Persönliche Belange müssen dabei hinten anstehen. So ist das hier, Zayden.

»Du kannst immer noch flüchten«, biete ich ihm an und er wirft mir wieder einen Seitenblick zu.

»Kann ich nicht, und das weißt du.«

»Könntest du, aber du würdest es wahrscheinlich nicht länger als zwei Jahre aushalten, weil dein Vater alles auseinandernehmen würde.«

»Japp.«

Ich nicke und seufze, während das strahlende goldene Tor zu unserem Anwesen in Sicht kommt. Juhu. Ich habe mich als Kind schon gefragt, wieso bei uns Russen immer alles aus Gold oder Diamanten oder sonst etwas Funkelndem bestehen muss. Wieso nicht einfach Silber oder schwarz? Wieso nicht einfach mal ein bisschen dezent sein? Nein, das mag mein Vater nicht. Gar nicht. Bei ihm lautet die Devise: Je größer und funkelnder, desto besser. Mehr ist mehr. Dabei ist das Anwesen hier in Chicago noch recht bescheiden. Du weißt ja, wie es in Moskau und Sankt Petersburg aussieht. Du standest zwanzig Minuten davor, hast zwei Zigaretten geraucht und dir das Schloss angesehen. Und es ist ein wirkliches Schloss. Mit Türmchen und Erkern und einem Kerker, Zayden. Das ist seit Jahrhunderten in Familienbesitz. Du hast mich in diesem Kerker gefickt, wo sonst Verräter gefoltert werden. Es war … sehr … spannend und so unglaublich heiß. Meine Arme waren festgekettet und ich war völlig nackt. Kerzen haben gebrannt. Du standest vor mir und hast mich einfach nur betrachtet, während mir der Schweiß über den Körper lief. Immer wieder hast du anerkennend genickt, und als ich meine Arme nicht mehr halten konnte, trotz der Fesseln, und gejammert habe, hast du mich erst angefasst.

Du bist so ein Sadist, Zayden. Ich liebe das, was nicht gut ist. Ich weiß schon. Zumindest, wenn es sich außerhalb des Bettes auswirkt. Aber daran will ich jetzt nicht denken, denn das Tor gleitet auf. Gleich werde ich meinem Vater und meinem Bruder in die Augen sehen müssen. Das kann ich nicht, wenn du mir im Kopf herumspukst, genau wie deine Lippen, deine Hände …

Immer wenn du mir in den Sinn kommst, sehe ich auch *sie* vor mir, und stelle mir die Frage, was du alles bei ihr gemacht hast. Du sagtest zwar, es wäre mit ihr nicht so wie mit mir gewesen, aber das ist nicht wirklich ein Trost, denn es WAR was und ich fühle mich verraten.

»Bist du bereit?«, fragt Ilian und reißt mich aus meinen Gedanken. Bereit? Nein. Nicht wirklich.

»Bist du's?«, erwidere ich.

»Nein.«

»Ich auch nicht.« Er grinst in sich hinein und fährt die endlose Auffahrt entlang, vorbei an diesem kleinen so gar nicht protzigen Brunnen mit dem kotzenden Pferd, das jetzt nicht kotzt, da das Wasser abgestellt ist. Er hält direkt vor der Tür und Vlad, der heute draußen Wache steht, was er im Winter hasst, hebt träge einen Mundwinkel. Er und Ilian sind seit Kindheit an befreundet. Schon Vlads Vater arbeitete für uns, genau wie sein Bruder. Sie wohnen im Nebentrakt. Ja, natürlich. Wir haben ein Haupthaus und drei Nebenhäuser, was denn sonst? Als ob dreißig Zimmer nicht reichen würden.

Ich habe so gar keine Lust darauf, mich jetzt meinem Vater zu stellen, aber natürlich steige ich trotzdem aus und ziehe meinen dunkelroten Mantel enger an der Brust zusammen, als der eisige Wind mich streift. Seufzend schlage ich mit Ilian zeitgleich die Türen zu und wir gehen die vier Stufen nach oben.

»Na?«, säuselt Vlad und Ilian hebt eine Braue.

»Kalt hier draußen?«

»Halt's Maul.« Vlad öffnet düster die Tür und schiebt Ilian rein, der lacht. Ich folge ihm und schüttle den Kopf. Wir betreten das nicht gerade kleine Foyer, in dem es schön warm ist. Die Ahnenbilder sind in riesigen, goldenen Rahmen an der Wand verteilt und die Terekov-Männer sehen alle mit ihren grünen, braunen oder blauen Augen auf uns herab. Als Kind habe ich mich immer davor gestellt und mich mit ihnen unterhalten. Ich fand, sie sahen so einsam aus, und wollte ihnen Gesellschaft leisten. Ab und zu habe ich hier auch meine Teekränzchen abgehalten und jedem eine Tasse Tee eingeschenkt. Oft saß ich hier im Foyer, als mein Vater nach Hause kam. Er hat mich dann gefragt, was Onkel Petrov heute zu erzählen hatte, und Onkel Petrov hatte echt immer viel zu erzählen. Anschließend hat sich mein Vater auf eines der kleinen Stühlchen gesetzt und auch einen Tee mit mir getrunken. Er ist schon ein toller Mann, wenn er nicht gerade durchdreht, weil er sich Sorgen macht.

Natürlich wird es jetzt auch Tee geben. Und Gebäck, so viel Gebäck, Zayden. Deswegen war Rosalie immer so gern hier. Sie verehrt meine Mutter und ihre Kochkünste, die nämlich oft selbst das Essen zubereitet. Zumindest, wenn sie Lust dazu hat. Der viel zu laut eingestellte Fernseher dröhnt russisch-hysterische Töne durch das ganze Untergeschoss. Ich seufze, begrüße die Ahnen und nehme meinen Mantel ab, bevor ich ihn, genau wie Ilian seinen aufhänge. Dann folgen wir dem Gebrüll in den Salon. Der ist natürlich viermal so groß wie eurer. Die Wände sind endlos hoch und mit Stuck verziert. Ein Kronleuchter erstreckt sich funkelnd über die Decke und die Kristalle werfen Spiegelungen des Sonnenscheins über die Wände mit den schwarz-goldenen Ornamenten. Ein riesiger in Gold und Silber glitzernder Tiger steht hinter der Tür in der Ecke. Er heißt Ernesto und bleckt die Zähne. Das hier war mir alles schon immer zu viel. Zu viel Gefunkel. Zu viel von allem.

Ich seufze und halte Ausschau.

Mein Vater sitzt auf seinem rot-goldenen massiven antiken Sessel, hat die Füße, die in schwarzen Socken stecken, behaglich auf dem niedrigen dunklen Couchtisch überkreuzt. Er trägt eine dunkelgraue Stoffhose. Die Arme in seinem schwarzen Pullover liegen locker auf den Lehnen. In der Hand hält er wie immer die Fernbedienung und sein Siegelring blitzt in der einfallenden Sonne. Seine blondgrauen Haare sind nach hinten gekämmt. Er sieht träge in den Fernseher.

Mom scheint sich wieder die Haare frisch gefärbt zu haben. Die waren, seit ich mich zurückerinnern kann, immer taillenlang und wild gewellt. Zurzeit sind sie locker im Nacken zusammengeknotet und fallen strähnchenweise über ihren Rücken. Sie ist nicht geschminkt. Ich glaube, sie hatte wieder ein Lifting, denn die Lachfalten vom letzten Mal sind verschwunden. Sie nimmt mir einfach nicht ab, wenn ich ihr sage, dass sie auch ohne das alles eine der schönsten Frauen ist, die ich kenne. Ihre goldenen Armbänder klimpern, als sie den Arm hebt, um eine Strähne hinter ihr Ohr zu klemmen. Sie trägt einen weißen Pullover und eine schwarze Hose, liegt auf dem Sofa und wirkt wie ein Supermodel oder ein Filmstar. Ich habe mich schon immer gefragt, wie sie das macht.

»Oh scheiße«, murmelt mein Vater und zappt rum, als die Nachrichten anfangen. Ich trete von hinten an ihn heran und beuge mich über ihn, wie immer.

»Was ist los?«, frage ich und er zuckt zusammen, weil er mich nicht bemerkt hat, weil der Fernseher wie meistens zu laut ist. Er sieht aus seinen dunkelgrünen Augen zu mir hoch und in meinem Bauch sticht es. *Jetzt einfach lächeln, Irina. So tun, als wäre alles gut, Irina!*

»Hi.« Ich lächle ihn an und er legt eine Hand an meinen Unterarm, bevor er mich prüfend mustert. *Nicht aufhören zu lächeln. An was Schönes denken. Ihm nicht zeigen, was los ist. Bloß nicht.* Er verzieht das Gesicht, weil ich natürlich kläglich scheitere, da ich überhaupt nicht schauspielern kann. Mein Lächeln war wahrscheinlich eine erbärmliche Grimasse. Außerdem kennt er mich einfach zu gut.

»Oh nein. Adriana! Hol den Wodka!«, ruft Mom nach dem Hausmädchen. Ilian zieht sie gerade hoch und küsst sie auf die Wange. Sie wuschelt ihm durch das Haar und murmelt ihm zu, wie hübsch er ist, was für ein toller Mann er ist und wie stolz sie auf ihn ist. Und so weiter und sofort. Sie kneift ihm in die Wangen und tätschelt sie anschließend. Sie vergöttert Ilian. Der lässt das alles völlig ungerührt über sich ergehen und nickt und nickt und nickt, während er sie charmant anlächelt und sie entzückt zurückstrahlt. Dann zieht sie ihn neben sich auf das Sofa und er schwingt den Arm über die Lehne. Ilian weiß genau, was er tut. Er hat es wirklich drauf, jeden Menschen in seiner Nähe gut fühlen zu lassen, wenn er will, und er ist so verdammt einnehmend.

Mein Vater seufzt und ich setze mich auf seine Lehne. Er legt den Arm um meine Taille, wie immer. Dad ist stets etwas besitzergreifend, wenn es um mich geht. Er konnte mich auch nur schwer an dich übergeben. Schon in der Kirche hat er gezögert, meine Hand in deine zu legen, obwohl du so ungeduldig warst. Ich hatte echt kurz Angst, dass mein Vater mich einfach nicht loslässt und die Hochzeit sprengt. Es wäre ihm zuzutrauen gewesen, dass er während der

Trauung Nein sagt, sich umdreht und mich wieder aus der Kirche schleppt. Scheißegal, wer was dagegen gehabt hätte. Ich musste ihm davor auch tausendmal versichern, dass ich das wirklich, wirklich will, dass du mein Traum bist, dass ich dich liebe und mein Leben mit dir und keinem anderen verbringen will …

Ich frage mich, wie sehr er jetzt bereut, mich damals an dich übergeben zu haben.

Er starrt mich an und seine Finger trommeln gegen meine Hüfte.

»Kannst du dich mal entspannen?«, fragt Mom genervt an ihn gewandt. »Das ist ja kaum auszuhalten.« Er sieht düster mit verengten Augen zu ihr. Und es geht los …

»Entspannen, Swetlana?« Ilian und ich tauschen einen Blick.

»Entspannen, Sergej. Einfach die Muskeln entspannen. Locker lassen.«

»Ich entspann dich gleich«, murmelt er düster.

»Dad, wirklich …« Ich streiche über seine Schulter, während er immer noch Mom anstarrt. »Das ist nicht gut für dein …«

»WAS HEISST ÜBERHAUPT, ICH SOLL MICH ENTSPANNEN, BLJAD SUKA? ICH BIN ENTSPANNT!«, brüllt er durch das Haus. Adriana bringt ein Tablett mit Wodka, Tee und Gebäck. Sie stellt schnell alles ab und ich nicke ihr zu. Sie nickt hektisch zurück, während sie die Gläser füllt. Wäre Ilian jetzt nicht mit Catalina zusammen, würde er sie jetzt wieder nervös machen, wie sonst immer. Weil sie ihm genau wie alle anderen Frauen total verfallen ist.

»Danke, Adriana«, meint er träge.

»Bitte schön, Sir.«

»Ich soll mich ENTSPANNEN?«, blafft mein Vater wieder aus dem Nichts. Adriana schenkt Tee ein. Ihr Mundwinkel zuckt und ihre Hände zittern nicht. Sie arbeitet seit Ewigkeiten für uns und weiß, dass dies der normale Ton ist.

»Ja, entspannen. E.N.T.S.P.A…«, meint Mom.

»ICH SOLL MICH ENTSPANNEN, SWETLANA!« Dad deutet mit einer anklagend ausgestreckten Hand auf Ilian, der gerade einen Schluck schwarzen Tee trinken wollte und stockt. Dann zeigt er ausladend auf mich, wobei sein Finger fast in meinem Gesicht landet, weshalb ich den Kopf zurückziehe. »SCHAU SIE DIR AN. ENTSPANNEN, SWETLANA. ICH GEB DIR GLEICH ENTSPANNUNG!« Er kippt hektisch nicht gerade wenig Wodka in seinen Tee. Ich wechsle mit meiner Mutter einen Blick und sie verdreht die Augen.

»Was willst du denn machen?«

»Das ist ganz einfach. Ich erschieße Zayden Rush.«

»NEIN!«, rufe ich aus. Allein die Vorstellung fährt wie ein schmerzhafter Blitz durch mich hindurch.

»NEIN. Natürlich nicht!«, blafft er mich an.

»Du kannst ihn nicht erschießen!«

»ICH KANN! SCHAU!« Er zieht seine Waffe und schmeißt sie auf den Tisch. Ilian stoppt sie mit einem Finger, während er trinkt, bevor sie auf den Boden schlittern kann.

»Wenn du ihn erschießt, dann rede ich nie wieder ein Wort mit dir und gehe …«

»WOHIN?«

»WEG!«

»WAS WEG?«

»WEG, WEG!«

»WOHIN WEG!« Er hebt seine Tasse. Der Inhalt schwappt über, weshalb er auf Russisch flucht und zischt.

»Dad …« Ich versuche es jetzt versöhnlicher.

»Also soll ich mir jetzt angucken, wie dieser kleine schwanzgesteuerte *Päderast* …«

»Dad, hör sofort auf!« Meine Stimme ist leise und ernst. Ich lasse nicht zu, dass er dich in meiner Anwesenheit beleidigt. Das macht mich echt sauer.

»NEIN, ich höre nicht auf!« Dad trinkt einen Schluck. »Sagt sie mir auch noch, ich soll aufhören, Swetlana.« Er deutet mit dem Daumen auf mich. Ich verdrehe die Augen und atme schwer durch. »Also soll ich mit ansehen, wie er dich betrügt, andere Frauen fickt und völlig ausflippt, und ihn nicht erschießen? Würdest du ihn denn nicht erschießen?« Ich zucke zusammen, als er das einfach so ausspricht und der Schmerz durch mich zischt.

»Ich erschieß ihn schon selbst, wenn … er das nochmal macht. Dad … das ist kompliziert.«

»Es ist nicht kompliziert, Irina.« Er stellt seine Tasse wieder ab. »Er fickt andere Frauen …« Ich flippe aus, wenn er das noch einmal sagt.

»DAD! HÖR AUF DAMIT!«, brülle ich ihn an, weil der Schmerz jetzt durch mich wütet wie ein Tornado.

»Und duuuu …« Er wird lauter. »Lässt es dir gefallen und denkst, es passiert nicht nochmal, weil du gutgläubig bist. Aber es sind nicht alle Männer lieb und nett und es wird wieder passieren! Wenn es einmal passiert, dann passiert es immer wieder. Swetlana, sag es ihr.« Ich versuche, ruhig zu bleiben, aber das ist nicht so einfach, vor allem, da ich selbst solche Angst davor habe.

»Er hat mir gesagt, er wird es nicht nochmal tun.« Dabei weiß ich nicht, ob ich das glauben kann …

»NATÜRLICH HAT ER DIR DAS GESAGT. JETZT SEI NICHT DUMM!«, ruft mein Vater verzweifelt, die Hände mit den Handflächen nach oben haltend.

»Und wenn er es nochmal tun sollte …«, rede ich einfach weiter.

»ER WIRD ES NOCHMAL TUN.«

»Dann werde ich ihn verlassen.«

»Verlass ihn jetzt. Nimm deine Kinder und komm nach Hause.«

»NEIN!«, sage ich sofort. Er stöhnt genervt und massiert sich die Stirn.

»Man glaubt, sie sind bei einem Rabenvater groß geworden«, murmelt er verzweifelt. Dann schießt sein irrer Blick zu Ilian. Der stellt seinen Tee ab und nimmt sich ein paar Sonnenblumenkerne aus dem Schälchen, bevor er sich zurücklehnt und einen Knöchel auf sein Knie legt.

»Ja, ich?«

»UND DU. Was ist mit dir? Warum siehst du aus, als hättest du einen Hundewelpen überfahren.«

»Neuverhandlungen der Verträge«, sagt Ilian betont ungerührt und knackt ein paar Kerne. Ich runzle die Stirn. Was meint er damit? Die Hochzeitsverträge? Das mag ich nicht.

»Ich war nicht einverstanden, aber DER ANDERE …« Er deutet in Richtung Foyer und Büro meines Bruders Ivan. »IVAN! Er denkt, er kann einfach alles tun, was er will. Ich war zufrieden mit unseren Bedingungen, aber dein Vater ist nicht zufrieden. Dein Vater ist nie zufrieden.«

»Was hat er denn ausgehandelt?«, fragt Ilian bemüht ruhig.

»Noch gar nichts.«

»Was will er aushandeln?«

Ich spanne mich an, genau wie Ilian, und mein Vater seufzt.

»Sag's einfach.« Ilian wirkt gefasst. Seine Augen schimmern grünbraun und kalt. Aber ich weiß, dass es dahinter tobt.

»Ehe auf unbefristete Zeit und mindestens zwei Erben, innerhalb von zwei Jahren. Wenn es keine Jungs werden, weiter versuchen. DENN WIR SIND JA HIER IM HASENSTALL, NICHT WAHR, IVAN!« Ich keuche und Ilian erstarrt. »Ich kriege ihn leider nicht von dieser völlig dämlichen Idee weg. Wir streiten uns hier schon seit zwei Wochen.« Ach, deswegen ist mein Vater so drauf. Das ist das Worst-Case-Szenario und wird Ilian total zerstören. Er rührt sich immer noch nicht. »Würden wir dieses verfickte Bündnis nicht für den Frieden brauchen, würde ich darauf scheißen. Ich wollte eigentlich, dass es unter Bedingungen passiert, die für dich angemessen sind. Allerdings habe ich in meinem EIGENEN GESCHÄFT NICHTS MEHR ZU SAGEN, NICHT WAHR, IVAN. Es ist ja nicht mein Geschäft, BOSS! UND NICHT MEIN SOHN, SONDERN NUR MEIN ENKEL.«

Mom streicht Ilian über den Rücken, der schluckt hart. Sein Blick ist nun völlig distanziert geworden. Wie erfroren.

Mein Vater beugt sich vor und drückt Ilians Schulter. »Es tut mir leid, Junge.«

»Ich weiß, dass du nichts dafür kannst«, versichert Ilian hohl und ich sehe förmlich, wie vor seinen Augen seine gesamte Zukunft auseinanderfällt.

»Ich würde ja annehmen, dass Donovan ablehnt, aber das glaube ich eher nicht, da du und seine Tochter ja anbandeln.«

»Und er das so unterbinden kann, ich verstehe schon.«

»Ja!« Mein Vater nickt. »Das ist wirklich dämlich, aber er muss wissen, was er tut.«

»Ja, das müssen wir alle.« Ilian seufzt.

Wenn es einen Weg geben würde, hätte mein Vater sicher schon versucht, den zu gehen, aber der existiert augenscheinlich nicht. Es tut mir so leid für Ilian. Das hat er nicht verdient. Er hat nicht verdient, sein Leben lang an eine Frau gebunden zu sein, die seiner nicht würdig ist. Er hat es verdient, Catalina zu bekommen, und sie ihn. Sie sind perfekt füreinander. So richtig, so pur. So unverfälscht. Und schon bald wird das alles beschmutzt werden. Ilian wird praktisch zum Sex mit einer Frau gezwungen. Leben wie im Mittelalter. Das ist unsere Welt.

In dem Moment schlendert Ivan in den Raum. Eine Hand steckt in der Tasche seiner dunkelblauen Jeans, ein schwarzer Pullover spannt sich um seinen Oberkörper, seine dunkelblonden Haare sind zurückgekämmt. Er ist wie immer so abgeklärt. Ilian sieht ihm einerseits ziemlich ähnlich, andererseits wiederum überhaupt nicht, denn er ist nicht so abgehärtet, nicht so erbarmungslos.

»Warum brüllst du denn so rum, Dad?«, fragt Ivan unseren Vater und Ilians Kopf dreht sich zu ihm.

»Ernsthaft?«, blaffe ich Ivan an, weil ich jeden Moment explodiere. »Das fragst du jetzt wirklich?« Er stockt in seinem Gang und sieht genervt zu mir runter.

»Habt ihr alle verlernt, normal zu kommunizieren, oder was?«

»Hast du verlernt, normal zu denken, oder was?«, schieße ich sofort zurück. Wie kann er das seinem eigenen Sohn antun? Er kommt mir gerade recht.

»Urteile nicht über etwas, wovon du keine Ahnung hast, Irina. Wo ist überhaupt dein Göttergatte, dein Prinz in strahlender Rüstung, dein …«

»Halt die Klappe, IVAN! Du bist doch total wahnsinnig geworden.«

»Tja, dann bin ich wohl nicht der Einzige, was?«, stichelt er und umrundet den Sessel, in dem Dad und ich sitzen.

»Was ich mache, geht dich gar nichts an.«

»Und was ich mache, geht dich nichts an, also halt die Klappe, Irina.« Ich lasse mir von dem Idioten doch nicht meinen Mund verbieten. Das habe ich noch nie.

»Er ist dein Sohn!«

»Du hast auch zwei Söhne. Guck, was du dir antun lässt.« Er setzt sich uns gegenüber, Wut pumpt langsam aber sicher in mir hoch. Unbändige Wut und Frustration.

»Ivan!«, zischt Mom. Mein Bruder streckt behaglich die Beine aus und schmeißt einen Arm über die Rückenlehne. Ich versuche, das an mir abprallen zu lassen. Das, was zwischen uns passiert, geht ihn nichts an. Gar nichts.

»Du willst unbedingt von allen gehasst werden, oder?«

»Es ist mir egal, ob ich gehasst werde, Irina.« Sein Blick schweift zu Ilian. Der pumpt langsam seine Faust. Ivan betrachtet sie, bevor er zurück in Ilians Augen sieht. Ich springe ihn gleich an. Er ist so ein widerlicher Bastard geworden. Er hat vergessen, worum es im Leben geht. Ilian ist ihm scheißegal. Reicht es nicht, dass Ilian eine Rabenmutter hat? Nein! Ilians Vater muss auch ein Arschloch sein!

»Die unbefristete Ehe soll der Partnerschaft dienen und der Vermeidung eines neuen Kriegs zwischen den Familien«, erklärt Ivan ruhig. Mein Vater schnaubt.

»Wieso heiratest du eigentlich nicht?«, frage ich Ivan und er sieht mich langsam wieder an. Ich ziehe meine Brauen hoch, als er mich abfällig mustert.

»Hast du ein kleines Aggressionsproblem, Irina?«

»Nein.« Sonst würde ich ihm Ernesto über den Kopf ziehen, so, wie ich es eigentlich tun will.

»Kannst du zu Hause vielleicht nicht so viel rumstressen und musst es an mir auslassen?«, stichelt er weiter. Dieser kleine Bastard. Ich werde immer wütender. Wie widerlich, was für ein Niveau.

»Ivan«, knurrt Dad und ich lege ihm die Hand auf die Schulter.

»Nein, aber vielleicht hast du ein paar Probleme mit dir selbst, Ivan, und musst es an deinem Sohn auslassen?«

»Also langsam versteh ich ihn«, murmelt er mit hochgezogenen Brauen. Offensichtlich meint er dich. Dann wendet er den Blick wieder von mir ab und Ilian wieder zu. Ich verstehe auch so einiges. Ich verstehe, dass mein Bruder nicht mehr der ist, der er mal war. Ich verstehe, dass er sich abgekapselt hat. Ich verstehe, dass er zu einem gewissenlosen Bastard geworden ist, wie die meisten Männer hier.

»Im Februar auf dem Mafiatreffen in Sizilien werden wir uns mit Donovan zusammensetzen und die Verträge neu aushandeln. Er hat auch noch ein paar Bedingungen.« Ich schnaube.

Ilian starrt seinen Vater nur an. Ich weiß, was es ihm gerade abverlangt, nicht total durchzudrehen. Er war schon immer viel beherrschter als ich.

»Sonst noch was?«, fragt er seinen Vater kalt.

»Nein«, meint der ungerührt. Ich flippe gleich total aus. Es ist ekelhaft, wenn man so machtlos ist. Wenn man nichts tun kann. Wenn man einfach so sein Leben verschachern lassen muss.

»Okay«, sagt Ilian und steht auf. Ich bin mir sicher, dass er es nicht mehr hier aushält. Mom erhebt sich ebenfalls, genau wie ich. Meine Hände zittern, so wütend bin ich.

»Dann gehe ich. Danke für alles.« Ilian beugt sich vor und küsst meine Mom auf die Wange. Die sieht gequält zu ihm hoch.

»Ich melde mich, Dad«, murmle ich meinem Vater zu und er nickt.

»Pass auf dich auf.« Ich nicke auch.

Dann ziehe ich Mom kurz in die Arme und sie küsst mich auf die Wange. Ich lächle sie nochmal an, wobei das Herz in meiner Brust ganz schwer ist und die Wut immer noch durch meine Adern rauscht. »Mach dir bitte keine Sorgen«, verlange ich. Sie streicht mir die Haare hinter das Ohr.

»Natürlich nicht.« Natürlich wird sie das tun. »Ruf mich an, wenn was ist. Egal, was.«

»Mach ich«, versichere ich ihr abgelenkt. Ich sehe nochmal zu meinem Bruder; nachdem ich mich von meiner Mom gelöst habe.

»Das alles wirst du noch bereuen«, sage ich ihm kopfschüttelnd.

»Dito«, antwortet er mit unbewegter Miene. Ich wende mich schnaubend ab und folge Ilian, der sich zwischenzeitlich von meinem Vater verabschiedet hat.

Wir schweigen, als wir in unsere Mäntel schlüpfen und nach draußen gehen, raus an die frische Luft, wo sich mein Kopf etwas klärt. Steif begeben wir uns zu Ilians Auto. Kein lustiger Spruch für Vlad. Kein kurzes Streicheln der Hunde, wie sonst immer.

Ilian zieht hart seine Tür auf, sobald er das Auto entriegelt hat, und lässt sich auf den Sitz sinken. Genau wie ich.

Ein paar Sekunden sitzen wir so da und schauen das Haus vor uns an. Das Haus, in dem wir aufgewachsen sind. In dem wir so viele schöne Erinnerungen gesammelt haben. Das Haus, das jetzt viel dunkler wirkt, als während meiner Kindheit. Das Haus, das Ivan gerade verpestet.

»Downtown? Bar?«, frage ich ihn, weil ich weiß, dass er jetzt Ablenkung braucht. Ich werde dir eine Nachricht schreiben. Du wirst natürlich durchdrehen, weshalb ich durchdrehen werde. Trotzdem möchte ich für Ilian da sein. Du wirst sehen, wie mies es ihm geht, und dich wieder beruhigen. Wie immer.

Ilian nickt starr, startet den Motor und wir fahren.

So einfach geht das Zayden.

In einem Moment denkt man noch, man hat eine Zukunft. Im nächsten liegt sie in Scherben auf dem Boden und man kann nichts tun, weil man sich nur immer tiefer schneidet, wenn man versucht, sie wieder zusammenzusetzen.

Werden wir auch so enden?

Werden wir uns immer mehr verletzen, immer tiefer schneiden, in dem Versuch das aufzubauen, was wir zerstört haben?

Werden wir uns immer weiter zerstören, weil wir nicht mehr anders können?

Werden wir immer nur kämpfen, bis wir uns nicht mehr lieben?

Werden wir uns verletzen, bis wir verbluten?

Ob ich völlig in der Schwärze versinke oder nicht. Ob ich dabei verblute oder nicht. Ob du ein Teufel bist oder nicht. Ob du mein Leben in die Hölle verwandelst oder nicht. Ob du mir die Flügel brichst oder nicht.

Ich liebe dich trotzdem, Zayden Rush.

Egal, ob im Himmel oder in den Tiefen der Hölle.

17. Wie ein Vater, Rosalie

XX

Sergio

Heute ist Weihnachten, Rosalie. Ich liege auf meinem Bett und halte den Diamantring zwischen meinen Fingern, auf den die Sonne durch das Fenster neben mir fällt. Er wirft seine Reflexionen an die weißen Wände um mich herum.

Ich drehe ihn und beobachte das Funkeln. Camillo hat ihn heute Morgen für mich abgeholt, bevor alle Geschäfte geschlossen haben. Im Haus ist es laut, das Weihnachtsessen wird vorbereitet, und am Abend gehen wir in die Kirche. Wir feiern italienisch, nicht amerikanisch.

Ich habe dich seit dem Casa del Nero nicht mehr gesehen, weil ich gestern etwas fertig war. Deshalb konnte ich auch nur ein paar Sachen für Dad erledigen, dann habe ich mich wieder hingelegt. Mein Kopf pocht immer noch zwischenzeitlich dumpf, was ich mit Schmerztabletten zu unterdrücken versuche. Damit du keinen Nervenzusammenbruch kriegst, weil du immer so überbesorgt bist, bin ich nicht zu dir gefahren. Wenn du gesehen hättest, dass ich am Kopf genäht wurde, wärst du durchgedreht. Aber ich lebe noch, also halb so schlimm.

Letztes Jahr an Weihnachten dachte ich, mein Vater wäre tot. Natürlich war ich bei euch drüben, zumindest für ein paar Stunden. Weihnachten im Hause Rush ist immer besonders und ganz anders als bei anderen Familien. Obwohl es eines der heiligsten Feste bei uns ist, arbeiten wir, als wäre alles wie immer, bis auf das Abendessen und den Kirchengang jedes Jahr. Jedes Jahr das fucking Gleiche.

Heute wird es anders. Ich werde mich gleich umziehen und dann rüber zu euch fahren. Mein Vater hat mich die letzten zwei Tage nicht so sehr belastet und ich muss zugeben, dass mir das mal ganz gut getan hat. Bevor ich mit ihm zu Abend esse und dann losmuss, will ich aber noch was anderes erledigen.

Ich weiß, dass ich dich nicht fragen muss, ob du mich heiraten willst. Aber ich werde es trotzdem tun. Ich will es richtig machen. Ich will, dass wir richtig sind – von Anfang an. Natürlich habe ich meine Zweifel. Ich habe Angst, dass das passiert, was mein Vater prophezeit hat, wenn du hier einziehst. Ich will dich nicht zerstören, ich will nicht, dass du eingehst. Denn ich weiß, wie gefährlich es hier ist. Vor allem mit einem Baby. Ich weiß, wie angreifbar ich durch euch sein werde, weil ihr mir alles bedeuten werdet. Du tust es bereits. Dieses Baby habe ich noch nicht ganz realisiert. Ich wette, es wird mich umhauen, wenn es da ist. Die Gefühle werden mich überwältigen, und das Schlimmste, ich werde wieder einen Grund haben, abgelenkt zu sein. Abgelenkt von all dem hier. Was wiederum eine Schwäche darstellt, weil ich dadurch unaufmerksam werde und nicht auf euch aufpassen kann. Nicht so, wie es notwendig wäre. Ich weiß, dass es nicht leicht wird.

Aber ich kann nicht nochmal auf dich verzichten.

Jetzt, da ich dich einfach so haben kann, ist es unmöglich, mich wieder von dir fernzuhalten, obwohl ich natürlich weiß, dass es besser für dich wäre, drübenzubleiben.

Aber ich will dich. Ich will dich bei mir, in diesem Zimmer, in diesem Bett. Einfach bei mir. Diesmal kann ich nicht so selbstlos sein. Ich werde einfach versuchen, entspannt zu sein. Was auch immer kommt, ich werde das hinkriegen. Ich werde nicht den Verstand verlieren und ich werde mich nicht von dir distanzieren, weil ich denke, dass es dann leichter ist. So, wie ich mich kenne, würde ich das nämlich tun. So wenig Gefühle wie möglich zulassen, um nicht ganz so angreifbar zu sein und einen kühlen Kopf zu bewahren.

Aber so wird das nicht. Ich werde alles dafür tun, um ich selbst zu bleiben, dich zu lieben und auf euch aufzupassen.

Ja.

Und deswegen werde ich dich heute fragen, ob du das auch willst. Wenn alles gut läuft, Rosalie, haben wir nächstes Jahr um diese Zeit ein Baby. Du bist bei mir, trägst meinen Ring und meinen Nachnamen.

Der Gedanke fühlt sich tief in mir so richtig an, dass er meine Ängste überschattet. Ich drehe den Ring leicht, wobei er noch mehr Reflexionen an die Wände wirft.

Genau das will ich.

Ich will dich.

Fast habe ich dich. So nah war ich noch nie dran, dich für immer an mich zu binden. Wie dumm wäre ich, dich jetzt loszulassen, egal weshalb?

Ich taste nach der schwarzen Schachtel neben mir, bevor ich sie nehme und aufklappe. Dann schiebe ich den Ring wieder hinein und schließe sie. Ich lasse den Blick aus dem Fenster und in den blauen Himmel schweifen. Die letzten zwei Tage ist es ziemlich sonnig. Der hohe Schnee glitzert in den Strahlen, genau wie der See, auf dem das Eis etwas taut. Die kahlen Äste biegen sich im Wind. Ich frage mich, wie es sein wird, dich im Hochzeitskleid auf mich zukommen zu sehen, wie ich es immer wollte. Wie es sein wird, mein Baby im Arm zu halten. Wie es für dich sein wird, Mutter zu sein. Das ist alles so weit weg, so unglaublich. Ich habe mich noch nicht so richtig mit dem Gedanken angefreundet und schätze, das werde ich auch erst, wenn dieses Kind da ist.

Und wenn es ein Junge wird? Muss er dann all das hier wie ich übernehmen? Inklusive all der Pflichten, die damit einhergehen? Das Problem in dieser Welt ist, dass keiner um sein Erbe herumkommt. Es sei denn, man macht es wie Camillo und haut einfach ab.

Und wenn es ein Mädchen wird? In dieser männerdominierten Welt? Ich will sie nicht verheiraten. Ich bin nicht der Typ Mann dafür. Ich konnte das noch nicht mal meiner Schwester antun, oder deiner.

Ich habe es zwar in mir, meine Gefühle abzukapseln und im Sinne dessen zu handeln, was geschäftsfördernd ist, aber ich nutze es nicht immer. Als mein Vater noch weg war, habe ich funktioniert und getan, was notwendig war, aber seit er wieder da ist, ist die Barriere in mir wie weggesprengt. Vor allem, seitdem du wieder in meinem Leben bist.

Ich seufze und strecke mich. Es ist schon dreizehn Uhr und ich habe den ganzen Vormittag in meinem Zimmer verbracht. Wenn mein Vater schon denkt, dass es mir nicht gut geht, muss ich es ausnutzen.

Mein Rücken knackt, als ich mich zur Seite drehe und mein Handy unter dem Kissen hervorhole. Seit ich zuletzt nachgeschaut habe, habe ich eine neue Nachricht.

Von dir.

Ich öffne sie.

Heute kommst du mir nicht davon, hast du geschrieben und ich hebe einen Mundwinkel.

Ganz im Gegenteil, antworte ich kryptisch und stehe langsam auf. Jetzt, nach deiner Nachricht, kann ich nicht mehr liegen bleiben. Ich muss rüber zu dir und das hier endlich tun. Nicht, dass ich es hinauszögern würde. Ich will es. Sofort.

Also gehe ich in mein Ankleidezimmer, da ich gestern Abend bereits geduscht habe.

GUT, was auch immer du meinst!, erwiderst du etwas verwirrt, wie ich vermute. Ich sperre mein Handy und schmeiße es auf die Kommode.

Dann schlüpfe ich in eine dunkelblaue Jeans, und während ich sie schließe, schaue ich nach einem Pullover. Schließlich entscheide ich mich für den hellblauen. Ich muss mich sowieso später nochmal für die Kirche umziehen.

Dann befestige ich meine Uhr an meinem Handgelenk, schiebe den Gürtel durch die Schlaufen und stecke mein

Handy ein, bevor ich ins Badezimmer gehe. Dort putze ich mir nochmal die Zähne, wasche mir das Gesicht und kämme meine Haare. Die Verfärbung an meiner Wange ist immer noch sichtbar, weshalb ich mich unzufrieden im Spiegel betrachte. Ich mag das nicht. Seitdem habe ich auch nicht mehr mit Zayden gesprochen. Allerdings werde ich ihn entweder gleich oder später in der Kirche sehen. Ich bin gespannt, was dann passiert. Auf jeden Fall bin ich für alles bereit. Aufladung, Entladung. Was auch immer.

Irina schreibt mir jeden Tag Nachrichten, in denen sie mich fragt, wie es mir geht. Jeden Tag antworte ich, dass alles gut ist. Sie hat Zayden natürlich nicht verlassen, was ich auch nicht erwartet habe. Mir war klar, dass sie bleiben würde. Bei manchen Frauen weiß man es einfach, Rosalie. Die Frage ist nur, wie man damit umgeht, wenn man sich sicher ist, dass seine Frau einem alles verzeiht. Ich tupfe mir das Gesicht ab, dann verlasse ich das Badezimmer und durchquere mein Zimmer, bevor ich den Ring einstecke, genau wie meinen Geldbeutel, und meine Waffe in den hinteren Hosenbund klemme. Es ist immer noch die, die du mir geschenkt hast. Sie blitzt silbern in der Sonne und reflektiert im Spiegel, an dem ich vorbeigehe. Das eingravierte *Sempre* sieht man immer noch deutlich. Ich benutze niemals eine andere, es sei denn ich muss.

Ich schließe meine Zimmertür und nehme die Treppe nach unten.

Giovanni steht vor der Tür meines Vaters und sieht wie immer zu mir, während ich seinen Blick wie immer nicht erwidere. Ich bin immer noch wütend auf ihn. Mehr als das, ich bin enttäuscht. Seit er mir gesagt hat, dass mein Vater noch lebt, habe ich nicht mehr mit ihm gesprochen. Das ist nun fünf Wochen her.

Ich klopfe an die Tür. »Ja?«, fragt mein Vater etwas abgelenkt und ich trete ein. Mittlerweile habe ich mir wieder angewöhnt zu klopfen. Das hat was mit dem Respekt vor mir selbst zu tun.

Mein Vater telefoniert gerade. Er hat sich zurückgelehnt und die Fußknöchel auf dem Schreibtisch überschlagen. »JA, machen wir!«, sagt er gerade auf Italienisch, während ich die Tür hinter mir schließe. »Warte kurz.« Er hält sich den Hörer an die Brust und schaut zu mir. Seine Wange ist immer noch leicht verfärbt, genau wie meine. Ansonsten sieht er makellos und klar wie immer aus.

»Ich gehe rüber«, informiere ich ihn und mein Mundwinkel zuckt. Ich sage ihm nicht, was ich drüben mache. Oder soll ich? So hätte er die Chance, noch ein letztes Mal sein Veto einzulegen.

»Aha.« Er mustert mich genauer, weil er wohl irgendwas in meinem Gesicht liest.

Ich seufze und erbarme mich, bevor ich die Schatulle aus meiner hinteren Hosentasche nehme und lässig mit einem Finger den Deckel aufschnappen lasse.

Er betrachtet den funkelnden Ring entgeistert. »Aha.« Das kommt jetzt härter und ich klappe die Schatulle wieder zu. Ich habe ihn gar nicht erst nach dem Familienring gefragt.

Mit zwei Fingern salutiere ich und er atmet tief durch. Ich sehe, dass er sich einen Kommentar verbeißt, wie auch immer der gelautet hätte, und lächle leicht.

»Wirklich?«, fragt er schließlich, was er sich anscheinend nicht verkneifen konnte.

»Wirklich.«

Er nickt, während ich ihn geduldig mustere. »Wenn du das wirklich willst …« Oh, ich wollte noch nie etwas mehr, Rosalie.

»Ja«, antworte ich klar.

»Gut«, sagt er, kann sich aber nicht zu einem: *Dann viel Glück* oder Ähnlichem durchringen.

Ich beuge mich zum Hörer, weil ich weiß, dass es Pablo ist. »Buon Natale, Pablo!«, rufe ich, dann wende ich mich ab und öffne die Tür. Ich sehe aber nochmal über die Schulter.

»Buon Natale«, sagt mein Vater nun auch zu mir und ich antworte leise:

»Frohe Weihnachten, Dad«, bevor ich sein Büro verlasse.

Ich komme, Rosalie.

Ich komme und verändere jetzt dein ganzes Leben.

* * *

Die Sonne scheint durch das gläserne Dach, unter dem dein Vater thront, Rosalie.

Ich sitze ihm gegenüber. Über ihm schmilzt der Schnee und rinnt in Schlieren über die Scheiben herab. Es ist hell hier drin. Dein Dad sitzt hinter dem weißen Schreibtisch, der Laptop vor sich aufgeklappt, daneben ein Stift. Sonst nichts. Er mag es minimalistisch.

Er hat sich zurückgelehnt. Sein weißer Rollkragenpullover strahlt im Sonnenlicht. Seine Hände liegen locker auf den Armlehnen und seine schwarzen Haare sind perfekt nach hinten gekämmt. Seine türkisfarbigen Augen betrachten mich aufmerksam, womit er mich nervös macht.

Dein Vater ist jetzt der Erste, der eine gewisse Unsicherheit in mir auslöst, wenn es darum geht, dich heiraten zu wollen.

Mir fehlen die Worte, also lehne ich mich langsam zur Seite. Seine Augen folgen mir. Sie funkeln, während ich die schwarze Schatulle aus der Hosentasche ziehe, sie auf den Tisch lege und zu ihm rüberschiebe.

Sein Mundwinkel zuckt. »Aber ich bin doch schon verheiratet, Tesoro«, meint er sanft und mein Gesicht wird ausdruckslos.

»Jetzt schau ihn dir erstmal an, bevor du dich entscheidest, Babygirl.«

»Oh, ich weiß, dass er wunderschön sein wird.« Er zieht die Schatulle zu sich rüber und klappt sie auf. Wieso bin ich denn jetzt so nervös, Rosalie? Eigentlich war ich total gelassen, als ich hergefahren und dann pfeifend ins Büro geschlendert bin, ohne jemanden zu begrüßen. Als würde ich immer noch hier wohnen. Es hat auch niemand auf mich reagiert. Ich glaube, du bist in deinem Zimmer, aber ich bin erstmal nach oben gegangen, weil ich mit deinem Vater sprechen wollte, bevor ich dir die Frage aller Fragen stelle.

Sein Gesicht gibt nichts preis, während die Reflexionen der Diamanten darüber tanzen. Schließlich klappt er die Schatulle wieder zu und ich starre ihn gebannt an.

»Sie wird ihn lieben.« Er schiebt sie mir wieder zu und ich ziehe sie heran, ohne ihn aus den Augen zu lassen. »Und ich liebe es, dass du hier vor mir sitzt wie ein kleines Rehkitz, um dich rückzuversichern, ob es richtig ist, was du vorhast. Du kamst immer mit allen wichtigen Entscheidungen als Erstes zu mir.«

Ich muss ein bisschen lächeln. Das stimmt. Seine Meinung war mir immer am wichtigsten.

»Du konntest noch nicht mal mit deinen Füßen den Boden berühren und hast schon immer alles genau überdacht. Und jetzt willst du von mir hören, ob du das Richtige tust?«, fragt er sanft. Sein Blick ist nun ganz weich, wie er es nur ist, wenn er jemanden aus der Familie betrachtet, jemanden, den er liebt. Es bedeutet mir alles, einer dieser Menschen für ihn zu sein.

»Ja«, antworte ich zögernd.

Sein Mundwinkel hebt sich. »Es gibt wahrscheinlich keine Entscheidung in deinem Leben, die ich mehr befürworte, als das, weil ich für meine Tochter nur das Beste will. Und was könnte ich mir mehr für sie wünschen, als einen Mann, der auch nur das Beste für sie will? Einen Mann, der das Beste für sie ist?«

Ich atme tief durch und entspanne mich etwas.

»Ich weiß, dass du immer die richtige Richtung einschlagen und sie immer sicher durch das Leben leiten wirst. Und wenn du nicht mehr weiter weißt oder drohst, dich in dir selbst zu verirren, wird sie dein Gefühlskompass sein.« Mein Gefühlskompass, das bist du, warst du schon immer. »Also ja – tu es.« Eindringlich sieht er mich an. »Ja, du kriegst sie von mir. Du kriegst von mir eines der kostbarsten Dinge in meinem Leben. Weil du das selber bist.«

Seine Worte rühren mich und ich merke, wie etwas in mir ganz warm wird. Für mich war dein Vater auch immer mein

Vater. Genau wie der Carter-Dad. Er war derjenige, der mir gesagt hat, was richtig und falsch ist. Ich habe nie meinen Vater danach gefragt, immer nur ihn. Ich kam oft von meinem Vater nach Hause und habe deinen gefragt, wenn ich etwas wissen wollte und Dinge infrage gestellt, die meiner gesagt oder getan hat.

Dein Dad hat meinen nie verurteilt und mir immer nur erklärt, dass jeder anders ist und anders denkt. Er hat mir die Tatsachen erläutert, ohne ein Urteil darüber zu fällen. Das hat er mir stets selbst überlassen. Nie hat er mir eine Meinung aufgedrängt, mich nur zum Nachdenken angeregt.

»Sie wird dann da drüben wohnen«, gebe ich zu bedenken.

Er atmet tief durch. »Bei den Engeln und bei den Teufeln. Da, wo die Reise für meinen Bruder und mich angefangen hat, wird meine Tochter enden. Wie ironisch.« Ich weiß, dass die beiden da angefangen haben. Sie haben erst für meinen Opa und dann für meinen Vater gearbeitet. Allerdings wollte nur der Carter-Dad dieses Leben. Dein Vater hatte seine Zukunft schon genau geplant: beim FBI anfangen, ein Haus in der Vorstadt und zwei Kinder. Unter Keaton und Mason Rush arbeiten. Ein ganz normales Leben führen. Auf all das hat er für seinen Bruder verzichtet. Das zeigt nur, was für ein unglaublicher Mensch er ist.

Wie kann ein solcher Mensch jemanden zeugen, der das ist, was mein Vater in dir sieht? Das ist praktisch unmöglich.

»Ich werde auf sie aufpassen«, verspreche ich.

»Das weiß ich«, meint er eindringlich, und dass er daran glaubt, gibt mir noch einmal mehr Zuversicht, es zu schaffen.

Ich nicke langsam. »Ich werde sie sowieso so oft wie möglich herschicken.«

»Das musst du auch. Keiner kann besser Geld unterschlagen und mit den Behörden umgehen als sie.«

Ich muss lachen und reibe mir über das Gesicht. »Okay, ich werde deine Assistentin nicht stehlen, versprochen!«

»Ja, sonst werde ich echt ekelhaft.«

Ich muss wieder lachen und frage mich, was er davon halten wird, dass du schwanger bist. Denn das weiß er noch nicht. Etwas, was Caden Rush noch nicht weiß. Das ist fast ein Staatsverbrechen.

Unten höre ich meine Schwester laut lachen, während sie jammert. »DAAAAAAD!«

»Onkel Carter, jetzt lass sie endlich!«, ruft Sophia entrüstet und lacht dann selbst. Hier ist alles so voller Leben, darauf könnte ich nicht nochmal verzichten. Ich werde zusehen, dass du so viel Zeit wie möglich hier verbringst, genau wie unser Kind.

»Hast du die Hosen voll?«, fragt er mich nun und ich hebe eine Braue.

»Nein, die hatte ich nur vor dir voll.«

»Na, dann geht es dir ja besser, als es mir damals ging.«

Ich kenne schon die Geschichte von seinem epischen Antrag in Italien auf der Jacht meines Großonkels. »Das werde ich zwar nicht toppen können, aber ich versuche trotzdem, ein paar epische Worte zu finden.«

»Das musst du nicht.« Komischerweise bin ich wirklich nicht mehr aufgeregt. Bei dir war ich mir immer sicher. Sicher, dass du warten wirst. Sicher, dass du Ja sagen wirst.

Sicher, dass du mich lieben wirst. Sicher, dass du mein *Für immer* bist.

Ich atme tief durch, dann stecke ich die Schatulle wieder ein und erhebe mich langsam. »Okay, dann gehe ich jetzt runter und frage sie.«

Dein Vater salutiert locker und ich muss lächeln. Er atmet tief durch. »Was haben wir alle auf diesen Augenblick gewartet …«

»Frag mich mal«, meine ich mit erhobenen Brauen, denn ich dachte, er würde nie kommen und wir wären Geschichte.

»Tja, vielleicht hat deine Mutter doch recht. Aber ich glaube, das ist erst euer Anfang.«

Ich denke an dieses Baby. »Fühlt sich so an«, sage ich mit einem kleinen Lächeln, das er sofort analysiert, weshalb er mich kritisch mustert und seine Augenbrauen zusammenzucken.

»Verschweigst du mir was, Sergio?«

»Ja«, gebe ich offen zu und grinse breit.

Ihm klappt der Mund auf, weshalb ich lachen muss – aber richtig. »Und das sagst du mir jetzt einfach so?«

»Ich weiß nicht, ob ich es dir verraten darf, deshalb schweige ich lieber. Aber nicht, weil ich dir nicht vertraue«, informiere ich ihn sachlich.

»Und wann erfahre ich es?«

»Vielleicht heute noch, ich weiß es nicht.«

»Wer verbietet es dir?«, schießt er die nächste Frage auf mich ab.

»Wer wohl«, meine ich mit bedeutungsvollem Blick und er sieht anklagend nach unten.

»Diese kleine Terroristin … Okay, tu, was du tun musst, und danach will ich alles wissen!«, nagelt er mich fest.

»Okay, Sir! Bis später.« Ich salutiere.

»Ciao!« Jetzt klingt er so angepisst wie der Carter-Dad. Ich lache erneut, bevor ich mich abwende und das Büro verlasse, wobei ich höre, wie er noch was vor sich hin murmelt.

Am oberen Treppenabsatz bleibe ich stehen, sehe über das Geländer nach unten, wo sich dein Zimmer befindet, und lege den Kopf schief. Okay. Ich mache das jetzt. Ich gehe jetzt da runter und stecke dir diesen Ring an. Wir werden heiraten, und wenn nicht alles gut ist, ist das noch nicht unser Ende. Dein Vater hat recht. Das ist erst der Anfang und ich kann es nicht erwarten, mit dir zusammen die Startlinie zu überqueren und ein neues Leben zu beginnen.

Unser Irgendwann – jetzt.

18. Ja, Sergio

XX

Rosalie

Ich stehe seitlich in Unterwäsche vor dem hohen Spiegel in meinem Schlafzimmer. Mit einer Hand fahre ich prüfend über meinen Bauch, während ich meine Augen verengt habe. Da ist noch nichts zu sehen. Keine Rundung. Keine Dehnungsstreifen. Nur die üblichen Verdächtigen, die ich gelernt habe, nicht zu beachten. Ich streiche mit meiner Hand nach oben. Dann pikse ich mit einem »Hallo?« den Zeigefinger in meinen Bauch. »Bist du da drin?«, frage ich und sehe stirnrunzelnd nach unten. »Wirst du ein Mädchen oder ein Junge?« Ich hebe eine Augenbraue und lausche, kriege aber keine Antwort. Ich spüre auch noch nicht wirklich, dass ich schwanger bin, bis auf die Übelkeit und das Ziehen meiner Brüste. Ich fühle mich total normal und das ist komisch. Sollte ich nicht irgendeine Bindung haben?

Irgendwie, ähm ... besonders mütterlich sein? Hormongesteuert? Fressgelüste kriegen? Okay, die habe ich ja immer.

Wahrscheinlich ist es dafür einfach noch zu früh. Ich habe noch gar nicht realisiert, dass da etwas in mir drin ist, aus uns entstanden, was es zuvor nicht gab. Vielleicht werde ich es nach dem ersten Frauenarzttermin wirklich verstehen.

Vielleicht auch erst, wenn sich mein Bauch rundet oder das Baby rausflutscht. Gott, daran will ich jetzt gar nicht denken, also ziehe ich mich erstmal an.

Ich muss mich fertig machen für das Weihnachtsprogramm, das heute ansteht. Erst essen wir, danach geht es wie immer in die Kirche zur weihnachtlichen Messe. Das alles wird dann abgerundet von einem Punschbesäufnis – zumindest für alle außer mich – bei uns unter dem Baum am Kamin.

Es klopft an meiner Tür, weshalb ich zusammenzucke.

»JA? Nicht reinkommen, ich bin halb nackt«, rufe ich und zerre mir schnell den weißen Pullover vom Bett über den Kopf und schlüpfe in eine Leggings.

»Jetzt.« Die Tür öffnet sich. Da stehst du. Einen Unterarm an den Rahmen gestützt, deine Stirn an den Handrücken gelehnt. Eine Hand ausgestreckt – in der eine kleine schwarze Schatulle liegt.

Ich erstarre.

»Hi«, sagst du rau. Ich frage mich, ob ich vielleicht noch schlafe. Wieso siehst du überhaupt so hübsch aus und was ist das in deiner Hand, SERGIO?

»Hi«, erwidere ich vorsichtig, während die Sonnenstrahlen auf den Diamanten des Ringes tanzen, der in dem Samt der Schatulle steckt. Ein Ring. Und was für ein Ring. Oh mein Gott. Das ist der schönste Ring, den ich je in meinem Leben gesehen habe, und ich habe schon wirklich viele gesehen.

Ein runder Diamant sitzt in der Mitte und wird von mehreren kleinen umrahmt, die sich auch um den Ring herum ziehen, der sich in zwei Striemen teilt. Mein Herz beginnt zu rasen.

Passiert es jetzt?

Das, was ich mir als kleines Mädchen so oft vorgestellt habe? Das, was ich in meinem Prinzessinnenkleid vor dem Spiegel gespielt habe? Das, was ich immer wollte. Mehr als alles andere?

Fängt jetzt unser *Irgendwann* an?

Du trittst ein.

Ich rühre mich nicht, weil ich Angst habe, dass du sonst verpuffst, und weil meine Knie mit einem Mal ganz weich werden. Du schließt die Tür mit dem Fuß hinter dir und machst die zwei Schritte zu mir.

»Ich habe mich gefragt«, meinst du dann und deine dunkelblauen Augen funkeln mit den Diamanten um die Wette. In diesem Moment ist mir dieser wunderschöne Ring egal, denn deine Augen sind noch viel kostbarer. Du bist viel mehr wert, als jedes Schmuckstück. Wie du mich fühlen lässt, wie du mich betrachtest und wie sehr du mich liebst. »Ob du …« Du nimmst meine Hand, während ich hier nur stehe wie ein Volltrottel und du dich langsam auf ein Knie sinken lässt.

Mein Herz macht einen Salto.

Ich. Kriege. Keine. Luft. Und. Ersticke.

Mit deinen funkelnden Augen schaust du zu mir hoch. Du warst echt noch nie schöner, obwohl deine Wange verfärbt ist. »Bereit bist …« Du stellst die Schatulle auf den Boden und ziehst den Ring heraus. Ich hyperventiliere gleich.

»Ich bin bereit!«, rufe ich aus, für was auch immer. Ich bin so was von bereit. Du lachst. »Ich bin total bereit, LOS!« Ich strecke dir auffordernd meine Hand entgegen und du lachst noch ein bisschen mehr.

»Mein *Für immer* zu werden«, endest du trotzdem.

Ich nicke wie verrückt und spüre, wie meine Augen anfangen zu brennen und sich mit Tränen füllen, während eine wahre Gefühlsexplosion durch meinen Körper rauscht und jede einzelne Faser herumwirbelt.

»Ich war immer bereit«, sage ich leise mit tränenerstickter Stimme und strahle zu dir runter, als ich auch schon losheule. Dein Blick ist ganz weich und du ziehst meine Hand näher, bevor du den Ring über das erste Drittel meines Fingers schiebst und deinen Kopf schief legst.

»Ich …«, murmelst du mehr für dich, während du meine Hand ansiehst, die etwas zittert, »werde nicht immer perfekt sein, aber so viel weiß ich, ich werde dich immer lieben und ehren.« Du streifst den Ring ein weiteres Stück über meinen Finger. Meine Beine geben gleich nach. »Ich will, dass wir der Anfang von was Neuem sind. Ich will, dass wir echt sind.« Du nickst langsam und ich nicke mit, während du das letzte bisschen überbrückst und der Ring an meinem Finger einrastet. Ein Ruck geht durch meinen Körper, ganz tief in mir. Es ist, als hätte sich dieses Band, das uns schon seit Kindertagen an verbindet, gefestigt. Als hätte es sich völlig um mein Herz geschlungen. Als wäre es in diesem Moment unzerstörbar geworden.

Meine Beine knicken weg, doch du fängst mich an der Taille ab, als ich auf die Knie sinke und dein Gesicht vorsichtig in meine Hände nehme. Sie zittern immer noch und ich sehe dich kaum vor Tränen. Die Emotionen toben durch mich hindurch wie ein Orkan. Ich bin völlig aufgewühlt und so glücklich.

Du atmest tief durch und streichst mir die Haare über die Schulter.

»Ich hab gewusst, dass du irgendwann zu mir zurückkommen wirst.« Dein Daumen gleitet über meine Wange und meine Unterlippe.

»Ich werde immer zu dir zurückkommen«, murmelst du und siehst mich mit einem Blick an, der völlig neu ist. Ich glaube, du warst noch nie so offen, so echt, so hundertprozentig du. Du schaust mir in die Augen, während meine Tränen immer mehr werden, weil ich die Gefühle nicht kontrollieren kann. Ich hatte schon mit dem hier abgeschlossen, obwohl ich ihn mir gewünscht habe, seit ich vier war. Das wird mir erst jetzt klar. Bis jetzt hatte ich immer noch Angst, dass es nicht klappt. Dass du mir wieder entgleitest, dass dein Vater etwas tut. Dass irgendwas dazwischen kommt.

»Ich liebe dich«, sagst du sanft.

»Ich liebe dich«, meine ich völlig überwältigt.

Du ziehst meinen Kopf heran und lehnst deine Stirn an meine, während die Sonne über uns tanzt und unsere Körper von außen genauso wärmt, wie du es schaffst, alles in meinem Inneren zu erhitzen.

Wir knien auf demselben Boden, auf dem wir unser erstes Puzzle zusammen gemacht haben. Auf dem wir unseren ersten Streit hatten. Auf dem du mit mir Murmeln über das Holz hast schnippen lassen. Auf dem wir für die Schule eine Collage gebastelt haben. Auf dem du stoned neben mir lagst und ich meine Schultasche sortiert habe. Auf demselben Boden, auf dem wir standen, während unseres ersten Kusses. Auf demselben Boden, auf den ich nach meinem ersten Joint gekotzt habe. Du hast es weggewischt, damit mein Dad es nicht sieht. Auf demselben Boden, auf dem du bei unserem dritten Mal über mich hergefallen bist, als wir beide total betrunken waren. Und auf dem ich stand und dich angebrüllt habe, als du im Poolhaus mit einer anderen geflirtet hast. Auf demselben Boden, auf dem ich weinend zusammengebrochen bin, als du zu deinem Vater gegangen bist. Auf demselben Boden, auf dem du mir mit fünf den Arm um die Schultern gelegt und gesagt hast, dass Hamster nun mal sterben und dass es zum Leben dazu gehört, weil dein Vater dir das schon sehr früh beigebracht hat. Auf demselben Boden, auf dem ich stundenlang neben dir saß, wenn du von deinem Vater gekommen bist und ich dir vorgelesen, vorgesungen oder dir irgendwas erzählt habe, damit du wieder lachst. Auf demselben Boden, auf dem wir lachend lagen, weil Zayden aus der Nase gekotzt hat und neben uns in meinem Bad fast erstickt wäre. Wir haben uns gar nicht mehr eingekriegt und haben noch Tage später darüber gelacht und Witze gemacht.

Auf demselben Boden, auf dem alles begann und du das erste Mal meine Hand genommen hast. Auf dem selben

Boden ziehst du nun meine Finger an deine Lippen und küsst die Stelle, an der der Ring sitzt.

»Fuck, ich liebe dich«, murmelst du atemlos und ich starre dich nur an. Ich kann es nicht glauben. Nach allem, was wir erlebt haben, nach all der Zeit, in der du so weit entfernt warst, werde ich jetzt doch deine Frau.

Ein Teil deines Lebens. Sogar der wichtigste.

Ich bin sicher, dass ich dieses Band zwischen uns nie loslassen werde. Egal, was auch passiert, weil ich weiß, wer du bist. Weil ich weiß, wie dein Herz schlägt. Weil du ein Teil von mir bist und ich von dir. Unwiderruflich verbunden. Von jetzt an und für immer, Sergio.

19. Weihnachtswunder, Irina

XX

Zayden

Ich stehe vor dem deckenhohen Spiegel im Kleiderschrank und ziehe meinen dunkelbraunen Gürtel durch die Schlaufen meiner schwarzen Hose. Ich trage ein Hemd, Irina. Ich hasse Hemden, Irina. Wir werden gleich essen und anschließend in die Kirche zur Weihnachtsmesse fahren. Wie jedes Jahr. Diese Heuchelei. Da sitzen sie dann in den Reihen des Gotteshauses, diese Mörder und Vergewaltiger, Menschenhändler und Koksdealer, hören sich Predigten über Nächstenliebe an, über Sünden, Himmel und Hölle.

Ich streiche mir nochmal das Haar zurück und greife nach meinem Parfüm, um es mir an den Hals zu sprühen. Wenn es nach mir ginge, würden wir uns diese Scheiße ersparen, aber es geht ja nicht nach mir, nicht wahr?

Mom hat uns rübergerufen, weil mein Bruder da ist, um irgendwas vor dem großen Essen und der Kirche zu besprechen. Danach wird er wahrscheinlich zurück zum Oberteufel, bei dem ich bis heute nicht verstehe, wie er es überhaupt in die Kirche schafft, ohne zu verbrennen, und bei ihm Weihnachten verbringen, wie er es seit Jahren tut.

Alles Heuchler.

Ich greife nach meiner Uhr und streife sie über mein Handgelenk, bevor ich sie mit einem leisen Klacken schließe. Dann wende ich mich vom Spiegel ab. Ich habe mich rasiert, trotz meines verfärbten Kiefers und der Wunde auf dem Wangenknochen, die schon schmerzt, wenn ich sie nur anschaue. Aber gut. Ich bin ja selbst schuld. Seit dem Casa del Nero habe ich meinen Bruder nicht gesehen und keine Ahnung, was mich erwartet, wenn er vor mir steht. Darüber denke ich jetzt nicht nach. Ich schätze, er wird verkünden wollen, dass Rosalie schwanger ist, aber das weiß ich ja schon. Natürlich werde ich trotzdem rübergehen. Außerdem weiß ich, dass Sergio sie heiraten wird. Ich hatte ja den Deal mit Donovan. Dafür ist sein kleines Geheimnis bei mir sicher.

Du kommst aus dem Badezimmer, während ich meinen Kragen richte, und schließt gerade noch das feine Diamantenarmband an deinem Handgelenk. Du trägst ein schwarzes Etuikleid mit langen Ärmeln, das bis zum Dekolleté geschlossen ist, darunter eine durchsichtige, schwarze Strumpfhose. Deine blonden Haare liegen in einem Nackendutt. Du hast dich leicht geschminkt, aber nicht zu aufdringlich.

Dein Blick gleitet über den Spiegel zu mir und ich schaue zurück. Wir hatten gestern schon wieder einen üblen Streit. Weil du bei deiner Familie warst, die wohl denkt, ich würde dich misshandeln. Ich habe sowieso ein Problem mit deinem fucking Bruder, Ivan, und weiß, dass dein Vater mich die ganze Zeit schon im Visier hat. Er traut mir nicht. Sicher, keiner ist gut genug für dich. Habe verstanden. Doch das ist mir scheißegal.

Du bist erwachsen und kein kleines Mädchen mehr. Also soll er mich nicht anpissen oder dir einreden, du hättest was Besseres verdient. Ich weiß genau, wie solche Gespräche laufen, Irina. Denn ich habe sie oft genug bei meiner Schwester und Dad oder Sophia und Onkel Caden gehört. Rosalie hat diese Gespräche nie gebraucht. Sie hatte ja immer nur Augen für Sergio und damit hat sich das für sie erübrigt. Die einzig Schlaue hier, die sich einen Mann ausgesucht hat, der kein Bastard ist.

Ilian ist einer. Der Bastard schlummert in ihm.

Ich bin auch einer.

Mein Onkel ebenfalls.

Aber Sergio und mein Dad, sie sind perfekt. Nicht wahr?

Du sprühst dir Parfüm auf. »Bist du fertig?«

»Japp«, antworte ich und drehe mich zu dir um. Du legst noch die feinen Ohrringe an und ich schaue zu dir runter.

»Dann gehen wir«, meinst du und ich betrachte dich noch ein paar Sekunden. Seit gestern versuche ich, rauszufinden, was dein Vater dir wohl eingeredet hat, aber du hast kein Wort verraten. Natürlich nicht.

Ich öffne die Tür und warte, dass du das Zimmer verlässt. Du schreitest an mir vorbei durch den Flur. Die Jungs sind schon drüben bei meinen Eltern. Mom hat sie angezogen und fertig gemacht.

Wir gehen nach unten und dein Duft steigt in meine Nase. Du ziehst deine Heels an, ich meine Schuhe, bevor ich deinen Mantel nehme und ihn dir aufhalte. Wie mich diese Scheiße nervt. Aber ich will ja auch perfekt sein, nicht wahr?

Du schlüpfst hinein und ich lege meinen eigenen über einen Arm. Dann nehme ich den Schlüssel aus der Hosentasche und schließe die Tür auf. Ich traue dir nach wie vor nicht, Irina. Zwar hast du gesagt, dass du bleiben wirst, und wir hatten epischen Sex, aber manchmal driftest du ab und ich sehe deine Zweifel. Also muss ich aufpassen, dass du nicht abhaust. Das ist nicht für immer so, mach dir keine Sorgen. Irgendwann wirst du schon wieder zur Vernunft kommen und nicht mehr zweifeln. Ich werde dir das auch nicht nochmal antun, keine Sorge. Wusstest du, dass Angst nur Aktionen heraufbeschwört und alles wahrmacht, wovor man sich fürchtet? Dass es wahrer wird, je öfter du es dir vorstellst? Denk einfach nicht so viel darüber nach, Baby.

»Wie lange willst du mich noch einsperren, Zayden?«, fragst du stirnrunzelnd. Ich betrachte dein Gesicht und schiebe diese eine Strähne hinter dein Ohr, die sich aus deinem Dutt gelöst hat – die sich immer löst.

»So lange, bis du begreifst, dass du hier nicht wegwillst«, informiere ich dich sanft. Auch gestern habe ich dich nur gehen lassen, weil Ilian dabei war und er mir geschworen hat, dich zurückzubringen.

Ich nicke dich vor und du atmest schwer durch. Mach dir doch nichts vor, Irina, du willst das hier. Du setzt dich in Bewegung und ich ziehe die Tür hinter uns zu, als wir in die

Kälte treten. Es dämmert langsam. Der Himmel ist klar und wolkenfrei. Hinter dem See geht die Sonne unter und Kirchenglocken läuten in der Ferne.

»Was ist, wenn ich es nie begreife?«, fragst du, ohne zu mir zu sehen, und ich lege meinen Arm um deine Schultern.

»Keine Sorge, das wirst du schon. Sonst helfe ich dir auf die Sprünge.« Ich küsse dich auf den Kopf. Mir ist klar, dass ich Scheiße gebaut habe, aber auch, wenn du das nicht willst. Ich werde es ein Leben lang wiedergutmachen und dir beweisen, dass ich dir treu bin. Und wenn du mir dazu keine Chance geben willst, muss ich sie mir eben selbst erschaffen.

Seit Tagen denke ich darüber nach, dass ich bald nach Spanien muss. Vielleicht nehme ich dich einfach mit, damit ich dich in meiner Nähe habe und du hier nichts Dummes machst, während ich weg bin. Irina, was, wenn du plötzlich die Scheidung einreichst, weil du der Meinung bist, dass ich zu weit weg bin, um etwas dagegen zu unternehmen? Das geht nicht, das kann ich nicht zulassen.

Ich überlege es mir noch.

Natürlich werde ich das nicht absagen. Ich halte mein Wort, was das Geschäft betrifft. Nur für dich muss ich noch eine Lösung finden.

Wir erklimmen die Stufen der Terrasse, bevor ich uns die Tür zum Salon öffne und dich loslasse, damit du vorgehen kannst. Das tust du auch und sagst erstmal nichts mehr. Siehst du? Wir machen Fortschritte. Du lernst, dich zu kontrollieren, und ich lerne, wieder treu zu sein. Wir schaffen das schon, Babygirl.

Der Kamin knistert und die Flammen lodern heiß und hoch. Catalina hat die Spieldecke davor ausgebreitet und sitzt in ihrem schwarzen Kleid mit Sophia, Rowan und Rayen an einem Puzzle, wobei Rayen einfach jedes Puzzlestück an Sophia gibt, was sie dann einsetzt.

Der Weihnachtsbaum schimmert golden neben dem Kamin. Tante Alayna sortiert noch ein paar Kugeln um, die ihr in der Konstellation nicht gefallen. Ilian lehnt mit seinem Handy am Fensterbrett, wie immer, und scrollt. Er ist echt angepisst wegen irgendwas. Ich muss unbedingt noch mit ihm reden und rausfinden, was er hat.

Dad sitzt auf seinem Sessel, über dessen Lehne ich gerade meinen Mantel lege. Er hat seine Schläfe auf eine Faust gestützt und war gerade dabei, Rowan und Rayen zu beobachten. Jetzt sieht er zu uns. Sein Blick hat immer einen Funken Besorgnis in letzter Zeit. Ich deute dir, dich zu setzen, und du lässt dich auf dem Sofa neben meiner Mutter nieder, die die Beine seitlich überschlagen hat und auch mit ihrem Handy beschäftigt ist. Sie schaut kurz auf und mustert dich prüfend. Mich würdigt sie keines Blickes, denn sie ist immer noch sauer.

Onkel Caden kommt gerade durch den runden Durchgang und überschaut uns alle kurz, während ich die Sitzecke umrunde und bei Rayen und Rowan in die Hocke gehe.

Sie tragen beide schwarz. Schwarze Pullover und schwarze Hosen. Du hast ihnen die Haare nach hinten gekämmt und sie sitzen perfekt.

Rowan kniet sich hin und schaut zu mir hoch wie ein kleines Erdmännchen. »Und?«, frage ich ihn leise und interessiert.

»Lina …« Das heißt Catalina. »Loch!« Er deutet anklagend auf ihre Strumpfhose und ich muss lachen.

»Oh verdammt!«, ruft meine Schwester, als sie das Loch in ihrer Strumpfhose bemerkt, und stöhnt genervt. »Okay, ich ziehe mich gleich um.«

Rowan nickt eindringlich. Ich packe ihn unter den Armen und hebe ihn hoch, wobei ich aufstehe. Er quietscht erfreut und aufgeregt.

»Mama Loch?« Er betrachtet kritisch deine Beine und du streckst sie aus, um sie ihm zu zeigen.

»Kein Loch«, beruhigst du ihn, während ich ihn mir auf die Hüfte setze und mich dann auf dem Sofa niederlasse.

»Papa Loch?«, fragt er und überschaut jetzt meine Beine. Ich drehe ihn um, sodass er mit dem Rücken an meinem Bauch lehnt.

»Nope«, murmle ich in sein Haar und ziehe seinen Duft ein. Er riecht wie der Himmel. Das tun sie beide. Sie haben einen ganz eigenen, süchtig machenden Duft.

Rowan nickt zufrieden und sinkt entspannt zurück, woraufhin ich meine Arme um ihn schließe und mein Kinn auf seinen Kopf stütze. Ich lasse meinen Blick aus dem Fenster schweifen und sehe auf den See, hinter dem die Sonne untergeht.

Immer wieder muss ich an Spanien denken. Von Mal zu Mal macht es mich ein wenig nervöser, aber ich lasse mir nichts davon anmerken. Vor allem nicht, wenn sich dieser kleine, warme Körper an mich schmiegt.

Rayen hält Sophia sein nächstes Puzzlestück entgegen. Er liegt inzwischen auf dem Rücken und sie setzt es ein. Als Rosalie und Sergio eintreten, wendet Tante Alayna sich vom Baum ab und lässt sich auf Onkel Cadens Armlehne nieder. Er grinst und lehnt sich zurück. Ich frage mich, was er weiß. Ich frage mich generell, was er weiß. Das tue ich schon seit Wochen. Denn er verschweigt mir irgendwas. Das habe ich das erste Mal bemerkt, als er Sancho Esteban in Chicago gesehen hat. Deshalb überlege ich nicht zum ersten Mal, ob er eine Ahnung hat, mit wem Tante Alayna eigentlich verwandt ist. Ich kann ihn allerdings nicht fragen, weil ich mich dann verrate.

Mein Onkel mustert mich immer wieder kritisch, sagt jedoch nichts. Also schleichen wir umeinander herum. Seit vorgestern redet er sowieso nicht mehr mit mir, was nicht schlimm ist. Er wird sich schon beruhigen. Genau wie Mom. Sie beruhigen sich immer irgendwann.

Sergio geht hinter Rosalie her und hat die Hände in die Hosentaschen geschoben. Ich betrachte sein Gesicht. Seine Wange und sein Kiefer sind verfärbt, sonst kann ich auf den ersten Blick nichts feststellen.

Seine Augen schweifen zu mir und er mustert mich ebenfalls. Ich war so in Rage, als er unter mir lag. Ich weiß nicht, wozu ich fähig gewesen wäre. Ich war so konfus und habe nur noch schwarz gesehen. Und das tut mir wirklich leid. Weil ich alles, was ich ihm antue, mir selbst antue.

Er hebt einen Mundwinkel, als hätte er meine Gedanken gehört. Er ist so einfach und unkompliziert. Rayen quietscht, als er Rosalie und Sergio sieht, bewegt sich aber nicht. Er wollte wohl nur Hallo sagen. Sergio lächelt ihn warm an.

Rosalie ist ganz entzückt und setzt sich auf die Armlehne des noch freien Sessels. Da bemerke ich das Funkeln an ihrem Ringfinger.

A ja.

Braver Donovan. So mag ich das. Er hat also sein Einverständnis gegeben, dass sie endlich Ja sagen darf. Wie freundlich.

Ich bin nur mäßig überrascht, als meine Schwester und Sophia ebenfalls an den Tisch treten. Sergio lässt sich auf den freien Sessel fallen, stützt die Unterarme auf die Oberschenkel und faltet seine Hände. Er hat auch ein paar Abschürfungen an den Knöcheln.

»Wir müssen euch was sagen …«, beginnt Rosalie.

»IST DAS EIN VERLOBUNGSRING?«, keucht Catalina und fasst sich an die Brust.

»Ja«, antwortet Rosalie mit einem breiten Lächeln und strahlenden türkisen Augen.

Kurz ist es still und ich spüre, wie mein Mundwinkel sich hebt. Ich liebe das. Ich liebe es, dass sie bei all der stinkenden Scheiße um uns herum, zueinander gefunden haben, und ich gönne es ihnen.

»Oh mein Gott, ich freu mich so!« Du springst als Erste auf, Irina, und fällst Rosalie um den Hals.

Meine Mutter starrt konzentriert Rosalies Hand an. Die Verwirrung steht ihr ins Gesicht geschrieben. »Wie?«, fragt sie fassungslos.

Sergio zuckt etwas selbstgefällig mit den Schultern und hebt träge einen Mundwinkel.

»Hast du etwa deinen Vater dazu gekriegt, dass er das erlaubt?«, hakt Mom nach. Du setzt dich wieder, während

Catalina und Sophia Rosalie belagern und sie allen den Ring zeigen muss.

»Japp.«

Mom blinzelt, dann keucht sie, dann steht sie, dann schiebt sie alle anderen weg. Und dann weint Rosalie und sie liegen sich in den Armen. Die beiden sind mehr Tochter und Mutter als irgendwer sonst hier.

Alayna wartet währenddessen geduldig. Mom tätschelt Rosalies Hinterkopf und murmelt ihr was zu. Rosalie wischt sich die Tränen fort und schnieft, als mein Dad aufsteht und Mom sich an Sergio wendet. Dad zieht Rosalie in der Zwischenzeit in seine Arme.

Tante Alayna wartet immer noch mit verschränkten Armen, aber nicht mehr ganz so geduldig, denn einer ihrer Füße wippt. Sie murmelt Onkel Caden was zu, der ihr Bein tätschelt. Schließlich lösen sich mein Vater und meine Mom von den beiden. Alle wechseln einmal durch. Irgendwann kommt sogar Tante Alayna an die Reihe, die Rosalie lange festhält. Beide sind einfach ganz still und halten sich. Es dauert ganze fünfzehn Minuten, bis alle Glückwünsche durch sind, dabei weiß ich, dass das noch nicht alles war. Halleluja.

Ich erhebe mich als Letzter und setze dir Rowan auf den Schoß. Dann gehe ich zu meinem Bruder, der noch steht. Er betrachtet mich forschend. Sein Blick ist verschlossen, ich kann nichts darin lesen. Sergio hat keine Ahnung von meinem Deal mit seinem Vater und von mir wird er es nie erfahren. Dad sagt immer: *Wenn du was Gutes tust, behalte es für dich, sonst verliert es an Wert.* Danach habe ich immer gelebt.

Ich ziehe ihn einfach in meine Arme und er legt seine um mich. »Herzlichen Glückwunsch«, murmle ich ihm zu und meine es auch so. »Du hast es verdient.«

»Danke«, antwortet er leise. Wir stehen ein paar Sekunden einfach so da, ohne uns von dem anderen zu lösen. Ich würde mich gern dafür entschuldigen, was ich getan habe. Aber das kann ich nicht so gut. Schon bei dir ist es mir schwergefallen und bei meinem Bruder beinahe unmöglich. Weil er genauso stolz ist.

Aber ich weiß, dass er es fühlt. Er kennt mich, er weiß, dass es mir leidtut, auch wenn ich das nicht zeigen kann und es das nicht wiedergutmacht.

Schließlich lösen wir uns voneinander und ich betrachte ihn nochmal. Seine Augen sagen mir, dass ich ein Trottel bin. Meine antworten, dass ich das weiß.

Er seufzt, bevor er sich auf den Sessel fallen lässt. Ich wende mich an Rosalie, die mich das erste Mal seit zwei Tagen anlächelt, und hebe einen Mundwinkel. Sie legt mir einfach die Arme um den Hals und ich meine um ihre Taille, während ich sie an mich ziehe.

Sie seufzt tief.

»Sei geduldig mit ihm«, murmle ich ihr zu.

»Wenn nicht ich, wer dann?«

Damit hat sie recht. Ich lächle, küsse sie auf den Kopf und lasse sie dann wieder sanft los. Sie setzt sich auf Sergios Armlehne und ich mich zurück auf das Sofa.

Rayen hat sich mittlerweile auch neben dir niedergelassen und seine kleinen Füße drehen sich träge. Rowan ist noch auf deinem Schoß. Gemütlich strecke ich meine Arme über die Rückenlehne.

»Und was noch?«, fragt Onkel Caden ungeduldig und ich muss leicht grinsen.

Sergio sieht zu Rosalie und lehnt sich zurück. Er überlässt es ihr. Sie schenkt ihm einen kleinen Du-bist-ein-Verräter-Blick, bevor sie sich aufrichtet. »Also. Wir werden nicht nur heiraten … sondern … bekommen …« Sie stockt. »Auch …« Die Blicke um uns herum werden immer skeptischer. Ich bleibe locker. »Ein …«

»WAUWAU!«, platzt Rowan dazwischen, weil Rosalie ihm erzählt hat, schwanger zu sein würde bedeuten, sich einen Hund anzuschaffen. Ich muss lachen, beuge mich rüber, um ihn zu küssen. Seine Augen funkeln jetzt aufgeregt, als er zu mir hochsieht, und ich streiche ihm die schwarzen Haare aus dem Gesicht.

»Nicht ganz, Baby«, meint Rosalie jetzt. »Wir kriegen ein Baby!«, lässt sie dann die Bombe platzen.

Ich betrachte genau die Gesichter.

Catalina sieht erstmal total befriedigt aus. Mir wird klar, dass sie es wusste und froh ist, das Geheimnis nicht länger hüten zu müssen. Ilian wirkt auch nicht sonderlich überrascht. Er lächelt träge. Ganz im Gegensatz zu Onkel Caden, der ja eigentlich immer alles weiß. Aber das wusste er nicht.

Er ist völlig erstarrt, während meine Mom und du schon wieder aufspringen, um Rosalie zu beglückwünschen, genau wie Alayna, die sich jetzt rabiat vorschiebt und niemandem eine Chance lässt.

»Heilige Scheiße«, stößt mein Dad monoton aus.

»Heilige fucking Scheiße.« Das ist mein Onkel.

Dad erhebt sich als Erster von den beiden.

»Dann nochmal herzlichen Glückwunsch«, meint er total überwältigt zu Sergio und zieht ihn hoch in seine Arme.

»Dad?«, fragt Rosalie jetzt sanft. Dabei tätschelt sie Sophias Rücken, die an ihrem Hals hängt.

Onkel Caden blinzelt und sieht die beiden an, als würde er sie nicht kennen. Dann atmet er tief durch, bevor er sich erhebt. Er zieht Rosalie an sich, mitsamt Sophia, die ihre Schwester höchstwahrscheinlich nie wieder freigeben wird. Er hält seine beiden Töchter fest umschlungen.

Für einen Moment stehen hier alle vor dem knisternden Feuer und dem wuchtigen Baum und umarmen sich. Ich weiß, dass die Umstände nicht gerade ideal sind, aber ich weiß auch, dass es für einige hier kein schöneres Weihnachtswunder hätte geben können.

Ich lasse meinen Blick zu dir schweifen. Du siehst dir das alles sehnsüchtig an und ich senke meinen Kopf an die Lehne. Deine Augen gleiten in meine Richtung. Das Feuer des Kamins tanzt in deinem dunklen Grün. Ich weiß, dass du dich fragst, ob wir je wieder einigermaßen normal werden. Das kann ich dir beantworten. Nein, werden wir nicht. Wir sind total kaputt. Aber das ist okay, Baby

Ich hebe eine Hand und streiche dir nochmal diese Strähne zurück.

Ich frage mich, wie Augen gleichzeitig vor Liebe und Hass sprühen können, doch deine tun es. Auch das ist okay, solange die Liebe noch da ist. An allem anderen können wir arbeiten, Irina. Ich ziehe meine Hand zurück und richte den Blick wieder nach vorn. Die anderen sind so herzlich, so voller Leben. Wir nicht. Machen wir uns nichts vor. Aber wir sind wir und es gibt nichts, was das ändern könnte. Ob das was Gutes ist, steht auf einem anderen Blatt. Wir werden es rausfinden, Irina.

20. Sünder, Irina

XX

Zayden

Wir fahren alle getrennt zur Kirche.

Als Donovan kam, um Catalina mitzunehmen, ist uns das allen etwas bitter aufgestoßen, aber meine Schwester war ganz entspannt, hat Dad auf die Wange geküsst und ihm versichert, dass sie sich in der Kirche sehen. Er hat nur den Kopf geschüttelt und Donovan de Luca noch einen warnenden Blick zugeworfen.

Du sitzt neben mir in meinem Wagen, Rayen und Rowan hinten in ihren Kindersitzen. Sie plappern miteinander und tauschen ihre Spielzeuge ständig aus. Ich fahre hinter Onkel Caden die Allee hinunter, die Richtung Hauptstraße führt. Es ist dunkel und wieder richtig kalt geworden. Ich schaue nach vorn, während ich das Auto mit einer Hand lenke und immer wieder im Rückspiegel nach den Jungs sehe, die komplett mit sich selbst beschäftigt sind.

Der Himmel ist sternenklar und das Licht der Laternen schimmert auf der eisigen Straße. Beim Essen hat Rosalie die meiste Aufmerksamkeit auf sich gezogen. Das ist gut. So musste ich nicht so tun, als wäre alles super. Denn eigentlich ist gar nichts super. Aber ich habe es geschafft, all das hinter meiner Mauer zu vergraben. Ich will nichts empfinden.

Du hast deine Schläfe an den Sitz gelehnt und schaust viel zu nachdenklich nach draußen, als es in deiner Handtasche vibriert. Kraftlos ziehst du sie auf deinen Schoß. Kurz durchzuckt es mich, weil ich immer wieder denke, dass Selina anruft. Sie ist zum Glück einen Tag nach dem Besuch im Casa del Nero zurückgeflogen. Das ist gut, sonst hätte ich sie gekillt. Aber jetzt ist sie weg und erstmal kein Problem mehr. Erstmal. Ich weiß, dass es das noch nicht war, vor allem, weil ich bald bei ihr sein werde. Sie wird mir noch richtig das Leben schwer machen, so viel habe ich eingesehen.

Im Augenwinkel bemerke ich, dass du rangehst, als ich mich in den dichten Verkehr einreihe. Alle wollen irgendwohin. Alle wollen auf einmal ihre Familien besuchen. Wir werden morgen früh Mason besuchen, da bekommen die Jüngeren dann noch ihre Geschenke.

»Ja?«, nimmst du ab. Rayen quietscht erfreut über irgendwas, was ich nicht mitbekommen habe. Kurz ist es still, dann spannst du dich an. »Was willst du?«, fragst du nun leise. Ich runzle meine Stirn und werfe dir einen kurzen Seitenblick zu. »Ich habe gesagt … du sollst mich nicht mehr anrufen!«

»Wer ist das?«, erkundige ich mich und ziehe die Brauen hoch.

Du seufzt schwer und geschlagen und siehst zu mir. »Es ist Aarik.«

Kurz glaube ich, mich verhört zu haben. Hast du immer noch Kontakt zu ihm? Willst du mich verarschen, Irina? Prompt spüre ich wieder die Wut in mir aufsteigen und beiße hart die Zähne aufeinander, bevor ich dir das Handy aus der Hand reiße und es mir ans Ohr halte.

»WAS WILLST DU?«, blaffe ich.

»Ich wollte fragen, wie es ihr geht«, antwortet er locker. »Ist das jetzt verboten?«

Ich kenne Aarik. Ich weiß, dass er sich nicht meldet, um zu fragen, wie es einer Frau geht. Ganz sicher nicht. Er ist ein Bastard, schlimmer als ich, und er ist der Bruder des Mannes, der dich vergewaltigt hat. Wieso ruft er dich an?

»Tu das noch einmal und ich erschieße dich«, meine ich hart und fahre Onkel Caden aus Versehen etwas zu dicht auf.

»Entspann dich.«

»Halt die Klappe, Aarik«, knurre ich. »Lass deine Finger von ihr, ruf sie nicht an, sprich sie nicht an. Verstanden?«

»Du bist doch sowieso anderweitig beschäftigt«, verkündet er lässig.

Ich umfasse das Handy zu fest und mahle mit den Kiefern. Die Wut droht, mich zu überschwemmen. Rote Punkte beginnen, vor meinen Augen zu tanzen. »Ich blase dir dein verficktes russisches Gehirn weg, wenn du nochmal anrufst«, presse ich durch zusammengebissene Zähne hervor. Ich weiß genau, was er will. Er will dich ficken.

Trösten. Weil ich so ein böser Mann bin. Aber er ist noch so viel böser, glaub mir.

»Zayden, die Jungs«, erinnerst du mich angespannt. Ich atme gepresst aus, weil ich an sie mal wieder nicht gedacht habe, und rolle meine Schultern. Dann schlucke ich hart.

»Ruf nicht wieder an!« Das kommt sehr gepresst über meine Lippen.

»Okay, ich werde nicht mehr anrufen«, antwortet er entspannt. »Aber wenn du bereit bist, sie auch zu teilen, dann sag Bescheid.«

Ich mache eine Vollbremsung, bevor ich darüber nachdenke.

»FUCK!«, rufst du aus. Rowan fängt an zu weinen, weswegen du dich fluchend abschnallst. Ich stehe mitten auf der Straße und bemerke nur am Rande, dass du dich nach hinten lehnst. Hinter mir wird gehupt, aber ich ignoriere es, reiße den Gurt von meinem Körper sowie die Tür auf und steige aus. Die eisige Luft schlägt mir um die Ohren und ich atme sie tief ein.

»Was willst du, Aarik?«, zische ich und kralle eine Hand in mein Haar.

»Nichts weiter, ich wollte mich nur mit Irina unterhalten. Sie ist eine Freundin von mir. Darf ich das nicht?«

In mir kocht es über. »Du, deine kleine Nuttenschwester und dein verhurter Bruder fressen alle drei eine Kugel, wenn du dich nicht zusammenreißt. Also würde ich dir raten, deine Füße stillzuhalten und nicht meine Frau anzurufen oder anzusprechen«, knurre ich und pumpe meine Faust. »Oder willst du, dass Victor sich gleich bei seinem ersten Schritt aus dem Jet, wenn er zurückkommt, eine Kugel fängt? In seinen hübschen, kleinen Kopf? Willst du vielleicht, dass ich Ilian sage, er soll deine Schwester quälen? Was willst du Aarik?«

»Treib es nicht zu weit«, fordert er angespannt.

»Dann behalt deine kleinen Finger bei dir und wir haben kein Problem.«

»Klar, ich fasse sie nicht an, solange sie dir gehört.«

»Dann haben wir ja kein Problem«, stelle ich fest und lege auf.

Fuck, ich bin schon wieder so sauer. Was hast du mit diesem Bastard zu tun? Wieso ruft er dich an? Wieso glaubt er, mit dir sprechen zu dürfen? Willst du mich verarschen, Irina?

Um uns herum hupt es und ich wirble herum.

Mein Onkel parkt ein paar Meter weiter und steigt jetzt aus.

»Was ist los?«, ruft er und kommt zu mir, die Hände in den Manteltaschen.

Ich mahle mit den Kiefern und zerdrücke fast dein Handy, als ich meine Faust darum balle.

»Fuck«, flüstert mein Onkel, als er näher kommt und ich schnaube.

»Vergiss es, fahren wir einfach«, knurre ich und mahle mit den Kiefern. Ich werde noch einen fucking Herzinfarkt kriegen, wenn das so weitergeht, weil diese fucking Scheiße einfach nicht aufhört. Triffst du dich mit ihm? Was ist das, Irina? Wieso ruft er dich an?

»Okay, du fährst mit mir mit«, stellt mein Onkel klar und ich runzle meine Stirn, während die Autos uns jetzt umfahren. Ein paar lassen ihre Fenster runter und schimpfen, werden aber still, als ich mich umdrehe und sie mit einem eiskalten Blick bedenke.

»Komm jetzt!« Er packt mich einfach am Arm und zieht mich zu seinem Auto. Dann öffnet er die Beifahrertür. »Baby, du fährst mit Irina. Du auch.« Er sieht nach hinten zu Sophia. Tante Alayna und meine Cousine steigen sofort aus und gehen zu dir.

»Setz dich«, fordert mein Onkel leise und ich lasse mich auf den Sitz sinken. Er schlägt meine Tür zu, umrundet den Wagen und nimmt hinter dem Steuer Platz, während ich durch den Seitenspiegel zu meinem Auto hinter uns sehe. Du schaust zu mir und ich verenge meine Augen, immer noch dein Handy in meiner Hand.

Du lässt den Kopf gegen den Sitz fallen und schließt die Augen, während ich dein Handy einfach entsperre und deine Chats öffne. Fick mich nicht, Irina.

Wir fahren los, was ich aber nicht bewusst wahrnehme. Ich scrolle nur. Ich scrolle, Irina. Durch deine Chats. Und gnade dir Gott, wenn ich was finde.

Du hast Aarik blockiert. Fragt sich nur, wieso und wann. Die anderen Chats sind irrelevant. Ich öffne deine Anrufliste und scrolle wieder. Ich scrolle, Irina.

Er hat dich öfter angerufen. Das letzte Mal vor sieben Tagen. Du hast nicht abgehoben. Er ruft dich also an. Und wann wolltest du mir das sagen? Vor allem, nach dem Theater, das du veranstaltet hast, weil Selina sich bei mir meldet, obwohl ich sie weggedrückt habe.

Hast du was zu verheimlichen, Irina?

Ich spüre, wie mein Puls sich erhöht, und mahle härter mit den Zähnen. »Okay. Sag mir jetzt, was los ist«, fordert mein Onkel, weshalb ich aufblicke und ihn betrachte.

»Scheißegal«, presse ich hervor und wippe mit meinem Knie. Okay. Ich werde ihn umbringen. Diesen gottverdammten Aarik. Ich werde ihn killen, dann kann er dich nicht mehr anrufen. Ist doch ganz einfach.

»Wegen scheißegal durchforstest du ihr Handy?«, bohrt er weiter.

»Vergiss es.« Ich sperre dein fucking Handy und donnere es in den Fußraum. Wieso passiert ständig so was, Irina? Ich versuche es doch. Ich versuche doch, diese Scheiße hier aufzuräumen, aber wie soll ich das machen, wenn alles um mich herum so ein Abfuck ist, hä?

Wann hat es eigentlich angefangen, dass wir keinen Tag mehr überstehen, ohne zu streiten oder uns fertigzumachen? Ja, ich weiß, ich habe dich betrogen. Und ich werde mich deshalb immer scheiße fühlen. Aber irgendwann müssen wir doch mal wieder an einen Punkt kommen, an dem nicht nur Hass und Groll herrschen.

»Ich weiß, dass du auf so vieles wütend bist, aber das bringt dich jetzt nicht weiter«, sagt er schließlich neben mir und ich starre stur nach vorn.

»Ich weiß.« Ich weiß, Irina. Ich weiß, dass mich das nirgendwo hinbringt. Ich weiß, dass das alles nur noch schwerer macht. Aber ich komme nicht aus meiner Haut.

Er seufzt schwer. Die riesige Kirche kommt in Sicht. Sie ragt dunkel in den Himmel und die Laternen weisen uns mit ihrem warmen Licht den Weg. Drumherum liegt noch Schnee, der teilweise weggeschippt wurde. Etliche Autos haben sich schon eingefunden und auf dem Platz davor stehen ein paar Leute und unterhalten sich.

»Okay, schaffst du das oder sollen wir weiterfahren?«, fragt mein Onkel.

Damit Aarik Wolkov dich anquatschen kann? Sicher, das hättest du wohl gern, Irina. »Ich schaffe das«, knurre ich.

»Okay.« Onkel Caden klingt nicht überzeugt. »Wenn du das sagst, dann schaffst du das auch.« Ich weiß nicht, ob er versucht, sich das selbst einzureden, als er in eine Parklücke biegt und stehen bleibt.

Ich atme nochmal tief durch. Tante Alayna parkt meinen Wagen neben uns. Ich schiebe mich aus dem Auto und schlage die Tür zu, bevor ich die hintere linke von meinem öffne und Rowan abschnalle. Das tue ich alles sehr mechanisch. Er ist ganz still, als ich ihn aus dem Sitz hebe. Du nimmst Rayen von der anderen Seite, während ich die Tür zuschlage und Rowan in seiner dicken, schwarzen Winterjacke auf meine Hüfte setze.

Du trittst mit Rayen zu mir und ich sehe dich aus dem Augenwinkel an. Dein Blick ist vorsichtig und forschend. Vorsichtig und forschend, Irina. Wieso bist du denn so vorsichtig? Hast du vielleicht Angst, ich könnte irgendwas rausfinden?

Ich hebe eine Braue.

»Beruhige dich«, murmelst du mir zu und ich schnaube. Jetzt soll ich mich auch noch beruhigen. Ich nicke dich vor. Du atmest tief durch und setzt dich in Bewegung. Mom und Dad stehen bereits an den Türen und unterhalten sich. Genau wie ein paar andere, die noch rauchen.

Ilja sieht zu dir. Was schaut der Pisser denn so? Denkt er, ich hätte dich im Auto noch schnell missbraucht? Deinen Kopf gegen das Fenster geklatscht oder was?

Rowan in meinem Arm ist ganz angespannt, weil er meine Wut spürt, und mein Vater nimmt ihn mir einfach ab, sobald ich in Sichtweite komme. Er sieht noch mit seinem Schmollmund zu mir und sein Blick ist verständnislos. Kurz verkrampft sich etwas in meinem Magen … dann wende ich mich von ihm ab und klappe meinen Mantelkragen hoch.

Meine Mutter nimmt dir Rayen ab, bevor sie mit ihnen in die Kirche verschwinden.

»Willst du reden?«, fragst du leise. Ich drehe mich zu dir um und ramme meine Hände in die Manteltaschen. Donovan de Luca schlendert mit meiner Schwester an uns vorbei. Ich würde ihm gerade zu gern noch eine Kugel verpassen, einfach so.

»Okay, Zayden, komm«, meinst du, als du meine Stimmung richtig erfasst. Du schiebst deinen Arm in meinen und ziehst mich von den Leuten weg. Ich lasse es zu. Sonst mache ich noch was Dummes. Nicht wahr?

Etwas abseits bei den Autos bleiben wir stehen und ich sehe mit hochgezogenen Brauen zu dir runter. »Und, fickst du mit ihm oder was?«, platzt es sofort aus mir heraus.

»Was?«, fragst du total entrüstet. »Wie kommst du darauf, dass ich mit ihm ficke, Zayden?«

»Wieso ruft er dich an?«, bohre ich weiter und schiebe deinen Arm aus meinem.

»Ich habe dir gesagt, dass er mich öfter angerufen hat! Und ich habe dir gesagt, dass ich ihn wegdrücke. Gehst du vielleicht von dir aus?«, knurrst du mich an. »Ich habe nichts mit irgendwem.«

»GUT!«, blaffe ich und sehe in deinen Augen, dass du die Wahrheit sagst. Keine Ahnung, ob du mir gesagt hast, dass er dich anruft. Mein Kopf ist zu voll.

Deine Augen blitzen. »Wie kannst du mir so was eigentlich unterstellen?«

»Oh, lass das, Irina«, zische ich. »Komm mir jetzt nicht mit der Masche!« Ich bin so angepisst. Schon wieder. Immer noch. Ich weiß es nicht.

»Was für eine Masche?!«, fragst du entrüstet.

»Zayden, wie kannst du nur?«, äffe ich dich nach und trete zur Seite, als ein Auto vorbeirollt. Dein Blick wird deutlich kühler und du hebst dein Kinn.

»Nur, weil du es mit diesem Miststück sonst wie getrieben hast, heißt es nicht, dass ich genauso bin.«

Ich stöhne genervt und fahre mir durch die Haare. »Also, wird das jetzt immer so gehen? Werde ich mir das jetzt mein Leben lang anhören müssen?«

»ES IST ZWEI TAGE HER!«, rufst du aus. Ich hebe anerkennend die Brauen und sehe mich um, weil hier so viele Leute sind.

»Oh, lass mich einfach in Ruhe!« Du wirbelst herum und stapfst davon. Ehrlich? Du stapfst davon?

Ich mache die zwei Schritte, die du Vorsprung hast, packe dich am Arm und wirble dich zu mir rum. »Tu das nie wieder«, knurre ich und sehe dir dabei direkt in die Augen.

»Was soll ich nicht tun?«, zischst du und versuchst wieder, mir deinen Arm zu entziehen.

»Abrauschen, wenn ich mit dir rede«, knurre ich, hake deinen Arm bei mir unter und halte ihn dort.

»Also soll ich hier stehen und darauf warten, dass du fertig bist, mich zu demütigen? Okay, dann mach! Ich warte!«, rufst du aus. Abwartend starrst du mich an und deine Augen lodern vor Zorn und Hass.

»Nein, wir gehen da jetzt rein und feiern fucking Weihnachten! Reiß dich zusammen!«

Du siehst mich ungläubig an. »Reiß du dich doch zusammen!«

Oh, Irina, ich hasse dich so sehr.

»Sicher.« Ich zerre dich mit mir mit und du stolperst neben mir her.

»Ich bringe dich um«, knurrst du mir zu.

»Tu das«, antworte ich bitter und ziehe dich die Treppe nach oben direkt in die Kirche, in der wir geheiratet haben.

»Das werde ich auch«, murmelst du mir zu. Ich bleibe im Gang stehen und drehe mich zu dir um.

»Bitte, meine Waffe ist in meinem Hosenbund. Willst du? Wir gehen um die Ecke und du machst es einfach.« Ich weiß, wie irre ich dich gerade ansehe, aber du wirkst auch nicht gerade zurechnungsfähig.

»Du weißt nicht, wie gerne ich das jetzt tun würde«, knurrst du düster.

»Doch, glaub mir, das weiß ich«, speie ich dir entgegen und halte immer noch deinen Unterarm in meiner Armbeuge.

»Alles okay bei euch?«, erkundigt sich Ilian mit einem Mal hinter uns.

»Ich weiß nicht, Irina. Ist alles okay bei uns?«, frage ich hart, ohne den Blick von dir zu nehmen.

»Alles ist super, Ilian!«, stößt du genauso aus und ich schnaube.

»Gut, dann können wir uns ja jetzt setzen«, zische ich.

»Sicher, Baby.«

»Gut.« Ich ziehe dich weiter und deine Absätze hallen über den uralten Boden. Ein paar Blicke folgen uns. Du schnaubst nur und hebst dein Kinn weiter. Die heiligen Statuen schauen anklagend auf uns herab. Ich hasse Kirchen, Irina. Die Stimmen der anderen raunen durch das Gemäuer. Es riecht nach Weihrauch und die Kerzen beleuchten den Altar mit ihrem goldenen Schimmer.

Wir nehmen ganz außen auf der harten Bank in der zweiten Reihe Platz. Vor uns sitzen die de Lucas, meine Schwester neben Donovan. Sie kichert gerade über irgendwas. Ich sehe über die Schulter, weil mein Bruder nicht hier ist. Er steht ein paar Schritte entfernt auf der anderen Seite mit Rosalie an seiner Hand und unterhält sich gerade mit jemandem. Sie haben die Finger verschränkt. Es ist das erste Mal, dass sie sich offiziell zusammen zeigen. Damit sorgen sie für einiges Getuschel und Blicke.

Dann sind wir ja heute wenigstens nicht wieder die Hauptattraktion, Irina.

Sergio ist das alles scheißegal. Er lacht gerade und klopft dem Typen, mit dem er gesprochen hat, auf die Schulter. Rosalie schmunzelt, dann trennen sie sich von Henson. Sergio führt meine Cousine die Reihe entlang. Ihr Verlobungsring funkelt im Kerzenschein. Er zieht sie einfach an uns vorbei und schiebt sich mit ihr in die erste Reihe, direkt neben seinen Vater. Ich sehe, wie sich dessen Schultern versteifen, aber das interessiert meinen Bruder nicht. Er streckt den Arm über Rosalies Rückenlehne und sie schmiegt sich sofort an ihn.

Ich schmunzle. Donovan de Luca funkelt zu Sergio. Der hat aber nur Augen für Rosalie und bemerkt das gar nicht. Er flüstert ihr was ins Ohr, bevor seine Lippen über ihren Haaransatz streichen und er tief durchatmet. Meine Cousine schließt lächelnd die Lider. Sie wirken so friedlich. So angekommen.

Donovan betrachtet die beiden noch ein paar Sekunden, dann wendet er sich ab und sieht starr nach vorn. Es ist fast beschämend für uns alle, dass gerade Sergio uns zeigt, wie es geht. Während wir anderen nacheinander stolpern, fallen, stolpern, fallen … Ohne daraus zu lernen.

Und trotzdem, obwohl wir nicht klüger werden, obwohl uns zerfleischen, obwohl wir uns gegenseitig so fertigmachen, falten wir unsere Hände und beten.

Denn wenn nichts mehr übrigbleibt, Irina, dann ist da in jedem Menschen immer noch die Hoffnung. Diese fucking Hoffnung, die einen festhalten lässt, obwohl keine Chance mehr besteht.

Hoffnung. So trügerisch. So trügerisch wie hundertfünfzig Mafiosi in einer Kirche.

So trügerisch wie die Sünder, die zu Gott beten. Die ihr Kreuz tragen und nicht daran glauben. So trügerisch wie wir, die vorgeben, sich zu lieben, während sie sich gegenseitig zerstören.

Das ist okay, Irina.

Wir beten einfach.

21. Herzschlag, Rosalie

XX

Sergio

Heute ist der dreißigste Dezember und morgen Nacht beginnt ein neues Jahr.

Ich habe nächstes Jahr viel vor, Rosalie. Unter anderem werde ich dich heiraten. Im Februar. In Italien. Das haben wir zusammen beschlossen, weil dann sowieso ein Treffen in Sizilien stattfindet und ich dich am liebsten dort heiraten würde. Du liebst es dort genauso sehr wie ich. Auch für dich ist das eine zweite Heimat geworden.

Eine Woche ist es jetzt fast her, dass ich dir den Antrag gemacht habe. Ich habe mich immer noch nicht daran gewöhnt, dass du meine Frau wirst und wir ein Baby kriegen, aber ich liebe all das und ich könnte zurzeit nicht zufriedener sein.

Heute wirst du hier einziehen und dann wirklich mit mir zusammenleben. Ich halte einfach daran fest, wie sehr ich dich liebe, was dein Vater mir gesagt hat. Ich weiß, dass wir es schaffen werden, und glaube daran. Deshalb bin ich ziemlich entspannt, als ich die Treppe hinuntergehe, weil Camillo mir Bescheid gegeben hat, dass die Autos vorgefahren sind. Liam und Jaxon bringen deine Sachen. Du kommst selbst mit deinem Wagen. Ich lasse meine Hand über das Geländer streichen. Der Gedanke, dass du jetzt immer bei mir sein wirst, ich dich am Morgen zuerst sehen werde, dass du immer an meiner Seite stehst und ich vor oder hinter dir, ist das Richtigste, was ich seit Jahren gespürt habe. Nichts in mir ist noch leer. Ich habe das Gefühl, dass du alles aufgefüllt hast, dabei hatte ich keine Ahnung, wie sehr ich das gebraucht habe.

Wir werden gleich, wenn du ankommst, weiterfahren müssen, weil du den ersten Ultraschalltermin hast. Ja, ich bin vielleicht ein bisschen nervös. Was, wenn der Arzt sagt, dass du doch nicht schwanger bist und die sieben Tests sich geirrt haben? Ich habe mich jetzt so sehr an den Gedanken gewöhnt, dass ich es unbedingt will.

Aber okay, ich werde mich jetzt nicht wieder in irgendwas hineinsteigern, was nicht da ist. Das ist meine größte Schwäche. Damit muss ich aufhören, weil ich mich jedes Mal völlig verrückt mache. Ich denke und zerdenke zu viel.

Als ich unten ankomme, öffnen sich die Flügeltüren. Ich schiebe meine Hände in die Hosentaschen meiner schwarzen Jeans und trete zur Seite, als Jaxon gemeinsam mit Liam hereinkommt. Sie haben die Hände voll. Sie bringen deine Sachen, Rosalie. Ich liebe das. Sie nicken mir kurz zu als sie ins Haus treten, was ich beschwingt erwidere.

Ich lehne mich seitlich an das Treppengeländer und sehe nochmal über die Schulter zu Liam und Jaxon, die voll bepackt nach oben gehen. Das sind echt viele Taschen, aber das macht nichts. Ich habe genug Platz und zur Not baue ich dir ein eigenes Ankleidezimmer, Rosalie. Was auch immer du willst.

Die Sonne geht langsam unter, da es schon nach vier ist, und glüht orange hinter dem vereisten See. Ich sehe zu dem Haus auf der anderen Seite des Sees, das so hell und rein in den Himmel ragt. Das mein Zuhause ist, immer noch. Das wird auch immer so bleiben, egal, wo wir beide sind, egal, mit wem.

Das Fenster meiner Schwester steht offen. Wenn ich an sie denke, verkrampft sich mein Magen. Sie war einverstanden, hier einzuziehen. Wäre sie das nicht gewesen, hätte er einen anderen Grund gefunden, aber jetzt hat sie freiwillig zustimmt. Genau das wollte er. Sie wird hier leben, wenn Ilian geht. Der ist noch bei deinen Eltern drüben, aber das wird nicht mehr sehr lange währen. Ich habe mit meinem Vater nicht nochmal darüber gesprochen, was er mit Ilian genau vorhat, denn sonst explodiere ich. Es bringt sowieso nichts.

Jaxon und Liam kommen wieder runter und gehen an mir wie zwei fleißige, kleine Bauarbeiter vorbei, um die nächste Ladung aus dem Auto zu hieven.

»Und, bist du aufgeregt, *Boss*?«, fragt Camillo mit einem Mal in meinen Nacken und ich zucke leicht nach vorn. Ich kann es echt nicht leiden, von hinten angequatscht zu werden, und das weiß er ganz genau.

»Nein, wieso?«, erwidere ich, während ich wieder Liam und Jaxon nachschaue, die nach oben verschwinden. Fuck, Rosalie, was ist das denn alles?

»Na ja. Frau, schwanger, diese ganze Kleidung …« Er wedelt mit der Hand. Eigentlich müsste ich jetzt Panik kriegen, aber da passiert nichts, egal, wie tief ich in mich hineinhorche. Denn du bist die Richtige für mich und kannst von mir aus dein ganzes Mobiliar mitbringen. Ich mache Platz, wenn keiner mehr da ist.

»Nein«, meine ich locker und spiele mit dem Rosenkranz zwischen meinen Fingern.

»Dann ist sie wohl die Richtige«, bemerkt Camillo zufrieden nickend.

»Ist sie«, meine ich. Oben poltert es. Jaxon zischt Liam zu: »Pass doch auf!«, und ich verdrehe meine Augen. Das sind typisch die Rush-Bodyguards. Giovanni sieht ihnen auch aus dem Augenwinkel nach und wirkt etwas skeptisch. Wir haben immer noch nicht miteinander gesprochen. Es ist bereits die sechste Woche.

Ein weiteres Auto fährt vor. Die Reifen knirschen auf dem Kies, dann wird der Motor abgestellt. Ich weiß instinktiv, dass du es bist, und lächle ein bisschen. Du kommst und wirst nicht mehr gehen. Ich liebe diesen Gedanken. Ich war wirklich noch nie so kurz davor, dich zu haben, Rosalie. Eine Autotür knallt, Schritte ertönen. Ich lächle noch ein bisschen mehr. Dann kommst du die Stufen hoch. Ich beobachte aufmerksam, wie du kurz an der Schwelle stockst. Das ist gut. Ich will, dass du dir sicher bist und genau überlegst, was du da tust. Aber ich muss zugeben, dass mein Herz kurz stockt, während ich dich betrachte. Dein dunkelblauer Mantel steht offen und du trägst ein weißes Strickkleid sowie schwarze Overkneestiefel. Deine dunkelbraunen Haare liegen gewellt über einer Schulter. Immer noch kein Bauch. Immer noch kein Beweis für dieses Baby.

»Angst?«, frage ich sanft und lehne meine Schläfe an die Wand.

Du schaust auf. Deine türkisen Augen beginnen zu funkeln, als du mich bemerkst, weshalb ich noch ein bisschen mehr lächle.

»Nein«, meinst du sofort, während du mir in die Augen siehst, dein Kinn hebst und eintrittst. »Wieso sollte ich Angst haben, wenn du da bist?«, fragst du und kommst auf mich zu. Oh, dieses Vertrauen. Ich liebe es.

Sanft lege ich einen Arm um deine Schultern und ziehe deinen Duft ein. Du riechst so verdammt gut, noch besser, seit du mir gesagt hast, dass du schwanger bist – oder seit mein Vater mir das verraten hat. Du seufzt genüsslich und ich küsse dich auf den Kopf.

Jaxon und Liam kommen derweil die Treppe wieder runter. Sie schwitzen, Rosalie. Waren deine Taschen schwer?

»Es ist alles so weit da«, informiert Jaxon uns schwer atmend und wir runzeln beide die Stirn.

»Danke«, meinst du und schlingst deine Arme um mich.

»Wir sehen uns«, verabschiedet sich Jaxon von dir.

»Sicher«, meinst du lächelnd. Liam salutiert locker, bevor er Jaxon nach draußen folgt, und sie verschwinden.

Ich sehe zu dir runter. »Bist du bereit, jeden Tag, wenn du hier reinkommst, dieses wunderschöne, einladende Bild anzusehen?«, erkundige ich mich und deute mit einer ausgestreckten Hand zu dem Gemälde meines verstorbenen Onkels Dorian.

»Wer würde sich da nicht willkommen fühlen?«, fragst du und betrachtest etwas skeptisch das Porträt.

Ich grinse und ziehe dich sanft Richtung Büro. »Okay, einmal kurz Hallo sagen, dann fahren wir, okay?«, murmle ich in dein Haar und küsse dich nochmal auf den Kopf.

»Was auch immer du willst«, erwiderst du etwas leidend und ich muss leicht grinsen.

»Er wird dich schon nicht fressen.« Ich klopfe bei meinem Vater.

»Ja?«, fragt er genervt und ich grinse breiter. Er hasst das hier, aber er wird damit leben müssen. Das ist doch auch mal eine schöne Aufgabe für ihn.

Seufzend öffne ich die Tür und du setzt eine professionelle Miene auf. Wir treten in das Büro, wo mein Vater hinter seinem Schreibtisch sitzt. Er klappt sein Notizbuch zu und mustert uns. Wie immer sieht er perfekt aus. Seine Haare sind nach hinten gekämmt und seine blauen Augen undurchdringlich.

»Sie ist da«, verkünde ich.

»Ich bin da«, wiederholst du mit einem Seufzen.

»Wie schön«, murmelt mein Vater trocken, obwohl er das ganz und gar nicht schön findet. »Na dann, hoffen wir, dass du dich hier wohlfühlen wirst, Rosalie.«

»Oh, ich denke, ich werde mich hier wohlfühlen, danke«, antwortest du zuversichtlich.

Die Augen meines Vaters blitzen.

»Wir fahren jetzt erstmal zu diesem Frauenarzt«, erkläre ich und sein Blick gleitet zu mir. Kurz flackert was darin auf. Ist das etwa Aufregung?

»Gut.« Er wischt ein paar nicht vorhandene Krümel vom Tisch.

»Gut, dann bis später.« Ich salutiere locker.

»Bis dann«, knurrt er dunkel.

»Bis dann«, flötest du munter. Ich muss lachen, öffne dir die Tür und schiebe dich vor mir raus. Dann ziehe ich sie hinter mir zu. Du kicherst, sobald wir draußen sind und ich deine Hand nehme. »Tschuldigung«, murmelst du dann.

»Wieso?«, frage ich verwirrt.

»Sein Gesicht.« Du kicherst wieder und ich grinse.

»Ja, er kann sehr ausdruckslos werden. Sogar so sehr, dass er kein Gesicht mehr hat.«

»Ja, alles fällt ihm raus!«, stimmst du mir sofort fassungslos zu. Ich lache wieder und schlüpfe in meinen Mantel, bevor ich deine Hand an meine Lippen ziehe und sie küsse. Das hier ist so perfekt, dass ich fast Angst habe, jemand könnte es mir wegnehmen.

»Scheiße, darauf habe ich ein Leben lang gewartet«, wisperst du, als wäre dir selbst jetzt erst aufgefallen, was hier passiert.

»Ich auch«, flüstere ich, schiebe meine Hand in deinen Nacken und küsse dich mitten im Foyer. Ich spüre dein Lächeln an meinen Lippen. Solange ich das spüre oder sehe, weiß ich, dass alles, was bisher passiert ist, richtig war, Rosalie.

Die Arztpraxis befindet sich auf der Nordseite der Stadt.

Wir gehen über den gefrorenen Boden. Die Sonne ist schon untergegangen, weswegen es kälter ist. Mein Arm liegt über deinen Schultern. Camillo folgt uns schlendernd und spielt mit seinem Autoschlüssel.

»Es ist immer noch komisch«, murmelst du.

»Was?«, frage ich und halte dir die Tür auf, die in das Haus führt, in dem der Arzt seine Praxis hat.

Du schlüpfst hinein und ich folge dir, genau wie Camillo mir. »Einfach so mit dir irgendwo herumzuspazieren und dich anfassen zu dürfen.«

Ich muss ein bisschen lächeln, denn ich weiß genau, was du meinst. Ich habe keine Ahnung, ob ich mich je daran gewöhnen werde. Jetzt gerade fühlt es sich nicht so an, weil alles noch frisch ist, obwohl du schon immer in meinem Leben warst.

Der Aufzug kommt unten an und die Türen öffnen sich. Gemeinsam mit Camillo treten wir ein.

Du drückst auf den Knopf der Etage mit *Dr. Smith* und ich lehne mich dir gegenüber mit dem Rücken an die Wand. Tief vergrabe ich meine Hände in den Manteltaschen, während ich dich beobachte. Camillo neben mir ist wie mein Schatten und regt sich nicht. Er hat die gleiche Haltung wie ich eingenommen, als wäre er mein Spiegelbild. Du musst lachen, weshalb wir beide die Stirn runzeln.

»Ihr seid wie Zwillinge«, bemerkst du. Ich werfe Camillo einen abschätzenden Blick zu. Dann fällt ihm wohl auf, dass wir identisch dastehen, und er verändert seine Pose.

Du kramst schmunzelnd in deiner Handtasche nach deinem Geldbeutel und ich atme noch einmal tief durch.

Okay, wir werden jetzt da reingehen, dann wird sich zeigen, wie sehr unser Leben sich verändert.

Ich lasse meinen Blick zu der Etagenanzeige schweifen. Der Aufzug bleibt stehen und zwei Männer steigen mit ein, die sich schwatzend unterhalten. Camillo schiebt sich dazwischen, als wären das zwei Gangster, die uns jeden Moment erschießen, und ich muss grinsen.

Schließlich kommen wir im richtigen Stockwerk an. Ich lasse dich vorgehen und folge dir zu der Tür rechts, die du aufdrückst. Über deinem Kopf stoße ich sie ganz auf. Camillo bleibt vor der Praxis und nickt mir geschäftig zu, was ich erwidere.

Wir sind in einer kitschigen, kleinen Frauenarztpraxis mit Babybilder an den Wänden. Du trittst an den dunkelbraunen, glänzenden Tresen.

»Miss Rush. Ich habe um siebzehn Uhr einen Termin«, sagst du und ich stütze meine Hand neben dir an der Kante der Theke ab.

»A ja, Sie kommen zur Erstuntersuchung, oder?«, fragt die Dame dahinter.

»Japp«, sagst du leise und bist etwas angespannt. Ich lehne meinen Ellbogen an das Holz und schlinge einen Arm um deine Taille, bevor ich dich näherziehe, worauf du dich sofort entspannst. Ich liebe es, wie du auf mich reagierst.

»Gut, dann warten Sie bitte noch einen Moment«, meint sie nun und nickt zum Wartezimmer. Ich lasse dich wieder vorgehen. Wir betreten das Wartezimmer, in dem helle Farben dominieren. Ein paar Frauen sitzen hier, zwei mit ihren Männern. Ich nehme dir den Mantel ab und hänge ihn auf, bevor ich das gleiche mit meinem eigenen tue und wir uns einen freien Platz suchen. Eine der Frauen ist hochschwanger und du musterst sie. Sie sieht aus, als würde sie bald explodieren. Wird dein Bauch auch so rund werden? Ich liebe das. Deine Augenbrauen ziehen sich bekümmert zusammen und mein Mundwinkel zuckt, als ich meinen Arm über deine Lehne strecke und dich auf den Kopf küsse.

Überall starren uns Babys von den Wänden aus an. Mein Handy vibriert in der Hosentasche. Ich verlagere das Gewicht etwas und ziehe es raus, bevor ich den Stummknopf drücke und es wieder einstecke. Ich will jetzt mit niemandem reden. Ich will jetzt hier sein, mich auf all das konzentrieren, während ich mit deinen Haaren spiele. Die Uhr tickt laut und ich halte mich davon ab, ungeduldig zu werden.

»Das Baby ist echt gruselig«, murmelst du mit Blick auf das Foto eines Babys gegenüber, dem man ein Sonnenblumenhut aufgesetzt hat. Gott, das arme Ding.

»Du hast recht«, bemerke ich und runzle bekümmert meine Stirn. Wie kann man seinem Kind so was antun?

»Wir werden niemals …«

»Unserem Kind einen Sonnenblumenhut aufsetzen!«, falle ich dir ins Wort.

»Oder irgendwelche anderen Blumen.«

»Keine fucking Blumen.«

»Niemals!«

Die Sprechstundenhilfe erscheint in der Tür und ich schüttle leicht den Kopf, um wieder in der Gegenwart anzugelangen, und reiße mich von diesem Baby los, als sie dich aufruft. Wir folgen ihr in eines der Behandlungszimmer, den Gang hindurch auf der linken Seite und an den Plastikpflanzen vorbei. Ich hasse Plastikpflanzen. Die erinnern mich an meinen Opa.

»Sie können schon mal Platz nehmen«, sagt sie. »Dr. Smith ist gleich da.« Ich schaue mich im Zimmer um und bleibe an dem Behandlungsstuhl, der aussieht, wie aus einem Horrorfilm oder einem Porno entsprungen. Dann lasse ich meinen Blick zu dem weißen Schreibtisch mit dem Monitor darauf schweifen.

»Ist Dr. Smith eigentlich ein Mann?«, frage ich beiläufig, die Hände hinter dem Rücken gefaltet, und sehe runter zu dir. Du hast dich bereits auf einen der hellgrünen Stühle gesetzt.

»Ja«, sagst du genauso beiläufig und betrachtest sehr eingehend die Bilder hinter dem Schreibtisch. Also wird jetzt ein Mann in meine Pussy schauen? Das mag ich überhaupt nicht. Die hat nämlich noch kein Mann außer mir gesehen. Okay, als du ein Baby warst vielleicht, aber das zählt nicht.

Ich mag das nicht.

»Hat dein Vater ihn gecheckt?« Ich inspiziere weiter den Tisch und betrachte das Pendelspiel aus Magneten neben der Tastatur. Was soll das sein? Kleine Lustkugeln oder was? Dieser Perverse.

»Ich denke schon«, murmelst du stirnrunzelnd.

»Gut.« Meine Stimme ist äußerst angespannt. Ich setze mich neben dich und schiebe meinen Arm über deine Lehne, bevor ich deinen Stuhl näherziehe. Das hier behagt mir nicht, Rosalie. Ich bin ganz starr.

Du beugst dich zu mir rüber. »Entspann dich«, murmelst du an meinen Hals und küsst mich auf den Kiefer. Ich blähe die Nasenflügel. Ich bin doch total entspannt. Da wird nur ein fremder Mann zwischen deinen Beinen sitzen und reinschauen, während ich danebenstehen und zusehen werde. Alles ist bene.

Die Tür geht auf, weshalb mein Blick herumschießt. Du legst eine Hand auf mein Bein. Ich spüre, dass du ein Kichern unterdrücken musst. Findest du das lustig, Rosalie? Ich lache nämlich nicht.

Ein älterer Mann tritt ein, mit Brille und Klemmbrett. Er wirkt zerstreut. Ich mag keine zerstreuten Menschen, schon gar nicht, wenn sie vorhaben, zwischen deinen Beinen herumzustochern, Rosalie. Lauernd hebe ich meinen Kopf und verenge die Augen noch etwas mehr.

Er trottet mit einem freundlichen Lächeln an uns heran, schüttelt dir die Hand und dann mir. Sein Händedruck ist fest. Hoffentlich nicht zwischen deinen Beinen, Rosalie.

Dann nimmt er uns gegenüber Platz in seinen PC, auf dessen Tastatur er rumklickt.

»Also«, seufzt er. »Sie sind schwanger?«, fragt er dich. Nein, wir sind hier, weil ich meine Frau nicht befriedigen kann und sie es mag, auf diesem Pornostuhl zu sitzen und bestochert zu werden. Die Untersuchungsinstrumente, die da liegen, wären auch gute Folterinstrumente für meinen Bunker, wo ich Verräter bestrafe.

»Ja«, antwortest du sachlich. Äußerst sachlich. ZU sachlich. Ich sehe dich kritisch an. Du spielst mit einer Falte in meiner Hose. Willst du mich beruhigen oder anmachen, Rosalie?

»Ist das Ihre erste Schwangerschaft?«, will er nun freundlich wissen. Zu freundlich, Rosalie. Warum ist Doktor Smith denn so freundlich? Will er dich vögeln?

»Ja, ist es«, sagst du. Es klingt immer noch so fremd in meinen Ohren. Ich spüre, wie mein Herz etwas schneller schlägt, während ich einen Knöchel auf meinen Oberschenkel ziehe.

»Gab es bei den Schwangerschaften der Frauen in Ihrer Familie bisher irgendwelche Komplikationen?«, erkundigt er sich.

»Soweit ich weiß, nicht«, antwortest du wieder.

»Irgendwelche derzeitigen Beschwerden?« Er sieht dich fragend an. *Was geht es dich an, du Horst?*

»Nein, mir geht es gut.« Wirklich, Rosalie? Geht es dir gut? Mir nämlich nicht.

»Gut, dann wollen wir mal schauen«, sagt er schwer seufzend und rollt mit seinem Stuhl zurück. »Machen Sie sich bitte untenherum frei.« Mit einer Hand deutet er zu dem gelben Vorhang rechts hinten in der Ecke. Mir gefriert das Blut in den Adern. Rosalie. Untenrum freimachen? Wirklich? Ich kann ihn ja mal untenrum freimachen und diese Instrumente an ihm benutzen.

Du siehst zu mir und ich hebe meine Augenbrauen. »Du willst doch dein Baby sehen«, murmelst du mir zu und ich nicke mit verengten Augen. »Dann werde ich jetzt da hinten hingehen und mich ausziehen … *nur untenrum*! Es hat überhaupt nichts Sexuelles an sich, es wird auch schnell wieder vorbei sein. Du bleibst jetzt ruhig und wirst keinen erschießen«, wisperst du kaum hörbar und musterst mich beschwörend, weil du mich kennst. Meine Nasenflügel zucken, genau wie ein Muskel an meiner Wange. Du küsst mich auf den Kiefer und stehst dann auf.

Ich sehe dir nach, bis du den Vorhang hinter dir zuziehst, immer noch mit diesem eindringlichen Erschieß-ihn-nicht-Blick direkt auf mich gerichtet. Dann stütze ich meinen Ellbogen auf die Armlehne des Stuhles und beobachte den Arzt.

Der steht auf, wie ich stirnrunzelnd feststelle. Will er etwa zu dir?

Mit meinen Augen folge ich ihm durch den Raum und registriere, wie er sich Handschuhe anzieht. Latexhandschuhe. Wird er etwa seine Finger in dich stecken, Rosalie? Latexhandschuhe? Wird das hier ein Softporno? Denn in der Halle, wo unsere Pornos gedreht werden – ich meine die deines Vaters und Onkels, mein Dad hat mit der Pornobranche nichts zu tun –, benutzen sie auch Handschuhe, um die Arschlöcher vorzudehnen. Ich schwöre bei Gott, wenn er …

»Und Sie sind der Vater«, unterbricht er meine Gedanken freundlich. So freundlich.

Ich lege den Kopf schief. »Ja.« Das kommt fast warnend.

»Und ist die Freude groß?« Er desinfiziert gelassen einen langen Stab und ist total unbeeindruckt von mir. Rosalie, wird er das in dich schieben? Ich bin fassungslos.

»Riesig«, murmle ich düster, während ich den Stab ansehe. Dann betrachte ich seine Hände. Die wird er an dich legen. Seine Hände. Langsam schaue ich wieder hoch in seine ebenfalls blauen Augen. Ich mag es nicht, dass er an dir rumfingern wird. Meine Kiefer mahlen. Rumfingern, Rosalie? Das hat noch nie jemand außer mir gemacht.

»Na, dann werden wir mal sehen, wie es dem oder der Kleinen so geht.« Ich nicke, was ich leicht drohend tue. Du kommst hinter dem Vorhang raus. Dein weißes Strickkleid reicht bis zu deinen Oberschenkeln. Gut so.

Ich stehe sofort auf und beobachte genau den Arzt, als du näher kommst und dich setzt. Auf den Pornostuhl, Rosalie.

Er stellt das Gerät ein und ich starre, Rosalie. Ich starre ihn an. Gleich erschieße ich ihn.

»Alles in Ordnung?«, fragt er dich nun. Oh ja, alles ist in Ordnung.

»Ja, alles ist gut«, sagst du angespannt, weil du sicher meine Vibes spürst. Das ist auch gut so. Spüre meine Wut, Rosalie. Denn ich werde jetzt freiwillig dabei zusehen, wie ein anderer Mann an dir herumtatscht. Das ist so falsch. Fuck. Ich kann doch auch nach diesem Baby schauen. Ich muss nur das Teil in dich schieben. Das kann ich. Tausendmal gemacht.

»Sie können sich hierhin stellen, dann sehen Sie es besser«, rät der Arzt mir und deutet über dich zur Rückenlehne des Pornostuhls.

»Ja, komm«, lockst du mich betont beschwingt und streckst mir deine Hand entgegen. Ich nicke wieder leicht drohend und umrunde den Stuhl äußerst langsam. Meine Schritte hallen unheilvoll über den Boden. Du hebst die Beine, Rosalie, du hebst sie. Ich stehe neben dir und stütze eine Hand auf die Kopflehne, die Finger fest hineingekrallt. Dann legst du deine Waden auf die Halterungen links und rechts. Ich beiße hart die Zähne aufeinander. Breit sind sie,

Rosalie, breit sind deine Beine. Gespreizt und offen. Offen für alle. Ist heute Tag der offenen Tür bei dir oder was?

Der Arzt nimmt den Ultraschallstab alias den Riesenpenis. Ich sehe dieses Gerät mit einer erhobenen Braue an. Das will er jetzt in dich schieben? Ich kann es nicht glauben. Und du lässt es auch noch zu!

Du findest das auch noch lustig, denn dein Mundwinkel zuckt und deine Schultern beben immer wieder. Kopfüber siehst du zu mir hoch und ich fixiere dich düster. Wehe, du empfindest jetzt irgendwas. Deine Augenbrauen heben sich belustigt.

Er rollt mit seinem Hocker näher, direkt zwischen deine Beine. Mein Blick wird kälter. Am liebsten würde ich dich untersuchen, damit er die Finger von dir lässt. Oder ihm den Riesenpenis, dieses Lichtschwert, um die Ohren klatschen.

»Das könnte jetzt etwas kalt sein«, warnt er munter. Ich gebe ihm gleich was Kaltes. Meinen Siegelring in seiner Fresse. Den hat er übrigens schon betrachtet und wahrscheinlich auch richtig zugeordnet.

Er schiebt es in dich, Rosalie. Das ganze Teil. Ich muss die Zähne härter aufeinanderbeißen, um seine Hand nicht wegzuschlagen und damit mein Mund nicht aufklappt. Es verschwindet einfach in dir und ich sehe wieder in dein Gesicht.

Du musst dir so hart ein Lachen verkneifen. Das ist besser als Lust, Rosalie. Ich betrachte dich sehr, sehr, sehr genau und du bedenkst mich mit einem trockenen Blick.

GUUUUUT.

Du legst deine Hand auf meine und ich konzentriere mich nun auf den Monitor, während deine Finger warm auf meinen liegen und ich mich etwas entspanne. Eine Weile ist er zwischen deinen Beinen beschäftigt, dieser Bastard.

»Hier ist die Gebärmutter …«, erklärt er. Juhu, ich wollte schon immer deine Gebärmutter sehen. Und ich erkenne ja so viel. Nicht. »A ja …« Er nickt zufrieden und bewegt den Stab in dir. Ich werde dich heute noch ficken. »Und hier haben wir einen *Herzschlag*«, reißt er mich aus den Gedanken.

Dann ertönt dieser Herzschlag.

Im Raum.

Und auf dem Monitor.

Er ist hektisch und stark. Gleichmäßig. Ich erstarre und mich durchfährt etwas, was ich noch nie gespürt habe. Völlige Überwältigung. Man sieht auf dem Monitor den kleinen, weißen Punkt, der sich bewegt und rhythmisch klopft. Ich vergesse für ein paar Sekunden alles. Wer ich bin, wer du bist, was wir hier machen, was das Problem ist, was auf uns zukommen wird oder auch nicht. Da ist nur dieser Punkt und er bedeutet mit einem Mal alles. Mein Magen wird ganz warm und in meiner Brust zieht es.

»Sieht alles gut aus so weit«, höre ich den Arzt wie durch Watte sagen. Mein Blick liegt nur auf diesem Monitor. Ich bin völlig fassungslos. Da ist wirklich ein Baby in dir, Rosalie. *Unser* Baby. Da ist ein Punkt und der lebt. Da ist ein Herzschlag, der in meinen Ohren pulsiert. Am liebsten würde ich mich setzen, weil ich mich kaum mehr auf den Beinen halten kann, aber ich rühre mich nicht. »Sie sind in der sechsten Woche.«

Du hebst die Hand und wischst unter deinen Augen entlang. Ich kann mich einfach nicht regen. Nur mein eigenes Herz klopft jetzt beinahe genauso schnell wie dieses kleine auf dem Monitor. Deine Finger verkrallen sich fest mit meinen. Jetzt erst verstehe ich es. Jetzt erst realisiere ich es. Du bist hier. Du wirst mich heiraten und unser Baby bekommen. Die ganze Zukunft gehört uns. Vor mir liegt ein ganzes Leben mit dir an meiner Seite. Diese Erkenntnis reißt mir den Boden unter den Füßen weg, wie nichts anderes. Ich war noch nie so mit mir im Einklang und alles hat sich noch nie so richtig angefühlt. Als wäre jeder Schritt, egal, wie hart er war, nur dafür gewesen, um am Ende hier anzukommen. Mit dir. Und diesem Herzschlag.

Der Arzt drückt ein paar Knöpfe und druckt einige Bilder aus. Er erklärt auch etwas, aber ich höre einfach nichts.

Dieses Klopfen hallt noch in meinen Ohren nach.

Ich habe es gehört.

Am liebsten würde ich es den ganzen Tag anhören. Meine ganze Anspannung ist abgeflaut, mein ganzer Groll gegen meinen Vater oder was auch immer, alles ist einfach verschwunden. Ich spüre nur noch diese völlige Überwältigung und bemerke, wie verkrampft meine andere Hand auf der Lehne ist.

Der Arzt sagt irgendwas zu dir und du nickst, wie ich aus dem Augenwinkel registriere. Der Monitor ist schon schwarz, aber ich starre ihn immer noch an. Doktor Smith verabschiedet sich von dir und erst das Klacken der Tür reißt mich aus der Starre. Ich weiß nicht, wie lange ich hier reglos stand. Ich kneife kurz die Augen zusammen, um wieder zu mir zu kommen … dann erst sehe ich runter zu dir.

Du schaust zu mir hoch. Tränen laufen über deine Wangen. In deinen türkisfarbigen Augen schimmert das pure

Glück. So habe ich dich noch nie gesehen und hebe einen Mundwinkel. Du siehst so anders aus. Als würde ich dich das erste Mal wirklich sehen. Und ich habe schon so oft gedacht, ich würde dich wirklich sehen, aber wie du hier vor mir sitzt und dieser Herzschlag in meinen Ohren nachhallt, sehe ich dich mit ganz neuen Augen.

»Wir kriegen ein Baby«, wisperst du ungläubig. Ich begreife es auch erst jetzt langsam und ziehe meine Hand von der Lehne. Stattdessen umfasse ich dein Gesicht, bevor ich mit den Daumen über deine feuchten Wangen streiche, mich zu dir runterbeuge und dich küsse. Ich kann nicht anders, ich muss dich fühlen, und ziehe meine Brauen zusammen. Deine Lippen schmecken salzig und doch so sehr nach dir. Ich habe in meinem ganzen Leben nie wirklich gewusst, was Liebe ist. Zumindest kommt es mir so vor. Erst in diesem Moment wird mir klar, dass ich, ohne mit der Wimper zu zucken, für dich sterben würde. Dass ich durch jedes Feuer für dich gehen würde. Das hätte ich schon immer getan, aber jetzt nehme ich es bewusst wahr.

Du bist alles und … »Fuck, ich liebe dich.«

22. Es geht mir gut, Rosalie

Sergio

Wir sitzen wieder im Wagen. Die Laternen werfen ihren gelblichen Schein auf die nassen Straßen. Autos sausen an uns vorbei, genau, wie ein paar Passanten über die Gehwege spazieren. Ich halte deine Hand fest in meiner und glaube, dass ich sie nie wieder loslassen kann. Ich bin an dir festgeklebt. Du hast ein Baby in dir. Und ich bin der fucking glücklichste Mensch auf der Welt.

Du hältst die Ultraschallbilder in der anderen Hand und einen Stick mit der Aufnahme vom Herzschlag des Babys.

»Soll ich das ins Handschuhfach legen oder springt mir da ein Clown entgegen?«, fragst du wissend. Denn uns beiden ist klar, was ich so alles im Handschuhfach habe. Okay, ich muss dieses Auto auf jeden Fall de Luca-Baby-tauglich machen.

Ich werfe einen kleinen Blick in deine Richtung. Deine Augen sind immer noch leicht gerötet und glasig, aber du strahlst. Du strahlst so sehr wie noch nie, weshalb ich einfach deine Hand an meine Lippen ziehen und sie kurz küsse. Dann rolle ich langsam aus der Parklücke und schiebe mich schnell vor einen Jeep.

»Leg es einfach in die Mittelkonsole«, sage ich mit einem nachdenklichen Nicken, weil im Handschuhfach Dinge drin sind, die nicht zu diesen Bildern passen. Koks, Waffen, Munition, sowie Kondome, die ich seit Monaten nicht rausgeholt habe. Und über die ich mit dir jetzt lieber nicht diskutieren will, Rosalie.

Das war einmal.

Wir sind jetzt.

»Okay.« Du legst alles feinsäuberlich in die Mittelkonsole und ich streiche mit dem Daumen über deinen Zeigefinger.

»Das ist echt unglaublich, oder?«, murmelst du. Ich glaube, ich habe noch nie so einen Frieden empfunden. Mir war noch nie alles andere so egal wie jetzt gerade in diesem Moment. Ja, es ist unglaublich. Du bist unglaublich. Und wo wir beide gelandet sind, ist unglaublich.

»Ja«, flüstere ich immer noch etwas ungläubig und gleite über deine Fingerknöchel. Du betrachtest unsere Hände.

»Ich meine, damals, als ich nächtelang in deinem Bett lag und wir einfach nur total verrückt waren, hätte ich nie gedacht, dass das mal passiert.« Du siehst zu deinem nicht vorhandenen Bauch und legst die Hand darauf. Mir kommt das alles noch so zerbrechlich vor, dass ich sogar Angst habe, darüber zu sprechen. Du und ich, zusammen in dieser Welt, in diesem Haus mit diesem Baby … aber du wirst perfekt sein, weil du das immer bist, ohne irgendwas dafür zu tun.

»Ich hätte nicht mal gedacht, dass du irgendwann wieder in meinem Auto sitzen wirst«, murmle ich mehr für mich. Die Ampel, die immer rot ist, ist diesmal grün, also fahre ich darüber. Nein, ich habe mich immer noch nicht daran gewöhnt, dass du auf meinem Beifahrersitz bist oder mich anrufst, damit ich dich abhole.

»Ich auch nicht. Spätestens, nachdem ich das eine Mal bei dir war.«

Ich ziehe deine Finger an meine Lippen und küsse deinen Handrücken. Ich erinnere mich noch genau daran, wie du vor mir saßt und es nochmal mit mir probieren wolltest. Wie ich dich weggeschickt habe, weil es einfach zu der Zeit nicht ging. Aber jetzt ist alles anders, Rosalie. »Vielleicht hat meine Mutter doch recht«, murmle ich. Meine Stimme ist heiser, als wir an dem See entlangfahren, während der Schnee träge schmilzt und zu einer matschigen Masse auf dem Bordstein wird.

»Mit was?«, fragst du.

»Dass es nicht das Ende ist, wenn es nicht gut ist«, erkläre ich nachdenklich.

Du lächelst.

»Vielleicht ist *Gut* deshalb das Lieblingswort meines Vaters. Weil er hinter allem ein Ende sieht und wir nicht.« Und so schließt sich der Kreis, Rosalie.

»Deine Mutter hat meistens recht, ich gebe es ja nur ungern zu.« Du runzelst die Stirn und ich fahre durch den Kreisverkehr.

»Das dürfen wir ihr niemals verraten«, meine ich bedeutungsvoll, weil Mom es einem sonst immer reindrücken würde.

»Okay, es bleibt unser Geheimnis«, murmelst du. Ich sehe dich an und lehne den Kopf an den Sitz. Die Straßenlaternen scheinen in dein Gesicht und lassen deine türkisfarbigen Augen funkeln. Deine Wangen sind gerötet. Du siehst glücklich aus und ich liebe das. Du wirst unser Baby auf die Welt bringen. Ich kann mir nichts Perfekteres vorstellen. Fuck.

»Ich will dich endlich heiraten«, sage ich heiser, obwohl es nur noch zwei Monate sind, aber am liebsten würde ich jetzt mit dir nach Vegas fahren und es einfach tun. »Ich liebe dich. Ich will, dass du meinen Nachnamen trägst – sofort. Und ich will, dass du jeden Morgen neben mir aufwachst und mir dieses Kind auf die Brust legst, wenn es weint.« Das ist so perfekt, Rosalie. Ich wusste gar nicht, dass ich das so sehr will.

Du stellst es dir vor, wobei dein Blick ganz weich wird. »Rosalie de Luca«, flüsterst du testweise und klingst dabei ziemlich verträumt. Mein Magen zieht sich zusammen. Das liebe ich. Es gefällt mir. Denn ja, ich gebe zu, ich bin ein bisschen stolz auf meine Herkunft, aber das wiederum darfst du meinem Vater niemals verraten. In Sachen Schadenfreude steht er Mom in nichts nach.

»Mhmmm«, mache ich zufrieden und genüsslich. »Ich liebe das.«

»Wer hätte gedacht, dass das, was ich früher auf meine Schulblöcke geschrieben habe, irgendwann mal Realität wird?«

Ich lächle leicht. »Weißt du, was für Vorteile du dann hast?«, frage ich ernst und ziehe bedeutungsvoll die Brauen hoch. »Du kannst auf dem Behindertenparkplatz parken, *ohne abgeschleppt zu werden.*«

Du lachst. »Oh ja, dann brauche ich diesen Namen natürlich unbedingt.« Sanft streichst du mit dem Daumen über meinen Zeigefinger und wirst wieder ernst. »Ich will deinen Namen annehmen, ich will jeden Tag neben dir einschlafen und mit dir aufwachen. Und … irgendwann mit dir beim Sex sterben.«

»Aber erst *nach* dem Orgasmus«, meine ich warnend.

»Dabei.« Dein Blick ist vielversprechend und du nickst auch so.

»Klingt perfekt.« Ich ziehe einen Mundwinkel hoch. »Ich will aber noch ein paar Kinder. Schaffst du das?«, frage ich grinsend.

»Wie viele?«, willst du etwas ängstlich wissen.

»Erstmal ein zweites und dann sehen wir weiter. Alle guten Dinge sind fünf.« Ich will dich ja nicht völlig ausbeuten, Rosalie.

Du wirst blass und deine Augen groß. »Darüber lässt sich verhandeln. Jetzt kriegen wir erstmal das hier.« Wir fahren bereits die Allee entlang. Immer noch mit deinen Fingern in meinen presse ich meine Rückhand gegen deinen Bauch.

»Was denkst du? Junge oder Mädchen?«, fragst du nachdenklich.

Ich überlege kurz. »Meine Seite hat viele Jungs und wenige Mädchen. Deine Seite hat Mädchen und Jungs gemischt. Ich tippe darauf, dass es entweder deshalb ein Mädchen wird oder deshalb ein Junge.« Bei der Vorstellung durchflutet mich wieder diese Wärme. Es ist mir eigentlich egal, was es wird. Natürlich zieht es mich zu einer bestimmten Seite etwas mehr, aber das musst du nicht wissen. Hauptsache, es wird gesund.

»Oh, stell dir das mal vor«, sagst du total ergriffen und wie paralysiert.

»Ich liebe die Vorstellung«, flüstere ich rau und male mir dieses Kind aus.

»Ich auch.« Du seufzt und ich frage mich, ob das gerade passiert, *weil* ich es mir so oft vorgestellt habe. Du an meiner Seite mit unseren Kindern. Nur dieses Haus in Italien wird wohl ein Traum bleiben. Dieses weiße Haus in den Weinbergen, sodass man auf die Stadt niedersehen kann, direkt unter der brennenden Sonne. Du auf der Dachterrasse und unsere Kinder im Garten, wie sie sich jagen.

Du schüttelst ungläubig deinen Kopf, als könntest du es immer noch nicht fassen, und wir schweigen einen Moment. Es ist das ausgefüllteste Schweigen aller Zeiten. Der Mond glitzert auf dem See und der kalte Wind weht durch die kahlen Äste der Bäume ringsherum.

Ich halte vor unserem schwarzen Tor und Stefano winkt Costa zu, dass er öffnen soll. Er macht eine kleine Verbeugung, als er dich sieht. Natürlich habe ich schon alle Männer gestern beim Abendessen eingeweiht und mir meine vier ausgesucht, die dir näher kommen dürfen. Das ist einmal Camillo, der hinter mir durch das Tor fährt, Giovanni – ja, er auch, obwohl ich immer noch nicht mit ihm spreche –, Bosco und Savio. Alle anderen werden dich nicht mal ansehen.

Ich rolle über den Kies und beobachte dich aus dem Augenwinkel. Du schaust an dem Haus hoch. »Du wirst das schaffen, oder?«, frage ich vorsichtig, als ich wieder an die Worte meines Vaters denke. »Denn ich weiß nicht, ob es immer einfach hier wird.«

Du runzelst die Stirn und siehst zu mir. »Ja.« Ich liebe die Zuversicht in deinen Augen und parke meinen Wagen, bevor ich mich zu dir umwende und dich prüfend mustere. Keine Zweifel. Du siehst völlig gelassen und zuversichtlich aus.

»Gut«, meine ich vorsichtig.

»Gut«, sagst du wie mein Vater und ich muss ein wenig lachen. »Du weißt doch, wessen Tochter ich bin, oder?« Deine Braue hebt sich, genau wie mein Mundwinkel, und ich beruhige mich wieder etwas. Dann küsse ich nochmal deine Hand und seufze tief.

»Ich werde jetzt erstmal kurz zu meinem Vater gehen. So mache ich das immer, wenn ich von irgendwo komme.«

»Okay«, meinst du gelassen und ich betrachte dich wieder prüfend. »Ich gehe hoch und sortiere meine Sachen im Ankleidezimmer ein …« Das kommt etwas verträumt und ich lächle.

»Mach dir Platz, soviel du brauchst.«

»Das mache ich«, versprichst du heiser und ich lache.

Dann schiebe ich meine Hand in dein Haar und ziehe dich näher, bevor ich dich küsse. Noch einmal schnell, wobei ich dein Lächeln genau spüre. Ich lasse meine Lippen sanft über deine streifen und ziehe deinen Duft sowie deinen Geschmack tief ein. Es ist, als würde ich dich jetzt noch viel intensiver mit all meinen Sinnen wahrnehmen. Fuck, ich wusste gar nicht, wie heftig mein Herz wirklich an dir hängt.

Du seufzt und bleibst etwas atemlos zurück, als ich mich widerstrebend von dir löse. Du bist immer so benebelt, Rosalie. Das liebe ich. Ich klemme dir noch ein paar Strähnen hinter das Ohr und du seufzt verliebt, weshalb ich grinsen muss. Dann schnalle ich mich ab und stecke die Bilder und den Stick ein. Camillo öffnet dir bereits die Tür, während auch ich aussteige und wir in den kalten Abend treten. Das Zuschlagen unserer Türen hallt über den Platz und ich folge dir, Camillo mir, über den Kies und die Treppe hinauf.

Oh, ich liebe das, wie du hier einfach reingehst und deinen Mantel ausziehst. Camillo nimmt ihn dir ab und hängt ihn auf.

»Grazie!«, säuselst du.

»Prego!«, antwortet er ebenso. Ich lächle leicht und schlüpfe aus meinem eigenen Mantel.

»Bis gleich«, sagst du zu mir. Ich küsse dich und nicke Camillo hinter dir her. Er heftet sich an deine Fersen, als du die Treppe hochgehst und mir nochmal einen verträumten Blick zuwirfst. Du befindest dich auf Höhe von Dorians Bild. Ich schiebe die Hände in die Hosentaschen. Wirklich, deine Augen haben noch nie so gestrahlt. Ich lächle dich an. Du bist so perfekt, hier bei mir – egal, wo das ist.

Du kicherst und gehst weiter, weshalb ich belustigt die Augen verdrehe und zum Büro meines Vaters schlendere. Giovanni steht davor und sieht aus dem Augenwinkel zu mir. Das erste Mal seit Langem erwidere ich seinen Blick. Sein Mundwinkel zuckt hoch und mein Magen verkrampft sich. Rosalie. Du machst mich ganz weich. Ich bin doch sauer auf ihn.

Als mir das einfällt, schnaube ich und klopfe.

»Ja!«, höre ich meinen Vater sagen.

Dann gehe ich rein. Wir sind seit dem Casa del Nero etwas warm miteinander geworden und ich will mein Vertrauen zu ihm wieder aufbauen, wenn ich auch oft noch an ihm zweifle, aber es wird sicher irgendwann besser.

Er telefoniert, als ich eintrete. Ich bitte Giovanni monoton, mir einen Espresso bringen zu lassen, bevor ich die Tür schließe und näher trete, um mich auf die andere Seite des Tisches zu setzen.

»*Si, facciamo cosi.*« *(Ja, so machen wir das*). Mein Vater mustert mich genau, während er in den Hörer spricht, und sieht dann schnell wieder weg. Was er auch immer empfindet, er wird es mir nicht zeigen – weil du die Mutter bist.

»Ciao.« Er beendet das Telefonat. »Wir müssen wirklich bald nach Italien.« Er wendet sich an mich, nachdem er den Hörer auf die Station gelegt hat. Ich denke daran, dass wir ja sowieso bald fliegen werden.

»Wir fliegen ja bald.« Und dann heirate ich dich, Rosalie.

»Bald.« Er lehnt sich zurück und nimmt sich einen Kugelschreiber. »Und?« Lauernd sieht er mich an und wippt dabei etwas mit seinem Kugelschreiber, der schwarz im Licht der Deckenspots aufblitzt.

Giovanni klopft und tritt ein. Er bringt mir einen Espresso und stellt meinem Vater auch gleich einen hin. Wir bedanken uns und er nickt, bevor er wieder rausgeht und die Tür schließt. »Und?«, fragt mein Vater nochmal betont gelassen.

Ich verlagere mein Gewicht und ziehe die Bilder aus meiner hinteren Hosentasche. »Es ist ein Punkt«, informiere ich ihn. Aber kein Punkt der Welt hat mir je so viel bedeutet. Schon jetzt. Ohne zu wissen, welches Geschlecht, welche Augenfarbe, wie es lacht, wie es weint, was es denkt. Es ist mir scheißegal. Das ist wohl diese bedingungslose Liebe.

Er betrachtet die Bilder ein paar Sekunden, ohne sie zu nehmen, während ich Zucker in meinen Espresso kippe und ihn langsam umrühre.

»Diese Bilder sind sehr …«

»Punktlastig?«, schlage ich vor.

»Ja«, antwortet er knapp und betrachtet sie immer noch. Er kann den Blick nicht von ihnen nehmen. Ich liebe es, wenn er so viel empfindet. Er kann es vielleicht nicht zeigen, aber ich sehe es trotzdem, weil ich ihn kenne, obwohl er zwanghaft versucht, seine Gefühle vor mir zu verstecken.

Ich nehme noch den Stick raus, den der Arzt dir gegeben hat, als ich wie paralysiert den dunklen Bildschirm angestarrt habe, und halte ihn mit zwei Fingern in seine Richtung. Er runzelt die Stirn.

»Was ist das?«, fragt er und blickt auf.

»Der Herzschlag«, informiere ich ihn beiläufig und trinke einen Schluck Espresso.

»Aah.« Er nickt und nimmt ihn. Ich sehe, dass er aufgeregt ist, obwohl er auch das zu verbergen versucht. So hart. Er legt ihn auf die Ultraschallbilder. Dann atmet er nochmal durch und sieht mir in die Augen.

»Und, wie war es für dich?« Er rafft sich etwas zusammen, aber sein Blick gleitet immer wieder zu den Bildern und dem Stick. Vor mir würde er sich das auf den Tod nicht anhören, weil er viel zu überwältigt wäre. Dafür muss er allein sein. Sonst würde er mir zeigen, wie sehr er das hier liebt und das kann er ja nicht, weil du die Mutter bist, Rosalie. Du böses Ding.

Ich denke zurück an den Moment, als ich den Herzschlag gehört habe, und sofort wird alles in mir ganz warm. »Schwer zu beschreiben«, meine ich dann leise. »Überwältigend?«

»Einfach unbeschreiblich, ja.« Bei meiner Schwester hat er gar nichts mitbekommen, das weiß ich, weil er zu der Zeit im Knast saß. Jetzt kann ich mir erst vorstellen, wie schrecklich das gewesen sein muss. Erst nach ihrer Geburt war er wieder auf freiem Fuß. »So ein Kind verändert sehr viel in einem Mann«, sinniert er.

Ich seufze tief und frage mich, in welche Richtung ich mich verändern werde. Was dieses Kind mit mir machen wird. Mein Magen zieht sich zusammen. Ich will es am liebsten jetzt sofort haben.

»Wann habt ihr den nächsten Termin?«, fragt er nun und räuspert sich. Oops, da war seine Stimme wohl etwas zu weich.

»In drei Wochen«, meine ich.

Er nickt wieder. »Und hat sie eine Frau oder einen Mann als Arzt?« Jetzt funkeln seine Augen wissend. Ich versteife mich sofort, als ich daran denke, und mein Gesicht fällt in sich zusammen. Der Pornostuhl. Der Riesenpenis. Der Mann zwischen deinen Beinen. Die Latexhandschuhe. Rosalie. Das war ein Porno und nur dieser pochende Punkt hat sein Leben gerettet.

Er lacht. »Ein Mann also.«

Düster nicke ich. »Ja.«

»Ich hab ihn damals bei deiner Mutter fast umgeboxt, während der ersten Untersuchung«, sagt er und trinkt von seinem Espresso.

»Ich wollte ihn erschießen. Er war da zwischen ihren Beinen.« Ich starre die Schneekugel von Chicago auf dem Schreibtisch finster an.

»Ja, da hat einfach kein anderer Mann was verloren.« Er wirkt auch langsam sauer, als würde er sich daran zurückerinnern, was er mit Mom durchgemacht hat. »Arzt hin oder her.«

»Und da war dieses …« Ich stocke und erschauere, als ich an das Gerät denke. Es war einfach in dir, Rosalie. Das hat auch nichts in dir verloren.

»Ich weiß!«, sagt er sofort dunkel. »Herzschlag.«

»Herzschlag«, wiederhole ich und trinke meinen Espresso in einem aus.

»Also ist so weit alles prächtig?« Er lenkt vom Thema ab, aber seine Augen blitzen noch und sein Gesicht ist etwas steif.

»Alles gut.« Ich nicke langsam. Es ist alles gut, Rosalie. Du bist da oben. Du hast unser Baby in dir und ich liebe dich wie verrückt. Besser könnte es nicht sein. »Ja.« Ich nicke nochmal bekräftigend und glaube, das erste Mal seit Jahren, meine ich es wirklich ernst. »Es geht mir gut.«

Mein Vater mustert mich prüfend. »Gut«, seufzt er dann und ich erhebe mich langsam. Ich will jetzt unbedingt zu dir und dich in meine Arme ziehen.

»Freu dich doch einfach, dass deine Familie wächst«, sage ich sanft, als ich zu ihm runtersehe.

Er greift nach den Ultraschallbildern und zieht sie mit dem Stick langsam zu sich. »Das tue ich.«

Jetzt lächle ich und gehe zwei Schritte rückwärts. »Gut.«

Er schiebt die Bilder auseinander, damit er alle betrachten kann … und ich … ich verlasse das Büro, damit er es ohne Maske tun kann.

23. Ich weiß was, was du nicht weißt

Einen Monat später – Sizilien, Palermo

XX

Catalina

Ich sitze mit meinem de Luca-Vater, Ramon, meinem Sergio-Bruder und Rosalie, die jetzt seine Verlobte ist, sowie sechs Bodyguards im Privatflugzeug. Wir fliegen nach Italien für Verhandlungen, die wahrscheinlich in einem Streit enden werden. Verhandlungen, weil der Großteil in Chicago zurzeit verfeindet ist und sich gegenseitig umbringen will. Es werden alle da sein. Auch deine Familie. Und du. Das vor allem, weil Sergio heiratet und die Familien anwesend sein werden.

Und weißt du, was lustig ist, Ilian?

Ich sitze hier. Das ist lustig. Eigentlich fliege ich immer mit meiner Rush-Familie nach Sizilien, nur dieses Mal nicht. Nein, ich bin noch nicht bei meinem Vater eingezogen. Du und ich leben immer noch bei meinem Dad und meiner Mom. Aber mein Vater wollte das so. Ich habe mir jetzt nichts Schlimmes dabei gedacht und bin mitgekommen. Es ist nur ein Flug. Nur ein fucking Flug. Außerdem hat Rosalie gesagt, ich müsse ihr Gesellschaft leisten. Und jetzt schläft sie. So lustig.

In den letzten fünf Wochen war es echt nicht lustig in Chicago. Irgendwie drehen alle durch. Dein Vater, irgendwelche anderen italienischen Familien. Deshalb will mein Vater alles auf neutralem Boden, nämlich seinem Heimatland, klären. Er als Obermafiaboss darf das verlangen.

Rosalie und Sergio sitzen mir gegenüber und mein Vater neben mir. Er scrollt in seinem iPad, aber Genaueres kann ich nicht erkennen. Ramon de Luca befindet sich auf meiner anderen Seite. Ich fühle mich nicht wohl neben ihm. Er ist mal wieder voll mit Drogen und so lustig. Nicht. Aber mein Bruder liebt ihn, also bin ich unvoreingenommen. Nicht.

Ich rutsche nicht die ganze Zeit von ihm weg nach links, bis ich fast an meinem Vater klebe. Nein, gar nicht.

Ich zupfe am Saum meines schwarzen Strickkleides und schaue zu Ramon. Er sieht aus dem Fenster und trommelt mit seinen Fingern auf der Lehne. Er wirkt mal wieder total hyperaktiv. Getrieben. Aber von was? Hier ist doch nichts.

Ich lasse meinen Blick zu Sergio gleiten, der in seinem Handy scrollt, die Beine ausgestreckt. Er hat einen Arm über Rosalies Lehne gestreckt und sie *schläft* an seiner Schulter wie ein Baby. Und ich sitze hier hellwach! Ich versuche, mich noch daran zu gewöhnen, dass sie da ist. Dass sie bei Sergio wohnt und am Esstisch neben ihm am Kopfende sitzt. Das weiß ich, weil ich ja manchmal zum Essen da bin. Sie ist schwanger. Hat jemand eigentlich auf Vorspulen gedrückt? Denn auf einmal geht alles so schnell. Alles verändert sich, nur wir beide nicht. Du wirst nach wie vor Natalia heiraten, deshalb verbringen wir jede Sekunde, die wir können, miteinander. Ich denke nicht darüber nach, dass mir die Zeit mit dir davonläuft. Ich bemerke allerdings, dass du dich immer mehr veränderst. Du bist zynischer, abgeklärter, dunkler, und ich versuche, dich immer wieder ins Licht zurückzuholen, aber es wird jedes Mal schwerer. Es baut sich schon seit Monaten auf und ich habe Angst, dass du dich selbst verlierst wegen all dieses Bullshits in der Mafiawelt. Ich weiß nicht, ob ich stark genug bin, dich immer wieder aus der Dunkelheit zu befreien, wie Rosalie meinen Bruder.

Ich seufze schwer und versuche, diese düsteren Gedanken wegzuatmen. Stattdessen konzentriere ich mich darauf, dass ich mit dir in Sizilien sein werde. Deswegen bin ich ganz aufgeregt. Du fliegst zwar mit deiner Familie, aber dort werden wir zusammen sein. Die letzten Jahre, die du bei uns gewohnt hast, warst du immer dabei, und unsere Zeit dort war magisch. Vorher warst du selten, sehr selten dabei. Dein Vater hat nämlich nie ein Geheimnis daraus gemacht, dass er das nicht will. Er hat eine Abneigung gegen alles, was italienisch ist, aber meine Mom hat dir die Sprache trotzdem beigebracht, wie allen anderen im Haus.

Und außerdem bin ich aufgeregt, weil es das erste Mal ist, dass ich in Italien offiziell als de Luca sein werde. In dem Wissen, dass es noch eine Seite der Familie gibt, nicht nur Moms. Bisher war ich immer bei den Marinos. Mit den de Lucas haben wir zwischendurch nur mal gegessen, weil Mom es verlangt hat, weil die Familien so eng verbunden sind. Außerdem ist mein Vater das erste Mal seit seiner Wiederauferstehung in Italien. Er hat zwar schon angerufen und angekündigt, dass er noch lebt, aber er hat sich noch nicht gezeigt. Ich habe gehört, es hätte einige Ohnmachtsanfälle gegeben. Dabei hat er auch erwähnt, ganz nebenbei, dass ich seine Tochter bin und dieses Jahr mit ihm komme. Das hat nicht sehr viele überrascht.

Ich schaue wieder zu Ramon, als er zappelt und stöhnt. Seine dunklen Augen liegen auf seinem Handy und seine schwarzen Haare fallen ihm chaotisch in die Stirn. Man denkt, er wäre ein Verrückter, der total durcheinander ist, aber er hat seine Umgebung immer im Blick. Das stelle ich jedes Mal aufs Neue fest, wann immer wir uns begegnen. Vor einiger Zeit saß ich ganz reglos da und habe ihn einfach lauernd beobachtet. Und er hat mich gefragt, ob ich ihm fünf Fragen stellen wolle. Meine erste lautete: *Kriegst du eigentlich noch was mit?* Seine Antwort war: *Mehr als alle anderen.*

Seine Füße hat er so weit ausgestreckt, dass er fast Sergios berührt. Aber nur fast. Er tippt auf seinem Handy und fragt, ohne aufzusehen: »Alles klar, Amore?« Das gilt mir. Offensichtlich, denn ich starre ihn mal wieder an. Wie so oft. Er ist irgendwie interessant. Verstörend interessant.

Ich zucke ein bisschen zusammen und zwei Augenpaare heften sich auf ihn. »Ja«, sage ich und räuspere mich, weil meine Stimme bricht. Zwei Augenpaare richten sich auf mich. Ich habe meinen gesunden Respekt vor Ramon, weil man Männer wie ihn nicht unterschätzen sollte, was viele nicht verstehen.

»Wollen wir ein Spiel spielen?«, fragt er jetzt pseudobegeistert. »Ich sehe was, was du nicht siehst?«

Ich lehne meinen Kopf an den Sitz und schaue zu ihm rüber. Mein Bruder dreht ihm sein Gesicht zu, das völlig emotionslos ist. »Ich sehe was, was du nicht siehst«, sagt Sergio. »Es sitzt neben meiner Schwester und ist ein Bastard.« Er schaut wieder auf sein Handy, während er mit Rosalies Haaren spielt.

»Das ist gegen die Spielregeln!«, ruft Ramon. »Du hast gar nicht gesagt, was für eine Farbe ich habe!«

»Schwarz«, antwortet Sergio düster. Er schläft zurzeit nicht so viel und ist etwas schlecht gelaunt.

Ramon sieht nicht glücklich aus. »Du bist dran, Catalina. Du kannst das sicher besser als er!« Total empört deutet er auf Sergio.

Ich rutsche tiefer in meinen Sitz und überschlage die Beine. »Wie wäre es mit: Ich weiß was, was du nicht weißt?«, frage ich gleichgültig und schaue auf meine schwarz lackierten Nägel runter.

»Oooh, noch besser!« Ramon beugt sich begeistert vor. »Schieß los!«

»Ich weiß was, was du nicht weißt …«, beginne ich und mein Vater zieht die Augenbrauen hoch, aber er sieht nicht zu mir.

Ramon blitzt mich begeistert an. Mein Bruder wirft mir auch einen Blick zu. Keiner hier mag es, etwas nicht zu wissen. Nur Rosalie schmatzt zufrieden und kuschelt sich enger an Sergio. »Ich weiß was, was du nicht weiß, und das ist schmutzig, hinterhältig und ein bisschen widerlich«, umschreibe ich großzügig Natalia Wolkov und Selina Sanchez.

Er kneift die Augen zusammen und denkt angestrengt nach. »Schmutzig. Hinterhältig. Und ein bisschen widerlich … dein Bruder Zayden!«, ruft er total begeistert aus.

»Nicht ganz. Es ist nicht so, wie es scheint«, zähle ich auf. »Es ist krank und es geht um zwei Personen! Hell und dunkel! Eine davon lebt nicht mehr lange, wenn sie so weitermacht.« Ich lehne mich wieder zurück und Ramon denkt weiter angestrengt nach und hibbelt in seinem Sitz herum. Mein Bruder sieht gelangweilt auf sein Handy.

»Dein Bruder und Rosalie!«, ruft er total überzeugt davon.

»Das ist doch kein Geheimnis mehr«, meine ich tadelnd. »Das wissen wir doch alle.« Ich deute unwirsch auf den Verlobungsring an Rosalies Finger. »Und es ist auch keiner von ihnen bald tot!« Zumindest hoffe ich das, denn mein Vater mag Rosalie immer noch nicht und räuspert sich. Sergios Augenbraue zuckt, aber er sieht nicht auf.

Selina Sanchez hingegen, die meinen Bruder Zayden immer noch anruft und Terror macht, teilweise auch bei Irina, wird bald erschossen. Ich spüre es. Oder erwürgt.

»Du bist ganz schön auf mich fixiert, oder Ramon?«, fragt mein Bruder gespielt genervt und Ramon strahlt ihn an.

»Ja, weil du mich sehr an jemanden erinnerst«, meint er blinzelnd und fast verzückt. »Donovan, du weißt an wen, oder?« Er beugt sich vertrauensvoll über mich zu meinem Vater. Ich nehme meine Hände zurück und mein Vater funkelt ihn warnend an.

Ramon zieht sich zurück.

»An wen denn?«, frage ich interessiert.

»Dorian de Luca«, antwortet er mystisch. Ich weiß, dass das mein toter Onkel ist, und runzle die Stirn, weil ich daran denke, was man mir so über ihn erzählt hat. Ich will mir nicht vorstellen, dass Sergio auch so ist. Oder sein kann.

»Er ist nicht wie Dorian«, sagt mein Vater, ohne aufzusehen. Ich lasse meine Schultern rollen und erschauere leicht.

»Also, was ist das jetzt für ein Geheimnis?«, fragt Ramon mich. »Du kannst mir alles erzählen, Amore. Ich liebe Geheimnisse und ich kann sie so gut für mich behalten.«

Sergio lächelt, ohne von seinem Handy aufzusehen, und mein Vater hebt kurz die Brauen.

»Ich auch«, antworte ich, bevor ich eine Nuss esse.

»Ich wette, ich habe ein Besseres als du!«, meint Ramon jetzt und ist ganz aus dem Häuschen.

»Erzähl mal.« Ich überschlage die Beine andersrum. Das hier fängt an, mir Spaß zu machen. Ich gebe es ja zu.

»Ich weiß was, was du nicht weißt, und das ist scheinbar grausam, zumindest denken das alle. Es ist scheinbar besessen von deiner Mutter, zumindest denken das alle …« Er überlegt und ich runzle die Stirn. »Und es ist gar nicht da, wo alle denken, dass es ist.«

Jetzt runzeln Sergio und mein Vater die Stirn und ich grüble angestrengt.

»Was meinst du?«, fragt mein Vater gereizt. Er ist schon seit sieben Stunden gereizt, seit wir Chicago verlassen haben, weil Ramon dabei ist. Ich weiß gar nicht, was er hat. Er kann total unterhaltsam sein und die Zeit mit ihm geht viel schneller vorbei als allein. Okay, wenn er nicht gerade komisch erstarrt oder hibbelt.

»Also mein Vater ist es nicht, denn er ist ja wieder hier.« Ich deute mit einer ausladenden Handbewegung auf ihn. Er sieht aus, als würde er mir gleich die Hand abbeißen, weshalb ich sie wieder zurückziehe.

»Nein, dein Vater ist es nicht.«

»Mein Dad ist es auch nicht, denn er ist nicht grausam, auch nicht scheinbar. Jeder liebt ihn …« Mein Vater wirft mir einen Todesblick zu und ich zucke entschuldigend mit den Schultern. Was denn, ist doch so.

»Was? Du bist grausam, bei allem Respekt«, murmle ich in mich hinein und räuspere mich. Er zieht die Brauen hoch und schüttelt leicht den Kopf.

»Wer ist denn noch so von meiner Mutter besessen? Du?«, frage ich interessiert an Ramon gewandt.

»Aber du weißt doch, wo ich bin. Ich bin es nicht«, meint er kryptisch. »Und ich bin auch nicht besessen von ihr.«

Ich sehe, wie Sergio Rosalies Kopf mit der Hand nach oben schiebt, als er runterrutscht. Sie seufzt schwer und leicht verärgert, worauf er grinst.

»Das ist unfair. Ich kenne nicht alle Leute aus eurer Vergangenheit. Mein Onkel Caden?«, tippe ich blind weiter.

»Ist dein Onkel grausam?«, fragt er zweifelnd.

»Nein«, sage ich sanft, als ich an meinen Onkel denke, und lächle ein bisschen verliebt. »Hmm ... einer der Bodyguards?« Ich sehe mich um. »Lebt die Person noch?«, fällt mir dann ein. »Denn wenn jemand tot ist, weiß ich nicht, wo er ist.«

»Das ist eine sehr gute Frage!«, meint Ramon und Sergio legt sein Handy weg.

»Du weißt nicht, ob die Person noch lebt?« Ich ziehe die Brauen hoch.

»Das letzte Mal, als ich sie gesehen habe, war sie lebendig. Aber das kann sich bei uns schnell ändern, wie du weißt, Amore!«

Ich atme tief durch und sehe an die Decke. Das macht mich jetzt verrückt und mein Gehirn arbeitet sich heiß. »Gib mir noch einen Tipp.«

»Noch einen? Du hast schon so viele gekriegt. Streng dein hübsches Köpfchen an.« Ich hasse es, wenn ich ein Rätsel nicht lösen kann oder eine Gleichung nicht aufgeht.

»Du hast auch viele gekriegt und kamst nicht drauf. Ein Tipp noch.« Ich überschlage die Beine wieder andersherum.

»Deine Mutter liebt diese Person nicht. Gar nicht.«

»Da fällst mir nur du ein«, entkommt es mir und ich räuspere mich, weil ich es nicht zurückhalten konnte.

»Ich weiß, deine Mutter ist sehr freigiebig mit ihrer Liebe, nur nicht bei mir.«

»Das wird seine Gründe haben«, murmle ich und mein Vater sieht warnend zu Ramon.

»Okay«, meine ich beschwichtigend. »Er ist scheinbar grausam. Er ist scheinbar besessen von meiner Mutter. Meine Mutter liebt ihn nicht und er ist nicht da, wo alle denken, dass er ist.« Ich runzle angestrengt die Stirn und sehe zu Sergio. Er wirkt jetzt auch sehr nachdenklich und ein bisschen alarmiert. Dann schaue ich zu meinem Vater, der Ramon anstarrt.

»Rück raus mit der Sprache«, verlange ich.

»Ich spiele nur Spiele«, meint Ramon unschuldig.

»Ich werde drauf kommen«, erwidere ich düster. »Nur nicht jetzt.«

»Früher, als du denkst«, antwortet Ramon locker und ich runzle erneut verwirrt die Stirn.

»In Italien?«, will ich wissen.

Er zuckt mit den Schultern, als wüsste er von nichts.

»Ich mag keine Überraschungen, Ramon«, mischt mein Vater sich warnend ein.

»Ich weiß.« Ramon macht eine wegwerfende Handbewegung. »Es ist alles gut, Tesoro. Keine Überraschungen für Donovan de Luca.«

Mein Vater verdreht genervt die hellblauen Augen und nimmt wieder sein iPad, weil er weiß, dass er jetzt sowieso nichts mehr aus Ramon rausbekommt, außer vielleicht, er würde ihn foltern lassen, und selbst das würde Ramon wahrscheinlich lustig finden. Er ist ein masochistischer Sadist und ein sadistischer Masochist. Er ist alles in einem.

Nur mein Bruder sieht etwas nachdenklich aus. Sein Kiefer mahlt, während er den Kopf schief legt. Ich versuche angestrengt, in ihm zu lesen, aber man kann seinem Gesicht nichts entnehmen. Wie immer, wenn er das nicht will.

Wenigstens lenkt das Rätsel mich jetzt von allem anderen ab und ich kann darüber grübeln. Zumindest so lange, bis ich dich sehe, dann werde ich sowieso nicht mehr klar denken können. Also alles wie immer, Ilian.

24. Amato Paese, Ilian

Catalina

Endlich sind wir im Landeanflug, und während das Flugzeug sinkt, schaue ich die Landschaft an und das türkisglitzernde Meer. Ich liebe Sizilien. Meine Mutter hat mich jedes Jahr hergebracht und mich gelehrt zu lieben, wo ich herkomme. Sie wollte nicht, dass ich den Bezug zu meiner Heimat verliere, und hat mir jede Ecke hier nähergebracht. Sie hat mir gezeigt, wo sie als kleines Mädchen ihr Eis gekauft hat und in welchem kleinen Café ihr Vater immer zu finden war, wenn ihre Mutter ihn gesucht hat. Sie hat mir gezeigt, wo es die größten Krabben am Strand gibt und wo sie sich das erste Mal richtig verliebt hat. Jetzt weiß ich auch in wen. Der Mann sitzt neben mir und sieht nach draußen.

Der Ätna zeigt sich in seiner vollen Pracht, umgeben von saftig grünen Bergen um die Insel herum.

Ich streiche mir die wirren Haare nach hinten.

Die weißen, typischen Flachbauten kommen immer näher, bevor der Jet mit einem Ruck aufsetzt und ausrollt.

»*Amato paese*«, säuselt Ramon seufzend und steht auf. Irgendwas schwingt in seinem Ton mit, was ich nicht zuordnen kann.

Wir steigen flankiert von unseren Bodyguards aus dem Jet. In Chicago liegt jetzt immer noch alles unter einer weißen Schicht begraben. Hier sind es gute fünfzehn Grad und die Landschaft ist saftig grün. Die Sonne scheint hell und brennend auf uns herab. Sergio und mein Vater setzen ihre Sonnenbrillen auf, bevor mein Bruder Rosalies Hand nimmt.

Locker fünf Bodyguards tauchen wie aus dem Nichts auf, begrüßen meinen Vater höflich und flankieren uns gemeinsam mit unseren sechs. Ich hatte noch nie so viele Beschützer um mich herum. Jetzt wird mir klar, wer mein Vater wirklich ist und in welchen Zeiten wir uns befinden, wie heikel das alles werden könnte.

Wir gehen zu den Parkplätzen und ich atme tief die salzige, vertraute Meeresluft ein, die mich an meine Kindheit erinnert. Die Sonne brennt auf meinem Gesicht und ich kremple die Ärmel meines dunklen Strickkleides hoch.

Wir steuern die schwarzen Audis an, die in der Sonne glänzen. Alle sind SUVs. Mein Vater, Ramon und ich steigen in den dritten und ich rutsche neben meinen Vater, während Ramon hinten sitzen muss. Ihm ist das egal. So was ist ihm nicht wichtig. Er wirkt sowieso ständig, als wäre er mit dem Kopf woanders. Immer mit einer Gehirnzelle in einer anderen Welt oder einem anderen Ort. Sergio und Rosalie fahren allein. Die Kolonne setzt sich in Bewegung und ich schaue nach links, weil ich in den Augen meines Vaters lesen will, was es mit ihm macht, hier zu sein. Gefühle sieht man bei ihm nicht oft und ich lauere immer auf sie.

Er hat den Kopf gegen die Lehne gelegt und lässt das Fenster runter, genau wie ich. Die Luft peitscht mir ins Gesicht und ich mache das Radio an. Eine italienische Frau berichtet über das Wetter, danach erklingen die Töne eines alten, italienischen Songs, den meine Mom uns, als wir noch Kinder waren, vorgesungen hat. Ich summe mit und Ramon trommelt im Takt mit den Fingern auf das Fensterbrett.

Wir fahren langsam durch die Stadt, wo die weißen Altbauten mit den flachen Dächern in den Himmel ragen. Alle Fenster stehen ausnahmslos offen, als wir durch die engen Gassen über das Kopfsteinpflaster rollen. Über uns sind Wäscheleinen gespannt. Die Anwohner strecken die Köpfe heraus, während die Kolonne sich durch die Gassen schiebt. Italienische Frauen, die gerade am Straßenrand entlanglaufen, stocken und rufen verträumt zu dem Auto hinter uns: »Ciao, Sergio.« Sein Fenster ist ebenfalls geöffnet, weshalb sie ihn sehen können. Leider erkenne ich nicht seine oder Rosalies Reaktion. Oder sagen wir lieber: Gott sei Dank. Ich hasse italienische, kleine, aufdringliche Schlampen. Die hängen nämlich auch dir am Arsch, sobald du den Fuß auf den Boden setzt.

Ältere Männer, die an den Tischen vor ihren Häusern sitzen, nehmen respektvoll ihre Hüte ab. Ein paar Kinder rennen lachend neben uns her und Sergio hinter uns streckt ihnen eine Hand entgegen. Einige Frauen seufzen. Gleichzeitig säuseln zwei: »Ciao, Sergio!« Und winken mit den Fingerspitzen.

»Heilige Scheiße«, flüstere ich. »Hat er die etwa alle …«

»Japp, hat er«, meint Ramon etwas verstört von hinten. Ich räuspere mich und verziehe angewidert das Gesicht. Das Kopfsteinpflaster zieht sich etwas hoch und wir schieben uns weiter durch die engen Gassen. Mein Vater sieht etwas länger in eine kleine Seitenstraße mit einem Brunnen, bevor er den Blick wieder abwendet.

Was hat er wohl für Erinnerungen hier?

Er zündet sich eine Zigarette an und der Rauch strömt nach hinten.

»Da vorne hat Zayden diese Tussi abgeschleppt und da hinten hat ihr Vater ihn mit einem Schuh verhauen«, erinnere ich mich. »Ich hab Zayden noch nie so schnell rennen gesehen. Dann kam Mom und hat sich bei dem Vater der Tussi entschuldigt und versprochen, Zayden zu Tode zu prügeln, und als er Mom erkannt hat, wurde er ganz kleinlaut und hat immer wiederholt, wie leid es ihm tut.« Ich muss ein bisschen grinsen. »Und hier haben wir immer die Pfirsiche vom Baum geklaut – Sergio, Ilian, Rosalie und ich –, und wenn wir erwischt wurden, haben sie immer mich vorgeschoben, weil ich angeblich so süß war«, erzähle ich und drehe meinen Kopf in die Richtung. »Und wenn Ilian erwischt wurde, hat er sich mit seinem Charme gerettet. Da vorne hat Mom mich total betrunken gemeinsam mit Sophia im Gebüsch gefunden. Sergio hat uns nach Hause getragen«, berichte ich meinem Vater. Auch wenn er mit uns im selben Land war, waren wir nie mit ihm zusammen. »Ich hatte keine Ahnung, wie Limoncello reinhauen kann, und wollte wissen, wieso Mom so viel davon trinkt. Am nächsten Tag hat sie mich gezwungen, den ganzen Tag ohne eine

Tablette zu überstehen, und ich musste in der prallen Sonne sitzen und dem Marino-Opa Fragen über meine Noten und die Schule beantworten. Und hier auf dem Markt ist mein Rock gerissen.« Ich verziehe das Gesicht. »Das war echt scheißpeinlich. Sergio musste die ganze Zeit hinter mir laufen, damit es keiner sieht. Mom wollte mir dann ihren Rock geben, aber Dad fand das nicht so toll«, ergänze ich und muss ein bisschen lachen, als ich an die Diskussion zwischen den beiden denke.

»Und hier haben wir das Melonenwettessen gemacht«, erinnere ich mich und deute auf eine Bank im Park. »Bis diese Lucinda, oder wie sie hieß, vorbeilief und ich Geschichte war für Zayden. Er ist ihr durch ganz Sizilien nachgelaufen! Gott sei Dank kenne ich hier jede Gasse, sonst wäre ich da auf dieser Bank gestorben«, flüstere ich vor mich hin und rucke ein bisschen nach oben, als die Straße holpriger wird.

»Ach, irgendjemand hätte dich schon zu Hause abgegeben«, meint mein Vater zuversichtlich. Aufregung macht sich in mir breit, als das Schild der Plantage in Sicht kommt, die die Familie zur Geldwäsche benutzt. Wir biegen nach rechts auf den unbefestigten Kiesweg mit den großen Schlaglöchern und fahren zwischen den Gewächshäusern und den endlosen Feldern entlang.

Mein Herz schlägt ein bisschen schneller. Es riecht nach Zuhause. Ich wusste gar nicht, wie sehr mir Sizilien gefehlt hat. Man weiß oft nicht, wie sehr man etwas vermisst, bis man es wieder hat. Nicht wahr, Ilian?

Das schwarze Tor, wohinter das riesige de Luca-Anwesen sich erstreckt, kommt in Sicht. Ich schaue nochmal in seine Augen, als er die Sonnenbrille abnimmt. Er atmet tief durch und ich drücke aus einem Impuls heraus sanft seine Hand auf der Gangschaltung. Er legt seine andere kurz auf meine. Das Tor öffnet sich langsam. Die Bodyguards rollen vor, um sich zu positionieren, und mein Vater drückt sanft auf das Gaspedal. Sein Siegelring funkelt in der Sonne und seinen Kiefer hat er fest aufeinandergepresst. Der Brunnen in der Mitte der Einfahrt sprudelt vor sich hin und das uralte Stein-Haus ragt in den blauen Himmel. Um die offene Galerie herum stehen knorrige, uralte Olivenbäume. Jede Menge Leute haben sich versammelt. Normalerweise stürmen sie immer auf die Autos zu und reißen alle heraus, aber heute stehen sie still.

Mein Vater hält sanft. Wir bleiben sitzen, solange er es tut. Seine Knöchel um das Lenkrad sind weiß.

»Komm, Dad«, sage ich sanft und drücke nochmal seine Finger. »Im Zweifelsfall fahre ich mit dir zurück nach Hause«, meine ich. Mein Vater nickt hohl und starrt in die Gesichter seiner Familie. Sie dachten, er wäre tot und es fließen die ersten Tränen.

»Komm jetzt. Sie haben dich vermisst«, flüstere ich.

Mein Vater atmet hart aus und öffnet die Tür seines Wagens. Er steigt aus, so wie alle anderen, die hinter ihm stehen bleiben. Mein Herz hämmert heftig und ich rege mich nicht, sehe nur zu meinem Vater. Er atmet wieder tief und sieht jeden Einzelnen an, bevor er die flache Hand auf seine Brust legt und sich leicht mit dem Kopf verbeugt.

Sein Onkel Pablo ist der Erste, der sich aus der Traube löst und mit harten, schnellen Schritten auf meinen Vater zugeht. Er prallt gegen seine Brust und umarmt ihn. Mein

Vater erwidert die Geste. Ich beiße die Zähne zusammen. Ich war noch nie in meinem Leben so gerührt. Sein Onkel packt meinen Vater am Hinterkopf und lehnt seine Stirn an seine. Er flüstert ihm etwas zu, mein Vater nickt mit geschlossenen Augen. Jetzt kann er seine Emotionen nicht verbergen und ist so pur. Ich liebe das. Es gibt mir etwas Hoffnung, dass da noch mehr hinter den Mauern ist, die er um sich aufgebaut hat. Wir stehen alle still da, nicht mal Ramon macht eine dumme Bemerkung. Wir sind etwas gerührt. Ich lehne mich an Sergio, der den freien Arm um meine Schultern legt, weil er Rosalie mit dem anderen an sich drückt.

Pablo lässt meinen Vater los und führt ihn zu den anderen. Ich habe meinen Vater noch nie so neben sich stehend und überwältigt erlebt. Das berührt mich am meisten. Er wird von allen überfallen, umarmt und geküsst. Es wird so viel geweint, dass man damit ein Meer füllen könnte. Die, die meinen Vater begrüßt haben, kommen zu uns. Es ist komisch, weil ich jetzt auch zu dieser Familie gehöre, die ich zwar seit Kindesbeinen an kenne, aber nicht wusste, dass ihr Blut durch meine Adern fließt.

Kinder küssen den Ring meines Vaters und er zerwühlt ihre Haare.

Es dauert sicher eine halbe Stunde, bis sich alle ein bisschen beruhigt haben. Meine Mom nähert sich und begrüßt uns. Alle setzen sich in Bewegung und gehen nach hinten auf die Terrasse.

»Wo ist Dad?«, frage ich Mom leise.

»Er ist oben im Zimmer.« Ihr Mundwinkel zuckt.

Irgendwas scheint sie zu belustigen, aber ich weiß nicht was. Wir kommen auf der Terrasse an, während die Bodyguards unsere Taschen hochtragen. Onkel Caden sitzt bereits am Tisch und begrüßt uns, als würde er hier her gehören und irgendwie tut er das mittlerweile auch. Tante Alayna schiebt sich auch dazwischen und zieht mich an sich. Sergio kriegt von ihr einen Kuss auf die Wange, ehe sie Rosalie ausschweifend begrüßt, als hätten sie sich seit Jahren nicht gesehen. Dabei haben sie das gestern Abend. Sophia wirft mir einen kritischen Blick zu, den ich augenrollend erwidere.

Deine Familie ist noch nicht hier. Sie kommen nur zu den Verhandlungen, deshalb weiß ich nicht, wann ich dich endlich sehen werde. Du bist ein paar Häuser weiter, oder wirst dort sein. Ich versuche, nicht daran zu denken, weil mein Magen sich sonst verkrampft und ich dann sofort zu dir will.

Ich begrüße auch die Jüngeren, die hier auf uns gewartet haben. Dann stehe ich neben dem Tisch. Mein Vater nimmt an der Stirnseite Platz und ich schaue fragend zu ihm, weil ich nicht weiß, wo ich jetzt sitzen soll. Eigentlich bei meiner Familie, oder?

Er zieht den Stuhl neben sich raus, was mir Antwort genug ist. Ich kratze mich unbehaglich am Kopf, bevor ich mich darauf niederlasse. Es wird Pizza gemacht. Aus dem Steinofen riecht es verführerisch. Erst jetzt fällt mir auf, wie hungrig ich bin. Alle bestürmen meinen Vater. Wegen mir. Wegen seiner Abwesenheit und natürlich fragt auch jemand, wer auf ihn geschossen habe. Doch auch hier gibt er keine Antwort. Mein Vater weicht aus und ich frage mich, wieso er das macht und was er verbirgt. Dann wiederum denke ich mir, dass manche Dinge besser ungesagt bleiben.

Ich trinke ein Glas Wasser und Mom setzt sich neben mich, immer noch ohne Dad, immer noch belustigt, immer noch mit diesem Funkeln in den Augen. Ich strecke seufzend die Füße aus und die Sonne brennt auf meinem Rücken.

»Okay, rück raus, wieso ist Dad oben?«, frage ich jetzt, weil ich es nicht mehr aushalte.

»Ach, er schmollt.« Amüsiert winkt sie ab.

»Und wo ist Zayden?« Sie war gerade dabei, sich Limoncello einzuschenken, und sieht auf.

»Er ist bei seiner Oma drüben. Sie werden gleich kommen.« Warnend sieht sie mich an und ich verdrehe die Augen. Ich mag meinen Opa nicht sonderlich, aber mir ist klar, dass ich das nicht so zeigen darf, wie beim letzten Mal, als ich etwas unhöflich wurde. Darüber denke ich jetzt nicht nach. Manchmal geht mein Temperament eben mit mir durch.

Sergio setzt sich an die andere Seite meines Vaters, gemeinsam mit Rosalie. Ein Hausmädchen kommt sofort hüftwiegend angeschlendert, sieht aber meinen Vater nicht an, weil sie nicht darf. Genau genommen ist das niemandem gestattet. Es sei denn, er erlaubt es.

Sie schenkt Sergio ungefragt an seiner Seite mit einer Hand auf dem Tisch abgestützt Grappa ein. »Prego, Signore«, schnurrt sie und er sieht gelangweilt weg.

»Grazie«, antwortet er höflich aber distanziert und trinkt. Rosalie schnaubt hart und verschränkt demonstrativ Sergios Finger mit ihren.

»Wieso schmollt Carter-Dad?«, fragt Sergio und streicht mit seinem Daumen beruhigend über ihren. Sie entschuldigt sich kurz und verschwindet rein.

»Weil wir in Italien sind und er hier alles hasst.« Bedeutungsvoll sieht sie zu meinem Vater. Aaah, *alles* ist also mein Vater.

Eben war noch alles schön. Im nächsten Moment fällt ein Schatten auf mich, als mein Opa an den Tisch tritt. Mom strafft sich sofort und verbirgt jede Trunkenheit. Mein Opa ist groß und tief gebräunt. Seine Augen sind stechend grün, als würden sie einen verbrennen, wenn er einen im Fokus hat. Er wirkt immer ein bisschen so, als würde er sich irgendwas Widerliches anschauen, und spielt mit seinem schwarzen Rosenkranz. Er lässt die einzelnen Kugeln durch seine großen Finger gleiten.

Sofort erhebt sich mein Vater und begrüßt ihn natürlich. Massimo Marino schaut auffordernd zu Mom, die sich neben meinen Vater schiebt.

Ihr Dad nimmt ihr Kinn zwischen seine langen Finger. Das hasse ich. Der große Rosenkranz hängt über seinem Handrücken und das Kreuz baumelt zwischen seinen Fingern. Er überschaut ihr Gesicht, als würde er Ware abchecken, sieht gelangweilt zu meinem Vater, der mit den Zähnen mahlt, und dann wieder zu ihr.

Er spricht italienisch. »*Che vergognia*, Isabelle«, sagt er rau und küsst sie auf die Wange. Was bedeutet: Was für eine Schande. Ich beiße hart die Zähne zusammen. »*Assomigli sempre di piu a tua madre*«, ergänzt er, was übersetzt bedeutet, dass sie immer mehr wie ihre Mutter aussieht und wirklich nicht wie ein Kompliment klingt. Er lässt sie los. Sie atmet tief durch und schweigt, bevor sie einen Schritt nach hinten macht und uns vortreten lässt.

Sergio ist natürlich als Erster dran. Er beugt sich vor und küsst den Ring, ohne großartig was zu sagen, und mein Opa zieht sogar einen Mundwinkel hoch. Er liebt ihn, weil er der Sohn meines Vaters ist. Dann küsst er ihn links und rechts auf die Wangen. Sergio zieht sich sofort wieder zurück und setzt sich. Er verbirgt seine Abneigung nicht und auch nicht seine Trunkenheit.

Ich bin die Nächste. Als ich seinen Ring küssen will, hebt er meinen Kopf am Kinn. Ich hasse es, wenn er mich anfasst. Mein Vater legt allerdings sofort zwei Finger auf seine Hand und senkt sie sanft. Er wirft meinem Opa einen warnenden Blick zu und schüttelt den Kopf. Mein Vater hasst es wohl auch, wenn mein Opa mich anfasst. Der seufzt träge.

»Bist du endlich da, wo du hingehörst«, meint er fast erleichtert. Sein Tonfall ist immer ein bisschen schleppend.

Mom atmet wieder durch. Die Wut steht in ihren Augen, aber sie sagt keinen Ton. Das würde sie nicht wagen. Ihr Dad ist nicht so, wie einer von meinem. Wenn sie was Falsches sagt, fängt sie sich hier und jetzt eine Ohrfeige, genau wie jeder andere hier, abgesehen von den Männern. Natürlich.

Wir setzen uns alle, wobei ich einen Stuhl weiterrutschen muss und Moms Vater sie auffordert, in unserer Ecke sitzen zu bleiben, als sie zu Tante Alayna und Sophia flüchten will. Mom lässt sich geschlagen nieder, nimmt mein Wasser und trinkt es.

»Und? Wie sieht es aus, Donovan?«, fragt mein Opa. »Alles bereit für morgen?«

Mein Vater nickt.

»Gut.« Mein Opa winkt ein Dienstmädchen heran, das ihm schnell einen Rotwein hinstellt.

»So schön, dass ihr hier jetzt als Familie zusammensitzt. Ich dachte, ich erlebe das nicht mehr.« Mein Opa ist kein Fan von Dad, aber ein großer meines Vaters, wie ich weiß. Mom reibt ihre Hände aneinander und schaut immer wieder zum Hauseingang, als würde sie auf Rettung hoffen.

Keiner von uns erwidert etwas darauf, weil wir alle zu angespannt sind. Nur mein Vater wirkt ganz locker, während Sergio den Anschein macht, als wäre ihm alles egal.

»Und, hast du schon einen Ehemann für sie?«, fragt mein Opa und lässt seinen Rotwein schwenken. Alles in mir spannt sich an und mir wird etwas schlecht.

»Nein«, antwortet mein Vater sanft. »Und es wird auch keinen geben. Vorerst.« Was heißt vorerst? Ich versteife mich noch mehr und werde innerlich unruhig. Mom legt mir eine Hand auf das Knie, um mich zu beruhigen, also atme ich aus und entspanne mich wieder. Sie öffnet den Mund, als wollte sie was sagen, und schließt ihn wieder. In dem Moment kommt Dad und stockt, als er meinen Opa hier erblickt. Sofort nickt er Mom zu sich und streckt die Hand nach ihr aus. Sie erhebt sich erleichtert, schiebt den Stuhl an den Tisch und schlängelt sich einen Weg an den anderen vorbei zu ihm. Er legt ihr den Arm um die Schultern und murmelt ihr was zu, ohne Massimo Marino aus seinem tödlichen Blick zu lassen. Ich weiß genau, was er gesagt hat: *Ich kann ihn immer noch erschießen.*

Mein Opa visiert meine Mutter unglücklich darüber an, dass sie jetzt einfach aufgestanden ist, als die beiden sich zu Tante Alayna setzen.

Ramon kommt aus dem nichts und beschert meinem Opa fast einen Herzinfarkt, indem er ihm die Hand auf die Schulter legt. »Massimo Marino!«, ruft er erfreut in seinen Nacken.

Mein Opa schaut zweifelnd zu Ramons Hand. »Ja?«

»Nichts, ich wollte nur Hallo sagen. HALLO, MASSIMO! WIE GEHT ES DIR?« Ramon redet mit ihm, als wäre er schwerhörig und betont jede Silbe, als wäre mein Opa dazu noch debil. Ich muss lachen, aber verkneife es mir mit aller Macht.

»Hallo, Ramon«, antwortet mein Opa trocken, während Ramon sich behaglich seufzend setzt und sich eine Zigarre anzündet.

»Wie läuft dein Geschäft mit den Bocellis?«, fragt mein Vater offensichtlich, um meinen Opa ein bisschen von all dem hier abzulenken.

»Es läuft.« Diese Mafiamänner sind immer so kryptisch. »Und die Familien kommen hierher, um mit dir zu verhandeln? An diesen Tisch?«, erkundigt er sich jetzt etwas ungläubig und dreht an seinem Rosenkranz.

»Sie können es sich nicht leisten, dass ich zuschlage«, antwortet mein Vater leise. In mir verkrampft sich alles, als er das sagt. Allein der Gedanke, es könnte jemand angreifen, beunruhigt mich. »Vielleicht habe ich auch ein paar Überraschungen für sie.« Ich sehe zu ihm und dann wieder schnell zum Tisch. Hoffentlich haben diese Überraschungen nichts mit dir zu tun, Ilian.

»Man sollte immer ein paar Überraschungen parat haben«, meint mein Opa. »Was hältst du eigentlich von den Entscheidungen, die Sergio in letzter Zeit so gefällt hat?«, will er nun wissen und mein Vater seufzt.

»Ich mag davon halten, was ich will, es sind seine Entscheidungen.« Meint er damit Rosalie oder was genau?

»Ah, ich dachte, Sergio ist ein guter Junge«, erwidert mein Opa und trinkt seinen ersten Schluck Wein.

»Ist er«, sagt mein Vater leise und spielt mit meinen Haaren, was mich etwas entspannt.

»Tja, manchmal enttäuschen einen die Kinder und manchmal machen sie einen stolz.« Er sieht zu Mom und Dad. Dann dreht er träge den Kopf zu Sergio. »Also stimmt es, dass du eine Rush heiraten wirst?«, fragt er, ohne seine Abneigung zu verstecken.

Jetzt wird Sergios Blick eisig, als er auf ihn trifft. »Ja«, antwortet er und schaut ihm direkt in die Augen. Äußerlich ist er gelassen, aber ich weiß, wie es sofort in ihm brodelt, weil er mein Bruder ist und ich ihn kenne.

»Was hast du dir dabei nur gedacht?«, fragt mein Opa kopfschüttelnd.

»Das geht nur mich was an«, antwortet Sergio ruhig.

»Na ja, hoffen wir, dass du sie bald wieder los sein wirst.«

Ich weite die Augen und kann förmlich sehen, wie Sergios Pulsschlag sich erhöht.

»Erfahrungsgemäß wird man die Leute, die man loswerden will, nie los.« Er lächelt unseren Opa freundlich an. »Auch, wenn man es noch so sehr versucht.«

Jegliche Freundlichkeit fällt von meinem Opa ab. »Ja, das stimmt allerdings, und dazu gehört diese Familie.« Er sieht in die Richtung von Dad und Onkel Caden.

»Ich möchte, dass du jetzt aufhörst, so über sie zu sprechen, sonst muss ich dich des Tisches verweisen und in dein eigenes Haus zurückschicken«, warnt Sergio leise und rau. Dabei blickt er ihm direkt in die Augen. Keiner am Tisch mischt sich ein, nicht mal mein Vater. Ein paar Gespräche um uns herum verstummen. Pablo hebt den Kopf etwas.

Mein Opa starrt Sergio an und Sergio starrt zurück, ohne mit der Wimper zu zucken.

»Vergiss einfach nicht, woher du kommst«, wispert mein Opa angespannt.

»Oh, niemals.« Sergio dreht sich desinteressiert weg, und als Rosalie aus dem Haus kommt, zieht er sie an der Hand wieder neben sich auf den Stuhl.

Mein Opa mustert sie und Sergios Blick wird jetzt eine einzige Warnung.

»Massimo«, meint mein Vater gerade, als er etwas zu Rosalie sagen will, und mein Opa wendet ihm den Kopf zu. Ein paar atmen erleichtert aus und mein Bruder tauscht einen Blick mit Onkel Caden. Ich weiß, was hier passiert. Er beruhigt meinen Bruder über den Tisch hinweg, mit nur einem Blick. Das schafft er bei uns allen.

»Ich muss mal aufstehen«, sage ich leise, weil ich diese Spannung nicht mehr aushalte, und mein Vater nickt mir zu. Ich muss ein bisschen für mich alleine sein. Eilig schiebe ich den Stuhl zurück und entferne mich.

Filippo heftet sich an meine Fersen, als ich den wunderschönen Park hinter mir lasse und Richtung Strand laufe, um mich dort zu entspannen. Es riecht nach Olivenbäumen, dem Salz des Meeres und heißem Sand.

Am Strand bleibe ich stehen und sehe hinaus aufs wild rauschende Meer, während ich die Augen schließe und tief einatme. Wenn man hier unten ist, kann man vergessen, was da oben ist. Wenn man hier unten ist, kann man sich von diesen eisigen Männern dort abschotten. Und ich kann mich wieder dem widmen, was mich immer runterbringt.

Dir. Und den Gedanken daran, dich zu sehen und zu spüren. Weil jede Sekunde ohne dich, wie eine Stunde ist. Ich frage mich wirklich, wie es zwischen uns werden wird, wenn wir beide ausziehen müssen.

Ich glaube, ich werde sterben ohne dich, Ilian. Aber daran will ich jetzt hier in der Sonne nicht denken.

25. Deals und keine Deals, Rosalie

XX

Sergio

Heute ist der erste Verhandlungstag. Ich schließe gerade meine Hose, anschließend hole ich mir ein beiges Poloshirt aus dem Koffer, das ich mir über den Kopf ziehe. Gestern habe ich es ein bisschen mit dem Alkohol übertrieben, aber ich fühle mich erstaunlich frisch nach der kalten Dusche und der Kopfschmerztablette.

Du bist gerade im Bad und föhnst dir die Haare. »Ciao, Sergio!«, höre ich dich spöttisch die Frauen nachäffen, die es echt darauf angelegt haben, mir hier das Leben schwer zu machen. »Ich bin eine Hure, Sergio!«, ahmst du sie weiter nach und knallst den Föhn zur Seite. »Du bist zwar jetzt verlobt und wirst Vater, aber es ist mir egal, Sergio! Fick mich trotzdem, Sergio! Weil ich keine Würde habe, Sergio.« Nicht, dass man die Schwangerschaft mittlerweile sehen würde, Rosalie. Oder, dass wir es großartig jemandem erzählt hätten.

Aber ich liebe es, wenn du so besitzergreifend bist. Und ja, da sind diese Frauen, schon klar. In der Zeit ohne dich habe ich mich eben abgelenkt. Ich habe keine Ahnung, ob es dir helfen würde, zu wissen, dass ich immer an dich gedacht habe, wenn ich gekommen bin. Ich meine, immer.

Ich ziehe lächelnd meine Uhr über mein Handgelenk und schließe sie, bevor ich nochmal in den Spiegel schaue. Ich habe mich frisch rasiert. Meine Haare sind noch feucht, aber das macht nichts bei der heißen Sonne. Ich verknote die Bänder meiner weißen Leinenhose, dann fahre ich mir durch das Haar und lehne mich in die geöffnete Tür zum Badezimmer.

Du stehst im Handtuch vor dem Spiegel und kämmst dir aggressiv die langen, durch deine Schwangerschaft noch glänzenderen Haare. Dein türkiser Blick nimmt mich über den Spiegel ins Visier. Ich grinse dich an. Gestern habe ich dich die ganze Nacht gereizt. Ich habe dir die Namen jeder einzelnen Frau genannt, die mich gegrüßt hat, und verraten, was ich mit ihnen gemacht habe. Natürlich nicht detailliert. Wir hatten grandiosen Sex. Stundenlang. Du warst entfesselt, wie von einem Dämon besessen, und hast mich völlig überwältigt. Und das war es mir wert. Sorry. Nenn mich einen Bastard. Aber du warst echt heiß. Du hast mich auf diesem Sessel ewig geritten, während der Schweiß über deinen Körper lief, und dann musste ich in deinem Mund kommen. So viel dazu, Rosalie.

»Ciao, Sergio!«, stößt du spöttisch aus.

Ich gehe ins Bad. Dein Blick folgt mir und du verengst die Augen. Sanft lege ich einen Arm um deinen Bauch und küsse deinen Nacken, während ich dich über den Spiegel hinweg ansehe. »Ciao, Tesoro«, flüstere ich in dein Ohr.

Du versuchst, wütend zu bleiben, bist aber ganz zittrig unter meinem Arm. Das liebe ich auch. »Viel Spaß da unten«, meinst du und funkelst mich über den Spiegel hinweg warnend an, während deine Wangen gleichzeitig rot vor Wut werden.

»Danke.« Ich schiebe deine Haare zur Seite und küsse dich auf die nackte, duftende Schulter.

»Aber nicht zu viel Spaß!« Du siehst etwas abgelenkt zu mir.

»Zu viel Spaß nur noch mit dir«, raune ich in dein Ohr.

»Das will ich hoffen.«

Ich küsse dich nochmal auf die Schulter, dann ziehe ich mich zurück. Du siehst mich seufzend an, während ich rückwärtsgehe, und öffnest auf einmal dein Handtuch.

Rosalie. Wieso? »Denk einfach immer an das hier.«

Ich lasse meine Augen langsam über dich gleiten und nicke nachdenklich. »Immer.« Dann zwinkere ich dir zu und wende mich um, bevor ich das Bad verlasse und aus dem Zimmer trete. Sonst ficke ich dich jetzt weiter, und dafür habe ich keine Zeit, Rosalie. Diese Zeit.

Es ist schon viel los im Haus. Die Männer ergreifen noch die letzten Sicherheitsmaßnahmen. Ramon verlässt gerade schlendernd seine Räumlichkeiten und schließt seine Tür ab. Die Frauen sind alle unten im Salon, wo du auch gleich sein wirst.

Ramon streicht sich durch das noch feuchte, schwarze Haar und wirkt relativ klar.

»Wen hast du denn da drin versteckt?«, frage ich. Ramon zuckt zusammen und wirbelt zu mir herum, als hätte er mich gar nicht bemerkt. Aha. Er verbirgt was. Nach seinem seltsamen Rätsel gestern ist das jetzt kein Wunder für mich.

Er blinzelt mich an. »Geheimnis«, meint er kryptisch.

»Nutten, die du nicht teilen willst? Oder etwa Ariana? Hast du sie jetzt geklaut, Ramon?« Tadelnd sehe ich ihn an und schiebe eine Hand in die Hosentasche. »Nicht zu teilen, ist übrigens ein bisschen egoistisch den anderen gegenüber.«

Er streicht sich die dunklen Haare zurück. »Bei manchen Pussys hört die Brüderschaft auf. Man kann außerdem nicht klauen, was einem *gehört.*«

Ich runzle die Stirn. »Und was ist so besonders an *ihr*? Pussy aus Gold?«, frage ich mit gerunzelter Stirn, während wir uns auf den Weg machen, und meine damit nicht Ariana, sondern wen auch immer er in seinem Zimmer versteckt.

»Geheimnis, Amore«, säuselt er.

»Schwul mich nicht an, Ramon«, murmle ich heiter aus dem Mundwinkel. Eine der Haushälterinnen kommt mit frischem Bettzeug an mir vorbei und lächelt mich an. Ich sehe weg. Oh mein Gott, wieso hören diese Schlampen denn nicht auf?

»Ciao, Sergio«, säuselt sie. Ich antworte ihr nicht. Aber Ramon macht ein paar Schritte rückwärts und sieht ihr mit schief gelegtem Kopf hinterher, beide Hände in den Hosentaschen seiner schwarzen Jeans.

»Sie hat einen heißen Arsch«, stellt er fest.

Ich sage nichts dazu, während wir zur Treppe gehen. Er dreht sich wieder zu mir um und stöhnt genervt, als er die richtigen Schlüsse zieht. »Zeig mir einen Arsch, den du hier noch nicht hattest.«

»Nur die, mit denen ich verwandt bin.« Starr sehe ich geradeaus und gehe die Stufen hinab.

Unten angekommen, seufzt er frustriert und schnappt sich eine Weinbeere von der Anrichte der Küche, die er sich in den Mund schnippt. Im Salon ist alles voller Frauen, weil sie nicht bei den Verhandlungen dabei sein werden. Mom steht oben am Geländer und schaut genervt runter. Wahrscheinlich hat sie keine Lust auf die ganzen Weiber und wird sich fernhalten, um gemeinsam mit deiner Mutter oben zu lästern.

Ich sehe noch, wie der Carter-Dad sie auf den Kopf küsst und dann zu uns nach unten kommt – die Hände in den Hosentaschen gesteckt. Er überschaut mich und dann Ramon.

»Bist du dir sicher, dass du sie da oben alleine lassen willst?«, fragt Ramon strahlend und provokant wie immer an ihn gerichtet und isst noch eine Weinbeere.

»Bist du dir sicher, dass du diese Frage stellen wolltest?«, erkundige ich mich vorsichtig und hebe die Brauen. Der Carter-Dad sieht ihn an, als hätte er sich verhört.

»Was hast du gesagt?«, hakt er nach und hält sich eine Hand hinter das Ohr.

»Ich habe gesagt: Du hast eine wirklich schöne, wohlgeformte, heiß anzusehende … Waffe.« Ramon nickt zur Waffe, die im Bund der Hose des Carter-Dads glänzt.

»Die steckt gleich in deinem Mund, wenn du nicht aufpasst«, warnt er Ramon düster.

»Ah ja, de Lucas erschießen, das tust du ja so gerne«, säuselt Ramon und ich versteife mich. Er isst noch eine Weinbeere. Was meint er damit? Wieso sagt er so was?

»Japp. Vor allem so kleine, arrogante de Luca-Scheißer wie dich.«

»Gibt es hier ein Problem?«, fragt mein Vater, der gerade die Treppe runterkommt und noch seine Uhr schließt, genervt. Gerade hat er sein Zimmer verlassen und schon fuckt ihn jemand ab. Ich kenne das.

»Nein«, sage ich. »Alles ist in allerbester Superordnung. Oder, Ramon?« Ich schwinge meinen Arm um seine Schulter und Ramon hebt den Daumen und grinst breit.

Mein Vater verdreht seine hellblauen Augen und Carter-Dad geht kopfschüttelnd weiter. Mein Vater kommt zu uns. Ist das hier das große Vätertreffen oder was?

»Bereit?«, will er gelangweilt wissen. Ich frage mich, wann er in seinem Leben mal nicht gelangweilt war. Die Antwort steht oben am Geländer. Mom sieht immer noch angewidert zu den Frauen. Tante Alayna hat sich jetzt zu ihr gesellt und flüstert was. Ich muss ein bisschen grinsen. Meine Mutter nickt angeekelt mit erhobenem Kinn.

»Ja«, sage ich und sehe wieder zu meinem Vater.

»Gut«, seufzt er immer noch genervt. »Na dann, gehen wir mal« Wir folgen ihm durch das Haus auf die Terrasse, wo die meisten sich schon versammelt haben und an dem langen Tisch sitzen. Mein Opa steht mit einigen Männern am Durchgang unter einem Rundbogen. Gerade kommen Aarik Wolkov und sein Vater dazu. Dass die Frauen hier sind, ist eine kleine Garantie dafür, dass es friedlich ablaufen wird, ebenso wie das Abtasten nach versteckten Waffen, was gerade Savio bei Aarik tut. Ihre Knarren müssen alle abgeben. Sie sind auf einem separaten Tisch in der strahlenden Sonne aufgereiht.

»Da sind wirklich schöne Babys dabei«, murmelt Ramon mit glänzenden Augen. Carter-Dad knallt gerade gereizt seine Pistole auf den Tisch. Ich weiß genau, wie ungern er unbewaffnet ist.

Er lässt sich von Savio genervt abtasten und fragt dabei: »Ernsthaft?«, während Aarik zum Tisch geht und ein paar Männern die Hände schüttelt, genau wie sein Dad Alexander. Meinem Vater nickt er knapp zu und setzt sich dann. Ich lehne mich in den Türrahmen, gegenüber von meinem Vater.

Meine Schwester kommt gerade runter, wie ich mit einem Schulterblick feststelle, und grüßt die Frauen. Sie ist so viel gemeinschaftstauglicher und vernünftiger als unsere Mutter und liebt Menschen um einiges mehr.

Die Terekovs erscheinen. Ivan, heute ganz in Weiß. Dahinter Ilian, Zayden und Irina, bei denen es immer noch kriselt. Ich frage mich, ob das jetzt für immer so bleibt. Dein Lachen lenkt mich ab. Mit einem Blick über die Schulter stelle ich fest, dass du nun auch im Salon bist. Du betrachtest nicht gerade begeistert Natalia Wolkov, die ebenfalls den Raum betritt und murmelst Sophia etwas zu.

Ich zwinkere dir nochmal zu und du lächelst mich an.

Ivan hat nun seine Waffe abgegeben, genau wie Ilian und Zayden. Sie kommen zu dritt auf den Tisch zu. Zwei in Weiß, einer in Schwarz.

Ivan setzt sich zu seiner Familie und Ilian natürlich auch, obwohl die Terekovs genauso wenig seine Familie sind wie die de Lucas Catalinas. Zayden lässt sich hart neben seinen Vater fallen.

»Sind wir jetzt komplett?«, frage ich leise an meinen Dad gewandt und er nickt. Ramon reicht meinem Opa seine Waffe.

»Sie ist heilig«, lässt er ihn wissen.

»Das sind sie alle«, murmelt mein Opa gelangweilt und gibt die Waffe Savio. Mein Vater und ich dürfen als Einzige unsere Waffen behalten. Ramon und ich setzen uns links und rechts von ihm. Mein Vater legt seine Waffe auf den Esstisch vor sich, sehr bedeutungsvoll, dann nimmt er Platz. Alle werden still, wie immer. Ich lasse Ludmilla eingepackt. Erstmal. So heißt meine Waffe, Rosalie. Aber das weißt du ja.

Mein Opa, setzt sich neben mich, legt die Fingerspitzen aneinander und deutet Suzanna, einem der Hausmädchen, das gerade Getränke ausgeschenkt hat, dass sie die Terrassentür schließen soll. Sie zieht auch die Vorhänge zu, sodass man uns im Inneren des Hauses nicht sehen kann. Das Geplapper der Frauen verstummt.

Ein paar Sekunden ist es still, bis auf das Grillenzirpen und das leise Plätschern des Pools. Ein leichter Wind streift über den Tisch. Mein Vater lehnt sich seitlich zurück, einen Ellbogen auf die Stuhllehne gestützt, und reibt die Fingerspitzen einer Hand aneinander, während er Aarik fixiert.

Mein Großonkel Pablo seufzt tief und stützt die Ellbogen auf den Tisch, wobei er sich vorbeugt. Seine hellblauen

Augen nehmen alle Männer einzeln ins Visier. Das hier ist sein Haus und sein Tisch, deshalb muss er das Gespräch eröffnen.

»Keine Beleidigungen. Keine leeren Drohungen. Keine Gewalt. Die Frauen bleiben unangetastet. Kein Aufstand an meinem Tisch«, stellt er mit seiner rauen Stimme klar. »Wir sind hier, um Frieden zu schließen.« Pablo deutet mit einer ausladenden Geste auf meinen Vater und lehnt sich wieder zurück.

Die Augen meines Vaters sind stechender denn je. Seine Stimme ist leise, kaum lauter als der Wind, und ein bisschen herablassend, als er sie hebt. »Wir brauchen dringend Frieden.« Er spielt mit seiner Waffe auf dem Tisch, dreht sie, ehe er sie mit einem Finger stoppt. »Darin stimmt ihr doch mit mir überein, meine Freunde und Familie, oder?«

Ich rutsche ein bisschen tiefer in meinen Sitz, weil ich das Gefühl habe, dass mein Vater wieder irgendwas geplant und mir nichts davon gesagt hat. Unser Verhältnis ist zwar wieder besser, aber ich traue ihm noch nicht ganz.

»Die Stadt ist zerstückelt und ich denke, wir müssen sie neu aufteilen«, fährt mein Vater seelenruhig fort. Alexander Wolkov kann sich gerade so ein Schnauben verkneifen. Er hat ein Problem mit meinem Vater.

»Habt ihr denn etwas zu den Vorkommnissen der letzten Wochen zu sagen?«, erkundigt sich mein Vater wie ein verdammter Seelenklempner bei einer Sitzung im Stuhlkreis.

Ivan strafft sich und Ilian wirft ihm einen kurzen alarmierten Blick aus dem Augenwinkel zu. »Wir wollen die Verträge mit den Wolkovs neu verhandeln und sind uns bereits einig geworden. Folgende Vertragspunkte sollen geändert werden: Die Zeit der Ehe wird nicht befristet. Es müssen mindestens zwei männliche Erben gezeugt werden. Außerdem will ich, dass mein Sohn innerhalb von einem Monat wieder zu Hause einzieht.«

Der will mich wohl verarschen, oder?

»Du willst mich wohl verarschen, oder?«, fragt Zayden hart über die Schulter an Ivan gewandt. Ich spanne mich an. Mein Vater will dieser Scheiße aber jetzt nicht zustimmen, oder? Ich habe den Vertrag sauber ausgehandelt, zu Ilians Gunsten. Innerhalb von fünf Jahren wäre er raus gewesen und hätte weitermachen können. Er hätte keinerlei eheliche Pflichten eingehen müssen. Langsam werde ich echt sauer. Wie kann man seinen eigenen Sohn nur so sehr hassen, dass man ihm so was antut? Mafia und Pflichten hin oder her. Er hätte seine Pflichten auch so erfüllt. Wieso die unbegrenzte Zeit der Ehe?

»Ich wüsste nicht, was es dich angeht«, sagt Ivan zu Zayden.

»Du bist nicht seine einzige fucking Familie!«, kontert mein Bruder angepisst.

»Aber ich bin sein Vater.«

»Du bist ein Bastard, der sich Vater schimpft«, zischt er zurück. »Spiel dich nicht auf, weil du Sperma abgegeben hast!«

»Spiel du dich lieber nicht auf, sonst lasse ich meine Schwester von dir scheiden und verheirate sie anderweitig«, droht Ivan jetzt. Ich hebe meine Brauen, weil ich glaube, mich verhört zu haben.

Zayden springt auf und packt Ivan mit einem Ruck am Kragen. »Was hast du da gesagt, du kleiner Bastard?«, knurrt er in sein Gesicht.

»Ich hab gesagt, wenn du so weitermachst, verheirate ich sie an Aarik!« Ivan schubst Zayden Schulter von sich, aber mein Bruder lässt ihn nicht los und zieht ihn von seinem Stuhl nach oben. Dann holt er aus und lässt seine Faust frontal in Ivans Gesicht schmettern, bevor er ihn hart nach hinten schubst. Er taumelt gegen seinen Vater, der gerade aufgestanden ist.

»Fuck.« Carter-Dad schiebt sich dazwischen. »Okay, okay, das reicht.«

»Willst du nicht mal was sagen?«, frage ich meinen Vater, während Zayden vor Wut bebt.

»Irina bleibt verheiratet, hör auf damit«, informiert Dad Ivan gelangweilt, der sich die blutende Nase hält und Zayden kiefermahlend mustert.

»Ich bring dich um, du kleiner Pisser«, knurrt Ivan Zayden zu.

»Setz dich«, zische ich jetzt gefährlich leise und sehe Ivan auffordernd an. Ich hasse diesen Wichser so sehr. Sergej murmelt ihm was auf Russisch zu und drückt ihn dann hart auf den Stuhl.

Ich lasse meine Schultern rollen, während Zayden sich ebenfalls wieder setzt und sich eine Zigarette anmacht.

»Beruhigt euch jetzt alle«, meint mein Vater genervt. Ich atme tief durch und straffe mich etwas. Dann lasse ich meinen Blick zu Ilian schweifen, der sich zurückgelehnt und die Hand fest um die Stuhllehne geklammert hat. Ich hasse es, dass Ivan ihm das antut. Allein dafür hat er eine Kugel verdient. Dieser selbstsüchtige Bastard.

»Ich stimme den Vertragsneuverhandlungen zu, aber unter folgenden Punkten: Die Ehe wird vorerst auf zehn Jahre befristet. Und es muss ein männlicher Nachkomme gezeugt werden«, beschließt mein Vater. Das macht mich nicht glücklicher und Ilian schließt geschlagen die Augen. Alexander und Ivan nicken knapp, während der Carter-Dad mit seiner Faust pumpt. Ich würde auch am liebsten den Tisch umschmeißen, aber ich bleibe ruhig und trinke lieber noch einen Schluck.

Mein Vater stützt seinen Ellbogen, bevor er sich an Sergej wendet. »Unsere Partnerschaft lief jahrelang gut. In Chicago herrschte Frieden. Diesen Zustand will ich wiederherstellen.« Ich trommle langsam auf dem Tisch.

»Immer mehr fremde Familien kommen in die Stadt«, fährt mein Vater fort. Ich denke an die de Luzio-Spitzel, die Morellis und die Pellegrinos, von denen immer wieder Männer auftauchen, die unsere bestechen wollen – und das immer häufiger. Irgendwas bahnt sich gerade an, ganz zu schweigen von den Familien in Chicago, die untereinander immer größere Probleme haben. Mit der Verbannung von Victor Wolkov fing alles an. »Deswegen sollten die größeren chicagoer Familien jetzt zusammenhalten. Ich will mit euch auch eine Partnerschaft eingehen.« Er sieht zu Alexander Wolkov. Ich runzle leicht die Stirn und hoffe, dass er dafür nicht meine Schwester benutzt.

»Dann zeig uns deinen guten Willen, Donovan«, meint Alexander ernst, denn mein Vater hat ja seinen Sohn verbannt. Ich hätte dasselbe getan.

»Was hättest du denn gerne, Alexander?«, fragt mein Vater.

»Dass du die Verbannung meines Sohnes aufhebst – sofort.«

Mein Bruder spannt sich schon wieder an und seine türkisfarbigenen Augen blitzen. Wenn ich daran denke, weshalb Victor verbannt wurde, verkrampft sich auch in mir alles. Ich will diesen Wichser nicht in meiner Stadt. Diesen Vergewaltiger und Frauenverachter.

Carter-Dad beugt sich zu Zayden und murmelt ihm was zu. Mein Bruder atmet gepresst aus und klammert seine Hände um die Armlehnen des Stuhls.

»Ich habe ihn für fünf Jahre verbannt. Das war sowieso noch ziemlich wenig, Alexander.«

»Zwei Jahre hat er noch«, bemerkt Alexander. »Wenn du ihn jetzt schon zurückkommen lässt, kriegst du Anteile an unserem Geschäft und vollen Schutz sowie Kooperation.«
Ich würde jetzt gerne NEIN brüllen, aber ich tue es nicht. Ich fühle mich nicht wohl bei dem Gedanken, dass dieser Parasit schon jetzt zurückkehren könnte.

»Unter einer Bedingung«, sagt mein Vater und ich habe Mühe, mein Gesicht ausdruckslos zu halten. Einigen anderen gelingt es nicht, zum Beispiel meinem Bruder oder Sergej Terekov. »Dein Sohn wird sich für die nächsten zwei Jahre nur in eurem Viertel aufhalten. Wenn er woanders gesehen wird, darf er sofort erschossen werden.« Das macht es auch nicht besser. Ratten finden immer ihren Weg.

»Okay«, antwortet Alexander, doch Aarik scheint sich nicht so sehr über die Rückkehr seines Bruders zu freuen.

»Gut. Alles Weitere besprechen wir unter vier Augen«, sagt Dad zu Alexander.

Die nächsten zwei Stunden wird der übliche Wahnsinn thematisiert. Außerdem wird nochmal festgehalten, dass meine baldige Ehe mit dir in keinerlei Verbindung zu den Geschäften steht. Dass daraus keine Partnerschaft erwächst. Das liegt allerdings nur an meinem Vater, weil der einfach zu verbohrt ist. Ich lasse das unkommentiert. Eigentlich wäre es wirklich von Vorteil, wenn mein Vater seinen Stolz endlich ablegen würde. Vor allem, da sich etwas zusammenbraut. Ich spüre es. Nicht nur wegen der fremden Familien, sondern auch, weil die Terekovs anfangen, einen Groll zu hegen. Ich habe das Gefühl, dass Ivan noch ein Problem werden wird. Auch die Wolkovs sind nicht besonders gut auf uns zu sprechen, Partnerschaft hin oder her. Wenn Victor zurück in die Stadt kommt, wird das sicher nochmal für Ärger sorgen.

Schließlich hebt mein Vater wieder die Stimme, als es dem Ende zugeht und die Männer unruhig werden. Die wichtigsten Punkte sind erstmal abgearbeitet und ich brauche echt eine Zigarette und Ruhe.

»Allora, meine Herren, dann würde ich sagen, dass sich die Familien vorerst zurückziehen. Heute Abend lade ich euch alle zu einer Siesta ein. Die Verhandlungen werden morgen um die gleiche Zeit fortgeführt. Es ist immer wieder schön, mit euch Geschäfte zu machen. Ihr dürft aufstehen.« Er winkt nachlässig in die Runde. Stühle werden gerückt und Grüppchen gebildet.

Der erste Teil der Verhandlungen ist somit abgeschlossen, aber das wird sicher nicht der letzte sein. Es hat gerade erst begonnen.

26. Fuck, ich liebe dich, Rosalie

XX

Sergio

Ich bleibe sitzen und paffe meine Zigarre mit Ramon an meiner Seite, während ich beobachte, wie Ivan mit seinem Vater Sergej spricht. Der ist nicht zufrieden und Ivan hat seine unnachgiebige Fresse aufgelegt. Ich habe so eine Wut auf ihn, aber darüber werde ich jetzt nicht reden.

»Das lief doch gut!«, meint Ramon. »Zwei russische Familien, mit denen du noch Probleme haben wirst. Du bist so schlau, Donovan de Luca.«

Mein Vater sieht ihn von der Seite an. »Wieso sitzt du überhaupt hier?«

»Das ist Teil des Rätsels, mia cara«, säuselt Ramon und zwinkert Dad zu.

Der trinkt von seinem Wein.

»Aber jetzt – Koks und Nutten!« Ramon steht auf und verschwindet nach drinnen, die Terrassentüren bleiben offen stehen. Ein paar der Frauen lachen und kommen raus zu ihren Männern.

Eines der Hausmädchen läuft an mir vorbei und räumt die leeren Gläser und die vollen Aschenbecher ab. Ihr Ausschnitt ist so tief, dass ich ihre Brüste sehen kann, als sie mir diese entgegenstreckt. Ich lege den Kopf zurück und schaue hoch an die überdachte Terrasse.

Wieso tun sie das? Wieso sind sie so billig?

Sie lässt sich Zeit. Viel Zeit. »Ciao, Sergio«, flüstert sie dann.

Ich antworte nicht. Ich bin wirklich genervt davon.

Sie verschwindet hüftwiegend, und ich senke meinen Blick erleichtert. Doch sie ist überhaupt nicht weg und ich schaue aus Versehen genau in ihre Richtung. Im selben Moment bemerke ich dich. Du stehst in den geöffneten Terrassentüren und starrst mich tödlich an. Ich sehe langsam von dir weg, weil ich sonst wahrscheinlich wegen deines tödlichen Starrens vom Stuhl kippe.

Ein zweites Hausmädchen taucht wie aus dem nichts auf, um den Tisch abzuwischen, wobei sie mir ihren Hintern unter dem Rock entgegenstreckt. Sie hat Strapse an. Ich drehe meinen Kopf starr zu meinem Vater.

»Oh Sergio«, flüstert er amüsiert kopfschüttelnd, als würde er mich wirklich bemitleiden.

Sie nimmt den Lappen, und als sie an mir vorbeigeht, streift sie meine Schulter mit den Fingerspitzen. Ich zucke zur Seite, meide aber deinen Blick, obwohl mir klar ist, dass du mich immer noch beobachtest. Nicht mehr lange und ich flippe aus. Komplett. Ich paffe an meiner Zigarre, als wäre das hier alles ganz normal, damit du keinen Nervenzusammenbruch kriegst, und rutsche tiefer in den Sitz. Ich will jetzt gar nicht deine wütend blitzenden Augen sehen.

Du kommst unheilvoll näher. Ich bin wie erstarrt, spüre deine Vibes, als du zu deinem Dad gehst, der mit Carter-Dad ein wenig abseitssteht. Mit meinen Augen folge ich dir. Vor meinem Gesicht erscheint prompt wieder ein Arsch. Das blonde Hausmädchen breitet die Tischdecke vor mir aus. Ich schiebe sie unsanft an der Hüfte weg, weil es mir reicht. Ich kann nicht mehr.

Sie wendet sich um und schmachtet mich an. Ich schaue woandershin. Was soll das? »Ciao, Sergio«, singsangt sie.

Mein Gesicht wird ausdruckslos, weil du mich beobachtest und aus allem die falschen Schlüsse ziehen könntest. Sie schmachtet mich noch an, als deine Stimme ertönt.

»Scusi«, säuselst du hinter uns und ich zucke zurück. Mein Vater schmunzelt, während ich einen Schluck Grappa trinke und nur auf mein Glas sehe.

Du legst deine Hand mit dem Verlobungsring auf meine Schulter und ich spanne mich etwas an. Liliana dreht sich zu dir um. Ich weiß, was du in ihrem Gesicht siehst. »Si Signorina?«, fragt sie etwas hauchig und deine Nägel trommeln auf meiner Schulter. Ich platziere meine Hand darüber, damit du stillhältst und niemandem damit die Augen auskratzt.

»Kann ich noch ein Glas Wasser haben«, fragst du auf Italienisch, während dein Türkis blitzt und dein Ton eiskalt ist. »Das wäre sehr nett.« Du siehst aus, als würdest du sie gleich anspringen und ich lehne meinen Hinterkopf gegen deinen Bauch.

»Si Signorina«, meint Liliana und verschwindet sofort.

Ich schaue zu dir hoch und puste den Rauch von dir weg. »Amüsierst du dich?«, fragst du leise und drohend.

»Setz dich, Rosalie.« Ich ziehe den Stuhl neben mir zurück. »Und du? Amüsierst du dich?«

»Ich hab so viel Spaß, Sergio«, meinst du fast sinnlich, was wie eine Warnung klingt, wobei du etwas starr Platz nimmst.

Ich beuge mich an dein Ohr. »Du solltest nicht so lange von mir fernbleiben und stattdessen dein Revier markieren. Ich kann nichts dafür.« Ich lächle dich breit an, bevor ich mich wieder zurücklehne.

»Natürlich, du bist so arm.« Dein Türkis blitzt heftiger.

»Ich weiß, Tesoro.« Ich paffe und stoße den Rauch in den Himmel.

»Du bist so ein kleiner Bastard.« Du lächelst mich drohend an, was ich erwidere.

»Du liebst das«, lasse ich dich ein bisschen heiser wissen und drehe die Zigarre zwischen meinen Fingern. Du nuschelst was in dich hinein, antwortest aber nicht mehr, sondern markierst dein Revier, indem du dich an mich schmiegst.

Nach ein paar Minuten lege ich die Zigarre ab, seufze tief bevor ich dich enger an mich ziehe. Du entspannst dich etwas. Ich drehe deinen Kopf zu mir und streiche über dein Kinn. Du bist immer noch sauer auf mich und ich liebe das und werde nichts daran ändern. Noch nicht.

»Ich lege mich zwei Stunden hin.«

»Bitte alleine.« Das kommt äußerst trocken.

»Natürlich.« Ich ziehe einen Mundwinkel in die Höhe, beuge mich vor und küsse dich. Du küsst mich vielleicht ein bisschen zu hart, was mir ein Lächeln entlockt. Dann ziehe ich meinen Kopf zurück. Deine Augen blitzen immer noch unheilvoll.

»Weck mich nachher«, fordere ich amüsiert.

»Mach ich.«

»Aber angemessen.« Bedeutungsvoll sehe ich dich an.

Du streichst über mein Kinn. »Mal sehen.«

Ich grinse und stehe auf, bevor ich zu Camillo schlendere, der sich gerade mit Jaxon und Savio unterhält.

Sie verstummen, als sie mich bemerken, weil ich wahrscheinlich wieder das Thema bin und sie Wetten abschließen, wann du mich killst. Ich winke ihn mit zwei Fingern heran und er kommt.

»Die üblichen Verdächtigen nähern sich ihr nicht bis auf drei Schritte. Bleib bei ihr.«

Er nickt und geht in deine Richtung. Ich verschwinde im Haus. Er weiß schon, wer die üblichen Verdächtigen sind – die gefährlichen Männer eben.

Sex mit dir und dann diese Verhandlungen können einen echt schlauchen. Ich brauche ein bisschen Ruhe.

* * *

Ich erwache eine Stunde und fünfundvierzig Minuten später ganz von selbst. Meine Augen brennen, aber der Schlaf hat gutgetan. Durch das leicht geöffnete Fenster höre ich die anderen unten reden und lachen.

Ich drehe mich auf den Bauch, bevor ich das Telefon von dem Nachttisch nehme und wie in einem Fuckhotel unten in der Küche anrufe. Ich sage ihnen, dass sie mir einen doppelten Espresso und ein bisschen Bruschetta bringen sollen, dann lege ich auf. Ich reibe mir über das Gesicht und gähne. Es ist warm, obwohl ich nur Boxershorts trage. Der salzige Wind weht durch das Fenster und zieht mir in die Nase. Ich liebe es, wie es hier riecht. Es versetzt mich immer in meine Kindheit zurück.

Ich wühle nach meinem Handy und checke schnell die Nachrichten. In Chicago ist die Welt noch nicht untergegangen. Stefano und Rico sind dortgeblieben, um die Stellung zu halten, und informieren mich regelmäßig darüber, ob irgendwas Auffälliges war.

Es klopft und ich rufe ein: »Ja«, ohne von meinem Handy wegzusehen. Nur kurz blicke ich auf. Es ist Annabelle, eines der Hausmädchen. Ich kenne sie natürlich. Sie hat ein Tablett dabei.

Ich schaue wieder auf mein Handy, während sie das Tablett abstellt und mich fragt, ob ich noch etwas will. Ich schüttle den Kopf und winke sie weg, ohne sie anzusehen. Falls du denkst, dass ich nur so abfällig mit ihnen umgehe, wenn du dabei bist, liegst du falsch. Es pisst mich regelrecht an, angemacht zu werden, wenn ich so offensichtlich mit jemandem zusammen bin. Dass viele Frauen sich mehr erhoffen, ist offensichtlich. Der laszive Unterton in der Stimme, die Kleidung, schon ihre Bewegungen sind aufreizend. Doch damit können sie nicht bei mir landen. Ich bin vieles, aber kein Betrüger.

Ich mache mir eine Zigarette an, als sie das Zimmer verlässt, wie ich im Augenwinkel registriere. Sie schließt leise die Tür und ich beuge mich rüber, um nach meinem Espresso zu greifen.

Zwei Sekunden darauf geht die Tür wieder auf. Ich trinke gerade einen Schluck und stelle die Tasse wieder ab. Du kommst rein. Ich sehe in mein Handy und nicht zu dir.

Ich höre, dass du dich räusperst, und blicke kurz zur Tür, wo du stehst und mich mit hochgezogenen Brauen tödlich anstarrst.

Nochmal ziehe ich an der Zigarette, die ich zwischen Zeigefinger und Daumen halte, bevor ich mich rüberbeuge und sie in das halbvolle Glas Wasser auf dem Nachttisch schmeiße.

»Machst du das mit Absicht?«, fragst du und kommst etwas weiter rein.

Fuck, ich werde dich heiraten. Du bist so perfekt, wenn du wütend bist.

»Willst du die Tür nicht zumachen?«, entgegne ich sanft, weil ich für heute genug habe. Mit dem Fuß knallst du sie zu. Ich drehe mich auf die Seite und stütze die Schläfe auf meine Hand. Du lehnst dich gegen die Tür, die Arme vor der Brust verschränkt und ich betrachte dich eingehend. »Hab ich dir schon mal gesagt, wie schön du bist?«, frage ich und lege den Kopf schief, während ich dein weißes Kleid in Augenschein nehme, deine dunkel geschminkten Lippen und dann deine tiefschwarzen Wimpern.

»Was soll das?«, erkundigst du dich leise.

Ich seufze. »Was meinst du?«, hake ich nach und streiche das Bettlaken glatt, bevor ich mich wieder auf den

Rücken fallen lasse und dich unter halb geschlossenen Lidern mustere. Deine Beine sind echt perfekt, Rosalie. Auch wenn du das nicht so siehst.

»Mrs. *Ich streiche mir noch schnell die Haare glatt* kommt aus dem Zimmer von meinem Mann. Das meine ich. Und sieht mit ihrem zerzausten Haar und ihrer zu weit aufgeknöpften Bluse dabei aus, als hättest du sie gerade gevögelt! Und dann auch noch dieses anerkennende Nicken.« Ich habe keine Ahnung, wovon du fucking sprichst, aber deine Lippen sind wirklich voll.

»Nein, ich mache das nicht mit Absicht«, beantworte ich deine Frage etwas verzögert. Ich bin viel zu müde, um zu denken. »Und ich habe keine Ahnung, wieso sie sich das Haar glatt streicht und nickt, wenn sie aus dem Zimmer geht.« Ich nehme mir ein Tomatenstück von der Bruschetta. Was weiß denn ich, warum Frauen irgendwas tun. Wüsste ich das, wäre alles viel leichter. Deine Brüste sind größer geworden, Rosalie, fällt dir das eigentlich auf? Und wenn du so schnell atmest, muss man einfach hinsehen. Ich nicke anerkennend und schnippe mir noch ein Tomatenstück in den Mund.

»Vielleicht war ja deine Hand in ihren Haaren«, mutmaßt du. Ich stocke mit dem Arm in der Luft, den ich gerade wieder zum Teller führen wollte. Nicht lustig, Rosalie. Was sagst du denn da?

»Was sollte denn meine Hand darin tun, Rosalie?«, frage ich gefährlich leise.

»Eben nichts«, antwortest du. »Nichts sollte sie da tun, Sergio.« Du deutest demonstrativ auf dein Haar.

»Also was denkst du, was hier drin passiert ist, bevor du reinkamst?«, will ich äußerst interessiert und stirnrunzelnd wissen.

»Du liegst halb nackt im Bett, rauchst eine Zigarette. Sie kam mit einem Fickblick raus. Ich weiß nicht. Erleuchte mich doch.«

Ich starre dich an. »Denkst du etwa, ich betrüge dich?«, frage ich skeptisch. Jetzt, da ich dich endlich habe, soll ich dich betrügen? Ist das ein Witz?

»Ich denke, dass es mir nicht gefällt, wenn du ständig irgendwelche Titten und Ärsche in deinem Gesicht hast«, entgegnest du schneidend.

Ich lege meinen Unterarm über meine Stirn. »Sie hat mir Essen gebracht. Ich habe eine Zigarette angemacht, weil ich gerne zu meinem Espresso eine Zigarette rauche, wenn ich wach werde. Und wenn ich eine andere Frau ficken würde, dann sicher nicht so, dass du ihr danach auch noch über den Weg läufst. Das ist mein erstes Mal mit einer Frau als meine Frau hier. Das kennt niemand. Ich kenne es selbst nicht. Und ich muss erstmal die Fronten klären. Ich weiß, dass es respektlos ist. Ich habe es nur nicht ernst genommen, weil diese Frauen mich nicht interessieren«, erkläre ich sachlich.

»Dann tu das. Klär die Fronten!«

»Soll ich hier also rumrennen und jedem erzählen, dass ich verlobt bin, oder was willst du jetzt von mir?« Ich bin verwirrt.

»Würde es dir gefallen, wenn ich keine fünf Minuten irgendwo sitzen kann, ohne dass sich ein Schwanz in mein Gesicht drückt?«, fragst du und siehst dabei immer mehr aus wie dein Vater, wenn er wahnsinnig wird. »Ich mag es einfach nicht, nicht respektiert zu werden, genauso wenig wie du, wenn deine Stellung bei mir nicht respektiert wird.«

Ich seufze und strecke meine Hand nach dir aus, weil ich dich natürlich verstehe. Aber ich nehme diese Frauen einfach wirklich nicht ernst, habe ich noch nie. Trotzdem werde ich es versuchen, deutlich zu machen, dass ich vergeben bin, wenn es dich so sehr bedrückt. Ich hatte keine Ahnung, dass es so schlimm für dich ist. Diese Weiber sind doch einfach nur lachhaft, wie verzweifelt sie mit jedem hier ficken wollen.

»Komm her«, fordere ich schließlich sanft.

Du verengst die Augen und kämpfst mit dir, weil du ja *so* sauer auf mich bist.

»Komm her«, meine ich mit sanftem Nachdruck.

Du atmest ruckartig aus und stiefelst wütend zu mir rüber neben das Bett. »Was?«, blaffst du und ich rücke zur Seite.

»Setz dich.« Ich klopfe neben mich auf die Matratze.

Du hockst dich vorsichtig auf die Kante. Dein Rücken ist ganz steif. Die Wut spiegelt sich in deiner Haltung wider.

Ich nehme deine Hand und du hebst dein Kinn. Ich küsse deine Finger und schaue zu dir hoch. »Habe ich dir eigentlich schon mal was über diese anderen Frauen in den letzten Jahren erzählt?«

Du siehst mich trotzig an. Ich liebe das. Deine Augen funkeln noch etwas mehr. »Was denn? Dass du es liebst, wenn sie schreien? Und sag jetzt nichts Falsches.«

Ich schmunzle und streiche dir die Haare hinter das Ohr. Ich liebe es, wie du versuchst, hart zu bleiben. Und nein, ich mag es nicht, wenn Frauen schreien. Wirklich nicht – egal, wann.

»Nein«, meine ich sanft. »Sondern, dass alle Frauen ein Ersatz für dich waren, immer. Weil ich dich nicht haben konnte, habe ich mir die anderen Frauen geholt. Jetzt bist du meine Frau, und ich wäre ja schön dumm, das so einfach wegzuschmeißen für irgendeine Hure.« Eindringlich sehe ich dich an. Ich bin ja nicht Zayden. »In meinem Leben gibt es nichts, was einen höheren Stellenwert hat als du. Und die Menschen, die für mich wichtig sind, wissen das. Der Rest interessiert mich nicht.«

Ein wenig von diesem Blitzen in deinen Augen weicht. »Ich mag es trotzdem nicht, wenn sie dich anfassen.« Ja, das verstehe ich.

»Ich mag es auch nicht, wenn mich jemand außer dir anfasst.« Ich küsse wieder deine Finger und sehe zu dir hoch, weil ich weiß, dass dich das immer weichkocht, so wie jetzt gerade. Innerlich schmilzt du bereits.

Du atmest tief durch. »Also hattest du keinen wilden Sex mit ihr?«

»Natürlich nicht. Ich liebe *dich*.« Ich küsse dein Handgelenk. Ehrlich, ich verstehe die Frage nicht, Rosalie. Aber ich lasse sie dir durchgehen, weil du schwanger bist. »Und das ändert sich nicht, weil ich mal irgendwann irgendwen gefickt habe. Ficken ist ficken. Du bist du.«

»Ich bin *etwas* besänftigt«, teilst du mir sachlich mit und ich muss lächeln.

»Ich nehme nur dann, was ich kriegen kann, wenn ich nicht das haben kann, was ich will. Und das bist du.« Ich küsse deinen Zeigefinger. »Immer.« Dann deinen Mittelfinger. »Nur.« Mit meinen Lippen streife ich deinen

Ringfinger und den Ring. »Du.« Und deinen kleinen Finger. »Begreif das endlich.«

»Begriffen«, seufzt du. »Aber ich will trotzdem nicht, dass sie dir so nahe kommen.«

»Ich kümmere mich um sie. Ich bin der Letzte, der es akzeptiert, wenn du respektlos behandelt wirst.« Ich lasse deine Hand los und streiche über dein Kinn. »Was auch immer meine Königin will.« Mit dem Daumen gleite ich über deine Unterlippe. Und das bist du, meine Königin. Es gibt keine andere Frau, die ich je wieder so behandeln werde. Alle anderen Frauen, abgesehen von denen aus meiner Familie, haben absolut keine Bedeutung für mich. Und ich habe die Nase voll von belanglosem Sex und schnellen Nummern mit Fremden. Ich will dich. Nur dich. Dein Vertrauen und deinen Körper, sonst nichts.

Dann sehe ich zu dir hoch. »Du bist so … Sergio«, murmelst du geschlagen und gleichzeitig ehrfürchtig.

Ich streiche dir die Haare hinter das Ohr. »Und du bist die Mutter meines Kindes. Meine Traumfrau. Und du trägst bald endlich meinen Nachnamen. Mich würde es nicht einmal interessieren, wenn du mir eine von diesen Frauen nackt auf den Schoß setzt.«

»Wieso weißt du eigentlich immer, was du zu mir sagen musst?« Du streichst durch mein Haar und ich bewege meinen Kopf deiner Hand entgegen.

»Weil ich dich kenne und liebe und weil du alles für mich bist. Du hast ja keine Ahnung, aber vielleicht ist das besser so.« Ich tippe dir unter das Kinn.

»Ich glaube, ich hab wirklich keine Ahnung«, meinst du leise.

Ich lächle. »Kein Zweifeln mehr. Ich liebe dich. Und jetzt gib mir meine Hose«, wispere ich rauer, als ich wollte. Du streichst über die goldene Kette an meinem Hals und Gänsehaut folgt deinen Fingern. Immer noch, das wird sie immer.

»Kein Zweifeln mehr. Und hol sie dir selber«, hauchst du verführerisch und ich hebe einen Mundwinkel.

»Fuck, ich liebe dich«, antworte ich grinsend und du stehst auf.

»Ich liebe dich auch«, teilst du mir monoton mit und ich lache leise.

»Geh jetzt. Ich komme gleich nach.« Mit einer Hand scheuche ich dich raus und du ziehst deine Augenbrauen hoch. »Schau mich nicht so an, sonst ficke ich dich.« Warnend hebe ich meine Brauen.

»Nein!« Du gehst zur Tür und ich muss noch mehr lachen.

»Dann geh.«

»*Ciao, Sergio*«, äffst du die Frauen unten nach und machst einen Knicks, wobei du deinen Rock festhältst.

»Ciao, Tesoro«, antworte ich sanft. Du verdrehst deine Augen und schüttelst deinen Kopf, bevor du dich mit einem Ruck umdrehst und das Zimmer verlässt.

Ich falle lachend zurück in die Kissen, ein Unterarm auf meiner Stirn.

Ehrlich. Ich liebe dich.

27. Parla piu piano, Rosalie

XX

Sergio

Eine Stunde später habe ich geduscht, gegessen und mich angezogen. Ich schließe gerade meinen Gürtel und richte den dunkelroten, dünnen Pullover.

Während ich duschen war, hat sich der Himmel zugezogen. Inzwischen gewittert es. Von unten höre ich Stimmen, da die Terrasse überdacht ist und trotzdem alle draußen sitzen. Sie sind immer draußen. Das ist so eine Italien-Sache. Sie würden sich auch im schlimmsten Schneesturm noch draußen aufhalten. Blitze zucken über den Himmel und Donner grollt über dem Meer. Du warst vorhin kurz nochmal da, um dich umzuziehen, bist aber schon wieder verschwunden. Du hattest es ganz eilig, weil du mit meiner Mutter wichtige, geheime Dinge zu besprechen hast.

Ich fahre mir durch die Haare und richte meine Uhr, bevor ich das Zimmer verlasse.

Der Flur ist still und dunkel, weil alle unten sind. Nur die Blitze senden immer wieder grelles Licht durch die Räume. Aus der Küche ertönen Stimmen, und als ich an Ramons Zimmer vorbeigehe, höre ich es darin poltern. Ich runzle die Stirn, überlege kurz, nachzufragen, aber entscheide mich dagegen, denn er ist irre und macht wohl wieder was Irres, womit ich nichts zu tun haben will. Ich habe gerade genug Stress mit dir. Und kurz vor der Ehe muss das echt nicht sein, Rosalie. Dass wir bald heiraten, habe ich noch nicht ganz begriffen. Dass ich mich zusammenreißen muss, allerdings schon. Angekommen. Habe verstanden, Rosalie. Ich bin jetzt dein Mann und sollte darauf achten, dass das auch bei allen anderen ankommt. Ich muss mich noch daran gewöhnen, denn ich hatte noch nie eine Frau an meiner Seite, mit der ich es ernst gemeint habe. Das mit uns war ja immer geheim.

Ich gehe die Treppe nach unten. Das Licht im Salon brennt. Draußen donnert es so laut, dass man meinen könnte, die Scheiben in den Fenstern erzittern.

Ich schiebe eine Hand in meine Hosentasche und schlendere Richtung Küche. Die Hausmädchen sind schwer beschäftigt. Antipasti wird gerade angerichtet.

Alle stocken, als ich in der Tür erscheine, doch ich sehe mich nur nach Annabelle um. Es ist ungewöhnlich, wenn einer von uns hier auftaucht, weshalb mich alle anstarren. Ramon kommt manchmal rein, um eine von ihnen auszusuchen und mit auf sein Zimmer zu nehmen. Auch jetzt funkeln viele Augenpaare erwartungsvoll. Sie sind so leicht zu haben, was wirklich ermüdend ist. Keine Jagd, kein Reiz, kein Nichts. Obwohl ich sie nicht mal mehr wollen würde, wenn sie schwer zu haben wären. Sie interessieren mich einfach nicht mehr. Die Zeiten, als ich vor dem Schlafen eine mitgenommen habe, sind vorbei.

Ich finde Annabelle recht schnell. Sie schneidet gerade Tomaten und lächelt mich an, als sie meinen Blick bemerkt. Ich lächle nicht zurück, sondern winke sie nur mit einem Zeigefinger heran. Sofort legt sie das Messer weg, wischt sich die Hände an ihrer Schürze ab und kommt natürlich, wobei die anderen ihr skeptisch hinterhersehen. Ich nicke sie mit dem Kinn zum Esszimmer. Sie grinst und geht vor. Gleich grinst sie nicht mehr. Sie hat wahrscheinlich extra an sich herumgefummelt, als sie vorhin aus dem Zimmer und an dir vorbeigegangen ist, damit du denkst, es wäre zwischen uns was gelaufen. Und das geht eindeutig zu weit. Wenn ich etwas noch mehr hasse als leicht zu habende Frauen, dann jene, die hinterlistig sind.

Ich deute ihr mit zwei Fingern, sich zu setzen. Sie folgt und sieht zu mir hoch. Die dunklen Augen funkeln erwartungsvoll, der Rücken ist gestrafft, die Hände liegen im Schoß und der Ausschnitt ist viel zu tief. Ich stütze eine Hand vor ihr auf dem Tisch ab und die an ihrer Rückenlehne, bevor ich mich zu ihr runterbeuge. Ihr Lächeln wird ein wenig zittrig. Ich neige mich nah an ihr Ohr, woraufhin sie eine Gänsehaut bekommt.

»Siehst du diese Frau da draußen?«, wispere ich auf Italienisch, denn was anderes verstehen die meisten hier nicht, und deute durch die Glastüren zu dir. Du sprichst gerade mit meiner Mutter und lachst. Du trägst ein marineblaues Etuikleid mit langen Ärmeln, das sich perfekt an deine Kurven schmiegt. Deine Haare liegen offen und wellig auf deinem Rücken. Was will ich mit all diesen gesichtslosen Frauen, wenn ich dich habe und du so strahlst? Wenn du mein Baby in dir hast und ich mein Leben mit dir verbringen kann?

»Ja.« Das kommt etwas bitter.

»Weißt du, wer das ist?«, frage ich leise weiter.

Ihr Blick wird abfällig. Am liebsten würde ich sie hart am Kiefer packen und ihr alles auf diese Weise eintrichtern, aber ich beherrsche mich.

»Rosalie Rush«, antwortet sie geziert.

Ich nicke langsam. »Rosalie bald de Luca«, korrigiere ich sie sanft und gebe ihr ein paar Sekunden, um diese Information sacken zu lassen. »Und wie behandeln wir eine de Luca?«

Jegliches Lächeln auf ihren dunkelrot geschminkten Lippen fällt in sich zusammen. »Respektvoll«, sagt sie unwillig.

»*Respektvoll.*« Ich streiche ihr sanft den dunklen Zopf über den Rücken. »Warst du respektvoll meiner Frau gegenüber?«

Jetzt weicht ihr langsam das Blut aus dem Gesicht und sie überlegt krampfhaft, was sie sagen soll. »Ja«, meint sie schließlich entschlossen.

Ich seufze. »Weißt du, was ich weniger mag als Huren?«, frage ich eindringlich in ihr Ohr, wobei ihr Geruch in meine Nase steigt und darin sticht. Niemals wird eine Frau so gut für mich riechen wie du, egal, welchen Duft sie trägt.

Sie schüttelt den Kopf.

»Lügen. Ich. Hasse. Lügen.« Ich drehe ihr Gesicht am Kinn mit einem Finger zu mir hoch und sehe ihr eindringlich in die Augen, die jetzt fast schon ängstlich geweitet sind. »Also sage ich dir, was du jetzt machen wirst. Du wirst nach draußen zu ihr gehen. Du wirst dich bei ihr entschuldigen für dein respektloses Benehmen. Du wirst dich bei meinem Vater entschuldigen, weil du seine Schwiegertochter respektlos behandelt hast. Dann wirst du zurück in diese Küche gehen und all deinen Hurenfreundinnen sagen, dass sie meine Frau mit Anstand behandeln sollen, weil ich sonst …« Ich komme ihrem Gesicht noch näher. »Sehr, sehr wütend werde.« Sie schluckt hart. »Ab sofort wirst du sie morgens als Erste grüßen und abends am zuvorkommendsten zu ihr sein. Und jedes Mal, wenn wir meine Familie besuchen, wirst du besonders freundlich zu ihr sein. Haben wir uns verstanden?«

Ich sehe ihr tief in die Augen und lasse sie in meinen lesen, was ich von ihr halte. Nichts.

Sie nickt.

»Braves Mädchen. Jetzt geh.« Ich nicke Richtung Terrasse. Sie erhebt sich sofort und geht mit steifen Schritten nach draußen. Ich stütze mich weiterhin auf den Stuhl und beobachte das. Sie umrundet zaghaft den Tisch, an dem du sitzt, und bleibt direkt neben dir stehen. Du bist abgelenkt, weil du dich mit meiner Mutter unterhältst. Annabelle spricht dich an und wirkt dabei total steif. Du siehst zu ihr hoch und hebst die Augenbrauen, genau wie meine Mom.

Ich beobachte Annabelle ganz genau. Ihre Mimik, die Gestik, jedes noch so kleine Zucken. Und sie weiß das. Ich höre nicht, was sie sagt, aber das muss ich auch nicht. Ihre Worte sind schließlich für dich bestimmt.

Dein Blick wandert kurz nach drinnen direkt zu mir – wissend – und dann wieder zu ihr. Du erwiderst was, wobei du immer noch angepisst aussiehst. Sie nickt und zieht sich rückwärts zurück. Erst dann schlendere ich nach draußen, denn den Rest will ich live mitkriegen. Unbedingt. Zumal mein Vater es wahrscheinlich genießt, wie die Hausmädchen dich behandeln und übergehen. Umso mehr Strafe ist Annabelles Strafe für ihn.

Kerzen brennen auf dem Tisch und der Regen prasselt laut und hart auf das Dach. Es wird geraucht, getrunken, geredet, gelacht. Wirklich alle sind da. Doch darauf kann ich mich jetzt nicht konzentrieren. Ich schlendere weiter, um mich zwischen dich und meinen Vater zu setzen.

Annabelle tritt an meinen Vater heran, was so einfach niemand außerhalb der Familie oder den Bodyguards wagt. Er sieht mit einer erhobenen Braue zu ihr hoch. Ich schiebe den Arm über deine Rückenlehne und du lehnst dich entspannt dagegen und beobachtest das folgende Schauspiel interessiert.

Das Hausmädchen schluckt und strafft sich etwas. Ihr Blick ist gesenkt, weil sie Dad nicht ins Gesicht sehen darf. Ihre Hände sind vor dem Schoß gefaltet.

»Es tut mir außerordentlich leid …«, sagt sie leise und etwas widerwillig. »Wie ich Ihre Schwiegertochter behandelt habe, Signore.«

Ich lächle zufrieden, während sie sich innerlich windet.

Dad wirft mir einen kleinen Blick zu und ich hebe träge einen Mundwinkel, ehe er sich wieder an sie wendet. »Tu es nicht nochmal«, fordert er knapp. Sie nickt, zieht sich sofort zurück, und weg ist sie.

Ich seufze und ziehe mir den Grappa heran. Mein Vater sieht zu mir. »Was hast du denn zu ihr gesagt, dass sie so verängstigt war?«, fragt er mit ausdruckslosem Blick.

»Ich war sehr eindringlich«, antworte ich gelassen.

»Okay, aber hör auf, unser Personal zu verschrecken«, meint mein Vater und trinkt einen Schluck.

»Ich weiß schon, was ich mit dem Personal wann zu tun habe, danke«, erwidere ich etwas härter, weil ich nicht wissen will, was er an meiner Stelle getan hätte. Wahrscheinlich hätte er sie alle erschossen.

Ich sehe zu dir und du erwiderst meinen Blick verträumt, als wäre ich dein ganz persönlicher Held. »Alles klar?«, frage ich und streiche dir das Haar aus dem Nacken.

»Ja.« Das kommt jetzt wirklich zufrieden und du schmiegst dich enger an mich. »Ich will niemals an der Stelle von jemandem sein, mit dem du sehr eindringlich sprichst.«

Ich beuge mich an dein Ohr. »Aber du magst es doch, wenn ich sehr eindringlich mit dir spreche«, raune ich, während ich mit meiner Nase durch dein Haar gleite.

»Okay. Ich mag niemals an der Stelle von jemandem sein, den du nicht liebst und mit dem du sehr eindringlich sprichst«, korrigierst du dich.

»Oh nein, das willst du wirklich nicht«, murmle ich immer noch an deinem Haar und ziehe deinen Duft ein. Du riechst wirklich noch besser, seit du schwanger bist. Ich wünschte, dein Bauch würde etwas mehr wachsen, damit ich auch was davon sehen kann, aber er ist noch nicht wirklich sichtbar. Nach Italien haben wir wieder ein Termin beim Arzt – Dr.

Latexhandschuh –, wo wir hoffentlich das Geschlecht erfahren. Mein Magen zieht sich zusammen, wenn ich daran denke, und ich küsse dich auf den Kopf. Du seufzt leise.

»Nein, das will ich wirklich nicht«, flüsterst du.

Ich lächle und nehme meinen Kopf zurück, bevor ich den Tisch genauer überblicke und abwesend durch deine langen Haare streiche.

Über uns donnert es. Die Flammen der Kerzen flimmern im Wind. Zayden ist ein kniewippender Abfuck. Irina spielt gedankenverloren mit ihrem Glas. Rayen und Rowan werden von Schoß zu Schoß weitergereicht und freuen sich ihres Lebens.

Catalina sitzt auf ihrem Platz auf der anderen Seite meines Vaters und ist total konzentriert darauf, nicht rumzuzappeln. Sie sieht stirnrunzelnd Richtung Küche, wo Annabelle verschwunden ist, und ist etwas verstört. Sichtbar. Dann hält sie es nicht mehr aus und beugt sich zu unserem Vater, um ihn was zu fragen.

Er neigt sich auch zu ihr. »Dein Bruder hat die Hausmädchenspielregeln etwas geändert und das gefällt ihnen wohl nicht«, erklärt er leise. Sie hebt die Brauen und sieht kurz zu dir. Du nickst bedeutungsvoll und ihre blauen Augen blitzen gefährlich, als wüsste sie sofort, was los ist. Sie ist ein bisschen beschützerisch dir gegenüber, vor allem, seit du schwanger bist.

Sie beugt sich über unseren Vater und über mich, sodass sie auf unseren Schößen hängt. »Soll ich sie umbringen?«, flüstert sie inbrünstig. »Mein Glas verschütten, wenn sie es mir bringt?«

Du hebst interessiert eine Augenbraue und ich wische ihre schwarzen Haare aus meinem Gesicht, die überall sind, auch in meinem Mund. »Ja, wenn sie sich nochmal daneben benimmt, könnten wir sie einfach verschwinden lassen«, sagst du und rührst gefährlich in deinem Eistee.

Meine Schwester nickt knapp. »Ich überlege mir was«, erwidert sie und setzt sich wieder zurück.

Ramon kommt gerade schlendernd aus Strandrichtung mit einem Schirm näher. Ich runzle die Stirn und beuge mich vor. Ich dachte, er wäre oben in seinem Zimmer, da hat es doch gerumpelt. Er geht frohen Mutes durch den Regen und schüttelt dann den Schirm aus, sobald er die Terrasse betritt. Seufzend lehnt er sich dann an einen der Balken, um sich eine Zigarette anzumachen. Er steht öfter mal etwas abseits des Geschehens. Vor allem, wenn sein Vater Andrej am Tisch sitzt, so wie jetzt. Dann distanziert er sich immer so weit wie möglich. Mein Vater beobachtet ihn. Ich lehne mich so weit wie möglich zurück und winke ihn mit einem Finger heran, weil ich wissen will, woher er gekommen ist

Er schlendert zu mir rüber. »Wo warst du?«, frage ich ihn.

Ramon stützt seinen Unterarm auf deine Stuhllehne und die andere auf meine. Bei jedem anderen Mann hätte ich jetzt den Arm weggefegt, aber das hier ist Ramon. Er darf dir nahe kommen, solange du dich dabei wohlfühlst.

»Ich war spazieren«, verkündet er ungerührt. Sein Duft strömt in meine Nase, während ich über meine Schulter hinweg zu ihm hochsehe.

»Alleine im Regen?« Ich ziehe eine Braue hoch. Das ist sogar für diesen Irren etwas irre.

»Ja. Das tut manchmal wirklich gut.«

Ich habe kein gutes Gefühl dabei. Irgendwas stimmt hier ganz und gar nicht. Er verheimlicht mir was und das mag ich nicht. »Ich dachte, du bist in deinem Zimmer. Da war es gerade eben noch so laut.«

»Wahrscheinlich die Nutte, die ich dagelassen habe«, murmelt er verärgert und sieht vorwurfsvoll hoch zu seinem Fenster, wo die Gardinen geschlossen sind.

Ich lege den Kopf schief. »Wie heißt die Nutte denn? Ich kenne sie ja alle.«

»Beatrix.« Er beugt sich an mein Ohr. »Du weißt schon, die mit dem heißen Arsch«, wispert er. Ich atme tief durch und schaue ihm noch ein paar Sekunden in die schwarzen Augen. Er sieht wie Ramon aus. Er sieht wie immer aus. Und trotzdem stimmt hier was nicht.

»Du verarschst mich doch nicht, oder?«, frage ich leise und stirnrunzelnd.

»Tu ich nicht«, flüstert er. Ich seufze, bevor ich nicke und abwinke. Er wendet sich ab und geht, wobei ich ihm nachsehe. Es würde mich wirklich ficken, wenn er mich ficken würde. Weil ich in all den Jahren immer auf ihn vertraut und ihn vor anderen verteidigt habe. Aber vielleicht täuscht mich mein Gefühl auch, was es allerdings selten tut. Ich kann mir eigentlich nicht vorstellen, dass Ramon irgendwas hinter meinem Rücken macht. Wir beide hatten immer ein ehrliches und offenes Verhältnis zueinander und er war immer für mich da. Und doch fühlt sich hier etwas falsch an.

»Kommt er dir auch so komisch vor?« Mein Vater sieht Ramon nach.

»Ja«, antworte ich nickend. »Als würde er irgendwas vor mir verbergen.«

»Wir sollten ihn im Auge behalten«, beschließt Dad.

»Ich habe ihn im Auge, mach dir keine Sorgen«, flüstere ich angespannt. Besser ich behalte ihn im Blick als mein Vater. Ich empfinde genug für Ramon, um ihn nicht zu killen. Mein Vater nicht. Der wartet nur auf eine Gelegenheit, seit Ramon aus dem Knast raus ist.

»Gut.«

Ich schaue nochmal zu ihm. Er telefoniert und sieht raus in den Regen.

»Mom, du kannst nicht alle Gläser alleine trinken!«, ruft Catalina vorwurfsvoll und reißt mich somit aus meinen Gedanken.

»Ich kann und ich habe!« Mom deutet auf die Gläser vor sich und grinst.

»Sie kann und sie hat«, murmelt der Carter-Dad trocken.

»Wie viele waren das?«, fragt meine Schwester.

»Einundzwölfzig«, murmelt Mom grinsend und wir runzeln beide die Stirn. »Zwölf und einer«, erklärt sie mit Fingern. »Weil Caden sagt, ich stürze nach dem dreizehnten ab. Aber das tue ich ja gar nicht.« Sie grinst triumphierend Onkel Caden an.

»Bitte. Trink.« Er schiebt ihr noch ein Glas hin.

»Fuck, Bro«, murmelt der Carter-Dad.

»Sie hat mich herausgefordert.«

»Und ich hab dann den Spaß.« Carter-Dad wirkt nicht sehr amüsiert.

Mom sieht ihn bedeutungsvoll an.

»Erst habe ich Spaß und dann keinen«, korrigiert er sich düster.

»Aber erst hast du Spaß.« Mom trinkt und verzieht kurz das Gesicht. »Das war kein Limoncello, Caden.«

»Nein, das war Rum«, meint er locker und strahlt sie an.

Sie sieht total vorwurfsvoll und empört aus.

»Du sollst Isabelle niemals fremde Getränke untermischen!«, ruft deine Mom über den Tisch, die grünbraunen Augen geweitet.

»Ach, Carter kümmert sich schon um sie.« Deine Mom schnaubt. Und Carter-Dad verkneift sich gerade hart einen Kommentar.

»Wenn du mir deinen Shake machst, passiert gar nichts«, beschwichtigt Mom ihn.

»Keine Sorge, du kriegst meinen Shake, Baby«, murmelt er. Meine Schwester verschluckt sich und hustet laut und angeekelt.

»Sie sind so widerlich«, murmelst du fasziniert und Mom kichert.

Ich beuge mich wieder zu dir, während du unbefriedigt von deinem Eistee trinkst. Keinen Alkohol für Rosalie, wie tragisch. »Diese Ziege«, sage ich leise in dein Ohr und du musst schon lachen, bevor ich richtig angefangen habe. Ich denke an die Ziege auf diesem Rastplatz, die mich nicht in Ruhe gelassen hat.

»Ja?«, fragst du sehr interessiert.

»Was denkst du, was mit ihr passiert ist, nachdem sie gemerkt hat, dass sie mich nicht kriegt?« Du musst jetzt richtig laut lachen.

»Vielleicht hat sie versucht, sich umzubringen, und sie hat dir den Hahn auf den Hals gehetzt«, antwortest du lachend. Ich denke an diesen Hahn zwei Jahre später, der mich verfolgt hat. Gockelnd. Über den ganzen Platz in diesem Freizeitpark. Er hat mir in die Hacken gehackt.

»Das ergibt so viel Sinn«, murmle ich fasziniert.

»Der Hahn war ihr Auftragskiller.«

»Aber was wollte sie von mir, wenn sie sich umgebracht hat?«, frage ich.

»Vielleicht ist es ja missglückt und der Hahn …« Du lachst wieder. »Konnte sie im letzten Moment davon abhalten, sich von ihrer Ziegenhütte zu stürzen.« Bedeutungsvoll siehst du mich an.

»Dann hätte der Hahn sich doch die Ziege schnappen können. Happy End für alle«, schlage ich vor.

»Aber vielleicht … wollte die Ziege den Hahn nicht …«

»Weil ich ihre erste Wahl war. Ich verstehe.«

»Man sollte sich nie mit etwas zufriedengeben, was das Herz eigentlich gar nicht will.«

Ich küsse dich auf den Kopf. »Das stimmt wohl.«

Du nickst. Ich streiche über deine Schulter und deine Haare nach vorn. Du lehnst dich selbstvergessen an mich und ich spüre deinen Atem an meinem Hals.

Tante Roberta beugt sich über den Tisch. »Weißt du, was du uns vom letzten Mal noch schuldest?«, fragt sie dich. Ich lache ein bisschen in dein Haar, weil mir klar ist, was jetzt kommt.

Du räusperst dich. »Mein Hals«, meinst du gequält, weil auch dir klar ist, was jetzt kommt, und deutest auf deinen Hals.

»Ist in bester Ordnung«, sage ich zu Tante Roberta. »Glaub mir.« Ich bin immerhin gestern in deinem Mund gekommen, Rosalie. Dein Hals ist okay.

Du funkelst düster zu mir hoch. »Nein, also er ist echt ein bisschen …«

»Perfekt«, unterbreche ich dich anerkennend.

Du schnaubst. »Also …« Du wendest dich ihr wieder zu. »Ich kann wirklich nicht mehr so gut singen wie früher.«

»Doch, doch, das kann sie.« Ich mache eine bedeutungsvolle Handgeste und du starrst mich an, bevor sich noch Onkel Pablo einklinkt.

»Oh doch, wenn du hier bist, musst du singen. Daran führt leider kein Weg vorbei! Du hast es versprochen!«, meint er beschwörend. Er mag dich. Eigentlich mögen dich alle hier. Sehr zum Leidwesen meines Vaters.

»Versprochen?« Ich sehe dich vorwurfsvoll an. »Dann musst du es auch halten.«

»Ich verspreche dir auch gleich was«, murmelst du mir aus dem Mundwinkel zu und ich mache ein genüssliches Geräusch. Ich liebe es, wenn du mir was versprichst.

»Rosalie hat gesagt, sie singt!«, ruft Pablo jetzt über den Tisch und du reibst dir geschlagen über die Stirn, als die Familie lautstark zustimmt und alle sich positionieren.

»Okay, aber nicht ohne Zayden!«, forderst du und ziehst ihn wie immer mit ins Verderben.

Zayden sieht genervt zu dir. Du strahlst ihn mit deinem zuckersüßesten Lächeln an. »Ich spiele doch nur die Gitarre, du musst singen.«

»Ja, aber dann bin ich wenigstens nicht alleine. Du willst doch nicht, dass ich alleine bin, oder?«

Er stöhnt. »Ich hab keine Gitarre!«, ruft er halb auf Italienisch, halb auf Englisch.

»Wir haben eine!«, kommt es von irgendwo und eine schwarze Gitarre wird ihm in den Schoß gelegt. Hier fliegt einem alles zu, was man will. Das ist Italien. Man muss nur laut genug danach verlangen. Espresso, eine Gitarre, ein Esel, es ist alles da, wenn du danach rufst.

Er seufzt und stimmt sie über den lauten Regen hinweg, nachdem er mit seinem Stuhl weit nach hinten gerückt ist und einen Fuß auf die Ablage unter dem Stuhl gestützt hat, sodass sein Knie leicht gehoben ist. Seine Ringe an den Fingern schimmern dabei im Schein der flackernden Kerzen.

»Okay, okay«, meinst du. »Aber nur ein Lied. Ein einziges.« Du ziehst die Brauen streng hoch und stehst auf. Normalerweise eskalieren diese Gesänge immer etwas und aus: *Rosalie, kannst du ein Lied singen?* wird: *Rosalie, hör jetzt nicht auf!* Und eine Stunde später grölen alle mit. Früher hast du mir auch oft vorgesungen. Du hast eine Engelsstimme und das Klavier beherrschst du auch. Manchmal lag ich stundenlang in meinem Zimmer und habe dir beim Klavierspielen zugehört. Oder, wenn es mir schlecht ging, hast du dich einfach auf den Rücken neben mich auf das Bett gelegt und eines meiner Lieblingslieder gesungen.

Du siehst zu mir runter und ich streiche seitlich deine Beine entlang. »Was willst du hören?«

»Das weißt du doch«, antworte ich lächelnd, weil es nur ein Lied gibt, was ich immer mit dir verbinden werde.

Du nickst und gehst zu Zayden, um dich mit ihm abzusprechen. Er nickt genervt, aber an dir prallt das völlig ab. Mein Bruder stimmt die ersten Töne an. Alle werden leise und eine andächtige Stimmung breitet sich aus. Mom hat mir das Lied als Kind oft vorgesungen. Es heißt Parla piu piano.

Du legst eine Hand auf Zaydens Rückenlehne und siehst zu mir, bevor du durchatmest. Der Regen prasselt auf das Dach und in der Ferne rauscht das Meer unruhig.

»*Parla più piano e nessuno sentirà, il nostro amore lo viviamo io e te.*« (*Sprich leiser, und keiner wird uns hören. Unsere Liebe, sie leben wir, du und ich.*)

Ich lasse meinen Blick zu meinem Vater schweifen, der seine Finger aneinander reibt und zu meiner Mom sieht, die den Kopf an die Schulter meines Carter-Dads gelehnt hat. Carter-Dad spielt mit ihren Fingern auf dem Tisch und hat sein Kinn auf ihren Kopf gestützt.

»*Nessuno sa la verità. Neppure il cielo che ci guarda da lassù.*« (*Keiner kennt die Wahrheit. Nicht einmal der Himmel, der uns dort oben betrachtet.*)

Der Regen prasselt heftiger, aber deine Stimme übertönt ihn trotzdem klar und voller Gefühl. Meine Nackenhaare stellen sich auf. Ich liebe es, wenn du singst. Dann gehst du mir noch mehr unter die Haut als sonst schon.

Ich lasse die Ruhe mich fluten und erinnere mich daran, wie oft du mir dieses Lied vorgesungen hast. Einfach in meinem Bett am Abend in der Dunkelheit. Im Poolhaus. Auf der Couch. Auf der Terrasse. Immer, wenn ich gesagt habe: *Sing es mir vor*. Einmal auch in der Schule im leeren Flur bei den Spinden. Ich muss ein wenig lächeln, als ich daran zurückdenke.

»*Insieme a te io resterò, amore mio, sempre così.*« (*Ich werde bei dir bleiben. Meine Liebe, auf ewig.*)

Du siehst aus, als wärst du gar nicht mehr hier. Vielleicht erinnerst du dich auch an all die Male, als wir uns loslassen mussten. Ich überblicke den Tisch. Meine Schwester hat das Kinn auf die Faust gestützt und beobachtet über die Kerzen hinweg Ilian. Er spielt mit seinem Feuerzeug und tut es ihr gleich. Ich lasse meinen Blick zu meinem Vater gleiten, der immer noch meine Mutter anstarrt, als hätte er vergessen, dass hier noch andere Leute sitzen. Sie sieht auf den Tisch, nicht zu ihm, aber sie lächelt ein bisschen, als würde sie sich an was erinnern, und dreht ihr Gesicht an Carter-Dads Hals. Er küsst sie auf den Kopf.

Vielleicht sind alle de Lucas dazu verflucht, nicht zu kriegen, wen sie lieben, aber wir zählen nicht dazu. Wir werden in zwanzig Jahren nicht über den Tisch hinweg in unsere Augen sehen. Du wirst immer an meiner Seite sein und ich an deiner.

»*Parla più piano e vieni più vicino a me. Voglio sentire gli occhi miei dentro di te.*«

(Sprich leiser und komm näher zu mir. Ich will meine Augen in deinen fühlen.)

Als du besonders viel Emotionen in deine Stimme legst und sie über den Tisch fegen lässt, bemerke ich, wie meine Schwester hochsieht und ihre Augen glasig werden. Mein Vater runzelt die Stirn und verlagert sein Gewicht leicht. Das ist, was du mit Menschen machst. Du zwingst sie, zu fühlen, auch wenn sie es gerade gar nicht wollen. Ich lächle etwas.

»*Nessuno sa la verità. É un grande amore e mai più grande esistera.*«

(Keiner kennt die Wahrheit. Es ist eine große Liebe, und keine größere wird je existieren.)

Ich atme tief durch und spüre deinen Blick auf mir, weshalb ich von den Kerzen in deine Augen sehe, in denen auch der Schein der Flammen tanzt. Du wiederholst die ersten Strophen nochmal. Deine Stimme wird von Zaydens Gitarre getragen, der auch total abgedriftet ist.

Du hast es sogar geschafft, dass mein Opa feuchte Augen hat, ich erkenne es genau. Seine Finger schnippen hektisch über den Rosenkranz.

Onkel Pablo sieht zu meiner Oma. Sein Mundwinkel hebt sich zu einem Lächeln, was mich kurz alarmiert, weil es fast aussieht, als würde da was laufen, aber dann ist der Blickkontakt schon wieder vorbei.

Zayden klimpert noch ein bisschen, als du die letzten Zeilen sanft ausklingen lässt und immer noch mit der abgestützten Hand an seinem Stuhl dastehst. Es ist still, nur Zaydens Gitarrenspiel hält noch alle in der melancholischen Stimmung, weshalb er noch ein wenig weitermacht. Wahrscheinlich braucht er das gerade, wie alle anderen an diesem Tisch.

Ich winke dich heran und du umrundest den Tisch. Du hast alle in eine Starre versetzt. Ich ziehe dich neben mich und beuge mich an deine Lippen, um dich zu küssen. Du legst deine Hand an meinen Kiefer. »Du hast die gefühlskrüppeligsten Männer fast zum Weinen gebracht.« Mit den Augen deute ich zu meinem Vater und meinem Opa.

»Das ist mein verborgenes Talent«, teilst du mir mit und streichst mit den Fingerspitzen über meinen Kiefer.

Ich öffne den Mund, um dir zu antworten, als ich über deinen Kopf hinweg eine Bewegung wahrnehme. Ich sehe die Terrasse runter, direkt an dir vorbei, und runzle die Stirn, als jemand mit einem großen schwarzen Regenschirm durch den Garten auf uns zuschlendert. Der Mann trägt einen schwarzen Mantel und hat dunkle Haare. Mehr erkenne ich von hier nicht. Nur, dass er eine Hand in der Hosentasche hat und gemächlich näher kommt.

Meine Hand zuckt zur Waffe und ich ziehe deinen Stuhl näher. Die Bodyguards straffen sich. Du spannst dich auch an und siehst in die Richtung.

Ramon beugt sich zu Catalina rüber, wie ich im Augenwinkel bemerke, und sagt was zu ihr.

Der Mann kommt unter der Überdachung an. Ein goldenes Kreuz glitzert an seinem Hals. Ich blicke über die Schulter zu meinem Vater. Er ist völlig reglos und das passiert nicht oft. Er starrt die Terrasse runter, als würde er einen Geist sehen.

Der Typ hält den Regenschirm vor sein Gesicht. Die Bodyguards straffen sich noch etwas mehr, ihre Hände legen sich an ihre Waffen, aber mein Vater hält sie mit zwei Fingern auf, ohne den Blick von dem Mann zu nehmen. Der sieht nach unten, als er seinen Regenschirm langsam schließt, wobei ich seinen Siegelring bemerke … mit zwei XX in dessen Mitte.

Ich versteife mich.

Er hat breite Schultern, extrem muskulöse Arme und ist stämmig gebaut. So groß wie mein Vater, also sehr groß – ein Bär von einem Mann.

Er seufzt tief und hebt dann langsam seinen Blick zu meinem Vater, der mit einem Mal komplett erstarrt. Alles fällt ihm aus dem Gesicht. Ich glaube, niemand am Tisch atmet. Ich sehe wieder zu dem Mann und verenge die Augen. Er lächelt ein bisschen. Seine Augen sind meine Augen. Dunkelblau mit pechschwarzen Wimpern. Sein markanter Kiefer ist der meines Vaters. Seine gerade Nase ist meine Nase. Seine dunkelbraunen Haare sind voll und nach hinten gekämmt, wie unsere. Er ist glatt rasiert und hat perfekte, scharfe Gesichtszüge, wie meine, nur ein bisschen kantiger.

Alle starren ihn an, mein Vater ist blass.

Die Kerzen flackern auf dem Tisch, als würden sie gegen einen kühlen Wind ankämpfen, und es donnert, während der Regen auf die Überdachung prasselt.

Ich habe keine Ahnung, wer das ist, bis Mom fassungslos keucht: »Dorian?«

28. Ich verliere den Verstand, Rosalie

Sergio

Es ist sehr still am Tisch. Zayden hat aufgehört zu spielen, mein Vater hat aufgehört zu atmen und ich habe aufgehört, mich zu bewegen. Mein Arm liegt verkrampft um deine Schultern und meine Hand zuckt, weil ich die Waffe ziehen will. Das hier fühlt sich nach Bedrohung an.

Alles, was man hört, ist der prasselnde Regen und der keuchende Atem meiner Mutter, die den Fremden gerade angesprochen hat. Träge dreht er seinen Kopf in ihre Richtung und sieht ihr direkt in die Augen. Carter-Dad ist so schockiert, dass er nicht mal reagieren kann.

»Habt ihr mich vermisst?«, fragt er mit rauer Stimme und ich hebe meine Augenbrauen. Wer ist das, Rosalie? Hat

Mom wirklich *Dorian* gesagt? Ich betrachte ihn genauer und bin wie vor den Kopf gestoßen. Er sieht aus wie eine ältere Version des Porträts, das im Foyer zu Hause hängt. Derselbe herablassende Blick. Dasselbe kleine kalte Schmunzeln. Dieselbe Körperhaltung. Dieselben Gesichtszüge.

»Das kann nicht sein«, wispert Mom kaum hörbar und blinzelt wie wir alle. Nur ich bin nicht total schockiert, sondern echt skeptisch.

»Oh doch«, meint er leise und sieht wieder zu Dad. »Willst du mich nicht begrüßen, Bruder?« Alle starren zu ihm hoch, genau wie mein Vater, bevor er die Luft ausstößt und die Augenbrauen zusammenzieht. Er begreift das alles hier genauso wenig wie die anderen. Wenn nicht alle so erstaunt wären, würde ich denken, ich hätte Drogen genommen, es vergessen, und würde mir das hier einbilden.

Dann hebt mein Vater seine Stimme. »Dorian?«, fragt er total tonlos und steif. Dorian de Luca, der Bruder meines Vaters, der eigentlich tot sein sollte.

Aber er steht hier. Offensichtlich.

»Donovan?«, gibt er zurück und stützt sich auf seinen geschlossenen Schirm, wie Frank Sinatra persönlich.

Mein Vater reibt sich über die Schläfe. »Aber du warst doch …«

»Tot?«, fragt er und lächelt kalt. »Du bist nicht der Einzige, der wiederauferstehen kann.«

»Aber das ist …«, meint mein Vater total neben sich stehend, wie ich ihn noch nie erlebt habe. Ich weiß, wie er sich fühlt. Ich erinnere mich daran, als er diese Aufnahmen bekommen hat und vermutet wurde, dass Dorian in Baton

Rouge gesehen wurde, was er nicht glauben konnte. Damals habe ich ihm gesagt, dass einige Mafiosi ihren Tod vortäuschen, aber er hat nicht mal richtig zughört. Hat Dorian das Gleiche getan wie mein Vater? Ist das jetzt der Preis, den mein Dad zahlt? Das berühmt-berüchtigte Karma?

»Unmöglich?«, fragt Dorian. »Brauchst du einen Beweis? Frag mich was.«

»Was waren meine letzten Worte an dich?«, will mein Vater sofort mit dieser total emotionslosen, weil so geschockten Stimme wissen.

»Es wird immer sie sein.« Dorian, oder wer auch immer, lächelt humorlos.

Mein Vater blinzelt ein paarmal und alle beobachten ihn gebannt.

Dann schiebt er langsam seinen Stuhl zurück und erhebt sich in Zeitlupe, als könnte Dorian de Luca bei einer falschen Bewegung verpuffen. Auch das Gefühl kenne ich. Mein Vater macht ein paar Schritte zu ihm. Dabei setzt er äußerst vorsichtig und bedacht einen Fuß vor den anderen. Ihr Profil ist das gleiche, als sie sich gegenüberstehen. Das Kinn. Die Nase. Die Stirn. Der Schwung ihrer Lippen.

Mein Vater geht langsam etwas weiter auf ihn zu und ich verspanne mich, bevor ich zu Giovanni schaue. Der wirkt selbst etwas schockiert, aber er folgt meinem Vater völlig blass.

Mein Vater stoppt vor Dorian und packt seinen Kiefer hart mit einer Hand. Dann hebt er seinen Kopf, dreht ihn von links nach rechts und mustert ihn genauer. Dorian verdreht die Augen theatralisch und lässt es über sich ergehen. Mein Vater fasst ihm an die Wange, wobei sein Siegelring im

Kerzenschein glitzert. Sein Blick liegt unverwandt auf Dorians Gesicht, bevor er seine Hand in sein Haar gleiten lässt und ihn dort fest packt. Er zieht mit einem Ruck Dorians Stirn an seine und kneift die Augen fest zusammen.

Beide atmen aus.

»Du bist es wirklich«, flüstert mein Vater fassungslos und umarmt ihn dann fest. Dorian erwidert die Geste ebenso fest und klopft ihm auf den Rücken. Er murmelt Dad was ins Ohr.

Ich kann mir das alles nur angespannt mit ansehen, genau wie meine Schwester, der Carter-Dad, Onkel Caden, der blass geworden ist. Tante Alayna, die fassungslos auf die beiden schaut, und die ganze italienische Familie im Hintergrund, die sich ebenfalls nicht mehr rührt.

Ramon klatscht laut in die Hände und wir zucken alle zusammen. Wirklich alle. Er lacht entzückt. »Des Rätsels Lösung ist Dorian de Luca! Endlich bist du da!«, ruft er total erleichtert, als hätte er sein Leben lang auf ihn gewartet.

Mein Kopf schweift wie von selbst langsam zu Ramon herum und ich starre ihn fassungslos an. Mein Verstand arbeitet. So hart. Aber Ramon schaut nur zu meinem Vater und meinem vermeintlichen Onkel.

»Du hast das gewusst?«, frage ich atemlos und meine Nackenmuskeln spannen sich an. Ich hoffe, dass das jetzt nicht wahr ist. Nicht er auch noch. Nicht noch so eine Giovanni-Aktion.

Ramons Blick schießt zu mir. »Ja«, antwortet er schließlich leiser. Zwei Gefühle vermischen sich, die niemals aufeinandertreffen sollten. Enttäuschung und Wut.

Ich frage mich, wieso.

Ich frage mich, ob er nur deswegen bei uns war.

Ich frage mich, ob er mich die ganze Zeit verarscht hat, und denke daran, was ich ihm alles anvertraut habe. Dass ich ihm vertraut habe. Dass ich an ihn geglaubt habe.

»Die ganze Zeit?«, frage ich leise mit vor Wut bebender Stimme, während ich meine Hand um deine Stuhllehne krampfe.

Ramons Blick wird vorsichtig. Er nickt einmal knapp. Jetzt rauscht die Wut durch mich und flutet alle Zellen in mir. Ich kann das nicht glauben. Nochmal ertrage ich das echt nicht. Ich habe es so satt, Menschen zu vertrauen, die mich hintergehen, mir was verschweigen oder mir nicht das gleiche Vertrauen entgegenbringen.

Ich ziehe meinen Arm von deiner Lehne und schiebe meinen Stuhl dann zurück. Das tue ich alles sehr langsam, weil ich sonst den Tisch umschmeiße. Ich muss hier weg.

Also wende ich mich einfach ab, gehe an meinem Vater und meinem Onkel vorbei und marschiere mit geballten Fäusten die Terrasse hinab, während es in mir immer heißer wird und mein Magen sich verkrampft. Vom ersten Tag an habe ich in Ramon etwas gesehen, was sonst keiner gesehen hat, und er hat mich gefickt, wie sie dich am Ende alle ficken. Egal, ob mein Vater oder sonst wer. Egal, ob Freund oder Feind. Im Endeffekt ist es doch alles das Gleiche. Mein Vater stellte sich tot, sein Bruder stellte sich tot, und Ramon wusste von all dem. Ich kann diese ganzen Spielchen nicht mehr ertragen. Diese ganze Heimtücke, die Intrigen. Es ist immer dasselbe mit diesen Männern, das begreife ich jetzt.

Ich gehe durch den Regen. Er durchweicht mich sofort, während ein neuer Blitz am Himmel zuckt. Ich glaube, ich habe mich noch nie so verraten gefühlt, nicht mal von Giovanni. Bei Ramon ist es was anderes.

Ich laufe über den Rasen und den Matsch, als ich hinter mir Schritte höre.

»Warte …«, ruft Ramon und ich balle meine Fäuste noch fester. Ich will jetzt nicht ausflippen, aber ich werde, wenn er nicht wieder verschwindet. Mein Atem geht schwerer.

»Geh weg, Ramon!«, rufe ich über meine Schulter und das Regenwasser läuft über mein Gesicht.

»Warte!« Das kommt jetzt nachdrücklicher und er nähert sich hörbar.

»AUF WAS?«, blaffe ich, ohne stehen zu bleiben. »Du hast jahrelang an meinem Tisch gegessen. In meinem Haus gewohnt. Meine Nutten gefickt. Mein Koks gezogen. Und dir ist keinen Moment lang eingefallen, etwas zu sagen?! Worauf soll ich noch warten, hä?«

»Ich durfte nicht«, antwortet er atemlos und ich werfe ihm einen Blick über die Schulter zu. Er ist auch klitschnass. Seine Brust hebt und senkt sich schnell. Sein Blick ist durchdringend und alarmiert.

Er durfte nicht. Genau wie Giovanni.

»Ich scheiße auf eure Scheißgeheimnisse«, zische ich immer noch brodelnd. »Die sollte es in einer verfickten fucking Fuckfamilie nicht geben!«

»Bei uns schon, das weißt du doch«, murmelt er über den Regen und wirkt geschlagen. Geschlagen wirkt er, Rosalie. Als hätte er nicht mich gefickt, sondern ich ihn. Ich fahre herum und bleibe mit einem Ruck stehen, als es noch heißer in mir wird und mein Körper zu prickeln beginnt. Mit einem Ruck schubse ich ihn zum Strand, packe ihn hart am Hals und stoße ihn dort gegen eine Palme. Er keucht auf. Der nasse Sand klebt an meinen Schuhen und die unruhigen Wellen schwappen über das Ufer.

Ramon strafft sich, als er keine Luft mehr kriegt, doch ich drücke fester zu. Meine Finger bohre ich hart in sein Fleisch. Seine Sehnen darunter pulsieren. Ich bin gerade so sauer, er hätte mir nicht nachkommen dürfen. Ich weiß nicht, was er in meinem Gesicht sieht, denn kontrollieren kann ich es gerade nicht. Die Wut drängt sich förmlich aus meinen Poren.

»Wir haben gesagt: *Keine Geheimnisse*!«, flüstere ich und drücke ein bisschen fester zu. Wir waren immer anders, er und ich. Schonungslos offen. Wir haben uns alles gesagt, und wenn er doch ein Geheimnis hatte, habe ich ihm vertraut, dass es mich nicht belastet oder betrifft. Nun, das hier betrifft mich aber. Das betrifft uns alle, nicht nur ihn.

Er wehrt sich nicht. »Es tut mir leid«, stößt er aus und ich atme gepresst durch die Nase aus. Dafür ist es jetzt zu spät. Man kann kein teures Glas, das man so aufwendig geformt hat, einfach auf den Boden schmeißen, sodass es zersplittert, und dann sagen, dass es einem leidtut. Dadurch wird es auch nicht wieder ganz.

Als Ramon keine Luft mehr kriegt, schubse ich ihn hart gegen die Palme, bevor ich ihn loslasse, und er nach Atem ringt. Hustend fasst er sich an den Hals.

»ES TUT DIR LEID?«, brülle ich ihn an. »Mir tut auch leid, dass ich dir vertraut habe!«

Er hat sich vornübergebeugt und hält seinen Hals mit einer Hand, mit der anderen stützt er sich an der Palme ab.

»Verfickte Scheiße«, flucht er vor sich hin. »WAS SOLL ICH DENN SONST SAGEN?«

Ich kann mich nicht mehr zurückhalten und marschiere wieder auf ihn zu. Ich lasse mich einfach treiben. Das habe ich lange nicht mehr getan. Ich hätte nie gedacht, dass ich das mal bei ihm tue. Damals, bei Zayden, habe ich mich noch zusammengerissen, aber nicht jetzt.

Er keucht immer noch, als ich aushole und ihm einfach für diese Scheiße einen Schlag auf die Nase verpasse, die laut knackt. Sein Kopf ruckt zur Seite und Blut schießt auf den Boden und mein Shirt. Immer noch wehrt er sich nicht. Ich schubse Ramon in den Regen, der hart in mein Gesicht prasselt.

»Willst du mich jetzt umbringen?«, fragt er atemlos. Die hohen, unruhigen Wellen peitschen gegen seine Beine. Seine dunklen Augen glitzern. Ich habe genug Zeit mit ihm verbracht, um zu wissen, dass er das wohl gern hätte, dass er seinem Leben schon seit Jahren ein Ende setzen will, es aber nicht tut, weil wir doch immer alle bis zum bitteren Schluss diesen kleinen Funken Hoffnung in uns tragen.

Ich kann gar nichts mehr sehen vor Wut, nur ihn, und denke daran, dass ich ihn umbringen und meine Fäuste so lange in dieses Gesicht rammen sollte, bis es nichts weiter als ein matschiger, blutender Haufen ist. Und dass ich all das hier hasse. All die Lügen, den Verrat und den Betrug. Vielleicht sollte ich diesen Mann endlich von seinem Leid, das sich sein Leben nennt, erlösen.

Ich schubse ihn hart und er fällt zu Boden, wo ich ihn mit meinem Fuß halte. Mein Schuh drückt sich in sein Brustbein.

»Du musst schon ein bisschen fester drücken, Sergio«, keucht er atemlos.

»Wie viele Jahre hattest du jetzt Zeit, mit mir zu reden?«, frage ich und drücke ein wenig fester, so, wie er es wollte, während ich über ihm stehe. Er stöhnt.

»Ich konnte nicht.« Er krümmt sich und das Blut aus seiner Nase läuft über sein Gesicht in den dunklen, nassen Sand. Ich nehme meinen Schuh von seiner Brust.

»WIESO?«, blaffe ich laut.

»Er hat es verboten.« Ich hocke mich ausatmend neben ihn und presse ein Knie auf seine Brust.

»Hast du für ihn oder für mich gearbeitet? Wem hast du Treue geschworen?«, zische ich in sein Gesicht und ziehe meine Waffe, die von vereinzelten Blitzen erhellt wird. Okay, dann bringe ich ihn jetzt eben um. Er hat es geschafft, es ist vorbei.

»Ihr seid beide meine Familie.«

»Hast du mich verarscht?« Ich lasse den Griff meiner Waffe gegen seinen Wangenknochen prallen, sodass es wieder knackt. Er keucht und sein Kopf ruckt herum. Meine Finger um den Lauf sind total verkrampft und mein Herz rast.

Ich hasse das hier. Ich hasse alles hier.

Als er zurückschaut, blitzen seine schwarzen, abgrundtiefen Augen. »JA, HABE ICH, BRO!«, ruft er und fängt sich dafür gleich noch eine mit dem Griff meiner Waffe.

Er flucht auf Italienisch. Ich weiß nicht, was ich ihm noch glauben kann und was nicht.

»Nenn mich nicht *Bro*«, zische ich gefährlich leise. »Du bist nicht meine Familie. Du bist eine Ratte, die sich da einnistet, wo es am besten für sie ist und der Person im

Arsch steckt, in der es ihm gerade am wärmsten und gemütlichsten ist. Ist es nicht so, Ramon, hä?«

Er hebt reuelos die Brauen und provoziert mich gnadenlos. »Jeder muss irgendwie überleben.«

»Wieso hat er dir verboten, was zu sagen?« Ich packe ihn wieder am Hals, weshalb er keucht. Der Regen hat ihn ganz durchnässt und spült das Blut aus seinem Gesicht in den Sand. Der Himmel ist schwarz und das Meer unruhig.

»Frag ihn!«, röchelt er. Ich lasse meine Waffe härter gegen seine andere Wange prallen, während ich immer noch drücke, sodass er gerade noch so atmen kann.

»Ich frage *dich*, Bastard!«, zische ich und schlage wieder mit dem Griff in sein Gesicht. Sein Mundwinkel platzt auf und er keucht.

»Er wollte Ruhe«, flüstert er atemlos.

»Er wollte RUHE!«, rufe ich über den Strand. Jetzt geht es richtig mit mir durch. Ich hasse es, gefickt zu werden. »ER STELLT SICH TOT, WEIL ER RUHE WOLLTE? ERZÄHL KEINEN BULLSHIT!« Ich kann meine Wut nicht mehr im Zaum halten und lasse meine Waffe wieder in sein Gesicht krachen. Diesmal mit aller Kraft. Es knackt erneut.

Er stöhnt schmerzerfüllt und sein Kopf fliegt zur Seite. Seine Wange platzt auf. Blut benetzt den Sand. »FUCK«, keucht er. Ich schmeiße meine Waffe weg und schmettere meine Faust in sein Gesicht. Sonst bringe ich ihn gleich wirklich um.

»Willst du, dass ich mit dir mache, was wir mit Verrätern machen?«, frage ich wütend.

»Ja, lass es raus!«, ruft er und spuckt neben sich in den Sand. Ich verliere mich komplett. Im nächsten Moment sitze ich auf ihm, seine Arme unter meinen Knien eingeklemmt, packe ihn am Kragen und ramme meine Faust in sein Gesicht. Wieder. Und wieder. Und wieder. Und nochmal. Das Blut spritzt und er keucht. Die Wolken schieben sich langsam vom Mond davon, sodass er blassbläulich über uns scheint und alles erhellt. Das Blut, ihn, mich.

Ich schlage gegen seinen Kiefer und bebe vor Zorn. Als Nächstes landet meine Faust auf seinem bereits aufgeplatztzten Wangenknochen. Er keucht nur noch und rührt sich nicht mehr, aber ich bin blind vor Zorn und boxe wieder in sein Gesicht, sodass das Blut spritzt und sein Knorpel knackt.

»SERGIO! DU BRINGST IHN UM!«, brüllst du hinter mir, aber ich beachte dich nicht. Ich kann nicht, ich bin zu gefangen in mir selbst und meiner Wut. Wieder lasse ich meine Faust gegen seine Wange krachen.

»HÖR AUF!«, rufst du nochmal und kommst näher. Ich hämmere weiter auf jede Stelle, die ich erwischen kann. Und wieder. Und wieder. Und wieder.

»STOPP!« Deine Hand legt sich plötzlich auf meine Schulter und du kniest dich neben mir in den Sand. Meine Faust verharrt in der Luft. »Hör auf, Baby.« Du streichst über meinen Nacken. »Hör auf. Hör einfach auf.« Ich schaue schwitzend und atemlos runter auf Ramons Gesicht, was dermaßen voller Blut ist, dass man ihn nicht mehr erkennen kann. Es läuft auf sein Shirt und in den Sand um ihn herum.

Du fährst mir durch die Haare. »Schau mich an.«

Meine Augen zucken kurz in deine Richtung, dann wieder zurück. Du nimmst sofort mein Gesicht in deine Hände und drehst es zu dir. »Baby, schau mich an!«, forderst du drängender.

Ich schaue dich an und bemerke, wie heftig ich atme, wie schnell mein Herz rast und wie sehr meine Fingerknöchel pochen, weil sie aufgeschlagen sind. »Es ist alles gut. Schau mich einfach an und atme«, meinst du sanft und streichst mir durch die nassen Haare.

Ich atme und schaue in deine türkisfarbigen Augen, die so tief sind und mich wieder auf den Boden zurückbringen. Meine Schultern sacken ein bisschen nach vorn. Mit einem Mal fühle ich mich kraftlos und ausgelaugt.

»Alles ist gut«, sagst du leise. Ich schaue wieder zu Ramon, bevor ich mich von ihm erhebe, dich mit hochziehe und hinter mich schiebe. Ich kicke in seine Seite. »Geh«, blaffe ich heiser.

Er stöhnt und rappelt sich langsam auf. Dabei hält er sich das Gesicht. »Das heißt nicht, dass ich dich nicht liebe«, meint er tonlos, atemlos und schleppend.

»Ich bringe dich um, du Hurensohn«, knurre ich und will nach meiner Waffe greifen. Ich brauche diese falsche Art von Liebe nicht.

»Sergio!« Du legst eine Hand an meinen Oberarm und hältst mich auf. Ich beiße hart die Zähne aufeinander und atme gepresst durch die Nase. Nur deinen Händen ist es zu verdanken, dass ich nicht mehr auf ihn einschlage und ihn womöglich umbringe.

»GEH JETZT!«, brüllst du Ramon an, als er sich nicht bewegt. Sein Blick zuckt kurz zu dir, bevor er geht und ich erschöpft in den Sand sacke – direkt dort, wo sein Blut ist.

Ich streiche mir über das Gesicht, obwohl auch an mir sein Blut klebt. So viel davon.

Du kniest dich vor mich, genauso durchnässt wie ich. Ich versuche, nur in deine türkisen Augen zu sehen und runterzukommen. Sie funkeln wie zwei Smaragde, weil der Mond auf sie scheint.

Sanft nimmst du meine Hände und streichst mit deinen Daumen über meine aufgeschürften Knöchel. Ich entspanne mich etwas, bevor ich deine Hand an meine Wange ziehe und meine Augen schließe. Das ist wie eine Droge, eine Schmerztablette. Dank deiner Berührung komme ich sofort runter. Du streichst zart über meine Haut und ich drehe den Kopf leicht und fahre mit der Nasenspitze über dein duftendes Handgelenk. Mein Puls beruhigt sich langsam. Du streichelst geduldig und so liebevoll mein Gesicht und deine Ruhe durchflutet mich. Ich frage mich, was ich gemacht habe, bevor du wieder in mein Leben kamst, und wie ich gelebt habe.

Ich atme nochmal tief, dann öffne ich dich die Augen und sehe dich an. »Besser?«, fragst du sanft. Ich will dir ins Gesicht fassen, tue es aber nicht, weil meine Hände blutig sind und nichts auf deiner sauberen Haut zu suchen haben.

Du nimmst meine Hand trotzdem und ziehst sie einfach an deine Wange, als hättest du meine Gedanken gehört, bevor du dich vertrauensvoll in die Berührung schmiegst. Mit meinem Daumen streiche ich zart über deine volle, weiche Unterlippe. Deine Lider gleiten leicht zu und ich lasse meine Finger in deine nassen Haare fahren und ziehe meine Brauen zusammen. Du neigst deinen Kopf meiner Hand entgegen, während das unruhige Meer in harten Wellen über deine Beine peitscht.

»Noch nicht ganz«, flüstere ich, als ich dich näher ziehe und meine Lippen auf deine presse. Der Regen fällt auf unsere Köpfe und Schultern und du bist über mir, weil du immer noch kniest. Du legst beide Hände an meine Wangen. Ich küsse dich einfach so, wie ich es gerade brauche, und du gibst mir alles, was ich gerade will. Der Kuss ist hektisch und schnell. Fest packe ich dich im Haar und küsse dich tiefer. Währenddessen donnert es wieder laut. Die Kälte des Regens mischt sich mit der Wärme deiner weichen Lippen und der Hitze deines Atems, der sich an meiner kühlen Haut bricht. Du hältst mein Gesicht umfangen und wir bleiben so für eine gefühlte Ewigkeit, bevor du dich zurück- und deine Augenbrauen zusammenziehst. Du lehnst deine nasse Stirn an meine und ich schließe die Augen und atme dich ein.

»Besser?«, fragst du nochmal leise mit belegter Stimme. Ich nicke langsam und klemme dir die nassen Haare hinter das Ohr. »Gut«, wisperst du und ich ziehe meinen Kopf zurück, weil ich das nicht lange aushalte, ohne dich in den Sand zu drücken und noch mehr zu wollen. Aber jetzt nicht. Ich bin zu aufgewühlt.

»Geh zurück, ich komme gleich«, sage ich leise und rau. Ich bin ganz heiser und brauche noch ein paar Minuten allein, vollgetankt mit deiner Ruhe.

»Okay.« Du streichst nochmal durch mein Haar und stehst dann langsam auf. Ich lege die Arme um meine Knie und schaue zu dir hoch, wie du da vor dem Mond und dem Meer stehst und der Regen das Blut aus deinem Gesicht wäscht, das ich darauf hinterlassen habe.

Du beugst dich nochmal vor und küsst meine Stirn, weshalb meine Lider zugleiten. Dann wendest du dich ab und gehst. Ich bleibe hier sitzen und bilde mir ein, der Regen könnte meine Sünden reinwaschen, damit ich deiner würdig bin. Aber die Wahrheit ist, das war ich nie und werde es nie sein, Rosalie.

29. Auf die Familie, Rosalie

XX

Sergio

Ich bin klitschnass, als ich den Weg zurück antrete. Ich weiß nicht, wie lange ich am Strand war. Meine Fingerknöchel sind aufgeschürft und mein Blut kocht noch. Trotz des Regens ist mir heiß. Ich bin noch dabei, zu verstehen, was hier vor sich geht. Der zweite de Luca in dieser Familie, der gar nicht tot war. Und von Dorian de Luca habe ich nicht nur Gutes gehört. Demnach bin ich zwiegespalten darüber, dass er da ist. Und wieso jetzt? Was will er? Er würde nicht zurückkommen, wenn er nichts wollen würde. Oder? So ist das doch immer. Hier geht es sicherlich nicht bloß darum, dass er seinen Bruder vermisst hat.

Ich schiebe mich an den Olivenbäumen vorbei zum Vordereingang des Hauses, weil ich mich erst umziehen und sammeln will. Im Inneren ist es still bis auf die Hausmädchen in der Küche. Die Wandlichter wurden gedimmt. Ich ziehe meine schmutzigen, klitschnassen Schuhe sowie die Socken aus, bevor ich die Treppe nach oben in unser Schlafzimmer gehe. Ich schließe die Tür hinter mir und schäle mich gleich aus den Klamotten. Aus dem Bad hole ich mir ein Handtuch, um mich abzutrocknen.

Ich tupfe meine blutigen Fingerknöchel sauber. Wenn du nicht gekommen wärst, wäre Ramon jetzt wahrscheinlich tot. Ich habe völlig die Beherrschung verloren und das passiert nur, wenn ich wirklich enttäuscht und aufgewühlt bin. Die letzten Jahre habe ich ihm ausnahmslos vertraut, entgegen allem, was ich über ihn wusste und gehört habe. Ich habe versucht, unvoreingenommen zu bleiben, weil ich ihn von einer Seite kennengelernt habe, die die anderen nicht kannten. Aber das war wahrscheinlich alles nur Show, um mein Vertrauen zu gewinnen. Oder?

Ich ziehe mir eine schwarze Jeans aus dem Koffer und streife sie über. Meine Bewegungen sind langsam und kontrolliert. Ich versuche, mich zu beruhigen. Ich versuche, nicht darüber nachzudenken, damit ich mich nicht weiter reinsteigere.

Dann schlüpfe ich in einen frischen Pullover und ziehe den dunkelbraunen Gürtel durch die Schlaufen der Jeans. Schließlich streife ich mir noch Socken über und steige in die anderen Schuhe, die neben der Tür stehen. Meine Haare sind nass, aber ich belasse es dabei. Ich will nach unten und nichts verpassen von dem, was Dorian sagt, wie er sich bewegt oder schaut, um es zu analysieren. Mein Vater wird wahrscheinlich viel zu überwältigt sein, um auch nur eine Geste oder Mimik von ihm richtig einzuordnen. Einige am

Tisch unten haben eine Vergangenheit mit ihm und werden das nicht tun können.

Also gehe ich über die Galerie raus und wieder hinunter, um das Haus herum und auf die Terrasse zurück. Die ist jetzt viel leerer. Die anderen Familien sind weg. Es sind nur die de Lucas, die Marinos und die Rushs anwesend. Ramon ist nicht zu sehen. Wahrscheinlich muss er sich erstmal verarzten.

Mein Vater und Dorian stehen etwas abseits und reden. Ein Blitz zuckt über den Himmel und erhellt auf unnatürliche Weise ihre so gleichen und doch so unterschiedlichen Gesichter. Beide haben ein gleiches Maß an Perfektion, aber anders umgesetzt. Mein Vater ist elegant und klassisch. Dorian ist animalisch und rau. Es ist ein bisschen wie beim Carter-Dad und deinem Vater.

Ich schiebe meine Hände in die Hosentaschen und trete näher, bevor ich mich neben dich zurück auf meinen Platz setze. Du hast dich auch umgezogen und trägst jetzt schwarze Jeans und einen bordeauxroten Pullover. Du legst eine Hand auf meinen Oberschenkel, sobald ich bei dir bin. Es ist ruhig am Tisch. Pablo genehmigt sich einen Schluck aus seinem Glas und bekreuzigt sich, während ich mir Grappa einschenke.

»Bald steigt noch dein Opa aus dem Grab«, murmelt Pablo mir zu.

»Es würde mich nicht überraschen«, antworte ich und trinke.

Mein Vater nickt Dorian zum Tisch und er schlendert auf die Runde zu. Ich folge ihm mit den Augen und nicke meine nach wie vor schockierte Schwester weg, damit sie sich zu

Mom und Carter-Dad setzt. Es ist mir nicht geheuer, sie in Dorians Nähe zu wissen. Ich muss ihn erstmal kennenlernen.

Sie steht auf, umrundet den Tisch und nimmt zwischen Carter-Dad und Onkel Caden Platz. Sophia lehnt sich sofort zu ihr und murmelt ihr was zu. Catalina nickt steif. Dorian zwinkert Carter-Dad zu. Der spielt mit seinem Messer und beobachtet ihn düster. Ich sehe in seinen türkisfarbigen Augen, wie es brodelt.

Alle Blicke liegen auf Dorian, was ihm überhaupt nichts auszumachen scheint.

Er setzt sich auf den Stuhl, auf dem meine Schwester zuvor saß, und mein Vater neben mich. Dorians markantes Kinn ist genauso rasiert wie das meines Vaters. Seine Augen sind von einem dunklen Blau, das hart und unerbittlich wirkt. Er lehnt sich zurück. Seine Fingerspitzen reiben gemächlich aneinander, während sein Siegelring im Kerzenschein blitzt.

»Wie kann das sein?«, flüstert Mom. »Carter …« Sie tastet blind nach seinem Arm und ich schaue rüber in ihr Gesicht, das total bleich ist. Mein Vater sieht ebenfalls zu ihnen und Mom starrt ihn an, als könnte er ihr die Welt erklären. Dad zuckt kaum merklich mit den Schultern, womit er wohl sagen will, dass er nichts davon wusste und ausnahmsweise einmal genauso überfordert ist wie sie.

Dorian registriert das mit Belustigung auf den Lippen, aber Kälte in den Augen.

Mein Vater scheint sich weit genug gefasst zu haben und ergreift das Wort.

»Also? Willst du mir erzählen, wo du die letzten Jahre warst?«, fragt mein Vater und Dorian hebt seinen Blick über die Köpfe der anderen. Als ich ihm folge, sehe ich Ramon, der angetorkelt kommt. Er ist blutüberströmt, aber er lebt noch. Ein neuer Schub Wut wallt in mir auf, als ich ihn bemerke. Ich spanne den Arm an, der über deiner Stuhllehne liegt, und du drückst meinen Oberschenkel, weswegen ich gepresst ausatme. Es ist alles gut. Ich bleibe jetzt ruhig. Alles ist fucking gut, Rosalie.

»Dein Sohn hat auch Feuer, hm?«, fragt Dorian und macht keinen Platz, als das Dienstmädchen ihm über seine Schulter einen Drink hinstellt.

Er trinkt einen Schluck.

»Ja, das hat er«, antwortet mein Vater warnend.

»Scheiße!«, zischt Ramon, kommt an den Tisch, stützt sich mit einer Hand auf die Stuhllehne von Onkel Pablo und ext das Glas von irgendwem, bevor er sich mit der Rückhand über sein blutiges Gesicht streicht und zusammenzuckt. »Meine Nase ist mindestens dreimal gebrochen«, nuschelt er schwer und nasal.

Ich lasse den Nacken knacken. Er sollte jetzt wirklich nicht hier sein. Ich brauche Abstand, sehr viel Abstand zu ihm.

Sein vorwurfsvoller Blick wandert zu dir und er nimmt sich einfach irgendein nächstes Glas. Ich hebe eine Braue. »Sie hat mich angebrüllt!«, beschwert er sich völlig fassungslos.

»Wärst du lieber gestorben?«, fragst du mit hochgezogenen Augenbrauen.

Ramon funkelt dich an, was mir gerade völlig gegen den Strich geht, obwohl es mir sonst eigentlich egal ist. Du hältst seinem Blick stand.

»Mach, dass du wegkommst«, sage ich leise und atemlos.

»Bringt ihn in ein Krankenhaus.« Mein Vater winkt gelangweilt in Savios Richtung.

»Krankenhaus ist gut«, murmelt Ramon und torkelt davon. Savio und ein anderer folgen ihm.

»Lucinda, verarzte mich!«, ruft Ramon noch an ein Hausmädchen gewandt, das gar nicht Lucinda ist, sondern Linda, bevor er verschwindet.

»Beantwortest du mir jetzt die Frage, wo du die letzten Jahre warst?«, hakt mein Vater nach, ohne großartig auf Ramons demoliertes Gesicht einzugehen. Dorian sieht aus dem Augenwinkel zu mir und ich erwidere seinen Blick. Man kann keinerlei Emotionen in den Tiefen seiner Augen erkennen.

»Das wirst du ganz witzig finden«, meint er humorlos.

»Ja, ich lache mich schon jetzt schlapp.« Mein Vater klingt genauso humorlos.

Alle halten den Atem an und starren zu Dorian de Luca, dem das offenbar immer noch nichts ausmacht. Das liegt, glaube ich, in der Familie. Eine Bühne und ein paar Zuschauer sind alles, was ein de Luca braucht. Von mir mal abgesehen. Dorian beugt sich vor und lässt die Bombe platzen.

»Baton Rouge, ihr Scheißer.«

Mein Vater zieht die Brauen zusammen und ich stocke.

»Was hast du in Baton Rouge gemacht?«, fragt er skeptisch.

»Das wirst du noch witziger finden«, meint er belustigt.

»Dorian …«, mahnt mein Vater und Besagter lehnt sich zurück.

»Ich hab es wirklich vermisst, dass du meinen Namen so sagst. Wo ist denn eigentlich die Musik?«, fragt er niemand Bestimmten und hebt auffordernd die Hand. Von irgendwo her ertönt sofort Musik und mein Vater trommelt mit den Fingern auf dem Tisch.

»Ich habe geheiratet.« Er grinst meinen Vater träge an, der das Gesicht fast mitleidig verzieht. Carter-Dad lässt seinen Nacken knacken, während dein Vater völlig ausdruckslos geworden ist. Ich glaube, er zerbröselt gleich. Ich setze langsam die Puzzleteile zusammen und mir wird schlecht. Ich weiß, welche Familie aus Baton Rouge kommt – die de Luzios. Ich weiß, was hier die letzten Monate los war. Ich weiß, dass Ramon aus New Orleans kommt, was praktisch um die Ecke von Baton Rouge ist. Nun kann ich eins und eins zusammenzählen.

»Du hast geheiratet?«, erkundigt sich mein Vater skeptisch.

»Ja …« Dorians Stimme wird etwas leiser und der Humor verschwindet. »Sie ist vor einiger Zeit gestorben. Kleiner Schusswechsel mit dem FBI. Eine andere Geschichte. Auf jeden Fall war ihr Name Maria de Luzio.« Ein paar Männer spannen sich an und mein Vater runzelt die Stirn. Dorian grinst überheblich in sich hinein.

Carter-Dad beugt sich mit einem Mal vor. Seine Finger trommeln hart auf dem Tisch, während er meinen Onkel anvisiert. »Das ist ja schön und gut und jetzt nenn mir einen Grund, wieso ich dich nicht erschießen sollte«, meint er ruhig.

Dorian lächelt ihn eiskalt an. »Denkst du denn, du triffst dieses Mal richtig, Carter Rush?«

Allgemeines Erstarren folgt und ich ziehe die Brauen hoch. Was … zum Teufel? Hat er etwa Dorian damals vermeintlich getötet und mein Vater hat ihn nie dafür bestraft, wie er es eigentlich hätte tun müssen? Sonst würde er jetzt nicht vor mir sitzen.

Dad macht den Eindruck, als wäre er noch in Trance. »Carter, lass es«, fordert er ruhig, aber nur äußerlich. Zayden tippt Carter-Dad leicht gegen den Ellbogen.

»Das ist noch nicht vorbei«, meint der Carter-Dad eindringlich und lehnt sich wieder zurück.

»Nein, das ist es nicht«, gibt Dorian ihm leise recht, was drohender wirkt, als wenn er brüllen würde. Alle sind so still. Trotzdem spüre ich die Anspannung von allen Seiten. Ich mag es nicht, dass du dir das hier zumutest. Du bist immerhin schwanger und es könnte jeden Moment eskalieren. Deswegen beuge ich mich an dein Ohr. »Geh nach oben, ich komme später«, sage ich leise.

Du nickst knapp, stehst auf und verschwindest, ohne etwas zu erwidern oder zu hinterfragen. Ich sehe dir nach und entspanne mich etwas, weil du nicht mehr in der Gefahrenzone sitzt, und nicke Camillo hinterher. Er folgt dir und schließt leise die Tür hinter sich.

»Sprich weiter.« Mein Vater ist echt angepisst.

Dorian zündet sich ungerührt eine Zigarette an. »Auf jeden Fall kam ich in Baton Rouge an«, fährt er fort, »vor so langer Zeit. Ich sah sie. Ich habe sie geheiratet. Die Familie übernommen, natürlich nur inoffiziell. Offiziell hat sie alles gemanagt und ich existiere gar nicht. Eine Freundin hat mir dabei geholfen, unsichtbar zu bleiben.« Er lächelt und mein Vater runzelt die Stirn tiefer. »Ich habe zwei wunderbare

Kinder mit Maria bekommen. Ich hatte ein tolles Leben. Und dann habe ich gehört, dass du tot bist, und das hat mir gar nicht gefallen. Aber dann hieß es, ein Donovan de Luca lebt doch noch. Ich habe Nachforschungen angestellt, ein paar deiner Leute dabei in Washington getötet, die dir von deinem Sohn aus auf den Fersen waren – gern geschehen. Und sieh an, da war mein Bruder.« Ich erstarre leicht, genau wie Giovanni. Wahrscheinlich hat mein Vater immer abgestritten, die Männer, die ich nach Washington geschickt habe, getötet zu haben, und Giovanni hat es ihm nicht geglaubt. Dabei war der Schuldige Dorian. Ich flippe noch aus. So lustig.

»Und dann bist du tatsächlich in Chicago aufgetaucht. Lebendig und atmend. Und meine Nichte gleich mit.« Er deutet kurz auf Catalina. »Dann dachte ich mir … okay. Meine Frau ist tot – Gott möge ihrer Seele gnädig sein. Dafür lebst du. Das ist ein Zeichen. Also habe ich entschieden, ich komme wieder nach Hause und sage dir *Hallo*«, erklärt Dorian und trinkt gemächlich einen Schluck.

Mein Vater sieht ihn skeptisch an. »Aber ich habe dich …«

»Entsorgt?« Dorians Stimme ist nun hart geworden, genau wie sein Blick. »Ja, das weiß ich noch, Bruderherz. Ich kann mich sehr gut erinnern.«

Mein Vater sieht fast schuldbewusst aus. »Du warst …«

»Tot?« Dorian sieht dem Carter-Dad das erste Mal direkt in die Augen. Hat er wirklich meinen Onkel erschossen? Scheiße, diese Scheiße hier wird immer kranker. »Ich war nicht ganz tot. Du kennst das doch, Donovan.« Dabei starrt er weiter Carter-Dad an, der den Blick erwidert.

Dann seufzt Dorian tief. »Ich hatte nur einen kleinen Gedächtnisverlust. Keiner wusste, wer ich bin, nicht mal ich selbst, als ich ins Krankenhaus kam, weil mich Vittorio gefunden hat. In dieser dreckigen Gasse. Einfach hingelegt wie Abfall.« Mein Magen verkrampft sich, als ich mir vorstelle, ich würde das Zayden antun. Wir sehen uns kurz über den Tisch hinweg an und runzeln beide leicht die Stirn. Dabei versprechen wir uns, es niemals so weit kommen zu lassen – ohne Worte.

»Wir haben dich beerdigt!«, murmelt Mom atemlos und zuckt dann zurück, als Dorians Blick auf sie fällt. Sie sieht aus, als hätte sie das gar nicht sagen wollen.

»Ja, und du warst sicher sehr traurig, Isabelle«, meint Dorian abwertend. Er schaut zu meinem Vater. »Der Sarg war leer. Du weißt doch, wie das läuft. Du brauchst nur die richtigen Freunde und Kontakte. Ein paar Mittelsmänner. Ein paar sexy Anwälte.« Dann starrt er wieder Carter-Dad an. »Wir waren sogar mal Nachbarn, als du in New Orleans warst, und den guten, alten Ramon kennengelernt hast. Bevor du seine Schwester und seine damalige Frau gefickt hast, wie du alles fickst.«

»Und du hast nicht mal Muffins vorbeigebracht«, erwidert Carter-Dad trocken.

»Er hat die halbe Familie eingebuchtet und verraten und sitzt hier mit uns am Tisch?«, fragt Dorian meinen Vater, als würde er eine Gleichung nicht verstehen, bevor er zu meinem Opa schaut und ihn auf Italienisch anspricht. »*Perché*?«

Massimo Marino seufzt tief und klopft ihm leicht auf die Schulter. »Ich weiß es nicht, mein Sohn. Du musst deinen

Bruder fragen.« Mein Opa ist auch ein Verräter. Immer so, wie es ihm gerade passt.

»Lange Geschichte«, antwortet mein Vater ungerührt und nach wie vor etwas starr.

Dorian seufzt und lässt seinen Blick über Caden und Alayna gleiten. »Ihr habt also zwei Töchter.« Sein Blick schweift zu Sophia, die alles äußerst kritisch beobachtet, ohne sich zu rühren. Onkel Caden legt den Arm über ihre Stuhllehne und sie legt den Kopf schief, während sie Dorian fasziniert mustert.

»Ja.« Die Stimme deines Vaters klingt nicht amüsiert und schmettert nur so über den Tisch. Ich lasse meinen Kopf wieder in Dorians Richtung rollen. Ich mag es nicht, dass er dich auch nur erwähnt. Oder deine Schwester.

»Und ihr zwei habt einen Sohn, der der Zwillingsbruder von deinem Sohn mit meinem Bruder ist. Ts, ts, ts, Isabelle.« Er lächelt Mom höhnisch an und schüttelt tadelnd den Kopf.

»Und? Wann lernen wir deine Kinder kennen?«, fragt mein Vater ausdruckslos.

»Gleich, wenn ihr das möchtet«, antwortet Dorian und lehnt sich zurück. »Und du …« Er zeigt auf Catalina. »Bist bei ihm aufgewachsen, aber sein Kind.« Er deutet zuerst auf Carter-Dad und dann auf meinen Vater. »Und das wusstest du nicht bis vor Kurzem.« Tadelnd schüttelt er den Kopf in Moms Richtung. »Da konnte sich wohl jemand nicht entscheiden, hm, Amore?«, fragt er sanft und trinkt von seinem Whisky. »Dabei dachte ich, es wäre ach so klar.« Mom ist blass und stocksteif. Ich habe sie noch nie so mundtot erlebt.

»Das hast du sehr schön zusammengefasst, Dorian«, meint Carter-Dad trocken und trinkt selbst von seinem Whisky.

»Ich verstehe wirklich nicht, was ihr an diesem Tisch macht, du und dein Bruder«, murmelt Dorian vor sich hin. Im selben Moment klingelt sein Handy in der Hosentasche. Zum Glück. Er zieht es raus, nimmt ab und streckt den Arm über die Lehne neben sich.

»Japp?« Er lauscht angestrengt. »Ja, kommt«, meint er dann locker und legt wieder auf. »Meine Kinder kommen jetzt. Meine Tochter ist in ihrem Alter.« Er schaut zu Catalina. »Und sie sieht dir sogar ähnlich. So stark, diese de Luca-Gene. Und mein Sohn etwas jünger als er hier.« Mit dem Daumen deutet Dorian auf mich.

Es ertönen Schritte hinter uns und ich höre eine tiefe Stimme, die heiser sagt: »Komm jetzt, Amalia!«. Ein leises Seufzen ertönt und Dorian schaut über seine Schulter, so, wie wir alle in diese Richtung schauen. Sein Sohn und seine Tochter nähern sich.

Sein Haar ist schwarz, seine Augen sind hellblau und stechend, exakt wie die meines Vaters. Seine Gesichtszüge sind scharf geschnitten, absolut symmetrisch, und er ist glattrasiert. Auf den ersten Blick sieht er aus wie der Sohn meines Vaters, fast zum Verwechseln ähnlich, nur mit einer anderen Haarfarbe. Er ist groß und muskulös. Sein schwarzes Poloshirt spannt sich um seine Oberarme und sein Siegelring funkelt um seinen Finger, wie das goldene Kreuz um seinen Nacken. Alles an ihm ist absolut perfekt.

Ihm folgt eine zierliche, junge Dame. Sie hat auch schwarze Haare, die total lang und gewellt sind. Ihre Augen sind ebenfalls hellblau. Eisblau. Ihre Wimpern dicht und dunkel. Sie ist völlig ungeschminkt und hat ein zartes Gesicht, perfekt symmetrisch, wie das ihres Bruders oder das meines Vaters. Sie trägt ein dunkelblaues Kleid, das bis zu ihren Knien reicht und mit ihren Augen harmoniert. Es besitzt keinen tiefen Ausschnitt, aber das goldene Kreuz, das um ihren Hals funkelt, ist dennoch zu erkennen. Mit gerunzelter Stirn schaut sie auf den Rücken vor sich. Dorians Sohn dreht kurz den Kopf über die Schulter und deutet ihr, sich zu beeilen. Sie geht ein bisschen schneller.

»Das sind meine Kinder«, meint Dorian lässig. »Vito de Luca, wie unser Vater, und … Amalia de Luca.«

Ein paar keuchen. Einige geben schockierte Laute von sich. Andere tuscheln. Tante Roberta fasst sich seit zwanzig Minuten ans Herz.

»Sagt *Hallo* zu eurem Onkel und zum Oberdon«, fordert Dorian und deutet auf meinen Vater. Alle starren die beiden an. Ich kann es einfach nicht glauben. Das ist zu viel auf einmal, Rosalie.

Mein Vater erhebt sich ein wenig irritiert, während Vito de Luca selbstbewusst und völlig ungerührt auf ihn zu tritt, sich nach unten beugt und seinen Ring küsst. Sie haben die exakt gleiche Augenfarbe und das exakt gleiche Profil, über das der Kerzenschein tanzt. Das irritiert mich. Mein Vater überschaut sein Gesicht und legt den Kopf ein bisschen schief. »Du darfst mich ansehen«, meint er leise und konzentriert. Vito schaut hoch in Dads Augen. Es ist, als würde etwas Klick machen und einrasten, als sie sich ansehen. Vito zieht träge einen Mundwinkel hoch und mein Vater lächelt, während er seinen Neffen interessiert betrachtet. Beinahe fasziniert.

»Setz dich«, sagt er sanft und nickt zu dem freien Platz neben Dorian. Vito schiebt sich an meinem Stuhl vorbei auf Dorians Seite, wo er sich niederlässt und von ein paar Leuten am Tisch belagert wird.

Seine Schwester Amalia tritt zögerlicher an meinen Vater heran und küsst ebenfalls seinen Ring. Dabei flimmert der Kerzenschein über ihre ebenmäßige Haut. Sie wirkt viel zu ernst für ihr Alter, wenn ich sie mit Catalina vergleiche. Höchstfokussiert.

Sie hebt kurz den Blick, bevor sie ihn schnell wieder senkt. »Du darfst mich auch ansehen«, meint mein Vater weich und wieder schauen die gleichen eisblauen Augen in seine.

»Nicht schlecht, Dorian«, sagt mein Vater und lächelt sie offen an. Das ist sein Herzensbrecherlächeln. Sie lächelt zaghaft und distanziert zurück. »Setz dich, Dolcezza«, sagt mein Vater und deutet auf den Platz neben ihrem Bruder. Sie sieht kurz zu mir. Ich vertraue den beiden erstmal nicht, denn sie sind mir völlig unbekannt. Unter meinem Blick senkt sie ihren schnell wieder.

»Das ist Sergio, euer Cousin«, informiert Dorian und deutet auf mich. Seine Stimme hat stets einen ironischen Klang. »Und Catalina, eure Cousine.« Ich mustere die drei nur, ohne mich zu bewegen. Das macht Amalia sichtlich nervös, denn sie starrt vor sich auf den Tisch und schluckt mehrmals.

»Hi!«, meint Vito fast schon gelangweilt. Er sieht aus wie jemand, den man schwer für etwas begeistern kann. Irgendwo seufzt es tief und verträumt.

»Schön, dann sind wir jetzt endlich alle vereint. Hat ja auch lang genug gedauert, nicht wahr?«, säuselt Dorian. »Und so wird aus einer Ein-Mann-Armee eine Mehr-Mann-Armee«, murmelt er weiter und betrachtet sein Glas. »Ich freue mich schon auf den morgigen Tag der Verhandlungen. Und jetzt stell mir doch mal alle hier am Tisch vor, die ich nicht kenne.«

Mein Vater ergreift wieder das Wort, und wirkt dabei immer noch nicht ganz bei sich. Ich frage mich, ob er sich von dem Schock heute jemals wieder erholen wird. »Also, die Dame, die reingegangen ist, ist Rosalie Rush, Ende der Woche de Luca.«

»Ja, ich hab schon davon gehört.« Dorian sieht zu mir. Sein Blick ist ziemlich zweifelnd. Offensichtlich ist er nicht begeistert von meiner Frauenwahl und macht kein Geheimnis daraus. Ich halte ihn ungerührt. Bisher habe ich ihn nicht einmal angesprochen, was sich auch so schnell nicht ändern wird. Wir starren uns an. Dabei ist mir scheißegal, was er über euch denkt und ob der Carter-Dad ihn erschossen hat. Das war vor meiner Zeit. Dorians Mundwinkel zuckt das erste Mal, seit er da ist, zu einem wahren Lächeln und keinem höhnischen Grinsen hoch. Dann wendet er den Blick ab.

»Das ist Sophia Rush, die jüngere Tochter von Caden und Alayna. Das sind Rayen und Rowan Rush, die Zwillinge von Zayden und Irina Rush.« Mein Vater deutet auf die schlafenden Babys und den Rest.

»Immer diese Zwillinge«, murmelt Dorian abfällig.

Mein Vater atmet durch. »Dann hätten wir alle Anwesenden, die anderen kennst du ja.«

»Das ist ja schön und gut, Donovan. Aber … ich verstehe immer noch nicht, was er hier am Tisch macht«, meint Onkel Dorian und deutet auf Carter-Dad. Der ist total ungerührt, aber nur oberflächlich, unten drunter brodelt es. Extrem.

»Das erzähle ich dir später.«

»Gut. Dann trinken wir jetzt. Darauf, dass endlich wieder alles so ist, wie es sein soll. Fast.« Dorian de Luca hebt sein Glas. »Salute. *Auf die Familie*.«

Alle stoßen an, bis auf die Rushs und mir.

30. Verlorene Unschuld, Rosalie

Sergio

Wir sitzen noch eine gute Stunde zusammen, bis mein Vater, dessen Augen schon leicht gerötet und glasig sind, mit seinen Fingern einmal leicht auf den Tisch klopft und seinen Stuhl zurückschiebt.

»Wir sollten uns im Büro unterhalten«, bestimmt er leise und mit rauer Stimme. Dann sieht er mich auffordernd an. Ich stehe auf, genau wie Dorian, den ich die letzte Stunde ununterbrochen angestarrt habe, weil ich versuche, herauszufinden, was die Show soll.

»Costa, zeig Amalia, welches Zimmer sie bekommt«, fordert mein Vater Costa auf, der sofort näher kommt, die Hände hinter dem Rücken verschränkt, und nickt. Dorian mustert ihn stechend. Costa bleibt ungerührt und wartet, dass Amalia sich erhebt und zu ihm geht. Dann hält er ihr die

Tür auf und sie verschwinden ins Haus. Mit einem Nicken meines Vaters schließen wir uns an. Er folgt mir mit meinem Onkel. Als Dorian auf Höhe meiner Mom ist, werfe ich einen Blick über meine Schulter. Sie hat sich an Carter-Dad gelehnt, der Dorian warnend betrachtet, während mein Vater mit seinem Körper dafür sorgt, dass mein Onkel weitergeht und nicht bei meiner Mutter verharrt.

Wir betreten das Hausinnere, dann nehmen wir die Treppe nach oben. Costa hat anscheinend Amalia gerade in eines der Zimmer gebracht, denn er steht noch im Türrahmen und erklärt ihr irgendwas.

Ich trete zur Seite und mein Vater entriegelt die Bürotür, bevor er uns reingehen lässt und hinter uns schließt. Dorian schaltet das Licht ein und atmet tief durch, während er seinen Blick kurz schweifen lässt. Ich frage mich, ob er sich daran zurückerinnert, wie oft er hier wohl schon mit seinem Vater oder Opa saß. Dann strafft er sich und nimmt vor dem dunklen Schreibtisch in dem halbrunden Ledersessel Platz, mein Vater auf der anderen Seite. Ich lehne mich hinter ihn mit den Unterarmen auf das kalte Leder des Stuhls. Draußen zuckt wieder ein Blitz über den Himmel, während der Regen auf den Balkon prasselt.

Dad greift nach einem Kugelschreiber. Natürlich tut er das. Tief runzelt er die Stirn, als er seinen Bruder betrachtet, und kann es wohl immer noch nicht glauben. Unter dem Türschlitz zuckt ein Schatten und ich weiß ganz genau, wer da lauschen will, denn das kenne ich noch zu gut aus den Tagen, in denen du bei mir im Zimmer warst.

Mein Vater öffnet den Mund und ich hebe einen Zeigefinger, um ihn zu stoppen. »Geh von der Tür weg,

Catalina«, rufe ich, ohne hinzusehen, denn ich weiß, dass sie es ist. Sie stöhnt hörbar genervt sowie entrüstet und ihre Schritte ertönen, als sie sich entfernt. Dorian ist belustigt und mein Vater, der alles andere als amüsiert wirkt, setzt nochmal an.

»Jetzt nochmal«, meint er zu meinem Onkel. »Was tust du hier?«

Dorian sieht sinnierend zur Decke, wo die Spots leuchten und seine perfekte Haut erhellen. »Ich hab mir gedacht, ich sollte dir ein bisschen zur Hand gehen.« Er spricht leise wie mein Vater und spöttisch wie Ramon. Dad nickt langsam und scheinbar verstehend.

»Das fiel dir nicht ein wenig früher ein?«, fragt er ruhig und lässt den Kugelschreiber auf den Tisch klacken.

Ich sehe meinen Onkel an, betrachte seinen scharf geschnittenen Kiefer, die wachsamen Augen, die alles wahrzunehmen scheinen und immer ein wenig arrogant und überheblich wirken. Das Gemälde ist wirklich gut getroffen.

»Ich wollte mich von Chicago distanzieren. Die Luft war verpestet.«

»Ich sollte dich erschießen«, meint Dad rau und der Kugelschreiber stockt.

Mein Onkel lächelt. »Das hat doch schon beim letzten Mal nicht geklappt.« Dann beugt er sich vor und betrachtet meinen Vater mit schief gelegtem Kopf. »Ich hab mich all die Jahre gefragt, wann du abgedrückt hättest.« Ich runzle die Stirn, weil ich nicht weiß, wovon er jetzt spricht.

Mein Vater beugt sich ebenfalls vor und die Schreibtischlampe beleuchtet beide. »Gar nicht«, antwortet er sehr klar betont.

»Und wieso hast du mich dann auf den Steg zu *ihnen* geschickt, Bruder?«, fragt Dorian gefährlich leise.

»Du musstest die Wahrheit sehen und ich dachte mir, vielleicht erschießt du ihn ja.« Dad lässt den Kugelschreiber wieder klacken.

»Aber vielleicht hast du auch gehofft, dass du dann alles loswirst, was dich stört, und somit alles kriegst, was du willst. Die Frau, die Stadt. Wir wissen ja, wie du vorgehst, wenn du etwas willst.« Mein Onkel stützt sich auf die andere Armlehne.

»Ich gehe für das, was ich will, nicht über die Leichen meiner Familie«, meint Dad unbeeindruckt. Ich richte meinen Blick kurz auf seinen Hinterkopf, weil das eine Lüge ist. Auch, wenn ich ihm mittlerweile etwas mehr vertraue und versuche, mit ihm zurechtzukommen, weiß ich nach wie vor, dass er mich immer wieder hängen lassen würde, um seine Interessen durchzusetzen. Vielleicht nicht wortwörtlich umbringen, aber darum geht es auch nicht.

Dorian nimmt sich eine Zigarette aus dem Etui auf dem Tisch und macht sie sich mit seinem silbernen Zippo an.

»Wie hast du dir das jetzt vorgestellt, Dorian?« Mein Vater spielt langsam mit seinem Kugelschreiber und mustert seinen Bruder genau.

Der zieht an seiner Zigarette und stößt den dichten Rauch in Kringeln zur holzvertäfelten Decke. »Es ist an der Zeit, nach Hause zu kommen.«

»Unsere Tür steht dir immer offen«, meint Dad langsam.

»Ist deine Tür nicht meine Tür?«, fragt Dorian sanft.

»Natürlich. Du bist mein kleiner Bruder.« Ein Blitz zuckt über den Himmel und das Donnergrollen ertönt jetzt weiter entfernt. Mein Vater tippt wieder langsam mit dem Kugelschreiber auf den Tisch. »Und was hast du noch vor?«

Dorian zieht wieder tief an seiner Zigarette. Die Glut frisst sich heiß und knisternd durch das Papier. »Ich wollte einfach wieder nach Hause zu meinen Wurzeln«, antwortet er und betrachtet seine Zigarette sinnierend.

»Um Chaos und Verwüstung anzurichten?«, erkundigt sich mein Vater etwas härter.

Dorian grinst und wirkt dabei wie der Teufel persönlich. »Dafür bist du doch zuständig.«

Ich nehme mir ebenfalls eine Zigarette vom Tisch, wobei ich mich leicht in seine Richtung beugen muss, und mein Vater reicht mir sein Feuer über die Schulter, ohne mich weiter zu beachten. »Du kannst sie nicht haben.« Dads Stimme ist stechend und duldet keinen Widerspruch. Er meint wohl meine Mutter. Jetzt ergibt Ramons Rätsel Sinn. Nur eine Sache verstehe ich nicht, denn er sagte, die Person, von der er sprach, wäre *scheinbar* besessen und *scheinbar* grausam. Nicht besessen und grausam. Da liegt der Unterschied.

»Ich weiß, dass das jetzt sehr schwer vorstellbar für dich ist, Donovan, aber ich will sie gar nicht.« Spott und Hohn blitzen in Dorians dunkelblauen Augen.

»Das wäre ja ganz was Neues«, erwidert mein Vater genauso.

»Tja. Es haben sich einige Dinge geändert.« Mein Onkel lehnt sich zurück.

»Und was ist gleich geblieben?«, will Dad wissen.

»Dass nichts über die Familie geht, oder?« Dorian seufzt hart.

»Sicher.« Die beiden funkeln sich an und die Spannung im Raum nimmt zu.

Die Zeit scheint kurz stillzustehen. Ich überlege, was es mit seiner Frau auf sich hat, mit seinen Kindern, mit seiner Stadt Baton Rouge. Wieso hat er diese de Luzio geheiratet? Immerhin war es diese Familie, die damals seine Eltern umgebracht und seine Hochzeit mit meiner Mom mit einem Angriff überschattet hat.

»Was war mit dem FBI?«, frage ich nachdenklich, womit ich Dorian das erste Mal anspreche.

»Das war eine lustige Geschichte.« Dorian sieht mich an, aber keineswegs amüsiert, wie seine Worte vermuten lassen. »Weißt du, wer der FBI-Chef von Chicago ist?«

Ich ziehe tief und lasse mir nicht anmerken, was diese Frage mit mir macht. »Mason K. Rush.« *Fuck, Mason.*

»Ja«, haucht Dorian. »Kennst du ihn gut?«

»Er ist der Vater des Mannes, der mich großgezogen hat, also ja.« Ich stoße den Rauch an die Decke und meine Stimme wird gefährlich leise.

»So ironisch«, murmelt Dorian. »Es gab einen Großeinsatz. Bei euch in Chicago wird ja schon länger gegen den bösen de Luca-Clan ermittelt. Ein gewisser Mason Rush bekam Wind davon, dass ich lebe. In Baton Rouge. Und dort unter dem Decknamen de Luzio ein weiteres de Luca-Imperium aufbaue. Also hat sich das chicagoer FBI mit dem dort zusammengetan und uns wie Ratten gejagt.« Er sieht meinen Vater an. »Und du hast nichts davon mitbekommen?«

»Natürlich«, meint mein Vater. »Ich hab davon gehört, dass die de Luzios einige Probleme haben und gerade schwach sind. Aber was interessiert mich das?«

»Ja, sie waren schwach, weil ich sie geschwächt habe«, antwortet Dorian. »Es gab einen Großeinsatz und mein Haus wurde gestürmt. Mit Schussbefehl. Ich war nicht da, aber meine Frau schon. Sie wurde in diesem ganzen Chaos, ausgelöst durch Mason Rush, erschossen. Sie hat es nicht geschafft.« Das kommt so emotionslos. Er sieht meinen Vater kalt an. Ich kaufe ihm dieses ganze Witwer-Getue nicht ab. Davon abgesehen, sagte er, er hätte die de Luzios geschwächt. Dorian hatte also einen Plan und Grund genug, um dieser Familie zu schaden. Schließlich waren sie für den Tod seiner Eltern verantwortlich. Er kann mir also nicht weismachen, dass das FBI einfach so eingelaufen ist und bei dessen Einsatz alle zufällig gestorben sind, die wichtig waren. Inklusive seiner Frau, die er ja ach so sehr geliebt hat. Natürlich sind das nur Vermutungen – noch –, die ich erstmal für mich behalte.

»Es tut mir leid«, sagt mein Vater leise, während ich erneut tief an meiner Zigarette ziehe und die Augen verenge. Ich glaube, es braucht ihm nicht leidzutun.

»Aber du kannst ja nichts dafür«, meint Dorian gnädig. »Außer der Tatsache, dass du zugelassen hast, dass diese Ratten sich vermehren. Und dass du Isabelle ihm überlassen hast und sie ständig Kinder kriegen. Und jetzt auch noch de Luca- und Rush-Blut vermischst.« Er reibt sich das Kinn und schüttelt leicht ungläubig und tadelnd den Kopf. »Das hätte unserem Vater nicht gefallen.« Er macht seine Zigarette in dem Kristallaschenbecher sorgfältig aus. Wenn er wüsste, wie tief das Rush- und de Luca-Blut sich schon vermischt hat, schließlich bist du schwanger … ach, vielleicht weiß er das ja schon von Ramon. Ich habe keine Ahnung, wie sehr der mich verraten hat. Dass Dorian nichts von den Rushs hält, überrascht mich nicht sonderlich. Immerhin verkündete er ja vorhin lautstark, wer ihn erschossen hat.

»Manche Feinde muss man bekämpfen und manche in Sicherheit wiegen, bis zu einem geeigneten Zeitpunkt. Und manchmal stellt sich eine Ratte als Nerz heraus«, erklärt mein Vater väterlich. Ich ignoriere das. Alles ist viel leichter, wenn man bei ihm einiges einfach überhört.

»Wie viele Jahre wiegst du sie denn schon in Sicherheit und wie viele deiner Kinder willst du ihnen noch überlassen? Und vor allem, wieso hast du ihnen deine Frau überlassen?« Dorian sieht total verständnislos aus. »Und dann hast du ihn sie auch noch *heiraten* lassen.«

»Wärst du da gewesen, hättest du mich das früher fragen können«, antwortet mein Vater gelassen und drückt seine Zigarette ebenfalls aus. Das Gefühl, was er gerade empfinden muss, kenne ich. Sehr gut sogar.

»Wäre ich da gewesen, hättest du sie nie gehabt«, erwidert Dorian und ich mache auch den Rest meiner Zigarette aus. »Ich hab gehört, am Abend nach meiner Beerdigung wurde geheiratet.«

»Ja«, bestätigt mein Vater. Sie sprechen von einer Zeit, in der es mich noch nicht gab, weshalb ich aufmerksam zuhöre.

»Wie lange hast du gewusst, dass Carter Rush sie …« Er sieht kurz zu mir und dann wieder zu meinem Vater. »*Beschmutzt?*«

»Eine Zeit lang. Und du?«

Dorian nickt langsam. »Eine Zeit lang.«

»Und wann hast du sie das erste Mal wieder gefickt?«, fragt mein Onkel jetzt gerade heraus, ohne hübsche Umschreibungen, und seine Augen blitzen.

»Kurz vor deinem Tod«, antwortet mein Vater glatt und ich muss aufpassen, dass mir nicht alles aus dem Gesicht fällt, weil das echt bitter ist.

»Wieso?«, will mein Onkel wissen. »Wieso hast du nicht einfach aufgehört?«

Mein Vater streicht über seinen Siegelring. »Weil ich es wollte und sie liebe.« Er schaut wieder hoch in Dorians Augen, die noch mehr blitzen.

»Du hast sie ja so geliebt, nicht wahr?«, fragt er hart.

»Tue ich noch. Und du?« Mein Vater lehnt sich zurück, während er den Kugelschreiber aufklacken lässt. Mein Magen verkrampft sich leicht. Ich will mir gar nicht vorstellen, wie es wäre, wenn ich dich lieben würde und du meinen Bruder. Und wenn ich dich dann hätte, du mich aber mit ihm betrügen würdest. Widerlich. Allein der Gedanke stößt mich ab.

»Liebt man ein Stück Vieh, das einem gehört?«, fragt Dorian abfällig. »Du warst schon immer so weich.« Meine Nackenmuskeln spannen sich an, als er so von meiner Mutter spricht, doch ich beherrsche mich. Ich weiß, dass er wütend ist. Es ist nicht zu übersehen, zumindest was seine Augen betrifft, die so kalt sind, so eisig, wie erfroren.

»Oh Dorian ...«, meint mein Vater mit sanftem Tadel und Bedauern in der Stimme.

»Wie auch immer«, murmelt mein Onkel ungerührt. »Dieses Gerede ist doch mühselig. Ich bin hier, um aufzuräumen. Du stehst doch hinter mir, oder?«

»Ich bin hier, um über meine Stadt zu herrschen. Die Frage ist, ob du hinter mir stehst.«

Mein Onkel legt den Kopf schief. »Ich stand immer hinter dir. Sogar als du nichts davon wusstest.« Er beugt sich nach vorn und stützt seinen Unterarm auf den Tisch. »Und wenn ich hinter dir stand, dann nicht, um dich anzugreifen, sondern um dir den Rücken zu decken.«

»Du hast keine Ahnung, wie oft ich deinen Rücken gedeckt habe«, antwortet mein Vater erschöpft.

Dorian schnaubt trocken und lehnt sich wieder zurück. »Aber selbst Bruderliebe hat anscheinend ihre Grenzen, oder?«, fragt er und reibt wieder seine Fingerspitzen aneinander. Nein, hat sie nicht. Meine Liebe zu Zayden kennt keine Grenzen, absolut nicht. Ich würde für ihn blind in den Tod rennen.

Mein Vater denkt einige Zeit lang nach, bevor er langsam nickt. »Ja.« Und das ist sein größtes Problem. Seine Liebe zu jedem, selbst zu seinen eigenen Kindern, hat Grenzen. Das ist seine größte Sünde. Und vielleicht die Lektion, die er lernen muss.

Mein Onkel reibt die Hände aneinander. »Dann hoffe ich, dass du deine Grenzen ausgeweitet hast und ich nicht wieder mit einer Kugel in meinem Rücken rechnen muss, wenn ich ihn dir zudrehe.« Ich erstarre innerlich, als er das sagt. Ich versuche, einfach nur zuzuhören und nicht zu urteilen. Das ist aber nicht leicht, weil ich meinen Vater nur allzu gut kenne.

»Ich wollte nicht, dass das passiert«, sagt der nachdrücklich. »Egal, was du getan hast.«

Mein Onkel sieht ihn lange an und hebt einen Mundwinkel. »Natürlich wolltest du das nicht. Ich weiß.«

»Gut.«

»Gut!« Mein Onkel lockert sich und seine Schultern, bevor er seinen Rücken knacken lässt und ich meinen Nacken. Mein Vater hingegen bleibt reglos sitzen.

»Wir ziehen ein. Vito, ich und Amalia und natürlich ein paar meiner Männer.«

»Schön«, meint mein Vater ruhig. »Ich liebe es, wenn sich die Familie vergrößert.« Klar liebt er das. Außer wenn das Baby von dir und mir ist, Rosalie.

»Und ich erst.« Mein Onkel schaut nachdenklich zu dem de-Luca-Gemälde, das hinter dem Schreibtisch hängt und seine Eltern, sowie meinen Vater und ihn als kleine Jungs zeigt.

»Ich war bei ihrer Beerdigung«, sagt Dorian auf einmal gedankenverloren und nickt zu dem Bild. »Und bei deiner. Es war so tragisch.« Er sieht zu mir. »Wie lang standest du eigentlich noch mit deiner Mutter vor der Familiengruft?« Den halben Tag … aber ich beantworte ihm die Frage nicht und verziehe auch keine Miene, als ich an den Schmerz und Mom denke, die mich mit ihren zarten Schultern stützen musste.

»Und das hast du ihm verziehen?« Er sieht wieder zu meinem Vater und dann zurück zu mir.

Das werde ich wohl nie. Diese eine Sache kann ich einfach nicht verzeihen, aber das sage ich ihm jetzt nicht. Stattdessen wiederhole ich die Worte meines Vaters, die er vor einiger Zeit an mich gerichtet hat: »Tja, Blut ist nun einmal dicker als Wasser, nicht wahr?« Ich frage mich, ob mein Vater das seinem Bruder je verzeihen wird.

»Wenn es nur so wäre …«, antwortet Dorian leicht bitter.

»Das sollte es sein.« Mein Vater klingt warnend und Dorian seufzt.

»Allora, stehen wir auf«, meint er dann und winkt unbestimmt ins Zimmer.

»Ich unterhalte mich noch kurz mit meinem Sohn.«

»Gut.« Dorian sieht von ihm zu mir und wir beobachten ihn beide, als er sich erhebt. Er ist echt riesig. »Wir unterhalten uns später auch noch. Ich will alles von dir wissen.« Er deutet auf mich. Ich rühre mich nicht und er schmunzelt, bevor er zur Tür geht und mein Vater ihn nochmal aufhält.

»Dorian?« Mein Onkel dreht sich fragend um. Dad sieht ihm direkt in die Augen und spricht sehr klar und deutlich. »Lass die Finger von ihr.«

»Aber natürlich, Tesoro.« Dorian lächelt vielversprechend, verlässt den Raum und schließt sanft die Tür hinter sich.

Mein Vater lockert sich sofort etwas. Ich umrunde den Tisch und setze mich auf Dorians vorherigen Platz. Das Polster ist noch warm. Dad streicht sich über die Stirn und sieht mich dann an.

Ich sage nichts und beobachte ihn nur, während er sich und mir zwei Gläser Wein einschenkt. Er wirkt erschöpft.

Ich denke an meinen Onkel und wie viele Schichten er wohl trägt. Genauso viele wie mein Vater? Und was versteckt er darunter? All die Jahre kam ich nicht dahinter, was mein Vater darunter verbirgt. Wie viel Angst, Schmerz und Unsicherheit, die getarnt sind von so viel Arroganz, Distanz und Hochmut.

Ich runzle die Stirn und trinke einen Schluck. »Bist du erleichtert?«, frage ich forschend. Ich will jetzt nicht meine ganzen Bedenken vor ihm ausschütten, weil ich weiß, wie es ihm geht.

»Natürlich bin ich erleichtert.« Er trinkt einen großen Schluck Wein und sieht über die Schulter zu dem Familien-Gemälde, dann wieder zu mir. »Ich kann es nur nicht glauben.«

»Kenn ich«, meine ich sanft und denke daran, wie er plötzlich vor mir im Büro stand.

Mein Vater schüttelt leicht den Kopf und atmet aus, bevor er mich ansieht. »Dein Onkel ist kein schlechter Mensch«, setzt er an und ich lege wissend, aber geduldig den Kopf schief. »Aber er hat eine andere Weltansicht als du oder ich. Sei vorsichtig.«

»Bin ich immer«, entgegne ich träge und wedle unbestimmt mit der aufgeschürften Hand ins Zimmer. »Sei du auch vorsichtig. Manchmal wünscht man sich so sehr, dass jemand so ist, wie man es will, dass man gar nicht sieht, wer er wirklich ist. Und dann tut es erst richtig weh.«

Er streicht mit dem Zeigefinger am Stil seines Glases entlang. »Das ist das Problem mit Menschen, mit denen man aufgewachsen ist und die man als unschuldige Kinder erlebt hat. Man sucht diese Unschuld immer noch in ihnen, obwohl sie schon längst gestorben ist.«

Ich nicke nachdenklich. »Erwarte einfach nicht zu viel. Ich mag es nicht, wenn du enttäuscht wirst. Fühlt sich nicht schön an.«

Er lächelt mich warm an. »Mach ich nicht«, flüstert er und ich fahre mit dem Daumen über die Rundung des Glases.

»Ich sage das nur, weil dein Kopf dich wahrscheinlich schon warnt, dass was nicht stimmt, aber ich weiß, du fühlst was anderes und willst lieber darauf hören. Ich traue ihm nicht, um ehrlich zu sein. Aber ich will auch nicht zu voreilig urteilen.«

»Das ist auch gut so«, sagt er sofort. »In all den Jahren kann sich ein Mensch so sehr verändern, dass man ihn gar nicht mehr erkennt.«

Ich lasse meinen Blick über ihn gleiten. »Ich weiß«, erwidere ich leise.

»Wir sollten ihn im Auge behalten«, stellt er dann fest.

»Wir sollten mit Mason Rush sprechen«, entgegne ich und wir starren uns an, während mein Vater nachschenkt.

»Und mit Caden.«

Ich ziehe einen Mundwinkel hoch. »Sei nicht zu überrascht, wenn er all die Jahre davon wusste«, meine ich, weil ich deinen Vater kenne und er zumindest was geahnt hat. Nur bei ihm sehe ich es nicht als Verrat. Er schützt uns und darauf baue ich. Ich vertraue ihm blind. Es ist mir egal, wenn er mir was verheimlicht. Ich weiß, dass er es nur gut mit mir meint, und darauf kommt es an.

Mein Vater schüttelt den Kopf und überlegt. Ich muss lachen, was ein wenig irre klingt. »Ist es nicht bezaubernd, in was diese Rushs überall verstrickt sind? Bis hin zu Mason?«, frage ich entzückt.

»Das. Ist. Wie … Hohn des Schicksals.« Mein Vater spricht äußerst sachlich und steif und ich beuge mich vor und sehe ihm in die Augen.

»Karma. *Das* ist dein Karma, Dad.«

31. Deals und keine Deals die Zweite, Rosalie

Sergio

Am nächsten Morgen sitzen wir alle am Tisch auf der Terrasse.

Die letzte Nacht hätte ich turbulenter erwartet, aber Dorian hat sich nach unserer Unterhaltung im Büro zurückgezogen. Anscheinend hat er hier ein eigenes Zimmer, was er früher benutzt hat. Es liegt schräg gegenüber von unserem. Du hast dich heute Morgen geräuschvoll übergeben, wovon ich geweckt wurde. Du hast geflucht und gekotzt in einem, doch ich habe es nicht aus dem Bett geschafft, obwohl ich dir das Haar zurückhalten wollte, und bin wieder eingenickt. Als ich gestern kam, hast du schon geschlafen, weil ich noch bis vier mit meinem Vater im Büro saß und wir ein paar Dinge mit Giovanni, Savio und Camillo abgeklärt haben.

Irgendwann gegen drei war mein Vater ein wenig betrunken. Um vier habe ich ihn in sein Zimmer gebracht und in sein Bett geschmissen. Dort ist er sofort eingeschlafen. Ich wette, er weiß gar nicht mehr, wie er dahin kam. Sicher verdächtigt er Giovanni.

Dorian sitzt auf der anderen Seite meines Vaters, daneben Vito und Amalia. Catalina einen Stuhl weiter von dir. Dein Vater gegenüber ist ruhig und nachdenklich. Mom sieht total müde aus und hat wahrscheinlich nicht geschlafen. Ihre Lider sind schwer. Carter-Dad hat den Arm über ihre Lehne gestreckt und beobachtet Dorian und Vito. Tante Alayna murmelt gerade Sophia was zu, die heute völlig entrückt wirkt. Sie ist immer neben der Spur, aber heute besonders. Ich wüsste manchmal wirklich gern, was in ihrem Kopf vor sich geht.

Vito streckt sich gerade an mir vorbei und zieht mit den Fingerspitzen die Obstplatte heran. Dabei schimmert sein Siegelring im Tageslicht. Er pickt sich die Melonenstücke sehr gewählt vom Teller und schiebt sorgfältig jeden einzelnen Kern heraus. Sein Gesicht ist makellos, wie es gestern auch war, und seine Haltung straff. Unter den Ärmeln seines weißen Longsleeves sind die Muskeln sichtbar. Er kaut gemächlich und wirkt geordnet, im Reinen mit sich. Aber den Anschein machen ja alle, nicht wahr?

Sophia fällt ein Stück Melone in ihren Joghurt, der daraufhin hochspritzt. Ich runzle meine Stirn und betrachte sie. Vito stockt mit der Gabel vor seinen Lippen und kurz zucken seine Augenbrauen zusammen. Dann isst er weiter.

Sophia tupft den Joghurt abwesend von ihrem Gesicht und lässt den Blick nicht von ihm. Ihre Augen sind ganz glasig und sie in ihrer eigenen Welt, wo sie wahrscheinlich sonst etwas mit Vito de Luca macht.

Ich sehe zu dir und du ziehst deine Brauen zusammen. Du hast das wohl auch beobachtet. Ich glaube, wir sind uns darüber einig, dass deine Schwester auf Vito steht, wissen aber nicht, wie wir das finden. Wir nicken knapp und sehen wieder nach vorn.

Amalia fällt gar nicht auf, wirkt äußerst auf der Hut und distanziert. Sie rührt so leise in ihrem Espresso, dass man es nicht hört, isst sehr damenhaft und redet nur extrem unaufdringlich mit ihrem Bruder, der einen Arm über ihre Rückenlehne gelegt hat.

A ja. Sehr beschützerisch also.

Dorian betrachtet die anderen am Tisch mit überheblichem Blick. Er hat sich zurückgelehnt, die Beine von sich gestreckt und die Knöchel überkreuzt. Die Schläfe auf zwei Fingerspitzen gestützt. Er wirkt, als wäre ihm alles egal. Total egal.

Matteo Marino, der Bruder meines Opas Massimo, murmelt gerade seiner Frau was zu. Die senkt den Blick, den sie zuvor gehoben hatte.

»Und, alles klar, Matteo?«, fragt Dorian plötzlich über den Tisch hinweg. Seine dunkelblauen Augen blitzen kurz auf.

Matteo seufzt. »So weit ja, Dorian.«

»Ich hab gehört, deine Tochter ist dir weggelaufen. Schon wieder.«

Das war eine lustige Geschichte, Rosalie.

Giuliana Marino, die so gut wie nie hier ist, weil ihr Mann gestorben ist und sie nicht wieder verheiratet werden will – ja, sie versteckt sich vor ihrem Daddy, wie so viele Marino-Frauen –, war vor etwa drei Jahren in Italien bei einem Familientreffen dabei. Seitdem ist sie verschollen. Wie vom Erdboden verschluckt. Mein Vater hat einer weiteren Heirat zugestimmt, was ihr wohl nicht gefallen hat, weshalb sie wieder untergetaucht ist. In den letzten Jahren kam Matteo aus diesem Grund ein paarmal zu mir. Ich muss zugeben, dass ich mich nicht sehr bemüht habe, sie zu finden, denn ich kann Zwangshochzeiten nicht leiden. Außerdem ist sie mütterlicherseits mit mir verwandt und ich wollte kein Bastard sein.

Wieder dieses träge Seufzen von Matteo. »Ja, und wenn ich sie diesmal erwische, dann sorge ich dafür, dass sie nicht mehr weglaufen kann.«

Jetzt blitzt es für eine Millisekunde in Dorians Augen auf, was nur mir auffällt, weil ich ihn durchgehend betrachte. So lernt man Menschen am besten kennen: beobachten, wenn sie sich unbeobachtet fühlen. *Was hat es denn jetzt mit diesem Blitzen auf sich, Dorian, hm?*

»Aber wie willst du sie dann wieder verheiraten?«, fragt Dorian. Sein schwarzer Pullover spannt über seiner Brust, als er sein Gewicht verlagert und seine Nackenmuskeln kurz zucken.

»Ach, ich finde schon einen, der sie heiraten will. Ist doch ein hübsches Mädchen, ob mit gebrochenen Beinen oder nicht.«

»Das glaube ich dir.« Dorian klingt nun absolut tödlich. Okay, also irgendwas ist da im Busch. Hat er vielleicht

Kontakt zur verschollenen Giuliana? Hat er sie vielleicht umgebracht und sie ist deshalb verschollen? Wer weiß das schon. »Ich denke allerdings nicht, dass du sie so schnell wiederfinden wirst. Sie war ja schon immer ziemlich raffiniert in Versteckspielen.« Dorians Stimme ist etwas härter geworden. Vito beugt sich wieder vor und zieht mit der Fingerspitze den Honig heran. Man sieht ihm absolut nicht an, was er gerade denkt oder fühlt.

»Jeder wird irgendwann gefunden. Keine Sorge«, meint Matteo.

»Ich mache mir keine Sorgen«, antwortet Dorian.

Du legst deine Hand auf meine auf dem Tisch und ich meinen Daumen über deinen Finger. Ich frage mich, ob ich gerade angespannt war. Denn wenn ja, habe ich es nicht bemerkt. Du schon. Jedenfalls entspanne ich mich sofort.

»Und ihr wohnt jetzt also auf der anderen Seeseite?«, fragt Dorian Carter-Dad und Onkel Caden, immer noch total fassungslos darüber, dass sie hier sitzen. Carter-Dad nickt knapp. Seine schwarzen Haare fallen ihm in die Stirn und seine Finger trommeln auf seiner Armlehne.

»Also kann ich zu euch rüberschauen, wann immer ich will?«, sinniert Dorian weiter.

»Du kannst rüberschauen, ich kann rüberschießen«, erwidert der Carter-Dad ungerührt.

»Ja, so kenne ich dich.« Dorian schmunzelt kalt.

»Gut, dass du es nicht vergessen hast.« Carter-Dad schmunzelt nicht. Dein Vater lässt sich erst gar nicht zu einer Antwort herab und isst einfach weiter.

»Baby, gib mir mal das Salz«, meint er ungerührt und Tante Alayna reicht es ihm, ohne eine Miene zu verziehen.

Die Einzige zwischen ihnen, die nicht ungerührt ist, ist Sophia. Die schaut immer wieder über den Tisch zu Vito, bis sie schnaubt – wahrscheinlich über sich selbst – und genervt die Augen verdrehend auf ihren Teller sieht. Allerdings röten sich nun ihre Wangen, weil die Fantasien in ihrem Kopf jetzt wohl erst so richtig anfangen.

Vito seufzt tief und schiebt seinen leeren Teller dann von sich. Amalia murmelt ihm was zu. Er schüttelt leicht den Kopf und wirkt dabei alles andere als begeistert von nichts – fast gequält.

Dorian ist immer noch sichtlich fassungslos über die Anwesenheit der Rushs und trinkt von seinem Espresso.

Die Terrassentüren öffnen sich und wir blicken alle auf. Ramon erscheint und sieht echt scheiße aus. Seine Augenbraue wurde genäht, er hat Verfärbungen am Wangenknochen und Kiefer, seine Nase ist getapt und auf seinen Wangen hat er Schürfwunden mit leichter Kruste. Kurz tut es mir ein bisschen leid, ihn so zugerichtet zu haben, aber dann denke ich daran, wie er mich verarscht hat, und wende den Blick ab.

»Scheiße«, murmelst du. Zayden macht mit erhobenen Brauen: »Uuh« und verzieht das Gesicht. Carter-Dad reicht deinem Vater zweihundert Dollar, weil er wohl eine Wette verloren hat. Der grinst zufrieden und steckt sie ein.

»Ich habe überlebt«, verkündet Ramon feierlich. Die Begeisterung am Tisch hält sich in Grenzen.

Er zieht sich einen Stuhl zwischen Dorian und Vito heran. Ramon streckt seine Arme auf beide Stuhllehnen und lehnt sich zurück. Er hat nicht mal versucht, mich gestern aufzuhalten. Wäre es andersrum gewesen, *hätte* er bei mir nicht so leichtes Spiel gehabt.

»Also dein Sohn ist ja jetzt fast verheiratet«, sagt Dorian zu meinem Vater und nimmt sich eine Scheibe Toast.

»Offensichtlich«, antwortet dieser ausdruckslos und immer noch nicht begeistert von uns beiden. Es ist mir egal.

»Und, was sagst du dazu, Donovan?«, bohrt Dorian genüsslich weiter.

»Das ist wohl irrelevant.«

Ganz richtig, es ist fucking irrelevant.

Vitos Augen schweifen träge zu mir, dann zu dir. Er mustert uns kurz, dann wendet er den Blick wieder ab.

»LILIANA! KOMM HER UND FÜTTER MICH. ICH KANN NICHT SELBER ESSEN!«, ruft Ramon und Liliana kommt angedackelt. Wahrscheinlich freut sie sich auch noch darüber.

Ich trinke meinen Espresso aus. Das Frühstück neigt sich langsam dem Ende zu. Die Hausmädchen kommen heraus und verteilen sich, um die Teller abzuräumen.

Annabelle grüßt dich höflich und du antwortest ihr: »Buongiorno.«

Ich lehne mich zur Seite, als sie unsere Teller stapelt. Sie ist ganz starr und ihre Finger zittern etwas. Ich werfe einen Blick aus dem Augenwinkel darauf und sie zieht nervös ihre Hand weg. Sie nimmt auch Dorian und Vitos Teller vom Tisch, der sie gelangweilt ansieht, bevor sie eilig verschwindet. Man bemerkt, wie froh sie ist, als sie die Sachen reinbringen kann. Heute kein *Ciao, Sergio* von keinem der Mädchen.

»Was hast du mit ihnen gemacht?«, flüsterst du fasziniert.

»Ich hab mich unterhalten.« Ich schmunzle dich an.

»Oh, ich kenne es, wenn ihr euch unterhaltet«, meinst du bedeutungsvoll und ich grinse träge. »Du bist manchmal wirklich wie mein Vater.«

»Das sollte dir zu denken geben«, sage ich und sehe aus dem Augenwinkel zu dir.

»Denkst du, ich hab einen Vaterkomplex?«, fragst du nachdenklich und ich beuge mich an dein Ohr.

»Wieso macht mich das jetzt an?«, flüstere ich.

»Ich kann dich ja mal Daddy nennen«, erwiderst du leise und musst kichern, weshalb ich lache.

»Nein.«

»Okay!« Unschuldig hebst du die Hände. »Kein Arschversohlen.«

»Das kann ich auch so machen«, informiere ich dich trocken.

Du trinkst von deinem Saft. »Ach, das würdest du sowieso nicht tun.«

Ich hebe eine Braue. »Denkst du, nur weil ich die ganze Zeit so sanft zu dir bin, dass ich nicht auch anders kann?«

Du siehst mich forschend an. »Ich denke, dass du nichts tun würdest, was mir wirklich wehtut.«

Ich streiche dir die Haare zurück. »Willst du das denn?«, frage ich zweifelnd.

Darüber denkst du kurz nach. »Ich weiß nicht.« Du wirkst etwas konfus.

»Dann Vorsicht, was du sagst«, raune ich in dein Ohr und ziehe mich zurück.

»Heilige Scheiße«, flüsterst du. Du atmest durch, als müsstest du dich wieder sammeln. »Wieso bist du denn jetzt so sexy?«, fragst du leise murmelnd.

»Müssen die Gene sein.« Ich rutsche tiefer in meinen Stuhl.

»Wahrscheinlich«, antwortest du leicht verstört.

»Dann können die Frauen reingehen«, bestimmt mein Vater. »Wir beginnen, wenn alle vollzählig sind.«

Amalia sieht fragend zu Dorian. Er gibt seinem Bodyguard ein Zeichen und wendet sich dann wieder echt angepisst an sie. »Geh rein und unterhalte dich mit keinem.«

Sie nickt, bevor sie lautlos ins Haus verschwindet.

»Bist du fertig?«, fragt deine Mom dich leise, als sie neben dir erscheint.

Du nimmst dir noch schnell eine Erdbeere. »Japp.« Dann richtest du dich auf und küsst mich in den Nacken. Ich schicke dir Camillo mit, der sich an deine Fersen heftet.

Meine Schwester spricht noch mit meinem Vater, indem sie hinter ihm steht und sich an sein Ohr beugt. Während Ilian am Tisch vorbeigeht, betrachtet er sie, bevor er seinen Stuhl zurückzieht und sich hart darauf fallen lässt.

Mein Vater sieht Catalina von unten herauf an und sie hebt beinahe anbietend die Brauen. »Nein«, meint er lässig aber seine Augen funkeln.

Sie setzt zu einem Gegenargument an, schließt den Mund aber wieder und seufzt tief. Dann wendet sie sich theatralisch ab und verschwindet mit Sophia als letzte Frau ins Haus. Die Mädchen bringen noch die Getränke und wischen die Reste vom Tisch, bevor sie frische Aschenbecher hinstellen und ein paar Schachteln mit

Zigarren. Dann verschwinden sie hinein und schließen die Tür, genau wie die Vorhänge.

Bühne frei für den zweiten Akt.

Es bleiben die Männer zurück, inklusive unserer neuen Mitglieder Dorian und Vito de Luca, die hier sitzen, als wären sie immer da gewesen. Dorian ist immer noch zurückgelehnt. Vito hat einen Ellbogen auf die Armlehne gestützt und das Kinn auf seine Faust gebettet. Er wirkt äußerlich so sauber, so perfekt, dass er wahrscheinlich eine Menge Müll mit sich herumschleppt.

Ich seufze tief und schenke mir einen Grappa ein, während ich tiefer in meinem Stuhl nach unten rutsche.

Die meisten sitzen schon am Tisch, aber mein Vater wartet noch, bis wir vollzählig sind.

»Schön, dass wir jetzt beginnen können.« Er beugt sich nach vorn und verschränkt die Hände auf dem Tisch. »Da mein Bruder von den Toten auferstanden ist, wie wir das so gerne tun, hat er einiges aufzuholen. Aber ich werde bei Bedarf alles erklären.« Mein Opa schräg neben mir schnippt die Perlen seines Rosenkranzes und sieht mit seinen grünen Augen in die Richtung meines Vaters. Er ist mal wieder unzufrieden mit irgendwas.

Dorian seufzt tief und strafft sich, bevor er die riesigen Hände auf dem Tisch verschränkt. »Wir haben ein Problem«, beginnt er ohne Umschweife, wie ich es mag. Kein Hallo, kein Geschleime. »Das chicagoer FBI ist der de Luca-Familie dicht auf den Fersen und es wird sich wahrscheinlich bald eine neue Einheit bilden, die gezielt gegen das organisierte Verbrechen in Chicago vorgehen wird. Sie haben bereits in Baton Rouge mit dem Verdacht, dass ich noch lebe, zugeschlagen und werden ihre Bemühungen in Chicago verdoppeln, wie ich aus sicheren Quellen weiß. Mason Rush …« Er lächelt kurz. »Und ja, das ist sehr ironisch, will uns nicht mehr in seiner Stadt und wird dieses Bestreben auch auf die Terekovs, die Wolkovs und alle anderen, bis auf die Rush-Familie, ausweiten. Ist das nicht witzig?« Er klingt so gar nicht belustigt.

Ich schenke mir nach und exe meinen Grappa.

»Was willst du tun?«, frage ich ihn.

»Wir werden uns jeden einzelnen Beamten persönlich vornehmen. Bestechen oder abstechen. Blei oder Silber. Das darf jeder selber wählen. Was sagst du dazu, *Boss*?« Das kommt etwas sarkastisch, als er sich an meinen Vater wendet.

»Ich hatte bis jetzt gute Verbindungen zum FBI. Neunzig Prozent sind bestochen.«

»Zehn Prozent zu wenig«, meint Dorian eindringlich.

»Kann es vielleicht sein, dass einige der Bestochenen unzufrieden sind mit dem, was sie bekommen, und jetzt mehr fordern?«, frage ich, weil meine Kontakte bisher immer zufrieden waren und ich mir nicht anders erklären kann, dass sie nun auf einmal in Aktion treten.

»Nein, es gab etliche Entlassungen und Neueinstellungen«, antwortet mein Onkel höhnisch.

»Das weiß ich. Wir sind an den Neuen dran«, meint Dad.

»Und sie sind an dir dran, Bruder«, erwidert Dorian. »Bist du dir sicher, dass du in deinem nahen Umfeld kein Leck hast, aus dem etwas nach außen sickert? Kannst du jedem trauen?«, bohrt er weiter und alle sehen meinen Vater an.

»Völlig sicher«, sagt er.

»Dann ist es ja gut, wenn du allen trauen kannst. Besonders auch hübschen Blondinen«, kontert Onkel Dorian im Plauderton und ich atme tief durch. Wen meint er denn damit? Immer diese kryptischen Bemerkungen. Ich kann sie nicht mehr hören.

»Nein, keine Lecks bei mir«, antwortet Dad ungerührt, ohne eine Miene zu verziehen.

»Sehr schön«, säuselt mein Onkel.

»Gibt es dann sonst noch etwas Neues zu besprechen?«, fragt mein Vater mit einem schneidenden Unterton.

»Ja, es gibt etwas Neues«, sagt Ivan und zündet sich eine Zigarette an, bevor er das Zippo auf den Tisch schmeißt. Sein Blick ist angepisst und er hat ein Veilchen, weil mein Bruder gestern auf ihn losgegangen ist.

Es ist nie gut, wenn Ivan etwas Neues zu verkünden hat.

»Da die geistige und körperliche Sicherheit meine Schwester bei den Rushs nicht mehr gewährleistet ist, ersuche ich, dass sie von Zayden Rush geschieden wird und mit den gemeinsamen Kindern zurück nach Hause zieht.«

Kurz wird es sehr still am Tisch. Carter-Dad, der mit den Fingern auf dem Tisch getrommelt hat, stockt. Ich hebe meine Augenbrauen und mustere Ivan etwas fassungslos. Jetzt soll also nicht nur Ilian früher zurück und Natalia heiraten sondern auch Irina sich von meinem Bruder trennen und mit meinen Neffen dort einziehen.

Ich schnaube und nehme mir ebenfalls eine Zigarette aus einer Schachtel, die auf dem Tisch liegt. Zayden ist völlig erstarrt und regt sich nicht, genau wie sein Onkel.

»Du kennst die Regeln, Donovan. Wenn die Familie es als zu gefährlich befindet, muss die Partnerschaft gelöst werden«, fährt Ivan fort.

Die Partnerschaft auflösen. Das klingt ja fast, als hätte Ivan vor, sich anderweitig umzusehen.

»Es ist nicht gewährleistet, dass es ihr bei den Terekovs besser gehen wird, ebenso wenig wie den Kindern«, antwortet mein Vater glatt.

»Du weißt, wie es mit den Erben ist, Ivan. Sie stehen der männlichen Seite zu«, sage nun ich und ziehe tief an meiner Zigarette.

Er blitzt mich an, was ich erwidere. Ich kann diesen Typen sowieso nicht ausstehen. Er war schon oft genug kurz davor, mich wirklich zu seinem Feind zu machen, aber noch nie so sehr wie jetzt.

»Dann behaltet ihr Rayen und Rowan und ich kriege sofort Ilian und Irina«, meint er nun und ich hebe meine Braue.

»Wir sind hier nicht auf einem Bazar!«, knurrt Onkel Caden jetzt unbeherrschter als sonst.

»Oder du sagst mir einfach, was du wirklich willst und wozu du Irina plötzlich so dringend brauchst. Denn bei aller Liebe, Ivan, du schaffst es ja nicht mal, deinen Sohn zu behüten. Willst du mir jetzt weismachen, dass du dich um deine Schwester sorgst?«, frage ich ihn direkt und schnippe die Asche meiner Zigarette zu Boden.

»Bei allem Respekt, das geht dich gar nichts an«, antwortet er hohl.

»Bei allem Respekt, nichts von dem, was du willst, steht dir in irgendeiner Art und Weise zu. Du hast absolut nichts mehr mit deiner Schwester zu tun. Du hast absolut nicht mehr über sie zu bestimmen. Sie ist jetzt ein Teil der Rushs, und solange sie nicht beschließt, freiwillig zu gehen, fürchte ich, kannst du noch so unzufrieden mit der Gesamtsituation sein«, meine ich harsch. »Und ich denke nicht, dass es ihr in ihrem Elternhaus besser gehen wird mit so einem Tyrannen wie dir.«

»Sie ist nicht mehr dazu fähig, das klar zu entscheiden. Sie ist völlig verblendet.«

»Das ist nicht dein Problem«, antworte ich sofort. »Sie ist über achtzehn, verheiratet und Mutter. Also wozu brauchst du sie? Mit wem willst du dich verbünden? Sag es mir.« Wissend sehe ich ihn an. Es ist klar, dass er nicht die große Sorge um seine Schwester für sich entdeckt hat. Er ist ein Mafiaboss durch und durch und hat keine Gefühle, also soll er mir keinen Scheiß erzählen.

Mein Vater sieht zu Ivan, während Zayden immer steifer wird und seine Knöchel weiß hervortreten, als er die Fäuste ballt.

»Irina Terekov befindet sich bereits in einer Ehe und ich werde sie nicht scheiden lassen«, erklärt mein Vater nun ruhig. Ich hatte wirklich kurz die Befürchtung, er würde zustimmen. »Außer natürlich, sie will es freiwillig.«

Zayden lehnt sich hart zurück und atmet aus, genau wie die anderen Rushs. Ivan schnaubt und ich entspanne mich wieder etwas. Dieser kleine Bastard. Dieser kleine, machtzerfressene, widerliche Abschaum. Allein wegen Ilian hat er sich eine Kugel verdient und ich würde es lieben, sie ihm reinzudrücken.

»Fuck«, flüstert mein Bruder und streicht sich mit beiden Händen über das Gesicht, bevor er einfach aufsteht und mit steifen Schritten in den Park verschwindet. Keiner von uns hält ihn auf oder geht ihm nach. Er muss jetzt runterkommen, das ist okay.

»Gut«, sagt mein Vater jetzt. »Dann hätten wir das auch geklärt.« Dad wirkt gleichermaßen etwas irritiert wie amüsiert.

Alexander Wolkov richtet sich auf. »Ich will noch einen Punkt zu unserer Partnerschaft hinzufügen«, meint er zu meinem Vater, der auffordernd nickt und ihm deutet, fortzufahren. »Wenn gegen die Immunität des Einzelnen oder gegen den Eheschwur verstoßen wird, dann wird derjenige nach unserem Ermessen bestraft. Egal, wer es ist. Das weitet sich dann auch auf die Terekov-Familie aus.«

»Keine Bestrafungen, die bleibende Schäden hinterlassen oder lebensbedrohlich sind«, erwidert Dad glatt, sieht aus dem Augenwinkel zu Ilian und wieder nach vorn. Womit alles für meine Schwester und ihn die nächsten zehn Jahre lahmgelegt wird. Kein Kuss, kein Nichts. Ich verstehe einfach nicht, wieso das alles hier so verfickt scheiße laufen muss.

»Gut«, antwortet Alexander knapp und Ilian beißt hart die Zähne aufeinander.

»Auch auf unserer Seite wird bei Verstoß nach unserem Ermessen bestraft«, ergänzt mein Vater noch und Ilians Blick verhärtet sich zusätzlich.

»Ohne. Bleibende. Schäden. Und keine lebensbedrohlichen Verletzungen«, wiederholt Ivan nun eindringlich und ich nicke ernst. Das muss er uns nicht sagen, da sollte er sich mal selbst dran halten.

»Gut«, meint mein Vater sachlich und sieht mich aus dem Augenwinkel kurz an. Ich lehne mich zurück und seufze. *Nein, mir gefällt es nicht, was du da machst, Dad. Aber okay, mich fragt ja keiner.*

»Sonst noch Punkte, die ihr hinzufügen wollt?«, fragt mein Vater.

»Nein«, sagt Ivan und Alexander schüttelt seinen Kopf. Es geht eine weitere Stunde hin und her, um dies und das. Irgendwann scheinen alle zumindest oberflächlich zufrieden.

»Schön!«, säuselt mein Vater. »Dann …« Er schnippt nach einem Dienstmädchen. »Bring den Wein.«

»Si, Signore de Luca!« Sie nickt und verschwindet in ihrer knappen Uniform schnell ins Haus. Ramon sieht ihr nach.

Alle entspannen sich ein wenig.

Sergej unterhält sich leise auf Russisch mit Aarik und das Mädchen namens Clara kommt zurück und bringt den Wein.

Dad wendet sich an Dorian, während sie die Gläser füllt. »Das nächste Mal machst du deine kryptischen Bemerkungen nicht vor allen Partnern. Du kannst mit mir so was im Büro besprechen«, sagt er leise auf Italienisch und ich ziehe meinen Wein heran. Ramon streicht über Claras Arm, als sie ihm einschenkt. Sie versucht, sich zu konzentrieren, wobei ihr Arm ihm immer wieder entgegenzuckt.

»Ein nächstes Mal wird es nicht geben«, antwortet mein Onkel und trinkt von seinem Wein. Ich nehme auch einen großen Schluck. »Sag den Frauen, sie können wieder raus«, fordert Dorian von Clara und sie nickt, bevor sie mit dem leeren Tablett ins Haus verschwindet.

»Ich wusste gar nicht, dass du hier wieder alles übernommen hast, Dorian«, meint mein Vater leise.

»Tja, du musst dich wahrscheinlich erstmal daran gewöhnen, wieder mit jemand anderem zusammenzuarbeiten. Du warst lange alleine, Bruder.«

»Ich war nicht alleine«, antwortet mein Vater.

Vito legt den Kopf schief und beobachtet unsere Väter. Die Frauen kommen langsam aus dem Salon, inklusive dir.

Ich klinke mich aus dem Gespräch neben mir aus, das sowieso nur ein Schwanzmessen ist, und schaue zu dir. Du trägst wie vorhin dieses weiße Etuikleid, das deinen Körper eng umschließt und lange Ärmel hat. Deine Haut ist tief gebräunt. An deinem Handgelenk funkelt die schmale, goldene Uhr, die ich dir letzte Woche geschenkt habe, und deine Haare liegen offen und lang über deinem Rücken. Deine Lippen sind rot nachgezogen. Du kommst zu mir und ich ziehe dir den Stuhl zurück, woraufhin du dich neben mich setzt.

In ein paar Tagen wirst du endlich offiziell meine Frau sein, und egal, was an diesem Tisch passiert, es prallt an mir ab, wenn du in mein Blickfeld trittst. Deswegen spielt es für mich keine Rolle, was die anderen sagen oder von deiner Familie halten.

Eines habe ich mir immer zu Herzen genommen. Etwas, was mein Opa sowie mein Vater mir immer wieder gesagt haben: *Vergiss nicht, woher du kommst.*

Und ich habe es nicht vergessen.

Keine Sekunde, Rosalie.

32. Kein Deal, Irina

XX

Zayden

Wir sind in Italien und ich liebe Italien, ganz im Gegensatz zu Dad, aber das hat persönliche Gründe. Mich erinnert das hier an meine Kindheit. An Unbeschwertheit, heiße Pizza, lange Nächte, Fußball kicken am Strand, Gitarre spielen auf der Terrasse, während Rosalie gesungen und unsere Väter gepokert haben. Wir haben unsere Flitterwochen hier verbracht, du und ich. Hier habe ich mich entschieden, dich zu heiraten, mein Leben mit dir zu verbringen. Es kommt mir vor, als wäre das in einer anderen Zeit, einer anderen Welt gewesen. Dabei ist es nur wenige Jahre her, und wir sind schon jetzt gescheitert, Irina.

Ich habe nicht damit gerechnet, dass sich so viel in so kurzer Zeit verändern würde.

Die letzten Monate zwischen uns waren der reine Kampf. Extreme Hochs und extreme Tiefs, wie bei einem Drogenrausch. In einem Moment haben wir uns geliebt und sind übereinander hergefallen. Im nächsten, manchmal mitten beim Sex, ist die Stimmung umgeschlagen und die Wut kochte hoch. Vor allem in dir, Irina. Ich sehe, wie du immer wieder abdriftest. Ich bemerke, wie deine Laune sich schlagartig verändert. Ich höre, wie dein Ton von jetzt auf gleich spöttisch wird.

Ich würde gern sagen, dass ich damit umgehen kann, aber das ist leider nicht der Fall. Ich kann damit genauso wenig umgehen, wie du damit umgehen kannst, dass ich dich betrogen habe. Auch, wenn es jetzt insgesamt fast zwei Monate her ist, weiß ich, dass du noch viel darüber nachdenkst. Immer wieder. Dass du zweifelst und mir nach wie vor nicht traust. Ich würde gern sagen, dass es besser für uns wäre, uns zu trennen, weil wir zu kaputt sind und das nicht aufarbeiten können, aber das tue ich nicht. Ich will es nicht, immer noch nicht. Ich kann nicht auf dich verzichten, obwohl die Tage, an denen wir einen normalen Umgang pflegen und es funktioniert, beinahe ungewohnt für mich geworden sind. Es ist fast, als wäre ich süchtig nach deinem Hass geworden und du danach, mich zu hassen. Wie es auch immer sein mag, ich kann dich nicht gehen lassen, dich aber auch nicht von mir stoßen.

Ivan wollte, dass du von daheim ausziehst, weil du bei mir nicht sicher wärst. Wir wissen natürlich alle, wie Sergio gesagt hat, dass das ganz andere Gründe hat, und vor allem wissen wir, dass Ivan einen persönlichen Groll gegen uns alle hegt. Der ist schleichend entstanden und hat überhandgenommen, als Ilian damals bei uns eingezogen ist.

Ich spüre, dass sich einiges verändern wird, aber ich versuche noch, es zu ignorieren. Damit kann ich mich aktuell nicht auseinandersetzen, weil ich mal wieder völlig auf dich fixiert bin und alles andere vergesse. Ich habe immer gedacht, Selina würde mich manipulieren. Ich habe gedacht, sie würde dafür sorgen, dass ich nichts anderes außer ihr sehe. Doch mittlerweile glaube ich, dass das meine Art zu lieben ist. Alles ist extrem bei mir – meine Liebe bedeutet hundertprozentige Sucht. Abhängigkeit. Besessenheit. Und ich wehre mich nicht mehr dagegen. Ich bin, wie ich bin. Ich liebe extrem, ich hasse extrem, und bei dir gilt beides, weshalb es immer wieder zwischen uns explodiert.

Die Verhandlungen bedrücken mich, als würde eine Last meine Schultern nach unten zwingen. Es war zu viel, was ich erfahren habe, und ich brauche kurz ein paar Minuten Ruhe und Entspannung. Ich will deinem Bruder nicht über den Weg laufen, weil ich kurz davor bin, ihn einfach zu erschießen, damit er aufhört, sich überall einzumischen. Natürlich, das Drama wäre groß, aber am Ende wären alle ohne ihn besser dran. Selbst sein eigener Vater.

Ich sitze im Salon meiner Großeltern in der Nachbarvilla der Marinos und beobachte Rowan und Rayen, die in ihrem Laufstall sind. Natürlich hat meine Oma hier einen, weil ständig Kinder dabei sind, wenn Besuch kommt. Rayen spielt mit einem roten Auto und Rowan betrachtet sich selbst in dem Spiegel, der im Bauch eines der Teddys eingelassen ist, indem er verschiedene Gesichtsausdrücke testet. Es muss so schön sein, sich selbst noch so intensiv im Spiegel ansehen zu können, wenn man noch unbefleckt ist.

Ich lächle und stütze meine Schläfe auf eine Faust. Es ist so entspannend, die beiden zu beobachten. Hätte Ivan auch nur ernsthaft versucht, sie mir wegzunehmen, wäre er noch an diesem Tisch gestorben. Ich war bereit, ihn totzuschlagen, deshalb bin ich auch erstarrt und dann gegangen.

Rayen fährt mit dem Auto über Rowans Hintern und seinen Rücken, während sich Rowan im Spiegel böse anschaut. Die Sonne scheint durch das hohe Fenster auf die beiden und betont die Staubpartikel, die durch die Luft tanzen.

Mein Opa ist noch drüben bei Donovan, natürlich. Er würde selbst in die Familie heiraten, wenn er könnte. Er ist so ein elendiger Arschkriecher. Als ich Schritte höre, drehe ich meinen Kopf über die Schulter. Meine Oma taucht im Türrahmen auf. Wie immer sieht sie elegant aus. Sie trägt ein langärmliges, knielanges, schwarzes Kleid mit Strumpfhosen und ihre schwarz gefärbten Haare sind im Nacken zusammengerollt. Ihr Make-up sitzt perfekt und dezenter Schmuck funkelt im Sonnenlicht. Sie mustert mich ein paar Sekunden und kommt dann in den Salon, weshalb Rayen erfreut quietscht und sie mit strahlenden Augen begrüßt.

Sie streicht ihm im Vorbeigehen über die Haare und er klatscht unkoordiniert in die Hände. Kinder sind so unvoreingenommen und so pur im Ausdruck ihrer Gefühle. So anders als wir, Irina.

Meine Oma lässt sich auf der Couch neben dem Laufstall nieder und überschlägt seitlich die Beine. »Wie geht es dir?«, fragt sie mich und ich seufze tief, bevor ich den Unterarm auf die hohe Lehne sinken lasse und mein Kinn darauf bette.

»Ich weiß es nicht«, antworte ich ehrlich, weil ich keine Ahnung habe, Irina. »Und dir?«

»Ich weiß es auch nicht«, erwidert sie mit einem kleinen Lächeln und ich hebe meinen Mundwinkel ebenfalls. »Eigentlich sollte ich die offizielle Variante nehmen und gut sagen, ich weiß.«

»So, wie Mom es immer tut«, murmle ich träge. Meine Mutter sagt immer, es würde ihr gut gehen, egal, ob es zutrifft oder nicht.

»Wenigstens etwas, bei dem sie sich anpasst.« Sie seufzt und ich verdrehe amüsiert die Augen. Meine Oma hat ein Talent dafür, an meiner Mutter herumzunörgeln und mit nichts zufrieden zu sein, was sie tut. Ich kann mir vorstellen, weshalb das so ist. Sie hat mir davon erzählt, dass sie und Pablo de Luca sich schon ein Leben lang lieben und sie wegen meines Opas nicht mit ihm zusammen sein kann. Meine Mutter hingegen konnte frei wählen, wen sie liebt, allerdings hat sie hart dafür gekämpft, genau wie mein Vater. Daher denke ich, sie haben es verdient. Sie hatten es nicht so leicht wie wir beide – vielleicht zerstören sie ihre Beziehung deshalb nicht, beinahe schon mutwillig, weil sie diese zu schätzen wissen.

Rowan stemmt sich hoch und streckt mir die Arme entgegen, weshalb ich mich nach vorn beuge und ihn aus dem Laufstall hebe, bevor ich ihn rittlings auf meinen Schoß setze, das Gesicht mir zugewandt.

Er legt seine Hände an meine Brust und den Kopf in den Nacken, um zu mir hochzusehen, wobei sein Mund ganz nass ist, weil er sabbert. »Papa swimmen?« Er deutet mit seinem kleinen Finger raus zum Meer und meine Oma lacht.

»Nein, es ist zu kalt«, erkläre ich sanft und richte den Kragen seines Poloshirts.

Er zieht die Augenbrauen unwillig zusammen und ich streiche mit meinem Daumen dazwischen entlang, weswegen sie wieder auseinandergleiten. »Wir kommen im Sommer, dann gehen wir schwimmen, okay?«

Das überdenkt er kurz. »Sommer. Swimmen.«

»Wenn es warm ist, ja.« Ich streiche ihm durch das schwarze Haar.

»Warm is swimmen!«, ruft er Rayen begeistert zu, der aufsteht und sich mit seinen kleinen Händchen am Laufstall hochzieht.

»Swimmen?«, fragt er und seine riesigen Augen sehen seinen Bruder aufgeregt an.

»Wenn warm is swimmen«, erklärt Rowan sehr eindringlich und Rayen nickt zustimmend. Rowan nickt auch, während meine Oma Rayen raushebt.

»Wieso bist du denn so süß?«, fragt sie ihn auf Italienisch und beißt sanft in seinen Hals. Er gluckst und zappelt mit seinen Beinen. Ich sehe, wie diese Kinder eine andere Seite in ihr wecken. Wie lebendig sie ist und wie ihre braunen Augen funkeln. Wie viel Liebe sie eigentlich zu geben hat, aber nicht an den falschen Mann, der es offensichtlich nicht geschafft hat, sie zu vergiften, obwohl er es versucht hat.

Gedankenverloren streiche ich durch Rowans Haare, die weich durch meine Finger gleiten, und denke darüber nach, was in den letzten Stunden so passiert ist.

Dorian de Luca ist zurück.

Ich weiß noch nicht, was ich von ihm halte, aber mein Vater hasst ihn, weshalb ich ihn mit Vorsicht genieße und ihm erstmal aus dem Weg gehe. Er wirkt nicht wie ein Mann, der lange fackelt. Ich frage mich, was die de Lucas für ein Problem haben, dass sie sich ständig tot stellen. Sie sind wie ein Opossum. Wittern sie Gefahr, stellen sie sich tot, bis sie vorüber ist.

Was ich von seinen Kindern halten soll, weiß ich auch noch nicht. Vito ist mir zu still und kalkulierend. Er ist wie ein zwanzigjähriger Donovan de Luca. Amalia ist noch stiller und sieht aus wie meine Schwester, nur mit etwas anderen Gesichtszügen. Das ist ein bisschen beängstigend.

Der vertraute Duft der italienischen Erde dringt in meine Nase, als eine Brise durch das geöffnete Küchenfenster geht und zu uns rüberweht. Von draußen erklingt das Windspiel, das da schon immer hängt und mich an meine Kindheit erinnert.

Ich höre, wie die Haustür geöffnet wird, und schaue wieder über die Schulter. Du kannst es nicht sein, weil du dich oben nochmal hingelegt hast. Schritte nähern sich und Giovanni erscheint im Salon. Seine dunklen Augen bleiben auf mir liegen.

»Mr. de Luca möchte mit Ihnen sprechen, Sir«, sagt er und nickt meiner Oma zu, was sie erwidert. Ich sträube mich innerlich dagegen, mich mit Donovan zu unterhalten. Immerhin könnte er mich jede Sekunde nach Spanien losschicken. Er meinte, dass er mir sagt, wann es losgeht, aber ich traue ihm zu, dass er das einen Tag vorher tut. Weshalb sonst sollte er mit mir reden wollen?

»Ich komme«, antworte ich leise, bevor ich mich wieder umwende und Rowan seufzend zurück in den Laufstall setze.

Er mustert mich missmutig und ich lächle leicht. »Ich bin nur ein paar Schritte entfernt. Da in diesem Haus.« Ich deute aus dem Fenster zu der terrakottafarbigen Villa nebenan. »Und ich bin bald wieder zurück.« Damit beuge ich mich runter und küsse ihn auf den Kopf. Er nickt langsam, aber immer noch sehr skeptisch.

»Komm her, wir schauen uns einen Film an«, meint meine Oma und hebt ihn raus, sodass er auf ihrem anderen Bein sitzt.

»Bis später«, sage ich zu ihr.

»Bis später.« Sie winkt ab und ich wende mich ab, um das Haus zu verlassen und in die Sonne zu treten. Gestern hat es geregnet und die Erde ist noch etwas feucht. Ich schiebe meine Hände in die Hosentaschen und durchquere den Park nebenan. Alle sind noch da. Es ist laut. So laut. Ich laufe an Ilian vorbei, der am Pool telefoniert, und schiebe mich auf den leeren Stuhl meiner Schwester, genau neben Donovan, wobei ich Dorian ignoriere, der mich von seinem Platz aus beobachtet. Ich drehe ihm den Rücken zu, weil ich nicht wegen ihm hier bin.

»Ja?«, frage ich Donovan, der gerade mit Sergio auf seiner anderen Seite gesprochen hat.

Er sieht langsam mit seinen strahlend hellblauen Augen zu mir. Mir gefällt es auf dieser Seite des Tisches gar nicht, wie ich sehr schnell feststelle. Er zieht nochmal an seiner Zigarette, die er mit Daumen und Zeigefinger hält, bevor er sie im Aschenbecher ausdrückt, und ich höre Sergios Nacken knacken. Nicht gut.

»A ja«, meint Donovan dann. »Es ist jetzt so weit. Wenn wir von hier aus aufbrechen, brichst du auch auf.«

Wenn ich sagen würde, dass das plötzlich kommt, wäre es weit untertrieben. Mein Gesicht wird völlig ausdruckslos und ich spanne meine Schultern an. Ich wusste es. Ich hatte es einfach im Gefühl.

»Du bist sowieso gerade in der Nähe«, erklärt er leise. Ich kann ihn nur anstarren. »Du wirst mit den Estebans zurückfliegen – nach der Hochzeit deiner *Cousine*.«

Diese Information rastet nur sehr langsam bei mir ein und ich beuge mich ihm etwas entgegen, als hätte ich ihn nicht richtig verstanden, weil er Bullshit labert. Bullshit.

»Du hast die gesamte Esteban-Familie zu Sergios Hochzeit eingeladen?« Ich ziehe meine Augenbrauen in die Höhe und er neigt sich seitlich zu mir.

»Ist doch Familie«, murmelt er mir zu und ich spanne mich noch mehr an. Die Estebans in Alaynas, Rosalies und Sophias Nähe zu lassen, ist wirklich riskant und gefährlich. Vor allem auf so einer großen Hochzeit kann weiß Gott was passieren. Angriffe, Überfälle, Entführungen … Die Liste ist endlos, Irina. Und wenn das Oberhaupt Santos seine Enkelinnen oder seine Tochter will, wäre das die perfekte Gelegenheit.

»Du hast aber nicht vergessen, dass Rosalie schwanger ist, oder?«, frage ich sehr leise und bemüht beherrscht.

»Natürlich nicht«, meint er glatt und seine Augen blitzen gefährlich.

Ich starre ihn an und versuche, jetzt nicht an die Decke zu gehen, sondern zu denken. »Wenn irgendwas auf dieser Hochzeit passiert, erschieße ich dich, und diesmal sorge ich dafür, dass es endgültig ist. Das meine ich ernst.«

»Wieso drohst du mir denn jetzt?«, fragt er mit gespieltem Entsetzen in der Stimme. Diesen Mann entsetzt nichts mehr.

Ich beuge mich noch etwas mehr zu ihm. »Wenn meiner Familie etwas passiert, stirbst du«, wiederhole ich ernst.

»Wenn ich sterbe, glaubst du, ich hätte keinen Plan, sodass du es bereuen wirst?«, will er nun wissen und mir wird innerlich eiskalt.

»Ich wäre versucht, es herauszufinden«, informiere ich ihn aus dem Mundwinkel.

»Du solltest an deine Söhne und deine Frau denken.«

»Oh ja, du auch. Ach, eine Frau hast du ja nicht.«

»Du vielleicht bald auch nicht mehr.« Das Gespräch ist kaum hörbar und Onkel Caden versucht angestrengt, zu entschlüsseln, worum es hier geht. Er ist frustriert. Total frustriert, weil er nicht darauf kommt.

Ich beschließe, etwas drastischer zu werden, und lehne mich nach hinten. »Hey, Sergio«, sage ich. Mir ist klar, dass Donovan sofort verstehen wird. Fickt er mich, ficke ich ihn.

»Japp?« Sergio beugt sich hinter seinem Vater in meine Richtung.

»Was für einen Eindruck hast du eigentlich von Sancho Esteban?«

Donovan spannt sich an und Sergio schnaubt. Hass blitzt in seinen dunkelblauen Augen auf. »Er ist ein guter Geschäftsmann und ein grottiger Mensch. Wieso?«

Ich sehe Donovan fragend an. »Ja, wieso eigentlich?«

Sergio ist irritiert.

Donovan seufzt schwer. »Wir haben uns gerade über ihn unterhalten. Zayden und ich unterhalten uns sehr gerne ab und zu unter vier Augen. Zum Beispiel, während wir spazieren gehen. Bei Veranstaltungen.« Ich verenge meine Augen. Ich weiß genau, dass er darauf anspielt, dass ich ihn angeschossen habe.

»Hey, Sergio?«, frage ich wieder und er beugt sich vor seinen Vater.

»Ja, Zayden?« Er ist wirklich äußerst irritiert und leicht angetrunken, was gut ist.

»Dieser Sancho … denkst du, er ist ein guter Familienmensch?«

»Nein, das glaube ich eher weniger«, murmelt er. »Wieso?«

»Ja, wieso eigentlich?«, erkundige ich mich wieder bei Donovan.

»Es gibt gute und schlechte Familienmenschen. Die Wolkovs sind ja eher schlechte«, sagt Donovan und zielt darauf ab, dass er dich mit Aarik verheiraten könnte. Vorher stirbt er. Ganz klar.

»Es gibt auch gute und schlechte Väter. Gute Väter sind ehrlich zu ihren Söhnen und akzeptieren, wen auch immer sie lieben. Schlechte Väter hingegen sind nicht ehrlich und tun ganz miese Dinge, um …« Ich verstumme, als Donovans Augen erneut blitzen, und sehe wieder zu meinem Bruder.

»Es ist sehr schön, dass du endlich mit Rosalie zusammen sein kannst und sie heiraten wirst. Und es ist sehr schön, dass ihr außerhalb jeder Gefahr lebt, *Bruder.*«

Sergio runzelt leicht die Stirn. »O… kay? Danke?«

»Immer. Ich liebe dich«, versichere ich ihm sanft und sein Stirnrunzeln vertieft sich.

»Ja … okay …« Er sieht fragend zu Rosalie, die genauso irritiert wirkt. Ich tätschle ihre Hand. »Alles zu seiner Zeit, Rosalie. Kennst du denn diesen Spruch nicht? Wenn die Zeit reif ist, kommen alle Geheimnisse raus.«

»Zayden, hast du wieder was genommen?«, fragt sie mich geradeheraus und ich sehe zu Donovan.

»Ich weiß nicht. Donovan, habe ich was genommen und rede Bullshit oder nicht?«

»Ich glaube, du solltest dich auf jeden Fall etwas hinlegen. Das heute war ja doch etwas aufwühlend«, meint der und eine einzige Drohung spricht mir aus seinen Augen entgegen.

Ich seufze tief. »Sicher. Ich lege mich hin und du, Donovan, überdenkst die Sicherheitsmaßnahmen für die Hochzeit deines Sohnes noch einmal. Okay?«, biete ich sanft an.

»Guten Tag, Zayden.«

Ich beuge mich nochmal zu ihm. »Ob ich mitfliege oder nicht, entscheide ich in dem Moment, in dem Sergio und Rosalie diese Kirche unversehrt verlassen haben. Guten Tag, Donovan.« Dann stehe ich auf, schiebe meinen Stuhl an den Tisch und schlendere mit einer Hand in der Hosentasche davon.

Aber ich spüre noch seinen eisigen Blick in meinem Rücken, weshalb ich etwas lächeln muss. Kein fucking Deal, Donovan de Luca.

33. Geheimnisse, Irina

XX

Zayden

Ich habe fünfzehn Schritte gemacht. Ja, ich habe sie gezählt, denn ich wusste, dass mir jemand ganz Bestimmtes folgen wird.

Mein Onkel schiebt sich vor mich und mein Mundwinkel zuckt. Mir war klar, er würde es nicht aushalten und rausfinden wollen, worum es bei Donovan und mir ging.

Ich werde jetzt einfach alles auf eine Karte setzen, es einfach riskieren und das Geheimnis ausplappern, obwohl er es nicht kennt. Vielleicht kennt er es ja auch schon. Wir werden es herausfinden.

Ich begegne seinem auffordernden, ungeduldigen Blick und hebe meinen zweiten Mundwinkel. Ich deute ihm mit einer Handbewegung, in den Park zu gehen, worauf er sich abwendet und geht.

Neben dem Pavillon bleiben wir stehen, an den ich mich mit der Schulter lehne, genau wie mein Onkel. Er verschränkt auch die Arme vor der Brust, die von einem hellgrauen Pullover bedeckt ist.

Ich mustere ihn erstmal prüfend. Dann sage ich es einfach. »Esteban.« Dabei achte ich genau auf sein Gesicht, jede Regung.

Es passiert nichts.

Kein einziges Zucken.

So kann ich natürlich nicht herausfinden, wie viel er weiß.

»Alayna …«, ergänze ich jetzt sehr, sehr vorsichtig. Sein Blick wird lauernd, genau wie meiner. Er wartet ach so geduldig und ich stöhne auf. »Okay, komm schon, mach es mir nicht so schwer!«

»Vater. Mutter. Spanien«, hält er es knapp.

»Ja!«, stoße ich aus. Er atmet erleichtert aus und streicht sich durch die Haare. Also haben wir es beide gewusst und niemand hat irgendwas verraten. Das klappt auch nur bei uns beiden.

»Seit wann weißt du es?«, frage ich ihn und eine Windböe streicht über unsere Wangen.

»Zwanzig Jahre … vielleicht sogar etwas mehr. Seitdem Donovan Nachforschungen über Alayna angestellt hat und ich seine Unterlagen durchgegangen bin, auf der Suche nach Beweismaterial, um ihn ins Gefängnis zu bringen.«

Wow, dieses Geheimnis schleppt er echt schon lange mit sich herum. Das schafft auch nur er.

»Okay, erzähl mir deine Version, denn ich will Donovan nicht alles glauben, was er sagt«, meine ich und verschränke nun ebenfalls meine Arme vor der Brust.

»Also erst einmal – am wenigsten wissen dürfen davon Alayna und Carter.«

»Also die zwei Menschen, die dir am nächsten stehen«, murmle ich und schmunzle, weil mir das nicht fremd ist. Ich verheimliche auch viel vor meinen engsten Leuten. Rosalie verheimliche ich, woher sie eigentlich kommt. Sergio verheimliche ich, dass sein Vater totale Scheiße hinter seinem Rücken baut. Dir verheimliche ich, wieso ich wirklich nach Spanien gehe. Vor dir habe ich so getan, als hätte ich keine andere Wahl, als zu fliegen, denn wenn ich dir gesagt hätte, dass es eine andere Möglichkeit gäbe, hättest du dich dagegen ausgesprochen. Aber ich muss dahin – um meiner Familien willen. Außerdem verheimliche ich meinem Bruder, dass ich auf seinen Vater geschossen habe und wusste, dass er noch lebt.

»Richtig! Damals ist mir aufgefallen, dass Alayna ein wenig südländisch aussieht.«

Ich runzle die Stirn und nicke. »Mehr als das.«

Er blickt in den Himmel und dann in mein Gesicht. Seine Augen funkeln leicht. Er ist an der Grenze zu seinem Psycho-Modus. Aber damit kann ich umgehen.

»Über Donovan und eine Blutprobe ihrerseits habe ich rausgefunden, dass es daran liegt«, sagt er leise. »Dass sie spanisches Blut hat.«

»Okay«, meine ich. So weit, so gut.

Er sieht mir direkt in die Augen. »Und dann, dass ihr Vater Santos Esteban ist.«

Das klingt immer noch etwas fremd in meinen Ohren. Selinas Schwiegervater ist Alaynas Vater. Alayna ist Selinas Schwägerin. Ich kotze gleich, Irina.

»Und weiter? Die restliche Geschichte?«

Er seufzt tief. »Es war einmal Alaynas Mutter, Grace ...«, beginnt er. »Sie verliebte sich im Urlaub in diesen echt irren Spanier. Sie hatten eine kurze Affäre, obwohl sie mit Harry Hastings in einer Beziehung war.« Das ist Tante Alaynas Vater, also der eigentliche aus Kentucky. »Sie wurde schwanger von dem Spanier und schob dieses Kind Harry Hastings unter, da sie gemerkt hat, dass der irre Spanier leicht irre sowie ein Mafiaboss ist und man mit diesen Menschen lieber nichts zu tun haben sollte als normales, kleines Menschlein.«

»Okay, weiter.« Ich nicke. So weit, so fucking gut.

»Sie versteckte sich eine Zeit lang erfolgreich vor Santos Esteban. Und sie bekam mit Harry noch ein Kind. Alles lief gut. Dann starb Alaynas kleiner Bruder und Santos fand sie. Grace hat versucht, Santos von Alayna fernzuhalten, sie hatte wieder eine Affäre mit ihm, bevor sie sich dazu entschied, sich dafür zu opfern, dass er seine Tochter in Ruhe lässt, und ist mit Santos nach Spanien gegangen, um ihr gemeinsames Happy End zu leben.«

Dass Tante Alayna einen kleinen Bruder hatte, Jamie, der gestorben ist, wusste ich bereits.

»UND ALAYNA ...«, ruft er jetzt mit geweiteten Augen. Oh nein, es ist so weit. Er wird zum Psycho. »Sie weiß von gar nichts. GAR-NICHTS. NADA. NJENTE. Sie lebte dann weiter mit ihrem Vater in Chicago. Ihre Mutter war verschwunden und dann hab ich sie nach Kentucky geschickt, weil wir unsere Probleme hatten. Ich fand das Ganze erst raus, als ich in Donovans dreckiger Wäsche geschnüffelt habe. Du kannst dir vorstellen, wie groß der Schock war.«

»Oh ja«, antworte ich trocken.

»Ja. Und Santos und Grace haben noch zwei Kinder gekriegt. Weil eins ja noch nicht gereicht hat. Sancho und Santiago Esteban. Samuel gab es schon vorher. Santos vorherige Frau ist allerdings verstorben. Er hat sie umgebracht, als er sie nicht mehr gebraucht hat. Du weißt ja, wie das ist. Wenn die Spanier auf meine Frau und meine Töchter oder meinen Enkel, der bald kommt, aufmerksam werden, könnte das unschöne Folgen haben, weil sie alle Alaynas Blut in sich tragen – Esteban-Blut.« Er fuchtelt mit den Händen in der Luft herum und eine Strähne fällt ihm in die Stirn. Das passiert nur, wenn er heillos überfordert ist.

»Wir alle sind viel tiefer in diese Mafiascheiße verstrickt, als ich es mir je hätte vorstellen können«, gebe ich zu und nicke anerkennend. Bravo, Tante Alayna, du bist auch ein Teil davon. Wenigstens bei ihr habe ich anderes erwartet.

»Glaub mir, ich wünschte, sie wäre es nicht«, meint er bedeutungsvoll und sein Wangenmuskel zuckt.

»Das wünschte ich auch.« Ich denke an Rosalie, das Baby, Sergio, Sophia und streiche mir über das Gesicht. Fuck, das ist echt scheiße, Irina.

»Also gut …«, sage ich nun nachdenklich. »Erstens: Donovan hat die ganze Esteban-Sippe zur Hochzeit eingeladen. Ich hoffe, ihre Mutter ist nicht dabei.«

Er gibt einen frustrierten Laut von sich und vergräbt sein Gesicht kurz in den Händen, bevor er sie hart an seiner Haut herabstreichen lässt. Sein Blick wirkt mittlerweile ziemlich irre. »Aber keine Sorge, ich habe ihn in der Hand. Er wird keine Dummheiten anstellen. Und du hast ihn auch in der Hand«, mache ich ihn darauf aufmerksam.

»Ich weiß, aber manchmal … ist ihm so was einfach egal.«

»Nicht, wenn es um Sergio geht. Er klammert sich viel zu sehr an ihm fest«, sage ich.

»Stimmt. Hoffen wir, dass er niemals Sergio verlieren wird. Obwohl … doch, für Sergio würde ich es mir wünschen.«

Ich seufze. »Ich auch. Jedenfalls habe ich ihm versprochen, nach Spanien zu gehen und die Weltherrschaft an mich zu reißen. Im Gegenzug dazu sind wir jetzt hier für Sergios Hochzeit. Außerdem habe ich so einen Blick auf das Ganze und Donovan kann nichts Dummes tun. Zumindest nicht in Bezug auf die Spanier.«

Onkel Caden nickt langsam und nachdenklich.

»Ich muss nach der Hochzeit los.«

»Was?«, fragt er entsetzt.

»Ja, das hat er mir eben gesagt.« Ich kann es immer noch nicht glauben, Irina.

»Das ist in drei Tagen!« Jetzt blinzelt er wie ein Uhu auf Speed.

»Ich weiß.« Mein Magen verkrampft sich, aber ich schlucke das schlechte Gefühl herunter.

Mein Onkel blinzelt wieder und ich versuche, jetzt nicht zu sehr darüber nachzudenken, wie ich dir beibringen soll, was das für Folgen hat, was jetzt mit uns ist, mit den Jungs. Mit all dem.

»Scheiße«, stößt er aus und ich nicke, weil ja, es ist scheiße, so scheiße. Aber ich werde mich jetzt nicht ununterbrochen darüber beschweren. Es war klar, dass ich irgendwann rübermuss.

»Das würde nicht jeder für seinen Bruder tun«, bemerkt er.

»Hab von den Meistern gelernt.« Ich salutiere locker und er seufzt tief, bevor er meinen Nacken umfängt, wie er es früher immer getan hat, wenn ich die Kontrolle verloren habe.

»Mach dir keine Sorgen um die Jungs.« In mir sticht es. Ich weiß nicht, wie oft ich nach Chicago kann, wie oft ich sie sehen werde. Ich weiß nicht, ob sie mich vergessen. Ich werde nicht wirklich was von ihnen mitbekommen. Nur noch drei Tage. Als mir das so richtig bewusst wird, wird mir übel.

»Okay«, meine ich trotzdem leise.

»Vertrau einfach darauf, dass alles irgendwie einen Sinn hat.«

»Mache ich«, sage ich eindringlich. Denn ich glaube daran. Ich darf nur nicht zu genau darüber nachdenken, dass ich dich zurücklassen und gehen werde. Das macht mich nur total verrückt, denn in diese Gefahrenzone kann ich dich auf keinen Fall mitnehmen. Ich muss einfach nur wissen, dass ich dich habe. Das reicht mir fürs Erste und dann sehen wir weiter.

Er drückt nochmal kurz meinen Nacken, weshalb ich mich etwas mehr entspanne. »Es tut mir leid, dass ich letztens so ein Arsch war«, sagt er und ich runzle meine Stirn, weil ich nicht weiß, wovon er redet. »Als du im Club warst und wir telefoniert haben. Ich weiß, dass du nicht aus deiner Haut kannst.«

»Ach das. Das habe ich verdient«, meine ich mit einem freudlosen Lächeln.

»Manchmal kriegt man, was man verdient, und manchmal nicht.«

»Wohl wahr«, erwidere ich und denke an Donovan. Aber er wird auch noch kriegen, was er verdient. Das kriegen wir alle am Ende, Irina.

»Jetzt geh zu deiner Familie.« Er lässt mich los. Ich atme tief durch und sehe zu der dunklen Villa meines Opas.

»Okay.«

»Okay«, seufzt er. »Wir sehen uns später.«

»Bis später.« Ich lächle nochmal leicht und erspare es mir, ihm zu sagen, dass er die Dinge, die ich ihm erzählt habe, für sich behalten soll. Denn das tut er sowieso. Das ist eine Grundvoraussetzung bei ihm.

Schließlich wende ich mich ab und gehe. Ich zwinge meine Beine zu dir, Irina. Und ich weiß schon jetzt, dass es nicht schön wird.

Aber das ist okay, Baby. Bei uns ist in letzter Zeit sowieso nichts mehr schön.

34. Zerschmettern und aufbauen, Zayden

Irina

Du bist seit dreiundvierzig Minuten weg, Zayden. Ich liege wach im Bett und kann nicht mehr einschlafen. Das ist normal. Kein Problem. Ich schlafe eigentlich so gut wie gar nicht mehr richtig. Erst recht nicht, wenn du unterwegs bist.

Ich muss immer wissen, wann du nach Hause kommst und was du dann machst. Meistens tue ich so, als würde ich schlafen, damit du es nicht bemerkst. Manchmal durchschaust du mich, manchmal nicht. Manchmal küsst du mich wach und schiebst deine Hand unter meinen Pullover, manchmal drehst du mir deinen Rücken zu. Bei der ersten Variante beruhigt sich alles in mir, was die ganze Zeit wild wütet. Bei der zweiten tobt der Sturm nur umso wilder in mir. Dann kommen wieder die Fragen.

Die Fragen, ob du mich nicht anfasst, weil du wieder eine andere berührt und ein schlechtes Gewissen hast. Die Fragen, ob ich dir jemals wieder genug sein werde oder du jetzt Blut geleckt und bemerkt hast, dass die Welt noch so viel mehr zu bieten hat als immer nur dieselbe Frau. Dieselbe Frau, die auch noch ständig Stress macht, die sich nicht beherrschen kann, die ein einziges Chaos ist. Ich würde es verstehen, wenn du darauf keine Lust mehr hättest. Ganz im Ernst. Und wenn du dann mit dem Rücken zu mir daliegst, kann ich erst recht nicht schlafen. Dann drehen die Bilder in meinem Kopf wieder ihre Runden. Ab und zu nehme ich dein Handy und verbringe die Zeit, bis die Jungs aufwachen, damit, nach etwas zu suchen. Jede einzelne Nachricht durchzulesen und jeden Anruf zu kontrollieren. Mir ist klar, dass du davon weißt. Aber du tust so, als wäre es nicht so. Du bist ja auch nicht dumm, Zayden. Natürlich würdest du Verfängliches löschen und mich belügen, trotzdem suche ich.

Ich weiß gar nicht mehr, was ich dir glauben soll. Seit Wochen warte ich darauf, dass sich das beruhigt. Dass dieser Sturm in mir endlich nachlässt. Aber bei jeder Kleinigkeit tobt er von Neuem los. Zum Beispiel, wenn du nach Hause kommst und nach Stripclub riechst, weil ihr da eure Geschäfte erledigt. Wenn du dich schnell duschst und ich mich frage, ob du was zu verbergen hast. Wenn du zu lange in Gedanken versinkst, überlege ich jedes Mal, ob du an sie denkst. Ob du sie vermisst. Ob sie dich wieder süchtig gemacht hat. Ob du sie noch willst. Ob du noch mit ihr telefonierst. Ob du mit ihr darüber lachst, wie dumm ich bin. Dann hasse ich mich selbst. Dann hasse ich mich dafür, dass ich nicht endlich damit aufhören kann, dafür, dass ich bei dir bleibe. Dann hasse ich mich dafür, wenn ich mich dabei erwische, wie ich versuche, mit einer Sporttasche und meiner Kleidung aus dem Haus zu schleichen. Dabei ist das so gar nicht meine Art. Aber im Grunde weiß ich gar nicht mehr, was meine Art ist. Die variiert von Moment zu Moment. Jeder Tag ist ein Wechselspiel von Zweifel, Hoffnung, Liebe, Angst, Zuversicht und Schmerz.

Und ich habe ehrlich keine Ahnung, wie lange ich das noch aushalte. Wenn es nicht bald besser wird, wenn dieser Sturm nicht endlich nachlässt, dann wird er alles in mir zerstören.

Auch jetzt liege ich im Bett und lausche den Geräuschen aus dem unteren Stockwerk, ob ich die Tür höre, deine Schritte. Irgendwas.

Fünfundvierzig Minuten, so lange bist du jetzt schon weg, wie mir die Uhr über der Kommode anzeigt.

Das ist mehr als genug Zeit, um irgendwas zu tun, was mich noch mehr verletzen würde, obwohl du mir dein Versprechen gegeben hast, mich nicht mehr zu betrügen. Verstehe mich nicht falsch, ich will dir ja vertrauen, wirklich. Aber ich kann einfach nicht.

Mein Fuß fängt an zu wippen. Ich werde nervös. Die Bilder kommen wieder, die mich bis in meine Träume verfolgen. Ganz oft haben wir darin Sex. Du bist mir nah und wisperst mir zu, dass ich die Einzige für dich bin, du mich liebst, mich nie verlassen und verlieren willst, dass du mich brauchst. Im nächsten Moment liegt sie unter dir und du sagst das alles zu ihr. Dann wird aus dem schönen Traum ganz schnell ein Albtraum. Ich kann nur danebenstehen und nicht wegschauen. Ich muss zusehen, wie du sie berührst, wie du sie küsst und ihr all die Dinge zuflüsterst, die ich so dringend von dir brauche. Und jedes Mal wache ich schweißgebadet auf und fühle mich widerlich. Belogen. Betrogen. Benutzt.

Achtundvierzig Minuten sind vergangen und du bist noch nicht zurück, also stehe ich auf.

Ich bin ruhelos. In letzter Zeit halte ich es nicht lange aus, nichts zu tun. Mit meinen Gedanken allein zu sein, überhaupt allein zu sein. Dabei habe ich das früher geliebt.

Ich richte mir etwas die Haare und schaue an mir hinab. Ich trage ein dunkelgrünes Strickkleid und sehe einigermaßen vorzeigbar aus, wenn man von den Augenringen und der Tatsache, dass ich abgenommen habe, absieht. Tief ausatmend rolle ich meine Schultern und verlasse das Schlafzimmer, das wir immer bewohnen, wenn wir in Italien sind. Normalerweise ist es dir sehr wichtig, dass wir mindestens zwei Mal im Jahr hier sind und genauso oft in Russland, damit die Jungs beiderseitigen Bezug zu ihren Wurzeln haben. Ich für meinen Teil fühle mich hier inzwischen so wohl, dass es zu einer zweiten Heimat für mich geworden ist, was ich mir auch für Rayen und Rowan wünsche. Allerdings liegt es auch daran, weil ich so stark mit dir verwachsen war. Natürlich habe ich alles geliebt, was du liebst. Jetzt weiß ich gar nicht mehr, ob ich noch irgendwas richtig lieben kann, wenn ich noch nicht mal in der Lage bin, mich selbst zu lieben.

Hast du dich schon mal so abgrundtief gehasst, dass du deinen eigenen Anblick im Spiegel nicht erträgst? So geht es mir.

Ich durchquere den Flur mit den antiken Gemälden, nehme die Marmortreppe nach unten in den Salon, von wo aus ich Kinderstimmen höre. Wenigstens sind die Jungs hier gut abgelenkt und aufgehoben. Ich kriege einfach gar nichts mehr auf die Reihe. Und ich weiß, wie mies und schwach das ist, aber ich kann einfach nicht aus meiner Haut. Ich betrete den Salon trotzdem. Ein italienischer Kinderfilm läuft. Rowan liegt bäuchlings auf einer Decke auf dem Boden, das Kinn auf seine pummeligen Hände gestützt, und wippt mit seinen Beinen, während er ihn sich ansieht. Rayen hat den Kopf auf den Schoß deiner Oma gelegt, die ihm durch das Haar streicht. Beide sind völlig abgedriftet und haben es gar nicht mitgekriegt, dass ich reingekommen bin. Rowan lacht entzückt, als etwas Lustiges im Film passiert.

Ich sehe zu deiner Oma, die mich mustert. Wie immer ist ihr Blick völlig klar, viel zu klar, grundsätzlich prüfend, etwas kühl und distanziert. Deine Oma ist keine Oma aus dem Bilderbuch mit roten Pausbäckchen und einem Tablett frischgebackener Kekse, Zayden. Kein bisschen.

Ich lächle sie leicht an, obwohl sich mein Magen immer umdreht, wenn sie mich so ansieht, weil ich mich fühle, als wäre alles falsch, was ich tue. Als würde ich sogar falsch atmen. Trotzdem trete ich näher und setze mich auf die ungemütliche Couch vor Rowan. Rayen schenkt mir einen Blick und scheint abzuwägen, ob er aufstehen soll. Schließlich entscheidet er sich dagegen und murmelt was in meine Richtung, wobei er eine Hand träge hebt. Ich nehme sie, beuge mich vor und küsse sie. Er gluckst, als ich seine weiche warme Haut berühre, bevor er sich tiefer in den Schoß deiner Oma kuschelt und meine Finger festhält.

Ich seufze und lehne mich zurück, überschlage die Beine, was ich natürlich falsch mache, wenn ich mir ihre so angucke. Mir ist nicht ganz klar, wieso man Yoga machen muss, wenn man fernsieht, wieso die Beine ineinander verschlingen? Trotzdem versuche ich, gerade zu sitzen, und stelle mich unter Garantie total dämlich an. Ich schaue zum Fernseher und spüre, wie sie mich beobachtet. Sie beobachtet mich, Zayden.

»Du kannst nichts dafür«, sagt sie schließlich. Ich runzle die Stirn und sehe zu ihr.

»Er liebt dich, das tut er wirklich, und das ist mehr, als du von achtundneunzig Prozent der Männer in diesen Kreisen erwarten kannst«, erklärt sie sachlich.

»Danke?«

»Es gibt diese Art von Männern, die immer Herr über ihren Geist und ihren Körper sind, egal, was passiert. Die immer alles kontrolliert und rational angehen. Das sind zwei Prozent. Und dann gibt es noch die andere Art von Männern, das sind die meisten hier, die ihr Geschlecht als Ausrede benutzen, wenn sie sich nicht mehr kontrollieren wollen.«

»Aha«, entgegne ich, weil ich keine Ahnung habe, worauf sie jetzt hinauswill und wie viel sie von unseren Eheproblemen weiß. Ich werde ganz sicher nicht mit ihr besprechen, was so zwischen uns falsch gelaufen ist. Das geht sie nichts an. Das geht niemanden was an.

»Und dann gibt es noch die dritte Art von Männern«, redet sie weiter. »Die haben insgeheim Angst, irgendwas zu verpassen, und bemerken dann, wenn sie es haben, dass es gar nicht so toll ist, wie sie dachten.«

»Okay.« Ich bin irritiert, Zayden.

»Zayden gehört zu der dritten Art. Das war schon immer so. Zum Beispiel, als er und sein Bruder diese Spielzeugautos bekommen haben. Das von Sergio war blau und das von Zayden war rot. Es waren identische Autos, aber Zayden wollte unbedingt das von Sergio haben, weil er dachte, er hätte was Besseres, und Sergio hat es ihm gegeben. Sobald Zayden es hatte, machte er es kaputt und gab es Sergio so zurück.« Ja, das hört sich nach dir an, aber ich habe dich dafür nie verurteilt. Du magst es, Dinge und Menschen abzufucken. Du bist eben so, wie du bist, und es ist irre, aber genauso liebe ich dich.

»Er liebt es, zuzusehen, wie Dinge kaputtgehen. Oftmals nur, damit er sie dann wieder reparieren oder den anderen trösten kann, so wie er Sergio getröstet hat, als sein Auto kaputt war. Es lässt ihn gut fühlen, weil er mit sich selbst nicht im Reinen ist.« Das verstehe ich. Du hast mich nie gesehen, mich nie wirklich wahrgenommen. Ich habe dich nicht interessiert, aber als dann das mit Victor passiert ist, hast du dich verantwortlich dafür gefühlt, mich wieder zu reparieren. »Du bist gerade sein liebstes Spielzeug. Und ich denke nicht, dass du stark genug bist, das auf Dauer auszuhalten. Nicht momentan. Nicht so.« Sie deutet auf mich und ich weiß, was sie meint. Wenn ich nicht so labil wäre, dann könnte ich mit dir umgehen. Dann wäre das kein Problem. Aber ich komme momentan nicht mal mit mir selbst klar, also schaffe ich das auch nicht mit dir. »Er wird es immer weiter treiben, bis du zufriedenstellend zerstört bist.

Er wird deine Schwachpunkte ausnutzen und mit deinen Ängsten spielen, und momentan sehe ich da zu viel Ängste. Er wird dich an deine Grenzen treiben, bis zum Abgrund und darüber hinaus, um dich im letzten Moment aufzufangen, wenn du keinen festen Boden mehr unter den Füßen hast. Sodass du bettelst, damit er dir hochhilft. Dann wird er dich hochziehen und dich schützend in seine Arme nehmen. Du wirst dich fühlen, als hätte er dich gerettet, und genau das braucht er. Immer und immer wieder …«

»Und was kann ich dagegen tun?«, frage ich, ohne es zu wollen. Mein Magen ist ganz verkrampft, allein, wenn ich mir das vorstelle. Ich will nicht fallen. Ich will nicht, dass du mich schubst. Oder doch?

»*Lauf.*« Bei diesem Wort rauscht Gänsehaut über meinen Körper und der Atem stockt in meiner Kehle. Die Tür fällt genau in dem Moment ins Schloss, weswegen ich zusammenzucke, weil ich so gebannt war. Deine Schritte ertönen im Foyer, gemeinsam mit deiner Stimme. Du sprichst italienisch, weswegen ich es nicht richtig verstehe, und dein Opa antwortet dir. Ich bemerke erst jetzt, dass mein Herz schneller schlägt und ich eine ganz trockene Kehle habe, weshalb ich versuche, dieses beklemmende Gefühl von mir abzuschütteln und nicht weiter darüber nachzudenken, was deine Oma gesagt hat. Auch wenn sie nur meine Ängste bestätigt hat. Ich stehe auf und schaue zu den Jungs. Die sind beschäftigt. Rayen ist eingeschlafen und Rowan wippt zufrieden mit seinen Füßen.

Du erscheinst im Türrahmen, dein Gruselopa steht hinter dir. Aber ich habe nur Augen für dich. Du betrachtest mich kurz prüfend. Dein Blick gibt nichts preis. Deine schwarzen

Haare fallen dir in die Stirn. Ich mag es nicht, wenn du so verschlossen bist. Das ist nie gut und kommt in letzter Zeit viel zu oft vor. Du nickst mich mit dem Kinn zu der Treppe und ich sehe nochmal zu deiner Oma, wobei mein Lächeln etwas zittrig ausfällt. Sie bedenkt mich mit einem Denk-nochmal-darüber-nach-Blick. Dann gehe ich ins Foyer und an dir vorbei. Du folgst mir nach oben, genau wie die seltsame Stimmung, die du verströmst.

Als wir unser Schlafzimmer erreichen, frage ich mich, ob vielleicht heute bei dem Treffen irgendwas passiert ist. Gestern hast du Ivan eine verpasst, ich weiß nicht genau, wieso. Niemand hat mir wirklich gesagt, was besprochen wurde, auch deiner Mutter oder Alayna habt ihr nichts verraten. Die Einzige, die es vielleicht weiß, ist Rosalie, weil Sergio ihr schonungslos alles erzählt, aber aus der bekommt man ja nichts raus.

Du trittst hinter mir ein, schließt die Tür und lehnst dich dagegen. Als ich dich betrachte, bildet sich dieser Knoten in meiner Brust, den ich zu oft verspüre, wenn es um dich geht.

»Was ist?«, frage ich etwas alarmiert.

Du streichst dir über das Gesicht und durch das Haar, während ich warte und starre. Dann nimmst du meine Hand und ziehst mich an dich. Mein Herz stolpert kurz, das tut es immer, wenn du mir nahe kommst. Es hat nie nachgelassen. Du drückst kurz meine Hand und legst sie um deinen Nacken, bevor du mein Kinn mit deinem Fingerknöchel hebst. Dein Daumen bleibt darauf liegen und du siehst mir in die Augen. Ich versinke in deinem Türkis, ich versinke in dir. Gleichzeitig fängt mein Herz an, immer schneller zu rasen, und dieser Knoten zieht sich immer fester zusammen, wobei ich nicht weiß, wieso.

»Was ist?«, frage ich nochmal. Du beugst dich zu mir runter und küsst mich einfach. Ich keuche auf, als deine Lippen auf meine treffen. Sofort explodiert alles in mir. Ich umfange mit beiden Händen deinen Kiefer und küsse dich auch.

Wieso bist du denn so verzweifelt, Zayden?

Was passiert hier?

Du drehst uns herum und drückst mich gegen die Tür, eine Hand über meinem Kopf abgestützt. Ich bin atemlos. Ich bin durcheinander. Ich will nicht hören, was kommt. Du küsst mich, bis wir keine Luft mehr kriegen und ich mich hilflos an dich presse. Du keuchst und lehnst deine Stirn an meine. Unser hektischer Atem vermischt sich, dein Duft umnebelt mich. Deine Nähe lässt alles in mir prickeln. Es ist so intensiv, egal, was ich mit dir erlebe. Egal, ob wir gerade streiten oder uns lieben.

»Zayden?«, wispere ich kaum hörbar und du klemmst mir die Haare hinter das Ohr. Ich runzle die Stirn. »Was ist los?«, frage ich zum dritten Mal. »Sag's einfach.« Will ich es überhaupt wissen? Kann ich es ertragen? Worum geht es?

Scheiße, ich drehe durch.

»Ich liebe dich«, sagst du leise und in mir zieht sich kurz alles zusammen.

»Ich liebe dich auch«, erwidere ich sofort, weil das immer so bleiben wird. Egal, was du tust oder ich; egal, ob die Welt untergeht oder sonst was passiert. Ich liebe dich. Und ich hasse dich.

Du atmest tief durch und ich streiche mit meinen Fingerspitzen über deinen Kiefer. Dann ziehst du den Kopf leicht zurück, um mich besser ansehen zu können. Ich warte. Ich warte auf den Stoß, der folgen wird. Wie auch immer. Das hier ist nicht gut. Gar nicht gut.

»Donovan schickt mich nach der Hochzeit nach Spanien.« Du stützt auch deine andere Hand an die Tür neben meinem Kopf, sodass ich zwischen deinen Armen eingekeilt bin. Mich überkommt sofort, noch bevor ich deine Worte wirklich registriert habe, eine Welle der Übelkeit, die hart in meinem Bauch einschlägt.

»Was?« Du siehst mich geduldig an und ich wünschte mir, dass ich träume. Das darf jetzt nicht wahr sein.

»Die Familie Esteban wird auf der Hochzeit sein und er schickt mich mit ihnen gleich zurück nach Spanien. Damit ich anfangen kann.« Ich schaue dir in die Augen und suche irgendwas. Irgendwas, was das hier ungeschehen macht oder mir signalisiert, dass es nur ein Witz ist, du mich verarschst und mich nicht schon so schnell verlassen wirst. »Es tut mir leid und ich will das nicht, aber …«

»Das sind drei Tage«, entkommt es mir total fassungslos und du schluckst.

»Ich weiß. Ich habe es gerade eben erfahren, als ich drüben war. Donovan wollte mich sehen, um mir das zu sagen.« Drei Tage. Drei Tage wir. Drei Tage mit den Jungs. Drei Tage, und dann?

»Aber das kann er doch nicht machen.« Ich bin wie vor den Kopf gestoßen. »Er weiß doch, dass du Vater bist und …«

»Das hat bei ihm keinen Wert, wie du weißt.« Das klingt so surreal für mich. Das war immer so weit weg. Ich wusste, dass du irgendwann gehst, sicher. Aber ich habe nicht daran gedacht, habe es verdrängt, weil mich das völlig aus der Bahn geworfen hätte, und jetzt plötzlich heißt es: *noch drei Tage,* und dann …

»Und dann wirst du bei ihr sein?«

Du beobachtest mich ganz genau, während langsam immer mehr Gedanken in meinen Kopf schießen.

Du wirst bei ihr sein und ich werde hier sein. Ich werde gar keinen Zugang mehr zu dir haben, und sie wird jede Minute nutzen, um dich zu vergiften, um dich an sich zu binden. Ich werde gar nichts tun können. Du wirst aber alles mit ihr tun können und ich werde davon gar nichts mitbekommen. Ich werde jede Nacht in unserem Bett liegen und du wirst so weit weg sein. So weit weg von mir. So nah bei ihr. Ich werde dich nicht haben, aber sie, und ich werde dich verlieren. Ich weiß es. Ich werde wieder unsichtbar für dich werden. Dir egal. Wie es schon mal war. Ich werde einfach neben ihr verblassen.

Du greifst mir in den Nacken. Erst in diesem Moment bemerke ich, dass ich schneller atme und das Herz in meiner Brust rast.

»Ich werde so oft wie möglich nach Chicago kommen, und wenn ich mich etwas eingelebt habe, kommst du mich besuchen. Ohne die Jungs, weil es zu gefährlich ist, aber wir werden uns sehen.« Du wirkst, als müsstest du dir das selbst klarmachen. Ich kann dich nur anstarren, während wieder diese Kälte durch meine Venen kriecht. Diese bittere Erkenntnis.

»Ich kann das nicht«, entkommt es mir und du stockst. Deine Augen sehen abwechselnd und schnell in meine.

»Du kannst«, versicherst du mir wie so oft. »Wir können.« Ich wünschte, ich könnte dir glauben, so wie sonst, wenn du das sagst. Aber ich kann es nicht. Du packst mit einer Hand fest meinen Kiefer und hebst meinen Kopf. »Du kannst!« Deine Augen blitzen und ein Schauer durchfährt mich. Ein Schauer der Verzweiflung.

»Aber sie wird da sein und ich nicht.«

»Es ist mir egal. Ich will sie nicht! Ich will dich!«, versprichst du mir nicht zum ersten Mal.

»Das sagst du jetzt, aber …«

»Nein«, unterbrichst du mich. »Ich will sie nicht. Ich will *dich.*« Ich sehe hoch in deine Augen und versuche, klar zu denken, aber das ist momentan unmöglich. Du ziehst die Brauen zusammen und presst mich mit deinem Körper eng an die Tür. Wieder durchfährt mich dieser Schauer, weshalb ich aufkeuche.

»Ich werde dich verlieren.« Und das kann ich wirklich nicht. Ich kann dich nicht verlieren, denn dann werde ich völlig wahnsinnig.

»Nein, nicht wenn du jetzt klar bleibst. Du verlierst mich nur, wenn du gehst.«

»*Du* wirst doch gehen.«

»Aber ich gehöre trotzdem dir«, rufst du aus. Und das ist das Problem. Das Gefühl habe ich in dem Moment verloren, als du deinen Körper einer anderen geschenkt hast. Auch noch gerade Selina. Auch wenn es »nur« das eine Mal war.

»Ich werde wahnsinnig werden«, wispere ich vor mich hin, den Blick starr auf deine Brust gerichtet. Du atmest tief durch.

»Das sind wir doch schon.« Damit hast du recht. Wir sind an irgendeinem Punkt unserer Geschichte völlig durchgedreht und es gibt kein Zurück mehr. Es gibt nur ein nach vorne und ein noch mehr. Mehr. Mehr. Mehr. Wilder. Verrückter. Besessener. Mehr. Immer mehr. Nach vorn. Weiter. Schneller. Irrer. Aber nie wieder zurück.

Ich atme tief durch und versuche, dich zu spüren und mich irgendwie zu ordnen.

Du bist jetzt hier.

Gut.

Dann wirst du gehen.

Ich werde schon irgendwie damit klarkommen.

Normalerweise werde ich mit allem fertig.

Aber nicht ohne dich. Ohne dich bin ich verloren. Wenn du wenigstens woanders hingehen würdest, wo dieses Gift sich nicht befindet, dann …

Du beugst dich vor und küsst mich einfach wieder. Somit unterbrichst du den Strudel, der sich in mir schon wieder zusammengebraut hat. Ich erwidere den Kuss. Hart. Und angstverzerrt. Verzweifelt. Am Rand der Klippe stehend.

Ich spüre deinen hektischen heißen Atem auf meinem Gesicht.

Du bist hier.

Du gehörst mir.

Im nächsten Moment reißt du mir das Strickkleid über den Kopf. Das ist gut, denn mir wird gerade unglaublich heiß. Ich schlinge ein Bein um dich und zerre an deinem Pullover.

Kurz ziehst du deinen Kopf zurück, um ihn dir abzustreifen. Dann drängst du dich wieder an mich, weshalb ich gegen die Tür knalle.

Ich liebe das. Ich spüre, dass ich lebe und du da bist, als der Schmerz mich durchzuckt. Gott im Himmel, ich liebe das so sehr.

Du reißt die Strumpfhose mit einem Ratschen von meinen Hüften und sie fällt zu Boden. Ich zerre deinen Gürtel auf, während du deine Hüften gegen meine Hand drängst und stöhnst. Ich keuche in deinen Mund. Unsere Zungen kämpfen hart miteinander, wie immer, denn es ist immer ein Kampf, selbst wenn wir uns lieben.

Die Hitze in mir wird noch größer, verschlingt mich geradezu, als du den Bund meines Höschens an einer Seite umschlingst und einmal daran reißt, so dass es mir ebenfalls vom Körper segelt. Inzwischen habe ich deine Hose geöffnet und bin wie getrieben. Ich kann dich nicht verlieren.

Bitte tu irgendwas.

Ich schiebe meine Hand in deine Shorts. Du stöhnst in meinen Mund und ich küsse dich noch drängender, als ich dich spüre. Gott, ich liebe dich so sehr, dass es mich beinahe zerreißt. Deine Finger sind immer noch an meinem Kiefer und ich liebe es, wenn du mich so hältst. Ich liebe es, wenn ich dir hilflos ausgeliefert bin, wenn du so animalisch und grob bist, mich überfällst und mich mit jeder Faser spüren lässt, dass ich dir gehöre, und das tue ich. Jetzt und für alle Zeit, Zayden Rush.

Atemlos ziehst du deinen Kopf zurück und ich starre zu dir hoch. Mit einer Hand drückst du mich am Nacken nach unten und ich komme auf dem weichen Teppich auf den

Knien auf. Schon zerre ich deine Hosen ein Stück runter und beuge mich vor.

MEINS.

Du schiebst dich mit einem Ruck ganz in meinen Mund und stöhnst wieder. Ich keuche und kneife die Augen zusammen. Du bist tief in meinem Rachen. Dein Kopf fällt in den Nacken und meiner berührt das Holz der Tür. Du stemmst deine Faust dagegen, dein Arm ist ausgestreckt. Mit der anderen Hand greifst du mir ins Haar und ich schaue zu dir hoch. Auch du starrst mich an, während ich meine Zunge hart bewege und du meinen Kopf führst.

Ja, ich bin es, die dich dabei so anzusehen hat. Nur ich. Dein Körper gehört mir. Deine Lust gehört mir. Mit einer Hand streiche ich an deinem Bauch hoch und spüre deine perfekten Muskeln unter meinen Fingerspitzen, während ich dich fest mit den Lippen umschließe und du in meinen Mund stößt. Ich stöhne um dich herum. Deine Augen fallen zu und dein Kopf nach hinten. Als ich dich so betrachte, breitet sich die Lust wie ein Buschfeuer in mir aus. Ich lasse meine Zunge härter über dich streichen, weshalb du lauter stöhnst. Dir ist es immer egal, wo wir sind. Du zügelst dich nie. Und das will ich auch nicht. Ich will sehen, was für eine Macht ich über dich habe. Ich will sehen, was ich in dir auslöse. Ich will es hören, schmecken, fühlen.

Mit den Fingernägeln kratze ich über deine Haut, weshalb du wieder ein genüssliches Geräusch von dir gibst und härter in meinen Mund stößt, sodass mein Hinterkopf gegen die Tür prallt. Ich keuche ebenfalls. Du packst meine Haare so fest, bis meine Kopfhaut zieht und ich meine Lider zugleiten lasse. Mit der anderen Hand kralle ich mich in deine Hose am Oberschenkel und bewege meine Zunge noch intensiver. Du legst einen Finger der freien Hand unter mein Kinn und fährst mit dem Daumen über meine Unterlippe, während du dich wiederholt in meinen Mund schiebst. Ich schaue wieder zu dir hoch. Ich will dich so sehr. Ich brauche dich so sehr. Das macht mich wahnsinnig. *Du* machst mich wahnsinnig und ich liebe es, mit dir meinen Verstand zu verlieren. Du stößt noch einmal hart in meinem Mund, dann ziehst du dich mit einem Ruck aus mir zurück, packst mich am Handgelenk und zerrst mich auf die Füße. Dein Blick schießt nach rechts, wo du mit dem Unterarm alles vom Schreibtisch fegst, sodass es poltert. Dann drehst du mich um, presst meinen Vorderkörper darauf und ich rucke dagegen. Meine Wange landet unsanft auf dem Holz. Mit einer Hand zwischen den Schulterblättern hältst du mich unten und schiebst dich hart von hinten in mich. Ich stöhne laut auf und gehe auf die Zehenspitzen, damit du besser Zugang hast. Hattest du sie auch so? Hast du sie auch so angefasst, hat sie sich auch so gefühlt wie ich? War sie besser als ich?

Fest kneife ich die Augen zusammen, weil diese Gedanken fast körperlich schmerzen. Deine Hand streicht meinen Rücken herab, während du dich in mir bewegst, und die Gedanken lösen sich in Luft auf. Ich höre dich aufstöhnen. Dann holst du aus und deine Hand landet unsanft auf meinem Arsch. Ich keuche laut und erschrocken auf, als mich gleichzeitig Schmerz und Lust durchzucken und sich in meinem Unterleib sammeln.

Deine Finger bohren sich in mein Fleisch und ich taste unkoordiniert über den Schreibtisch, um mich an der oberen

Kante festzuhalten. Du bewegst dich schneller in mir, sodass der Schreibtisch immer wieder ruckt und der eine Kugelschreiber nach unten fällt. Meine Beckenknochen prallen in einem gleichmäßigen Rhythmus gegen das Holz. Immer wieder Lust und Schmerz. Dann ziehst du dich mit einem Ruck aus mir zurück. Dein schwerer Atem vermischt sich mit meinem. Du drehst mich um und ich setze mich auf den Schreibtisch, ohne den Blick von dir zu nehmen. Unkoordiniert greife ich in deinen Nacken und zerre dich zu mir.

Du packst meine Kniekehlen, hebst sie an und schiebst dich wieder in mich, wobei du mich zu dir ziehst und wir aufstöhnen. Ich lasse meinen Kopf nach hinten fallen und stütze mich auf meinen Händen ab.

Du bist so tief, so perfekt. Als du meine Waden über deine Schultern legst, lasse ich mich auf den Rücken fallen und hebe den Hintern etwas. Du hältst mich an den Fußknöcheln fest, murmelst: »Fuck!« und reißt mir den BH vom Körper.

»Fuck!«, stöhne auch ich. Ich bin jetzt völlig nackt, während du noch Jeans trägst.

»Sag mir, dass du mir gehörst!«, forderst du heiser und schiebst dich fester in mich, sodass meine Wirbelsäule hart über das Holz rutscht.

»Gott im Himmel!«

»Sag es!«, knurrst du und deine Finger bohren sich in meinen Fußknöchel.

»Ich gehöre dir«, keuche ich abgehackt. Du stöhnst und dein Kopf fällt nach hinten. Ich ziehe meine Beine zurück und richte mich etwas auf, bevor ich dich am Nacken packe und deine Lippen auf meine presse. Du küsst mich sofort, indem du eine Hand neben mir auf der Tischkante aufstützt. Dein anderer Arm legt sich um meine Taille. Ich schlinge die Beine um dich, ziehe dich näher, tiefer, härter, mehr ... Du stöhnst erneut auf, besonders als ich in deine Unterlippe beiße und sie etwas lang ziehe.

Du gehörst auch mir.

NUR MIR.

Deine Finger krallen sich in meine Taille und du öffnest die Lider. Mit den Lippen direkt vor meinen siehst du schwer atmend in meine Augen. Ich schaue auch direkt in deinen türkisen Ozean, und wenn ich darin ertrinke, ist es mir völlig egal.

»Ich hab das ernst gemeint. Wenn du gehst, bringe ich uns beide um«, informierst du mich mit lusterfüllter Stimme und tausend kleine Blitze zischen durch meinen Körper. Wieso macht mich das an? Wieso bin ich denn so krank?

Dann beißt du mir in die Unterlippe, bis sie blutet, und leckst es dann weg, was mich stöhnen lässt. Ich küsse dich wieder hart, sodass wir beide mein Blut schmecken.

Ich bringe dich auch um, wenn du mich wirklich verlässt. Oder mich.

Du stöhnst und es knackt etwas, als eines der Schreibtischbeine die Stabilität verliert und zu wackeln beginnt. Ich küsse dich einfach weiter und du fickst mich einfach weiter. Noch ein bisschen unbeherrschter, sodass es fast wehtut. Aber genauso brauche ich es gerade.

Damit vertreibst du die Bilder, die immer wieder durch meinen Kopf flackern.

Du stößt nochmal hart in mich. Diesmal knackt es lauter, bevor das Tischbein abbricht, und du mich gerade so mit einem Arm hochhebst, ohne aus mir herauszugleiten. Ich kralle mich an dir fest. Der Tisch fällt in sich zusammen wie ein instabiles Kartenhaus, verursacht aber deutlich mehr Lärm dabei, sodass es mich nicht wundern würde, wenn es gleich an unsere Tür klopft. Nichts könnte mir gleichgültiger sein. Ich höre nicht auf, dich zu küssen. Selbst wenn die Welt um uns herum in Flammen aufginge. Du trägst mich ins Ankleidezimmer, weil es gerade in Reichweite ist, ziehst dich aus mir zurück und stellst mich auf die Füße. Dann drehst du mich mit dem Rücken zu dir und stößt mich nach vorn, sodass ich mich mit den Händen am hohen Spiegel abfange, vor dem wir stehen.

Du siehst mich durch die Spiegelung an, als du einen Arm um meine Hüften schlingst und meinen Hintern nach hinten ziehst. Ich mache ein Hohlkreuz und du schiebst dich mit einem Ruck in mich.

GOOOTTTTTTTTTTT.

Du hältst den Blickkontakt zu mir. Auch, als ich meinen Kopf in den Nacken fallen lasse, weil sich das so unglaublich anfühlt, wie tief du in mir bist, wie du mich ansiehst, wie du mich anfasst. An meinem Haar zerrst du mich zurück, bis ich aufrecht stehe und küsst meinen Kiefer, während deine Augen mir durch den Spiegel entgegenbrennen. Ich kralle mich so fest, dass meine Knöchel weiß hervortreten. Der Schweiß rinnt unablässig, sogar dein Gesicht glänzt feucht, doch ich kann deinen Blick nicht loslassen.

Du stößt noch mal tief in mich, weshalb ich mit einem Mal heftig komme und meine Beine fast unter mir nachgeben. Ich lasse den Kopf nach vorn sinken, stöhne laut und zucke, während ich fliege und gleichzeitig falle.

Du treibst dich schneller in mich und die heißen Wellen durchrauschen mich immer wieder. Immer höher.

»Fuck, fuck, fuck, fuck«, flüsterst du und ich stöhne gequält, weil es einfach nicht aufhört.

»GOTT!«, rufe ich aus. Fest packst du mich am Nacken und ziehst mich wieder hoch, aufrecht mit dem Rücken an dich. Mit dem Vorderkörper drückst du mich hart gegen den kalten Spiegel, sodass es mir fast die Luft aus den Lungen presst, da komme ich noch immer und stöhne laut und etwas verzweifelt. Du bewegst dich noch ein paarmal gezielter in mir, dann spüre ich, wie auch du loslässt, tief in mir und sehr lange. Das fühlt sich so gut an. Nichts ist besser, als wenn du in mir kommst.

Du stöhnst nochmal in meinen Nacken und ich schließe die Augen, während du dich hinter mir entspannst.

»Fuck …«, flüsterst du atemlos und mir geht es nicht anders. Ich fühle mich, als wäre ich einen Marathon gelaufen, aber Sex mit dir ist auch wie ein Marathon. Meine Beine zittern, genau wie mein ganzer Körper.

Du ziehst dich aus mir zurück, und ich höre, wie du deine Hose schließt.

Dann beugst du dich runter und küsst mich zwischen die schweißnassen Schulterblätter und in den Nacken sowie hinter das Ohr. Ich erschauere, weil jede einzelne meiner Fasern überempfindlich ist und meine Lider gleiten zu.

»Dann ist ja alles klar«, flüsterst du und kneifst mir in den Arsch.

Und was soll ich da noch sagen, außer … »Gott im Himmel … Das ist es.«

35. Kennenlernen, Rosalie

XX

Sergio

Wir sitzen am Esstisch auf der Terrasse – wie immer. Die Stimmung ist ausgelassen und locker. Es ist kühl und die ersten Frauen haben sich Wolldecken um die Schultern geschlungen. Die Fackeln flackern im Wind und der Alkohol fließt in Strömen. Von oben strahlt die Wärme der Heizer auf uns herab.

In drei Tagen heiraten wir, Rosalie. Morgen und übermorgen werden die Gäste eintrudeln. Es sind viele, denn bei einer de Luca-Hochzeit wollen natürlich alle dabei sein und werden auch großzügig eingeladen. Ich weiß, was es bedeutet, dass Donovan de Lucas erstgeborener Sohn sich bindet. Aber unter diesem Gesichtspunkt will ich es nicht sehen. In erster Linie heiraten wir, weil wir uns lieben, und nicht, weil wir müssen. Das ist das Wichtigste für mich. Egal, wer dabei sein wird oder nicht.

Ich bin schon ein bisschen angetrunken und lasse meinen trüben Blick jetzt über die anderen schweifen. Mein Bruder und Irina sind nicht da, sie sind bei meinem Opa. Der kommt gerade mit meiner Oma und Zaydens Jungs durch den Garten geschlendert. Jeder hat ein Baby im Arm. Mein Opa sichtlich widerwillig, denn es sind ja keine de Luca-Babys und daher nichts wert.

Ich sehe, wie Mom sofort aufsteht und ihm Rowan abnimmt, der sich freut und quietschend herumhüpft, als hätte er Mom seit tausend Jahren nicht gesehen. Dann wechselt sie noch ein paar Worte mit meiner Oma. Ich wette, sie will wissen, wie die Stimmung bei Zayden und Irina ist, so, wie ich ihren besorgten Gesichtsausdruck einschätze. Rowan währenddessen macht sich einen Spaß daraus, ihre Haare zu verknoten. Das tut er sehr konzentriert und gründlich.

Die ausdruckslose Antwort meiner Oma höre ich, weil sie näher kommen. »Es hört sich an, als würden sie einen gegenseitigen Exorzismus durchführen«, sagt meine Oma völlig emotionslos. Sie hat immer noch Rayen im Arm, der entzückt mit ihrem Kragen spielt und dabei vor sich hin murmelt. Er scheint eine wichtige Unterhaltung mit sicher selbst zu führen und nickt immer wieder mit seinem pummligen Kinn.

Mom nickt. »Ich schätze, das ist gut«, stellt sie dann fest.

»Denen kann doch sowieso niemand mehr die Dämonen austreiben.« Meine Oma geht an Mom vorbei und nimmt Platz.

»Diese Frau ist so negativ«, murmelt meine Mutter Rowan zu. Sie riecht an seinem Haar und setzt sich wieder zum Carter-Dad.

Pablo spielt neben mir mit meinem Vater Karten. Er sieht aus wie eine ältere Version von ihm und Vito wie eine jüngere. Das ist ein bisschen gruselig, Rosalie.

Meine Schwester hat vor Kurzem den Tisch verlassen und sich mit Ilian ins Haus geschlichen. Dorian ist heute sehr beobachtend und ich beobachte ihn dabei, wie und wen er beobachtet. Ich versuche noch, herauszufinden, was er für ein Mensch ist, weil der erste Eindruck, entgegen allem, was die anderen sagen, täuscht. Für mich zählt nicht, wie sich mir jemand beim ersten Mal zeigt, denn dieses Gesicht ist oftmals falsch. Die nettesten Menschen sind meist die größten Wichser. Und die größten Wichser stellen sich oft als Menschen heraus, die einfach nur ihre Fassade wahren. Deshalb denke ich, dass mehr hinter Dorian steckt. Vielleicht irre ich mich aber auch und er ist genau so ein Verräter wie Ramon, der mich im Übrigen seit unserer *Unterhaltung* meidet und einen riesigen Bogen um mich macht. Das ist auch gut so.

Gerade geht er am Tisch vorbei und folge ihn mit meinen Augen. Er sieht kurz zu mir, dann wieder nach vorn.

Ich nippe an meinem Wein, als du durchatmest und sinnierend nach oben schaust. Ich lasse meinen Blick zu dir schweifen und weiß sofort, dass du irgendwas sagen willst und nicht weißt, wie du es formulieren sollst. So typisch, Rosalie. Wenn du nicht trinkst, denkst du zu viel nach. Und du darfst nicht trinken. Auch wenn Pablo immer wieder versucht hat, dir Limoncello anzudrehen, und deine

Alkoholabstinenz sehr skeptisch aufgenommen hat. Er sieht dich immer wieder an und streicht sich über das Kinn. Ich währenddessen versuche irgendwie, deine Drinks verschwinden zu lassen, was er ebenfalls kritisch beobachtet.

Abwartend sehe ich dich an.

»Kennst du diese Menschen, die einfach tun, was sie tun müssen, und dann Dinge tun, die sie eigentlich nicht tun wollen? Und am Ende tut es ihnen total leid, aber sie können es nicht mehr rückgängig machen?« Du siehst zu mir und ich denke kurz über deine Worte nach. So wirr sie auch klingen, ich verstehe dich immer.

»Ja«, antworte ich und stelle mein Glas ab. Das sind die Menschen, die sich in etwas verstricken, aus dem Chaos nicht mehr rausfinden, und am Ende verlieren sie alles. *Hallo, Dad.*

»Er hat dich verraten, weil er es musste. Aber er hat aus dem, was er tun musste, das kleinstmögliche Übel gemacht.« Jetzt wird mir klar, dass du von Ramon sprichst, und ich verschließe mich wieder. Ich will nicht darüber nachdenken oder reden, was Ramon getan hat, weil ich sonst explodiere.

»Kann sein«, meine ich knapp. »Hat er dir gesagt, du sollst mit mir reden?« Das sähe ihm ähnlich. In den letzten Monaten hat er sich immer an dich gewandt, wenn ich irgendwie angepisst war, und du hast zwischen uns geschlichtet, bis ich nicht mehr angepisst war. Aber jetzt kannst nicht mal du ihn retten.

»Ja, ich habe heute Morgen in der Küche mit ihm gesprochen.«

»Das ändert nichts. Wenn er mir was zu sagen hat, soll er es nicht über dich ausrichten lassen. Du bist kein fucking Postbote«, murmle ich dir zu.

»Jaja, ich weiß, aber ich wollte es trotzdem versuchen. Manchmal können wir nicht aus unserer Haut.«

Ich nehme deine Hand in meine und küsse deine Finger. »Ich weiß«, entgegne ich und senke sie sanft wieder auf den Tisch. Du kleiner Dr. Freud.

Du trinkst einen Schluck von deinem Eistee und lässt das Thema ruhen. Du weißt immer genau, wann und wie man mit mir reden kann und wann und wie nicht, und glaube mir, das weiß ich zu schätzen, weil es nicht viele Menschen gibt, die so gut mit mir umgehen können wie du.

Pablo sieht mich schon wieder erwartungsvoll an und schiebt mir den nächsten Grappa-Shot über den Tisch, als das Kartenspiel mit meinem Vater beendet ist, der verloren hat. Tja, gegen die wahren Meister kommt eben auch er nicht an. Er nimmt es mit Humor, während ihm einige am Tisch lautstark ihr Mitgefühl aussprechen.

Ich stöhne und mein Blick ist träge. Das Problem ist, dass ich deine Drinks mittrinke, Rosalie. Das kann ich nicht mehr lange tun, sonst falle ich von diesem verdammten Stuhl.

»Trink!«, fordert er mich auf.

Ich starre das Shotglas an, mein Vater neben mir wirkt etwas zweifelnd. »Trink«, sagt er dennoch äußerst sanft. Er hat so einen Groll gegen mich, dass er mich quälen will.

Ich stöhne erneut und ziehe mir das Glas mit zwei Fingern heran.

»Ihr trinkt, auf dass die Handschellen der Ehe bald klacken!« Pablo schenkt noch einen Shot für dich ein und schiebt ihn vor dich. Niemand von ihnen weiß, dass du schwanger bist, aber ich glaube, er testet uns.

Ich sehe dich von der Seite an und hebe die Brauen. Du wirfst mir einen kleinen Blick zu und schaust dann mit großen Augen zu ihm. »Ich hab gerade echt Magenbeschwerden«, versuchst du es zum gefühlt tausendsten Mal.

Er nickt verstehend. »Dann bring ich dir was anderes, warte!« Ungerührt verschwindet er schlendernd ins Hausinnere. Ich stöhne wieder und lasse meine Stirn auf die Tischplatte sinken. Mein Vater klopft mir auf den Rücken und trinkt von seinem Wein. Besonders mitleidig wirkt er allerdings nicht.

»Trink das und wir tun so, als hätte ich es getrunken«, wisperst du, als hättest du die Idee des Jahres. Ich richte mich wieder auf und sehe zweifelnd die beiden Gläser an. Ich kann mich mehr. Ich kotze gleich. »Los, er kommt!«, hetzt du mich. Mit einem Ruck kippe ich sie beide in einem runter und verziehe das Gesicht. Gott, ist das widerlich.

»Das war's!«, meine ich mit einer ausschweifenden Handbewegung, bei der ich fast meinen Vater erwische. Er senkt ausdruckslos meine Hand, während er immer noch an seinem Wein nippt. Du nimmst dir eines der Gläser und stellst es vor dir ab, als hättest du es getrunken, Rosalie. Aber das war ich und ich kann nicht mehr.

Pablo kommt zurück.

»Hier habe ich Kräuterlikör!«

Ich stöhne wieder und lasse den Kopf nach hinten fallen.

»Ich habe das schon getrunken, jetzt geht es mir viel besser.« Du zeigst ihm das leere Glas, wo eben noch der Grappa drin war.

»Aber warte, das müsst ihr trotzdem probieren!«, meint er völlig cool, dieser Pablo ist so cool, und füllt die beiden Schnapsgläser mit Likör.

Ich starre ihn verzweifelt an.

»Was denn?«, fragt er, als wäre alles in bester Ordnung. Als Petro ihn ruft, wendet er sich ab und du gibst mir schnell dein Glas.

»Oh fuck, Rosalie«, flüstere ich zischend und trinke beide, wobei mein Magen sich verkrampft. »Das reicht«, lalle ich. Ich blinzle hart und Pablo dreht sich wieder zurück.

»Und?«, fragt er neugierig.

»Sehr gut«, sagst du. »Wirklich.« Du streichst mitleidig über meinen Rücken, aber das macht es auch nicht besser, Rosalie. Ich fahre mir durch die zerzausten Haaren und mein Vater wirft mir wieder einen Blick aus dem Augenwinkel zu, wobei er sich das schadenfrohe Grinsen sichtlich verkneift.

»Tja, so ist das Eheleben«, wispert er und bekommt einen trockenen Todesblick von mir. Er zuckt unschuldig mit den Schultern. »Da muss jeder Mann durch, der das hier will.«

»Klasse«, flüstere ich ausdruckslos.

»Also wollt ihr noch …«, setzt Pablo an.

»NEIN!«, rufe ich und unterbreche ihn somit.

»Okay!« Er nimmt die Flasche und geht ein paar Plätze weiter, wo er einfach ein paar Shotgläser füllt.

Die Tante meiner Mom, Roberta, beugt sich über den Tisch zu uns. Sie ist bekannt dafür zu bohren, wenn es um die Ehe anderer geht. Und um Sex. »Also, in welcher Woche ist sie?«, fragt sie mich und überrascht mich damit so sehr, dass ich erstarre und mich nicht mehr rege. Neugierig sieht sie mich aus ihren waldgrünen Augen an.

»Was?«, hake ich hohl nach.

»Du trinkst den Alkohol für deine Frau«, meint sie stirnrunzelnd. »Und du bist nicht sehr unauffällig, Sergio.« Das kommt fast mitleidig. »Und auch nicht der erste Mann an diesem Tisch, der das tut.«

Hilfesuchend sehe ich zu dir.

»Man hat herausgefunden, dass ich eine Allergie habe«, erklärst du geistreich und ich muss lachen. Mahnend siehst du mich an, weshalb ich sofort verstumme.

»Ja, eine Allergie gegen Alkohol.« Ich nicke bedeutungsvoll. Rosalie, ehrlich?

»Ich sag es keinem! Wie weit seid ihr denn?« Sie ist ganz entzückt und stützt ihr rundes Kinn auf den Handballen.

»Ich bin nicht schwanger«, flüsterst du und siehst sie ernst und durchdringend an.

Sie glaubt dir kein Wort, offensichtlich. Niemand glaubt dir ein Wort, Rosalie. Du bist eine schlechte Lügnerin.

»Sie ist im dritten Monat«, informiert mein Vater sie freundlicherweise, weshalb ich stocke und ihn förmlich mit meinem Blick durchbohre. Wieso muss er immer so ein Arschloch sein? Wieso kann er nicht einfach mal respektieren, was andere wollen?

»Was ist?«, fragt er unbedarft, als er meine verengten Augen bemerkt.

»Nichts«, knurre ich und sehe von ihm weg. Er macht es einem echt nicht leicht, ihm eine letzte Chance zu geben. Wirklich nicht.

»Sie weiß es sowieso. Und du wirst es keinem sagen, oder Roberta?«, richtet mein Vater das Wort an sie.

»Niemals«, versichert sie inbrünstig und legt eine Hand an ihre Brust. »Also. Erzählt mir alles.« Sie sieht uns erwartungsvoll an und wedelt mit der Hand.

»Erzähl es ihr«, meine ich zu dir, weil jetzt sowieso alles egal ist. Morgen wissen es alle, wie ich sie kenne, was meinem Vater klar sein dürfte. Wahrscheinlich legt er es sogar darauf an, dass es rumgetratscht wird, und das nur, weil wir es noch geheim halten wollten. Wäre es umgekehrt, würde er es nämlich niemandem erzählen.

»Es ist sehr schön, schwanger zu sein?«, antwortest du verwirrt und etwas steif, als wüsstest du nicht, was du sagen sollst.

»Ach, erzähl doch kein Unsinn. Es ist die Hölle«, erwidert Tante Roberta fast pikiert. »Aber … wie hast du es erfahren? Ich will alles wissen! *Alles!* Wisst ihr schon, was es wird?« Verschwörerisch funkelt sie dich an, während ich langsam und scheinbar gelassen aufstehe, wobei ich etwas taumle und mich an deiner Rückenlehne abfange. So unauffällig.

Du packst ruckartig mein Hosenbein und ich sehe erschrocken zu dir runter, während du zu mir hochblitzt und die Lider verengst. Oops, jetzt hast du mich wohl erwischt. »Ich muss auf die Toilette«, meine ich ausweichend.

»Verräter!«, wisperst du mir zu.

»Ich kann nichts dafür, es sind die Gene.« Ich deute mit dem Daumen auf meinen Vater links neben mir.

Geschlagen schüttelst du den Kopf. »Wo heirate ich da nur rein?«

»Ich weiß, es ist furchtbar, es tut mir leid«, versichere ich dir ironisch nickend. »Und zu spät ist es jetzt auch noch.« Ich schlendere davon, während Roberta sich neben dich setzt. Ich kann diesen Weiberkram gerade nicht ertragen und betrete das Haus. Ich muss gar nicht auf die Toilette, Rosalie. Ich gebe es ja zu.

Ich gehe in die Küche und öffne den Kühlschrank, wo ich mir ein paar übriggebliebene gefüllte Weinbergblätter und Oliven rausnehme, die ich auf die Theke stelle. Dann lehne ich mich dort an und esse ein Weinbergblatt. Dabei beobachte ich dich aus dem Fenster, wie du dich windest und rot wirst. Gott sei Dank bin ich gegangen. Diese Roberta kann echt aufdringlich sein. Sie ist wie Mom, nur etwas fülliger. Untypischerweise ist sie aber keine der üblichen Marinos. Sie ist alles andere als stocksteif, nicht unnötig höflich und lässt sich von niemandem etwas sagen. Sie ist einfach nur lustig und nimmt kein Blatt vor den Mund. Ihre Tochter Alessia ist genauso, nur, dass sie ein bisschen die Kontrolle über ihren Männerkonsum verloren hat, wie ich gehört habe.

Gerade, als ich abgebissen habe, höre ich leise Schritte auf der Treppe und sehe auf. Dorian nähert sich und bleibt stehen, als er mich bemerkt. Ich habe gar nicht registriert, dass er vorhin reingegangen ist. Er ist also gut im Schleichen. Interessant.

Bisher waren wir noch nicht allein, aber ich beobachte ihn immer mal wieder, komme allerdings zu keinem Schluss.

Ich beiße wieder ab.

»Dich sieht man ja so gut wie nie alleine«, stellt er fest und schlendert in die Küche. Ich kaue gemächlich und lasse meine Augen über ihn gleiten. Mein Onkel trägt schwarz und sein Pullover liegt eng genug an, dass man seine trainierten Arme und die klar definierte Brust erkennen kann. Er ist breit gebaut und echt riesig. Um seinen Nacken baumelt das obligatorische goldene Kreuz und seine dunkelbraunen Haare liegen perfekt an. Er ist rasiert und sein Blick immer wachsam und überheblich. Als würde er uns alle für die größten Idioten halten, die auf dieser Erde existieren.

Dorian lehnt sich ebenfalls an die Anrichte und nimmt sich eine Olive von meinem Teller, weshalb ich kurz düster seine Finger anstarre. »Und, wie war das so für dich, als dein Vater von den Toten auferstanden ist?«, erkundigt er sich interessiert.

»Hat Ramon dir das noch nicht erzählt?« Ich beiße wieder ab.

»Ich will es von dir wissen. Ramons Erzählungen sind immer ein wenig lückenhaft, wenn es um dich geht.« Ich frage mich, was er ihm in den Jahren, als mein Vater noch nicht zurück war, berichtet hat, und atme es weg. Dreimal.

»Ich rede nicht so gerne über meine Gefühle.« Ich nehme mir noch ein gerolltes Weinbergblatt und er noch eine Olive. Wenn er noch einmal auf meinen Teller fasst, muss ich ihm leider die Finger abschneiden. Ich hasse das. Das darfst nur du.

»Gesunde Einstellung.« Er deutet auf mich. Ich kaue sehr langsam, ohne den Blick von seinen Augen zu nehmen. »Ich hab gehört, dass du die Stadt ganz gut im Griff hattest. Bis auf ein paar kleine Dinge, die ich anders gemacht hätte.«

»Da bin ich mir sicher.« Wieder beiße ich ab und beobachte, wie sich sein Kiefer beim Kauen bewegt. Seine Züge sind sehr markant.

»Aber ich verstehe nicht, wieso du Giovanni einfach so hast davonkommen lassen.« Er isst noch eine Olive und ich atme gepresst aus. Ich wette, er hat bemerkt, wie sehr es mich stört, und macht es extra. Grenzen ausloten. Ich weiß schon. Provozieren. Selbstbeherrschung testen. Schwachstellen herausfinden.

»Er ist Familie«, sage ich einfach, denn Giovannis Vater hat schon für diese Familie gearbeitet und Giovanni selbst kennt mich, seit ich ein kleiner Junge war. Nun wird er auch mein Kind kennen. Egal, was er tut, ich würde ihm nie ernsthaft schaden.

»Man sollte trotzdem bei den Menschen aufpassen, die einen schon einmal verraten haben, denn mit Verrat ist es wie mit dem Fremdgehen. Kommst du einmal damit davon, tust du es wieder und wieder und wieder.« Dorian sieht aus dem Fenster in Richtung meines Vaters und ich betrachte sein perfektes Profil.

»Das stimmt wahrscheinlich. Was für den einen Verrat ist, ist für den anderen Brüderschaft.« Dabei denke ich daran, dass Ramon sich auch für eine Seite entschieden hat. Wenn es danach gehen würde, müsste ich ihn und Giovanni erschießen. Aber wofür? Wem ist damit geholfen? Macht es das besser oder gar ungeschehen?

»Hängst du immer noch der Sache mit Ramon nach?«, fragt er, womit er ins Schwarze trifft. A ja. Ein Menschenkenner. Ein Zwischen-den-Zeilen-Leser, bei dem man es auf den ersten Blick gar nicht vermutet.

»Ich kann sehr nachtragend sein.« Ich nehme mir noch ein gerolltes Weinbergblatt und er tut es mir nach. Inzwischen habe ich es aufgegeben, deswegen angepisst zu sein, und lasse es über mich ergehen.

»Ich auch.« Er nickt bedeutungsvoll. »Wusstest du, dass Carter Rush mich erschossen hat?« Auch darüber habe ich gestern Nacht im Büro noch mit meinem Vater gesprochen, nachdem Dorian schon weg war. Was soll ich sagen? Ich hätte in seiner Situation das Gleiche getan, wenn man dich bedroht hätte. Dad hat mir alles erzählt, auch, dass er dabei war, als es geschehen ist. Dass er Dorian nach unten geschickt hat, als er Mom und den Carter-Dad am Steg gesehen hat und dass Dad ihn danach weggebracht und in einer Gasse hat liegen lassen.

Tja, so tragen wir alle unsere Sünden mit uns herum.

»Jetzt weiß ich es«, meine ich und es ist so interessant, Dorians Gesicht in Wirklichkeit zu betrachten, wenn man dieses Gemälde jeden Tag anstarrt. Seine Züge sind reglos, wie die der meisten Männer in diesen Kreisen mit der Zeit werden. Seine Augen stumpf, weil sie zu viel gesehen haben.

»So loyal«, antwortet er kalt.

»Irgendjemand muss es ja sein.« Meine Stimme ist heiser. »Und wo warst du die letzten Jahre? Wirklich in Baton Rouge? Scheint mir fast, als hättest du dich versteckt.« Ich beiße wieder ab.

»Nein, ich wollte nur mit diesem Pack hier nichts mehr zu tun haben.« Er isst das letzte Stück und wischt sich die Finger sehr gründlich an einem Küchentuch ab.

»Auch nicht mit deinem Bruder, als er das alles hier übernommen hat und so viel Verantwortung tragen musste?« Ich mache eine ausschweifende Handbewegung ins Haus.

»Mein Bruder kam perfekt zurecht und hatte alles, was er wollte.« Jetzt kommt die erste Emotion durch. Groll. Nicht gut.

Ich lege den Kopf schief. »Die Frau, die man liebt, ist nicht immer alles, was man will und braucht«, sage ich, weil ich weiß, dass er auf Mom anspielt.

»Oh, ich meine nicht nur die Frau.« Ah, er meint das ganze Imperium. Ich verstehe.

Ich nicke langsam. »Tja, für den einen ist es eine Last und für den anderen alles, was er wollte.«

»Das Problem ist, wenn man alles auf einmal will.« Düster sieht er nach draußen in Richtung meines Vaters.

»Und was willst du?«, frage ich ihn direkt. »Wieso bist du wirklich hier?«

»Weil ich zurück nach Hause wollte«, antwortet er heiser und so, als wäre das klar und offensichtlich. Tja, leider ist es das aber nicht. In dieser Welt ist nichts klar und offensichtlich. Man muss alles hinterfragen. Immer wieder hinterfragen.

»Da hast du dir ja eine interessante Zeit ausgesucht, um zurück nach Hause zu kommen«, sage ich genauso heiser.

»Es ist jetzt an der Zeit, meinen Bruder zu unterstützen. Die Kacke dampft.« Sein Blick ist kalt und ich lasse ihn mit meinem wissen, dass ich bemerke, dass er Bullshit erzählt. Er lässt mich mit seinem wissen, dass ich keine Ahnung habe. Schön.

Ich ziehe einen Mundwinkel hoch. »Also wirst du auf meiner Hochzeit sein? Wie schön.«

Sein Mundwinkel zuckt ebenfalls. »Sicher.« Das sagt er, als hätte er das ganze Jahr darauf gewartet, und ich schüttle leicht den Kopf. Ich bin echt interessiert daran, wer dieser Mensch eigentlich ist.

»Darf ich mal vorbei?«, fragt Ilian plötzlich und wir beide zucken zurück. Ich wette, dass Dorian genauso wenig jemand ist, an den man sich anschleichen kann. Er wirkt echt angepisst, weil es jemandem gelungen ist. Ich mache Ilian Platz, der lässig den Kühlschrank öffnet.

Dorian starrt ihn fassungslos an.

»Willkommen«, sage ich zu ihm. »Es hat sich einiges geändert, seit du weg warst.«

»Ich merke es.« Er sieht Ilian von oben bis unten an wie ein Insekt, aber der ist völlig ungerührt und nimmt eine Flasche Martini aus dem Kühlschrank, bevor er ihn zumacht.

»Weitermachen«, sagt er zu Dorian und schlendert mit dem Martini davon. Dorian starrt ihm nach und legt den Kopf schief.

»Alles klar?«, frage ich ihn mit einem leichten Lächeln.

»Liegt dir was an ihm?«, erkundigt er sich, doch ich werde noch nicht so weit gehen, ihm zu zeigen, wer mir wirklich wichtig ist.

Ich schnippe mir eine Olive in den Mund, bevor ich mich abstoße. »Nirgends schmecken die Oliven wie in Italien«, meine ich, statt ihm zu antworten, klopfe ihm auf die Schulter und schlendere Richtung Badezimmer.

Sein immer noch fassungsloser Blick folgt nun mir, wie ich im Augenwinkel bemerke.

»Ich bin wirklich froh, dich kennenzulernen!«, rufe ich noch über die Schulter, ohne ihn anzusehen, und schiebe mich ins untere Bad.

Endlich habe ich alles, was ich wollte. Mein Vater lebt – egal, wie ich damit umgehe –, weshalb ich die ganze Verantwortung nicht allein tragen muss. Du wirst meine Frau und erwartest unser Baby und genau dann kommt dieser Dorian zurück. Ich habe das Gefühl, dass die nächsten Jahre noch ziemlich turbulent werden, Rosalie. Aber das ist nicht so schlimm, solange du bei mir bist.

36. Zwei Brüder, eine Frau, Rosalie

XX

Sergio

Als ich das Badezimmer fünf Minuten später wieder verlasse und das Haus durchquere, lehnt Dorian immer noch an der Anrichte zur Küche und isst nun einen Apfel. Er hat einen Arm um die Brust geschlungen und den anderen angewinkelt. Er betrachtet mich aus seinen dunkelblauen Augen, während er krachend in das Obst beißt, und ich reibe meine noch feuchten Hände aneinander.

»Immer noch da, Amore? Was für ein Zufall«, meine ich trocken und bleibe vor ihm stehen.

»Das ist kein Zufall«, sagt er und beißt erneut von seinem Apfel ab. Ach was. Wirklich.

»Was du nicht sagst«, murmle ich und lehne mich ihm seitlich gegenüber.

»Weißt du eigentlich, dass der kleine Bastard deine Schwester vögelt?«, fragt er. Offensichtlich kommt er einfach nicht über Ilian hinweg.

»Weiß nicht, wen du meinst.« Ich fege einen Traubenkern von der Anrichte.

»Diese Rush-Terekov-Mischung.« Er deutet mit dem Daumen über die Schulter nach draußen. Er scheint die Rushs genauso sehr zu hassen wie mein Vater. Wenigstens etwas, das sie verbindet, wenn es auch nicht in meinem Interesse liegt, dass die beiden etwas gemeinsam haben, denn das könnte gefährlich werden. Ich spüre es schon.

»Du meinst Ilian?« Ich hebe eine Braue.

»Ja, genau den.« Er beißt nochmal von seinem Apfel ab. Ilian ist bei mir ein sensibles Thema.

»Danke für die Information«, meine ich äußerst betont dankbar.

»Bitte. Die Familie muss doch zusammenhalten.«

»Allerdings.« Ich lächle halb.

»Also willst du nichts dagegen tun?«, bohrt er weiter.

»Was sollte ich denn deiner Meinung nach dagegen tun?«

»Ich denke, du wärst jetzt kein Fan davon, wenn ich dir jetzt sagen würde, du sollst ihn erschießen«, mutmaßt er und legt den Apfel zur Seite. Ich weiß genau, was er da tut, aber ich werde sein Spiel sicher nicht mitspielen.

»Das könnte Probleme mit den Terekovs geben, die ja unsere Partner sind.«

»Ich dachte gar nicht, dass du dich so an die Regeln hältst«, murmelt er nachdenklich.

»Was anderes gehört?« Ich hebe die Brauen.

»Ja, ich dachte, du machst dir deine eigenen Regeln.«

Ich seufze tief und tippe mit einem Finger auf die Schale mit den Äpfeln. »Die schmecken nirgends so gut wie in Italien, nicht wahr?«, frage ich.

»In der Tat«, murmelt er in sich hinein, als ich gerade gehen will, aber dann poltert es und die Tür hinter ihm schwingt auf. Mom, natürlich, stolpert betrunken rein. Sie hält sich am Rahmen fest, während der Träger des roten Kleides über ihre Schulter rutscht. Sie bemerkt Dorian nicht sofort und hebt den Blick zu mir.

»Oops«, sagt sie, als sie mich sieht. »Was machst du ... hier ...«, fragt sie langsam und gedehnt, als sie allmählich begreift, dass ich nicht allein bin, und schaut fast wie in Zeitlupe über meine Schulter. Sie zieht langsam mit einem Finger ihren Träger wieder hoch und mein Magen verkrampft sich. Ich spanne mich an.

»Hi, Amore!«, säuselt Dorian entzückt und sie wird ganz steif am gesamten Körper. Seine Stimme hat sich verändert und einen schneidenden, fordernden Unterton angenommen. Mom regt sich nicht mehr. Sie ist ganz starr geworden, ihre grünen Augen werden blicklos und ihre gebräunten Wangen blass. »Was tust *du* denn hier?«, fragt er begeistert, aber sein Blick ist lauernd.

Sie räuspert sich und macht einen zögerlichen Schritt herein, hält aber genügend Abstand zu ihm. »Ich wollte nur Gläser holen«, sagt sie leise und bewegt sich äußerst vorsichtig. Sie klingt plötzlich ganz nüchtern und angespannt. Nur noch ihre leicht trüben Augen zeugen von dem zu hohen Alkoholkonsum.

»Hol Gläser«, bestärkt er sie und deutet in die Küche. Mom schiebt sich schnell an mir vorbei in die Küche. Ich sehe sie nur aus dem Augenwinkel an den Schränken hantieren, weil ich Dorian taxiere. Er grinst mich träge an, einen Ellbogen hinter sich auf die Anrichte gelehnt. Ich höre Gläser klirren.

»Bitte bring mir auch ein Glas Wasser«, meint er, ohne den Blick von mir zu nehmen, und schmunzelt. Das Klirren verstummt kurz. Ich halte seinen Blick und höre, wie Wasser plätschert. Sie schiebt das Glas mit einem Finger langsam über den Tresen in seine Richtung, als würde sie ein Raubtier füttern, dem sie nicht traut.

»Gib es mir in die Hand«, fordert er lässig, aber mit einem bestimmenden Unterton. Noch immer liegen seine Augen auf mir. Was will er mir damit beweisen? Dass er die Leute um sich herum kontrollieren kann? Dann hat er aber deinen Vater noch nicht erlebt.

Meine Schultern sind angespannt und ein Beben geht durch meinen Körper, aber äußerlich bleibe ich ungerührt. »Hör auf«, sage ich ruhig zu ihm.

»Ich will nur ein Glas Wasser«, meint er, als wäre es selbstverständlich, und ist sich keiner Schuld bewusst.

Ich höre die Schritte meiner Mom und mahle mit den Zähnen, weil er diese Macht über sie hat. Wenn ich es nicht selbst sehen würde, hätte ich es mir niemals vorstellen können. Als sie es ihm reichen will, schaut er ihr in die Augen, greift aber nicht richtig zu, sodass es zu Boden fällt und klirrend zersplittert. Ich bemerke, wie sie ihre

Kiefermuskeln anspannt. Sie ist diesen Psychoterror mit Carter-Dad nicht gewohnt.

»Ops!«, macht er hart. »Was hast du denn da angestellt, Isabelle?«

»Mom, komm her«, sage ich betont ruhig, obwohl ich kurz davon stehe, zu explodieren. Sie regt sich nicht. Sie sieht Dorian in die Augen und ist wie festgefroren. Ihre kleinen Hände ballen sich zu Fäusten.

»Deine Mutter weiß, was sich gehört«, sagt er, ohne den Blick von ihr zu nehmen. »Wisch es auf.« Er nickt träge zum Boden, wo die Scherben liegen und das Wasser über die Fliesen in die Fugen rinnt.

»Nein«, bestimme ich hart und sie atmet zittrig aus.

»Sie hat es verschüttet«, meint er seelenruhig.

»Wir haben Hausmädchen für so was.« Ich deute nach draußen.

»Aber deine Mutter war sich noch nie zu schade, um so was selbst zu erledigen. Nicht wahr, Amore?« Er schaut sie wieder an und ich mache einen Schritt in ihre Richtung. Gerade will ich sie packen, verharre aber, weil ich einen Schatten hinter Dorian sehe, den er nicht bemerkt. So unaufmerksam, dieser Dorian heute. Lenkt ihn irgendwas ab?

Die Tür schwingt hart auf und ich ziehe meine total steife, sich nicht regende Mom am Arm zu mir.

Mein Vater kommt rein, gefolgt von Giovanni, und schließt sanft die Tür hinter sich. Er überschaut die Runde knapp und hebt eine Augenbraue in Dorians Richtung. Ich lege den Arm um meine Mom und sie atmet leise aus. Ich spüre förmlich, wie sie ein bisschen in sich zusammensackt.

»Was ist hier los?«, fragt mein Vater gereizt und deutet auf uns alle, aber die Frage richtet sich an meinen Onkel.

»Isabelle hat ein Glas fallen lassen«, meint der, als würden alle total übertreiben und isst eine Traube. »Dann bist du reingekommen.«

Mein Vater sieht zu mir. »Was ist passiert?«, fragt er wachsam.

Ich lasse meinen Blick zu Dorian gleiten, der eine Braue hebt, und zu meinem Vater, der zwei Brauen hebt. Sie sehen sich gerade so ähnlich, dass es mich fast irritiert.

»Mom hat ein Glas fallen lassen«, sage ich und sehe zu meiner Mutter runter. Die regt sich immer noch nicht. »Sie war etwas nervös.« Ich visiere Dorian an, der die Lider verengt. Mein Vater schnaubt und will gerade was erwidern, als die Tür erneut aufschwingt. Carter-Dad kommt rein. Das ist ja super. Jetzt sind wir komplett, fehlt nur noch Onkel Caden.

»Isabelle, verdammte …« Er rennt fast in meinen Vater und stoppt gerade noch so. Verwirrt überschaut er kurz die Runde und zieht seine Brauen zusammen. Sein Gesicht wird ausdruckslos, aber in seinen türkisen Augen verhärtet sich alles, als er Dorian sieht, und Wut blitzt darin auf. »Scheiße«, sagt er dann und sein Blick schießt zu Mom, die immer noch bei mir steht.

»Mir geht es gut, Carter, lass gut sein«, sind die ersten Worte, die ich von ihr höre. Carter-Dad lässt seinen Nacken knacken.

Mein Onkel schmunzelt. »Ihr geht es gut, Carter, lass gut sein«, wiederholt er spöttisch.

Carter-Dad schaut ihn eiskalt an. Es ist der Blick, den er seinen Todfeinden schenkt. Mein Vater tritt einen Schritt zur Seite, als würde er ihm freie Bahn lassen. Carter-Dad sieht Dorian nur an, in seinen Augen ein stummes Versprechen. Es ist total still im Raum. Mein Onkel schmunzelt noch ein bisschen entzückter.

»Komm her, Baby«, sagt Carter-Dad, ohne den Blick von Dorian zu nehmen, und streckt eine Hand nach Mom aus. Sie geht langsam zu ihm, aber bemüht würdevoll mit erhobenem Kinn. Ich beobachte sie dabei aufmerksam. Genau wie Dorian, der das alles ganz falsch findet, wie seine Augen verraten.

Carter-Dad nimmt ihren Arm, sobald sie in Reichweite ist und zieht sie zu sich. Dorian legt den Kopf schief.

»Geh raus zu Caden, ich komme gleich.« Er schiebt sie sanft zur Tür, die Giovanni für sie öffnet, und sie drängt sich wortlos an ihm vorbei nach draußen. Mein Vater drückt die Tür hinter ihr zu und schließt sie langsam und bedacht, bevor er sanft den Vorhang zuzieht und sich wieder umdreht. Komischerweise schickt er den Carter-Dad nicht raus.

»Setzen!« Mein Vater deutet seinem jüngeren Bruder, auf der Couch Platz zu nehmen. Dorian schlendert amüsiert vor und tut, was verlangt wurde. Und da sitzt er dann ganz vorbildlich, sich keiner Schuld bewusst, aber sein Blick ist hart. So abfällig. Und eiskalt. Ich lasse mich auf den Sessel daneben fallen, Carter-Dad steht hinter mir und stützt sich mit den Händen an meiner Lehne ab. Seine Finger bohren sich hart in den Stoff, aber ich weiß, dass er sie am liebsten um Dorians Hals legen würde.

Mein Vater setzt sich auf den Couchtisch vor Dorian und stützt die Unterarme auf die Oberschenkel. Sein Bizeps unter dem dunkelblauen Shirt zuckt immer wieder und er faltet die Hände ineinander wie zum Gebet, dann beugt er sich vor. Einen Moment starrt er seinen Bruder noch an, der lächelnd und wissend zurücksieht.

Schließlich atmet mein Vater durch und sein vom Wein getrübter Blick wird klar und kühl. »Was hast du nicht verstanden, als ich sagte: *Nicht ansprechen.*« Abwartend schaut er Dorian an und seine hellblauen Augen funkeln mit den dunkelblauen um die Wette.

Mein Vater knetet seine Fäuste langsam und intensiv. Sein Siegelring blitzt auf.

»Ich habe ihr nichts getan.« Mein Onkel zuckt unschuldig mit den Schultern und wirkt, als würde ihn all das hier langweilen.

»Du hast sie angesprochen. Ich hab dir gesagt, du sollst sie nicht ansprechen.« Die Stimme meines Vaters ist leise und ein wenig heiser.

»Ich wollte lediglich ein Glas Wasser.« Dorian versteht dieses ganze Theater offensichtlich nicht. Dad beugt sich weiter vor. Sein Gesicht ist eine tödliche Maske, als würde er die Macht besitzen, zu entscheiden, wer die Pforten zur Hölle passiert und wer in den Himmel steigt.

»Das nächste Mal holst du dir dein Scheißwasser selbst«, blafft er unerwartet und funkelt seinen Bruder hart an. So unbeherrscht sieht man ihn eigentlich nicht.

»Okay«, meint Dorian ruhig. »Ich hole es mir selber. Wenn du das so bestimmst, dann tue ich das natürlich, Bruder.«

Mein Vater hält den Blickkontakt zu ihm. »Es ist schön, dass du wieder da bist, aber jetzt gelten meine Regeln und nicht die unseres Vaters. Und Isabelle … *Rush.*« Er stockt kurz und fährt sich durch die Haare, dann seufzt er. Es gefällt ihm genauso wenig, wie Mom heißt oder mit wem sie zusammen ist. »Gehört. Dir. Nicht. Comprende?«

»Comprende!«, antwortet Dorian ungerührt und nimmt Dad alles andere als ernst.

Mein Vater ist nicht zufrieden, weil er dasselbe erkennt wie ich. Sein Blick gleitet kurz zu meinem Carter-Dad, der total angespannt hinter mir steht, dann wieder zu meinem Onkel nach vorn. Dann reibt er sich über das glatte Kinn.

Dad sieht meinen Onkel an und legt den Kopf schief. »Bevor du sie nochmal kriegst, hole *ich* sie mir nochmal. Nur, damit das schon mal klar ist.« Er beugt sich weiter vor. Jetzt sind sie sich richtig nahe und beide äußerst ernst. Die Belustigung hat Dorian mit einem Schlag verlassen. Ich spanne mich an und mein Rücken knackt. Ich bin bereit, dazwischenzuspringen, wenn es sein muss, und werfe Giovanni einen Blick zu. Er nähert sich langsam.

»Ich weiß«, säuselt Dorian in das Gesicht meines Vaters. »Glaube nicht, dass ich das einen einzigen Tag vergessen habe. Du kriegst immer alles, was du willst.«

»Gut«, meint mein Vater nachdrücklich. »Dann müsstest du es ja verinnerlicht haben. Deine Finger bleiben bei dir. Deine Augen bleiben bei dir und du hältst den Mund, wenn sie vorbeigeht. Kein Nachschleichen in irgendwelche Räume, und wenn du sie nur ein Mal anfasst, breche ich dir die Hand.« Er spricht ganz ruhig, als würde er über einen guten Wein reden.

»Comprende, Tesoro«, wiederholt Dorian. Mein Vater rollt seine Schultern vor und zurück und atmet tief durch.

»Ich glaube nicht, dass du das verstanden hast«, sagt er mit leiser, heiserer Stimme.

»Ich *habe* dich verstanden. So gut.« Dorian ist lebensmüde, definitiv. In der Hinsicht ist er wie Ramon, denn er kennt keine Grenzen, kein Nachgeben. Er tritt keinen einzigen Schritt zurück.

»Nein, du hast mich nur gehört«, beharrt mein Vater und verengt forschend die Augen. »Ich denke, ich sollte es demonstrieren, damit du es auch wirklich verinnerlichst. Du weißt schon, wie sie es uns damals beigebracht haben.« Ich runzle die Stirn, weil ich nicht genau weiß, was er meint, und es nur ahnen kann. Mein Onkel zieht skeptisch seinen Kopf zurück, denn ihm ist anscheinend genau klar, worauf mein Vater anspielt.

»Ich *habe* verstanden«, knurrt er mit Nachdruck.

Mein Vater ignoriert ihn, winkt Giovanni mit zwei Fingern ran und gestikuliert ihn zu meinem Onkel. Dorians Blick wird abschätzend, als er zu ihm hochschaut. Darin liegt eine einzige Warnung. Aber Giovanni ist unbeeindruckt und meinem Vater treu ergeben. Das wissen wir ja alle.

Giovanni nimmt langsam Dorians Hand. Mein Onkel beißt seine Zähne zusammen, schaut jetzt ungläubig zu meinem Vater und wehrt sich nicht. Dad allerdings sieht zu Giovanni, der auf einen Befehl wartet. »Langsam«, lässt er ihn wissen und gibt ihm ein Zeichen, anzufangen.

»Donovan«, presst Dorian durch zusammengebissene Zähne hervor und mein Vater stoppt Giovanni mit einer Handbewegung.

»Was?«, fragt mein Vater ruhig und ich höre die unterdrückte Wut in seiner Stimme. »Was, Dorian? Ich hab mir das jahrelang mit angesehen. Ich hab dir tausendmal gesagt: *tu ihr nicht weh. Schlag sie nicht. Tu nichts, was sie nicht will.* Und du musstest es immer so tun, dass ich es auch ja mitbekomme als Strafe dafür, dass sie mich geliebt hat. Wieso hast *du* nicht aufgehört, als ich gesagt habe: *Hör auf*?«

Mein Onkel schweigt zähneknirschend und starrt ihn nur an. Die Muskeln in seinen Armen zucken und er ballt eine Faust.

Mein Vater reibt nachdenklich die Fingerspitzen aneinander und schaut auf seine Hand runter, als wäre er gedanklich in einer anderen Zeit, in einer anderen Welt. »Wenn du ihr wehgetan hast, musste ich ihre Scheißwunden kühlen. Ich hab mich echt machtlos gefühlt. Kennst du dieses Gefühl?« Er sieht stirnrunzelnd auf und gibt Giovanni ein Zeichen, der langsam anfängt, Dorians Hand zu verdrehen. Mein Onkel beißt die Zähne fester aufeinander, seine Nasenflügel blähen sich. Aber er wehrt sich immer noch nicht und hebt das Kinn. Ich starre gebannt auf Dorians Hand, die sich unnatürlich verdreht, und der Siegelring mit. Mein Vater gibt Giovanni ein Zeichen, zu stoppen, und mein Onkel hebt das Kinn angepisst und seine Wangenmuskeln zucken.

Dad spielt gedankenverloren mit dem Verschluss seiner Uhr. »Weißt du noch, als wir hier in Italien waren und unser Vater mit uns durch die Berge spaziert ist, um uns zu zeigen, wie wichtig die Heimat ist?«, fragt mein Vater und legt den Kopf schief. »Er hat gesagt: *Das Wichtigste ist eure Frau, danach kommen eure Familie und die Heimat. Behandelt eure Frauen so gut, wie ihr die Erde behandelt, auf der ihr geht. Eure Frau ist eure Königin, ohne die die Welt, über die ihr herrscht, nichts wert ist.*« Mein Vater nickt zynisch und schnaubt. »An diesem Tag, als wir zurückkamen, hast du ihr das erste Mal eine Ohrfeige verpasst. Anschließend saß sie in meinem Zimmer auf meinem Bett und war total erschüttert. Wie hätte ich ihr erklären sollen, dass mein kleiner Bruder ein Bastard ist? Ich konnte nur ihre Wange kühlen und ihre Tränen trocknen.« Er schüttelt leicht den Kopf, als müsste er die Erinnerungen abschütteln, und wirkt so gequält. Dann sieht er auf, sein Blick verhärtet sich zu Stahl, und gibt Giovanni ein Zeichen, fortzufahren. Der dreht Dorians Hand wieder leicht und mein Onkel beißt die Zähne härter aufeinander. Seine Augen, die er die ganze Zeit nicht von meinem Vater lässt, lodern. Seine andere Hand ballt sich so fest, dass die Sehnen an seinen Unterarmen hervortreten, trotzdem wehrt er sich nach wie vor nicht.

Mein Vater stoppt Giovanni wieder, kurz bevor es knackt, und schaut meinen Onkel an. »Ich habe die ganze Zeit gewusst, wo sie war, als sie weggelaufen ist«, lässt er ihn jetzt reuelos wissen. Dorian hebt ungläubig die Augenbrauen. Damit hat er eindeutig nicht gerechnet. »Ich dachte mir, lieber stirbt sie an einer Überdosis, als zurück in dieses Haus zu kommen … zu dir.« Mein Onkel schnaubt bitter. »Aber du hast sie ja trotzdem gefunden und danach eine Woche lang in deinem Zimmer eingesperrt und *was* gemacht?!« Er scheint die Anwesenheit von Carter-Dad und mir total vergessen zu haben. Es ist, als wäre mein Vater entfesselt und würde alles sagen, was er all die Jahre mit sich rumgetragen hat. Wir rühren uns beide nicht, weil wir sonst ausflippen. Ich schaue hoch zum Carter-Dad, der den Kiefer so fest aufeinandergepresst hat, dass ein Muskel zuckt.

Dad beugt sich weiter vor und zischt: »Sag es mir: Was hast du gemacht in dieser Woche? Sprich. Es. Aus.«

Mein Onkel schweigt und sein Blick wird immer härter.

»Auch eine wichtige Lektion unseres Vaters: *Tut niemals etwas, wozu ihr nicht stehen könnt*. Ich habe auch ein paar Fehler begangen, ich bin auch ein Bastard wie du, das müssen die Gene sein.«

»Ich hab ihr die Scheiße aus dem Leib geprügelt«, meint Dorian bitter und mit einem hasserfüllten Lodern in den Augen. Carter-Dad zuckt, aber ich halte ihn, ohne hinzusehen, mit einer Hand zurück, weil wir das jetzt nicht unterbrechen dürfen. Bloß nicht.

Mein Vater packt Dorian hart am Kiefer. »Ich weiß. Ich hatte das Zimmer nebenan und ich war öfter da, als es einer von euch wusste. Ich hab alles gehört!«, speit er aus und seine Augen lodern genauso hasserfüllt.

Er drückt seine Finger in Dorians Kiefer, hart und unnachgiebig, sodass sie weiß werden. Dorian mahlt mit den Zähnen, wehrt sich aber immer noch nicht, sondern starrt seinen Bruder nur an.

»Und dann hast du sie geheiratet. Einfach so. Und damit fast umgebracht. Das wäre ein guter Zeitpunkt gewesen …«, ruft Dad jetzt und wir zucken ein bisschen zusammen. »Sie gehen zu lassen.« Mein Onkel schaut ihn an, als wäre das keine Option gewesen. Niemals. »Ich dachte damals kurz im Krankenhaus, dass du zu dir kommst und dass alles irgendwie passt. Aber das hat es nicht, oder? Für dich hat es nie gepasst. Nichts hat je gepasst. Es war nie genug. Nie genug Isabelle. Nie genug andere Frauen. Nie genug Macht. Nie genug Koks. Nie genug Geld.« Mein Vater atmet tief durch und lässt ihn los.

»Redest du von mir, Bruder, oder von dir selbst?«, fragt Dorian sanft und reibt sich über den Kiefer.

»Ah, ich rede von uns beiden.« Dad winkt ab und legt den Kopf auf die andere Seite. »Was hast du gedacht, als du geglaubt hast, du stirbst?« Mein Vater starrt ihm direkt in die Augen. »Sag es mir«, flüstert er hart und die Anspannung im Raum nimmt zu.

»Dass ich dich trotzdem liebe«, antwortet Dorian mit heiserer Stimme, ohne den hasserfüllten Blick von meinem Vater zu nehmen.

Der lächelt humorlos.

»Was für ein tragisches Ende«, murmelt er sinnierend.

»Was hast *du* dir gedacht?«, fragt Dorian leise.

Er lächelt. »Dass ich *sie* liebe.« Dann seufzt er tief und seine Stimme wird lauter und spöttischer. »Aber man kann ja nicht alles haben, auch wenn man ich ist.« Er lässt seine Schultern knacken. »Ich hab mir geschworen, dass so was nie wieder passieren wird. Egal, ob durch meine Hand, deine oder seine.« Er deutet vage zu Carter-Dad, ohne ihn anzusehen. »Und ich erschieße dich, wenn du es tust.« Er klingt hart, steht dann auf und starrt zu Dorian runter. »Und *ich* treffe.« Er gibt Giovanni ein lässiges Zeichen. Der lässt Dorian mit einem Ruck los, kurz bevor die Hand bricht, während mein Vater nach draußen verschwindet, ohne zurückzuschauen. Ich glaube, da hat sich einiges angestaut

Ich bleibe sitzen, weil ich noch zu erstarrt bin, während Carter-Dad sich abwendet und geht.

Ich würde gern sagen, dass ich meinen Vater nicht verstehe. Dass er übertreibt, es sich hier um seinen Bruder handelt und er sich entspannen sollte. Aber das kann ich nicht. Das, was er Dorian angetan hat, ist eine Sache, die ich niemals bei Zayden übers Herz bringen würde. Das wäre allerdings anders, wenn ich all das mitbekommen hätte, was Dorian meiner Mom zugemutet hat. Wenn dich jemand so mutwillig verletzen würde, könnte ich nicht zuhören. Ich würde wahrscheinlich völlig meinen Verstand verlieren. Bruder, Vater oder Cousin hin oder her – ich hätte ihm jetzt nicht nur fast die Hand gebrochen, Rosalie.

Ich stehe auf und wende mich von Dorian ab, der den Hinterkopf geschlagen gegen die Couchlehne sinken lässt, bevor ich das Wohnzimmer verlasse und leise die Terrassentür hinter mir schließe.

37. Ein paar Worte, Sergio

XX

Rosalie

Ich habe als kleines Mädchen Stunden damit verbracht, mir vorzustellen, wie es sein würde, wenn wir mal heiraten. Bis ins kleinste Detail habe ich es mir ausgemalt. Von der Farbe des Teppichs, der zu dem Altar nach vorn führt, über die Blumen, die Kleidung der Blumenkinder, bis hin zu den anwesenden Gästen. Ganz zu schweigen von jedem einzelnen Detail meines Kleides und deines Anzuges.

In meiner Vorstellung habe ich immer das Kleid deiner Mutter getragen, denn ich habe es schon immer auf den Hochzeitsfotos bewundert, oder oben im Speicher im Kleidersack. Manchmal bin ich hochgeschlichen und habe es angezogen. Dann habe ich so getan, als würde ich dich heiraten. Allein, oben auf dem Dachboden. Mein Teddy warst du. Einmal hat Zayden mich erwischt, da habe ich ihn mir geschnappt, damit er den Trauzeugen spielt. Allerdings fand er das doof und hat mir sein Auto in die Hand gedrückt, was mich irritierte. Ich wollte doch nur immer dich und keine Autos. Nichts anderes. Keinen Schmuck, keine Häuser, keine hübsche Kleidung. Das alles ist in Wahrheit wertlos. Was im Leben wirklich zählt, ist das, was das Herz will, und mein Herz will dich.

Jetzt ist es endlich so weit. In zwei Tagen heirate ich dich. Und allein, wenn ich daran denke, wird mein Bauch zu einer winzig kleinen verschrumpelten Rosine. Allein, wenn ich mir vorstelle, dass der Hochzeitsmarsch spielt, bricht mir der Schweiß aus. Gleichzeitig würde ich am liebsten die Zeit vordrehen. Aber das funktioniert natürlich nicht. Stattdessen scheint sie immer langsamer zu vergehen, je näher der Tag rückt.

Wir sind in Italien und es ist viel los. Die ersten Gäste kommen langsam und verteilen sich in den Bungalows, die deiner Familie gehören und um das Haupthaus herum stehen. Die Vorbereitungen gehen in die heiße Phase über und der Garten sowie der Park werden geschmückt. Schwarzer Holzboden wird auf dem Rasen ausgelegt, der später die Tanzfläche darstellen soll. Eine Bar wird laut hämmernd aufgebaut. Ich fühle mich, als würde man hier ein Festival organisieren. Aber letztendlich ist es mir egal, wie ich dich heirate. Hauptsache, es passiert endlich.

Jeden Moment fahre ich mit unseren Müttern in die Stadt, um das Kleid abzuholen, was meiner Figur angepasst wurde. Zusätzlich wurde es ausgebessert sowie einzelne Diamanten befestigt, wenn sie lose waren. Immerhin ist das Kleid schon über fünfzehn Jahre alt. Damals hat deine Mom es maßanfertigen lassen, ganz nach ihren Vorstellungen. Jetzt musste es natürlich geweitet werden, weil ich langsam auseinandergehe wie ein Hefekloß. Erst vor Kurzem ist mir aufgefallen, dass sich mein Bauch tatsächlich etwas wölbt und meine Brüste voller werden. Mit denen beschäftigst du dich sehr eingehend. Mehr als mit meinem Bauch – der ist dir noch nicht aufgefallen. Das ist okay, Baby. Du darfst dich mit meinen Brüsten beschäftigen, so viel du willst.

Ich ziehe den Reißverschluss des royalblauen Etuikleides an der Seite hoch. Es hat natürlich lange Ärmel, weil es zurzeit noch etwas kühler ist. Ja, ich wohne mittlerweile bei dir im de Luca-Haus. Und obwohl du es nicht von mir verlangst, laufe ich da nicht in Jeans und Sneaker herum, schließlich will ich deinem Vater keinen Grund geben, irgendwas an mir zu bemängeln. Inzwischen bin ich so perfekt, Sergio, dass ihn das schon wieder ärgert. Ich weiß es ganz genau.

Natürlich ist es eine Umstellung gewesen, von der hellen Seite des Sees auf die dunkle zu wechseln, aber ich habe mich gut angepasst. Ich verstehe mich gut mit den Männern im Haus, sie behandeln mich mit Respekt und ich fühle mich wohl. Was ich nicht gedacht hätte, so nahe bei deinem Vater. Mit ihm ist es etwas angespannt, aber damit komme ich schon klar.

Ich sprühe mir noch etwas Parfüm auf und richte meine heute glatten, frisch geschnittenen Haare.

Es klopft an unserer Tür. Du bist unten mit deinem Großonkel Pablo, der dir unbedingt was zeigen wollte.

»Ja?«, frage ich Richtung Tür, die sich darauf einen Spalt öffnet.

Es ist Giovanni, der seinen Kopf etwas reinschiebt. »Mr. de Luca würde gerne kurz mit Ihnen sprechen, Signorina«, verkündet er sachlich und ich hebe die Brauen, weil mir klar war, dass dieses *Gespräch* noch kommen würde. Dein Vater hat bisher noch nicht allein mit mir gesprochen, doch jetzt ist es wohl so weit.

»Sicher.« Oh Sergio, das wird so lustig. *Nicht.*

Ich nehme gleich meine Handtasche von der Kommode und schlüpfe in meine schwarzen Pumps, bevor ich mir meinen weißen Mantel vom Sessel schnappe und Giovanni aus dem Zimmer folge.

Wir gehen den Flur entlang und ich betrachte seinen breiten Rücken. Ich bin sauer auf ihn. Er hat dich verarscht. Ich mag es gar nicht, wenn dich jemand verarscht, was ich ihn spüren lasse. Natürlich bin ich nicht unhöflich, aber kalt.

Vor dem Büro deines Vaters bleiben wir stehen. Ich klopfe, während Giovanni sich daneben positioniert und stoisch nach vorn sieht. »Ja«, höre ich deinen Vater träge und leicht gelangweilt sagen. Natürlich behagt es dem großen Meister nicht, sich mit dem niederen Volk abzugeben. Ich verstehe schon. Tief durchatmend straffe ich die Schultern. Ich werde es einfach über mich ergehen lassen und fertig. Wenn das der Preis dafür ist, dass ich dich heiraten darf, dann zahle ich ihn gern.

Ich trete ein und schließe leise die Tür hinter mir. Das Büro hier in Italien ist größer und ausschweifender als das in Chicago. Mit einem Kamin und einer großen Sitzecke aus dunklem Leder. Dein Vater, der König der Welt, thront natürlich hinter dem Schreibtisch und legt gerade sein Handy auf das dunkle Holz. Ich warte artig, wie ich außerhalb deines Bettes bin, bis er mit seinen klaren blauen Augen zu mir sieht. Donovan de Luca ist makellos wie immer, obwohl er gestern viel getrunken hat und lange wach war. Aber er könnte wahrscheinlich eine Woche Party machen und würde am nächsten Morgen wie frisch aus dem Ei gepellt dasitzen. Seinen weißen Pullover hat er an den Ärmeln hochgekrempelt und seine silberne Uhr blitzt an seinem Handgelenk.

»Setz dich«, sagt er und deutet auf die zwei Stühle vor dem Schreibtisch.

Ich nehme auf der rechten Seite Platz, Sergio. Ich überschlage die Beine, Sergio. Ich lehne mich zurück und lege meine Arme auf die Armlehnen, bevor ich ihn mustere, Sergio. Ich hasse ihn, Sergio.

»Ja?«, frage ich äußerst sanft.

Er nimmt sich einen Kugelschreiber vom Schreibtisch und lehnt sich auch zurück. Langsam lässt er ihn zwischen Zeige-und Mittelfinger schwenken und mustert mich eingehend. »Da du in zwei Tagen in diese Familie einheiraten und ein Teil davon wirst …« Das alles kommt etwas unwillig, Sergio. »Habe ich mir gedacht, sollten wir ein paar Dinge klären.«

»Sehr vernünftig«, bemerke ich zustimmend und bin viel starrer, als ich mich gerade gebe.

»Mein Sohn wird in einer Position sein, in der er es sich nicht leisten kann, von irgendwas zu sehr abgelenkt oder belastet zu werden. Der Druck, der auf ihm liegen wird, wird extrem sein. Und er wird es nicht gebrauchen können, zusätzlichen Druck zu erfahren. Das heißt, du solltest lernen, die Dinge mit dir selber auszumachen. Den Frauen in dieser

Welt wird das als Erstes beigebracht, aber ich weiß ja, dass du nicht so aufgewachsen bist, wie es eigentlich richtig wäre. Sie dürfen keine Last für ihre Männer sein. Egal, in welcher Hinsicht. Sie müssen sich immer angemessen verhalten und ihrem Mann keine Schande machen. Das heißt, wenn du ein Problem hast, wirst du dich erst an deinen Bodyguard wenden. Wenn es etwas Schwerwiegenderes ist, an Giovanni. Und wenn es unumgänglich ist, an mich.«

Ich kann mir gerade so ein Schnauben verkneifen. Das werde ich natürlich nicht tun. Ich weiß schon sehr genau, womit ich an dich herantreten kann und womit nicht. Zudem ist mir klar, wie ich mich an deiner Seite zu verhalten habe und wie nicht. Dafür brauche ich nicht diesen Ober-Guru, der mich behandelt wie ein kleines Gör, das von nichts eine Ahnung hat. Mein Blutdruck steigt.

»Sicher«, sage ich trotzdem äußerst sanft und lasse ihn in meinen Augen sehen, was für einen Bullshit er da gerade redet. Abgesehen davon hat deine Mom mir schon vor langer Zeit beigebracht, auf was ich in dieser Welt als Frau zu achten habe, aber auch, wofür ich kämpfen sollte und wofür nicht. Dass ich nicht jede Regel so hinnehmen muss, wie man sie mir vorkaut. Im Endeffekt zählen die Regeln, die wir zwei uns machen. Ich weiß ganz genau, was du von mir brauchst und was nicht. Besser als er oder irgendjemand sonst auf dieser Welt.

»Er wird sehr viel unterwegs sein. Er wird oft nicht erreichbar für dich sein, weil er damit beschäftigt sein wird, das Übliche zu tun und den üblichen Versuchungen zu widerstehen. Du weißt ja, wie die Frauen sind. Wenn sie einen Mann mit Macht sehen, tun sie alles, um ihn zu kriegen.« Ja, ich weiß aber auch, wie du bist. Selbst wenn die Frau noch so begehrenswert ist, du widerstehst. »Und auch, wenn er sich mal vergisst und sich dazu hinreißen lässt, seine Befriedigung woanders zu holen, solltest du wissen, dass er dich liebt, und wirst es sicher so hinnehmen können, als gute Ehefrau.«

In mir wird es heiß. So unglaublich heiß, Sergio. Ich muss an mich halten, meine Hände nicht zu verkrampfen und ruhig zu bleiben. Aber sie fangen an, vor Zorn zu zittern, ganz im Gegensatz zu meiner Stimme, der man den Aufruhr in mir nicht anhört. »Zum Glück weiß ich, dass er es als guter Ehemann gar nicht so weit kommen lassen wird. Aber danke, dass du dir so viele Sorgen um mich machst.« Ich klinge ziemlich kühl, Sergio. Wahrscheinlich SPRINGE ICH IHN GLEICH AN, SERGIO. Äußerlich hingegen lasse ich mich nicht reizen, ich bleibe ruhig und tue nicht, was er von mir erwartet. Ich flippe nicht aus. Ich spiele sein Spiel nicht mit. Egal, wie sehr er mich provoziert und testet. Er hat wohl vergessen, wessen Tochter ich bin.

Der Mundwinkel deines Vaters zuckt hoch.

»Aber sicher. Ich passe doch auf meine Familie auf.« Das kommt wie eine Drohung. »Wie es sich für ein Familienoberhaupt gehört.« So, wie es mein Vater tut und nicht deiner. »Bezüglich des Babys habe ich mir gedacht, sollte ich dich darüber informieren, dass es natürlich schon konkrete Pläne gibt.« Ich hebe eine Augenbraue und in mir erstarrt für einen Moment alles. »Als de Luca-Nachkomme steht natürlich schon fest, welche Schule es besuchen wird, von welcher Nanny es großgezogen wird und wen es heiraten wird – je nachdem, ob Junge oder Mädchen.« Ganz. Sicher. Nicht.

»Ich bin mir sicher, dass du mit Sergio schon darüber gesprochen hast«, antworte ich, weil ich weiß, dass du niemals einem Eheversprechen, noch bevor das Baby da ist, zusagen würdest, und nur dein Vater schon wieder mal Pläne schmiedet und versucht, Zwietracht zu säen sowie Streitthemen zwischen uns heraufzubeschwören.

»Du wirst natürlich Italienisch mit ihr oder ihm sprechen«, redet er einfach weiter. »Und keine Ausflüge mit dem Kind alleine machen.«

Ich explodiere gleich. Ehrlich. »Ich werde das mit Sergio besprechen«, sage ich jetzt fester, weil der Spaß hier langsam endet. »Soweit ich weiß, heirate ich ihn und nicht dich.« Das wäre ja noch besser.

»Jaja, sicher.« Dein Vater winkt ab. »Aber natürlich gelten für dich die Regeln, die für alle anderen de Luca-Frauen auch gelten.«

Das kommt überhaupt nicht infrage, denn du bist nicht wie alle anderen de Luca-Männer. Wir machen unsere eigenen Regeln und der Einzige, der mir etwas zu sagen hat, bist du. Oder mein Vater. Aber nicht er. Niemals er. Das ist jetzt nicht so und wird auch nie so sein. Egal, wie viel Macht er hat. Er wird nicht über mich bestimmen. Das habe ich noch nie zugelassen und werde unter Garantie jetzt nicht damit anfangen.

Ich entscheide, erstmal nachzugeben, weil es keinen Sinn macht, mit ihm zu diskutieren. Nicht zu diesem Zeitpunkt. Er nimmt mich sowieso nicht für voll und will lediglich seine Position mir gegenüber demonstrieren. Soll er doch denken, er hätte die Macht. Im Endeffekt bestimmt er aber nicht über uns oder über unser Baby. Egal, wie sehr er sich das wünschen würde, egal, wie sehr er das zu brauchen scheint.

»Sonst noch etwas?«, frage ich äußerst sanft.

»Ja«, sagt er natürlich, weil es ja noch nicht reicht. Er beugt sich vor und verschränkt die Hände auf dem Tisch. »Das sage ich dir jetzt nur ein Mal. Sollte ich merken, dass du meinem Sohn wehtust, dass du ihn betrügst, hintergehst, irgendwie verletzt oder ihm das Leben schwermachst, werde ich dich eigenhändig erschießen.«

Mein Magen verkrampft sich. Ich sehe in seinen Augen, dass er nicht zögern würde, jetzt sofort seine Waffe zu ziehen. Ich frage mich, was ein Mensch alles erlebt haben muss, um so tief zerfressen zu sein. Um einen anderen Menschen so sehr zu hassen, wie er mich hasst. Ich sehe es genau in seinen Augen und entscheide mich, auf die Worte meines Vaters zu hören. *Schweigen ist Gold, Rosalie.*

Ich nicke einmal knapp und erwidere nichts. Gar nichts. Denn egal, was ich auch immer sagen würde, egal, wie sehr ich ihm versichern würde, dass ich die letzte Person dieses Planeten bin, die dir jemals schaden würde, er würde mir nicht glauben.

Donovan de Luca glaubt, was er glauben will. Das ist sein Fluch oder ein nötiges Mittel, um mit den Taten, die er so vollbringt leben zu können. Ich weiß es nicht. Aber ich werde mich nicht auf sein unterirdisches Niveau begeben. Ich werde darüber stehen. Denn alles, was zählt, sind wir – und das hat ihm schon immer aufgestoßen, nicht wahr? Das war es doch in Wahrheit, was ihn zu all diesen Taten getrieben und seinen Hass gegen mich genährt hat. Dass ich bei dir an erster Stelle stehe und nicht er.

»Ich liebe es, wenn wir uns verstehen.« Dein Vater lehnt sich wieder zurück. In dem Moment hallen High Heels durch den Gang und stocken direkt vor der Tür. Der Mundwinkel deines Vaters hebt sich wieder. »Da kommt sie, um dich zu retten.« Es klopft. »Ja, Isabelle«, sagt er träge, als wäre nichts geschehen. Ich bemerke, dass ich den Atem angehalten habe, und entlasse ihn jetzt langsam aus meinen Lungen. Ich bin völlig verspannt und habe die Armlehnen so fest umklammert, dass meine Knöchel weiß hervortreten.

Die Tür öffnet sich und ich sehe über meine Schulter. Deine Mutter tritt ein, eine Hand an der Klinke. Ihre gebräunten Beine schimmern im Licht der Spots. Sie trägt ein weißes Kleid mit langen Ärmeln, das sich eng an ihren schlanken Körper schmiegt. Sie erfasst mit ihren hellgrünen Augen sofort die Situation.

»Rosalie wollte gerade gehen«, sagt dein Vater.

»Ja«, antworte ich ironisch und stehe steif auf. Deine Mom macht mir Platz, ohne den kalten Blick von deinem Vater zu nehmen.

»Willst du dich auch mit mir unterhalten, Isabelle?«, fragt er einladend.

»Oh, ich würde mich nur zu gerne mit dir unterhalten.« Sie zieht ihre schwarzen, geschwungen Brauen in die Höhe.

»Dann komm.« Er deutet einladend zum Tisch.

»Das würde ich ja, wenn ich wüsste, dass es was bringt.«

»Ach, ein kleines Gespräch zwischen uns hat doch schon immer was gebracht, Tesoro«, schmeichelt dein Vater sanft und ich atme tief durch. Tatsächlich hat mich das gerade mehr mitgenommen, als ich ihm gezeigt habe – und ich will hier nur noch raus. RAUS.

Sie sieht zu mir. »Gehen wir. Wir haben nur noch zwanzig Minuten.«

»Ja!« Ich greife nach meinem Mantel und meiner Handtasche.

»Dann noch einen schönen Tag«, sagt dein Vater.

»Ebenfalls«, knurre ich und verlasse sein Büro. Deine Mutter sieht noch ein paar Sekunden zu ihm, bevor sie mir folgt und die Tür leise schließt.

Sie ist offenbar sauer, denn sie wird ganz rot. Und das, obwohl sie unser Gespräch gar nicht mitbekommen hat, was auch besser so ist.

»Er wollte mir nur die Regeln erklären«, informiere ich sie ironisch schnaubend, während wir die Galerie runtergehen. Sie fröstelt.

»Sicher.« Das kommt sehr ausdruckslos, weil sie zu wütend ist.

Sie schnappt sich noch schnell an der Garderobe ihren schwarzen Mantel und ihre Handtasche, bevor wir die Terrasse überqueren. Camillo und Jaxon warten schon an den Autos. Meine Mom sitzt bereits auf dem Beifahrersitz und deine folgt mir zu dem BMW. Sie setzt sich hinter das Steuer und ich lasse mich hart auf die Rückbank fallen. Normalerweise fahren die Frauen in diesen Kreisen nicht selbst, aber wir tun das immer. Wir sind ja so rebellisch, nicht wahr? Düster starre ich zum Haus und zu dem Fenster deines Vaters.

Jaxon und Camillo steigen in einen der Audis und reihen sich dann vor uns ein, während deine Mutter den Motor startet und meine sie zweifelnd betrachtet.

»Was hat er wieder gemacht?«, fragt sie und richtet dabei den Kragen ihres schwarzen Mantels, wobei sie ihre langen, dunkelbraunen Haare hinauszieht.

Deine Mutter sieht mit ihren hellgrünen Augen durch den Rückspiegel zu mir, während sie sich hinter Camillo schiebt. Ich schnalle mich an.

»Er hat Rosalie ein paar Regeln erklärt. Was denn für Regeln eigentlich, Rosalie?«

Ich halte mich an den Sitzen fest und beuge mich etwas vor, sodass mein Kopf zwischen Mom und Tante Isabelle hervorlugt.

»Also! Ich soll mich natürlich angemessen verhalten. Sergio keine Schande machen …« Deine Mutter lacht ungläubig. »Und ihm keinen Druck machen, ganz wichtig. Keinen Druck für Sergio. Ich soll einfach die brave Zimmerpflanze sein, in der Ecke stehen und gut aussehen. Und! Jetzt kommt das Beste: Ich soll es einfach hinnehmen, wenn er mich betrügt. Ich meine, kann ja mal passieren, dass er in eine andere rutscht, das kommt doch in den besten Familien vor. Kein Grund zur Panik. Er wird natürlich nie für mich erreichbar sein, wenn er unterwegs ist. Ich werde grundsätzlich nie mit ihm reden. Und ich soll mich, wenn ich ein Problem habe, an alle anderen Menschen dieses Planeten wenden, bloß nicht an Sergio.« Je länger ich darüber rede, desto suspekter erscheint es mir und desto höher brodelt die Wut. »Das Leben unseres Kindes ist natürlich schon durchgeplant. Von den Windeln, die ich ihm kaufen muss, bis zu seinem Platz im Altersheim. Und natürlich habe ich nichts zu entscheiden. Wieso sollte ich auch, ich bin ja nur die Mutter!« Dass dein Vater gedroht hat, mich zu erschießen, wenn ich dich verletze, sage ich jetzt nicht. Denn ich habe keine Ahnung, was deine Mutter dann tun würde. Höchstwahrscheinlich, ihn erschießen. Sie hatte schon immer einen echt heftigen Beschützerinstinkt, wenn es um mich ging. Also verschweige ich es lieber.

Wir fahren den Berg hinab, der Richtung Stadt führt, und an den Weinreben vorbei.

Meine Mutter sieht aus, als hätte sie sich gerade verhört, während die Hände deiner Mutter so eng und fest um das Lenkrad liegen, dass ihre Knöchel weiß hervortreten. Wut zuckt immer wieder durch ihr Gesicht.

»Ich meine, da sitzt er einfach vor mir und sagt, ich soll es hinnehmen, dass Sergio mich betrügen wird.«

»Okay«, knurrt deine Mom und atmet tief durch. Ich liebe es ein bisschen, wenn sie wütend ist. Mein Onkel liebt das auch. »Also erstmal ist das alles totaler Bullshit.«

»Bullshit!«, pflichtet Mom bei und sieht mich über die Schulter an.

Deine Mutter nickt nachdrücklich. »BULLSHIT, ALAYNA!«

»JA! OBERBULLSHIT!«

Tante Isabelle atmet durch. »Außerdem stimmt das alles gar nicht. Das sind überhaupt nicht Donovans Ansichten. Er hat noch nie betrogen. Er hat noch nie eine Frau geschlagen und schon gar nicht war er jemals nicht erreichbar für mich. Egal, wo er war. Meine Kinder sind beide nach meinem Willen bei mir und einem für ihn fremden Mann aufgewachsen. Eines davon sogar in dem Glauben, dieser Mann sei ihr Vater. Also soll er nicht so tun, als würde er irgendwas von dem, was er dir da erzählt hat, ernst meinen. Er wollte dir nur Angst machen. Er wollte, dass du zweifelst, weil er dich einfach nicht an Sergios Seite sehen will. Und das hat nichts mit dir zu tun. Er kennt dich überhaupt nicht genug, um darüber urteilen zu können. Das hat nur was mit deinem Nachnamen zu tun. Wäre dein Vater nicht Caden, sondern Sergej Terekov, würde er dich mit Handkuss in sein Haus holen. Egal, wie du bist. Obwohl …« Sie legt den Kopf schief. »Manchmal denke ich auch, er würde gar keine Frau an Sergios Seite akzeptieren, weil er ihn für sich will. Und ich fürchte, Catalina wird das Gleiche mit ihm erleben.« Sie bremst leicht, weil sie einigen Schlaglöchern ausweichen muss.

»Ja, er ist sehr einnehmend«, sagt meine Mom. »Wenn er denkt, dass jemand ihm gehört.«

»Das ist doch irre«, murmle ich und deine Mom nickt zustimmend.

»Aber mach dir keine Sorgen. Das alles wird nicht eintreffen. Sergio wird dich niemals betrügen. Das kann er mit seinem Gewissen gar nicht vereinbaren. Da ist er wie sein Vater. Es ist egal, wer sich ihm anbietet und wie. Für ihn ist das nicht mal eine Versuchung. Er wird dich gut behandeln, das steht außer Frage, und für sein Kind wird er kämpfen. Er wird nicht einfach alles hinnehmen, was sein Vater sagt. Das tut er ja jetzt schon nicht.«

»Ich weiß. Ich weiß, dass er mir nur Angst machen wollte. Er probiert wirklich alles, oder?«, wird mir dann klar und ich lehne mich hart zurück. Das ist doch wirklich BULLSHIT.

»Ja, und ich will dir keine falschen Hoffnungen machen. Es wird sicher erstmal nicht besser. Aber vielleicht kommt er ja ein wenig zur Vernunft, wenn das Baby da ist«, meint deine Mutter, denkt kurz darüber nach und runzelt bekümmert die Stirn.

»Eher nicht, oder?« Ich lege meine Hand auf meinen kaum vorhandenen Bauch. *In was für eine Welt wirst du eigentlich hineingeboren?*

»Schwer zu sagen, Enkel sind was anderes als eigene Kinder«, murmelt sie nun mehr für sich. »ABER!« Sie sieht mich wieder durch den Spiegel an. »Du hast einen Mann, der dafür sorgen wird, dass am Ende alles verdammt nochmal gut ist.«

»Und das ist Wichtigste«, ende ich und sehe raus.

»Und das ist das Wichtigste. Egal, wie steinig der Weg jetzt wird, am Ende wird alles gut werden.«

38. Die Grenze erreicht, Rosalie

XX

Sergio

Meine Schritte hallen in dem hohen, riesigen Gemäuer nach, als ich den Mittelgang mit Pablo entlanggehe und hoch zu den weißen Heiligenstatuen sehe, die sich an beiden Seiten von uns an den Wänden erstrecken.

Wir sind in der Kathedrale von Palermo, in der du und ich übermorgen heiraten werden. Verschiedene Lichtschächte führen an den Seiten nach oben. Die tragenden, weißen Säulen sind aufwendig verziert. Die Fresken ziehen sich über die hohen, runden Decken des kühlen Gemäuers. Alles ist auf Hochglanz poliert. Überall gibt es was zu sehen. Es ist so prunkvoll und perfekt erhalten. Der Altar liegt im Hauptgebäude. Hohe Kerzen stehen links und rechts davor. Man erreicht ihn über drei Stufen. Dahinter hängt ein goldenes großes Kreuz. Alles ist so imposant, so riesig. Wir schreiten über den roten Teppich nach vorn. Die gesamte Kathedrale wird gesperrt werden, da sie normalerweise eine beliebte Sehenswürdigkeit für Touristen ist. Ich bezweifle, dass hier die neunhundertfünfzig Gäste Platz finden werden. Aber gut. Dann müssen eben einige stehen – bis nach draußen.

Vor dem Altar drehen wir uns um. Pablo und ich haben beide die Hände hinter den Rücken gelegt. Er sieht sich um, als wäre das hier keine Kirche, die den de Lucas gehört. Mein Vater ist noch draußen und telefoniert.

»Und?«, fragt Pablo mich. Ich lasse meinen Blick zurück zum Altar schweifen und dann zu ihm. Seine hellblauen Augen schauen nach vorn zu den zwei geöffneten Flügeltüren, durch die das Tageslicht strömt. Über ihnen sind strahlend weiße Engelsstatuen angebracht, die ihre Hände nacheinander ausstrecken.

Ich sehe mich weiterhin zweifelnd um. »Was auch immer«, meine ich schulterzuckend. Ich würde dich auch auf einer Baustelle heiraten, getraut von einem Bauarbeiter, der gerade Pause macht.

»Du liebst sie doch, oder?«, fragt er mich jetzt seufzend und reißt den Blick von den Türen los, um mich zu mustern. Ich betrachte sein scharf geschnittenes Gesicht und seine dunkelbraunen, an den Schläfen ergrauten Haare. Er ist der Bruder meines verstorbenen Opas und hat so ein gutes Herz. Damit ist er einer der Wenigen, der es nicht verloren hat, obwohl auch er herrscht. In Italien leitet er die Geschäfte.

»Ja, das tue ich«, versichere ich ihm und halte seinen Blick.

»Dann sieh es als Geschenk, dass du sie heiraten kannst. Denn das ist keine Selbstverständlichkeit. Sieh es als Geschenk und passe gut darauf auf. Wenigstens ein de Luca, der die Frau seines Herzens bekommt.«

Ich weiß, wie wenig selbstverständlich das ist. Hier geht eigentlich immer zuerst um das Geschäft und nicht um die Liebe.

»Wer ist deine?«, frage ich, weil ich meinen Großonkel noch nie mit einer Frau gesehen habe. Das kann zwei Gründe haben: Entweder ist er zu diskret, so wie mein Vater, oder er hat diese vor vielen Jahren verloren.

»Sie ist die Eine, der ich versprochen habe, auf sie zu warten. Das tue ich bis jetzt. Vielleicht werde ich ja auch noch in diesem Leben Glück haben und sie wird da vorne reinkommen.« Mit einem melancholischen Schimmern in den Augen sieht er in Richtung Eingang. Hoffnung, Rosalie. So ein verdammter Verräter, diese Hoffnung. Am Ende, wenn man enttäuscht wird, tut es umso mehr weh.

»Vielleicht«, murmle ich und frage nicht weiter nach ihr, weil er es mir sicherlich nicht verraten wird. Es ist eine echt beschissene Welt, in der wir leben, denn andernfalls hätte jeder die Frau an seiner Seite, die er liebt und die ihn liebt.

Mein Vater betritt die Kirche. Sein schwarzer Mantel wallt hinter ihm her. Er sieht aus wie der Teufel persönlich. Kurz senkt er den Kopf und bekreuzigt sich, dann schlendert er zu uns nach vorn. Ich lasse meinen Blick wieder über die Statuen schweifen. Wieso sehen sie immer so anklagend aus und zeigen mit dem Finger auf uns?

»Der Pfarrer kommt gleich«, berichtet mein Vater, als er bei uns stehen bleibt, weshalb ich ihn wieder anschaue.

»Okay.« Es geht um die Rede und all das, was mir total egal ist. Mein Vater wird das alles regeln. Es spielt keine Rolle, was er sagt, auf was geachtet oder besonders betont werden muss. Mich interessiert nur, dass du am Ende meinen Ring trägst.

Mein Vater mustert mich die letzten Tage immer sehr genau und ich weiß auch, wieso. Er hat die Hoffnung, dass ich noch im letzten Moment alles abblase. Aber das werde ich nicht. Du wirst durch diese Türen kommen und perfekt sein und dann werde ich dich heiraten.

»Und, schon kalte Füße?«, fragt er fast hoffnungsvoll.

»Nein.« Ich betrachte wieder den Altar und reibe meine Finger hinter dem Rücken aneinander. Ehrlich gesagt kann ich es kaum erwarten, dass du vor mir stehst und mir dein Jawort gibst.

»Schauen wir mal, wie es morgen ist.«

Ich blicke ihn wieder an. Ich weiß, dass er nie kirchlich geheiratet hat. Für ihn und Mom gab es eine Unterschrift im Büro. »Wahrscheinlich nicht anders als heute.« Ich habe nicht ein einziges Mal bisher gezweifelt, kalte Füße gekriegt oder auch nur im Geringsten daran gedacht, es nicht zu tun. Ich will dich in diesem Kleid sehen. Ich will deine strahlenden türkisen Augen sehen, wenn ich deinen Schleier lüfte, und ich will deine roten Wangen sehen, weil du so aufgeregt bist.

Mein Vater ist total unzufrieden und einem Teil in mir passt das nicht. Jenen Teil, der ihn schon immer zufriedenstellen und Stolz machen wollte. Aber in dieser Hinsicht kann ich einfach keine Rücksicht auf ihn nehmen. Ich liebe dich zu sehr.

Ich wünschte mir, mein Vater würde das verstehen und sich einfach für mich freuen. Mich einfach unterstützen und mir sagen, dass ich das Richtige tue. So, wie Pablo eben. Aber ich weiß, dass ich das von ihm nie hören werde.

»Hast du heute schon mit ihr geredet?«, fragt er mich nun.

»Ich habe eben mit ihr telefoniert, sie ist mit Mom beim Schneider.« Ich seufze und sehe zu den Engeln, die sich über die Decken ziehen.

»Aha«, meint er nun. Ich höre die Skepsis aus seiner Stimme, weshalb ich ihn stirnrunzelnd betrachte, genau wie Pablo.

»Wieso?«

»Ich hab mich vorhin mit ihr im Büro unterhalten«, erwidert er und winkt ab. Aber mein Magen verkrampft sich sofort. Wieso warst du denn mit ihm allein? Das mag ich nicht. Ich sehe kurz zu Giovanni, der ein paar Schritte von uns entfernt steht und das sicher mitbekommen hat. Aber wieso erwarte ich überhaupt noch, dass er mir irgendwas sagt? Ich schnaube. Er senkt seinen Blick und ich schaue wieder zu meinem Vater.

»Was wolltest du denn von ihr?« Meine Stimme ist härter geworden und meine Finger hinter dem Rücken verkrampfen sich.

»Ich habe ihr nur mitgeteilt, wie ihr Leben als de Luca-Familienmitglied aussehen wird.«

Bei seinen Worten wird mir etwas schlecht und ich beiße hart die Zähne aufeinander und blähe die Nasenflügel auf. »Was hast du ihr denn erzählt?«, knurre ich, weil ich weiß, dass es nichts Gutes gewesen sein kann.

»Jetzt beruhige dich, Sergio«, erwidert er abwinkend und macht mich damit noch wütender. Ich weiß genau, dass er dir sicherlich nichts Schönes erzählt hat. Wahrscheinlich die schlimmsten Horrorgeschichten darüber, wie Frauen bei uns so leben oder auch nicht mehr leben. Hast du jetzt Panik? Vorhin am Telefon hast du nicht so geklungen.

»Weißt du, was du bist?«, frage ich ihn durch meine zusammengebissenen Zähne. »Du bist ein gewissenloser Egoist.« Damit wende ich mich ab, ramme meine Hände in die Manteltaschen und verschwinde mit ausschweifenden Schritten den Mittelgang hinunter und aus der Kirche ins Tageslicht. Wäre ich geblieben, hätte ich in diesem Gotteshaus etwas sehr Dummes getan.

Ich bin so sauer.

Ich will, dass er sich um seine eigene Scheiße kümmert und sich nicht bei mir einmischt. Ich will, dass er die Finger von dir lässt. Nicht einmal die Tatsache, dass du seinen Enkel oder seine Enkelin in dir trägst, kann ihn irgendwie weichkochen. Ich wette, er hat so richtig deinen Kopf gefickt – zwei Tage vor unserer Hochzeit. Ich kenne ihn doch.

Als ich die Treppe der Kirche hinuntergehe, ziehe ich mir eine Zigarette aus meinem Etui und schiebe sie mir zwischen die Lippen. Zwei Jungs fahren mit ihren Skateboards an mir vorbei und ich weiche ihnen aus, bevor ich den Platz überquere. Er ist groß und weiträumig. Palmen ragen in die Höhe und biegen sich im Wind. Ein Brunnen plätschert und Bänke stehen verteilt hinter den hohen Eisengittern, die die gesamte Kathedrale säumen.

Ich halte die Zigarette zwischen Daumen und Zeigefinger und inhaliere tief, während ich einfach an den ganzen Leuten vorbei Richtung Innenstadt gehe.

Das, oder ich erschieße bald meinen Vater.

Gerade habe ich angefangen, ihm wieder zu vertrauen, weil er sich so zusammengerissen hat, und schon muss er unser neu entstandenes Verhältnis wieder zerstören. Okay, wenn er es so haben und auf mir rumtrampeln will, gilt das Gleiche auch für mich. Denn macht er so weiter, beschwört er einen echten Krieg mit mir herauf. Das, oder er verliert mich ganz. Unsere Verbindung hängt sowieso an einem seidenen Faden.

Ich gehe über das Kopfsteinpflaster vorbei an einem Mann, der vor einem Kaufhaus sitzt und auf seiner Gitarre klimpernd singt. Zwei Omas unterhalten sich über ihre Fenster, getrennt durch eine schmale Gasse. Ich könnte dich jetzt anrufen und fragen, was da genau los war. Aber ich fürchte, wenn ich das tue und du es mir erzählst, flippe ich erst richtig aus.

Meine Füße treiben mich immer weiter, ohne dass ich ein Ziel habe. Aber das ist auch vollkommen egal. Ich folge meinem Bedürfnis, mich so weit wie möglich von meinem Vater zu entfernen.

Scheiß auf meinen Vater. Scheiß auf Italien. Scheiß auf diesen ganzen Bullshit hier.

Mir reicht es.

* * *

Ich bin schon wieder betrunken, Rosalie.

Da war diese Bar und ich saß den ganzen Tag darin. Ich habe ein paar neue Leute kennengelernt. Sie waren lustig. Dann waren wir zusammen lustig. Ja, und mein Akku ist leer, weshalb ich leider keine Anrufe beantworten konnte, die wahrscheinlich hereinkamen. Jetzt sitze ich in einem fucking Taxi.

Das erste Mal in meinem Leben.

Ich musste noch nie Taxi fahren. Es ist etwas verstörend.

Ich lasse meinen Blick zu dem kuriosen Italiener neben mir schweifen, der Volksmusik laufen lässt und eine Hawaiiwackelpuppe vorn auf dem Armaturenbrett befestigt hat. Ich verstehe den Sinn dieser Puppe nicht. Sie wackelt, Rosalie. Und mir wird schlecht, wenn ich sie ansehe. Zu viel Grappa. Und was auch immer mir noch ausgegeben wurde.

Natürlich habe ich keinem verraten, dass ich ein de Luca bin. Ich war ganz inkognito unterwegs, wie Camillo es bei uns ist.

Der Fahrer sieht mich aus dem Augenwinkel an. »Wohin nochmal?«

»Geradeaus«, erkläre ich nickend und deute aus der Windschutzscheibe. Ich habe ihm nicht die Adresse genannt, sonst hätte er mich wahrscheinlich nicht gefahren. Normale Bürger trauen sich selten in die Nähe der de Luca-Villen, weder in Chicago noch in Italien.

»Hmhm«, macht er brummend und sieht skeptisch hoch zu dem Berg.

Ich rutsche tiefer in meinen Sitz und lehne meine Schläfe auf meine Faust. Mein Blick ist etwas verschwommen und trüb. Ich musste diesen Vater einfach wegtrinken. Er ist so ein Penetrator. Er lässt nichts unversucht, um dich zu verunsichern – oder mich. Das gefällt mir nicht. Es stört. Es könnte doch alles so einfach sein, aber nein, er muss sich querstellen wie ein bockiges Kind.

Ich seufze tief.

»Weiter geradeaus?«, fragt der Fahrer jetzt sehr skeptisch neben mir, während die Anzeige des Taxis die Cents und Euros vor sich hin zählt.

»Hmhm«, mache ich nickend, was er erwidert, aber er gibt bei Weitem nicht mehr so viel Gas. Ich glaube, so langsam kann ich nicht mehr verbergen, wohin ich will.

»Sicher, dass Sie da hinwollen?«, erkundigt er sich nun mit einem Blick aus dem Augenwinkel.

»Ich wohne da«, antworte ich und schaue wieder raus.

Er versteift sich ein wenig und zieht die Schultern hoch. Dann wandern seine Augen blitzschnell an mir herab. Ich weiß, wonach er sucht.

»Sie ist in meinem Hosenbund«, informiere ich ihn und verrate ihm lieber nichts von dem Klappmesser in meiner Manteltasche.

Er wird etwas blass und sein Atem stockt.

»Ich will nur nach Hause«, beschwichtige ich ihn. »Keine Sorge.«

Er beißt die Zähne hart aufeinander und atmet etwas schneller, während wir am Meer entlangfahren und die hohen Palmen in den Nachthimmel ragen.

Wieder sieht er mich an und ist ganz angespannt. Sein Fuß liegt nun fester auf dem Gaspedal. Wir fahren achtzig Sachen. Tendenz steigend.

»Hast du Angst?«, frage ich ihn interessiert und lege den Kopf schief.

»Nein?«, antwortet er einige Oktaven zu hoch. »Signore.«

»Du bist aber nicht sehr gut darin, deine Gefühle zu verstecken.« Ich mustere ihn aufmerksam. »Aber wahrscheinlich musst du das auch gar nicht, nicht wahr?« Mit verengten Augen betrachte ich das Schild vorn an der Armatur. »Vito. Lustig, mein Cousin heißt so. Mein Opa hieß auch so. Aber er ist gestorben.«

Er zieht scharf die Luft ein.

»Ich meine, das muss man sich mal vorstellen. Da liegst du in deinem Bett und willst mit deiner Frau einschlafen, dann stürmen sie dein Schlafzimmer und erschießen dich einfach. So unhöflich.« Bekümmert schüttle ich den Kopf und Vito schluckt. Dieser Vito. »Hast du Kinder?«

Er verneint, doch seine braunen Augen sagen mir, dass er lügt.

»Keine Angst, ich werde sie nicht aufessen.« Wieso haben Fremde immer Angst vor mir? Ich bin doch nett. Verstehe ich gar nicht, Rosalie.

»Zwei«, presst er angespannt hervor und saust noch etwas schneller die Straße parallel zum Strand entlang.

»Wie schön. Ich mag Kinder. Sie sind so unschuldig und nicht so widerlich verdorben.«

Er nickt steif und sieht weiter stur geradeaus. Seine Gedanken kann man ihm förmlich am Gesicht ablesen. Es ist schon traurig, wenn man verurteilt wird, nur weil man heißt, wie man heißt. Und bewaffnet ist. Und ein Mörder. Okay, ich verstehe es ja.

»Und? Bist du noch mit deiner Frau zusammen?«, will ich jetzt wissen.

Er sieht alarmiert zu mir und dann wieder nach vorn. »Ja«, entkommt es ihm fast flüsternd.

»Wie lange?«, löchere ich ihn weiter.

»Achtzehn Jahre«, antwortet er hohl.

»Das ist sehr schön, Vito.« Ich nicke anerkennend. »Man sollte festhalten, was man liebt.« Wieso klingt das denn jetzt wie eine Drohung? Das wollte ich überhaupt nicht.

Er schluckt wieder.

»Sie ist sicher bezaubernd. Wie heißt sie denn?«

Seine Augen weiten sich. »Ich hab Ihnen nichts getan, Signore. Ich mache nur meine Arbeit.«

Ich ziehe meine Augenbrauen zusammen. »Die machst du auch sehr gut«, bemerke ich anerkennend.

»Bitte lassen Sie meine Familie in Ruhe.«

»Oje!«, entkommt es mir pikiert. »Ich wollte nur Konversation führen.«

Schweiß bricht auf seinen Schläfen aus und er schweigt.

»Du solltest dir wirklich nicht so ansehen lassen, wenn du Angst hast. Ich habe nicht vor, dir etwas zu tun, Vito.«

Er ist immer noch ganz angespannt und glaubt mir wohl nicht. Immer diese Italiener. Sie sind so skeptisch, diese Italiener.

Ich seufze schwer. »Wie ist das Eheleben so?«

Sein Gesicht wird ausdruckslos, aber nicht so ausdruckslos, wie es bei deinem Vater geworden wäre. »Sehr schön.«

»Sehr schön.« Ich nicke nachdenklich und sehe, dass unser Tor in Sicht kommt. Wachleute stehen davor und die

Laternen erleuchten uns den Weg, der von Palmen gesäumt wird. Das Meer ist etwas unruhig und der Wind stark, was nur auffällt, weil wir nicht die Plantagenseite genutzt haben. Vito hält direkt vor dem Tor.

»Vielen Dank«, hauche ich und fasse mir in die Manteltasche. Er versteift sich völlig und denkt wohl, dass ich ihn jetzt erschieße. Stattdessen ziehe ich meinen Geldbeutel raus. Er atmet hörbar erleichtert aus, während die Wachmänner skeptisch ins Auto spähen.

»Das ist schon in Ordnung«, winkt Vito hektisch ab, weil er mich wohl loswerden will. Ich nehme hundert Euro und schiebe sie ihm mit zwei Fingern in die Brusttasche seines Hemdes. Dann tätschle ich sanft die Stelle. Er starrt atemlos meine Hand an.

Ich verstehe das wirklich nicht, Rosalie. Ich war so freundlich.

»Dann eine angenehme Schicht noch, Vito.«

Er kriegt die Zähne nicht auseinander und ich seufze schwer, bevor ich aussteige und die Tür zuschlage. Sofort legt er den Rückwärtsgang an und fährt mit viel zu hohem Tempo zurück, wobei die Erde aufwirbelt. Er verschwindet schneller, als ich blinzeln kann. Anerkennend hebe ich meine Brauen und mache: »Hm.«

Dann wende ich mich um und schlendere zum Tor. Einer der Männer erkennt mich und öffnet mir irritiert den Durchgang. Ich bedanke mich höflich und schreite auf den Vorplatz. Ich pfeife ein italienisches Lied, das eben im Radio lief, die Hände in den Manteltaschen, und umrunde das Haus, weil wahrscheinlich alle auf der Terrasse sind – auch du.

Es herrscht wie immer ein Durcheinander. Mein Vater unterhält sich mit ein paar Verwandten am Kopf des Tisches. Du sitzt neben deiner Mom und redest mit Sophia, die den Stuhl auf deiner anderen Seite in Beschlag genommen hat.

Ich seufze tief und pfeife weiter. Dein Kopf ruckt hoch und du siehst mich erschrocken an. »Oh fuck«, stößt du aus und stehst auf. Ich schmeiße meinen Arm um deine Schultern, sobald ich da bin. »Alles okay?«, fragst du und versuchst, mich genauer zu mustern, wobei du das Gesicht verziehst.

»Ja!«, säusle ich dir entgegen und küsse dich auf die Schläfe.

»Okay …« Du wirkst nicht überzeugt und ich schlendere mit dir zu unseren Plätzen. Dorian – dessen Wiederauferstehung ich fast vergessen hätte – sitzt auch am Tisch und trinkt Whisky. Er beobachtet mich und hebt eine Braue.

»Alles okay? Jetzt wirklich, Sergio!«, wisperst du mir zu, während ich dir den Stuhl zurückziehe.

»Alles ist bestens!«, verkünde ich und lasse dich los, damit du dich setzen kannst. Aber du siehst nicht so aus, als würdest du mir glauben. Das ist schon okay, Rosalie, ich glaube mir ja selbst nicht.

Ich streife meinen Mantel ab und lege ihn dir um die Schultern, weil es so kühl geworden ist und du nur das royalblaue Kleid trägst. Das ist nicht gut, du bist schwanger. Du ziehst den Mantel an deiner Brust zusammen und ich nicke zufrieden, während ich neben dir Platz nehme.

Du betrachtest mich immer noch leicht zweifelnd, aber bohrst jetzt erstmal nicht weiter nach. Mein Vater sitzt wieder neben mir, wie schön. Er dreht mir den Kopf zu und ich wende meinen beschwingt ebenfalls zu ihm.

»Hey!«, stoße ich aus.

»Also noch nicht beruhigt«, stellt er fest.

»Ich bin total ruhig.« Nachdrücklich deute ich auf meine so ruhige Gestalt.

»Dann ist es ja gut.«

»Alles ist so gut«, bekräftige ich mit einem vielsagenden Nicken.

»Wo warst du denn?«, bohrt er weiter und du schiebst mir ein Glas Wasser hin. Ich schwinge meinen Arm über deine Lehne und rutsche tiefer.

»Ein bisschen hier, ein bisschen dort. Überall und nirgendwo«, erkläre ich nachdenklich. Ich konnte mich gerade so davon abhalten, all die Menschen, die ich heute kennengelernt habe, zu unserer Hochzeit einzuladen.

»Dann ist es ja schön, dass du wieder da bist.« Mein Vater zieht sich die Flasche Wein heran und schenkt sich noch was ein.

»Findest du das wirklich schön?«, frage ich ihn forschend.

»Ja, du hättest drei Tage länger wegbleiben können. Aber ja.« Damit ich dich nicht heirate, Rosalie. Habe verstanden.

»Also bist du froh, dass ich bei dir bin?«, übergehe ich seine Antwort. »Bei dir in deinem Haus, in deinem Büro?«

»Sicher bin ich froh, dass du bei mir bist. Bei mir im Haus, in meinem Büro.« Das kommt fast lauernd.

»Ich finde, du könntest mir das öfter mal zeigen«, verkünde ich. »Denn man merkt gar nicht, wie froh du bist.«

»Ich bin froh«, versichert er mir.

Ich hebe einen Zeigefinger und wackle damit in der Luft herum. »Dann solltest du dir wirklich mehr Mühe geben, mir das zu zeigen. Ich kenne nämlich noch viele andere schöne Orte, an denen ich gerne wäre.« Kurz gesagt: Wenn er so weitermacht, verpisse ich mich mit dir.

Vito hebt die Augenbrauen, ohne von seinem Handy aufzusehen, und nickt leicht.

»Wir wissen doch beide, dass du eigentlich nirgendwo anders sein willst.«

»Doch eigentlich schon«, meine ich stirnrunzelnd. »Es gibt fünf Orte, an denen ich lieber wäre. Soll ich sie dir aufzählen?«

Die Finger meines Vaters trommeln hart gegen sein Glas. »Bist du dir sicher, dass du das jetzt hier machen willst?«

»Ich weiß es nicht. Warst du dir sicher, dass du meine Frau in dein Büro holen und ihr Bullshit erzählen willst? Oder hast du das einfach so gemacht?«, stelle ich interessiert die Gegenfrage.

»Rosalie, habe ich dir Bullshit erzählt?«, erkundigt sich mein Vater bei dir und ich sehe dich an.

»Was hat er dir gesagt, wie es bei uns läuft, Rosalie? Erzähl! Aber lüg mich nicht an, das mag ich nicht«, klinke ich mich ein.

Du seufzt erschöpft und ich beuge mich dir interessiert entgegen. »Er hat gemeint, dass du sehr viel zu tun haben wirst.«

»Jaja, red nicht drum herum. Du weißt, was ich hören will. Das interessante Zeug. Hat er dir gedroht?« Ich stütze mein Kinn auf eine Faust. Ich kenne meinen Vater einfach.

»Baby, bitte, lass es jetzt«, forderst du sanft, was eine nette Umschreibung für *Ja, aber wenn ich dir das sage, flippst du aus* ist.

Ich schaue wieder zu meinem Vater, dessen Blick hart geworden ist. Auffordernd sehe ich ihn an. »Sie sollte wissen, worauf sie sich einlässt«, verteidigt er sich knapp.

»Worauf lässt sie sich denn deiner Meinung nach ein? Bist du von dir ausgegangen? Denn ich bin nicht wie du.«, reize ich ihn weiter.

»Ich bin von den Männern ausgegangen, wie sie hier sind, und habe ihr nahegelegt, eine Frau zu werden, die sie an deiner Seite zu sein hat.«

Du legst mir sofort eine Hand auf den Oberschenkel. Dorian wendet sich uns weiter zu und schiebt sich einen Zahnstocher in den Mund, bevor er sich mit verschränkten Armen zurücklehnt. Er wirkt, als würde er einen guten Film ansehen.

»Du hast meiner Frau gesagt, wie sie an meiner Seite zu sein hat. Das ist ja interessant!«, stelle ich fest. »Ich hätte da auch ein paar Regeln im Umgang mit meiner Frau.«

Mein Vater hebt die Brauen und die Wut brodelt heiß in mir hoch. Nicht gut, Rosalie.

»Scheiße«, murmelst du vor dich hin und lässt deinen Kopf geschlagen nach hinten fallen.

»Keine Drohungen. Kein direktes Ansprechen, wenn ich nicht dabei bin. Keine Aufenthalte mit ihr alleine irgendwo, wenn nicht ich oder Camillo dabei sind. Keine Sticheleien und keine Hinterhältigkeiten, wie wir sie von dir kennen. Du hast mich zwei Mal gefickt, ein drittes Mal wird es nicht geben. Sonst bin ich weg und du alleine. Das ist mein Leben.

Meine Frau. Und mein verdammtes Baby, und wenn du Glück hast, kriegst du auch etwas davon mit.« Ich wende mich dir zu. »Wir gehen«, sage ich, schiebe meinen Stuhl zurück und stehe auf, bevor ich dich an der Hand nehme und dir aufhelfe. Ich verschränke unsere Finger miteinander und du atmest leise aus. »Schönen Abend noch. Trink nicht so viel. Übermorgen ist ein wichtiger Tag für dich«, ergänze ich noch leise. Dabei ist es mir fuckegal, wer mich gehört hat. Fuckegal, wie respektlos das für einige erscheinen mag.

Ich habe dich nicht in dieses Haus geholt, damit er dich fertigmacht. Er kann sich gleich damit abfinden, dass ich nicht anders bin als er. Ich würde für die Frau, die ich liebe, auch meinen Vater im Stich lassen. Ja.

Ich wende mich ab und gehe mit dir an der Hand nach drinnen. Dabei bemerke ich noch, dass Dorian meinen Vater davon abhält, uns zu folgen.

Dann eben so, Rosalie. Wenn er es so will, kriegt er es so. Es wird Zeit, seine Sprache zu sprechen.

39. Schritt für Schritt, Sergio

XX

Rosalie

Es geschah, als ich dreizehn war.

Als ich dreizehn war, hat sich meine komplette Welt einmal umgedreht, und das mit nur einem einzigen Lächeln. Einem einzigen Lächeln, das du mir geschenkt hast, als du nach Hause gekommen bist. Du hast mich davor schon Millionen Mal angelächelt, aber dieses eine Lächeln hat alles in mir umgedreht. Nie war es dabei so warm in meinem Bauch. Millionen Mal hat mich dein Duft getroffen. Nie hat sich jede einzelne meiner Fasern dermaßen dabei zusammengezogen. Millionen Mal schon hast du mich angesehen und nie so viel in mir angerichtet wie an diesem einen Tag. Lustig, wie viel ein Lächeln verändern kann, wenn es von dem Menschen kommt, dem dein Herz gehört. Und welche Entscheidungen aus diesem einen Lächeln resultierten.

Jetzt, acht Jahre später, werde ich dich heiraten und warte immer noch auf den Anflug eines Zweifels, irgendwelche Bedenken oder Angst davor, dass sich mein ganzes Leben verändern wird. Aber da ist nichts. Denn das Wichtigste wird bleiben und das bist du. Solange du an meiner Seite bist, habe ich nie Angst. Vor gar nichts.

Ich stehe vor dem mannshohen Spiegel in unserem Schlafzimmer. Heute habe ich dich noch nicht gesehen und die Nacht auch nicht mit dir verbracht. Schließlich muss die Tradition gewahrt werden.

Du warst drüben bei den Marinos und ich lag hier allein in diesem riesigen Bett und habe vielleicht zwei Stunden geschlafen, weil ich so verdammt aufgeregt war, aber das ist schon okay.

Heute ist für mich Weihnachten, Geburtstag und Ostern in einem. Heute ist der wichtigste Tag in meinem Leben.

Ich lasse gerade meinen Blick über die Frau im Spiegel schweifen. Meine dunkelbraunen Haare sind im Nacken zu einer kunstvollen Frisur zusammengerafft worden und einzelne, feine Locken fallen über meinen Rücken. Mein Gesicht ist dezent geschminkt. Meine Wangenknochen sind hervorgehoben, meine Lippen in einem sanft glänzenden Beigeton nachgezogen und meine Augen nur leicht betont. Ein feiner Eyelinerstrich oberhalb des Lides lässt meine Wimpern optisch länger wirken, die zudem schwarz getuscht sind. Ich habe sehr viel Concealer unter den Augen, um die Ringe zu verdecken, und etwas Highlighter auf meinen

Schlüsselbein- und Wangenknochen, sodass sie besser zur Geltung kommen und etwas schimmern.

Feine Diamantenstecker funkeln in meinen Ohrläppchen.

Ich richte meinen Blick weiter nach unten. Noch trage ich weiße Unterwäsche, wenn man sie denn so bezeichnen kann. Es handelt sich dabei um einen selbstklebenden BH und ein weißes Spitzenhöschen.

»Okay«, murmelt deine Mutter konzentriert und kommt mit dem Kleidersack näher, den sie auf das Bett legt. Noch fünfundfünfzig Minuten, dann werde ich dich sehen, aber vorher muss ich erst in dieses Kleid.

»Okay«, sage auch ich und drehe mich zu ihr.

Sie klemmt sich ein paar perfekt geformte, große Locken hinter das Ohr, dann zieht sie langsam den Reißverschluss des schwarzen Kleidersackes auf. Die Diamanten reflektieren die einfallenden Sonnenstrahlen, je weiter sie den Sack öffnet, und mein Herz schlägt immer schneller. Zum Vorschein kommt das schönste, reinweiße Kleid, was ich je gesehen habe. Es hat lange Ärmel, ist schulterfrei und hat einen herzförmigen Ausschnitt. Obenherum liegt es eng an und ist mit Spitze überzogen. Die vielen, kleinen Diamanten, die in den Stoff eingearbeitet wurden, werfen Lichtpunkte durch den gesamten Raum. Ab der Hüfte fließt es in mehreren Lagen hinab. Es hat eine lange Schleppe und ist rückenfrei.

Es ist perfekt.

Andächtig streiche ich mit den Fingern darüber. Deine Mom hat das Kleid zur Reinigung gebracht, aufbessern und anpassen lassen. Jetzt nimmt sie es aus dem Sack und hängt es an die Tür des Schrankes neben uns.

Ich kämpfe. Immer wieder kämpfe ich gegen die Panik. Immer wieder kämpfe ich die Nervosität herab. Immer wieder beruhige ich meinen Herzschlag.

»Vielleicht gibst du es ja irgendwann deiner Tochter«, murmelt sie, während sie das Kleid betrachtet. Ihr Blick ist etwas wehmütig, als sie kurz in meine Richtung sieht.

»Ganz sicher«, antworte ich und sie seufzt.

»Okay, bist du bereit?« Sie dreht sich zu mir um und ihr dunkelrotes, bodenlanges Kleid schwingt mit.

»Ja«, sage ich schnell und sie lächelt wieder. Ich bin schon mein ganzes Leben bereit für dich, Sergio.

Deine Mutter nimmt das Kleid vom Bügel und geht vor mir in die Hocke. Vorsichtig hält sie es mir auf. Ich lege eine Hand auf ihre Schulter, um das Gleichgewicht nicht zu verlieren, und steige hinein.

»Als deine Mutter mir damals in das Kleid geholfen hat, war ich so aufgeregt. Ich habe gedacht, ich schaffe das nicht. Ich habe gedacht, das kann nicht sein. Weil wir so hart gekämpft haben. So hart dafür gekämpft, irgendwann an diesem Punkt anzukommen. Ich dachte, irgendwas wird jetzt passieren.« Sie erhebt sich leicht, wobei sie das Kleid über meine Hüften zieht. »Ich dachte, irgendwer wird eine Bombe in die Kirche werfen oder Carter wird schreiend davonrennen. Ich habe keine Luft mehr gekriegt.« Sie nimmt meine Hand und rafft den Ärmel langsam und vorsichtig darüber. Ich kann es mir vorstellen. Ich rechne auch damit, dass jede Sekunde irgendwas passiert, was uns doch noch einen Strich durch die Rechnung macht.

Dann widmet sie sich dem anderen Ärmel, bevor sie mir den Stoff sanft bis zu den Schultern zieht, und schließt den Reißverschluss an der Seite. Es passt wie angegossen.

»Aber dann kam ich in die Kirche, und obwohl mein Vater mich gehalten hat, war ich ruhig, als ich Carter vorne gesehen habe. Obwohl so viele der Meinung waren, wir hätten keine Chance. Obwohl so viele versucht haben, sich uns in den Weg zu stellen, waren wir da.« Sie umrundet mich, sodass sie vor mir steht, und richtet meine Haare. Ich kann es mir richtig vorstellen. Wie sie aussah. Wie wunderschön sie war. Wie mein Onkel auf sie gewartet hat. Wie perfekt es war, weil die beiden das perfekte Chaos sind.

Wieder umrundet sie mich und macht sich daran, die Schleppe auszubreiten.

»Als ich Carter da vorne gesehen habe, habe ich einfach meinen Vater losgelassen und bin nach vorne gelaufen. Er kam mir die drei Stufen entgegen und hat mich aufgefangen. Dann habe ich geweint wie ein Baby und das ganze Make-up ruiniert, aber es war mir egal. Er stand einfach nur da und hat mich gehalten und es war perfekt. Ich wusste, dass ich das Richtige tue.« Ich muss aufpassen, dass ich nicht selbst in Tränen ausbreche, wenn ich mir das vorstelle.

»Weil ihr perfekt seid«, sage ich mit einem leichten Lächeln.

Sie steht halb hinter mir und betrachtet mich durch den Spiegel. Jetzt langsam wird es real, da ich dieses Kleid trage. Ein heftiges Kribbeln breitet sich in meinem Bauch aus. »Ja. Und ich weiß, dass Sergio für dich derjenige ist, zu dem du rennen willst, wenn du ihn vorne siehst. Deshalb möchte ich, dass du dir klar machst – egal was noch kommt und wie schwer es wird –, ihr seid absolut richtig füreinander. Zweifle niemals daran oder lass dir was anderes einreden.« Sie streicht mir eine der gelösten Locken nach hinten und befestigt diese mit einer Klammer.

Ich nicke und werde versuchen, daran zu denken.

Das Kribbeln wird immer stärker und wir atmen beide durch.

»Okay, können wir jetzt gehen?« Ich weiß, dass ich mich erst beruhigen werde, wenn meine Hand in deiner liegt. Erst dann werde ich wirklich ankommen und für immer da bleiben.

»Sicher.« Sie lächelt leicht und sieht dir dabei so ähnlich, dass ich noch mehr zu dir will. Dann beugt sie sich zum Bett und nimmt den Schleier, der komplett aus Spitze besteht.

»Bereit, die nächsten fünfundvierzig Minuten nichts mehr zu sehen?«, fragt sie mich trocken. »Ich habe nie verstanden, was das soll«, murmelt sie noch in sich hinein.

»Nicht wirklich«, meine ich stirnrunzelnd und sie lacht, bevor ich den Kopf senke und sie mir den Schleier darüberlegt. Dann richtet sie ihn und befestigt ihn. Okay, jetzt sehe ich nur noch sehr wenig durch die Spitze hindurch, aber das ist schon okay.

Sie seufzt tief.

»Was ist?«, frage ich sie.

Sie räuspert sich. »Ach, nichts.« Dann hebt sie einen Mundwinkel und ich atme durch.

»Okay, können wir jetzt gehen?«, erkundige ich mich ungeduldig.

»Sicher«, wiederholt sie, nimmt meine Hand und drückt sie. »Gehen wir.« Sie stellt meine High Heels, die ebenfalls funkeln, vor mich und ich raffe das Kleid etwas, um vorsichtig hineinzuschlüpfen.

»Okay«, flüstert deine Mutter etwas erstickt. Ich betrachte sie ängstlich, denn wenn sie jetzt weint, weine ich auch, und dann sind wir alle tränenverschmiert und hässlich. »Ich weine nicht!«, informiert sie mich einige Oktaven zu hoch.

»Okay«, murmle ich schluckend und blinzle ein paarmal. »Scheiße, gehen wir jetzt einfach.«

Sie nickt und nimmt meine Hand, bevor sie mich zur Tür führt und sie öffnet. Im Haus ist es völlig still, weil alle schon in der Kirche sind. Die Ruhe ist so ungewohnt, dass ich die Aufregung noch mehr spüre. Du wartest auf mich. Es wird alles gut. Denn das ist vorerst unser Ende.

Ich nicke mir selbst zu, als wir durch den Gang und die Treppe nach unten gehen. Meine Mutter steht mit meinem Vater an der Tür. Sie hält meinen Brautstrauß mit den weißen sowie dunkelblauen Rosen und ist so hübsch in ihrem roséfarbenen bodenlangen Kleid und der Hochsteckfrisur.

Sie schaut zu mir hoch und ich erkenne schon das Schimmern in ihren Augen, die mich immer mit so viel Liebe ansehen. »Mom, nicht weinen!«, fordere ich steif, weshalb sie sofort nickt.

Mein Vater betrachtet mich mit seinen türkisfarbenen Augen etwas ungläubig und gleichzeitig so, als hätte er es schon immer gewusst. Da ist so viel Stolz in seinem Blick. Er lächelt mich an und ich weiß, solange er da ist, wird alles gut gehen.

Als wir unten ankommen, legt deine Mutter meine Hand in die meines Vaters. Ich klammere mich an ihm fest, während ich mit der anderen die Rosen von Mom nehme. Mein Onkel und Zayden sind bei dir.

»Und, bist du bereit, Babygirl?«, fragt mein Vater sanft, als deine Mutter die Tür öffnet und uns vorgehen lässt.

»Mein Leben lang«, sage ich jetzt laut und er lächelt zufrieden.

»Dann gehen wir.« Und wir treten in die heute strahlende Sonne.

Wie passend.

* * *

Der Vorplatz der Kirche ist voll mit Autos, deren Lack im warmen Sonnenschein glänzt. Unmengen an Menschen sind da. Oh mein Gott, so viele Menschen. Rauchschwaden ziehen vor den vereinzelten Grüppchen in den Himmel. Es wimmelt nur so vor teuren Anzügen und exklusiven Kleidern. Aus dem leichten Kribbeln in meinem Bauch wird mit einem Mal ein ganzer Bienenschwarm, der darin herumsummt und mir Übelkeit beschert. Die Kathedrale ragt imposant in die Höhe und ich atme durch, als die Limousine vor den offenen Flügel-Türen hält.

Deine Mom auf meiner rechten Seite sieht zu mir. »Okay, ich gehe jetzt da rein und wir sehen uns dann.«

»Warte!«, hauche ich und sie dreht sich nochmal zu mir, die Hand am Türgriff. »Sag mir irgendwas!« Ich brauche jetzt was Beruhigendes.

»Es mag alles gut sein, aber es ist noch nicht das Ende«, meint sie sofort, als hätte sie nur darauf gewartet, dass ich sie um so was bitte. »Du bist perfekt für ihn und er ist perfekt für dich.« Ich nicke. Wir sind perfekt füreinander, oh ja. Ihre Worte beruhigen mich etwas.

Sie atmet durch und sieht zu meiner Mom. Sie tauschen einen Blick, den ich nicht verstehe. Dann lächelt Tante Isabelle nochmal, drückt Dads Schulter, der vorn sitzt, und steigt aus. Ich beobachte mit angehaltenem Atem, wie sie den Platz überquert und die Stufen zur Kirche hinaufgeht. Sie sagt irgendwas zu den anderen und sie schlendern alle hinein. Deine Mom ist die Letzte, sie sieht nochmal über die Schulter und zwinkert mir zu.

Ich habe nicht gedacht, dass ich so aufgeregt sein werde. Aus den Bienen sind mittlerweile kleine Flugzeuge geworden. Der Platz ist inzwischen gespenstisch still und leise. Der Weg zur Treppe scheint endlos zu sein. Meine Mom lehnt sich zu mir, weswegen ich zu ihr sehe. Sie schiebt den Schleier etwas aus meinem Gesicht und küsst mich auf die Wange. Tief ziehe ich ihren vertrauten Duft ein und sie lächelt warm.

»Ich bin so stolz auf euch«, murmelt sie mir zu und ich muss auch lächeln.

»Danke, Mom.« Das tut gut. So unendlich gut.

»Das ist euer Tag und alle anderen sind völlig unwichtig.« Sie sind unwichtig, das ist unser Tag! »Ihr werdet euch gegenseitig nicht immer glücklich machen, aber immer lieben, so viel weiß ich.« Ich nicke erneut. Das ist wirklich das Wichtigste.

»Okay«, wispere ich. Sie lächelt mich an und drückt meine Hand.

»Dein Vater wird dich nach vorne bringen und du wirst nicht stolpern. Versprochen.«

»Okay.« Das kommt jetzt fester, denn ich weiß, dass er mich nicht stolpern lässt. Das tut Dad nie.

Sie atmet durch und schaut nach vorn zu meinem Vater. Dann zuckt ihr Mundwinkel und sie beugt sich vor, um ihm was zuzuflüstern und ihn auch auf die Wange zu küssen. Er nickt. Mom zieht sich zurück, drückt meine Hand und öffnet ihre Tür. »Okay, bis gleich!«

Ich atme tief durch und schaue ihr hinterher, als sie das Auto verlässt und über den Platz in die Kirche verschwindet.

Jetzt sind es nur noch Dad und ich.

»Ich würde ja sagen, ich kann dich außer Landes bringen, aber er wird dich finden. Außerdem kann ich ihm das nicht antun«, sagt mein Vater.

»Nein, wir gehen da jetzt rein!«, bestimme ich.

»Okay! Dann gehen wir da jetzt rein.« Seine türkisfarbigen Augen funkeln. Ich weiß nicht, wer von uns beiden aufgeregter ist.

Als er aussteigt, verkrampft sich mein Magen, und als er meine Tür öffnet, werden meine Hände schwitzig.

Okay. Ich steige jetzt aus. Ich mache das. Du bist da drin. Es bist du.

Ich habe mein Leben lang auf dich gewartet.

Schon immer wollte ich das hier. Das ist mein größter Traum. *Du* bist mein größter Traum, Sergio.

Ich setze einen Fuß aus dem Auto und trete in den strahlenden Sonnenschein. Sofort hält Dad mir seine Armbeuge hin und ich schiebe meine Hand hinein. Als er seine große über meine legt, kann das die Aufregung in mir auch nicht mehr mildern. Einerseits würde ich am liebsten zur Kirche laufen, andererseits hämmert mein Herz mit jedem einzelnen Schritt, den wir machen, schneller, lauter, stärker, sodass meine Brust fast explodiert.

Der Platz ist großzügig von Bodyguards umstellt. Oben an den Türen stehen Salva und Camillo. Letzterer zwinkert mir zu. Ich kann darauf nicht reagieren. Ich kann nicht mal mehr denken oder fühlen, weil es zu viel ist. Alles rauscht in mir wild durcheinander. Meine Kehle ist wie zugeschnürt, gleichzeitig kribbelt alles extrem. Ich glaube, ich kriege gleich einen Anfall oder meine Beine knicken einfach unter mir weg.

Ich bin so froh, dass mein Vater an meiner Seite ist und mir wie immer den Weg weist.

Sobald ich meinen Fuß auf die erste Stufe zur Kirche setze, ertönt der Hochzeitsmarsch. Ich kralle mich fest, weil meine Knie total weich werden.

»Alles ist gut, Babygirl. Es ist Sergio.« Mein Dad drückt leicht meine Hand und ich nicke, als ich Stufe für Stufe nehme.

Ja, du bist es.

Du, der mich immer auffängt.

Der immer für mich da ist.

Der mein Ein und Alles ist.

Mit dem ich mein Herz teile, seit ich denken kann.

In meinem Bauch herrscht nun ein totales Durcheinander. Mein ganzer Körper spielt verrückt. Sobald wir die letzte Stufe erklommen haben, kann ich in die Kirche sehen. Ich lasse meinen Blick sofort geradeaus schweifen.

Du stehst in deinem blauen Anzug, der so dunkelblau ist wie meine Rosen, am Altar, die Hände hinter dem Rücken, und siehst nur zu mir. Du stehst da, Sergio. Oh mein Gott, ich kippe gleich um. Du stehst da und wartest auf mich. Auf mich und sonst niemanden. Du wirst mein Mann werden, wir werden ein Leben teilen, ein Bett, einfach alles. Du wirst dann offiziell mein Alles sein und ich dein Alles. Wir werden glücklich werden.

In diesem Moment ist mir das mehr bewusst als alles andere.

Ich sehe nichts anderes außer deinem Gesicht. Deinem perfekten Gesicht, das ich so sehr liebe.

Ich spüre nicht mal mehr meinen Vater, da bist nur noch du.

Mein Ziel. Mein Damals. Mein Jetzt. Mein Für immer.

Als du einen Mundwinkel hebst, beruhigt sich dieses Chaos in mir völlig. Ich setze mich sofort in Bewegung. Nichts könnte mich jetzt noch aufhalten. Alles weicht einer einzigen Gewissheit: es wird tatsächlich alles gut. Aber nicht, weil es das Ende ist, sondern weil ich an deiner Seite sein werde. Ab jetzt und bis an den Rest unseres Lebens.

Sempre.

40. Sempre, Rosalie

XX

Sergio

Wenn ich mir mein Leben rückwärts im Zeitraffer vorstelle, gibt es keinen gravierenden, einschneidenden Moment, in dem du nicht anwesend warst, Rosalie.

In jedem Moment, in dem ich so richtig gelacht habe, und in jedem Moment, in dem es mir richtig beschissen ging, warst du da. Du hast mich nie verurteilt oder erwartet, irgendwas zu sein, was ich nicht bin. Du hast mich immer mit all meinen Fehlern akzeptiert. Und das sind einige, ich weiß. Mir ist klar, dass ich nicht perfekt bin, aber wenn ich mit dir zusammen bin, bin ich nahe dran.

Meine Finger sind ruhig, als ich mein weißes Hemd schließe und mich dabei im Spiegel betrachte. Vor der Kirche ist es laut, die Gäste finden sich langsam ein. Aber hier bei mir ist es still, weil ich innerlich entspannt bin, so sicher, wie ich es selten zuvor war. Es ist, als wäre ich aus einem Krieg nach Hause zurückgekehrt und könnte endlich wieder in meinem Bett schlafen. Als wäre ich jahrelang unterwegs gewesen und könnte endlich wieder sitzen, einfach nur sitzen. Als hätte ich einen unmöglich hohen Berg bestiegen und wäre jetzt ganz oben angekommen, während die heiße Sonne in meinem Gesicht brennt, ich die Luft tief in meinen Lungen ziehe und nach unten sehe, wo all die Probleme und Hektik unter einer dichten Wolkendecke begraben liegen.

Ich fühle mich, als wäre ich angekommen.

Mein Atem geht ruhig und mein Herz schlägt regelmäßig in meiner Brust.

Als ich neun Jahre alt war, habe ich dich im Haus gesucht und nicht gefunden. Schließlich bin ich ganz nach oben gegangen, in den Speicher, wo du im Brautkleid meiner Mom auf dem Boden saßt und mit dir selbst geredet hast. Du hast mich gar nicht bemerkt, weil ich hinter dir stand. Das Kleid war dir viel zu groß. Aber ich wusste in diesem Moment, dass ich dich irgendwann darin sehen will – für mich.

Ich stecke mein Hemd in die dunkelblaue Hose und richte meine Manschettenknöpfe, bevor ich mir nochmal durch das Haar fahre, sodass es nach hinten anliegt. Aber diese eine Strähne, die seit Jahren nicht mehr aus meiner Frisur gefallen ist, löst sich plötzlich und sinkt mir in die Stirn. Ich belasse es dabei. Keine Perfektion. Wir beide sind nicht perfekt, nicht in dem Sinn. Nicht wie meine Großeltern oder mein Vater. Wir sind perfekt füreinander und deshalb nicht perfekt.

Ich greife nach meiner Uhr und ziehe sie über mein Handgelenk, bevor ich sie schließe. Mein Bruder war bis vor drei Minuten noch bei mir und ist eben rausgegangen, um sich um das Chaos zu kümmern.

Jetzt stehe ich hier und betrachte mich im Spiegel. Meine Augen sind offen – wirklich offen. Heute will ich keine Sekunde verpassen. Keinen Schritt, den du tust.

Es klopft und ich wende mich der Tür zu. Es ist mein Vater. Ich höre es an der Art, wie er klopft. »Ja.« Leise öffnet er die schwere, dunkelbraune Tür, die in das Hinterzimmer der Kirche führt, in dem ich bin.

Natürlich sieht er makellos wie immer aus. Er trägt einen schwarzen Anzug und ist makellos hergerichtet. Sein Blick ist fokussiert und er überschaut mich, während er die Tür schließt und die raunenden Stimmen verstummen.

Ich habe seit dem Vorfall nicht sehr viel mit ihm gesprochen. Auch heute will ich mich nicht auf seine abweisende und abfällige Art konzentrieren.

»Alles okay?«, fragt er mich und ich vertreibe jeden zynischen Kommentar aus meinem Kopf.

»Alles bestens«, antworte ich und sehe wieder in den Spiegel, um meinen Hemdkragen zu richten.

»Du wirst ihr ein guter Mann sein«, stellt er fest.

»Das werde ich«, verspreche ich mir selbst.

Er räuspert sich. Ich betrachte ihn durch den Spiegel, wie er immer noch an der Tür hinter mir steht. Mir fällt es schwer, irgendwas zu sagen, denn es würde nichts bringen. Weil er zu stolz ist. Weil er das hier nicht will. Aus so vielen Gründen.

Schließlich streicht er sich durch das dunkelbraune Haar und macht die drei Schritte zu mir. »Ich werde versuchen, sie zu akzeptieren, solange sie dich glücklich macht.«

Das ist ein Anfang und mehr, als man von ihm erwarten kann.

Ich betrachte ihn nach wie vor durch den Spiegel, als er in die Tasche seines Jacketts greift. »Die Manschettenknöpfe hat dein Opa auch bei seiner Hochzeit getragen. Er hat deine Großmutter wirklich geliebt. Das war wahrscheinlich die letzte de Luca-Hochzeit, bei der wahre Liebe im Spiel war. Du solltest sie tragen.« Er hält mir die zwei kleinen Manschettenknöpfe entgegen, in die jeweils ein XX eingraviert ist.

Ich drehe mich zu ihm um und sehe sie in seiner großen Hand. Auch das ist mehr, als man von ihm erwarten kann, also nehme ich sie mit einem leisen »Danke.«

Er seufzt und zieht dann einen meiner Arme zu sich, bevor er den Manschettenknopf, den ich bereits trage, mit schnellen Bewegungen löst und dann einen von denen meines Opas nimmt, um ihn mir zu befestigen.

»Ihm würde das hier sicher gefallen«, sagt er und schließt den Ärmel mit dem Manschettenknopf, bevor ich ihm den anderen Arm entgegenstrecke und er auch dort die Knöpfe auswechselt.

Ich atme tief durch und straffe mich etwas. Er legt seine Hand an meine Schulter und drückt sie, wie er es immer getan hat.

»Du machst das schon. Weil du alles machst«, meint er und drückt nochmal meine Schulter, bevor er die Hand sinken lässt und einen Schritt zurücktritt. Raus aus der einfallenden Sonne und zurück in den Schatten. »Wir sehen uns gleich.«

»Sicher«, sage ich noch leise, als es klopft und zwar fest. Das ist der Carter-Dad. Ich hebe einen Mundwinkel. »Herein.«

Die Tür schwingt auf und Carter-Dad kommt herein, während er über die Weste, die er tragen muss, motzt. »Gottverdammte Scheiße, Isabelle, ich bin kein scheißfucking achtzigjähriger Opa. Schenk mir doch gleich eine Taschenuhr, die ich hier reinstecken kann … Oh.« Er stockt, als er uns sieht, und ich lache. Ich liebe es, wenn er motzt. Seine schwarzen Haare sind chaotisch, aber er ist rasiert und seine Kleidung sitzt perfekt.

Mein Vater und er wechseln noch einen Blick. Dann verschwindet mein Vater und Carter-Dad schließt die Tür hinter ihm, bevor er sich zu mir umdreht. »Und?!« Er kommt zu mir und richtet meinen Kragen. »Wie schaut's aus? Du kannst leider nicht davonlaufen, ich kann dir nicht helfen.« Er greift nach meinem dunkelblauen Jackett und hält es mir auf.

Belustigt schlüpfe ich hinein.

»Sie würde es mir nicht verzeihen und mein Bruder auch nicht. Du musst da jetzt durch! Auch, wenn du aufgeregt bist, du musst das jetzt einfach tun, okay? Es ist nicht so schlimm! Klar, natürlich, sie wird sich total verändern und von dem sanften kleinen Schwan zu einer Furie werden, die dich tyrannisiert und nicht in Ruhe lässt, wenn du schlafen willst.« Er streicht das Jackett an meinen Schultern glatt und dreht mich zu sich um. Wahrscheinlich ist er aufgeregter, als ich es sein müsste. »Sie wird dich nie fernsehen lassen, was du willst. Ihr schaut nur noch Kinofilme, die sie sehen will. Es wird auch nur noch gegessen, was sie essen will. Und Sex hast du auch nur noch, wenn sie will. Das ist die Wahrheit! Find dich damit ab.« Er schließt mein Jackett und ich betrachte ihn stirnrunzelnd, während er sich immer weiter reinsteigert. »DU MUSST NICHT AUFGEREGT SEIN!«, blafft er mich an. »ES WIRD ALLES GUT, ES IST ROSALIE!« Er starrt mich an.

»Ich bin nicht aufgeregt!«, beschwichtige ich ihn schnell und grinsend.

»Ach so?« Er wirkt so ungläubig und ich hebe einen Mundwinkel.

»Echt«, meine ich eindringlich. Er seufzt erleichtert und zieht mich in seine Arme.

»Dann ist alles gut«, murmelt er. »Ihr zwei seid das Perfekteste, was ich je gesehen habe.« Ich nicke und lege meine Arme um ihn. Sein Duft erinnert mich an alles, was wir sind, weil ich alles damit verbinde. »Und du machst mich wirklich unglaublich stolz!« Seine Stimme klingt heiser, dennoch erzeugen die Worte ein warmes Gefühl in meinem Bauch. Wenn er sie sagt, bedeuten sie alles. Weil ich weiß, welche Werte er vertritt und was nötig ist, um ihn stolz zu machen. Diese Kriterien zu erfüllen, ist alles, was ich brauche, um ein guter Mann zu sein. Wie er.

»Danke«, murmle ich. Er atmet tief durch und tritt schnell einen Schritt zurück.

»Okay. Bist du bereit?«

»So bereit«, versichere ich ihm nickend, weil ich schon so lange darauf warte, dass das hier in Erfüllung geht.

»Dann gehen wir.«

»Gut!«, erwidere ich grinsend und er verdreht die Augen, weil ich es genau wie mein Vater sage. Dann überwindet er die Distanz zur Tür und hält sie mir auf. Sein Blick ist warm und tatsächlich voller Stolz, gemischt mit einem Ticken Wehmut.

»Dann geh. Kleiner Scheißer.«

Ich hebe einen Mundwinkel und atme durch, bevor ich einfach losgehe und die Reihen überblicke. Heute sehen die weißen Heiligenstatuen auf fast tausend Menschen herab, die nach und nach ihre Plätze einnehmen. Einige müssen stehen bleiben, aber irgendwie wird es passen. Inzwischen sind alle da und unterhalten sich laut. Ihre Stimmen hallen durch das hohe Gemäuer. Immer noch keine Aufregung. Immer noch völlige Ruhe in mir.

Ich mache die letzten Schritte. Am Altar stehen bereits Zayden und Sophia. Mein Bruder trägt einen schwarzen Anzug und Sophia ein schwarzes Abendkleid. Ich streiche mir nochmal durch das Haar und begrüße ein paar Leute, die mich abfangen. Endlos viele Kerzen tauchen die Kathedrale in ihren Schimmer und die Rosen verbreiten ihren süßen Duft. Die Bibel am Altar ist aufgeschlagen und das große in dunkles Leder gebundene Familienbuch der de Lucas liegt auch dort. Carter-Dad schiebt sich in die erste Reihe zu Mom, die mir zuzwinkert. Ihre Augen strahlen so voller Glück und Zufriedenheit. Ich lächle sie an und weiß, dass sie bis vor Kurzem noch bei dir gewesen sein muss.

Der Pfarrer tritt in seiner weißen Robe und dem golden eingestickten Kreuz an der Brust hervor, während ich die Stufen zum Altar hochgehe und mich vor Zayden positioniere. Der hat mir vorhin genauestens dargelegt, wie irre Frauen nach der Ehe werden und er hat mir seinen Flachmann hingehalten. Ich habe getrunken, natürlich. Aber nicht, weil ich es gebraucht habe.

Erneut überblicke ich die Reihen, die allesamt voll besetzt sind. Es sind mehr de Lucas anwesend als normalerweise. Neben meinem Vater entdecke ich Dorian, daneben Vito, Amalia, Catalina, Andrej mit seiner Ehefrau, Pablo und Ramon, dessen Gesicht schon besser aussieht, aber immer noch verfärbt ist.

Deine Mutter kommt gerade rein. Ihre Absätze hallen durch die Kirche, bevor sie sich neben meine Mutter und Irina mit ihren beiden Jungs schiebt. Rayen und Rowan tragen ebenfalls Anzüge und sind ganz beschäftigt mit ihren Spielzeugen in den kleinen Händen.

Langsam wird es immer ruhiger und ich sehe zum Eingang, die Hände hinter dem Rücken. Als es ganz still ist, atme ich einmal tief durch und der Hochzeitsmarsch setzt ein. Ich hebe meinen Kopf etwas, die Augen nach vorn gerichtet, von wo aus die Sonnenstrahlen über den Boden tanzen. Mein Herzschlag beschleunigt sich jetzt etwas, aber es ist nicht die Aufregung. Sondern, weil du näher kommst. Ich sehe die Silhouetten von dir und deinem Vater, die beide von der Sonne im Rücken angestrahlt werden. Gebannt starre ich zum Eingang. Im nächsten Moment trittst du in die Kirche. Hinter euch schließen die Bodyguards die Türen mit einem dumpfen Laut.

Im Kerzenschein funkeln die Diamanten auf deinem Kleid und deine Schleppe wirkt endlos. Aber alles, worauf ich mich konzentriere, ist dein Gesicht durch den feinen Schleier, obwohl ich es kaum sehen kann.

Ich hebe einen Mundwinkel und würde dich am liebsten nach vorn ziehen, weil es mir zu langsam geht. Das hier ist so richtig und mein rasender Herzschlag beruhigt sich wieder. Keine Zweifel, du bist die eine Frau für mich, die ich für immer will.

Das bist du. Das sind wir. Und dabei kann nichts schieflaufen.

Du bist perfekt.

Das Kleid schmiegt sich wie für dich gemacht an deinen Körper und deine zarten Schultern werden betont. Dein Vater führt dich sicher und mit ruhigen Schritten durch den langen Mittelgang. Ich weiß, dass alle Blicke auf dir liegen, aber ich achte nicht darauf, weil ich nur dich sehe.

Deine Brust hebt und senkt sich langsam und es dauert ewig, bis ihr an den Stufen ankommt. Ich kann immer noch nicht glauben, dass wir es irgendwie hierhergeschafft haben, dass wir hier gelandet sind. Jetzt würde ich dich am liebsten an mich reißen und wegrennen, damit es uns keiner kaputt macht.

Du hebst das Kleid etwas, als dein Vater dich die Stufen hochführt und ihr vor mir stehen bleibt. Ich zwinge mich, den Blick von dir loszureißen und zu ihm zu sehen. In seine türkisfarbenen Augen, die zwei ruhigen Seen gleichen. Ich verspreche ihm ohne Worte, dass ich auf dich aufpassen werde – immer –, und er antwortet auf dieselbe Art, dass es keinen besseren Mann für dich geben könnte und er das weiß.

Er zögert nicht, als er deine Hand nimmt, sie nochmal küsst und dann in meine legt, ehe er einen Schritt zurückmacht. Ich lächle ihn an, was er erwidert. Kurz greift er in meinen Nacken, drückt ihn und geht schließlich runter.

Ich ziehe dich näher und sehe zu dir runter.

Dein Türkis schimmert durch den Schleier hindurch.

»Hi«, flüstere ich.

»Hi«, wisperst du mit belegter Stimme und ich halte deine Hand fest in meiner.

Der Marsch ist verstummt und es wird ein wenig im Hintergrund geflüstert. Ich würde so gern diesen Schleier entfernen und dich richtig ansehen, in deine Augen, aber ich warte.

Sobald wir vor dem Altar stehen, tritt der Pfarrer vor uns und beginnt mit seiner italienischen Rede. Seine tiefe Stimme hallt durch die Kirche.

»Wir haben uns heute hier versammelt, um die anwesende Rosalie Emilia Rush und den Anwesenden Sergio Vito de Luca in den heiligen Bund der Ehe einzuführen«, beginnt er. Ich halte deine schweißnasse Hand fester, sehe nur dich an und ignoriere die vielen Gäste, während die Worte des Pfarrers zu mir durchdringen.

»Die Liebe darf nicht nur aus schönen Worten bestehen. Sie muss sich in Taten zeigen, die der Wahrheit entsprechen. Liebe verschenkt sich. In eurer Beziehung soll nicht die Frage im Vordergrund stehen: Was bringt mir mein Partner? Für dich, Sergio, darf nie die wichtigste Frage sein, welche Vorteile Rosalie dir bringt. Genauso wenig darf es für dich, Rosalie, ausschlaggebend sein, welchen Nutzen Sergio für dich hat. Es gibt kaum etwas Tödlicheres für eine Ehe als diese egoistische Erwartung und der damit verbundene Hang, seinen Partner erziehen zu wollen.

Akzeptiert einander und überlegt, worüber ihr euch ärgert oder worüber man besser hinwegsieht. Gott hat eine ganz andere Vorstellung von Beziehung und Ehe. Wir sollen uns auf den anderen konzentrieren, und zwar nicht darauf, was er für mich tun könnte und sollte, sondern darauf, wie ich dem anderen dienen kann. Am heutigen Tag nimmst weder du, Sergio, Rosalie zur Frau noch nimmst du, Rosalie, Sergio zum Mann. Heute *schenkst* du dich, Sergio, Rosalie mit Haut und Haaren und mit deinem ganzen Sein. Mit Leib und Seele. Mit jeder Träne und jedem Lachen. Und allem, was dich ausmacht. Und du, Rosalie, schenkst dich Sergio mit deinem ganzen Sein. Mit Leib und Seele. Mit jeder Träne und jedem Lachen. Und allem, was dich ausmacht. Euer Partner ist ein Geschenk Gottes, wofür ihr dankbar sein solltet, denn viel zu oft nehmen wir das, was wir geschenkt bekommen, als selbstverständlich hin. Viel zu oft schätzen wir nicht, was wir haben. Deswegen wünsche ich euch eine Ehe und ein Leben, in dem ihr jeden Tag etwas findet, was ihr an dem anderen schätzt. Wofür ihr dankbar seid. Ich wünsche euch, dass ihr einander festhaltet, selbst in den stürmischsten Zeiten. Dass ihr euch gegenseitig Kraft gebt, Wärme, wenn es zu kalt ist, und zusammen den Sonnenschein genießt, so oft wie möglich.

Möge Gott in eurer Ehe immer wieder seine Fingerabdrücke sichtbar werden lassen. Bleibt euch nichts schuldig – außer der Schuld, die ihr niemals abtragen könnt: Der Liebe, die ihr einander erweisen sollt, und lasset sie jeden Tag durch eure Taten erblühen.«

Du atmest tief und zittrig durch, genau wie ein paar weibliche Gäste. Ich wette, eine davon ist meine Mutter. Die

Worte des Pfarrers hallen noch in der Kirche nach und eine leichte Wehmut folgt ihnen. Ich verschränke deine Finger mit meinen fester und betrachte dich. Ich weiß, dass ich jeden Tag dankbar für dich sein werde. Weil man etwas wie dich nur einmal im Leben kriegt und es dann auch halten und pflegen sollte.

»Ich bin mir sicher, dass ihr euch diese Worte zu Herzen nehmen werdet. Drum frage ich dich, Sergio Vito de Luca, willst du die hier anwesende Rosalie Emilia Rush zur Frau nehmen? Sie lieben und ehren, schützen und auf Händen tragen, in Gesundheit und Krankheit, Reichtum und Armut und in Krieg und Frieden? So antworte mit: Ja, ich will!«

»Ja, ich will«, wiederhole ich sofort mit klarer Stimme.

Du schluckst und deine Finger umklammern meine fester.

Der Pfarrer wendet sich nun dir zu. »Und willst du, Rosalie Emilia Rush, den hier anwesenden Sergio Vito de Luca zum Mann nehmen? Ihn lieben und ehren, hinter ihm stehen und ihn auffangen, in Gesundheit und Krankheit, Reichtum und Armut und in Krieg und Frieden, so antworte mit: Ja, ich will!«

»Ja, ich will«, entgegnest du, kaum, dass er geendet hat, ebenfalls klar und deutlich. Ich atme leise aus. Zwar habe ich nicht daran gezweifelt, dass du Ja sagen würdest, aber jetzt ist es endlich so weit. Ich kann immer noch nicht ganz glauben, dass wir an diesem Punkt sind.

»Dann die Ringe bitte«, ordnet der Pfarrer an, weshalb ich wieder die anderen wahrnehme und über meine Schulter sehe. Zayden nähert sich mir schlendernd und Sophia sich dir. Ihre Augen funkeln hektisch und schimmern grünbraun, weil sie weint. Du streichst ihr mit einer Hand ein paar Tränen fort und sie gibt dir den Ring mit einem leichten Lachen und gleichzeitigen Schniefen sowie einer gemurmelten Entschuldigung.

Mein Bruder hebt einen Mundwinkel, bevor er die dunkelblaue Schatulle vor mir öffnet und ich deinen Ring herausziehe. Er ist golden, schmal und in der Mitte sitzt ein Diamant. Mein Name und das Datum unserer Hochzeit wurden eingraviert. Er klappt die Schatulle wieder zu, drückt kurz meine Schulter, wie er es so oft tut, und zieht sich wieder zurück. Er steht hinter mir wie ein Bodyguard und ich muss ein bisschen lächeln.

Du wendest dich auch von Sophia ab und wir sehen uns wieder an.

»Bitte schön«, sagt der Pfarrer und ich nehme deine Hand, die du mir entgegenhältst. Du atmest zittrig aus und ich kann es nicht erwarten, dass mein Ring an deinem Finger steckt – endgültig und für immer.

Ich schiebe ihn dir sanft über und er passt wie angegossen. Als wäre er für dich gemacht. Dann betrachte ich deine Hand noch ein paar Sekunden. Ich liebe es. Genau so muss es sein. Ich werde nicht zulassen, dass du diesen Ring je wieder abnimmst.

Zufrieden atme ich aus, bevor ich dir meine Hand hinhalte und du sie sanft umfasst. Kurz hältst du mit dem Ring vor meinem Finger inne und ich hebe eine Braue. Wieso zögerst du denn jetzt? Dann atmest du aus und schiebst ihn mir langsam über. Meiner ist einfach nur golden und schmal, aber ich hätte auch ein Stück Papier akzeptiert.

Als du jetzt wieder zu mir hochsiehst, bemerke ich genau, dass du hinter dem Schleier strahlst.

»Dann darfst du deine Braut jetzt küssen«, verkündet der Pfarrer und ich hebe endlich deinen Schleier. Sobald ich in dein Gesicht schaue, das jetzt so klar vor mir erscheint, wird meine Brust warm und ich hebe einen Mundwinkel. Dein Türkis funkelt, deine Wangen sind gerötet und deine Lippen schimmern. Ich kann an nichts anderes denken, als dass ich diese Augen mein Leben lang sehen werde, und das macht mich verdammt glücklich.

Ich lege meine Hand in deinen Nacken, bevor ich meine Lippen auf deine Stirn senke und ein paar Sekunden so verharre, deinen Duft einatme, während deine Lider zugleiten. Mit meinen Fingern streiche ich über deine Haut, ziehe meine Lippen zurück und lehne meine Stirn an deine.

»Hi«, wispere ich nochmal an deinen Lippen.

Du lachst etwas, weshalb ich total verklärt lächeln muss. Dein Duft benebelt mich und dieser Moment ist perfekt. »Hi«, antwortest du ebenso leise. Ich senke meine Lippen auf deine und du legst deine Hand an meinen Unterarm. Ich küsse deine weichen Lippen dreimal, bevor ich sanft von dir ablasse und du kurz wie erstarrt zurückbleibst.

»Dann dürft ihr hier jetzt noch unterschreiben«, meint der Pfarrer und deutet auf das de Luca-Buch, das aufgeklappt im Kerzenschein auf dem Altar liegt. Die Reihen sind verblasst. In der Zeile über uns haben zuletzt mein Vater und meine Mutter unterschrieben, was zwanzig Jahre her ist.

Der Pfarrer hält mir einen schwarzen Füllfederhalter hin und ich trete einen Schritt vor und unterzeichne einfach unter meinem Vater. Dann reiche ich ihn dir und du setzt deinen

Namen unter den meiner Mutter. Wir werden es aber besser machen als sie. Versprochen.

»Dann erkläre ich euch hiermit zu Signore und Signora de Luca«, verkündet der Pfarrer feierlich. Ich ziehe dich an meine Seite und drücke meine Lippen auf dein Haar.

»Sempre«, flüstere ich hinein.

»Sempre«, murmelst du zurück. Wir drehen uns zu den anderen, bevor ich dich die Stufen hinunterführe. Meine Hand liegt an deinem unteren Rücken, wo ich noch ein Stück nackter Haut mit meinem Daumen berühre. Ein paar der Gäste schniefen, aber alle haben sich erhoben. Ich sehe keinen von ihnen, sondern nur das Ende des Weges, und dort scheint die Sonne, Rosalie.

Ich geleite dich über den roten Teppich, eng an meiner Seite. Ich habe nicht vor, dich je wieder loszulassen. Ich habe vor, dein Leben glücklich zu gestalten. Und so führe ich dich hinaus aus dem dunklen, kalten Gemäuer hinein in die Wärme, ins Licht.

Dort, wo wir beide am besten existieren können.

41. Angekommen, Rosalie

XX

Sergio

Die Sonne strahlt im Garten auf uns herab. Es ist zwar windig, aber warm. Runde Tische sind um die Tanzfläche herum platziert, an denen bis zu zehn Personen Platz finden können. Alles ist in Weiß und Blau gehalten, Lampions schwanken hin und her und Girlanden wurden zwischen den umstehenden Bäumen befestigt, die abends hell erstrahlen werden. An der Bar warten bereits die Kellner.

Alle sind da, also wirklich alle, die Rang und Namen haben, auch wenn ich es noch nicht geschafft habe, die Gäste ins Visier zu nehmen. Auf einer leichten Erhöhung spielt eine Liveband und alle haben bereits Platz genommen, als ich dich für den ersten Tanz zur Tanzfläche führe. Du hast deinen Schleier abgenommen und ich mein Jackett ausgezogen. Der leicht salzige Wind weht immer wieder vom

Meer herüber. Du siehst nur mich an, als wäre ich irgendein seltenes Ausstellungsstück im Museum. Ich drehe dich an meine Brust und dein Kleid schwingt mit. Die Diamanten reflektieren den Sonnenschein und werfen funkelnde Lichtpunkte auf den Boden und die Gäste. Deine Haare sind im Nacken zusammengerafft und einzelne Strähnen gleiten über deine Wangen und deinen Nacken. Du schmachtest mich an, Rosalie, also lege ich deine beiden Hände auf meine Brust, weil du nicht aussiehst, als würdest du noch irgendwas zustande kriegen, aber das ist schon okay, und ich umfange deine Taille.

Du seufzt und ich hebe einen Mundwinkel. So weit, so gut. Wir haben es bis hierher geschafft und das kann uns niemand mehr nehmen.

»Sind wir jetzt wirklich verheiratet?«, fragst du leise. Ich lege meine Hand über deine und ziehe sie an meine Schulter. Dein Ring funkelt in der Sonne und deine Haut schimmert golden.

»Japp«, meine ich selbst noch leicht ungläubig. Ich glaube tatsächlich noch nicht, dass dich mir jetzt niemand mehr nehmen kann.

»Mrs. de Luca«, überlegst du laut und ich ziehe die Augenbrauen zusammen.

»Klingt doch perfekt«, bemerke ich und muss zugeben, dass ich das liebe. Dass ich das immer so wollte und dass ich das nicht mehr ändern werde, nie wieder.

»Ich dachte nicht, dass ich das mal sagen würde, aber ja, das klingt perfekt.« Du lächelst zu mir hoch und ich ziehe dich etwas näher. Die Gäste sind mir egal. Ich bin nicht wegen ihnen hier, sondern wegen dir.

Ich hebe dein Kinn mit einem Finger und die Sonne scheint in deine Augen, die noch heller funkeln als sonst. Dann lasse ich meine Stirn gegen deine sinken und du seufzt erneut leise. Dein Duft zieht in meine Nase und ich gleite mit meiner Hand in deinen Nacken. Die andere liegt immer noch an deiner Taille.

Ich atme dich tief ein und du streichst mit den Fingerspitzen durch die feinen Härchen in meinem Nacken, sodass ich erschauere, wie meistens, wenn du mich berührst. Du bist so perfekt in meinen Armen. Ich beuge meinen Kopf vor und küsse dich sanft und kurz und du lächelst an meinem Mund.

»Und, war es schlimm?«, frage ich an deinen Lippen.

»Ja, weil es so lange gedauert hat.«

Es kam mir auch wie eine Ewigkeit vor, bis du bei mir warst und ich endlich deine Hand in meine nehmen konnte. Und jetzt werde ich sie nicht mehr loslassen.

»Für dich?«

»Ja, es hat lange gedauert. Nein, es war nicht schlimm«, erwidere ich und ziehe den Kopf zurück, um dich besser ansehen zu können, während ich uns ein bisschen drehe und deine Schleppe über den Boden schleift.

»Du bist ja auch geduldig.«

»Nicht halb so sehr wie du«, bemerke ich und streiche dir eine lose Strähne hinter das Ohr. Du bist für mich immer die schönste Frau von allen, aber heute besonders. Und das liegt nicht an diesem Kleid oder deinem Make-up, sondern an der Art, wie du strahlst. Wie du mich ansiehst.

»Es gab eine Zeit, da habe ich nicht gedacht, dass das hier tatsächlich noch passieren wird.«

»Wirklich?«, frage ich sanft mit einem kleinen Lächeln.

Darüber musst du nachdenken, Rosalie, und ich lasse dich. »Ja. Ich dachte, du hättest weitergemacht und wärst über mich hinweg.«

»Ich habe nur auf Pause gedrückt und nicht weitergemacht«, erkläre ich.

»Kein Pauseknopf mehr für uns.«

»Niemals«, verspreche ich und hebe wieder meinen Mundwinkel.

»Gut.«

»Gut«, wiederhole ich und du musst lachen, genau wie ich.

»Du bist immer so fies, Sergio.«

»Wieso bin ich jetzt fies?«, frage ich ahnungslos und runzle leicht meine Stirn.

»Weil du mich immer zum Lachen bringst.«

»Soll ich dich lieber zum Weinen bringen?«, will ich mit einer hochgezogenen Braue wissen.

»Nein.« Empört siehst du mich an.

»Also sag nicht, ich wäre fies.« Ich drehe dich unter meinem Arm und ziehe dich wieder an mich, weshalb deine Augen noch ein bisschen mehr funkeln.

»Soll ich dich jetzt auch drehen?«, fragst du wie damals in der Stadthalle und ich muss schmunzeln.

»Wenn du willst«, meine ich.

»Gut, dann dreh dich!« Du kicherst und mein Gesicht wird ausdruckslos.

»Nein«, knurre ich düster.

»Okay.« Du lachst wieder und lehnst deine Stirn an meine Brust. Ich umfange dich mit beiden Armen und atme tief deinen Duft ein, während das Lied wechselt, weshalb jetzt die Eltern aufstehen.

Dein Vater führt deine Mutter leichtfüßig auf die Tanzfläche, wobei sie kichert. Sie liebt es, wenn er mit ihr tanzt, und er kann es wirklich gut. Bevor sie loslegen, dreht er sie einmal unter dem Arm und zieht sie hart an sich. Sie kichert noch mehr und wird ganz rot. Er hält ihre Hand in seiner, die andere an ihrer Taille und schwingt sie völlig selbstverständlich im Einklang über den schwarzen Boden. Sie sind wirklich ein unglaubliches Paar.

Ich lasse meine Augen zur Menge schweifen, denn meine Eltern müssen ja auch tanzen. Das dürfte amüsant werden.

Mein Vater schlendert zu dem Tisch, an dem meine Mutter sitzt und gerade etwas zu Carter-Dad sagt. Der nickt und verdreht die Augen. Dann richtet er ein paar Worte an meinen Vater. Auf beiden Seiten blitzen die Augen. Sicher hat Carter-Dad meinem Vater gedroht. Meine Mutter legt ihre Handtasche auf den Tisch und steht auf, bevor sie schon völlig entkräftet, obwohl noch nichts passiert ist, zu meinem Vater hochsieht. Er lächelt sie charmant an und murmelt was, worauf sie die Augen verdreht und vorgeht. Er folgt ihr teuflisch grinsend, was mich um ein Haar zum Lachen bringt.

Du schüttelst deinen Kopf.

Mein Vater schwingt Mom zu sich herum. Sie legt ihre Hand in seine und die andere an seine Schulter. Mit Sicherheitsabstand – ich beobachte das ganz genau. Mein Vater platziert seine Hand an ihren oberen Rücken und murmelt ihr was zu.

Sie verdreht zwar wieder die Augen, aber ich sehe auch, wie etwas Weicheres hindurchzuckt.

So kompliziert, diese Eltern.

Ich bewege uns weiter über die Fläche und betrachte dich dabei. »Hi«, sagst du schon wieder aus dem Nichts und schmilzt förmlich dahin.

»Hi«, wiederhole ich zum dritten Mal heute und begutachte dein Gesicht.

»Ja, ich bin debil«, lässt du mich wissen. »Jetzt ist es zu spät. Keine Flucht mehr möglich.«

»Ach, damit komme ich schon klar«, meine ich locker.

»Das werden wir sehen.« Deine Mom lacht laut und dein Dad raunt ihr was zu. Er hat sie umgedreht und sie steht mit dem Rücken zu ihm, bevor er sie wieder herumwirbelt und an sich zieht.

»Ich hoffe, dass wir auch so sein werden«, sagst du leise.

»Wie auch immer wir werden, wir werden definitiv nicht so.« Trocken beobachte ich meine Eltern und du folgst meinem Blick.

»Ganz sicher nicht«, beruhigst du mich und ich nicke, bevor ich dich wieder anschaue. »Aber wir hätten so enden können.«

Daran will ich nicht mal denken. »Sind wir aber nicht.« Ich ziehe dich näher. Ich hätte es nicht wegstecken können, dich mit einem anderen zu sehen und nichts von dir zu haben, als die wenigen Ausblicke auf dich im Casa del Nero.

»Nein, sind wir nicht. Sonst wärst du wie dein Vater und ich eine verrückte Katzenlady geworden.«

Daran will ich jetzt nicht denken, schon gar nicht auf meiner Hochzeit mit dir. »Mit Sicherheit«, meine ich leise und schwinge dich noch ein bisschen über die Tanzfläche, bis das Lied verklingt. Ein letztes Mal drehe ich dich unter meinem Arm. Dann ziehe ich dich an mich, sodass unsere Lippen aufeinanderprallen und du in meinen Mund keuchst.

»Bitte sei jetzt nicht heiß«, wisperst du und ich lege meine Hand auf deinen nackten Rücken. »Sergio!« Das kommt tadelnd und du windest dich etwas. Ich streiche deinen Rücken entlang, während ich meine Lippen auf deinen lasse. Du gibst ein sehnsüchtig-genüssliches Geräusch von dir und ich lächle an deinem Mund.

»Alles klar?«, frage ich heiser und ziehe meinen Kopf zurück. Du schüttelst deinen benommen und ich grinse.

»Dann sollten wir uns vielleicht besser setzen.«

Du nickst und ich grinse breiter, nehme deine Hand und führe dich zu unserem Platz an der Seite der Tanzfläche auf einer leichten, weißen Erhöhung, die mit dunkelblauen Rosen geschmückt ist. Ich ziehe dir den Stuhl zurück und du lässt dich darauf nieder. Ich setze mich neben dich und lehne mich zurück, bevor ich mir einen Grappa einschenke und dir ein Wasser, was ich dir zuschiebe.

»Danke«, seufzt du, während ich meinen Grappa leere. Neidisch betrachtest du mich und ich grinse dich an. »Trink nur«, meinst du. »Aber ich halte dir nicht die Haare.«

»Am Ende hältst du sie mir ja doch wieder«, murmle ich trocken, du und deine Späße, Rosalie.

»Ich binde dir einen Zopf.«

»Was auch immer du willst, Baby.« Du grinst und lässt deinen Blick jetzt das erste Mal schweifen. Sofort runzelst du die Stirn.

»Wer hat die denn eingeladen?«, fragst du und nickst in Selina mittlerweile Estebans Richtung. Sie steht in ihrem schwarzen Abendkleid am Tisch der Estebans. Die sind alle hier. Santos, Sancho, Samuel, Santiago, Selina. Wie passend.

»Ich weiß es wirklich nicht. Aber wahrscheinlich mein Vater. Zur Machtdemonstration. Eier- beziehungsweise Schwanzvergleich. Und all das.« Ich winke träge ab.

»Höchstwahrscheinlich. Aber ein bisschen wahnsinnig ist sie schon.«

»Dass sie hier ist? Ja.« Ich nicke bedeutungsvoll und suche mit den Augen nach Zayden. Der huscht gerade wie ein Schatten an die Bar gegenüber von uns und beugt sich vor, um etwas zu bestellen.

»Ich hoffe, das gibt keinen Ärger«, murmelst du.

»Und wenn schon, wir enthalten uns. Heute wollen uns sowieso alle vor allem schonen.«

»Der Hochzeitsjoker.«

»Japp, und zur Not verschwinden wir nach oben.« Ich beuge mich zu dir rüber und küsse dich.

»Ich liebe es, dass du immer den perfekten Plan hast«, wisperst du an meinen Lippen.

»Ich liebe es, dass du jetzt meine Frau bist«, erwidere ich und küsse dich tiefer, eine Hand in deinem Nacken.

Ich habe wirklich noch nie zuvor etwas mehr geliebt als das. Ich liebe es, mit dir hier zu sein. Ich liebe es, dass du dieses Kleid trägst. Ich liebe es, dass du Ja zu mir gesagt hast. Und ich liebe es, dass du jetzt mir gehörst. Jetzt und für immer.

Sempre.

42. Verloren, Zayden

XX

Irina

Sie ist hier. Nicht einmal zehn Schritte entfernt. So perfekt. So dunkel. So mysteriös. Der feuchte Traum eines jeden Mannes. Das Kleid liegt eng an ihrem weiblichen, mit genau den richtigen Rundungen versehenem Körper. Ich kann nicht aufhören, sie anzustarren, obwohl ich es mir eigentlich verboten habe. Aber es ist so viel leichter, sich etwas vorzunehmen, als es dann auch wirklich umzusetzen. Ich wollte ihr keine Beachtung schenken oder daran denken, was du alles mit ihr gemacht hast. Doch es klappt nicht. Seit sie in die Kirche gekommen ist, habe ich die Bilder noch klarer im Kopf. Ich frage mich, wie du diese vollen, rot geschminkten Lippen geküsst hast, wie du diese perfekte Taille gehalten hast, während du hinter ihr warst. Ich frage mich, ob du dieses seidig glatte lange Bein gepackt hast, ob du deine Finger in ihrem schwarzen langen Haar vergraben hast, das aussieht wie flüssige Seide. Ob du an ihrer Haut gestöhnt hast, wo sie dich überall geküsst hat, wo überall ihre Hände an dir waren.

Oh Gott, ich werde wahnsinnig.

Wirklich.

Das ist kaum zu ertragen. Ich trinke den vierten Shot und zwinge mich dazu, den Blick von ihr zu nehmen und mich umzusehen. Rayen sitzt auf dem Schoß deines Onkels, Rowan auf dem deiner Tante. Deine Eltern tanzen und deine Mutter lacht so laut, dass ich es bis zu meinem Platz höre. Während ich früher Wärme und Glück empfand, wenn sie gelacht haben, löst es nichts mehr aus. Ich fühle mich wie ausgehöhlt, was ein bisschen witzig ist, weil ich schon früher immer gedacht habe, dass Selina leer ist und nichts zu bieten hat – nichts als abgrundtiefe Schwärze. Jetzt weiß ich, wie sie sich fühlen muss. Das ist nicht schön. Es ist so düster und dumpf. Tot.

Du bist schon seit zehn Minuten an der Bar. Viele Leute stehen dort und unterhalten sich, lachen, trinken. Du trommelst mit den Fingern auf die dunkle Theke. Bist du nervös, weil sie hier ist? Willst du sie erneut? Hat sie deine Sucht wieder geweckt? Würdest du mich wirklich nicht nochmal mit ihr betrügen? Und wie verdammt nochmal kriege ich diese Bilder endlich aus meinem Kopf?

Catalina schiebt sich gerade an meinem Blickfeld vorbei zu Ilian. Der lehnt an einem der Stehtische, den Ellbogen aufgestützt, und scheint, echt mies drauf zu sein. So wie immer in letzter Zeit. Ich denke nicht, dass er Catalina schon gesagt hat, dass sich der Vertrag mit den Wolkovs geändert hat. Dafür wirkt sie viel zu unbekümmert. Er hat ihre Welt noch nicht zerschmettert. Ich wünschte, ich könnte irgendwas tun, um das zu verhindern. Sie sind noch so jung, sie lieben sich so sehr und sie werden niemals eine Chance haben, wenn Ivan seine Pläne durchsetzt. Das ist so unfair. Ivan unterhält sich gerade mit Aarik einen Tisch weiter. So ist mein Bruder. Wenn es um das Geschäft geht, ist es völlig egal, was mir einer der Wolkovs angetan hat, dann wird gute Miene zum bösen Spiel gemacht und zusammen Wodka getrunken. Kein Problem. Bin ja nur ich.

Dorian de Luca geht an mir vorbei und ich folge ihm mit dem Blick, um mich davon abzuhalten, nicht wieder zu dieser Schlange zu sehen oder meine Gedanken zu ihr schweifen zu lassen. Ich brauche echte Bilder, damit die in meinem Kopf nicht überhandnehmen. Also betrachte ich, wie Dorian zu Ariana Bianchi schlendert, die mit ihrem Verlobten Rocco Destino an der Bar schräg gegenüber von dir steht. Rocco hat eine Hand hinter ihr an der Theke abgestützt, während sie einen Cocktail trinkt. Der Strohhalm klemmt zwischen ihren perfekten, rot geschminkten Lippen. Ihr dunkelbraunes, fast schwarzes Haar reicht in großen Locken bis über ihre Hüften und liegt auf einer Schulter. Ihr Blick wirkt desinteressiert und träge. Ich frage mich, ob sie innerlich auch so leer ist. Ob ihr auch das fehlt, was sie zum Leben braucht. So wie mir, wenn du mental so weit von mir entfernt bist. Sie trägt ein schwarzes Abendkleid mit langen Ärmeln, das ihre Figur umspielt und einen kleinen V-Ausschnitt hat. Das golden glänzende Kreuz liegt auf ihrem gebräunten Dekolleté und sie trägt High Heels, wie ich sehe, als sie sich auf einen Hocker schiebt und die Beine überschlägt. Dorian de Luca kommt bei ihr an und streckt seinen Arm hinter ihr über die Theke vor Rocco Destinos. Ich frage mich kurz, ob was zwischen ihnen läuft, weil das eine ziemlich eindeutige Geste ist. Sie sieht zu ihm hoch und er murmelt ihr was zu. Ariana nickt langsam, fast schon schuldbewusst, wie ein Kind, das man bei etwas Verbotenem erwischt hat. Ein bisschen Leben funkelt durch ihre fast schon schwarzen Augen. Dorian hebt sie vom Hocker, ohne weiter auf Rocco zu achten. Sie sagt noch schnell was in seine Richtung, da hat Dorian sie schon auf der Tanzfläche an sich gezogen. Ich runzle die Stirn. Okay, da läuft was, eindeutig. Sie grinst ihn frech an und legt eine Hand in seine. Er schüttelt fast tadelnd und mitleidig den Kopf und murmelt ihr was zu, bevor er sie rumschwingt. Ich runzle meine Stirn tiefer, während sie lacht. Ihr Vater, Vincent Bianchi, beobachtet das alles unzufrieden, aber Dorian scheint das völlig egal zu sein, so wie alles – zumindest auf den ersten Blick. Mit einem Mal schiebt sich Ramon de Luca zwischen die beiden. Ich sehe, wie sie fast wegknickt, und er seine Hand an ihre Taille legt und sie mit einem Ruck an sich zieht.

Sie keucht und seine dunklen Augen brennen wie das Tor zur Hölle. Sie fängt sich mit den Händen an Ramons Brust ab und sieht zu ihm hoch. Okay, ich habe falsch gedacht. *Da* läuft was. Nicht mit Dorian.

Ramon bewegt sie etwas über die Tanzfläche, weg von Vincent Bianchi und vom grinsenden Dorian, der zurück zur Bar schlendert und sich einen Drink bestellt. »Was zum Teufel tust du da?«, höre ich ihn Ariana zuzischen, als sie näher kommen. Jetzt wird ihr Blick fast anbetend und ich sehe, wie ihre Finger sich in seinem schwarzen Hemd verkrallen. Er ist einer der Wenigen, der heute nicht frisch rasiert ist. Ein dunkler Bartschatten bedeckt seinen kantigen Kiefer und sein schwarzes Haar ist etwas durcheinander. Er hat noch leichte Verfärbungen im Gesicht von der Auseinandersetzung mit Sergio. Aber ansonsten geht es ihm offenbar wieder gut. »Ich hab dich was gefragt«, knurrt er sie gerade leise an. Sie antwortet nicht und betet ihn nur an. Ihre Finger tänzeln langsam und zögernd seine Brust hinauf. Er bewegt etwas seine Schultern, bevor er ihre Hand packt. »Antworte!«, zischt er jetzt hart in ihr Gesicht. »Was soll die Scheiße? Willst du mich anpissen, Ariana?« Sie legt ihre Fingerspitzen an seinen leicht verfärbten Kiefer. Ich spitze die Lippen und hebe die Brauen. Das ist wie eine Serie im russischen Fernsehen. Hier passiert überall was, egal, wohin man sieht. Überall Dramen, Sex, Intrigen und verbotene Gefühle. Ramon bläht die Nasenflügel und sein Blick wirkt kurz gequält, als sie ihn berührt. Sie atmet tief aus, worauf er sichtbar erschauert und den Atem anhält.

»Du solltest mich nicht so anfassen!« Das kommt leise und rau.

»Du hast mir so gefehlt«, wispert sie und er beißt hart die Zähne aufeinander.

»Fuck«, stößt er aus und sieht sich fast hilfesuchend um. Sie nimmt die Finger von seinem Gesicht und versucht sichtlich, sich zu sammeln und zusammenzureißen.

»Ich wollte nicht …«

»Ich auch nicht«, erwidert er hart und atmet tief durch, während sie schluckt.

Mit einem Ruck tritt er einen Schritt von ihr zurück und lässt sie los. Ariana senkt die Hände und in beide Augenpaare kehrt sofort gähnende Leere, sobald sie sich nicht mehr berühren. Ein paar Sekunden stehen sie sich auf der Tanzfläche gegenüber, ganz in Schwarz gekleidet, zwischen all den lachenden, glücklichen Pärchen. Sie streckt die Hand aus, weswegen Ramons Augenbrauen zusammenfahren. Ariana lässt sie wieder sinken und er macht einen Schritt rückwärts.

»Ich kann nicht«, murmelt er ihr zu. Dann dreht er sich um und verschwindet zwischen den anderen Gästen. Sie sieht ihm noch eine gefühlte Ewigkeit nach und steht da, ohne sich zu regen. Ich weiß genau, wie sie sich fühlt. So, als hätte sie alles verloren, was ihr Leben lebenswert macht. Als hätte man ihr die Luft zum Atmen genommen, als wäre sie nur noch zur Hälfte vorhanden, ein schwacher Abklatsch ihrer selbst.

»Na? Amüsierst du dich gut?«, fragt Selina mit einem Mal hinter mir und ich zucke zusammen. Ich habe sie nicht bemerkt. Alayna hebt den Blick und eine Augenbraue. Dein Onkel spannt sich an.

Rayen und Rowan spüren den Stimmungswechsel und quengeln sofort.

»Lass mich in Ruhe, Selina!«, sage ich sofort. Ich habe für diese Terrorbitch keine Nerven und ich will sie nicht in meiner Nähe.

Deine Mutter kommt mit deinem Vater zurück. Sie schiebt Selina einfach mit ihrer Hand nach hinten, bevor sie sich neben mich setzt und die Beine überschlägt.

»Hast du dich im Tisch vertan, Dummkopf? Du sitzt da vorne«, spricht deine Mutter sie tadelnd, sanft mütterlich an. Dein Dad lehnt sich an den Stuhl deiner Mom und betrachtet Selina auffordernd. Sie hebt ihre widerlichen Hände, die sie an dir hatte, und tritt langsam Schritt für Schritt zurück, aber sie lächelt mich an. Das erste Mal in meinem Leben habe ich eine Mordfantasie – in der ich ein Buttermesser nehme und ihr das Lächeln aus dem Gesicht schneide. Weil sie mich nach wie vor unverwandt ansieht und rückwärtsgeht, bemerkt sie nicht, dass du gerade mit zwei Getränken kommst. Du hast gerade den Kopf über die Schulter gedreht. »Ja, leck mich am Arsch!«, rufst du und sie kracht mit dem Rücken gegen deine Brust. In mir verkrampft sich alles und du stockst mit einem Ruck.

»Fuck!«, zischst du und versuchst, die Getränke zu retten. Dann siehst du nach unten und sie wendet sich dir etwas zu.

»Ooops.«

»Scheiße, Selina.« Du trittst einen Schritt zurück, aber allein, wie du ihren Namen aussprichst, zerfetzt etwas in mir. Und euch jetzt zusammen zu sehen, mit dem Wissen, was ihr getan habt, erledigt den Rest. »Verpiss dich«, stößt du heiser aus und drängst dich an ihr vorbei. *Heiser.*

Du sagst, ich kann, aber ich kann nicht, Zayden.

Ich kann nicht.

»Wir reden später noch«, ruft sie dir nach.

»Einen Scheiß machen wir. Geh zu deinem verfickten Mann.« Du setzt dich und stellst die Gläser ab. Ich sehe das alles gar nicht wirklich. Weil ich wieder diese Fragen im Kopf habe. Wieso seid ihr so perfekt miteinander und ich bin es nicht? Wieso hast du dich an diesem Abend entschieden, lieber bei ihr zu bleiben, als zu mir zu kommen? Und wenn du bei ihr bist und ich nicht da bin, wie lang wird es dauern, bis sie dich wieder so weit hat? Bis ich einen Anruf von dir kriege und du das zwischen uns beendest, weil du doch lieber sie willst. Weil es in Wahrheit immer sie war und nicht ich.

Mir ist noch nie so klar gewesen, wie in diesem Moment, wie aussichtslos unsere Lage ist. Wenn du hierbleiben würdest, könnten wir zusammen an uns arbeiten, zusammen kämpfen, zusammen das Vertrauen wieder aufbauen. Aber so geht das nicht. So wird es nur immer schlimmer und so werde ich dich verlieren.

Mir ist gleichzeitig heiß und kalt. Du legst einen Arm um meine Stuhllehne und ich bemerke, dass ich zurückzucke, aus Angst, du berührst mich, weshalb du mich aus dem Augenwinkel betrachtest.

»Alles klar?«

Ich sollte jetzt sagen: *Ja sicher, alles klar. Alles super …* Wie all die anderen Frauen hier, oder?

»Nein, gar nichts ist klar«, zische ich stattdessen leise. Du runzelst die Stirn und streichst dir durch die schwarzen Haare. Was soll denn bitte klar sein? Diese Hure ist hier und tänzelt um dich herum. Ich muss sie ansehen, muss ihr Lachen ertragen, muss diese Bilder die ganze Zeit ertragen. Wie zum Teufel soll da alles klar sein?

»Okay, wir bleiben eine Stunde, dann gehen wir rüber und reden.«

»Ja, lass mich nur kurz. Ich brauche jetzt kurz …« *Ein wenig Abstand von dir, von ihr, von den Bildern.*

»Was brauchst du jetzt?«, knurrst du. »Du bleibst jetzt verdammt nochmal sitzen.« Du ziehst meinen Stuhl näher.

»Fünf Minuten, Zayden.« Ich bekomme keine Luft und mein Magen hat sich verkrampft.

»Nein.« Du schiebst ein Glas vor mich. »Trink und entspann dich!«

»Mama«, fragt Rayen und hält mir eine Weintraube entgegen. Das ist das Einzige, was mich gerade vor einem Nervenzusammenbruch bewahrt. »Taue?« Er hebt seine Brauen erwartungsvoll und ich konzentriere mich auf sein unschuldiges Gesicht. Auf seine Augen, die schon zu viel gesehen habe, und seine Ohren, die schon zu viel gehört haben, was nicht für sie bestimmt war. Auf ihn, der mit dem hier nichts zu tun hat. »Taube!«, korrigiert Rowan genervt, was auch falsch ist.

Reiß dich jetzt zusammen, du kleines Opfer!

Ich lächle Rayen leicht gezwungen an und beuge mich vor. Mit einem Finger schiebt er mir mehrere Weinbeeren in den Mund, stemmt die Hände auf den Tisch und beugt sich erwartungsvoll vor. Dein Onkel hat ihn mit einem Arm umfangen.

»Mhmmmm. Das ist die beste Traube dieser Welt«, versichere ich ihm eifrig und reiße mich zusammen, obwohl meine Handflächen immer noch ganz feucht und meine Finger verkrampft sind.

Rayen nickt nachdrücklich. »TAUE!« Und lässt sich wieder auf den Popo sinken.

»Traube«, sage ich sanft und er starrt mich konzentriert an.

»Traube«, wiederholt er und ich streiche durch sein weiches Haar.

»Richtig.« Rowan währenddessen stemmt sich auf den Tisch und krabbelt einfach auf allen vieren darüber zwischen den Gläsern entlang.

»Oh fuck, scheiße.« Du beugst dich vor und packst ihn unter den Armen. »Was ist los mit dir?« Du setzt ihn auf deinen Schoß.

»Papa sitzen«, erklärt er dir und dein Blick wird ganz weich. Du küsst ihn auf den Kopf und murmelst ihm was ins Haar. Ich frage mich, wenn du in Spanien bist, wann du sie wiedersehen wirst? Wann du wiederkommen wirst? Was du alles von ihnen verpassen wirst und sie von dir? Verzweiflung packt wieder mein Herz und presst es zusammen. Du siehst zu deinem Vater hoch und in seinen Augen funkeln die gleiche Wehmut und der gleiche Schmerz, den ich auch empfinde. Wahrscheinlich hat er gerade ebenfalls daran gedacht, wie ich.

»Wollen wir uns die Möwen ansehen?«, fragst du Rowan sanft und er nickt eifrig. Rayen sieht empört zu euch und du streckst ihm zwei Finger hin, während du aufstehst, die er packt, bevor er sich vom Schoß deines Onkels schiebt, wobei du ihm hilfst. Ihr verschwindet zu dritt – Rowan auf deiner Hüfte und Rayen an deiner Hand – Richtung Park. Ich schaue euch nach und atme durch.

Morgen. Bis morgen ist noch alles gleich. Bis morgen ist noch alles gut. Und dann werde ich dich verlieren, ich weiß es. Aber eigentlich habe ich dich schon längst verloren, in dem Moment, als du dich dazu entschieden hast, eine andere anzufassen und diese Bilder in meinen Kopf zu pflanzen. In dem Moment, als alles, was einmal hell, rein und sauber war, sich zu etwas so Dunklem, Zerstörerischem und Beschmutztem gewandelt hat. In dem Moment, als wir uns selbst verloren haben.

43. Schwarz, Irina

XX

Zayden

Die Wellen schwappen über das Ufer und die untergehende Sonne glitzert auf dem dunklen Ozean. In meiner schwarzen Anzughose sitze ich im Sand, Rayen und Rowan zwischen meinen Beinen. Sie graben und buddeln Gänge in den Sand, die sich mit Wasser füllen. Ich betrachte die beiden, die so viel interessanter sind als das Meer und alles um mich herum. Auf den ersten Blick gleichen sie sich optisch: schwarze Haare, die derzeit im orangefarbenen Sonnenschein glänzen, und identische Gesichter. Und doch sind sie so verschieden. Während Rayen immer etwas verwirrt sowie zerstreut wirkt und sein Blick aus grün-türkisen Augen leicht abwesend scheint, ist Rowan für sein Alter schon fokussiert und klar. Das ist nicht gut. Es ist nicht gut, dass er so wach ist und so viel mitbekommt. Deshalb versuche ich, ihm immer etwas mehr Aufmerksamkeit zu schenken und mich intensiver mit ihm zu befassen. Ich versuche, seinen weichen, konzentrierten Kern nicht komplett zu erschüttern, wie er es vermutlich schon ist. Wegen uns, Irina. Wegen mir.

Ich habe nur noch heute. Nur noch einen Tag mit ihnen, und sie haben keine Ahnung davon. Mein Bruder hat auch keine Ahnung, dass ich morgen fliege. Ich wollte ihm das kurz vor seiner Hochzeit nicht sagen und ihn damit ficken. Er ist momentan so glücklich, so klar, so strahlend, und ich werde nicht derjenige sein, der seine Welt ins Wanken bringt. Nicht jetzt.

Ich streiche durch Rayens Haare. Er kniet in seinem kleinen Anzug im Sand, den Hintern in die Höhe gestreckt, und hält mir gerade einen Sandklumpen entgegen.

Ich lache, aber es ist freudlos, als ich ihm den Klumpen abnehme. »Was ist das?«, frage ich interessiert.

»Dreck«, lässt er mich geschäftig wissen.

Jetzt kann ich nicht anders, als ehrlich zu lachen, sodass sich mein Inneres mit Wärme füllt und ich kurz alles vergesse, was zwischen uns, Irina, verkehrt läuft. In der nächsten Sekunde drückt mich die Last unserer Probleme wieder nach unten. Ich schmeiße den nassen Sand weg. Normalerweise würde ich ihn fragen, ob ich wie die Müllabfuhr aussehe, aber mir ist nicht nach Scherzen, weil mir so beklommen zumute ist. Rowan hat seine Beine von sich gestreckt, den Rücken an meine Brust gelehnt, und zeichnet mit seinem kleinen Zeigefinger Muster in den Sand. Ich drücke meine Lippen auf seinen weichen Kopf und ziehe seinen Duft ein. Keine Ahnung, wann ich ihn wieder riechen werde. Es zerreißt mich innerlich. Bisher konnte ich diesen Tag ganz gut von mir schieben, aber mittlerweile habe ich nur noch diese paar Stunden. Allein bei dem Gedanken schnürt sich alles in mir ab.

Ich ziehe meine Brauen zusammen und schließe die Augen, während das Rauschen des Meeres an meine Ohren dringt und ich den Arm um Rowans Bauch lege.

Das ist so bitter. Ich will euch nicht zurücklassen. Ich will nicht ohne euch sein. Mir ist klar, dass du aufgewühlt bist, weil Selina hier ist. Nicht nur das, alle Estebans sind zur Hochzeit gekommen. Mir ist aufgefallen, dass sie immer wieder zu uns rübergesehen haben. Wenn ich daran denke, wie gefährdet hier alle mit ihnen hier sind, würde ich am liebsten sofort mit ihnen in den Jet steigen und wegfliegen, um dafür zu sorgen, dass sie meiner Familie fernbleiben. Aber mein Herz lässt mich nicht.

Mit der Nase streiche ich durch Rowans Haar, während ich spüre, wie Rayen weiter buddelt, denn die Hälfte des Sandes landet auf meiner Hose. Aber das ist nicht schlimm.

Neben mir regt sich etwas und ich öffne widerwillig die Augen und sehe hoch.

Fuck, ist das Erste, was mir einfällt, als ich Selina erkenne. Ihre schwarzen Augen liegen auf mir und der Wind weht ihr schwarzes Haar nach hinten, genau wie ihr gleichfarbiges Kleid.

»Jetzt sei nicht so im Kampfmodus«, sagt sie und lässt sich neben mir nieder.

Rayen und Rowan mustern sie unsicher und in mir wallt die Wut auf. Ich kann es nicht glauben, dass sie sich das traut, wenn ich hier mit meinen Kindern sitze. Huren haben bei meinen Söhnen nichts zu suchen, und schon gar nicht sie. Wie skrupellos muss man sein, dass nicht mal Kinder einen davon abhalten, ein Miststück zu sein?

»Verpiss dich«, flüstere ich ihr zu.

Sie runzelt die Stirn. »Was ist mit dir? Ich tue doch gar nichts.«

Okay, offenbar hat das keinen Sinn. Mit ihr zu diskutieren, führt mich nirgendwo hin. Außerdem ist sie nicht wichtig genug, um mich wegen ihr hineinzusteigern. Ich packe Rowan und setze ihn mir auf die Hüfte, bevor ich dasselbe mit Rayen mache, auch wenn er protestiert, weil er weitergraben will. Obwohl er noch Sand in der Faust hat, erhebe ich mich mit den beiden. Ich bin so wütend, weil dieses Miststück sich in die Nähe meiner Kinder wagt. »Du bist so widerlich«, lasse ich sie wissen, während sie immer noch sitzt.

»Ich bin widerlich?«, fragt sie ungläubig und schaut zu mir hoch. »Und was bist dann du, weil du mich angefasst hast?«

Ihr Glück, dass ich gerade meine Jungs im Arm halte, denn andernfalls hätte ich sie jetzt im Meer ertränkt. Einfach ihren Kopf in die salzigen Wellen gedrückt, bis sie sich nicht mehr geregt hätte, und sie treiben lassen. Fuck, ich wusste, dass ich sauer bin, aber nicht wie sehr. Seit sie dir gesteckt hat, was zwischen ihr und mir war, habe ich sie nicht mehr gesehen, und in der Zwischenzeit hat sich wieder eine Menge angestaut.

Sie erhebt sich und ich mache einen Schritt rückwärts. »Du solltest dich lieber daran gewöhnen, dass ich auch da bin«, meint sie. »Denn ich werde dafür sorgen, dass du gar nicht mehr nach Hause kommst.«

Automatisch spannen sich meine Schultern bei ihren Worten an, genau wie meine Oberarme. Ich würde ihr gern sagen, dass sie dank mir bald nicht mehr atmet, aber ich halte, wie bereits erwähnt, meine Jungs im Arm. Und denen habe ich schon genug angetan.

»Fahr zur fucking Hölle«, stoße ich aus.

»Nicht ohne dich«, antwortet sie lieblich, als ich mich bereits abwende und der Sand von meiner Hose rieselt. Ich lasse sie einfach zurück, meine Hände fest in die Hosen der Jungs gekrallt. Mein Atem geht gepresst, während mein Puls schon wieder im ungesunden Bereich liegt. Bald krepiere ich wegen ihr.

»Papa böse?«, fragt Rowan vorsichtig, weil er meine Stimmung natürlich sofort spürt. Gott, ich hasse diese Frau so.

»Nein, ich bin nicht böse«, beschwichtige ich ihn und küsse ihn auf seinen Bauch.

»Papa Dreck?«, bietet Rayen mir freundlich an und streckt mir seine Faust mit dem Sand unter das Gesicht. Ich lächle leicht.

»Nein, Papa will keinen Dreck«, murmle ich ihm zu. Rayen zuckt mit den Schultern und lässt den Sand über seine Schulter fallen, als wir den Park durchqueren.

Die Musik wird immer lauter und schon bald bin ich wieder im Garten, wo getrunken und gelacht wird. Wenn um dich herum alle so fröhlich sind, während in dir alles leer ist und du dich wie ausgesaugt fühlst, ist das die schlimmste Hölle, die ein Mensch durchleben kann. Leere, obwohl alles um dich herum so voll mit Leben ist, die aber nicht zu dir durchdringt.

Ich schiebe mich an Sergios und Rosalies Tisch vorbei, an dem sie sitzen. Mein Bruder lacht gerade. Er ist ein bisschen angetrunken und tief in seinen Stuhl gerutscht. Rosalie deutet mit ihrem Strohhalm in die Menge und ist natürlich nüchtern.

Ich gehe weiter, sehe die beiden nicht unnötig lange an, weil sie zu gut in mir lesen können und ich ihnen diesen Tag nicht versauen will. Dann schreite ich über die Tanzfläche zu den runden Tischen, an denen die Gäste ihre Plätze haben. Schnell überblicke ich unseren. Du bist nicht mehr da. Das fällt mir als Erstes auf. Kurz zieht sich alles in mir zusammen und mein Herz schlägt einen Takt schneller.

»Wo ist sie?«, frage ich meinen Onkel alarmiert, der links von mir sitzt und zu mir hochschaut. Er wirkt etwas irritiert.

»Sie wollte zu dir zum Strand«, sagt er. Ich schließe kurz die Augen und lasse den Kopf nach hinten fallen. Warst du jetzt da und hast uns gesehen? Fuck, Irina. Das ermüdet mich alles so, es fuckt mich ab. Wahrscheinlich hast du nur einen Blick auf uns geworfen und die falschen Schlüsse gezogen. Allein schon, dass sie neben mir saß, wo unsere Kinder waren. Ich würde wirklich verstehen, wenn du jetzt durchdrehst.

Ich reiche meinem Onkel Rowan, dann nimmt er mir auch Rayen ab. Sein Blick ist alarmiert und in mir herrscht wieder das reine Chaos. Ich kremple die Ärmel meines schwarzen Hemdes fahrig hoch, während ich mich umsehe.

Mom betrachtet mich forschend, aber ich wende mich einfach ab und gehe den Weg zurück zum Strand. Mein Herz hämmert gegen meine Brust. Ich weiß, dass nicht mehr viel fehlt, bis wir ganz brechen, und ich frage mich, ob dir das Bild von ihr neben mir reicht, um loszulassen, weil es mittlerweile zu viel für dich ist. Zu viel von allem. Aber besonders zu viel von mir.

Ich schiebe ein paar Äste eines Olivenbaumes aus meinem Gesicht, dann stapfe ich wieder an den Strand. Selina ist weg und es ist menschenleer. Mein Herz hämmert noch etwas härter und Schweiß bricht in meinem Nacken aus.

Fuck, wo bist du, verdammt nochmal? Bist du jetzt abgehauen? Hast du mich jetzt hier so zurückgelassen, Irina?

Mit einem Ruck drehe ich mich nach rechts und atme hart aus. Okay, vielleicht bist du einfach drüben bei meinen Großeltern oder bei den de Lucas im Haus. Ich sehe erstmal bei meiner Oma nach. Du hast einen Schlüssel und kannst jederzeit rein und raus, wenn wir da sind.

Ich marschiere über den Kiesweg zum Tor der Marinos. Der Wachmann öffnet mir sofort. »Ist sie hier? Irina?«, frage ich gleich, damit ich keine Zeit verliere. Meine Stimme ist schneidend und hart.

»Ja, Sir«, antwortet er mir und ich atme erstmal erleichtert aus. Okay. Du bist hier. Du bist nicht abgehauen. Du bist hier.

Ich gehe weiter und nehme immer zwei Stufen zur Haustür hoch, die ich mit meinem eigenen Schlüssel öffne, bevor ich in das stille, leere Foyer trete und lausche. Die letzten Sonnenstrahlen fallen durch die Rillen in den Fensterläden und tanzen über den dunklen Marmorboden sowie auf den Spiegeln. Ich atme tief durch und mache dann vorsichtig zwei Schritte weiter hinein. Ich fühle mich wie ein Jäger, der das Reh nicht vertreiben will und jetzt besonders still und vorsichtig sein muss, während mein Herz laut in meinen Ohren rast.

Gerade, als ich die Treppe ansteuere, laufe ich direkt seitlich in dich hinein und fange dich an den Schultern ab. Woher auch immer du kommst. Aber ich spüre deine Arme unter meinen Händen. Du bist da.

Du keuchst und ich überblicke dich blitzschnell. Deine Schminke ist verlaufen, dein Blick ist total konfus. Du wirkst erschrocken. Dann reißt du dich mit einem Ruck von mir los, als du erkennst, dass ich es bin.

Scheiße, willst du mich verarschen? Ich habe dir doch gesagt, dass du das nicht tun sollst. Mir verbieten, dich anzufassen.

»Was ist los?«, frage ich schon jetzt mit vor Wut bebender Stimme und versperre dir instinktiv den Weg zur Tür. Wieso habe ich das Gefühl, dass du abhauen willst?

»Was los ist?«, erkundigst du dich mit zitternder Stimme und ich atme tief durch. Mir wird sofort klar, dass ich recht hatte und du uns gesehen hast. Also werde ich es dir einfach erklären und dann ist es gut.

»Ich bin gleich aufgestanden und gegangen, als sie kam. Sie wollte mich einfach nur anpissen. Da war nichts. Ich war mit den Jungs da!«

Du schüttelst den Kopf und schließt die Augen. »Ich kann nicht, Zayden. Ich kann das nicht! Jetzt stehst du auf und gehst. Morgen stehst du auf und gehst und in einer Woche bleibst du sitzen und unterhältst dich mit ihr.«

»NEIN!«, meine ich eindringlich. Scheiße, du willst mich echt verarschen.

»DOCH, und in zwei Wochen vögelst du sie wieder! Sie ist überall! ÜBERALL!«, rufst du aus wie eine Irre. Weil du irre bist. Ich habe dich irre gemacht und dabei selbst meinen Verstand verloren. Ich packe dich am Oberarm und drücke dich hart an die Wand, damit du aus dem Moment gerissen wirst und zu dir kommst. Damit du aufhörst, dich hineinzusteigern.

Du atmest schwer und hektisch und blinzelst zerstreut zu mir hoch. »Nein«, wiederhole ich ruhiger. »Ich werde sie nicht anfassen.«

»Du hast es schon getan«, wisperst du.

»DAS WAR WAS ANDERES!«, brülle ich dich an.

»Ich sehe es die ganze Zeit! Ich schaue deine Hände an und frage mich, wo du sie an ihr hattest. Als wir Sex auf dem Schreibtisch hatten, war mein erster Gedanke, ob es mit ihr besser war als mit mir! Und ob du an sie denkst, wenn du mich fickst, Zayden!«, rufst du völlig außer dir. »Ich kann das nicht mehr. Ich meine es ernst. Du musst mich gehen lassen.« Ich glaube, du willst mich echt verarschen, Irina. Dich gehen zu lassen ist kein Thema zwischen uns, und das weißt du. Ich werde dich niemals gehen lassen und ich werde auch niemals zulassen, dass du mich gehen lässt. Und wenn wir uns gegenseitig umbringen, dann ist das eben so.

Ich bohre meine Finger hart in deinen Arm. Mein Herz rast erneut, während die Panik mich flutet. »Nein!«, knurre ich und die roten Punkte beginnen, vor meinen Augen zu tanzen. »Du wirst nicht gehen! Du wirst mich nicht verlassen!«

Du lässt den Hinterkopf gegen die Wand sinken und schließt kurz die Augen, wobei du durchatmest. Als du sie wieder öffnest, sehe ich die Entschlossenheit darin. »Doch, Zayden.«

In mir wallt es heiß auf. Die Flamme wird zu einem Feuerinferno und verbrennt mich diesmal völlig. Es flutet mein Innerstes und frisst sich durch jede einzelne Zelle, bis in mein Herz, das immer schwärzer wird. »UND DANN, IRINA? WAS DANN?«, rufe ich in dein Gesicht, während ich meine Finger härter in deinen Arm graben.

»Ich weiß es nicht! ICH WEISS ES AUCH NICHT! ABER DU BIST AB MORGEN WEG! UND ICH BIN HIER UND SIE IST DA UND …«

»ICH WILL SIE NICHT, VERFICKTE SCHEISSE!«, schreie ich dich an und schubse dich in den Salon und damit weiter ins Haus. Du stolperst zwei Schritte nach hinten und hältst dich am Türrahmen fest, während ich dir folge.

»DANN HÄTTEST DU SIE GOTTVERDAMMTE SCHEISSE NOCH EINS NICHT FICKEN SOLLEN!«, brüllst du in mein Gesicht und versuchst auch, mich zu schubsen, aber mein ganzer Körper ist so angespannt, dass ich nicht mal taumle. Die roten Punkte nehmen zu und langsam bildet sich daraus ein roter Schleier, der mir die Sicht vernebelt. Okay, Zayden.

Zehn Gründe, nicht schwarz zu sehen.

Erstens: Du willst mich verlassen.

Zweitens: Du wirst irgendwann mit jemand anderem zusammen sein und ihn ficken.

Drittens: Du gehörst verdammt nochmal mir und niemand hat dich anzufassen.

Viertens: Wir haben Kinder und werden sie nicht ohneeinander aufwachsen lassen.

Fünftens: Du liebst mich.

Sechstens: Du hast mir versprochen, bei mir zu bleiben.

Siebtens: Ich brauche deinen Hass. Ich brauche deine Liebe. Ich brauche dein Alles.

Achtens: Ohne dich werde ich völlig den Verstand verlieren und in die Dunkelheit fallen.

Neuntens: Wir lassen uns verdammt nochmal nicht im Stich.

Zehntens: Andere Hände haben nichts an dir zu suchen.

Zehn fucking Gründe, Irina, da hast du sie. Alles wird schwarz, als die Bilder in meinem Kopf sich zu einem irren Mosaik vermischen. Ich bemerke, dass ich dich mit meinem Körper immer weiter nach hinten treibe, während ich auf dich zugehe und du zurückstolperst.

»Zayden, verdammt!«, presst du hervor.

»Du hast gesagt, du wirst bleiben«, zische ich durch zusammengebissene Zähne. Willst du meine Lage ausnutzen, Irina? Willst du ausnutzen, dass ich machtlos bin, wenn ich nach Spanien gehe? Willst du ausnutzen, dass ich dich dann nicht festhalten kann? Doch ich kann, ich habe auch meine Mittel, wenn ich nicht da bin. Du wirst nicht gehen. Basta.

»Ich gehe kaputt, Zayden!«, versuchst du nun, mir klarzumachen.

Ich balle eine Hand zur Faust und ramme sie hart hinter dir in die Wand, direkt neben deinem Kopf, wo ein klaffendes

Loch entsteht. Sie stößt durch die Gipsschichten und prallt am Beton ab, wobei meine Haut aufreißt und es bis in meinen Oberarm zieht.

Du zuckst und duckst dich etwas, eine Hand über deinem Kopf, während Putz auf dich herabrieselt. »Scheiße, lass mich jetzt gehen!«, forderst du schockiert. Du drängst dich an mir vorbei und mein Kopf fällt nach hinten. Alles wird immer schwärzer, als ich einen Arm nach hinten strecke und dich mit einem heftigen Ruck am Bauch wieder an die Wand vor mir ziehe, sodass du dagegen prallst und aufkeuchst.

»Sag das nicht nochmal«, warne ich dich mit seltsam hohler Stimme, wie ich sie selbst noch nie gehört habe, und sehe zu dir runter. Schweiß rinnt über meinen Rücken und jede Zelle in mir prickelt, bevor sie in der in mir schwelenden Glut zu verkohlen scheint. Hitze steigt von meinem Bauch in jedes einzelne Molekül und bis in meinen Kopf, der sich anfühlt, als würde er brennen. Brennen, Irina. Meine Brust schmerzt und meine Nackenmuskeln zucken. Das Hemd spannt über meinen Armen, als ich sie anspanne, und mein Atem geht gepresst. Es kommt mir vor, als wäre meine Körpertemperatur um zwanzig Grad gestiegen.

Du schaust dich hektisch um. Versuchst du, wegzulaufen? Bemerkst du, dass du damals zu schnell und voreilig warst? Dass du etwas in mir gesehen hast, was gar nicht da war? Wird dir bewusst, dass du doch nicht mit allem von mir klarkommst, Irina? Hm?

Ich packe deinen Kiefer und zwinge dich, deine Augen in meine zu richten. Mit chaotischem Blick gehorchst du. »Nein. Hör auf damit. Es ist zu spät dafür.«

Du hebst eine zitternde Hand und legst sie an meine heiße, verschwitzte Brust, unter der mein Herz hektisch rast. Ich beiße hart die Zähne aufeinander, denn ich will jetzt nicht beschwichtigt werden, verfickte Scheiße.

»Hast du jetzt Angst?«, frage ich mit wutgetränkter, heiserer Stimme, weil es mich wütend macht, dass du Angst vor mir hast. Vor allem wütend auf mich selbst.

»Habe ich nicht. Beruhige dich«, forderst du schwer atmend.

»WOZU?«, schreie ich dich an. Fuck, nimmst du mich etwa nicht ernst? Wie laut soll ich dich denn noch anbrüllen? »WOZU SOLL ICH MICH JETZT BERUHIGEN? DAMIT DU DICH IN RUHE VERPISSEN KANNST? SOLL ICH DIR ETWA DABEI ZUSCHAUEN?«

Du kneifst deine Augen zusammen und ich drücke meine Finger in deinen Kiefer. Ich spüre, wie du deine Zähne zusammenbeißt und versuchst, dein Gesicht etwas wegzudrehen, als ich dich anbrülle.

Fuck, ich verliere den Verstand. Willst du dich wirklich von mir wegdrehen? Bevor ich es selbst begriffen habe, habe ich dich am Haar gepackt. Du schreist auf, aber ich höre es nur entfernt und zerre dich nach oben, während mein Herz hart pumpt. Das Einzige, woran ich denken kann, ist, dass ich dich an einen Punkt gebracht habe, an dem du nicht mehr kannst. An dem du gehen willst. An dem du Angst vor mir hast. An dem du mich verlassen willst. Am liebsten würde ich ganz fucking Italien niederbrennen.

Du stolperst neben mir her. »Zayden … lass … mich los!« Deine Hand krallt sich in meinen Unterarm und ich spüre, wie deine Nägel sich in meine Haut graben. Aber ich bin wie getrieben und zerre dich weiter nach oben, meine Faust fest in deinen feinen blonden Strähnen. Du atmest hektisch und versuchst, dich loszumachen, aber tust dir damit wahrscheinlich nur selbst weh.

Ich ignoriere auch dein »Du tust mir weh, Zayden!« Ja, fuck, Irina, du tust mir auch weh. Leb damit!

Dann kicke ich hart die Tür zu unserem Zimmer auf, weshalb sie laut aus dem Schloss ruckt. Hinter mir knalle ich sie wieder zu und schubse dich auf das Bett. Du schreist auf, fängst dich aber mit deinen Händen ab.

»Scheiße, bist du irre?«, keuchst du. Deine Haare fallen dir total chaotisch ins Gesicht, als du dich umdrehst und deine Hand an den Hinterkopf legst – das dunkelblaue Abendkleid an deiner Schulter und deinem Schenkel verrutscht.

Ich atme gepresst und schwer durch die Nase und lehne mich an die Tür. Schwarz, schwarz, schwarz. Alles ist so schwarz.

»JA, IRINA, ICH BIN FUCKING IRRE! GUTEN MORGEN!«, speie ich dir laut entgegen, während du dich weiter nach hinten auf das Bett schiebst. Deine dunkelgrünen mit Schminke verschmierten Augen sind geweitet. Dein Atem geht hektisch und deine Finger zittern.

»Und was jetzt?«, fragst du mich atemlos.

»Du bleibst«, beschließe ich. »Oder ich weiß nicht, was ich tue.« Ich war noch nie so wenig Herr über meine Handlungen und weiß wirklich nicht, wie weit ich noch getrieben werden kann. Du willst mich also verlassen, Irina? Ohne mich leben, Irina? Glücklich werden und mit Leuten auf deinem Niveau verkehren, Irina? Mit anderen Männern ficken und die Beine für irgendwelche Russen breit machen, Irina?

Willst du vielleicht dein Leben leben, Irina?

Die Schlampe in dir rauslassen, Irina?

Glücklich sein?

Vergiss es. Du wirst nicht glücklich ohne mich, wenn ich dafür sorgen kann. Du gehörst mir. Dein Arsch gehört mir. Dein Herz gehört mir. Deine Seele gehört mir. Dein Körper gehört mir. Jeder verfickte Blick aus deinen Augen gehört fucking mir.

Schwarz.

Schwarz.

Schwarz.

Ich sehe nichts mehr und pumpe meine Faust, während die Flammen sich langsam durch meinen Körper fressen und die Asche noch einmal aufwirbeln.

Du siehst zum Nachttisch und ich betrachte dich interessiert. Da ist eine Waffe. So viel weiß ich. Willst du mich jetzt erschießen, damit du frei bist? Denn das ist der einzige Weg, wie du mich loswirst.

»Nimm sie«, fordere ich dich auf. »Hol sie raus.«

Deine Hand zittert, als du sie über das Bett bewegst, ohne mich aus den Augen zu lassen. Dein Ehering funkelt. Was für eine Heuchelei.

»JETZT!«, schreie ich dich an. Du schließt die Augen und ziehst den Nachttisch mit einem Ruck auf. Dann nimmst du die silberglänzende Waffe meines Opas raus, richtest dich auf die Knie auf und hältst sie dir einfach an die Schläfe. Ich beobachte das ein paar Sekunden. Nein, ich habe keine Panik. Es ist alles ganz einfach. Wenn du gehst, gehe ich auch. Und wenn ich gehe, nehme ich dich mit. Wir können ohne den anderen nicht existieren, Irina. Begreif das endlich.

»Willst du dich jetzt umbringen, Irina?«, frage ich, eine Braue erhoben.

»Lass mich gehen!«, verlangst du zittrig.

»Du willst also so sehr gehen, dass du dich sonst umbringst? Weißt du, wie diese Geschichte dann weitergeht?« Ich stoße mich von der Tür ab und bewege mich langsam auf dich zu.

»Zayden, bleib stehen«, warnst du mich, aber deine Stimme bebt so sehr, dass ich dich nicht ernst nehme.

»Deine Kinder werden ohne Mutter aufwachsen. Und das Problem ist, dass ich mir direkt nach dir die Kugel geben würde, ergo auch ohne Vater. Willst du das Irina? Willst du, dass deine Kinder Waisen sind?«, frage ich mit schief gelegtem Kopf und sehe zu dir runter. Kurz zuckt etwas anderes durch die Panik in deinen Augen.

Vor dem Bett bleibe ich stehen und betrachte dich, wie du da kniest, die Waffe an deiner Schläfe. Ich schwöre bei Gott, so wenig eine Seite auch will, dass dir was geschieht, will die andere Seite selbst abdrücken. Ich glaube, jetzt verliere ich endgültig meinen Verstand. Das war der ausschlaggebende Punkt, Irina.

Ich sehe, wie du verzweifelt nach einem Ausweg suchst, und packe einfach den Lauf der Waffe, bevor ich ihn hart nach vorn ziehe, sodass deine Finger daran liegen bleiben, und ihn mir an den Bauch drücke.

Du stößt hart den Atem aus und runzelst die Stirn. Deine Hände zittern und ich spüre das kühle Metall durch den dünnen Stoff meines Hemdes.

»Oder du killst einfach mich und es gibt keine Bilder mehr in deinem Kopf. Keine Angst. Keine Zweifel. Keine Unsicherheit. Keine Wut. Keine Verzweiflung. Du kannst bei den Jungs und die Mutter sein, die sie brauchen und die du mit mir nicht sein kannst.«

Du beißt die Zähne aufeinander und deine Augen blitzen. In ihnen tobt ein Sturm. Ich sehe nur geduldig zu dir runter. Mit meinem Daumen streiche ich die Waffe entlang, die in deiner Hand immer mehr zittert, bis ich sie klackend entsichere.

»NEIN!«, rufst du völlig panisch aus und ziehst sie zurück.

»Nein?«, frage ich völlig leer und hohl.

Du sinkst auf deine Hacken auf das Bett zurück und vergräbst beide Hände in deinem Haar, die Waffe noch in deiner Hand. »Ich weiß nicht, was ich tun soll«, flüsterst du.

Ich kann nur daran denken, dass diese Waffe entsichert ist, und schiebe meine Knie auf das Bett, bevor ich mich nach vorn strecke und sie dir vorsichtig abnehme. Du lässt es einfach geschehen. Ich sichere sie und lege sie auf das Kissen, dann sinke ich auch auf meine Hacken zurück. Du siehst atemlos zu mir hoch. Deine Schminke ist in Schlieren über dein Gesicht gelaufen. Du schluckst hart, während ich dich nur betrachte. Du bist so schön, wenn du weinst und die Tränen auf deinen Wangen sowie in deinen Augen schimmern.

»Du wirst nicht glücklich ohne mich«, bestimme ich.

»Aber mit dir auch nicht.«

»Dann ist es doch egal, oder?«, frage ich heiser. »Dann ist es egal für dich, ob du bleibst oder gehst.«

Du schüttelst den Kopf. »Ich muss mich wieder selber finden.«

Schwarz, schwarz, schwarz.

Ich packe erneut deinen Kiefer. »Nein«, knurre ich. »Ich lasse dich niemals frei!« Lieber riskiere ich, dass Donovan mich killt, weil ich mich weigere, nach Spanien zu gehen.

Du siehst mir verzweifelt in die Augen und ich starre zurück. »Wir werden uns umbringen«, wisperst du.

»SCHÖN, DANN BRINGEN WIR UNS EBEN UM!«, schreie ich und schubse dich auf den Rücken, auf dem du keuchend landest. Dann beuge ich mich über dich und stemme eine Hand neben deinem Kopf in das Kissen. »Lieber bringe ich uns beide um, als dass du ohne mich weitermachst«, flüstere ich vor deinem Gesicht.

»Dann tu es. Bring mich um«, murmelst du schwach und kapitulierend. Allein der Gedanke lässt mir das Blut in den Adern gefrieren.

»Ist das die Option, die du wählst, statt bei mir zu bleiben?«, frage ich rau.

»Ich weiß nicht, Zayden! Ich weiß gar nichts mehr!«, rufst du aus und funkelst mich wieder an. Dein Grün blitzt nur so. So konfus, so wütend, so panisch, so verzweifelt.

»Ich weiß es aber. Ich weiß, dass du mich liebst, und ich weiß, dass du bei mir bleiben wirst!«, zische ich zurück.

»Aber du bist doch gar nicht da!«, konterst du zittrig.

»UND?!«, erwidere ich.

»Du bist bei ihr!«

»ICH SCHEISSE AUF DIESE HURE! ICH WILL SIE NICHT!«, knurre ich sehr deutlich, damit du es endlich verstehst.

»Das sagst du jetzt!«, speist du aus.

»Ich. Liebe. Dich!«, blaffe ich dich an, und wenn du es nicht endlich kapierst, verliere ich auch das letzte bisschen Verstand, Irina. Es ist sowieso schon so schwarz in mir.

»Ich kann aber nicht bei dir sein, ich kann nicht mehr! Ich bin kaputt. Was willst du noch von mir?«, rufst du und deine Stimme bricht.

»DAS IST MIR EGAL!« Meine Muskeln pulsieren und die Flammen in mir lodern wild durcheinander. Ich kann nicht mehr klar denken, will es auch nicht. Die Panik vertreibt alles andere. Du darfst nicht gehen. Wohin willst du denn? Und was willst du dann machen? Was ist dann mit uns und mit mir? Was ist mit den Jungs? Was ist mit allem, was wir hatten? Ich kann das nicht. Ich werde dich finden und killen. Ich werde dich erschießen, Irina. Und das will ich nicht. Ich will dir nicht wehtun! Bring mich nicht dazu!

»Lass mich jetzt gehen, Zayden!«, versuchst du es ruhiger, doch je ruhiger du wirst, desto wütender werde ich. Fuck, bist du jetzt vernünftig? Weißt du jetzt genau, was du willst? Hat dir diese Scheiße etwa jemand eingeredet? Rosalie vielleicht? Meine Mom? Hä? Hat dir jemand gesagt, du seist ohne mich besser dran?

»NEIN!«, blaffe ich deutlich in dein Gesicht.

Als du mich auf einmal mit voller Wucht zwischen die Beine trittst, zucke ich zusammen und stöhne. Der Schmerz zieht in meinen Unterbauch und eine Welle der Übelkeit schwappt über mich hinweg. Kurz bin ich völlig abgelenkt und sehe Sterne, während eine Hand von mir automatisch zwischen meine Beine schießt. Du nutzt den Moment und schubst mich hart an den Schultern von dir, sodass ich ein

Stück nach hinten weichen muss, bevor du aufspringst. Sofort ist jeder Schmerz egal. Ich beiße die Zähne zusammen und blinzle ein paarmal.

Du gottverdammtes Miststück. Hast du mich gerade verarscht?

Du stürmst zur Tür, Irina. Dann stolperst du, fängst dich aber mit einer Hand am Rahmen ab.

Hast du es eilig? So eilig, hier wegzukommen, Irina?

Als du die Tür aufreißt, springe ich vom Bett. In vier Schritten bin ich bei dir. FUCK, willst du mich verarschen? Was wird das hier für eine Show? Der Schmerz pocht noch durch meinen Körper, aber ich ignoriere ihn und folge dir weiter.

Sobald du in Reichweite bist, packe ich dich hart am Arm. Du brüllst frustriert auf. Frustriere ich dich, Irina?

Ich wirble dich herum und stoße dich an die Wand im Gang. Du prallst hart dagegen und es drückt dir hörbar die Luft aus den Lungen.

Du willst mich echt anpissen, oder?

»FUCK!«, zische ich und spüre, wie die Sehnen an meinem Hals hervortreten, als die Wut mich völlig einnimmt und meine Schultern sich anspannen.

»LASS MICH ENDLICH IN RUHE!«, brüllst du aus vollem Hals, und dann passiert es schon wieder. Irina.

Wieso treibst du mich immer dazu? Ich will das nicht, verdammt nochmal! Aber du beschwörst es ja geradezu herauf. FUCK, FUCK, FUCK.

Meine Rückhand prallt hart gegen deine Wange und ich kann nichts dagegen tun. Sie knallt so sehr dagegen, dass du taumelst und dein Gleichgewicht verlierst. Keuchend landest du auf den Knien, wobei du schmerzerfüllt stöhnst und dich mit einer Hand am Boden abstützt. Die andere schnellt an deine Wange. Schockiert und gleichermaßen hasserfüllt schaust du zu mir hoch.

Gepresst atmend starre ich auf dich herab.

Weißt du, was das Problem ist? Diesmal tut es mir nicht einmal leid. Auch nicht, dass du vor mir kniest und sichtlich Schmerzen hast.

Ich ziehe dich an den Haaren auf die Füße, wobei du schreist, und drücke dich mit dem Gesicht voran gegen die Wand, presse meine Brust an deinen Rücken, sodass du dich nicht bewegen kannst.

»Es reicht jetzt«, flüstere ich heiser in dein Ohr und mein Hemd ist völlig nass geschwitzt. Mein Herz rast wie noch nie und meine Hände zittern vor Wut. Ich weiß nicht, ob ich jemals so wütend war.

Dein Atem geht ebenfalls schnell und abgehackt. Die Hände, mit denen du dich an der Wand abstützt, beben. Du schließt die Lider, genau wie ich. Ich senke meine Stirn an deinen Hinterkopf, wo ich deinen Duft tief einziehe, meine Faust immer noch in deinem Haar. Du regst dich nicht. »Es reicht jetzt«, flüstere ich nochmal.

»Okay«, flüsterst du zittrig zurück. Ich spüre, wie ich mich sofort entspanne, und löse meine Hand aus deinem Haar. Du bewegst dich immer noch nicht von mir weg und lehnst deine Stirn an die Wand. Ich lege einen Arm um deinen Bauch und sinke mit meinem gesamten Gewicht an dich, mein Gesicht in deinem Haar.

»Okay«, murmelst du nochmal kraftlos, irgendwie leer, und ich entspanne mich noch etwas mehr. Ich kralle meine

Finger in dein Kleid und ein Zittern geht durch meinen Körper, während ich immer klarer sehe und der schwarze Nebel sich lichtet. Aber mein Herz rast immer noch und meine Kehle ist eng.

Ich atme schwer, genau wie du.

»Es ist okay, Zayden«, sagst du hohl und gleichzeitig sanft. Ich nicke an deinem Hinterkopf und kralle mich fester in dein Kleid. Du hast recht. Es ist okay. Alles ist gut.

Unten hört man mit einem Mal, wie die Haustür aufgeht, aber ich bewege mich nicht. Ich kann nicht. Ich will einfach mit dir hier stehen und so tun, als wären wir nicht völlig irre.

Du atmest mit einem Ruck aus und reißt dich dann so plötzlich von mir los, dass es ratscht und ich nur einen Fetzen deines Kleides erwische, der zu Boden geht. Ich habe zu spät reagiert, denn ich war zu vertieft in den Moment und in dir, zu entspannt. Ungläubig sehe ich dir nach, wie du blitzschnell verschwindest, als wäre der Teufel hinter dir her.

FUCK, IRINA, WAS MACHST DU DA?

Du stürmst die Treppe hinunter. Ich bin fassungslos. Völlig fassungslos. Hast du nicht gerade gesagt, es sei okay? Wenn es okay ist, wieso rennst du dann?

Es dauert drei Sekunden, dann begreife ich die Lage. Du hast mich verarscht. Du wirst sterben. Ich werde dich umbringen. Du wirst nie wieder vor mir davonlaufen.

»FUCK, IRINA, BLEIB STEHEN!«, brülle ich durch das Haus und renne dir hinterher. Ich springe immer zwei Stufen auf einmal hinab. Und du läufst, unten angekommen, geradewegs in meinen Onkel hinein, weshalb ich mitten auf der Treppe mit einem Ruck verharre. Mein Dad ist auch da und ich bebe vor Wut. Wenn sie dich jetzt nicht rausrücken, flippe ich aus. Ich umfasse mit einer Hand fest das Geländer und sehe nur, wie du dich an meinem Onkel festkrallst.

Oh, ich werde dich umbringen.

Suchst du jetzt Schutz vor mir, Irina, bei meinem Onkel, du kleines, schutzloses Reh? Fliehst du vor dem bösen Wolf? Ich kann dir ja mal richtig Angst machen, das war nämlich noch gar nichts, verfickte Scheiße.

»Scheiße! Was ist hier los!« Mein Onkel legt einen Arm um dich, doch du schüttelst nur panisch den Kopf und kriegst kein Wort heraus. Die schwarzen Punkte kehren zurück.

»Irina!«, knurre ich und sehe nur deinen Hinterkopf an, sonst nichts. Ich bin kurz davor, meine Waffe zu ziehen und hineinzuschießen.

Du schaust über die Schulter zu mir und deine Wange ist dunkelrot verfärbt, was man jetzt erst richtig erkennt, weil das Licht darauf fällt.

»Fuck«, höre ich meinen Vater keuchen, sehe aber immer noch nur dich an. Mein Blick ist warnend. Wenn du jetzt gehst, brennt ganz Sizilien und jeder aus deiner Familie mit. »Bring sie raus!«, meint mein Vater zu meinem Onkel.

Ich mache die fehlenden zwei Schritte nach unten. Bei seinen Worten wirbeln meine Emotionen wieder durcheinander und die Panik wallt auf. Rausbringen, Irina? Was glaubt er, wer er ist, so was auch nur in Erwägung zu ziehen?

Ich will gerade meine Waffe nehmen, da pralle ich hart gegen die Faust von meinem Vater. Kurz taumle ich stöhnend. Schmerz zuckt durch mein ganzes Gesicht und ein paar Sekunden ist es wirklich schwarz vor meinen Augen. Ich presse meine Hand auf meine Nase, aber ich reiße mich sofort wieder zusammen. Das Adrenalin pumpt durch meinen Körper und ich wische mir hart unter der Nase entlang. Ich darf jetzt keine Zeit verlieren. Mein Onkel wird dich wegbringen. Und ich werde sie alle umbringen, wenn sie sich mir in den Weg stellen.

»BRING SIE RAUS, CADEN!«, schreit mein Vater meinen Onkel an.

»ICH BRINGE DICH UM!«, brülle ich dir hinterher. »WENN DU JETZT GEHST, BRINGE ICH DICH UM, IRINA!«

Mein Onkel packt dich am Arm und zieht dich raus. Einfach so. Die Haustür bleibt offen.

»NEIN!«, rufe ich dir nach. Ich will dir hinterher, die Hand an meiner Waffe, aber mein Dad verpasst mir noch eine, sodass ich hart auf der Treppe lande. Mit einem Knie auf meiner Brust drückt er mich auf die Stufen, bis ich keine Luft mehr kriege. Das alles geht so schnell, dass ich es kaum realisieren kann.

Kurz sehe ich nur Sterne, weil ich mit dem Kopf aufschlage. Ich stöhne und atme schwer.

»Bleib unten!«, knurrt mein Vater, und als ich seine Stimme höre, bin ich wieder voll da und reiße meine Augen auf. Er ist über mir, das Knie in meine Brust gestemmt, der Blick ist unnachgiebig auf mich gerichtet. »Bleib unten oder ich verpasse dir noch eine.« Ich bemerke, dass meine Nase blutet, weil es mir über die Lippen läuft, also wische ich wieder darunter entlang. Oh fuck, Irina, bringt dich mein Onkel jetzt weg? Ich verliere hier Zeit. Ich muss dich zurückholen. Sofort.

»GEH RUNTER VON MIR!«, schreie ich ihn an. Meine Stimme ist schon etwas heiser vom Brüllen. Ich strecke ihm meine Arme entgegen und will ihn von mir stoßen, aber er regt sich nicht und lässt etwas mehr von seinem Gewicht auf meinen Brustkorb sinken.

»SIE IST WEG!«, ruft er zurück. Die Hitze wallt erneut auf, die Flammen steigen in mir auf und zerfressen mich innerlich. Ich fühle mich wirklich, als würde ich verbrennen, weil mir so heiß wird, dass mir der Schweiß von den Schläfen rinnt.

»NEIN!«, brülle ich wieder und winde mich hart unter ihm.

Er drückt das Knie etwas fester auf meine Brust. Es ist, als würde ein Betonklotz darauf liegen. »Sie ist weg und kommt nicht zurück. Egal, was du tust! Also bleib verfickte Scheiße jetzt unten!«, knurrt er mich an. Seine Worte dringen wie durch Watte an meine Ohren. Mir wird kurz schwindelig und dann schlecht. So schlecht.

Ich atme hektisch durch die Nase und er steigt vorsichtig von mir runter, als er es bemerkt. Das Blut läuft aus meiner pochenden Nase in meinen Mund, also wische ich mit dem Ärmel meines nass geschwitzten Hemdes darüber.

»Setz dich auf.« Er packt mich am Nacken und zieht mich hoch, sodass ich den Kopf zwischen die Knie stecken kann. Was ich auch tue, das Blut tropft weiter. Inzwischen auf den feinen Marmorboden. Fest schließe ich meine Augen und atme hektisch. Ich will dir nachrennen, ich will schreien, aber meine körperliche Verfassung verbietet es mir. Immer wieder verschwimmt alles und ich kriege keine Luft.

Du bist weg. Er hat gesagt, du bist weg.

Meine Hände zittern und die Flammen fressen sich durch meine Brust, die ganz eng wird. Wieder wird mir übel. Diesmal springe ich auf und torkle etwas, weshalb ich mich an der Wand abfange. Mein Dad erhebt sich ebenfalls und hält mich am Arm fest. Ich mache die wenigen Schritte zum Bad hier unten und stoße hart die Tür auf. Gerade so schaffe ich es, mich über das Klo zu beugen, die Hände auf der Toilette abgestützt, bevor ich mich übergebe, während mein Schweiß sich mit dem Blut aus meiner Nase vermischt.

Oh fuck, ich kann das nicht. Ich werde verrückt und verliere meinen Kopf, wobei es in mir lodert und mich zu verschlingen droht. Ich kann nicht atmen oder denken. In mir herrscht Krieg. Eine Last, die mich in die Knie zwingt. Also gebe ich ihr nach.

Erschöpft sinke ich in die Knie, halte mich aber weiterhin an der Klobrille fest, bis ich fertig bin und nichts mehr aus meinem Magen nach oben stößt. Dann klappe ich den Deckel zu und lehne meine Stirn darauf. Der Schweiß erkaltet, aber in mir ist es immer noch kochend heiß.

Was heißt das, du bist weg? Wohin gehst du jetzt, Irina? Ohne mich? Das darfst du nicht. Das gibt es nicht. Der Betonklotz in meinem Magen zieht mich tiefer und ich balle meine Hände zu Fäusten auf dem geschlossenen Toilettendeckel. Dann brülle ich.

Ich brülle alles aus mir raus. Den Frust, die Angst, meine Schwäche, meine Fehler, deine Fehler. Jedes Mal, wenn ich die Kontrolle über mich verliere. Jede Beleidigung, jeden Streit, jeden Groll. Jede Sekunde Hoffnung, dass es besser wird. Den bitteren Beigeschmack, wenn du nachts neben mir liegst. Das klaffende Loch, wenn du es nicht tust.

Ich brülle.

Ich habe in meinem ganzen Leben noch nie so gebrüllt, und als ich verstumme, so plötzlich, wie ich anfing, bin ich völlig leer und rege mich nicht.

Einen Moment später legt sich eine Hand auf meinen Rücken und ich zucke leicht zusammen. Als sie darüber streicht, spüre ich, dass es meine Mutter ist. Die Flammen in mir lodern ein wenig auf, aber meine Schultern sacken nach unten. Ich bin so müde.

»Zayden«, sagt sie sanft und ich kneife meine Augen fest zusammen.

Dann höre ich sie tief durchatmen und sie zieht mich am Arm zu sich. Ich kann gar nicht reagieren, bin viel zu ausgelaugt. Sie umfasst meine Wangen. Mein Blick ist verschwommen, ich sehe sie gar nicht und schaue direkt durch sie hindurch. Erst dann wird mir klar, dass sie sich neben mich gehockt hat. Ich weiß nicht, woher sie kommt. Ich verstehe gar nichts mehr.

Sie verzieht das Gesicht und streicht mir über meins, bevor sie nach etwas Toilettenpapier greift und mir unter der Nase entlang tupft. Ich schließe meine Augen und lasse den Hinterkopf an die Fliesen sinken.

Ich spüre, dass mein Vater sich neben mir auf dem Boden niederlässt, während Mom an meinem Gesicht hantiert und mir durch das Haar streicht.

Ich kann meine Augen nicht öffnen und weiß nicht, wie lange ich hier sitze und schwarz sehe. Nach einer Weile höre ich, wie ihre Absätze sich entfernen und dann auf der Treppe ertönen, nachdem sie etwas meinem Dad zugeflüstert hat, was ich nicht verstanden habe.

Ich kann das nicht.

»Ich weiß, dass du dich jetzt fühlst, als würdest du auseinanderbrechen«, sagt mein Vater schließlich und meine Kehle schnürt sich zusammen. Ich glaube nicht, dass er weiß, wie ich mich fühle. Ich habe mich selbst verloren – komplett – inklusive meines Verstandes. Und du bist auch weg. Also habe ich auch kein Herz mehr. Ich bin so leer.

Er legt mir den Arm um die Schultern und zieht mich an sich. Ich lasse es geschehen, wobei ich die Augen wieder öffne und an die Decke zu den Spots sehe. Mein Herz schlägt wieder ruhig und die wütenden Flammen haben nur Asche und Verwüstung hinterlassen.

»Aber ich bin trotzdem da«, sagt er und ich beiße meine Zähne aufeinander. Ich lehne meine Schläfe auf seine Schulter und senke wieder meine Lider. »Ich werde immer da sein«, murmelt er, während wir auf dem kalten Boden sitzen.

Ich weigere mich, nachzudenken. Sonst fällt mir ein, dass du weg bist. Und ich weiß nicht, was ich noch machen soll ohne dich.

Irgendwann nach Minuten oder Stunden hilft mein Vater mir auf und zieht mich ins Wohnzimmer. Ich lasse es geschehen. Er setzt mich auf die Couch und lässt sich neben mir mit einer Flasche Whisky und zwei Gläsern nieder. Dann bleibt er die ganze Nacht bei mir, ohne das Licht anzumachen, während drüben alle feiern. Meine Mom kommt später dazu und verarztet mich mit dem nötigen Verbandszeug. Dann setzt sie sich neben meinem Vater und trinkt mit uns.

Jetzt ist es endgültig dunkel, Irina. Ich sehe nichts mehr. Und ich glaube nicht, dass sich das noch einmal ändern wird.

Aber das ist schon okay, Baby.

Dann eben nur noch schwarz.

44. Loslassen, Zayden

XX

Irina

Ich sitze im Auto auf dem Beifahrersitz und habe keine Ahnung, wohin wir fahren. Ich weiß nicht einmal, was die letzte Stunde passiert ist. Immer wieder versuche ich, die Geschehnisse Revue passieren zu lassen. Irgendwie einen Sinn dahinter zu finden. Zu verstehen. Aber es ist alles eine Abfolge von Bildsequenzen, von deinem Brüllen, dass du mich umbringen willst. Meinem Brüllen, dass du mich loslassen sollst. Dass du mich gehen lassen sollst. Und deinen Händen, die mich noch härter packen. Der pochende Schmerz, der durch meine Wange zuckt. Die Panik, die mit ihren kalten Klauen nach meinem Herz greift. Die Gewissheit, dass wir jetzt an einem Punkt angekommen sind, an dem es kein Zurück mehr gibt. Dass es jetzt nicht mehr weitergeht. Dass wir alle Grenzen gesprengt haben, uns selbst gesprengt haben. Alles gesprengt haben. Ohne die Möglichkeit, es wieder zu reparieren.

Es ist vorbei. Wir sind vorbei.

Ich habe das noch gar nicht wirklich realisiert. Momentan sitze ich hier und kann mich nicht rühren. Ich könnte nicht mal meine Hand heben. Es wirkt so schwer. Ich bin wie blockiert, gedanklich sowie körperlich. Alles in mir zieht mich zu dir. Alles in mir will zurück zu dir laufen und brüllen, dass ich es nicht so gemeint habe. Dass ich dich brauche. Dass ich dir gehöre, egal was du tust. Und dass du mich nicht allein lassen sollst. Aber da ist auch der andere Teil, der dagegenhält, der, der nicht schnell genug von dir wegkommen kann. Der vernünftige Teil, der schon längst verstanden hat, was zu glauben mein Herz noch nicht bereit ist. Der Teil, der weiß, dass wir am Ende sind – und dass es besser so ist.

Ich kämpfe gegen den ersten Teil an, was mir alles abverlangt und weswegen ich mich nicht bewegen darf. Wenn ich mich rühre, mache ich etwas sehr Unüberlegtes, etwas äußerst Dummes und Waghalsiges, zum Beispiel deinem Onkel ins Lenkrad fassen, damit er mich nicht von dir wegbringt.

Gott, ich brauche dich. Wieso bin ich vor dir weggelaufen? Ich habe dich mein Leben lang gebraucht und nur einen Wimpernschlag davon gehabt. Und jetzt soll alles schon wieder vorbei sein?

Ich atme tief aus.

Das Pochen meiner Wange ist das Einzige, was mir gerade wirklich klarmacht, dass ich noch lebe. Alles in mir ist taub. Würde ich nicht automatisch atmen, wäre ich schon tot umgefallen. Ich fühle mich wie leergesaugt, als hätte man aus einem Ballon die Luft gelassen, sodass er nie wieder fliegen kann. Sogar mein Kopf ist zu schwer, um ihn zu heben, weshalb ich die Schläfe an den Türrahmen des Autos lehne. Ich habe keine Ahnung, wohin es geht. Ich habe keine Ahnung, wie ich ohne dich auch nur einen Tag überstehen soll, aber ich weiß, dass ich nicht zurückdarf. Ich weiß, dass ich nicht mehr weiter versuchen kann, die Scherben zusammenzukleben, weil ich mich daran schneiden würde. Immer wieder. Immer tiefer.

Sosehr ich den Schmerz auch liebe, so sehr weiß ich, dass ich nicht noch mehr davon ertrage.

Also sitze ich einfach hier und bewege mich nicht. Ich atme, aber ich lebe nicht. Mein Herz schlägt, aber ich spüre es nicht. Und das wird sich nicht ändern. Denn ohne dich bin ich schon tot, Zayden.

Und trotzdem entferne ich mich weiter, immer weiter.

* * *

In der Innenstadt Palermos stehe ich auf einem kleinen, verschnörkelten Balkon. Es ist mitten in der Nacht. Der Mond steht hell am Himmel und die Sterne funkeln herab. Das Meer rauscht in einiger Entfernung. Dahinter erstreckt sich die Küste mit ihren flimmernden Lichtern der Villen. Du bist da hinten, aber ich bin hier. In diesem Hotel. So nah und doch so weit weg.

Dein Onkel hat mir mein Handy abgenommen. Er hat gemeint, es wäre besser so und ich solle ihm vertrauen. Das tue ich. Ich vertraue ihm und weiß, dass wenn ich mein Handy jetzt hätte, es wahrscheinlich sofort weitergehen würde. Weil du mich anrufen würdest und ich nicht einfach nicht rangehen könnte. Immer wieder lasse ich meinen Blick zum Hoteltelefon schweifen, aber ich halte mich davon ab, es zu benutzen, wobei ich mir vorstellen kann, dass dein Onkel unten Bescheid gesagt hat, damit hier keine Anrufe durchgestellt werden. Ich versuche, vernünftig zu bleiben und nicht wütend zu werden. Ich weiß, dass es zu meinem Besten ist. Zum Besten der Jungs. Nur deswegen bleibe ich weiterhin still. So still, wie ich noch nie war. Vor meiner Tür steht Jaxon Wache und Tony am Eingang des Hotels.

Ich habe geduscht, obwohl ich es nicht wollte, weil ich das Gefühl hatte, deine Hände von mir zu waschen, und den bereitgelegten Bademantel angezogen. Wenn ich dich jetzt verliere, was bleibt mir dann noch? Was erinnert mich dann daran, dass du wirklich da warst? Dass du mich wirklich angefasst hast. Dass ich dich hatte und wir diese perfekten Stunden miteinander erlebt haben? Auch wenn es in letzter Zeit alles andere als perfekt war, so war es echt. So waren es wir. Ich kann nicht glauben, dass es wirklich vorbei sein soll. Ich wollte doch den Rest meines Lebens mit dir verbringen.

Als ich meine gerötete Wange im Spiegel angeschaut habe, strich ich darüber, genau wie über deine blau verfärbten Fingerabdrücke an meinem Arm. Ich habe ein bisschen fester gedrückt, damit ich den Schmerz nochmal spüre, und gerade genieße ich das leichte Pochen in meinem Hinterkopf regelrecht. Mein Rücken tut weh, weil du mich so hart gegen die Wand gestoßen hast, und mein Nacken, weil du mich die Treppe hochgezerrt hast, ganz abgesehen von meiner Kopfhaut, die brennt. Ich war noch nie körperlich und seelisch so zerstört wie jetzt. Okay, außer das eine Mal, aber diesmal warst du dafür verantwortlich und es war anders. Ich würde es noch hundertmal auf mich nehmen, anstatt dich zu verlieren. Ja, ich bin wirklich kaputt und wir beide sind völlig wahnsinnig. Ich wünschte, ich könnte darüber hinwegsehen und einfach so weitermachen. Einfach so tun, als wäre das normal, als würde es nicht in uns und um uns herum immer dunkler werden. Und ganz ehrlich, wenn es nur um uns beide ginge, hätte ich dich nicht verlassen, dann hätte ich weitergekämpft, egal, wie kaputt ich geworden wäre, aber es betrifft nicht nur uns beide, also musste ich diesen Schlussstrich ziehen – für die Jungs. Auch, wenn ich bezweifle, dass ich je wieder normal werde.

Das gute Mädchen, das ich mal war, ist gestorben, irgendwo auf dem Weg. Es konnte in dieser Welt, der Dunkelheit, nicht bestehen und hatte der Macht und der Gier nichts entgegenzusetzen. Es konnte all dem nicht mehr trotzen und ist Stück für Stück verkümmert. Es hat sowieso schon so lange standgehalten. Aber irgendwann habe ich bemerkt, dass es leichter ist, wenn man sich der Schwärze hingibt. Wenn man einfach loslässt.

Ich verstehe dich jetzt so gut.

Tief atme ich die salzige Meerluft ein und frage mich, was du gerade machst. Ich würde dich so gern anrufen oder dir schreiben. Da ist wieder dieser Zug in meinem Inneren, der mich zu dir lockt und mich nicht in Ruhe lässt. Es ist unglaublich schwer, ihm zu widerstehen, aber ich schaffe es.

Ich muss es schaffen, denn es geht wie gesagt nicht nur um mich. Morgen, wenn du unterwegs nach Spanien bist, holt mich dein Onkel ab. Dann fliege ich mit Rayen und

Rowan wieder nach Hause, wobei es ohne dich kein Zuhause mehr ist. Und ich weiß nicht genau, wie es dann weitergehen soll. Ich fühle mich wie auf einem treibenden Floß mitten auf einem Ozean, das ich nicht steuern kann. Der Wind entscheidet über die Richtung, und das ist okay. Vorerst. Ich kann das jetzt nicht entscheiden, dafür bin ich zu aufgewühlt.

Als ich dich heute mit Selina am Strand gesehen habe, einträchtig nebeneinandersitzend, mit unseren Kindern, war das der letzte Funken, der die Ladung zum Explodieren gebracht hat. Sie hat dich nicht angefasst, dich nicht geküsst oder sonst was getan. Aber es war wie ein neuerlicher Verrat, alleine schon, dass du in ihrer Nähe warst. In mir ist etwas völlig übergeschnappt. Mein klarer Menschenverstand hat sich vollends verabschiedet. Ich wollte nur noch weg. Weg von diesem Schmerz. Weg von diesen Zweifeln. Weg von dieser Angst. Weg von dir. Weg, weg, weg.

Es klopft an der Tür und kurz durchzuckt es mich heiß. Ich betrete das Zimmer und öffne die Tür, ohne zu zögern. Deine Mutter steht mit einer Reisetasche davor. Sofort fällt ein Stein in meinen Magen. Mein Herz wünscht sich etwas, was mein Verstand mir so vehement verbietet, denn ich hatte kurz die Hoffnung, dass du es bist.

Wieso kommst du denn nicht?

Ich brauche dich doch, egal, was ich sage oder tue.

Aber du bist es nicht.

»Hey«, sage ich leise und mache ihr Platz. Sie schiebt sich ins Zimmer und ich schließe die Tür hinter ihr. Es ist jetzt halb fünf Uhr morgens. Deine Mutter sieht müde aus. Sie ist nicht mehr geschminkt und ihre grünen Augen sind gerötet. Das schwarze Haar hängt in einem lockeren Zopf im Nacken und sie trägt mittlerweile wieder Jeans und einen weißen Pullover.

Ich hasse es, dass wir sogar die Menschen, die wir lieben, mit reingezogen haben. Das hätte nicht passieren dürfen. Doch jetzt kann ich es nicht mehr rückgängig machen. Und das schlechte Gewissen drückt noch zusätzlich auf meine Schultern, die ich sowieso nur noch mit Mühe gerade halten kann.

Sie stellt die schwarze Tasche auf dem Bett ab. Ich hasse diese schwarze Tasche. Ich will sie aus dem Fenster schmeißen, weil sie besiegelt, dass es zwischen uns vorbei ist.

»Ich hab dir was Frisches für morgen eingepackt und deine Kosmetik.« Sie seufzt und sieht sich im Zimmer um, in dem es so warm ist, was im Widerspruch zu der Kälte in meinem Inneren steht.

»Danke«, meine ich und meine Kehle kratzt beim Sprechen. Ich habe so viel gebrüllt, so viel geweint, wie die letzten Jahre nicht mehr. Sie hebt einen Mundwinkel und geht zu der Kommode, auf der ein Wasserkocher steht. Dann verschwindet sie mit ihm ins Bad. Ich höre Wasser laufen, bevor sie zurückkommt und ihn einschaltet.

Währenddessen nimmt sie eine der Tassen von einem kleinen Brett und hängt einen Teebeutel hinein, den sie aus dem Körbchen nebendran genommen hat. Ich setze mich auf die graugrüne Couch und sie lehnt sich mit dem Steißbein an die dunkelbraune Holzkommode, die Hände links und rechts abgestützt, und betrachtet mich. Ich will gar nicht wissen, wie ich aussehe. Zwar habe ich die verschmierte Schminke beseitigt und trage den sauberen Bademantel und nicht das zerrissene Kleid, aber fühle mich immer noch völlig fertig, was sich garantiert in meiner Optik widerspiegelt.

»Du solltest das kühlen, sonst wird es morgen blau.«

Ich weiß sofort, was sie meint, und fasse an meine Wange. Dann schüttle ich den Kopf. Ich will es nicht kühlen. Deine Mutter betrachtet mich ein paar Sekunden, während das Wasser blubbernd zu kochen beginnt.

»Und was willst du deinen Kindern sagen? Neues Make-up?«, fragt sie fast ein bisschen gereizt, aber atmet dann durch und strafft sich. Sie wendet sich von mir ab und kümmert sich um den Tee. Währenddessen durchzuckt mich wieder das schlechte Gewissen.

Sie hat ja recht, Zayden. Die Jungs sind zwar noch jung, aber sie sollten mich wirklich nicht so sehen. Denn irgendwo bleibt es hängen, wenn auch nicht bewusst, und ich will sie nicht noch mehr verstören.

»Ich habe dir Schminke eingepackt«, sagt sie schließlich und rührt den Tee um.

»Danke«, antworte ich wieder. Sie stellt die weiße Tasse neben mir auf dem Holztisch ab und setzt sich dann neben mich. Ich stütze meine Ellbogen auf die Knie und streiche mir durch das noch feuchte Haar. Schmerz durchzuckt mich, als ich mit den Fingern hängen bleibe, und ich lasse sie sinken. Kurz spüre ich deine Hand in meinem Haar, wie du es unerbittlich festhältst und mich die Treppe hochziehst. Für einen Moment bekomme ich Panik, dann geht es wieder vorbei …

»Es tut mir leid, dass er dir so was angetan hat«, wispert sie. »Schon wieder.«

Ich schüttle den Kopf. Ich würde ihr gern sagen, dass es nicht so schlimm war. Dass es ihr nicht leidtun muss. Dass ich damit umgehen kann. Dass ich tief in mir weiß, dass du mir nie ernsthaft schaden würdest und mit mir machen kannst, was du willst. Das ist die Wahrheit. Aber das würde sie nicht verstehen. Sie ist zu stark.

Sie legt ihre Hand auf mein Knie. »Manchmal glauben wir, etwas zu verdienen, obwohl dem nicht so ist.«

»Er ist nicht so«, versuche ich, irgendwie die Gedanken in mir in Worte zu fassen, was deine Mutter ja eigentlich schon weiß. Sie weiß, dass du kein schlechter Mensch bist.

»Sicher. Das ist es ja, was ich meine. Das ist auf euch beide bezogen. Manchmal glaubt man, etwas zu verdienen, obwohl es nicht stimmt. Er denkt, dass er es verdient hat, dass du ihn hasst, weil er dir sehr wehgetan hat mit seinem Betrug. Und du hasst dich selber, weil du ihn nicht hasst.«

Ich nicke, weil es der Wahrheit entspricht. Die ganze Zeit frage ich mich, was mit mir nicht stimmt und wie ich dich nach allem, was du getan hast, noch so sehr lieben kann. Ich fühle mich deswegen schwach. Sie streicht mir über das Haar, was echt guttut.

»Ja, ich weiß. Er glaubt, dass es jetzt sowieso egal ist, weil er das Monster einmal rausgelassen hat. Es geht bei ihm nicht darum, Kraft zu demonstrieren oder Macht, wie bei vielen anderen Männern bei uns. Es ist Hilflosigkeit. Ihr beide seid von Hass und Groll zerfressen. Ich kenne noch jemanden, der so ist, aber diese Person ist ein Kopfmensch, deshalb kann sie damit umgehen und verarbeitet das anders. Ihr beiden seid Herzmenschen und die Gefühle, die ihr zurzeit empfindet, sind zu viel für euch. Sie überfordern euch. Und dann kapselt man sich entweder ab oder man dreht durch.«

Oder beides.

So, wie es bei uns die letzten Wochen war. Wir schwankten zwischen absoluter Liebe, unbändigem Hass, Verzweiflung, Angst, Leidenschaft und Hoffnung. Von einem Extrem ins andere. Es gab keine Konstante mehr. Keine Ruhe. Es war alles so aufwühlend und aufbrausend. Entweder ich habe versucht, gar nichts zu fühlen, weil es sonst zu sehr wehgetan hat, und habe mich distanziert oder ich bin vor Gefühlen fast zersprungen und konnte dem kaum standhalten.

»Ich weiß nicht, wie ich ohne ihn leben soll«, gebe ich zu. *Du bist mein Leben.*

Ihre Finger gleiten über meinen Rücken. »Das ist ganz einfach. Du denkst nicht darüber nach. Du lebst einfach jeden Tag, wie er kommt.« Ich verziehe das Gesicht und Schmerz durchzuckt meine Wange, aber ich heiße ihn willkommen. *Ohne dich zu leben, ist absolut unvorstellbar für mich.*

»Aber ich will das gar nicht!«, meine ich, weil sich allein bei dem Gedanken daran, jeden Tag ohne dich zu verbringen, immer wieder ohne dich aufzustehen und aufzuwachen, nie wieder mit dir zu sprechen, zu streiten, dich zu küssen, dich zu lieben oder dich zu hassen, alles in mir sträubt.

»Ich weiß«, erwidert sie. »Kein Junkie will sein Heroin aufgeben.«

»Nein! Das ist nicht nur so … wir … waren mal so richtig.« Wir sind nicht nur süchtig nacheinander, da ist auch mehr. So viel mehr. So tief.

»Das seid ihr immer noch, aber zurzeit macht ihr euch kaputt. Außerdem müsst ihr an eure Kinder denken. Die brauchen euch. Und wenn ihr nichts mehr zu geben habt, was sollen sie dann kriegen?«, fragt sie sanft und *das* leuchtet mir ein.

»Ich weiß. Deswegen bin ich hier.« Ich seufze schwer. »Ich weiß, dass wir nicht mehr so weitermachen können.« Auch wenn mein Herz das nicht ganz akzeptieren will.

»Das war der erste richtige Schritt. Es ist vielleicht ganz gut, dass ihr räumlich getrennt seid. So kann er sich klarwerden, was er will und wo er gerade steht, und du kannst wieder zu dir finden. Dich auf deine Kinder konzentrieren. Energie tanken.«

»Und was ist, wenn ihm klar wird, dass er mich nicht will?«, frage ich und kurz bekomme ich wieder Panik.

»Erstens: Er will dich und er wird dich immer wollen. Zweitens: Wenn ihm so was klarwerden sollte, dann war er nicht richtig für dich. Aber ich kann dich beruhigen, ich kenne meinen Sohn. Er liebt dich wirklich. Da ist er wie sein Vater. Wenn er sich einmal entschieden hat, dass es diese eine Frau für ihn ist, dass diese eine Frau seine Zukunft ist, dann bleibt er dabei. So ist sein Großvater, sein Onkel, sein Vater. So ist das bei den Rush-Männern.«

»Die Angst davor, dass ich nicht die eine Frau für ihn bin, hat mich so weit von ihm weggetrieben«, stelle ich leise fest. Denn insgeheim frage ich mich die ganze Zeit, ob es vielleicht doch Selina ist.

Deine Mutter klemmt mir ein paar Haare hinter das Ohr, bevor sie sich nach vorn beugt und den Teebeutel aus der Tasse nimmt. »Ja, so ist das mit unseren Ängsten. Wir ziehen genau das an, wovor wir Angst haben. Menschen, die Angst haben, alleine zu sein, enden in der Regel alleine. Menschen, die Angst davor haben, sich wirklich zu öffnen, werden nie an jemanden geraten, der alles aus ihnen herausholt. Menschen, die Angst davor haben, jemanden zu verlieren, verlieren ihn unter Garantie. Menschen, die Angst haben, betrogen zu werden, werden betrogen.«

Das trifft in vielerlei Hinsicht auf mich zu.

»Damals, in dieser Hütte …«, spricht sie weiter. Ich will nicht daran denken. Nein, nein, nein. Sie reicht mir den Tee, dessen Wärme mich etwas ablenkt und ich ihr aufmerksam zuhöre. Manchmal ist ein Gespräch mit deiner Mutter alles, was man braucht, um mit dem Chaos in sich klarzukommen. »Ist dir etwas Schreckliches passiert und über die Jahre hat sich das tiefer gefressen, ohne dass du es bemerkt hast. Ich glaube, dass du in dem Moment, als es geschah, sämtlichen Respekt vor dir selber verloren hast, weil du denkst, schuld daran zu sein. Sämtliches Selbstvertrauen. Sämtliches Vertrauen in andere. Sämtliches Selbstwertgefühl. Sicher, Zayden hat das für eine Weile gutgemacht. Er hat sich angestrengt und dich wieder aufgebaut. Aber kein Mensch, keiner, kann wirklich reparieren, was dabei in einem kaputtgeht, außer man selber. Und jetzt denkst du, dass du etwas Gutes nicht verdient hast. Also hast du angefangen, dich Zayden zu entziehen. Du hast angefangen, Streit heraufzubeschwören. Und er hat damit angefangen, nachdem er dich betrogen hat, denn er konnte auch nicht mehr mit sich umgehen. Jetzt habt ihr euch gegenseitig zerstört. Das, was von euch noch übrig war. Das ist kein Vorwurf. Es war klar, dass das passiert. In deinem Alter hatte ich auch zwei Kinder und weiß, dass es nicht immer leicht ist. Ich habe nur gehofft, dass wir euch irgendwie auffangen können, wie wir es immer versucht haben. Tja. Meine Angst war immer, nicht für meine Kinder da sein zu können, wenn sie mich brauchen, und irgendwie schaffe ich das in letzter Zeit auch nicht mehr. Trink.« Sie nickt zur Tasse. Ich nehme einen Schluck und lasse mir ihre Worte durch den Kopf gehen. Sie hat recht. An dem Wochenende in dieser Hütte hat sich wirklich etwas in mir verändert, was ich zuerst gar nicht wahrgenommen habe. Seit diesem einen Abend habe ich mich mit anderen Augen betrachtet und mich immer öfter gefragt, ob ich selbst schuld daran bin, und du mich vielleicht sogar abstoßend findest, weil ich das habe mit mir machen lassen. Seit diesem Wochenende habe ich mich kein einziges Mal nackt im Spiegel anschauen können. Seit Jahren. Und manchmal hasse ich mich wegen nichts. Einfach nur, wenn ich mein Gesicht betrachte. Aber eines weiß ich auf jeden Fall: »Du bist für deine Kinder da, immer.«

»Sicher«, meint sie. »Aber ab einem gewissen Punkt bin selbst ich machtlos. Zum Beispiel, wenn entschieden wird, dass sie nach Spanien sollen oder umziehen.« Sie hebt die Schultern. Verdammter Donovan de Luca. Wieso macht er auch immer allen das Leben schwer? »Ich habe Angst, dass meine Kinder mir aus den Händen gleiten, ich die Kontrolle verliere, machtlos bin. Diese Angst habe ich schon immer gehabt. Und jetzt trifft all das zu und kommt zu mir zurück. So ist das. Nur die Furchtlosen, wie Sergio, kriegen das Gold vom Himmel, das sie sich wünschen.« Das überdenke ich kurz und hebe einen Mundwinkel, weil sie so recht hat.

»Ich hatte auch immer am meisten Angst, ihn zu verlieren.«

»Ich weiß«, meint sie sanft. »Ich habe es gesehen. Und er hat es auch gesehen.«

»Und jetzt?«

»Und jetzt …« Sie streckt ihre Beine auf den Couchtisch. »Machen wir das Beste daraus und lassen es auf uns zukommen. Vertrau darauf, dass am Ende zusammenfindet, was zusammengehört. Immer. Egal, wie aussichtslos es erscheint. Und du gehörst zu Zayden. Ihr müsst das nur noch zu pflegen lernen. Denn manchmal, wenn man nicht reif genug für etwas ist und es kaputt macht, sich undankbar verhält, dann nimmt das Leben einem das Gute wieder weg und man muss es sich zurückerkämpfen. Man bekommt es erst, wenn man es auch wirklich verdient hat.«

Ich nicke langsam und frage mich, wie sie es schafft, immer Worte zu finden, die sogar in der ausweglosesten Situation noch Hoffnung schenken und einen beruhigen. Tatsächlich fühle ich mich ein kleines bisschen besser, ein kleines bisschen klarer, und das ist viel Wert, bei diesem ganzen Chaos in mir. »Dann soll ich es also mit Vertrauen probieren und nicht mit Angst?«

»Richtig«, meint sie mit einem kleinen Lächeln. »Und unbedingt mit Schlaf.« Sie sieht mich besorgt an.

»Sehe ich so müde aus?«, frage ich total erschöpft.

»Und wie. Mach den Fernseher an, um auf andere Gedanken zu kommen, leg dich ins Bett und schlafe. Morgen sieht alles besser aus.« Sie gähnt und richtet sich auf, doch ich kann nur daran denken, dass du morgen nicht mehr da sein wirst, wenn ich auf das Anwesen zurückkehre. Dass ich mich nicht mal von dir verabschieden kann und nicht weiß, wie es zwischen uns weitergeht und wann du wiederkommst.

»Was macht er?«, stelle ich die Frage, die ich schon zehnmal runtergeschluckt habe, seit sie hier ist.

»Er schläft. Ich musste so lange warten, bis ich in euer Zimmer gehen und die Sachen holen konnte. Er ist auf der Couch eingeschlafen.«

»Was ist noch passiert?«

Bei dieser Frage wird das Gesicht deiner Mutter ausdruckslos. Ich ahne es, weswegen sich alles verkrampft. Ich kann mir vorstellen, wie du eskaliert bist. Das wollte ich nicht. Das wollte ich dir nie antun. »Mach dir keine Sorgen. Sein Vater kümmert sich um ihn, und wenn es sein muss, bleiben wir noch ein bisschen in Italien und zögern den Spanienflug hinaus, bis er sich gefangen hat.«

Ich liebe es, dass du so gute Eltern hast, und trotzdem: »Der Tag, an dem ich mir keine Sorgen mehr um ihn mache, ist der Tag, an dem ich sterbe.«

»Ich weiß.« Sie steht auf und lächelt mich an. »Deshalb bist du ja auch die Richtige für ihn.«

Ich lächle zurück. Es bedeutet mir viel, wenn sie das sagst, weil sie dich so gut kennt und nur das Beste für dich will. Es ist eine Ehre, wenn sie das so sieht, denn ich kann mir denken, dass nur sehr wenige Frauen ihren Ansprüchen gerecht werden. Ich frage mich manchmal, wie ich das geschafft habe. »Danke. Für alles«, meine ich mit einem kleinen Lächeln.

»Bedank dich nicht.« Sie greift nach ihrer Handtasche und schaltet den Fernseher im Vorbeigehen ein. »Gute Nacht.«

»Gute Nacht«, murmle ich und bleibe sitzen, ohne mich zu rühren. Am liebsten würde ich ihr hinterherlaufen, sie überwältigen, ins Auto springen und zu dir fahren. Am liebsten würde ich mich zu dir auf die Couch legen und am nächsten Morgen in deinen Armen aufwachen, als wäre nichts passiert. Am liebsten würde ich dir sagen, dass ich lieber sterben würde, als dich wirklich zu verlieren.

Aber das werde ich nicht. Ich werde mich von dir fernhalten und versuchen, mich wieder selbst zu finden und die Mutter zu werden, die die Jungs brauchen. Ich werde versuchen, die Frau zu werden, die ich mal war. Ich werde mich auf die Suche nach der Sonne in mir machen.

Wir gehören zusammen, und laut deiner Mutter findet immer zusammen, was zusammengehört, Zayden. Also bleibe ich sitzen, bewege mich nicht und lasse sie gehen, genau wie dich, auch wenn ich damit einen Teil von mir selbst verliere. Vorerst.

45. Am Ende wir drei, Rosalie

XX

Sergio

Die Sonne geht auf. Ich stehe auf dem Balkon und sehe ihr dabei zu.

Alles ist noch so friedlich und still. Die Lichter im Garten sind aus. Die Tanzfläche sowie die Bars wurden noch nicht abgebaut. Der Tisch auf der Terrasse wird gerade von den Hausmädchen gesäubert, um ihn für das Frühstück vorzubereiten.

Zwischen meinen Fingern qualmt eine Zigarette und ich gähne tief. Es ist etwas kühl. Der salzige Wind streicht über meinen Oberkörper und durch mein Haar. Ich atme ihn tief ein. Aus einem mir nicht bekannten Grund fühle ich mich irgendwie nicht so gut, wie es eigentlich der Fall sein sollte. Ich habe dich geheiratet. Ich trage deinen Ring und du meinen. Du bist jetzt meine Frau und wir sind am Ziel angekommen. Trotzdem ist irgendwas verkehrt. Ich kann es nur nicht ganz zuordnen. Ich lasse meinen Blick zu dem Haus auf der anderen Seite schweifen, das meinen Großeltern gehört und wo Mom mit Carter-Dad, deine Eltern, als auch mein Bruder und deine Schwester während des Italienaufenthalts wohnen. Mir fällt auf, dass ich meinen Bruder ab einem gewissen Zeitpunkt gestern nicht mehr gesehen habe. Irina war auch irgendwann weg. Die Jungs sind wie gewohnt von Schoß zu Schoß gereicht worden und hatten ihren Spaß dabei.

Ich hoffe, dass es einen guten und keinen schlechten Grund für ihr Verschwinden gab. Bei Zayden und Irina weiß man es nicht. In letzter Zeit sind sie echt abgefuckt. Ich werde später mal mit meinem Bruder sprechen.

Unten klirrt es, weil die Teller ausgeteilt werden. Die Hausmädchen reden dabei über die gestrige Hochzeitsfeier. Ich ziehe tief und lasse den Rauch in den Himmel steigen. Ich bin noch nicht ganz wach und habe auch nicht so viel geschlafen. Wir waren natürlich bis zum Ende unten, bis nur noch die engste Familie da war, und sind gegen drei nach oben gegangen. Die legendäre Hochzeitsnacht ist ausgeblieben. Wir waren beide so erledigt, dass wir einfach ins Bett gefallen sind. Ich habe dir geholfen, das Kleid auszuziehen, wobei ich nicht mal mehr weiß, wie das passiert ist. Anschließend haben wir geschlafen.

Das tust du immer noch. Jetzt ist es halb neun. Ich bin vor einer halben Stunde aufgewacht, obwohl selbst das einem Wunder gleicht, da ich normalerweise bereits um sieben zwei Espresso intus habe und schon eine Stunde im Büro sitze. Meine innere Uhr, die sonst so zuverlässig funktioniert, hat mir überraschenderweise etwas Zeit geschenkt. Mein Vater ist sicher auch schon auf. Ich werfe einen Blick zu seinem Fenster zwei Zimmer weiter. Dahinter brennt Licht, wie ich vermutet habe.

Ich habe noch immer nicht genauer nachgehakt, was das Gespräch zwischen dir und ihm betrifft. Vermutlich ist es besser, wenn ich nicht so genau weiß, worum es ging. Aber ich habe ihm meine Meinung gesagt und bei der bleibe ich auch. Wenn er nicht nach meinen Regeln spielen will, spiele ich nicht nach seinen. Vielleicht begreift er so, dass es mir reicht und ich ab diesem Punkt einen Schlussstrich ziehe.

Ramon kommt gerade durch den Park geschlendert. Wahrscheinlich hat er gar nicht geschlafen. Er trägt immer noch das schwarze Hemd von gestern. Seine Haare sind zerzaust und er hat eine leere Flasche Whisky dabei. Ich habe ihn gestern mit Ariana auf der Tanzfläche beobachtet, und wie er sich dann mit einem Ruck von ihr gelöst hat. Von ihm weiß ich, was damals passiert ist und dass sie seine Jugendliebe ist, auch wenn er es nicht direkt zugegeben hat. Er hat sie an sich gebunden und es versaut. Sie nach ihm süchtig gemacht. Ariana Bianchi ist die einzige Frau, die er je geliebt hat – auch das hat er nicht offen zugegeben, aber ich sehe es, wenn er von ihr spricht. Ähnliche Worte findet er für keine andere. Dennoch hat er ihr ein paar echt üble Dinge angetan, wobei ich keine Einzelheiten kenne. Irgendwann kam er in den Knast und hat ihr gesagt, sie solle ihn dort nicht mehr besuchen. Ein glatter Bruch. Also hat sie sich von ihm ferngehalten, weil er das so wollte. Und jetzt, da er wieder auf freiem Fuß ist, hält er sich jeden Tag davon ab, sie wieder an sich zu binden und für sich zu beanspruchen. Gestern konnte ich deutlich sehen – nachdem Dorian ihn offensichtlich mit Absicht gereizt hatte –, dass Ramon kurz davor war, auf seine Prinzipien zu scheißen und sie sich einfach zu nehmen. Sie hätte wahrscheinlich auch mitgemacht. Dass ihr Verlobter an der Bar stand und alles mit angesehen hat und ihr Vater Ramon mit seinen Blicken erdolcht hat, ist völlig an den beiden abgeprallt. Das erste Mal habe ich wirklich die Sucht in ihren Augen bemerkt.

Ich will nie, dass du mich so ansiehst. Ich will nie, dass du süchtig nach mir bist wie sie nach ihm oder Irina nach Zayden. Ich will, dass wir pur bleiben und unsere Liebe unberührt. Nicht so beschmutzt und getrieben von Abhängigkeit. Nicht so toxisch. Ich will, dass unsere Liebe etwas Gutes in uns bewirkt.

Ramon schlendert über die Terrasse, und würde ich noch mit ihm reden, würde ich fragen, ob alles okay ist. Er winkt eines der Hausmädchen mit sich, ohne hinzusehen. Also ist nicht alles okay.

Ich ziehe nochmal an der Zigarette. Das Phänomen Dorian de Luca schläft offensichtlich noch. Sein Zimmer ist dunkel, aber unten öffnen sich die Terrassentüren und Vito tritt hinaus. Ich mustere ihn genauer, als er sich streckt, wobei mir nicht klar ist, warum er das tut. Denn seine hellblauen Augen verraten, dass er nicht geschlafen hat. Seine schwarzen Haare liegen perfekt und der hellblaue Pullover sitzt genauso perfekt wie seine Jeans.

Vito sieht sich kurz um und bewegt seine Ellbogen nach hinten, sodass seine Schulterblätter knacken, wobei sein Siegelring in der Sonne aufblitzt.

Gerade, als er zu seinem Platz schlendert und sich setzt, kommt mein Vater nach draußen. Dad runzelt irritiert die Stirn, als er bemerkt, dass sich schon jemand am Tisch befindet, weil er eigentlich immer der Erste ist. Vito hat den Kopf über die Schulter nach hinten geneigt. Ich höre, dass er sich einen Espresso bei dem Hausmädchen bestellt.

»Morgen«, meint mein Vater skeptisch und müdegrummelig, bevor er sich in seinem beigefarbenen Pullover, den perfekten Haaren und den ebenfalls hellblauen Augen an seinen üblichen Platz setzt. Sie sehen aus wie Vater und Sohn.

Dad nimmt sein Tablet zur Hand.

»Morgen«, antwortet Vito verzögert und sieht nachdenklich über den Garten. Dabei rührt er sich kaum. Nur seine Brust hebt und senkt sich. Mein Vater mustert ihn noch ein paar Sekunden.

»Und, vermisst du die Hitze?«, fragt er und schaut runter auf sein Tablet.

Vitos Blick schweift zurück, seine Unterarme liegen auf den Armlehnen. »Nicht wirklich«, antwortet er mit einer selten ruhigen Stimme.

»Also eher der kühle Typ«, stellt mein Vater fest. Es scheint, als würde er das bei Vito tun, was Dorian bei mir getan hat. *Kennenlernen.*

»Ich mag den Herbst«, sagt Vito. »Es ist nicht permanent dunkel, aber auch nicht heiß.«

»Ich mag den Herbst auch am liebsten.« Mein Vater seufzt und ich runzle meine Stirn. Eigentlich müsste er doch die totale Eiszeit bevorzugen.

»Stalkst du wieder?«, hauchst du in meinen Nacken. Ich zucke zusammen und sehe über die Schulter zu dir. Du bist wirklich die Einzige, die sich so an mich heranschleichen kann. Okay, und Ilian.

In deinem weißen Morgenmantel schlingst du die Arme um meinen Bauch und lehnst dich an mich. Ich sehe wieder nach vorn, während ich eine Hand auf deine lege. Ich liebe es, dass da jetzt mein Ring glänzt.

»Japp«, meine ich reuelos und mache die Zigarette aus, damit du den Rauch nicht abbekommst.

»Okay, was gibt es zu sehen?« Du lugst an mir vorbei. Ich ziehe dich vor mich und stütze mein Kinn auf deine Schulter, die Hände links und rechts von dir am Geländer. »A ja …«, murmelst du und streichst verschlafen mit deinen Fingerspitzen über meine Arme.

»Sie sind gruselig gleich, oder?«, murmle ich in deinen Nacken und ziehe deinen Duft ein.

Du erschauerst leicht und ich muss lächeln. »Vito ist wie ein Klon deines Vaters.«

»Ja.« Ich nicke bedeutungsvoll und streiche mit meinen Lippen über deine Schulter, als ich die beiden weiter beobachte. Vito sieht zu uns hoch, während ein Hausmädchen ihm den Espresso hinstellt. Sein Wangenmuskel zuckt kurz, dann wendet er den Blick ab. »Entweder mag er uns nicht oder irgendwas anderes stört ihn«, stelle ich fest.

»Ach, wahrscheinlich die übliche Rush-Abneigung.«

»Vielleicht ist es auch was anderes«, murmle ich.

»Vielleicht mag er nicht, dass du seinem Vater ähnlichsiehst.«

»Ich mag es auch nicht, dass er meinem ähnlichsieht«, antworte ich düster an deiner Haut und kneife die Augen etwas zusammen. »Vielleicht haben sie uns ja verwechselt, vielleicht bin ich gar nicht Dads Sohn, sondern Dorians. Vom Alter her würde es hinhauen.«

»Das wäre möglich!« Du siehst mich über deine Schulter abwägend an. Wir denken beide darüber nach, aber dann fällt mir auf, wie viel ich von meiner Mutter habe. Obwohl …

»Meine Mutter hatte kurz vorher auch was mit Dorian.« Ich rechne schnell nach und runzle meine Stirn. »Nein, unmöglich«, stelle ich dann fast bedauernd fest, denn es führt einfach kein Weg daran vorbei, dass ich bin, wer ich bin.

»Schade«, murmelst du. Grinsend fahre ich mit einer Hand zu deinem Bauch und streiche darüber. Ich ziehe die Brauen zusammen. Ist da was gewachsen?

»Hast du einen Bauch gekriegt?«, frage ich dich und drehe dich zu mir um. Wie konnte mir das nicht auffallen?

»Ein bisschen.« Das kommt äußerst trocken. Du weißt nicht, ob du dich darüber freuen oder ärgern sollst.

Ich hebe einen Mundwinkel und schiebe leicht deinen Morgenmantel zur Seite, was man von unten nicht sehen kann, weil du mit dem Rücken zu ihnen stehst. Tatsächlich ist dein unterer Bauch leicht gewölbt. In mir wird es ganz warm. Vorsichtig gleite ich mit meinen Fingern darüber. Das macht es so viel realer.

»Das fühlt sich gut an«, stellst du fest und ich schaue wieder hoch in dein Gesicht. Du betrachtest meine Hand auf deinem Bauch und ich beuge mich vor, um dich zu küssen.

»Ich liebe das«, murmle ich an deinem Mund.

»Ich glaube, ich liebe das auch«, erwiderst du ebenso und ich lächle in den Kuss.

Vorerst verpufft dieses komische Gefühl, was mich zuvor beschäftigt hat. Wie immer alles Negative verpufft, wenn du in der Nähe bist. Und das ist nur einer der vielen Gründe, weshalb ich dich so liebe, Rosalie.

* * *

Eine Stunde später verlassen wir unser Schlafzimmer. Eine Stunde, weil ich dich beim Duschen nicht in Ruhe gelassen habe. Ich habe dich unter dem Wasser geleckt, Rosalie, und du hast es geliebt.

Den Sex gibt es dann zum Nachtisch.

Wir gehen den Gang entlang und ich werfe dir noch einen kurzen Blick zu. Du starrst schmachtend auf meine Lippen, Rosalie. Du solltest wirklich lernen, dich zusammenzureißen. Ich hebe einen Mundwinkel und du kicherst. So viel dazu. Ich verdrehe die Augen, lächle aber gleichzeitig noch ein bisschen breiter und betrachte dich für einen Moment.

Du trägst ein schwarzes Baumwollkleid und Strumpfhosen mit Stiefeln. Deine dunkelbraunen Haare liegen glatt über deinem Rücken und du bist etwas geschminkt. Jetzt, da ich darauf achte, sehe ich die kleine Wölbung auch durch das Kleid. Ich hoffe, den anderen fällt es nicht auf. Roberta Marino reicht schon völlig aus, wirklich.

Ich halte deine Hand in meiner, als wir auf die Terrasse treten und ich kurz den Tisch überblicke.

Mir fällt sofort auf, dass meine Mutter nicht da ist. Carter-Dad fehlt ebenfalls, genau wie Zayden und Irina. Rayen und

Rowan sitzen jeweils auf dem Schoß deiner Mom und deines Dads, zwischen ihnen eine noch halb schlafende Sophia. Ich runzle meine Stirn und trete von hinten an Onkel Caden.

»Wo sind alle?«, frage ich leise und das ungute Gefühl kehrt in meinen Bauch zurück. Ich halte immer noch deine Hand, du stehst einen Schritt hinter mir und bist auch etwas alarmiert.

Onkel Caden sieht über die Schulter zu mir hoch. »Sie sind drüben. Ich habe nicht sehr viel geschlafen letzte Nacht.«

Ich runzle meine Stirn tiefer und ziehe mich wieder zurück, um meine Oma und meinen Opa zu mustern. Meine Oma wirkt gefasst wie immer, aber in ihren braunen Augen flackert es etwas unruhig, was sonst nie der Fall ist und mich noch mehr irritiert. Mein Opa isst unbekümmert seine Focaccia, aber ihn berührt ja selten was, also verlasse ich mich darauf nicht. Ich beschließe, das erstmal so stehen zu lassen und bin echt froh, dass die ganzen Gäste nicht hier frühstücken und wir unter uns sind – der Familie.

Ich ziehe dich sanft weiter den Tisch entlang und an Amalia vorbei, die neben ihrem Bruder sitzt und die Schläfe auf ihre Fingerspitzen gestützt hat, während sie ihr Müsli isst. Sie hat das Talent, sich unsichtbar zu machen. Wahrscheinlich hat ihr Vater ihr das beigebracht. Warum sollte eine Frau auch zu sehr herausstechen, nicht wahr? Was nicht heraussticht, kann auch niemandem auffallen. Sehr schlau, Dorian.

Ich fürchte allerdings, dass so eine kleine Schönheit wie sie sich nicht lange vor den bösen Wölfen in unserer Umgebung verstecken kann.

Camillo steht bereits hinter meinem Platz und legt gerade die Hand vor den Mund, weil er gähnt. »Morgen«, sagt er düster.

»Morgen«, erwidere ich mit einer erhobenen Braue und ziehe dir den Stuhl zurück. Du setzt dich.

»Egal«, sagt Camillo und beantwortet somit die unausgesprochene Frage, was los ist.

Ich nehme Platz und bemerke im Augenwinkel Dorian. Er wirkt noch müde und hat sich zurückgelehnt. Stirnrunzelnd schaut er in sein Handy. Vitos teilnahmsloser Blick schweift kurz zu dem schwarzen Gerät in dessen Hand, bevor er wieder nach vorn sieht. Dorian linst für einen Moment zu seinem Sohn und murmelt: »Nichts Neues.«

Nichts Neues von was, Rosalie?

Da zuckt er wieder, Vitos Wangenmuskel. Aber wieso zuckt er?

Ich lehne mich zurück und schwinge einen Arm über deine Stuhllehne. Du ziehst dir gerade den Orangensaft heran und schenkst dir ein. Mein Vater betrachtet uns aus dem Augenwinkel und ich beuge mich an dein Ohr.

»Hat der Arzt nicht gesagt, du sollst das nicht trinken«, murmle ich an deinem duftenden Hals. Du erschauerst und ich muss etwas grinsen. Jetzt schließt du auch noch die Lider, Rosalie. Du bist nicht gerade unauffällig.

»Nur, wenn ich stille.« Ich muss noch mit dem Gedanken klarkommen, dass dieses kleine Gnombaby deine Brüste im Mund haben wird. Aber okay, es ist das Einzige, womit ich sie teile. Wenn auch nicht sehr glücklich.

»Gut«, meine ich und lehne mich wieder zurück.

»Willst du auch Orangensaft?«, fragst du mich wie ein Schulmädchen, das den Lehrer anhimmelt.

»Nein, danke«, antworte ich etwas skeptisch und sehe dich mit einer erhobenen Braue aus dem Augenwinkel an.

»Okay, dann nicht ...« Du schmiegst dich an meine Seite und ich rolle deine langen Strähnen um meinen Finger.

Als ich einen Blick zu meinem Vater werfe, weiß ich, dass er gleich etwas sagen wird, was mir nicht gefällt. Zum einen, weil er sich an mich wendet, und zum anderen, weil aus seinem Mund nur selten etwas Positives kommt.

Ich drehe ihm auch den Kopf zu.

»Hast du dich schon verabschiedet?«, fragt er und ich stocke.

»Bei wem?«, erkundige ich mich ahnungslos.

Sein Blick wird etwas ungläubig, als hätte ich was Großes verpasst. »Deinem Bruder?«

»Wieso sollte ich mich von meinem Bruder verabschieden?« Habe ich wirklich was Großes verpasst, Rosalie?

»Weil er in ein paar Stunden mit den Estebans nach Spanien fliegen wird?«

Du versteifst dich in meinem Arm und ich kann meinen Vater ein paar Sekunden nur völlig verständnislos ansehen. Nicht mal, als ich im Augenwinkel bemerke, wie meine Schwester an den Tisch tritt, schaue ich von ihm weg. Meine Brust zieht sich zusammen und mein Magen verkrampft sich. Okay, ich habe mittlerweile natürlich mitbekommen, dass Zayden nach Spanien muss. Auch, wenn ich immer noch nicht verstehe, wieso und welchen Deal er da mit meinem Vater am Laufen hat. Wieso er gerade Zayden schickt, obwohl er keine Verpartnerung mit den Rushs wünscht und auch genug andere Männer hat. Allerdings wusste ich nicht, dass Zayden gleich nach Italien abrauschen würde. Wieso hat mir das niemand gesagt? Fuck. Spanien ist gefährlich. In mir wird es ganz heiß, wenn ich mir vorstelle, was meinem Bruder da alles zustoßen könnte.

»Wieso fliegt er in ein paar Stunden?«, frage ich emotionslos.

»Das ist praktisch«, erklärt Dad. »Wenn wir schon mal hier sind, kann er gleich mit den Estebans mitfliegen.«

So praktisch, Rosalie. Dass Zayden zwei Söhne hat und es gerade mit seiner Frau kriselt. Dass er noch ein paar Monate bräuchte und sie sich hätten zusammenraffen können, interessiert Dad natürlich nicht. Er denkt nur ›praktisch‹, obwohl ich mir sicher bin, dass er auch noch irgendwelche Pläne und Hintergedanken hat, von denen ich nichts weiß.

»Hast du es nicht langsam satt?«, frage ich zischend und schiebe meinen Stuhl zurück. »Hast du es nicht langsam satt, allen um dich herum das Leben zu versauen?« Ich stehe mit einem Ruck auf und ziehe dich sanft an der Hand hoch, bevor ich mit dir durch den Garten rausche. Du folgst mir eilig, denn ich habe meine Finger fest um deine geklammert. Mein Atem geht gepresst. Was auch immer mein Vater vorhat, er hätte es mit mir absprechen können. Was auch immer es ist, er hätte nicht meinen Bruder schicken müssen. Es ist fast, als würde er die Menschen, die mir was bedeuten, nach und nach aus meinem Leben streichen. Zwar hat er erlaubt, dass ich dich haben kann, aber dafür nimmt er mir meinen Bruder. Für ihn besteht das Leben aus Opfern. Für mich nicht. Dass Zayden jetzt sofort losmuss, kommt zu plötzlich. Ich will gar nicht wissen, wie

Irina darauf reagiert hat und was für ein Genickbruch das für ihre Beziehung gewesen sein muss.

Ich ziehe dich durch den Park und den Strand entlang, am heute unruhigen, wild rauschenden Meer vorbei. Du bist still und vermutlich genauso verärgert. Ich wünschte, es wäre nicht ausgerechnet mein eigener Vater, für den ich mich so schämen muss und für den ich keine Erklärung finde. Bei dem ich nur noch beweisen will, dass ich anders bin. Das Bedürfnis habe, mich abzugrenzen, damit ich bloß nicht mit ihm verglichen werde. Ich frage mich, ob es ihm egal ist, wie seine Kinder ihn sehen. Und ob es ihn wirklich so wenig interessiert, wie sehr ich den Respekt vor ihm verliere.

Wir gehen die Stufen zum Haus meiner Großeltern hoch und ich drücke die Tür auf. Wenn sie drüben bei uns sind, dann ist der Klicker meist drin.

Wir betreten das dunkle Foyer und das Erste, was mir ins Auge sticht, ist dieses Loch in der Wand.

»Scheiße«, flüsterst du hinter mir und ich atme erstmal tief durch. Jetzt nicht ausflippen, Sergio. Das kann alles gewesen sein. Okay, aber ich weiß, dass das Zaydens Faust war. Ich sehe es. In mir zieht es sich noch mehr zusammen, als wir das Foyer durchqueren.

»MOM?«, rufe ich ungeduldig, aber erhalte keine Antwort. Gerade will ich mit dir nach oben, als ich einen Schatten im Salon wahrnehme und stocke. Wir wenden uns um und betreten das Wohnzimmer. Die Sonne fällt herein und scheint auf den niedrigen dunklen Tisch, der voll mit Gläsern und Flaschen ist. Mein Bruder sitzt auf einem Sessel und beugt sich gerade vor, um nach dem Whisky zu greifen.

Ich mustere ihn und verziehe das Gesicht. Sein schwarzes Hemd steht vorn offen, sodass man das schwarze Muskelshirt darunter sehen kann. Es ist ausgeleiert, als hätte jemand daran gezerrt. In seinen Unterarmen hat er tiefe Kratzer, die blutverkrustet sind, und das goldene Kreuz um seinen Nacken hängt schief. Seine Fingerknöchel sind aufgeschürft und sein Gesicht ist total blass. Er hat tiefe Ringe unter seinen trüben, türkisfarbenen Augen sowie ein Veilchen. Auf seiner Nase haftet ein Tape und seine Lippen wirken blutleer. Die chaotischen, schwarzen Haare fallen ihm in die Stirn. Er hat seine Beine, die immer noch in der Anzughose von gestern stecken, auf den Tisch gestreckt und trinkt gerade aus der Flasche. Seine Ringe klirren gegen das Glas, als er zu uns sieht.

»Auch?«, fragt er heiser und hält uns die Flasche hin. »Ach nein, du darfst ja nicht.« Mit einem schwankenden Zeigefinger winkt er in deine Richtung und ich ziehe meine Augenbrauen zusammen. Okay, was zur Hölle?

»Zayden?«, frage ich vorsichtig.

»Japp, so heiße ich.« Er lehnt den Kopf an den Sitz und mustert mich mit schweren Lidern.

»Was ist passiert?« Ich bin ganz starr, ich kann mich nicht regen. Ihn so zu sehen, so offensichtlich leidend, zerfetzt mich innerlich. Ich weiß endlich, was es mit diesem komischen Gefühl in mir auf sich hatte.

»Ich bin passiert«, lallt er, beugt sich wieder nach vorn und kippt fast vornüber, als er die Flasche abstellen will. Ich halte ihn schnell an der Schulter, weshalb ich dich loslasse, und erledige das für ihn.

Dann seufze ich tief und gehe vor ihm in die Hocke, während du dich auf die Couch setzt. In mir verkrampft sich alles. Irgendwas Schlimmes ist passiert und ich habe es nicht mitbekommen. Sonst spüre ich immer sofort, wenn was bei Zayden nicht stimmt, bin sofort bei ihm, wenn er mich braucht. Aber gestern war da gar nichts. Fuck. Er lässt sich schwer wieder nach hinten fallen und sieht an die Decke. Sein Kiefer ist unrasiert und seine Finger trommeln auf den Armlehnen.

»Was ist passiert? Was hast du gemacht?«, frage ich eindringlich.

Er dreht den Kopf zu dir. »Hast du mit ihr geredet?«, will er lauernd wissen. »Hat sie dich angerufen? SIE GEHT NÄMLICH NICHT FUCKING RAN!« Der letzte Teil kommt lauter und ich lasse den Nacken knacken. Ich weiß, dass es nicht gegen dich oder mich geht, aber ich mag es trotzdem nicht, wenn jemand dir gegenüber laut wird.

»Nein, Zayden, sie hat mich nicht angerufen«, sagst du sanft.

»Wo ist sie denn?«, erkundige ich mich.

Sein Blick schießt zu mir. »JA, WO IST SIE DENN? FRAG DOCH DEINEN SUPERSCHWIEGERVATER. DER HAT SIE NÄMLICH WEGGEBRACHT!«, brüllt er Richtung Haustür. »Einfach weg.« Er streicht hart seine Handflächen aneinander, als wolle er andeuten, dass etwas beendet und fertig ist.

»Onkel Caden hat sie weggebracht?«, frage ich sanft.

»Er hat sie mir entrissen. Weggerissen. Wie eine Puppe.« Seine Augen blitzen und die Wut zuckt durch seine

Züge, während er mit den Händen etwas Imaginäres auseinanderreißt.

»Was hast du denn getan, dass er sie dir weggenommen hat?«, will ich nun weich und fordernd wissen.

Er stöhnt auf und streicht sich über das Gesicht, wobei er zusammenzuckt.

»Wer war das?«, frage ich, als er nicht antwortet, und deute auf sein Veilchen.

»Däääd«, knurrt er Richtung Zimmerdecke und funkelt hinauf. Okay, ich weiß, dass der Carter-Dad ihm niemals wehtun würde, wenn es nicht absolut sein muss.

»Okay. Onkel Caden hat dir Irina weggenommen und der Carter-Dad hat dir eine reingehauen.« Klingt logisch, weil mein Bruder Irina nicht einfach so gehen lassen würde.

»Ja!«, verkündet er zynisch flüsternd. »VERRÄTER! SIE SIND ALLE VERRÄTER!«, ruft er zur Zimmerdecke.

Ich sehe kurz zu dir. Du schluckst und rutschst etwas weiter vor. »Okay, aber wieso haben sie das getan, Zayden?«, fragst du weich.

Er schaut auf seine Hände runter. »Sie wollte mich verlassen. Ich musste sie aufhalten«, murmelt er fast schon entschuldigend wie ein kleines Kind und ich versteife mich, als mir klar wird, was das heißt.

Du nimmst seine Hände in deine und er betrachtet das aufmerksam. »Und was hast du gemacht?«, hakst du nach.

Sein Blick schweift ins Foyer und wird glasig, als würde er abdriften. »Ich bin ausgeflippt«, meint er heiser und meine Schultern werden noch etwas starrer. Bei dem Gedanken, dass mein Bruder zu so was in der Lage ist, wird mir eiskalt. Gleichzeitig erinnere ich mich daran, was für ein Mensch er eigentlich ist. Es zeigt im Grunde nur, wie verzweifelt er im Kern ist.

Er dreht seine Hand in deiner. »Ich hab sie geschlagen«, murmelt er dann und in mir verkrampft es sich noch heftiger. Ich versuche, ihn nicht zu verurteilen, nicht wütend zu werden. Das braucht er jetzt nicht. Aber das ist gar nicht so leicht.

Wir atmen beide durch.

»Ich habe sie nach oben geschleift und sie so geschlagen, dass sie auf den Boden gefallen ist.« Er sieht aus, als würde er das jetzt erst alles begreifen, und ich verziehe mein Gesicht. Deins wird ausdrucksloser und du wirst blass. Du brauchst ein paar Sekunden, um dich zu sammeln. Ich bemerke, dass es dir gerade einiges abverlangt, ruhig zu bleiben, und das schaffst du nur, weil du die Tochter deines Vaters bist.

»Okay. Du warst verzweifelt. Du wusstest nicht mehr weiter und hast dich vergessen«, redest du ihm ein, weil du so gern daran glauben willst. »Und dann hat mein Vater sie weggebracht?«, mutmaßt du.

»Ich wollte sie umbringen. Sie wollte mich auch umbringen. Dann war sie weg und ich lag auf den Stufen und konnte nicht atmen. Anschließend habe ich gekotzt«, verkündet er und streicht sich durch das Haar.

»Oh, Zayden«, meinst du mitfühlend, während ich noch einmal tief durchatme.

»Okay, aber … fuck.« Ich streiche mir auch durch das Haar. »Wieso ist das alles passiert? Weil du heute fliegst?«

Seine rot geränderten Augen schweifen zu mir. Ich habe keine Ahnung, wie er einen Menschen aus sich machen und irgendwo hinfliegen will. »Ich war am Strand. Dann kam Selina und hat mich angesprochen. Ich bin aufgestanden und gegangen. Aber das hat Irina nicht mehr gesehen.« Er schaut an die Decke und wirkt fast geschlagen. »Woher weißt du überhaupt, dass ich heute fliege?«

»Mein Va…«

»ACH JA! DONOVAN DE LUCA!«, unterbricht er mich jetzt wütend und sieht mich an. »Ich weiß, er ist dein Vater, aber die nächste Kugel sollte ihn echt ins Herz treffen. Er ist ein Bastard.«

Okay, mir ist bewusst, dass mein Vater ein Bastard ist, aber es fühlt sich trotzdem wie ein Hieb an, als er das sagt. Während ich daran denke, wie es ohne ihn war und ich mir immer wieder gewünscht habe, er würde die Tür hereinspazieren und sein Spiel aufgeben. Egal, wie sehr ich ihn hasse, so sehr liebe ich ihn auch.

»Okay, wartet, jetzt fangt nicht so an!«, rufst du und ich atme wieder tief.

»Rosalie, wenn er nicht wäre, hättest du ein viel leichteres Leben«, erklärt Zayden dir vertraulich.

»Das weiß ich, aber trotzdem musst du vor ihm so was nicht sagen«, antwortest du sanft und ich führe mir vor Augen, dass er betrunken ist.

»Okay, also …« Ich räuspere mich. »Was jetzt?«

Zayden hebt die Schultern. »Jetzt trinken wir. Sa-lutä!«, lallt er und greift zur Flasche, die er mir hinhält. Ich stehe auf und lasse mich schwer neben dich fallen, bevor ich ihm die Flasche abnehme. Okay, wenn es ihm dann besser geht, trinken wir eben.

»Wisst ihr noch damals diese Ziege auf dem Rastplatz, die sich in Sergio verliebt hat?«, fragt Zayden und schwingt die Füße auf den Tisch.

Jetzt musst du lachen und lehnst dich auch zurück, musterst ihn aber immer noch besorgt. »Glaubst du, sie war eigentlich in dich verliebt?«

»Ja«, antwortet er todernst, während ich einen Schluck trinke und das Gesicht verziehe. Ich habe noch nicht mal fucking gefrühstückt, aber was tut man nicht alles für seinen Bruder. »Ich glaube, sie war in mich verliebt und sie war meine fucking große Liebe. Alles, was danach passiert ist, ist meine Strafe.«

»Tja, du hättest sie aus ihrem Ziegenstall retten sollen«, erwiderst du, als ich Zayden die Flasche reiche.

Mein Bruder seufzt tief. »Ich glaube es einfach nicht. Ich hatte alles. Und jetzt sitze ich hier mit euch und bin wieder ganz am Anfang.«

»Tja, zum Schluss bleiben immer wir drei übrig«, sagst du leise und ich lege einen Arm um deine Schultern.

»Solange das so ist, haben wir ein fucking Glück.« Ich richte den Blick an die Zimmerdecke.

»Wenn das Glück ist, will ich kein fucking Pech haben«, antwortet Zayden zynisch.

Du verziehst das Gesicht mitleidig. »Vielleicht ist es nur eine kleine Umstrukturierung.«

»Oder wir sind tatsächlich wieder am Anfang«, murmelt Zayden und betrachtet den Whisky in der Flasche.

»Wo auch immer wir sind, du bist da nicht alleine«, lasse ich ihn eindringlich wissen und er sieht träge zu mir.

»Also doch immer wir drei«, kommt es kraftlos und müde von ihm.

»Egal, was passiert«, antwortest du, während wir hier sitzen. Wie es immer gewesen ist und wie wir es immer kannten. Wenn alle gegangen sind und die Lichter aus waren, gab es immer noch uns drei. Egal, in welcher Phase, egal, ob zusammen oder weit entfernt. Wie haben uns noch nie im Stich gelassen.

Und solange das so ist, kann kommen, was will, wir werden es bewältigen.

Auch, wenn du und ich jetzt eine eigene Geschichte schreiben, vergessen wir nicht, die alten Bücher zu pflegen. Denn so haben wir es gelernt. Das bedeutet Familie für uns und daran haben wir uns grundsätzlich gehalten.

Schon immer. Für immer. Sempre.

Danksagung

Was sollen wir sagen? Außer: OMG WAS WAR DAS BITTE? UND: Es wird alles gut, denn es ist ja immer noch nicht das Ende.

Es werden ja jetzt fünf Teile anstatt sechs, also wird das fulminante Finale bald kommen und es wird uns zerfetzen, zerreißen, und wieder zusammenbauen.

So wie wir alle zerfetzt und zerrissen sind.

Okay, Zayden und Irina zumindest …

Wir danken euch auf jeden Fall für eure bedingungslose Treue und euer Vertrauen. Diese Reihe ist ein Teil unseres Herzens und wir haben da alles reingesteckt, was wir sind, was uns ausmacht und was wir lieben. Wir leben praktisch für diese Bücher und es ist schön zu sehen, dass unsere Leidenschaft zu eurer Leidenschaft geworden ist. DANKE BROS! Ihr seid echt der absolute Oberhammer und wir wüssten nicht, was wir ohne euch tun würden!

Wir danken natürlich dem A.P.P. Verlag, als aller erstes.

Dann unserer Super-Lektorin Bella, die sich jedes Mal den Arsch aufreißt.

Wir danken der genialen Marie Grasshoff, deren Liebe man in jedem einzelnen Cover widerfindet.

Und natürlich danken wir unseren fleissigen Testlesern, unseren Bloggern und am allermeisten danken wir EUCH EUCH EUCH EUCH!

Wir danken euch für jede einzelne Rezension, für jedes einzelne Bild, jeden einzelnen Post, jedes einzelne Tattoo, dass ihr euch stechen lasst. Jedes einzelne Puzzle, das ihr machen lasst, jede Kerze, für jeden kleinen Buchstaben, den ihr über unsere Lieblinge verliert.

Wir lieben euch und warten jetzt wie immer ungeduldig auf eure Rezensionen.

Don und Maria – Ende.

Über Don Both

Die 30-jährige Tschechin, die in Bayern lebt, fing im Alter von zwölf Jahren an Geschichten zu schreiben, weil sie die beste Kurzgeschichte in der Schule abliefern wollte. Der Plan gelang und sie entdeckte dadurch ihr Talent, Geschichten erzählen zu können.

Während ihrer Schulzeit und ihrer Berufsausbildung als Kinderpflegerin ließ sie ihrer Fantasie als Hobbyautorin freien Lauf. Der Schwerpunkt ihrer Erzählungen lag anfangs meist bei Liebesromanen, und humorvollen Komödien.

Jedoch kam auch das Drama, die Fantasy und der Horror nicht zu kurz. Im späteren Verlauf floss auch immer mehr Erotik ein und diese Kategorie entwickelte sich schnell zu einer ihrer liebsten.

Im Jahr 2010 wagte sie den großen Schritt und stellte einige ihrer Erzählungen auf einer Fanfiktion- Seite einer breiteren Leserschaft zu Verfügung. Ihre Angst Spott und Häme dafür einzustreichen, war mehr als unbegründet. Sie hatte durch ihre provokanten aber ehrlichen Geschichten schnell eine große, begeisterte Leserschaft und gewann einige Wettbewerbe und Preise.

Durch diese Erfolge ermutigt veröffentlichte sie im Jahr 2013 ihren ersten erfolgreichen Roman »Immer wieder Samstags« und gehört seit dem zu einer der meistgelesenen Autoren auf dem ebook- Markt.

Privat engagiert sie sich für den Tierschutz und lebt mit ihren Katzen, ihrem Mann und ihrem Sohn im kleinsten Kuhkaff der Welt.

Lesetipp

Vorgängerteile – Unter deiner Haut – Reihe!

Unter deiner Haut: http://amzn.to/2kvnPBv

Immerwieder – Reihe (The unholy Book of Tristan Wrangler)

Lesetipp, wenn man mehr über Tristan, Mia und Robbies Vorgeschichte erfahren will.

»Die Geschichte wurde schon tausendmal erzählt - er, jung, sexy, knackig und reich. Sie klug, mollig, unsicher, aus armen Verhältnissen … Eigentlich habe ich nicht wirklich damit gerechnet, dass es mich packt - aber wir reden hier von Tristan Wrangler … und der ist wirklich heiß! Und man merkt schnell, dass hinter seiner perfekten äußeren Fassade ein wundervoller Mensch steckt. Ich mag den Schreibstil von Don Both sehr gerne. Sie kann so dreckig schreiben, wie Tristan grinst!«

(The unholy Book of Tristan Wrangler – Sammelband zum Sonderpreis): http://amzn.to/2c3VpKd

(Immer wieder Verführung – Sammelband zum Sonderpreis: https://www.amazon.de/Immer-wieder-Verf%C3%BChrung-Sammelband-ebook/dp/B01C63HCWC/ref=asap_bc?ie=UTF8

(Immer wieder Tristan und Mia: https://www.amazon.de/Immer-wieder-Tristan-Mia-ebook/dp/B012AQ6FPK/ref=asap_bc?ie=UTF8

(Immer wieder ist nicht genug): http://amzn.to/2cq2tT6

(Travel zum Glück): https://www.amazon.de/Tristans-Travel-Gl%C3%BCck-kuschelige-Weihnachtebook/dp/B01MYSERYR/ref=pd_sim_351_1?_encoding=UTF8&psc=1&refRID=VDKYHM3BY7S1TJGTR2WW

Wer mehr über Lilian Price und Vladimir Romanov erfahren will:

Mad Love: http://amzn.to/2c3Xt4D

Bad Love: http://amzn.to/2cqdXpl

Und vor allem Ménage à trois: http://amzn.to/2c3XFkr(Hier gehts um Kristovs Eltern)

Die Towerreihe umfasst noch einen Teil von Kera Jung, allerdings nicht mit den euch bekannten Charakteren: https://www.amazon.de/gp/product/B00LGUV7FK/ref=series_rw_dp_sw

Wer mehr über Luca Cavalli und seine Isabella erfahren will:

Isabella Parker ist zweiunddreißig Jahre alt und hat als erfolgreiche Staatsanwältin beruflich alles erreicht, was man erreichen kann. Privat sieht es ganz anders aus – sie braucht keine Liebe, keine Freunde und keine Familie. Sie ist gern Einzelgängerin, bis sich, im (Zwangs)Urlaub ihre und die Wege des charismatischen Luca kreuzen, der ihr zeigt, was es heißt zu leben.

Einerseits hat sie so einen aufmerksamen, charmanten und attraktiven Mann noch nie getroffen, doch andrerseits existiert da eine dunkle Seite – eine, die ihr zum tödlichen Verhängnis werden könnte.

Als sie davon erfährt, ist es bereits zu spät und sie den subtilen Verführungskünsten des mysteriösen Fremden verfallen.

Womit der erste Zug seines Spiels vollbracht wäre.

Der etwas andere Don Both Roman …

Abgeschlossene Romanze/Erotik/Thriller
Corvo – Spiel der Liebe: http://amzn.to/2cqcmzY

Über Maria O'Hara

Maria O'Hara wurde 1991geboren und lebt in Baden-Württemberg. Schreiben ist für sie der Ausgleich zum Alltag, die Balance zwischen Realität und Fantasie. Mit den richtigen Musikern an ihrer Seite, die es ihr ermöglichen, Momente genau vor ihrem inneren Auge zu erfassen, und vielen Tassen Milchkaffee, kommt es auch mal vor, dass die Nacht vorbei und drei neue Kapitel erstellt sind. Im Vordergrund steht in Marias Büchern das Drama; je verworrener und tiefgreifender, desto besser.

Bisher erschienen:

Wild Cherry, Sweet Cherry

Ride or die – Obsession, Ride or die – Black summer, Ride or die – Dark Paradise

Beautiful Mess

Rebels – Band eins, Rebels – Band zwei

Pretty in White – Emily, Pretty in Black – Emma, Pretty in Red – Ami

Pure Sin:

Mit Emily Key:

The Plaza Manhattan:

1. Room 666
2. Diamondheart
3. Game of souls
4. White Satin

Una Palabra

Mit Don Both:

Seducing, Mr. O'Connor

Rejecting Mr. O'Connor

Tempting Mrs. Waldorf

Obsessed

Possessed

Run, Baby, Run

Cry, Baby, Cry

Stay, Baby, Stay
Garden of Sin
Garden of Evil
Garden of Demons
Garden of Eden
XX – My Rose, my Thorn

Mit Kera Jung:

14 Carat
20 Carat
24 Carat

Printed in Poland
by Amazon Fulfillment
Poland Sp. z o.o., Wrocław

88644068R00394